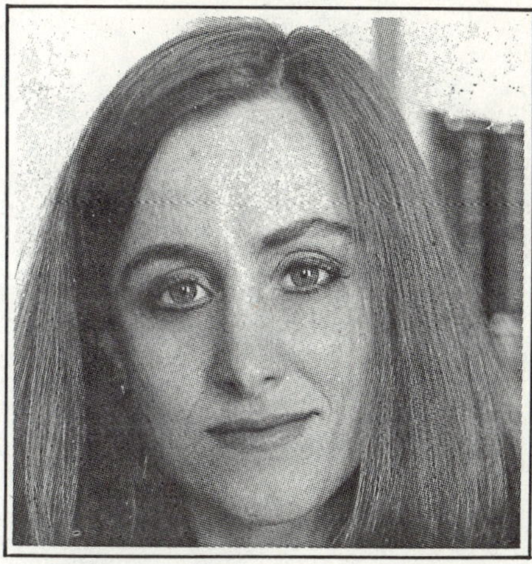

© Jerry Bauer

Mona Simpson

L'auteur. Mona Simpson est née en 1957 dans le Wisconsin et vit actuellement à New York. Elle a publié de nombreuses nouvelles dans divers magazines américains. *N'importe où sauf ici* est son premier roman.

N'IMPORTE OÙ
SAUF ICI

MONA SIMPSON

N'IMPORTE OÙ SAUF ICI

roman

traduit de l'américain par Richard Madden

Rue Racine
Flammarion

Titre de l'ouvrage original :
ANYWHERE BUT HERE
éditeur original :
Alfred A. Knopf, Inc.

ISBN : 2-08-066124-8

Imprimé en France

Pour Joanne, notre mère, et
pour mon frère Steve

« Il y a trois désirs qui ne seront jamais satisfaits : celui du riche, qui voudrait posséder davantage ; celui du malade, qui voudrait recouvrer la santé ; et celui du voyageur, qui voudrait être *n'importe où sauf ici.* »

Ralph Waldo Emerson.

PREMIÈRE PARTIE

ANN

CHAPITRE PREMIER

N'IMPORTE OÙ

Nous nous disputions tout le temps. Lorsque nous franchissions les frontières des États, ma mère et moi, dans la voiture volée, je restais assise, tassée contre la fenêtre, sans dire un mot. J'étais toujours en rogne quand je constatais que ma mère m'avait menti. Elle avait prétendu qu'il y aurait une réserve indienne. Elle avait prétendu que nous verrions des bisons au Texas. Ma mère prétendait toujours beaucoup de choses. Nous avions quitté Bay City, dans le Wisconsin, et nous roulions vers la Californie, afin que je puisse devenir une enfant-star avant d'en avoir dépassé l'âge.

« Parle donc ! me lançait ma mère. Si tu as des problèmes, tu n'as qu'à me le dire. »

Mais je ne répondais rien. Je savais comment la faire souffrir. J'étais dans une rage folle, pour une quantité de raisons. Il n'y avait jamais rien là où elle avait dit qu'il y aurait quelque chose. Nous venions d'abandonner notre famille. Nous venions de quitter la maison.

Alors ma mère s'arrêtait le long de la route. Elle se penchait et ouvrait la portière.

« Dans ce cas, tu peux descendre », me disait-elle en me poussant hors de la voiture.

Je sortais. C'était toujours un choc, parce qu'à l'extérieur tout paraissait paisible et ordonné. Les champs brillaient sous le soleil. Ce genre de scène n'arrivait jamais les jours de pluie. A l'ouest, le ciel s'étirait à l'infini, il y avait peu de nuages. Une brise moite montait du sol, enroulait ses circonvolutions autour de mes jambes. La route était déserte. Je restais immobile un moment, stupéfaite de ne pas être effrayée par le paysage.

Puis les roues de la Continental blanche se mettaient à tourner, un jet de gravillons giclait sur mes sandales et la voiture de ma mère s'éloignait. Lorsqu'elle ne formait plus qu'un point minuscule à l'horizon, les larmes venaient.

Dans ces cas-là, je perdais toujours la notion du temps. J'aurais été incapable de dire s'il s'écoulait des minutes ou des heures. Je ne pensais à rien, parce qu'il n'y avait rien à faire. Je ne percevais que des détails insignifiants. Des brins d'herbe, rugueux d'un côté, lisses et presque cireux de l'autre. Des sauterelles sombres. Des fleurs de pavot étincelantes.

Je regardais le paysage qui m'entourait. Dans les champs ocre les herbes se courbaient sous l'assaut du vent. Les insectes crissaient sur des tons suraigus. Il planait une odeur lourde de foin mêlée d'essence. De temps en temps, une voiture passait en faisant vibrer le sol. Au bord de la route, les brins d'herbe desséchés paraissaient presque transparents sous les rayons nonchalants du soleil.

Je faisais de mon mieux, mais je ne retenais jamais rien. La scène était aussi irréelle qu'une affiche publicitaire. Les champs, les nuages, le ciel ne m'étaient d'aucune utilité, parce qu'ils n'avaient rien à voir avec moi.

Ma mère devait m'observer dans le rétroviseur. Les bras croisés sur la poitrine, j'avais sans doute l'air de plus en plus petite et obstinée à mesure que la distance augmentait. Mon entêtement, voilà ce qu'elle ne pouvait pas supporter chez moi. Elle avait eu un mari entêté. Elle n'allait pas tolérer en plus que sa fille lui ressemble. Mais j'avais à peine disparu à l'horizon qu'elle abandonnait la partie. Elle faisait demi-tour et poussait un soupir de soulagement en m'apercevant à nouveau au bord de la route, les bras ballants. Je n'étais plus qu'une enfant à présent. Son enfant.

Je n'avais même pas eu le temps de distinguer la voiture qui revenait que mon visage se couvrait de larmes. Mon nez se mettait à couler. Je restais là, les bras le long du corps, sans même faire un geste pour m'essuyer les joues.

Ma mère ralentissait, ouvrait ma portière et je remontais, après avoir jeté un rapide et dernier regard au paysage redevenu banal et rassurant. Et lorsque je m'étais glissée dans la voiture, je me sentais mieux. Je posais mes pieds sur la plage avant, frappant l'une contre l'autre les extrémités arrondies de mes espadrilles. Ma mère trouvait généralement que j'avais passé l'âge de porter des chaussures de garçon. Mais pour l'instant elle était gentille avec moi, parce qu'elle savait que j'allais lui répondre. Ses premiers mots étaient pour me demander si j'avais faim.

Je répondais : « Un peu.

— Moi aussi, disait-elle. Je mangerais bien une glace. Surveille la route et préviens-moi lorsque tu apercevras un Howard Johnson[1]. »

Nous lisions beaucoup de magazines, pour avoir une idée de l'endroit où nous pourrions aller. Ma mère avait entendu parler de Scottsdale, d'Albuquerque, de Bel Air. Mais pendant des kilomètres et des kilomètres, on ne voyait absolument rien. C'était comme si nous avions tout abandonné. Même lorsque nous roulions plus vite, l'air qui s'engouffrait par les vitres ouvertes restait chaud.

Nous avions emporté la carte de crédit Mobil de Ted et nous nous en servions aussi souvent que possible. Nous étions à l'affût des stations de cette marque et nous faisions le plein chaque fois que nous en rencontrions une. Nous en profitions également pour faire le plein de bouteilles de Coca. Nous plongions jusqu'aux coudes dans la glacière et nous en ramenions par brassées jusqu'à la

1. Chaîne de restaurants aux États-Unis. (*N.d.T.*)

voiture, comme des trophées. Il y avait une chaîne d'hôtels qui acceptait la carte Mobil. Nous nous débrouillions pour y échouer la plupart des nuits, quitte à rouler parfois trois ou quatre heures de plus pour en dénicher un, ou à nous arrêter beaucoup plus tôt si nous en apercevions un dans l'après-midi. La chaîne s'appelait Travel Lodges et son enseigne représentait un ours somnambule coiffé d'un bonnet de nuit. Ces motels étaient aussi sinistres que déserts, et relativement bon marché, ce qui faisait enrager ma mère ; elle aurait préféré que les factures que Ted n'allait pas manquer de recevoir fussent plus élevées. Je crois que cela l'amusait de signer « Mrs Ted Diamond ». Nous passions souvent devant les hôtels de la Best Western, qui avaient des piscines et des restaurants avec des chanteurs de *country.* Nous aurions bien aimé l'une et l'autre que Ted ait pris une carte dans une compagnie différente.

Les motels de la Travel Lodges étaient toujours situés en plein champ, un peu en retrait de l'autoroute. Ils n'avaient généralement qu'un ou deux étages. Devant les chambres s'étendait un petit patio dallé de ciment, où traînaient quelques vieilles chaises vides. Une cafétéria se dressait à l'autre bout. Deux ou trois semi-remorques étaient garés sur l'accotement de gravier. Le bureau de réception jouxtait immanquablement la cafétéria. Les meubles étaient fonctionnels et la moquette peluchait. Un poste de télé fixé à des barres métalliques pendait du plafond.

Ces motels nous fichaient le bourdon. A peine arrivée, ma mère inspectait la chambre et vérifiait que tout était bien propre. Elle dépliait le couvre-lit, relevait les rideaux, ouvrait les tiroirs des placards et de l'armoire à pharmacie, allait jeter un coup d'œil dans la douche. Parfois, elle déchirait l'emballage en papier du verre à dents, et l'élevait à la lumière pour voir s'il avait été correctement lavé.

J'avais toujours envie de sortir. Ma mère délibérait pendant des heures pour savoir s'il était plus prudent de monter notre valise dans la chambre ou de la laisser dans le coffre de la voiture. Tout en réfléchissant, elle se tenait debout au milieu de la pièce, les mains sur les hanches et les lèvres serrées. Elle optait finalement pour la première solution. De toute façon, elle allait prendre une douche pour se rafraîchir. Elle ne m'obligeait jamais à l'imiter si je ne le voulais pas, parce que nous étions en plein désert et qu'elle se moquait bien de ce que les gens, à la cafétéria, pourraient penser de moi. Après avoir pris sa douche, elle remettait les vêtements dans lesquels elle avait conduit toute la journée.

Je sortais sur le porche et m'asseyais sur l'une des chaises métalliques. Le dossier était rond ; celui qui avait conçu ce modèle avait dû vouloir lui donner la forme d'un coquillage. J'entendais le bruit de la douche et de l'eau qui s'écoulait derrière moi ; devant, c'était le bourdonnement grave et constant de l'autoroute. Une brise chaude me caressait doucement la peau, le bruit des camions qui passaient croissait et décroissait, parfois une moto disparaissait à l'horizon, à peine plus grosse qu'un insecte. La lueur rouge de ses feux arrière tranchait sur le bleu du ciel.

Je me comportais comme une enfant, j'étais toujours à l'affût de quelque chose. A la maison, avant l'heure du dîner, j'aimais rester dehors et contempler l'immensité du ciel ; même nos voisins immédiats, vaquant à leurs occupations, me paraissaient étranges et lointains. Je regardais les voitures aller et venir sur la route, comme si le simple fait d'observer le monde m'avait permis de le comprendre, d'en extraire la substance.

Au motel, je faisais le tour des bâtiments et je restais à contempler le champ qui s'étendait de l'autre côté, semblable à n'importe quel autre champ. La façade arrière du motel était en brique ordinaire, couverte de canalisations apparentes. Une citerne de fuel se dressait sur une plate-forme en ciment, constellée de flaques d'eau croupie. A l'extrémité du champ, on distinguait des remorques et une publicité au néon pour Dairy Queen.

Le proche et le lointain... La scène aurait pu se passer n'importe où, ç'aurait pu être notre citerne de fuel, nos champs et notre ciel, j'aurais pu me croire chez nous. Dans notre jardin proliféraient les mêmes mauvaises herbes. Mais chez nous aussi, ç'aurait pu être n'importe où.

Puis ma mère se mettait à crier : « Ann ! A-aaann ! » Et tout se dissipait, heureusement, lorsqu'elle m'appelait ainsi depuis le pas de la porte. Elle avait terminé sa douche et voulait aller manger un morceau. Notre journée s'achevait presque. Et nous aimions prendre nos repas dans ces cafétérias. Nous commandions les plats les plus chers de la carte, et des tonnes de garnitures, de boissons et de desserts. Nous mettions un point d'honneur à choisir ce qu'il y avait de mieux. Nous retroussions nos manches, réclamions un supplément de vinaigrette et de beurre. Nous prenions un secret plaisir à voir la liste des chiffres griffonnés et rajoutés sur l'addition au cadre vert.

Le matin, nous partions toujours plus tard que prévu. Le gérant glissait la carte de crédit dans la machine et remplissait lentement le bordereau. Ma mère pianotait du bout des doigts sur le comptoir en attendant. Puis elle poussait un soupir, saisissait la facture et la parcourait un instant des yeux avant de la signer. « Très bien », disait-elle immanquablement en rendant la note, comme si elle avait dû chaque fois abandonner quelque chose qui lui aurait longtemps appartenu.

Nous repartions dans la matinée et je regardais une dernière fois le bâtiment qui s'éloignait, et le champ bien tracé au-delà. Puis le paysage s'effaçait de ma mémoire. Il ressemblait trop à tous ceux que nous avions déjà vus.

Ma mère avait découpé dans un magazine des photos de certaines maisons de Scottsdale, en Arizona. Nous aimions bien les couleurs de leurs façades : rose, turquoise, marron, jaune vif. Les intérieurs étaient pavés de carrelages rouges et meublés de tables en bois rustiques où trônaient des compotiers en terre cuite remplis d'énormes fraises.

Nous fîmes un détour pour passer par Scottsdale. Une fois arrivées, ma mère roula jusqu'au Luau, un bon hôtel qui figurait dans la liste du *Town and Country*[1]. Je restai assise dans le hall pendant qu'elle allait se renseigner à la réception. De retour, elle me murmura le prix à l'oreille.

1. Équivalent du Guide Michelin. (*N.d.T.*)

« Qu'est-ce que tu en penses ? Ce n'est pas donné, mais pour une fois, ça ne nous ferait pas de mal de nous détendre un peu.

— Je crois qu'on devrait chercher quelque chose de moins cher.

— Il n'y a peut-être pas de Travel Lodge dans cette ville. Réfléchis bien, Winnie l'ourson. A toi de décider. Que veux-tu qu'on fasse ?

— Essayons de voir s'il y a un Travel Lodge. »

Ma mère poussa un soupir.

« Très bien. Je ne sais pas comment on va se débrouiller pour en trouver un. Il n'y en a sans doute pas. A vrai dire, j'en suis même quasiment certaine. Alors, qu'en penses-tu ? Que devons-nous faire ? »

Je me faisais du souci à cause de l'argent. Je savais que ces questions financières n'étaient pas de mon ressort, relevaient d'un système plus vaste qui me dépassait. Mais je choisissais toujours ce qui était le moins cher, par une sorte de superstition.

« Ils ont le téléphone ici, dis-je. Peut-être ont-ils un annuaire. »

Nous étions toujours dans le hall sombre de l'hôtel, décoré dans le style polynésien. Il y avait une cabine téléphonique dans un coin. Ma mère alla jeter un coup d'œil dans l'annuaire et trouva aussitôt l'adresse du Travel Lodge, dans les pages jaunes, au milieu d'un encart publicitaire montrant l'inévitable ours somnambule. L'annonce disait qu'il était situé sur la Route n° 9.

« Et où est-elle, cette Route n° 9 ? dit ma mère en se rongeant un ongle, tout en pianotant de l'autre main sur la paroi métallique de la cabine. Comment veux-tu que je déniche un endroit pareil ? Ils disent que c'est juste à la sortie de la ville, mais je n'ai rien aperçu lorsque nous sommes arrivées.

— On n'est pas obligées d'aller là-bas. »

J'avais le sentiment d'avoir fait mon devoir. Je regardai le hall autour de nous. L'endroit avait l'air agréable. Je commençais à espérer que nous resterions ici.

« Allez, viens ! dit ma mère en remontant la courroie de son sac à main sur son épaule. On va essayer de trouver ce coin, puisqu'il le faut. »

Apparemment, elle partageait quand même mes préoccupations.

Mais à mi-chemin du parcours, sur la route du Travel Lodge, près d'une station-service, en plein carrefour, nous eûmes un accident. Ma mère percuta une voiture après avoir brûlé un feu rouge.

Assise au bord du carrefour, j'arrachais les brins d'herbe de la plate-bande qui bordait la station-service fermée derrière moi. Tout près, les deux véhicules avaient été poussés sur le côté et une voiture de police au gyrophare rouge s'était rangée devant eux, de manière à dévier le cours de la circulation. Debout, le policier écrivait dans un calepin tout en parlant à ma mère.

Elle agitait les mains dans tous les sens autour de son visage et de ses cheveux. Elle finit par croiser les bras sur sa poitrine, mais l'une de ses mains ne put résister et remonta jusqu'à son col, qu'elle tripota nerveusement.

« Je voulais qu'on reste dans cet hôtel. J'en était sûre. J'étais fatiguée. Je me connais. Bon sang... Avez-vous une idée du temps que ça va prendre, pour les réparations ? »

Elle se mit à se ronger un ongle. Le policier regardait la station-service déserte.

« Le problème, c'est qu'on est en plein week-end », dit-il.

Ma mère me dévisagea et hocha la tête. Le policier se dirigea vers l'autre conductrice, une femme en short et en chemise sans manches, qui paraissait parfaitement calme.

« Je ne t'écouterai plus jamais, me dit ma mère. C'est toujours moi qui ai raison. On veut économiser quelques malheureux dollars, et on finit par en dépenser des milliers. »

Il était dix heures du soir et il faisait enfin frais. Nous avions faim, car nous n'avions pas encore dîné. Après avoir relevé les numéros dont elle avait besoin, l'autre femme s'éloigna en nous faisant un petit signe de la main.

« Calmez-vous, Adele », lança-t-elle à ma mère.

Ma mère fit mine de s'arracher les cheveux.

« Calmez-vous, calmez-vous, c'est facile à dire ! Bon Dieu, écoutez-la ! Calmez-vous... elle peut parler, c'est elle qui va porter plainte... Avec ça, elle va pouvoir payer les études de ses gosses. Le truc, je le connais ! »

La femme se mit à rire et claqua la portière de sa voiture. Puis elle baissa la vitre.

« Je crois que le garage de Barry Manover est ouvert le samedi, dit-elle au policier.

— Maman, j'ai faim. »

J'avais le derrière gelé et il me semblait que nous allions passer la nuit ici.

« Eh bien, attends encore un peu, répondit ma mère. Si nous étions restées dans cet hôtel, nous serions sûrement en train de manger en ce moment. Nous aurions même déjà fini, et nous en serions au dessert. Mais à présent, il nous faut prendre notre mal en patience.

— Ça va durer encore longtemps ?

— Je l'ignore. »

Le policier revint vers nous. Il tenait toujours son calepin à la main.

« Nous avons fait tout ce que nous pouvions pour l'instant, dit-il. Je peux vous déposer où vous voudrez. Vous n'avez qu'à laisser la voiture ici pour ce soir. Vous téléphonerez demain matin pour qu'on vienne l'enlever.

— Il n'y a sûrement plus de place à l'hôtel maintenant », me dit ma mère.

Le policier avait, comme elle, des taches de rousseur sur les mains et sur les bras. Il rangea son calepin dans sa poche revolver.

« Vous êtes toutes les deux les bienvenues chez moi, si vous avez des problèmes, dit-il. Il y a largement de quoi vous loger.

— Oh non, merci beaucoup, mais c'est impossible.

— Ça ne pose vraiment aucun problème. Et ma femme prépare une tarte aux pommes du tonnerre, ajouta-t-il en me regardant.

— Je vous remercie sincèrement, mais nous ne pouvons pas accepter. (Ma mère avait le don d'inspirer ce genre de proposition ; j'ai dû attendre d'être plus âgée pour comprendre à quel point c'était un phénomène inhabituel.) Mais cela vous ennuierait-il de nous déposer au Luau ?

— Au contraire, madame. C'est un bon hôtel. »

Nous étions toutes les deux assises sur la banquette arrière pendant qu'il conduisait. Les vitres de la voiture étaient bardées de grillage.

« J'espère qu'ils auront encore une chambre libre », dit ma mère en étirant les doigts sur le siège et en regardant fixement ses ongles.

La vérité, c'est que lorsque nous cessions de nous disputer, nous avions exactement les mêmes goûts, ma mère et moi. Exactement. Et nous étions heureuses à l'hôtel Luau. En attendant que la voiture soit réparée, nous ne parlâmes pas une seule fois d'argent. La somme allait de toute façon être tellement élevée qu'il valait mieux ne pas y penser. Nous flemmardions pendant des heures, allongées sur le ventre en travers du lit, en battant mollement des pieds et en dévorant des romans. Je lisais *Autant en emporte le vent*. Un peu avant la fin, j'allai m'enfermer dans la salle de bains et séchai mes larmes avec une serviette. Au bout d'un moment, ma mère vint frapper à la porte.

« Chérie, ouvre-moi, je veux te dire quelque chose. »

Je restai de marbre et ne fis pas le moindre geste.

« Ne t'inquiète pas, ma chérie, elle va le retrouver plus tard. Ils seront réunis à la fin. »

Nous adorions la piscine. Durant ces longues journées où nous attendions que la voiture soit réparée, nous prenions le soleil de dix heures du matin à deux heures de l'après-midi, car ma mère avait lu quelque part que c'était le meilleur moment pour bronzer. Voilà ce que nous aimions faire : soigner notre forme. Nous nous prélassions sur nos chaises longues, la peau imbibée d'huile solaire à la noix de coco, tout en feuilletant les magazines que nous venions d'acheter. Puis nous allions nous baigner. Je me précipitais du haut du plongeoir, ravie par le contact brutal de l'eau contre mon corps, tandis que ma mère pénétrait lentement dans la partie la moins profonde du bassin, frôlant du bout des doigts la surface de l'eau tout en avançant prudemment, le sourire aux lèvres, en poussant des petits cris.

Elle portait un maillot blanc ; moi, j'étais en short de gymnastique. Une fois où j'étais étendue sur une chaise longue, elle souleva mon pied et examina la surface intérieure de ma cuisse.

« Abricot », commenta-t-elle.

Chez nous, un fermier avait construit une piscine entourée d'une palissade en aluminium. Cet été-là, nous jouions dans les champs non loin de là, Ben et moi, et nous avions essayé de regarder à travers les losanges de la clôture. Le fils du fermier avait voulu nous chasser en nous lançant des cailloux et des graviers.

« Propriété publique ! » lui avions-nous crié. Nous étions restés assis là, à Guns Field. Nous n'étions que des enfants, mais nous savions très bien à qui la terre appartenait.

Tous les jours en fin d'après-midi, après nos heures de bronzage, nous sortions. L'habillage nous prenait beaucoup de temps. Ma mère appelait la réception de l'hôtel pour qu'on nous monte une carafe de citron pressé bien glacé. Elle leur recommandait de ne pas mettre trop de sucre — un peu quand même, mais pas trop, comme hier, une pincée, juste assez pour qu'on ne sente pas l'acidité. Mais il ne fallait pas non plus que ce soit trop sucré. Celui de la veille, maintenant qu'elle y repensait, était justement trop acide, en revanche avant-hier c'était parfait. Toute cette discussion avait lieu par téléphone. Ma mère était le genre de cliente que les employés auraient volontiers étranglée.

Nous prenions chacune une douche et nous nous lavions les cheveux ; avant la crème de rinçage, nous mélangions du jus de citron au shampooing. Puis nous nous passions du vernis sur les ongles. Et ce n'était qu'un début. Ensuite venaient la crème pour le corps, celle pour le visage, les bigoudis, la laque et un maquillage en règle.

Le temps passait, et je ne pouvais pas m'empêcher de penser que nous n'avions pas les moyens de nous offrir tout ça, et que les choses allaient horriblement mal tourner lorsque viendrait le moment de payer. Je ne sais pas au juste comment je me représentais la scène : je nous imaginais dépouillées de tout, plus rien, la dèche complète, poches vides, cauchemar absolu, plus d'argent pour manger, immobilisées en plein soleil sur une dalle de ciment, incapables de faire un pas de plus, et la vie qui s'arrête comme le mécanisme d'une horloge détraquée.

Mais le temps reprenait son cours. Dans nos robes d'été sans manches et nos sandales blanches en cuir vernis, nous arpentions le quartier des boutiques de luxe. Il y en avait une qui vendait des animaux exotiques ; nous nous y arrêtions tous les jours. Nous avions été attirées par une réclame dans la vitrine pour deux putois spécialement traités afin d'être débarrassés de leur odeur.

« Évidemment, on ne peut pas vraiment l'éliminer à cent pour cent », nous avait expliqué à l'intérieur un vendeur aux cheveux blonds. Il nous avait ensuite montré un petit raton laveur qui venait de naître. Nous l'avions longuement observé en train de se lécher les pattes ; ses mouvements rappelaient ceux des chats, mais sa tête était à la fois plus délicate et plus expressive.

J'avais envie de ce raton laveur plus que de tout au monde. Et ma mère ne disait pas non. Mais il fallait attendre que nous ayons quitté le Luau avant de prendre une décision, et nous ignorions encore quand nous allions partir.

Dans un magasin de porcelaine, ma mère souleva une assiette blanche et me la montra.

« Tu vois comme ce travail est fin ? »

Si elle ne me l'avait pas dit, je n'aurais rien remarqué. Mais je me rendis compte de la finesse d'exécution de l'assiette, dont la surface était légèrement nacrée, comme si elle avait été recouverte d'une mince pellicule d'eau.

« Ton arrière-grand-mère avait tout un service de ce style. (Elle retourna l'assiette pour déchiffrer les minuscules caractères qui étaient gravés au revers.) Oui, c'est bien ça. C'est une Spode. »

Je me souvenais de mon arrière-grand-mère presque chauve, traversant le jardin pour aller porter de l'avoine et de l'eau au poulain de Hal. Je ne comprenais pas ce qu'elle voulait dire.

« Ah... Bien sûr, tu ne t'en rends pas compte, mais ton arrière-grand-mère était quelqu'un de très élégant. Ta grand-mère pourrait l'être, elle aussi, mais ce n'est pas le cas. Nous deux, nous ressemblons à ton arrière-grand-mère, Winnie l'ourson. Nous sommes de la même race, c'est d'elle que nous tenons. »

Je ne comprenais toujours pas ce qu'elle voulait dire.

Une semaine après l'accident, nous eûmes de bonnes nouvelles. La note du garagiste était bien inférieure à ce que nous avions redouté, et ma mère donna de la main à la main quatre-vingt-dix dollars à l'autre femme pour le remplacement de son pare-chocs. Elles étaient convenues toutes les deux de ne pas prévenir leurs compagnies d'assurances.

Tout cela était parfait, sauf que cela signifiait que nous allions repartir. La voiture devait être prête le lendemain. Ma mère était assise au bord du lit et se limait les ongles. Elle reposa doucement le combiné du téléphone.

« Il y a encore deux ou trois choses que j'aimerais voir dans le coin », dit-elle.

Nous allâmes à la piscine, en essayant de ne penser à rien. Cela nous parut facile, après avoir déplié nos serviettes et nous être étendues sur le ciment chaud. J'avais beaucoup bronzé et j'étais devenue toute noire pendant la semaine que nous avions passée ici. Les taches de rousseur de ma mère avaient foncé et elle avait des coups de soleil sur les épaules et sur le visage. Ses cheveux étaient plus clairs. Ce jour-là, elle se leva et rentra à l'hôtel avant moi. Il fallait qu'elle fasse attention de ne pas s'exposer trop longtemps.

J'étais dans le bassin, les mains appuyées sur le rebord, et je donnais des coups de pied dans l'eau derrière moi. Je me faisais du souci pour mes genoux. Depuis peu, j'avais remarqué qu'ils étaient gras, et non pas noueux ou chevalins comme ceux de ma mère. J'espérais que les battements les rendraient un peu moins laids. Autour du bassin, des femmes somnolaient sur leurs chaises longues. Je pensai de nouveau à mes genoux. Après tout, de gros genoux bronzés valent toujours mieux que de gros genoux pâles, me dis-je.

Ma mère m'appela tout à coup.

« Nous allons visiter une maison, me dit-elle en me tendant une serviette. Va vite prendre une douche. Et ne traîne pas. »

Une fois lavées et habillées, nous attendîmes à l'extérieur du Luau. Ma mère m'avait dit qu'une femme du nom de Gail, qui travaillait pour une agence immobilière, allait venir nous prendre. Elle avait une drôle de voix et n'avait pas voulu me donner d'autres explications. J'avais donc accepté la situation comme si tout cela était parfaitement naturel. Ici d'ailleurs, à Scottsdale, plus rien ne pouvait me surprendre. Il y avait bien longtemps que les choses avaient cessé d'être ordinaires.

Gail arriva et donna un coup de Klaxon. Je montai à l'arrière tandis que ma mère s'installait à l'avant, à côté d'elle. Elles échangèrent quelques rapides phrases de présentation. Ma mère expliqua que nous venions juste d'arriver, que nous étions de Bay City, dans le Wisconsin, et qu'elle voulait s'installer ici à cause du climat.

« Je n'aurais pas pu supporter de passer un autre hiver là-bas, dit-elle en baissant sa vitre et en jetant un coup d'œil à l'extérieur. Scottsdale me plaît. L'air y est sec. »

Gail Letterfine était très bronzée ; cheveux gris clair, vêtements de couleurs vives et bijoux indiens en turquoise.

« Vous allez adorer cette maison, dit-elle. C'est une vraie merveille. Je n'ai pas eu une occasion pareille à proposer depuis plus d'un an. »

Elle nous conduisit au sommet d'une colline au sol terne et terreux. Il n'y avait pas la moindre pelouse en vue. J'étais sagement assise à l'arrière, muette comme une carpe. Je regrettais de ne pas avoir apporté *Autant en emporte le vent*. Je savais qu'il valait mieux que je me taise, pour ne pas risquer de contredire ma mère. J'avais l'impression qu'elle mentait, mais je n'en étais pas certaine. Et j'ignorais pourquoi elle agissait ainsi. Généralement, elle aimait bien que je parle devant les étrangers, que je me comporte comme une enfant. Mais j'étais fâchée, et je me contentai de regarder le paysage défiler derrière la vitre.

Gail Letterfine gara la Mustang sur un terre-plein caillouteux, près d'une fontaine dont le bassin était tapissé de pièces de monnaie qui brillaient au soleil. Rien que d'où nous étions, je me rendis compte que nous n'avions jamais vu une résidence pareille. Ce genre de maison n'existait pas à Bay City. Une jeune femme nous ouvrit la porte. Je compris qu'il s'agissait d'une domestique à cause de sa petite robe noire et de son tablier blanc. Jusqu'ici, nous n'avions jamais vu de domestique en chair et en os — enfin, moi du moins je n'en avais jamais vu, j'ignorais ce qu'il en était pour ma mère. Lorsque nous étions sur la même longueur d'onde, nous n'avions aucun secret l'une pour l'autre. Mais en ce moment, il me semblait que ma mère me cachait la vérité. Elle savait combien je pouvais être nerveuse.

La domestique partit chercher la propriétaire. Gail Letterfine ouvrit une porte, qui s'avéra être celle d'un placard. « La penderie », annonça-t-elle, comme s'il s'agissait de sa propre maison.

Le salon était immense. Un sol carrelé de tommettes rouges, des murs très hauts. Les grandes baies vitrées qui couraient sur deux côtés de la pièce donnaient sur la campagne environnante, jusqu'en bas de la colline. Il n'y avait aucun meuble, à l'exception d'un grand piano noir et de quelques chaises alignées le long des murs.

La propriétaire arriva et nous accueillit. Comparée à sa maison, elle faisait l'effet d'une femme ordinaire. Elle avait des cheveux châtains et un visage avenant. Elle portait des bas sous sa robe grise.

Gail Letterfine nous présenta et la dame nous fit faire le tour de sa demeure. Par les fenêtres, nous aperçûmes le terrain aride, couleur d'argile, qui s'étendait derrière la maison. Une piscine ovale y dessinait une tache bleu turquoise. Des fraisiers étaient plantés dans des bacs en terre ; leurs fruits lourds et abondants débordaient des récipients et penchaient vers le sol. Chaque fois que nous pénétrions dans une pièce, la propriétaire restait sur le pas de la porte, tandis que Gail Letterfine nous en vantait les dimensions. Dans la cuisine, elle ouvrit tous les placards et je vis des rangées de boîtes de soupe et de pots de confitures, comme chez ma grand-mère. Gail nous fit ensuite admirer l'évier, le réfrigérateur, la cuisinière, avant de se lancer dans une longue tirade sur le système de plomberie. Vu la manière dont ma mère allait et venait dans la pièce, il était évident que le sujet ne la passionnait pas.

« Et tous ces objets ? demanda-t-elle en saisissant sur la table de la cuisine un chandelier mexicain finement ouvragé. Est-ce que vous les vendez aussi ? Ils vont si bien avec la maison, ce sont eux qui en font tout le charme.

— Non, dit la propriétaire en secouant la tête, je suis désolée. »

Ma mère aimait bien cette femme, c'était visible. Elle dégageait une impression de calme, de quiétude. Il y avait au contraire quelque chose de dur chez Gail Letterfine, qui était en train de nous montrer, du bout de ses espadrilles, les plinthes de la cuisine. Ma mère aurait sûrement préféré discuter avec la dame en gris. C'était peut-être pour cela que nous étions venues ici : parce que ma mère regrettait la compagnie de ses amies.

Les chambres et les salles de bains étaient de dimensions standard.

« Voici la chambre de ma fille, dit la dame en ouvrant la dernière porte qui donnait sur le hall. Elle est partie à l'université.

— Ce sera la tienne », dit ma mère en me poussant du coude.

Nous visitâmes la salle de bains mitoyenne, munie d'une coiffeuse et d'un grand miroir. Au-dessus de la baignoire le carrelage était décoré de coquillages et d'étoiles de mer.

« Pas mal », commenta ma mère en me faisant un clin d'œil.

Les trois femmes regagnèrent la salle à manger en passant par le hall. La dame en gris avait proposé de faire du thé et ma mère avait aussitôt répondu qu'elle en prendrait volontiers.

J'étais restée dans la chambre. Dehors, l'eau clapotait contre les bords de la piscine. Une brise légère formait des vaguelettes à la surface. Je m'assis sur le lit à une place. Des animaux en peluche trônaient sur l'oreiller. Deux pompons se balançaient au sommet du tableau noir.

Je m'étendis en essayant de m'imaginer le visage de la fille partie à l'université. Je me disais que si j'habitais ici, entre ce lit, ce tableau noir, ce bureau fonctionnel et cette penderie, je mènerais sûrement le même genre de vie qu'elle. La transparence complète. Elle avait abandonné sa chambre pour partir à l'université, et maintenant n'importe qui pouvait y entrer, découvrir le cadre où elle avait vécu.

Je respirais plus lentement. Je commençais à croire que ma mère avait changé d'avis à propos de la Californie, et que nous allions vraiment venir nous installer ici, dans cette maison.

C'était agréable d'être ainsi étendue sur ce lit, en écoutant le léger frémissement de l'eau par la fenêtre ouverte. Je faillis m'assoupir. Mais je me relevai quelques minutes plus tard, prise d'une brusque fringale. Je descendis et traversai le hall, en pensant à la dame en gris. Je ne sais pas pourquoi, mais j'avais la certitude qu'elle allait m'offrir des biscuits et un verre de lait.

Elles étaient toutes les trois assises sur des chaises tapissées de beige, dans la salle à manger. Ma mère serrait les genoux ; ses mollets formaient deux lignes parallèles qui semblaient refléter ceux de la femme assise en face d'elle, de l'autre côté de la pièce. Elle buvait son thé à petites gorgées, en gardant longuement la tasse entre les lèvres, pour mieux savourer la boisson.

« Est-ce qu'il sera possible de construire une cabine de bain dehors ? demanda-t-elle. Ce serait absolument charmant. »

Gail Letterfine releva ses lunettes à montures d'argent, retenues autour de son cou par une petite chaînette, également en argent. Elle nota la question de ma mère dans un minuscule carnet.

« Il vous faudra une autorisation, dit-elle en tapotant le bras du fauteuil du bout de son stylo. Mais je ne pense pas que ça pose le moindre problème.

— J'aimerais bien être fixée.

— Voyons... A qui faut-il s'adresser, déjà ?... Ah, voilà. Un certain Mangold. »

Ma mère se leva et me rejoignit devant les panneaux coulissants de la baie vitrée. Elle me passa la main dans les cheveux.

« Mais à part ça, la maison vous intéresse ? demanda Gail Letterfine en refermant son carnet.

— Eh bien, mon mari arrive la semaine prochaine, et il faudra qu'il la voie, évidemment.

— Évidemment, opina la dame en gris, comme si elle comprenait parfaitement.

— Mais je suis sûre qu'elle lui plaira. C'est tout à fait ce qu'il nous faut. (Elle leva les yeux vers les extrémités du plafond.) Oui, j'en suis certaine. Et toi, Ann, qu'est-ce que tu en penses ? »

Je vacillais encore du coup qu'elle m'avait porté en mentionnant son mari : un rêve transformé en cauchemar. Sa phrase me tournait dans la tête comme un train électrique et, à l'entrée en gare, au troisième passage, je n'y comprenais toujours rien. Il était hors de question que Ted nous rejoigne ici. Vu la manière dont nous nous étions servies de sa carte de crédit, cela me paraissait tout à fait exclu.

« J'ai faim, maman », répondis-je.

Je me sentais aussi déçue par la dame en gris. C'était comme si elle m'avait promis quelque chose, pour finalement ne rien me donner.

Ma mère passa une nouvelle fois la main dans mes cheveux.

« Je crois qu'il vaut mieux que nous partions et que nous allions chercher de quoi nourrir cette petite », dit-elle en souriant.

Elle adorait les remarques naïves et enfantines que je faisais devant les étrangers. Moi aussi, d'ailleurs. Ça nous donnait à toutes les deux l'impression d'être normales. Ma mère aimait à laisser croire aux gens que j'étais une enfant gâtée.

Avant de rentrer en ville, Gail Letterfine nous emmena visiter le site construit par Frank Lloyd Wright à Taliesin West, dans le désert. Je me demandai pourquoi on en faisait tout un plat. Il y avait des bulldozers dans tous les coins et de gigantesques remblais de terre s'élevaient de partout, comme lors des travaux de prolongement d'une autoroute. Le décor était recouvert de sable et de poussière et il faisait si chaud qu'entre mes orteils la languette de mes sandales m'avait entaillé la peau.

« Le coin est superbe », dit ma mère. Elle tourna un instant son visage vers le soleil, puis poussa d'un geste nonchalant la porte de la boutique de souvenirs climatisée.

L'une des raisons pour lesquelles ma mère était aussi drôle, c'est qu'elle ne se cassait jamais la tête. Avec elle, on n'était pas obligé de passer des heures dans les musées. Si ça ne nous plaisait pas, on ressortait et on allait ailleurs, au restaurant par exemple. Elle n'était pas du tout à cheval sur la discipline.

Des cloches métalliques de toutes tailles étaient suspendues au plafond de la boutique.

« Il y a des gens qui viennent des quatre coins du monde pour acheter ces cloches, dit Gail Letterfine. A ce prix, c'est vraiment une affaire. Ce seront bientôt des pièces de collection. »

Après avoir passé un temps fou à choisir le modèle qui lui convenait, ma mère en acheta une.

« Ce sera parfait pour la maison, tu ne trouves pas ? » me dit-elle avec un clin d'œil.

Je la regardai de travers.

Gail nous emmena ensuite déjeuner, en début d'après-midi. Nous mangeâmes comme des goinfres, recommandant chacune des desserts et des suppléments. Nous nous comportions comme si nous avions été dans un de nos motels, sans nous soucier du prix, mais cette fois-ci il s'agissait d'un restaurant élégant : la note allait sûrement être salée, et notre carte Mobil risquait fort de ne pas être acceptée. Ma mère discuta un moment lorsque Gail voulut régler l'addition et je lui lançai de violents coups de pied sous la table. Le soir, après avoir ôté ses bas, elle me montra les bleus que je lui avais faits, en me disant qu'elle savait pertinemment que Gail allait insister pour payer. Et c'est bien ce qui s'était passé. Gail avait empoché la facture.

« Ne vous inquiétez pas, ça passera sur ma note de frais, avait-elle dit. Pas de problème. »

Elle nous avait déposées devant le Luau.

« Bon. Demain matin, après le petit déjeuner, je vous apporterai le brouillon du contrat, pour que nous puissions discuter des conditions. Bye-bye ! » lança-t-elle avant de s'éloigner en agitant une main potelée.

Nous regardâmes sa voiture disparaître. Tout d'un coup, j'éprouvai une certaine tristesse à l'idée de devoir quitter Scottsdale. J'avais fini par trouver Gail sympathique.

« Bon, dit ma mère en haussant les épaules. Nous n'aurons pas besoin de dîner, après un tel repas. Si nous allions faire un tour ? »

Nous déambulâmes à pas lents dans les rues parce que nous étions lourdes d'avoir trop mangé, que c'était la fin de l'après-midi, qu'une brise tiède et légère soufflait et que nous devions partir le lendemain. Nous franchîmes un porche et débouchâmes sur une cour intérieure où plusieurs petites échoppes tenaient commerce. Ma mère avait repéré la boutique d'un parfumeur, un aveugle qui mélangeait et fabriquait lui-même les parfums qu'il vendait. Il nous montra une quantité d'essences différentes, extraites de diverses sortes d'huiles, d'herbes, de feuilles et de fleurs.

« Elles sont toutes naturelles », nous précisa-t-il.

Il conservait ses essences dans des petits flacons en verre alignés sur des étagères. Je flânai dans la boutique pendant qu'il discutait avec ma mère. Il versait des gouttes de différents flacons sur une plaque de verre, les mélangeait, et les lui faisait essayer en les étalant sur son bras du bout de son compte-gouttes.

Ils trouvèrent finalement le mélange qui lui convenait. Je ne pus m'empêcher de rire : il était à base de muguet, de feuilles de rosier sauvage, de lilas et d'herbe cueillie sur une pelouse tout à fait ordinaire.

« Ça me rappelle mon enfance, dit ma mère en me tendant son bras. J'ai grandi au milieu de toutes ces odeurs. Sens un peu ça. »

Ils décidèrent d'appeler ce parfum *Joie d'Adele*[1] et ma mère en commanda pour cent cinquante dollars, ce qui correspondait à huit flacons du plus petit modèle dont disposait le parfumeur. Elle lui demanda s'il pouvait les préparer cette nuit même, car nous devions quitter Scottsdale le lendemain matin. L'homme avait une drôle d'allure. Son visage lunaire était d'une pâleur laiteuse. Il portait un costume marron et se déplaçait lentement, en regardant ses pieds. Mais on voyait que ma mère lui plaisait. Il y a des gens comme ça, qui laissent voir leurs sentiments. Les étrangers aiment presque toujours ma mère. Et même lorsqu'on la déteste, qu'on ne peut pas la supporter, ou qu'elle a été jusqu'à briser votre vie, il

1. En français dans le texte. (*N.d.T.*)

demeure quelque chose d'attirant en elle, un charme, une séduction subtile. Elle reste fidèle à elle-même. Quoi que vous fassiez, vous ne l'atteindrez jamais. Et lorsqu'elle disparaîtra, le monde sera sûrement bien terne, bien trop raisonnable. Et très ennuyeux.

A peine étions-nous sorties de la boutique que la discussion commença.

« Nous ne pouvons pas nous permettre une folie pareille ! éclatai-je en faisant demi-tour pour la dévisager. *Cent cinquante dollars !* Pour du parfum ! En plus de la voiture et de l'hôtel !

— Tu peux parler... Combien crois-tu que coûte ton raton laveur ? »

Nous continuâmes de marcher en criant de la sorte jusqu'au magasin d'animaux exotiques. Le petit raton laveur était dans la vitrine, recroquevillé contre une coupe remplie d'eau où il avait plongé l'une de ses pattes.

« Tiens, regarde son prix : cent dollars ! Et en plus ça mange, ces bestioles ! Nous en aurons au moins pour quinze dollars de nourriture par semaine. Le parfum me durera bien cinq ans. Je sais prendre soin des choses, pour qu'elles me fassent du profit. Regarde ce que j'ai sur le dos. Je n'ai pas acheté un seul vêtement depuis des années ! C'est qu'au départ, j'avais choisi de la bonne qualité. »

C'était un mensonge éhonté. Elle n'arrêtait pas de s'acheter des tas de trucs. Je restai debout devant le magasin, frappant du doigt contre la vitrine pour que le raton laveur tourne les yeux vers moi. J'avais déjà projeté de l'emmener avec moi dans ma nouvelle école, l'année prochaine. Je l'aurais juché sur mes épaules et je serais partie avec lui, à bicyclette.

« J'imagine qu'on n'aura pas les moyens de l'acheter, lui non plus, dis-je.

— N'oublie pas : c'est à moi que revient la tâche de dénicher un mari, dans cette famille. Il faut bien que je te trouve un père.

— Tu pourras toujours acheter du parfum en Californie.

— Non, pas le même. Il n'y a que trois parfumeurs de ce genre dans le monde entier. Le premier est en Italie, le deuxième en France, et celui-là est le seul de tous les États-Unis.

— C'est lui qui le dit.

— Arrête de donner des coups de pied dans ces cailloux, tu esquintes tes chaussures. Quand elles seront fichues, nous n'aurons plus de quoi acheter une autre paire. »

Nous comprîmes l'une et l'autre qu'il valait mieux renoncer à nos envies respectives, et nous fîmes une croix sur le raton laveur et sur *Joie d'Adele.* Mais c'était moins injuste ainsi, puisque nous nous privions toutes les deux.

Ce soir-là, nous fîmes nos bagages. Ma mère rangea soigneusement la cloche de Taliesin entre plusieurs épaisseurs de serviettes de l'hôtel. Elle alla régler notre note, qui se révéla plus élevée que prévu.

« Trois cents dollars, m'annonça-t-elle en fronçant le nez et en haussant les sourcils. Tu sais qu'on a bien fait de ne pas acheter ce raton laveur. »

Gail Letterfine devait passer nous prendre à neuf heures du matin pour le petit déjeuner. Avant le lever du soleil, nous avions déjà franchi la frontière du Nevada.

J'y ai souvent repensé par la suite, en regrettant de ne pas avoir laissé ma mère acheter ce parfum. J'avais eu un petit pincement au cœur le matin où nous étions parties, en songeant à ce pauvre homme qui nous attendait et qui avait soigneusement empaqueté les huit flacons de *Joie d'Adele.* J'aimerais bien tout d'un coup sentir ces effluves de muguet, de feuilles de rose, de lilas et d'herbe. Il y a des années que nous n'avons pas revu la maison. Le parfumeur a dû avoir de la peine en voyant que nous nous étions moquées de lui, et il a sûrement pensé pis que pendre à notre sujet. Pourtant, il se trompait : ma mère le trouvait vraiment sympathique. C'était moi la seule fautive.

Des années plus tard, alors que nous habitions en Californie, nous avons appris sa mort dans les colonnes de *Vogue.* L'entrefilet nécrologique disait qu'il était le seul artisan parfumeur de tous les États-Unis ; il ne nous avait donc pas menti. Apparemment, personne n'avait pris sa relève. Si l'article avait mentionné le nom d'un éventuel successeur, je lui aurais commandé quelque chose pour en faire la surprise à ma mère.

« Tu vois... Nous aurions dû aller chercher ce parfum, soupira-t-elle en me montrant l'article. Tu te souviens, il l'avait créé spécialement pour moi. Ça aurait sûrement de la valeur à présent.

— Mais tu aurais déjà tout utilisé depuis longtemps ! »

Le visage de ma mère change aussi vite que la météo. Elle haussa les épaules et fronça le nez.

« Tu as probablement raison », dit-elle.

Mais je n'arrivai pas à me défaire d'un sentiment de culpabilité.

Ma mère a précieusement conservé la cloche que nous avions achetée à Taliesin. Elle l'a emmenée partout où elle est allée, l'accrochant toujours bien en évidence dans ses nombreuses résidences successives.

« Les gens viennent des quatre coins du monde pour acheter les cloches de Taliesin, dit-elle à tous ses visiteurs. Ce sont des pièces de collection. »

Elle avait cru tout ce que Gail Letterfine lui disait, comme si nous étions les seules personnes sur terre à savoir raconter des bobards.

Cela faisait du bien à ma mère, de m'abandonner parfois ainsi au bord de l'autoroute, puis de revenir me chercher. On aurait dit qu'elle voulait se prouver quelque chose à elle-même. Une fois que j'étais remontée dans la voiture, elle se montrait souriante, détendue, comme si elle s'était débarrassée d'un poids et qu'une nouvelle chance venait brusquement de nous être offerte.

Je me souviens d'un jour, bien des années plus tôt, où je lui avais échappé ; elle me courait après et m'avait poursuivie jusqu'à la cuisine. Là, ses longs bras en appui sur la table, elle s'inclinait tantôt vers la droite, tantôt vers la gauche, pour me bloquer le passage.

« Et maintenant, où comptes-tu aller ? » criait-elle.

C'était à l'époque où nous habitions chez ma grand-mère.

Je me précipitai sous la table, découvrant par la même occasion les membres inférieurs de toute la famille : le complet bleu de Jimmy, les genoux de Ben couverts d'écorchures et de cicatrices, les bas plissés et opaques de ma grand-mère émergeant de ses bottines noires, et les longues jambes gainées de nylon de ma mère. Les muscles de ses mollets frémissaient comme de petits animaux aux abois. Je savais que je ne pouvais pas m'échapper. Je rampai vers mon oncle et l'attrapai vivement par la jambe ; je m'agrippai aux plis de son complet bleu tout en pleurant et en poussant des cris d'orfraie, sans lâcher prise. Je me disais que Jimmy était le plus fort de toute la famille. Carol nous tournait le dos, un peu plus loin, elle nettoyait la desserte avec une éponge.

Jimmy passa la main sous la table et me saisit par la peau du cou. Il me faisait mal, mais je parvins à desserrer son étreinte et à m'éloigner de lui. Il avait un visage rond et inexpressif.

« Il va falloir que je te rende à ta mère, dit-il.

— Jimmy, passe-la-moi ! hurla ma mère. C'est ma fille, tu entends ! Elle est à moi ! »

Du bout des genoux, Jimmy me poussa dans sa direction et elle me sauta dessus. Ben quitta la pièce lorsqu'elle m'envoya valdinguer contre le réfrigérateur. Les autres évitèrent de nous regarder et nous tournèrent le dos tandis que nous nous battions. Puis Jimmy sortit à son tour, la porte de la cuisine claqua derrière lui. Carol le suivit en secouant la tête. Toute la famille avait déserté la pièce.

Je rendais coup pour coup à ma mère, je la mordais, je lui tirais les cheveux, en me battant comme si ma vie en avait dépendu. Elle disait toujours que dans ces cas-là je me transformais en bête sauvage. Il y avait quelque chose de juste dans cette comparaison : lorsque je retroussais les lèvres en lui montrant les dents, je sentais de violents picotements dans le creux des genoux, tandis qu'un étrange frisson me parcourait l'échine.

Plus tard, on me couchait, meurtrie et contusionnée. Je restais immobile dans le lit et la maison semblait déserte. Le contact des draps était incroyablement léger sur ma peau. Ma grand-mère m'allongeait dans son propre lit, elle mettait des draps propres qui avaient séché le jour même. Un peu plus tard, les autres venaient prendre de mes nouvelles, mais dans l'immédiat tout m'était égal.

Une fois rétablie, lorsque je pouvais me lever et marcher de nouveau, ma mère ne m'avait toujours pas pardonné. Elle faisait traîner les choses et m'ignorait pendant des jours. Elle allait et venait dans la maison, comme une étrangère, en faisant mine de ne pas me connaître. Elle laissait ma grand-mère s'occuper de moi. Elle retroussait le bas de son pantalon et les manches de sa chemise pour bien montrer les bleus et les traces de morsures dont elle était couverte.

« Regardez ce qu'elle m'a fait, cette petite peste, disait-elle au facteur sur le pas de la porte. C'est une vraie tigresse. »

Peut-être les choses étaient-elles déjà pour elle, quand nous nous raccommodions, ce qu'elles seraient plus tard — peut-être s'agissait-il à ses yeux d'un seul et même cercle revenant à son point de départ. Cette fois-là, elle me réveilla au milieu de la nuit, elle voulait me parler. Elle me regarda au fond des yeux d'un air ému en me tripotant de partout, même là où je n'aimais pas. Elle paraissait sincère et me jura qu'elle ne me quitterait jamais, ce qui était pour l'heure le cadet de mes soucis.

Je lui dis que je la croyais.

Nous étions dans le Nevada lorsque ma mère m'abandonna pour la dernière fois sur le bord de la route. J'ignore pourquoi elle ne recommença plus par la suite ; peut-être était-ce parce que nous avions presque atteint la Californie. Me déposer n'importe où sur une autoroute était une chose ; le faire à l'endroit où nous allions vivre en était une autre. Après tout, j'étais suffisamment âgée pour avoir des ennuis.

La dernière fois, dans le Nevada, les choses se passèrent différemment. Parce qu'elle me laissa à quelques centaines de mètres d'une station-service Arco, dont je distinguais au loin le bâtiment. Elle me déposa et repartit, la voiture disparut à l'horizon, mais cette fois-ci je ne pleurai pas. Je me mis à marcher, sur le bas-côté de la route, en direction de la station. Je voulais donner un coup de fil.

Il n'y a pas que l'amour dans la vie, me disais-je. Je ne voulais pas appeler Benny, il n'avait qu'un an de plus que moi, il n'aurait rien pu faire.

J'arrivai à la station-service. Je n'avais pas un sou en poche, mais j'avais pris ma décision. Je m'approchai d'un jeune homme qui était adossé à la pompe et qui suçotait une bouteille de Coca-Cola vide. Je lui demandai s'il pouvait me prêter une pièce de dix cents. Il fouilla dans les poches de son jean et m'en tendis une.

« Tu peux la garder, me dit-il. Inutile de me rembourser. »

Et comme je repartais de l'autre côté de la station, où se dressait une cabine téléphonique, il s'exclama soudain :

« Hé ! D'où est-ce que tu sors ? »

Je glissai la pièce dans l'appareil et obtins la tonalité. Je dis à l'opératrice que je voulais appeler en PCV. Je lui donnai mon nom et j'attendis que la sonnerie retentisse à l'autre bout. Le grésillement de la ligne me suffisait déjà. Je me représentais le vieux téléphone noir, sur la desserte de la cuisine, tout en respirant silencieusement. Je savais exactement quelle lumière baignait la pièce à cette heure de la journée, la manière dont le Skaï des fauteuils vous collait aux cuisses à force d'avoir été chauffé et ramolli par le soleil. Je voyais le reste de gâteau sous sa cloche de verre, et sa croûte de sucre glace répandue sur l'assiette comme de la cire fondue. Le vestibule vide, balayé avec soin, avec son tapis aux motifs floraux laissant apparaître sur ses bords les lattes cirées du parquet. Des napperons de dentelle blanche trônaient sur tous les meubles de la maison. Dehors, les arbres du jardin étaient agités par le vent, les champs frissonnaient, et à l'extrémité du paysage se dressait l'ancienne laiterie, désormais transformée en grange.

Le téléphone se mit à sonner. Je l'entendis vibrer dans la maison vide. Peut-être ma grand-mère était-elle au jardin, ou au Red Owl. Ou même au cimetière, en train de refleurir les tombes. Je fus brusquement convaincue qu'il n'y avait personne à la maison. Ted devait être au travail, et Jimmy en déplacement.

« Allô ? »

La voix de ma grand-mère était si ressemblante que je faillis raccrocher. Pour la première fois, le téléphone me parut être une invention qui tenait du miracle. Je regardai autour de moi les poteaux et les fils qui couraient le long des collines arides. Nous étions en plein désert. J'ignorais jusqu'au nom de cet endroit.

« Ann vous demande en PCV, dit la voix de l'opératrice. Acceptez-vous la communication ?

— Mais bien sûr ! Ann ? Où es-tu donc ?

— Je vais bien. Je suis dans le Nevada. »

De son côté, l'opératrice raccrocha.

« Eh bien, qu'est-ce que vous avez fait de beau ? poursuivit ma grand-mère ; elle paraissait déroutée, et je me rendis compte qu'elle essayait de savoir si j'avais des ennuis.

— Pas grand-chose. Je ne sais pas. On a roulé. »

Une pancarte surplombait l'autoroute. L'affiche, décollée dans un coin, battait mollement. On y apercevait une famille au volant d'une voiture rouge. C'était une publicité pour l'État du Nevada.

« Alors, tu t'amuses bien ?

— Oui, je crois.

— Est-ce que tu as besoin de quelque chose, Ann ? »

Sa question me fit tressaillir et je fus incapable de répondre. J'éloignai le récepteur de mon oreille. Je voulais rentrer à la maison, mais je ne pouvais articuler un mot. C'était trop dur à expliquer.

La maison, là-bas, me semblait minuscule, immuable, coupée de tout. Je répondis enfin, en essayant de parler d'une voix normale.

« Non, j'appelais juste pour te dire bonjour.

— Eh bien, c'est gentil. Tu nous manques beaucoup, ici. »

J'entendis un petit bruit, comme si ma grand-mère tapait sur quelque chose. Ses ongles étaient toujours longs, taillés en ovale, sans vernis ; elle était en train de pianoter du bout des doigts sur ses dents de devant.

« Ta mère est avec toi ?

— Elle est aux toilettes, dis-je.

— Eh bien... Je t'aime. Nous t'aimons tous. »

Elle se tut un instant, embarrassée de cet aveu.

« Au revoir, dis-je.

— Je ne pourrais pas parler une seconde à ta mère ?

— Non, elle en a pour une éternité. Tu la connais, elle est en plein maquillage.

— Je vois qu'elle n'a pas changé.

— Non. »

Je raccrochai et la maison au loin se replia sur elle-même, silencieuse et secrète. Je n'arrivais plus à voir à l'intérieur. Elle s'effaça peu à peu et disparut enfin totalement. J'allai m'adosser dehors contre la paroi de la cabine et laissai le vent me caresser le visage. Les collines basses s'étendaient à l'infini.

« Hé, tu veux faire un tour ? »

Je croisai les bras et m'apprêtai à répondre non au jeune homme, mais à cet instant la voiture de ma mère apparut à l'horizon. Je fis demi-tour, et attendis. Elle ralentit au niveau de l'endroit où elle m'avait laissée.

Peut-être fut-ce pour cela qu'il n'y eut pas d'autre fois : parce que je n'étais plus là. Ma mère roula, très lentement, en direction de la station. Elle me cherchait. Je donnais des coups de pied dans le bitume, peu pressée de la voir arriver. Les champs étaient immenses, brûlés de soleil. L'air vibrait et ondulait au-dessus du goudron chaud. Près de la pompe, l'eau d'un seau scintillait, sombre et luisante.

Dès que ma mère m'aperçut, elle coupa le contact et descendit de la voiture.

« Ann ! Tu m'as fichu une de ces frousses ! »

Le garçon siffla. Je souris et baissai les yeux. Il regardait mes jambes.

« Ann, remonte dans la voiture », dit ma mère.

De mon siège, je l'apercevais encore. Je serrai la pièce de dix cents dans ma main.

« Qui as-tu appelé ? »

Elle me regardait fixement, attendant ma réponse.

« Personne. »

Elle poussa un soupir et remit la voiture en marche.

« Tu ne pouvais pas attendre que nous soyons arrivées ? Ta grand-mère est âgée, fiche-lui un peu la paix. Elle n'en a plus pour si longtemps. »

Je laissai pendre mon bras par la fenêtre. Maintenant que nous roulions, l'air était presque palpable, je le sentais au creux de ma main, aussi ferme et onctueux qu'un sein.

Ma mère était de meilleure humeur. Elle conduisait calmement, ses épaules s'étaient relâchées. Son pied appuyait par intermittence sur l'accélérateur, pour maintenir une vitesse régulière.

« Tu as faim ? demanda-t-elle. Pour ma part, j'ai un petit creux, je mangerais bien un morceau. »

Il y avait toujours quelque chose à faire sur ces autoroutes. Combien de temps ai-je ainsi gâché, sur toutes ces aires de stationnement... Des heures entières de ma vie... J'avais l'impression que mon corps était rempli d'horloges qui tictaquaient au fond de moi, et qu'il y en avait une qui s'arrêtait définitivement à chacune de ces haltes. Je ne sais plus combien d'horloges brisées j'ai ainsi laissées au bord des routes, hors d'usage sur le gravier, au cours des innombrables arrêts qui ponctuèrent notre voyage.

Je ne répondis pas. L'autoroute s'étendait devant nous, immaculée, rectiligne. Je me rejetai en arrière sur mon siège.

« Hein, qu'est-ce que tu en dis, Winnie l'ourson ? »

Ma mère essayait d'être gentille, mais je tins bon et restai muette. Elle referma les mains sur le volant et les articulations de ses phalanges blanchirent. Je serrai plus fortement le poing. Je sentis la sueur ruisseler dans ma paume, et je me dis que la pièce de dix cents allait rouiller. Je ne regardais toujours pas ma mère.

Mais je n'avais pas les idées bien claires. C'était ma mère, après tout, et c'était elle qui conduisait, et nous étions presque en Californie.

Bien sûr, je pouvais garder le silence aussi longtemps que je le voulais, mais nous avions encore un bon bout de temps à passer ensemble. Il valait mieux parler.

« Je viens d'apercevoir une pancarte, dis-je finalement. Pour un Travel Inn Hobo Joe.

— Tu as faim ? » s'enquit-elle d'un air ravi.

Je pensai aux frites, aux mousses au chocolat, à toutes les bonnes choses que j'allais pouvoir commander.

« Je défaille », dis-je.

CHAPITRE 2

L'HÔTEL BEL AIR

Je me demande quelle allure nous avions, le jour où nous sommes arrivées en Californie. Ma mère serait probablement encore capable de vous dire quels vêtements nous portions. Je me souviens qu'elle me dévisagea, puis s'observa un moment dans le rétroviseur lorsque la frontière fut en vue. Elle frétillait sur son siège.

Le matin même, elle s'était exclamée :

« Ann ! Regarde-moi ces champs ! Tu ne crois pas qu'on devrait s'arrêter ? Je suis sûre qu'il y a des tomates. Tiens... Qu'est-ce que je te disais ! Elles sont énormes ! »

Elle avait freiné brutalement pour se ranger sur le bas-côté, ce qui aurait pu être dangereux si l'autoroute n'avait pas été aussi déserte. Nous étions descendues et nous avions cueilli des tomates que nous avions mangées sur place, en plein champ.

Nous avions chapardé des légumes à travers toute l'Amérique, toutes les espèces qui pouvaient se manger crues. Ma mère avait le chic pour repérer les camions.

« Ann ! Regarde ! Des petits pois ! »

Les camions de petits pois n'avaient pas de bâche et leur chargement était bien visible. Nous les suivions n'importe où, quittant la route principale pour traverser des villages dont nous n'avions jamais entendu parler. Au premier feu rouge, ma mère m'envoyait parlementer avec le chauffeur, un billet de cinq dollars à la main. Les portières des camions étaient hautes, il fallait que je saute pour atteindre la vitre. Les chauffeurs ne voulaient jamais accepter notre argent. Ils souriaient en hochant la tête et nous disaient d'aller nous servir et de prendre tout ce que nous voulions. Nous remplissions l'arrière de la voiture, jusqu'au ras du toit, de petits pois aux cosses sucrées et odoriférantes.

Parfois, sur l'autoroute, des monceaux de légumes s'échappaient des bennes des camions et tombaient en roulant sur l'asphalte comme des boules de billard. Nous nous arrêtions aussitôt sur le bas-côté et nous nous précipitions pour les ramasser en riant aux éclats, sur la route déserte et surchauffée, au beau milieu de la plaine qui s'étendait à l'infini autour de nous.

Ce matin-là, avant de quitter le Nevada, nous avions acheté neuf melons, des fruits énormes et si lourds que nous avions dû les transporter à deux mains, un par un. Nous en avions découpé quelques tranches sur une assiette en carton usagée et gondolée, en picorant les morceaux avec un cure-dent. Nous n'aurions jamais cru qu'il puisse exister tant de variétés de melons, toutes plus délicieuses les unes que les autres.

Mais une fois au poste-frontière, nous fûmes contraintes de nous arrêter. Nous n'avions pas le droit d'emporter nos melons en Californie. Il n'était pas encore midi mais il faisait déjà très chaud. Nous nous garâmes sur un terre-plein. Lorsque l'officier de service nous dit que nous devions laisser nos melons, ma mère sortit de la voiture, les larmes aux yeux. Elle essaya de discuter, en répétant dix fois de suite la même chose, mais le type était inébranlable et se contentait de faire non de la tête. Il semblait avoir l'éternité devant lui. Une mouche verte vint se poser sur son front et une bonne minute s'écoula avant qu'il lève la main pour la chasser. Je fis démarrer la voiture et roulai jusqu'à une pelouse, sur laquelle je me mis à déverser nos melons. Ma mère hurla. J'avais douze ans. J'étais censée ne pas savoir conduire.

Nous n'avions même pas un couteau. Nous ouvrîmes les melons en les faisant éclater contre le pied d'une pancarte qui proclamait BIENVENUE EN CALIFORNIE. Nous les mangeâmes debout, sur le trottoir en ciment. Le jus ruisselait le long de nos bras.

Nos chemises étaient encore toutes trempées et dégageaient une odeur plus rance que sucrée lorsque nous arrivâmes à Los Angeles. Ma mère avait retenu une chambre par téléphone dans un hôtel dont elle avait lu la publicité quelque part, mais elle ne voulut pas que nous nous y rendions directement.

« Regarde un peu de quoi nous avons l'air. Et cette voiture est un vrai capharnaüm. Nous ne pouvons pas débarquer là-bas dans un état pareil. Nous allons d'abord faire un brin de toilette.

— Mais ce n'est qu'un hôtel. Ils doivent avoir l'habitude.

— Ma chérie, le Bel Air n'est pas un hôtel ordinaire. (Elle parlait sur le ton qu'elle adoptait toujours lorsqu'elle était trop fatiguée pour discuter.) Tu verras.

— Pourquoi est-ce qu'on ne peut pas attendre d'être là-bas pour se laver ?

— *Parce que.* Ne commence pas. Tu ne pourrais pas te contenter de m'écouter sans rien dire, pour une fois ? »

On aurait dit qu'elle avait fait tout ce chemin jusqu'en Californie pour le simple plaisir de me faire la leçon.

Elle se gara devant un restaurant, dans les parages du campus de l'UCLA.

« Voilà, ici ce sera parfait. Nous pourrons même manger un morceau. Tu as vu ce nom : Hamburger Hamlet ! Tordant. »

Elle alla chercher dans le coffre nos robes en coton, qui étaient encore enveloppées dans la cellophane du pressing. Deux jeunes gens avaient installé leur étal devant le restaurant. Ils vendaient des boucles d'oreilles et des ceinturons en cuir, exposés à même le trottoir sur des draps teints. Nous restâmes en contemplation devant un bon moment. Adossés au mur, ils fumaient nonchalamment. Leurs gestes étaient lents et gracieux.

« Qu'est-ce que tu regardes ? Allez, viens ! dit ma mère en m'entraînant dans le restaurant ; les toilettes étaient à l'étage. Ces types sont des drogués, murmura-t-elle. Ils sont accro à la marijuana. »

Ma mère avait lu des articles à propos de la drogue. Elle dévorait tous les magazines qui lui tombaient sous la main. Maintenant, elle écoute surtout les débats à la radio. Mais à l'époque, elle était déjà très au courant de ces histoires de drogue.

Lorsque nous fûmes dans les toilettes, elle brancha dans une prise murale l'appareil qui lui servait à chauffer ses bigoudis, puis déballa ses crèmes, son fond de teint, ses cosmétiques et tout le contenu de sa trousse de toilette, qu'elle étala sur le rebord du lavabo, comme si elle avait été chez elle dans une immense salle de bains. Après s'être passé du vernis sur les ongles, elle mit en route le sèche-main électrique et tendit ses doigts sous l'air chaud.

Elle se lava, puis se rasa les aisselles, et sortit de leur enveloppe une paire de bas neufs. Elle enroula ensuite les bigoudis dans ses cheveux. Vêtue d'un soutien-gorge et d'une simple culotte, elle se mit alors en devoir de se maquiller. Elle ne perdait pas un instant et ne jeta pas un seul regard aux femmes qui pénétraient parfois dans les toilettes et qui allaient se laver les mains dans le lavabo le plus éloigné du nôtre. Ma mère ne s'en apercevait pas. Elle était tout à son affaire : la propreté. Rien n'aurait pu l'en détourner.

« Ann, dit-elle soudain en me cherchant des yeux dans la glace. (Je m'étais repliée vers la porte.) Viens par ici.

— Je m'appelle Heather », dis-je.

Durant le voyage, elle m'avait dit que je pourrais me trouver un nouveau prénom lorsque nous serions en Californie. Un nom d'actrice, pour la télévision.

« Heather, si tu préfères... Tu sais parfaitement ce que je veux dire. (Elle se pencha pour me renifler.) Tu pues, ajouta-t-elle en me tendant une serviette. Nous allons décrasser tout ça. Allons, dépêche-toi de te déshabiller ! »

Je me lavai debout, en équilibre sur une jambe, l'autre pied replié sur mon genou, tout en serrant la serviette contre moi. Les autres femmes évitaient obstinément de nous regarder et fixaient un point lointain, droit devant elles. Elles devaient me prendre pour une sorte de Theresa Griling — une fille de chez nous, dont l'histoire serait trop longue à raconter. Je commençais à comprendre comment la vie de certaines personnes finit par devenir un vrai roman.

Ma mère n'avait pas remarqué la présence des autres femmes, mais elle vit bien que j'étais gênée. Elle le réalisa brusquement, et dut ressentir cela comme un échec personnel. Elle avait fait tout ce chemin, nous étions arrivées au but, et sa fille avait honte d'elle.

Elle poussa un de ces soupirs dont elle avait le secret.

« Viens ici, dit-elle en caressant mes joues empourprées. Écoute-moi bien. Personne ne fait attention à nous, tu m'entends ? Les gens se moquent éperdument de ce que nous pouvons faire. Ils voient bien que nous avons beaucoup roulé et que nous avons besoin de nous rafraîchir avant d'aller manger. Tu les dégoûterais encore plus si tu étais sale. »

Je devais avoir l'air pâlichon, parce qu'elle décida de me mettre du rouge à lèvres. Comme je gardais la bouche serrée et que je n'arrêtais pas de gigoter, elle dut s'humecter le bout du doigt pour effacer un peu de rouge qui avait débordé à la commissure de mes lèvres. Je me précipitai aussitôt pour cracher dans le lavabo. Un peu de salive m'était rentré dans la bouche, et elle n'avait pas du tout le même goût que la mienne.

J'éprouvai une drôle d'impression en regardant le filet de bave disparaître dans l'orifice du lavabo. J'aurais bien voulu quitter ma mère, mais je ne savais pas où aller. Je n'avais que douze ans. Il allait encore falloir la supporter pendant six ans.

Ma mère nous examina dans la glace et poussa un soupir. Elle me releva le menton et nous passa en revue toutes les deux. Elle avait eu raison. Nous avions bien plus fière allure. Elle rassembla nos affaires et les fourra dans la valise, dont elle boucla la fermeture.

« Voilà, c'est terminé, dit-elle. Est-ce qu'on ne se sent pas mieux une fois propre ? »

Un peu plus tard dans l'après-midi, nous fîmes la tournée des garages de Westwood, mais ils avaient tous des postes de lavage automatiques. Ma mère n'avait pas confiance dans ces appareils, elle craignait d'abîmer la Lincoln. Aujourd'hui, bien sûr, elle raisonnerait autrement, mais ce jour-là nous venions à peine de débarquer.

« Vous ne lavez pas les voitures *à la main* ? »

Elle s'adressait à un jeune garagiste qui la dévisageait comme si elle lui avait demandé la lune.

« Mais je suis prête à vous payer. Et bien. Je n'aime pas ces détergents des machines, ils sont trop puissants, ça esquinte la peinture. »

Elle passa la main sur le toit de la voiture, qui brillait encore comme un sou neuf à l'époque. Les temps ont bien changé depuis.

« Vous n'avez qu'à la laver vous-même, m'dame », dit le garagiste en s'éloignant. Il marchait la tête rejetée en arrière, comme si le ciel lui appartenait.

Ma mère s'assit à côté de la voiture.

« Après tout, pourquoi pas ? dit-elle. Je suis sûre que nous nous en sortirons très bien. »

Elle se mit à déballer les affaires qui encombraient le siège arrière. Puis elle sortit un billet de cinq dollars de son sac et me le tendit.

« Heather, va donner ça à ce type et dis-lui que nous avons besoin de chiffons pour les vitres, ainsi que de détachant pour les sièges. Demande-lui aussi s'il ne peut pas nous prêter un petit aspirateur. Allez, file ! »

Elle avait déjà ouvert le coffre et sortait notre valise. Mes vieux patins à glace traînaient sur le trottoir, appuyés contre un pneu.

Le garagiste était en train d'arroser les roues d'une Jeep. J'entendis ma mère qui me criait de me dépêcher, mais je traînais plutôt les pieds. Je m'en fichais, que la voiture soit propre ou non. Si ça n'avait tenu qu'à moi, il ne me serait même pas venu à l'idée de la nettoyer. Ma mère a toujours prétendu que je ne savais pas prendre soin des choses.

Je m'arrêtai près des pompes à essence, le billet de cinq dollars à la main, devant la rampe de ciment qui menait au sous-sol.

« Est-ce qu'on peut vous acheter des chiffons et des produits de nettoyage, et aussi vous louer un aspirateur, s'il vous plaît ? »

Le garagiste se mit à rire.

« Quel genre de produits de nettoyage ? demanda-t-il.

— Pour l'extérieur et pour les sièges, dis-je en haussant les épaules.

— Vous allez la laver vous-mêmes, finalement ?

— C'est son idée à elle. »

Il posa son tuyau d'arrosage, sans fermer le robinet ; l'eau continua de s'écouler sur le bitume. Il alla chercher tout un lot de chiffons et de bouteilles en plastique qu'il fourra dans un grand seau.

« Pour l'aspirateur, vous n'aurez qu'à avancer jusque-là. Avancez quand vous serez prêtes.

— Merci.

— Je ne sais pas trop combien vous compter pour ces machins. Cinq dollars, c'est probablement trop. Vous n'allez pas utiliser autant de produit.

— On ne sait jamais, avec elle. Vous feriez mieux d'accepter. »

Il se mit de nouveau à rire.

« On ne sait jamais, hein ? Elle est toujours comme ça ?

— Oh, non... Généralement, elle n'est pas aussi infernale. Mais nous venons juste d'arriver. Il y a quelques heures à peine.

— Je vois... Et elle veut à tout prix que la voiture soit impeccable, c'est ça ?

— Oui. »

Nous restâmes un moment à nous dévisager. Le garagiste avait l'air endormi, le menton enfoncé dans le cou. J'entendis de nouveau ma mère crier.

« Heather ! Dépêche-toi ! Il est déjà quatre heures !

— Heather... C'est comme ça que tu t'appelles ? demanda le type en ramassant son tuyau.

— Oui, répondis-je. Merci. »

Des réverbères se dressaient de part et d'autre de l'allée qui menait à l'hôtel Bel Air, en sinuant à travers les bosquets. Ma mère roulait au pas. Elle se gara juste sous la marquise, devant l'entrée du bâtiment. Je voulus sortir, mais elle me retint et me dit d'attendre. Ses mains étaient posées à plat sur le volant : elle les plaçait toujours ainsi sur mes épaules. Un groom apparut et vint ouvrir nos portières, celle de ma mère d'abord, puis la mienne. Elle n'avait plus honte de lui confier la voiture, à présent. Tout avait été nettoyé de fond en comble. Le cuir des sièges sentait l'encaustique.

A la réception, un employé feuilleta le registre.

« Nous vous avons placées dans la tour. La chambre est agréable, mais il n'y a qu'un lit, à deux places évidemment. Nous n'avions malheureusement pas d'autre chambre disponible. »

Ma mère fit la moue comme si elle était contrariée, mais c'était seulement pour la forme. Nous couchions dans des chambres à un lit depuis le début de notre voyage. Elle n'aimait pas dormir seule. Contrairement à moi. Sa moue m'était également destinée.

« Nous nous en contenterons », dit-elle avec un haussement d'épaules.

En suivant le garçon d'étage qui nous conduisait à notre chambre, nous nous détendîmes. Dans le couloir, je m'amusai à valdinguer d'un mur à l'autre. Ma mère me laissa faire, puisque mes mains étaient propres. Le stuc semblait absorber la lumière ambrée du soir.

A l'extérieur, nous traversâmes une cour. Au milieu, un petit café : nappes blanches, chaises blanches, bruits d'eau lointains en provenance de la piscine où s'ébrouaient encore quelques nageurs, malgré l'heure avancée. Les clients attablés devant leurs consommations portaient des costumes de ville.

Nous montâmes l'escalier de pierre qui menait à la tour. Ma mère donna un pourboire au garçon et referma la porte derrière nous. Je croisai les bras sur la poitrine. Elle me dévisagea un instant et me demanda :

« Qu'est-ce que tu as, encore ? Ne viens pas me dire que tu ne trouves pas cet endroit assez bien pour nous... »

Elle parcourut la chambre des yeux. C'était vrai que cet hôtel avait de la classe. Mais je nous revoyais à quatre pattes, le derrière émergeant par la portière de la voiture, en train d'astiquer le cuir des sièges pour faire disparaître les dernières taches de melon. Il fallait que le souvenir de l'après-midi s'efface en moi. Ma mère n'était pas pareille, la confrontation de ces images contradictoires ne la gênait absolument pas. Elle devait me trouver terriblement triviale.

« Si, c'est très joli », dis-je.

Le lit à colonnes était surmonté d'un baldaquin de satin vert et blanc. Ma mère ôta ses chaussures, ses bas et s'écroula. J'allai m'asseoir dans un fauteuil près de la fenêtre, en laissant pendre ma jambe en travers de l'accoudoir. J'avais posé ma veste sur le dossier d'une chaise. Ma mère l'attrapa du bout de l'orteil ; après avoir rajusté le col, elle l'enfila.

Je la dévisageai. Elle était debout sur le lit, les ongles de ses pieds nus légèrement teintés de rose brillaient dans la pénombre, et elle se contemplait dans la glace.

« Enlève cette veste, elle est à moi, dis-je en ouvrant la fenêtre ; il ne faisait pas très chaud, mais je brassai l'air qui pénétra dans la pièce comme si j'étais sur le point d'étouffer.

— Elle me va bien. Tu ne t'en rends sûrement pas compte, mais pour une mère je ne suis pas trop mal fichue — et plutôt bien conservée vu mon âge.

— Est-ce que nous avons les moyens de nous offrir un hôtel pareil ? »

J'avais détourné le regard. Accoudée à la fenêtre, je buvais la nuit. Je contemplais le ballet gracieux des serveurs autour des flammes de bougies posées sur les petites tables. Un homme offrait du feu à une femme, les deux mains en coupe. Je sentis brusquement les doigts de ma mère courir dans mon dos.

« Laisse-moi m'occuper de ces questions, d'accord ? C'est moi l'adulte ici, et toi l'enfant. Ne l'oublie pas.

— Qui a dit que je l'oubliais ?

— Eh bien, ne perds pas tes bonnes habitudes, dit-elle avec un drôle de petit rire — un rire sans joie.

— J'ai faim.

— On se fait monter à manger ?

— Non, je veux aller dehors. »

J'émettais rarement de tels désirs. J'avais toujours peur d'être rabrouée si je demandais trop de choses. Mais ce soir-là, je n'aurais pas pu supporter de rester dans cette chambre. La compagnie de ma mère me pesait, parfois. Je me sentais toujours seule, malgré sa présence. Elle aussi devait éprouver quelque chose de semblable, mais il me semble au contraire que c'était l'une des choses qui lui plaisait le plus, dans le fait d'avoir une fille. On n'était jamais vraiment seule.

« J'aurais préféré qu'on mange ici, maintenant que la voiture est garée et que nous sommes installées, dit-elle. Pour te dire la vérité, j'en ai jusque-là de conduire. Tu ne te rends pas compte, mais c'est vraiment crevant. J'ai les épaules en compote, ma petite Heather... Voyons voir... Vingt et un, vingt-deux... Nous sommes parties le cinq... Est-ce que tu te rends compte que nous avons roulé pendant plus de seize jours ! Non, attends... Du cinq à aujourd'hui, cela fait...

— On n'a qu'à manger ici. Il y a un restaurant en bas. Comme ça, tu n'auras pas besoin de conduire. »

Elle se tourna vers moi. Elle avait l'air surpris, comme chaque fois que je l'interrompais au milieu d'une de ses tirades.

« Parfait, dit-elle. Ça résout tout. C'est à cause de la conduite, tu comprends... Dix-sept jours d'affilée sur les routes, huit heures par jour derrière le volant... Je t'assure qu'on s'en ressent. »

Je me levai et m'avançai vers la porte, ma veste à la main.

« Eh bien, allons-y.

— Hé ! Attends une seconde ! Il faut que j'aille me laver les mains. Et j'aimerais bien retoucher un peu mon maquillage. »

Assise sur les marches, je l'entendis se débarbouiller à grande eau. Elle se donnait de petites tapes sur les joues et ses pieds nus claquaient sur le sol de la salle de bains.

« J'en ai pour deux minutes », lança-t-elle.

Le ciel eut le temps de virer du mauve au pourpre, puis au noir complet, avant qu'elle soit prête. Je restai assise sur les marches, à regarder les clients qui entraient dans le café, s'asseyaient et commandaient leurs consommations, entrechoquant un instant leurs verres avant de boire. Je vis un homme tendre la main vers une femme, d'un bout à l'autre de leur table, et lui fourrager dans les cheveux, comme s'il s'attendait à y trouver quelque chose.

Dans mon dos, ma mère fredonnait.

Lorsqu'elle apparut enfin, je reniflai bruyamment pour bien lui montrer que je n'aimais pas son parfum. Je portais les mêmes vêtements que durant l'après-midi, mais elle s'était changée. Elle avait enfilé une robe de soirée, très décolletée dans le dos. C'était elle l'adulte, et moi l'enfant. Elle arborait également un collier de perles et des escarpins à talons hauts, et s'était crêpé les cheveux sur le devant.

Je retroussai les manches de ma chemise au-dessus de mes coudes. J'ai des bras qui s'accommodent très bien de ce genre d'accoutrement. Ma mère est beaucoup plus fine, beaucoup plus racée que moi.

« Eh bien, s'exclama-t-elle, on peut y aller ? »

Elle se trémoussait dans tous les sens en faisant cliqueter ses perles et froufrouter sa robe. Elle parlait aussi d'une voix plus aiguë que d'habitude, comme si elle avait voulu qu'on l'entende d'en bas.

« On n'attendait plus que toi », répondis-je.

J'enfonçai les mains dans mes poches et me mis à descendre l'escalier. Lorsqu'elle me suivit, ses talons claquèrent sur les marches.

« Eh... Attends-moi une seconde ! Marche un peu plus doucement. On ne peut pas aller très vite, juché sur des trucs pareils. (Elle s'appuya un instant sur mon épaule.) Je perds facilement l'équilibre, avec ces satanés talons. Le matin, ça va encore, mais à cette heure de la journée, il faut que je fasse attention.

— Pourquoi les mets-tu, dans ce cas ?

— Tu le sais très bien, ma chérie. Parce que je suis plus élégante ainsi. (Elle faillit déraper et se rattrapa en m'agrippant le bras.) A mon âge, il est bon de ne pas avoir l'air trop petite. Qui sait... Peut-être vais-je rencontrer quelqu'un, ce soir. On ne peut jamais prévoir. Ce serait terrible de tomber justement sur l'homme de ma vie un soir où je porterais des chaussures hideuses. »

Mais elle semblait avoir retrouvé son équilibre en arrivant devant le restaurant. Je me sentis fière d'être avec elle, à ce moment-là. Fière qu'elle ait mis ses escarpins. Je restai collée à elle. J'étais intimidée.

« Deux couverts pour le dîner ? s'enquit le maître d'hôtel.

— Oui, s'il vous plaît. »

Elle le suivit, la tête haute. Elle savait comment se comporter dans ce genre de circonstances.

Il nous installa devant une petite table située juste au bord de la pelouse, et éclairée comme les autres par la flamme d'une bougie. Nous restâmes muettes un instant, trop occupées à dévisager les gens qui nous entouraient. Je n'aperçus aucun homme seul susceptible de convenir à ma mère.

Elle ouvrit le menu.

« Eh bien... murmura-t-elle, c'est le coup de barre !

— Ç'aurait été aussi cher si nous nous étions fait servir dans la chambre.

— Pas forcément. Mais ça ne fait rien. Nous sommes ici, c'est parfait. Bon, je crois que j'ai fait mon choix. Je prendrai une assiette de potage et un verre de vin. »

Même ça, ça risquait d'être hors de prix.

« J'ai faim », dis-je.

J'étais furieuse. Il n'était pas question que je me contente d'un potage et d'une salade. Si nos moyens nous permettaient de dormir dans cet hôtel, il n'y avait pas de raison pour qu'ils ne nous permettent pas aussi d'y manger. J'étais bien décidée à m'offrir un vrai repas.

Le maître d'hôtel arriva et ma mère commanda son potage et son verre de vin.

« Ce sera tout pour vous, madame ?

— Oui. Nous avons mangé tard à midi. »

Je commandai un steak et répondis sans broncher à l'interrogatoire serré du maître d'hôtel concernant les garnitures. Oui, une pomme de terre au four. Une salade à la vinaigrette. Non, des haricots à la place du riz.

Ma mère me lança un violent coup de pied sous la table.

« Tu ne veux pas plutôt un hamburger ? J'ai vu qu'il y en avait sur la carte.

— Non, je préfère un steak.

— Bon, comme tu voudras. Cet après-midi, tu m'avais pourtant dit que tu voulais un hamburger. »

Le maître d'hôtel nous laissa. Ma mère se pencha vers moi et chuchota :

« Tu n'as pas vu les signes que je te faisais, espèce d'idiote ! Je t'ai même donné un coup de pied. Je n'ai pas les moyens de t'offrir tout ça. Qu'est-ce que tu t'imagines, bon sang ! Tu as bien vu ce que j'avais commandé. Tu crois peut-être que je n'ai pas envie de manger ? Est-ce que je suis censée mourir de faim pour que tu puisses avoir ton steak ?

— Pourquoi n'en as-tu pas commandé un pour toi ?

— Il y a vraiment des moments où je me demande comment tu peux être bouchée à ce point ! Je te répète que nous n'avons pas les moyens.

— Alors, pourquoi sommes-nous venues ici ? Il n'y avait qu'à aller dans un endroit plus abordable. Je t'ai posé la question avant de descendre et tu m'as dit de ne pas m'en faire, que c'était toi l'adulte et moi l'enfant.

— Eh bien, les enfants commandent des hamburgers lorsqu'on les emmène dans des restaurants chics. Ils n'ont pas droit à plus.

— Dans ce cas, appelle le maître d'hôtel et annule ma commande.

— Je suis sûre que tu me racontes des histoires. Tu m'avais parfaitement comprise, mais tu avais trop envie de ce steak. Eh bien, tu as intérêt à bien en profiter, parce que tu risques de ne pas en remanger de sitôt, je te prie de me croire ! »

Elle se rejeta en arrière et ses bras retombèrent sur les accoudoirs de la chaise. Le maître d'hôtel arriva à cet instant avec son verre de vin.

« Y a-t-il un problème, madame ? »

Elle se ressaisit aussitôt et sourit machinalement.

« Non, absolument pas. Tout est parfait. »

Elle aussi, elle racontait des histoires. Elle avait bien prétendu qu'elle n'avait pas faim. Comme si le fait de ne pas désirer une chose était plus distingué que de la désirer sans avoir les moyens de se l'offrir.

Elle se pencha de nouveau vers moi.

« Si tu étais affamée à ce point, pourquoi n'as-tu pas mangé davantage à midi ? D'ailleurs, tu adores les hamburgers. Tu en manges tout le temps.

— Je n'*adore* pas les hamburgers.

— Si, tu en raffoles. (Elle soupira.) Mon Dieu, pourquoi les choses sont-elles toujours si compliquées ? Est-ce qu'on ne pourrait pas se détendre un peu et passer un moment agréable de temps en temps ?

— Ce que tu voudrais, c'est que je me sois contentée d'un hamburger, que j'aie commandé ce que tu avais décidé à ma place. Pour toi, l'idéal ce serait que je choisisse toujours ce qu'il y a de moins cher au menu.

— C'est bien ce que je fais, moi. Alors pourquoi pas toi ? Tu crois peut-être que je n'ai pas faim, *moi aussi*, après tout ce trajet ?

— Je te donnerai un peu du mien.

— Non, je n'en veux pas, dit-elle en secouant la tête. Tu as commandé ce steak, et tu le mangeras jusqu'au bout. (Elle jeta un regard autour d'elle.) Je me demande ce que je fais ici, ajouta-t-elle. Je voulais qu'on nous serve un repas rapide dans la chambre. Je n'avais pas envie de sortir ni de m'habiller. J'avais simplement besoin de me reposer un peu, pour une fois. »

Nos plats arrivèrent et je cessai de la regarder. Je me mis à découper mon steak. Il était épais et ruisselait de beurre. Je débitai la pomme de terre toute fumante en petits dés sur lesquels je disposai les quatre noix de beurre. Puis je salai, recouvris le tout de crème fraîche. Ça avait l'air délicieux. Ma mère avala une cuillerée de potage.

« Alors, c'est bon ? demanda-t-elle.

— Excellent, dis-je, les yeux toujours rivés sur mon assiette.

— Et la salade ? Tu n'y a pas touché. »

Je marmonnai indistinctement, la bouche pleine.

« Tu devrais manger ces légumes, tu as besoin de vitamines. »

Elle reposa sa cuillère.

« Veux-tu goûter à ma soupe ? Elle est exquise. Surtout ces petits morceaux de carottes… Je me demande comment ils font pour les découper aussi finement. Ils chatouillent la gorge en passant, comme des petites étincelles.

Elle souriait à présent.

« Non, merci », dis-je.

Elle continua de parler pendant que je mangeais.

« Tu sais, tu avais raison, finalement. Cet endroit est charmant. Charmant. Tu entends le bruit de l'eau, dans la piscine ? Et il fait vraiment bon. J'aime la douceur de ces nuits d'été. Je me demande comment c'est, en hiver. Je suis sûre que nous n'aurons pas besoin de manteaux — en tout cas pas de ces grosses pelisses que nous avions à la maison. Mais tu ne crois pas qu'il nous en faudra quand même des légers, ou des imperméables ? J'adorerais m'offrir un trench-coat. »

Je reposai mes couverts en argent sur mon assiette. J'étais sur le point d'éclater. Je regardai à mon tour le décor qui nous entourait et le ciel sans étoiles au-dessus de nos têtes.

« Il fait bon, dis-je.

— Tu as terminé ?

— Terminé quoi ? Ah, mon steak ?

— Je me disais que si tu avais fini, je pourrais en goûter une bouchée. »

Je poussai l'assiette devant elle, ainsi que le saladier et le plat de légumes.

« Oh, non… J'en veux juste une bouchée.

— Je te recommande les légumes, dis-je. Ils sont excellents. »

Si elle finissait mon assiette, je savais que je n'entendrais plus parler de la note. Elle poussa un soupir et se redressa sur sa chaise.

« Tu as raison, c'est vraiment délicieux. (Elle se pencha vers moi et murmura :) Honnêtement, vu la quantité, on ne peut pas dire que ce soit du vol. Il y en avait largement assez pour nous deux. »

Lorsque le serveur arriva un peu plus tard pour débarrasser la table, il ne restait qu'un brin de persil au bord de l'assiette.

« Je le prends », dit ma mère en joignant le geste à la parole.

L'homme dut croire que nous mourions de faim. Mais ma mère raffolait du persil.

« Est-ce que ce sera tout ? Ou bien désirez-vous des desserts et du café ?

— Pas de café pour moi, dit ma mère. Mais apportez-nous donc la carte des desserts. Mademoiselle voudra-t-elle un verre de lait ? ajouta-t-elle à mon intention.

Je levai les yeux vers le serveur.

« Je prendrai volontiers un café, dis-je. Sucré, avec de la crème. »

Il acquiesça et partit chercher la carte. Ma mère me regarda d'un air surpris, puis sourit.

« Dis donc, Ann... Où as-tu appris à boire du café ? Est-ce que tu fais de l'esbrouffe, ou est-ce que tu en as vraiment déjà bu ? Regarde-moi en face et dis-moi la vérité. »

On nous apporta la tasse à cet instant. Nous la partageâmes, en buvant chacune une gorgée à tour de rôle.

« C'est toi qui me l'as appris », répondis-je.

Je vis qu'elle demeurait un peu perplexe. Mais elle laissa tomber le sujet, et régla l'addition sans sourciller. Je suis heureuse aujourd'hui qu'elle ait agi de cette manière. On finit par grandir, et par quitter ses parents. Elle ne m'avait plus que pour six ans.

CHAPITRE 3

LA MAISON DE CARRIAGE COURT

Nous venions de quitter du même coup la maison de Carriage Court et Ted, le roi du patin à glace.

Nous avions fait la connaissance de Ted en allant prendre des leçons de patinage. C'était au départ une idée de ma mère, qui voulait se raffermir les cuisses, mais par la suite nous y étions retournées pour le simple plaisir. Sur la piste, les climatiseurs bourdonnaient toute la journée, comme dans un réfrigérateur. Sur la porte de ma cabine était punaisée une photo de Peggy Fleming ; sur celle de ma mère, c'était Sonya Henie. Des photos sous verre de Ted, remontant à l'époque où il faisait partie de la troupe d'Holiday on Ice, trônaient derrière son bureau, à côté de la liste des tarifs. Il avait beaucoup changé. Il était encore jeune à l'époque ; il portait les cheveux courts, en brosse, et arborait un sourire éclatant. Sur l'une d'elles,. il faisait le grand écart, et on aurait dit que ses membres avaient été épinglés aux quatre coins de l'image.

L'éclairage était blafard, artificiel. Sur une autre, il neigeait.

Un automne, trois ans avant notre départ, ma mère était allée avec Ted à Las Vegas et ils s'étaient mariés. Elle était revenue sans une seule photo de l'événement et nous avions ensuite emménagé dans la maison de Carriage Court. Elle m'avait dit qu'elle ne voulait pas d'une cérémonie fastueuse, puisque c'était son second mariage. Elle portait une robe courte qu'elle n'avait même pas achetée spécialement pour l'occasion.

Lorsque ma mère et Ted étaient rentrés de Las Vegas, ils m'avaient emmenée faire un tour en voiture. Arrivés dans un lotissement qui s'étendait sur la rive ouest de la Fox River, ils m'annoncèrent qu'ils avaient acheté une maison dans le coin. Jusque-là, nous avions toujours vécu chez ma grand-mère.

« Devine laquelle », me dit ma mère en se tournant vers moi. Elle était assise à l'avant. Ted avait une Cadillac blanche aux sièges marron.

Rien qu'à voir la tête qu'ils faisaient, je devinai la réponse. Ils avaient évidemment acheté ce minuscule cube de ciment sans fenêtres, tout au bout de l'allée.

« J'espère que ce n'est pas celle-là, dis-je. On dirait un carton à chaussures. »

Ils ne répondirent rien. Ted remit la voiture en route. Ma mère poussa un soupir.

J'appris par la suite que c'était un jeune architecte qui avait construit cette maison. Il l'aimait bien, mais il avait été obligé de déménager parce qu'il venait d'avoir un autre enfant et que la maison n'était plus assez grande.

Lorsque nous fûmes installés dans la maison de Carriage Court, nous cessâmes, ma mère et moi, de suivre nos cours à la patinoire. Ted pouvait se débrouiller et trouver de nouveaux élèves. Après tout, c'était son gagne-pain. Je rangeai définitivement mes patins au placard et ma mère ne tarda pas à suivre mon exemple. Ted partait tous les matins à la patinoire, comme n'importe quel employé.

Nous n'étions plus les mêmes, dans la nouvelle maison. Je n'arrêtais pas de faire des bêtises. Par la suite, nous fûmes incapables, ma mère et moi, d'évoquer un seul souvenir de cette période où je n'aie fait quelque chose de travers. Ma mère avait édicté toute une série de règles. Il ne fallait pas ouvrir la porte du frigo avec ses mains — ce qui aurait sali la poignée chromée flambant neuve —, mais en la tirant sur le côté avec le coude. « Comme cela », disait-elle en joignant le geste à la parole, après m'avoir montré la manière de protéger mes doigts avec le revers de ma manche si j'étais vraiment obligée de saisir la poignée à pleine main. Maintenant qu'elle était mariée, elle décorait l'intérieur du frigo. Tous les pots étaient alignés par ordre de taille décroissant. Il fallait astiquer l'évier et le robinet avec une serviette chaque fois qu'on s'en était servi. Puis plier la serviette en trois et la remettre à sa place sur l'étagère. Je suppose que Ted s'accommodait de toutes ces consignes parce qu'il était amoureux d'elle.

Maintenant que nous subvenions nous-mêmes à nos besoins, nous mangions tous les soirs la même chose — d'énormes steaks, tremblotants, que ma mère servait avec des pommes de terre à l'eau. Nous avions également droit à une pleine assiette de salade. Ted n'aimait pas la vinaigrette, aussi nous contentions-nous de saupoudrer la laitue de sel et de vinaigre de vin rouge. En dehors de deux lits, il n'y avait aucun meuble dans la maison. Nous mangions assis au bord de l'un, nos assiettes en équilibre sur les genoux.

Ma mère lisait des livres de diététique, ceux de Gaylord Hauser en particulier, où il expliquait quel régime il faisait suivre aux acteurs d'Hollywood pour que ceux-ci aient l'air à peu près frais sur le plateau à quatre heures de l'après-midi. Il les gavait entre autres de biscuits vitaminés. Nous avions donc également droit aux biscuits vitaminés. Une fois par semaine, elle nous faisait un rôti. Ted le lui découpait et elle disposait ensuite les tranches roses rectangulaires sur une assiette qu'elle recouvrait de cellophane, avant de l'enfourner au réfrigérateur. Nous les mangions froides, avec un peu de sel. Elle nous servait des steaks tartare au petit déjeuner. Elle achetait du faux filet haché, auquel elle mélangeait du poivre, des câpres et deux jaunes d'œufs. Nous avalions ça debout, devant la desserte de la cuisine, en étalant la viande sur des tartines de pain complet beurrées.

Je me souvenais de certains soirs, avant leur mariage, où ma mère et Ted prenaient leur repas, tard, dans le salon de ma grand-mère. Lorsque j'allais chercher un verre d'eau, je les apercevais assis dans leurs fauteuils, un plateau sur les genoux, face au halo blafard de l'écran de télévision. A l'époque, je ne pouvais m'empêcher de saliver à la vue de ces énormes steaks qui oscillaient sur leurs assiettes à chaque coup de couteau, en ruisselant d'un jus luisant, écarlate et appétissant.

Mais à présent, dans notre nouvelle maison de Carriage Court, j'aurais bien aimé manger autre chose de temps en temps. La viande avait toujours le même goût, qui me rappelait celui de ma propre peau, lorsque je me mordillais le bras. Je demandais parfois à ma mère de nous faire du thon braisé. Mais elle se contentait de rire.

Elle me disait que les gens mangeaient du thon uniquement parce que c'était bon marché. De surcroît, c'était mauvais pour la ligne. Et de toute façon, Ted et elle adoraient la viande.

« Très peu d'hommes sont aussi ordonnés que Ted. »

Ma mère était en train de parler avec son amie Lolly. Il n'y avait aucun endroit pour s'asseoir dans la nouvelle maison de Carriage Court, aussi se tenaient-elles toutes les deux debout, leur tasse de café à la main. Lolly était de Bay City, elle aussi, elle avait quitté la ville pour aller terminer ses études, puis elle était revenue s'installer chez sa mère. Vu la manière dont ma mère à moi soupirait et tambourinait sur le mur avec ses doigts, on aurait pu croire qu'elle regrettait que Ted soit aussi ordonné. Peut-être aurait-elle préféré qu'il soit moins malléable. Au fond, elle n'en savait rien. Un lot de cartons qui n'avaient pas encore été déballés occupait un coin de la pièce. J'étais perchée, les jambes croisées, au sommet de l'un d'eux.

« J'aime que les choses soient à leur place, poursuivait ma mère. J'ai toujours été comme ça. Je ne supporte pas le désordre. »

C'était un mensonge éhonté. Je songeai à la collection de sacs à main qu'elle entassait sur une étagère de l'armoire, du temps où nous vivions dans Lime Kiln Road, et qui étaient bourrés d'un véritable nid de vieux objets. On y trouvait pêle-mêle des brosses, des cheveux, des épingles, des bouts de papier, d'anciens carnets d'adresses et tout un fatras de produits de maquillage durcis et craquelés, tellement agglomérés les uns aux autres que les fards, les poudres, le rimmel, les crèmes avaient fini par se mélanger et par déteindre sur la doublure, qui avait pris une couleur indéfinissable. Mais évidemment, à part moi, personne n'avait jamais ouvert ces sacs.

« Ma chérie ! Je t'ai déjà dit cent fois de ne pas t'asseoir sur ces cartons ! Tu n'imagines pas ce qu'il y a là-dedans. Je te jure que si je trouve des assiettes cassées lorsque je les déballerai, je t'obligerai à aller travailler jusqu'à ce que tu puisses m'en acheter de nouvelles. »

J'abandonnai mon poste et me rendis à la cuisine. J'étais convaincue que les ennuis ne cesseraient plus, désormais. Il fallait faire attention à tant de choses. Même avec la meilleure volonté du monde, je faisais des bêtises. Quelques minutes plus tard, je me fis encore rappeler à l'ordre. J'avais picoré dans une grappe de raisin, au lieu de me contenter des quelques grains qu'elle avait mis de côté pour moi sur une assiette.

Un matin, surgie de nulle part, ma mère se pencha vers moi et posa sa main sur mon front.

« Où as-tu mal ? »

Nous n'avions pas de thermomètre à la maison et c'était à elle de prendre une décision. Comme d'habitude, elle était en retard pour se rendre à son travail, et il fallait qu'elle règle cette affaire au plus vite.

« Partout, dis-je. A la gorge surtout. »

Elle regarda par la fenêtre, en songeant sûrement à la journée qui m'attendait. L'école était située à l'écart de la ville. Elle ne voulait pas commettre d'impair. Au fond, ça ne lui fera pas de mal de se reposer, dut-elle penser. Elle soupira.

« Bon, tu n'as qu'à rester couchée. Mais ne bouge pas de la maison, d'accord ? Je te ferai un mot d'excuse pour demain. »

Depuis que nous étions installées ici, je restais seule à la maison lorsque j'étais malade. Je sentais encore la fraîcheur de la main de ma mère imprimée sur mon front et je fus soulagée d'entendre la porte d'entrée claquer derrière elle. Je me rallongeai en remuant doucement dans mon lit et replongeai peu à peu dans un demi-sommeil tiède et rouge. Je connaissais bien cet état, je me retrouvais en pays de connaissance. En me retournant sur ma couche, entre les draps frais, j'avais l'impression que ces journées de maladie, pétrifiées dans le temps, se ressemblaient toutes, disséminées au fil de mes années d'enfance comme autant de petites cabines au bord d'un même lac. Sur la paroi de la plus lointaine était accrochée la blouse à carreaux rouges et bleus que je portais durant ma première année à l'école primaire catholique. Dans un coin, ma grand-mère agitait un thermomètre dont elle essayait de déchiffrer les indications à la lumière de la fenêtre ; un oiseau-mouche frappait le carreau du bec, en buvant dans un petit compte-gouttes rouge fixé de l'autre côté de la vitre. Dans une autre de ces cabines, j'avais neuf ans et je faisais semblant d'être malade. La cloche de l'école aux murs grisâtres sonnait au loin. Il devait y avoir une composition ce matin-là. Dans la salle du quatrième étage, les élèves tendaient le bras à tour de rôle, dans chaque rangée, pour rendre leur copie. Ces visions fiévreuses se dissipèrent peu à peu, tant j'étais épuisée. Ce que j'aimais revoir, c'étaient les objets familiers, ma vieille commode en bois tout éraflée, la table de la cuisine dans la maison de Lime Kiln Road. J'aurais aimé sentir à nouveau le contact de la main de ma mère sur mon front.

Lorsque je me réveillai, la neige tombait doucement derrière la vitre. L'écran du poste de télévision noir et blanc était allumé. Lucy et Ethel étaient en train d'essayer de voler les empreintes de John Wayne sur le trottoir des célébrités, à Hollywood, devant le théâtre chinois de Grauman.

Je restai allongée, regardai le feuilleton, qui repassait pour la énième fois, et le temps se brisa en fragments d'une demi-heure. Je me levai enfin, pour aller chercher à manger. La cuisine était tout illuminée de soleil. La matinée était déjà bien avancée, tout le monde travaillait. Pour me retaper, je me préparai un copieux petit déjeuner. Je me fis des œufs brouillés, accompagnés d'un grand verre de jus d'orange glacé. Après avoir avalé ça, je retournai dans ma chambre. Je n'étais plus très sûre d'être vraiment malade.

J'entendis sonner la cloche de midi. Par la fenêtre, on distinguait la clôture métallique du terrain vague qui s'étendait une centaine de mètres au-delà. Je vis mes copains rentrer de l'école pour le déjeuner. Les capuches de leurs parkas étaient rabattues dans leur dos, et les crochets défaits de leurs après-ski ballottaient à leurs pieds.

Je me baissai sous la fenêtre, car je ne voulais pas qu'ils m'aperçoivent. Je n'étais pas suffisamment malade pour oublier ce genre de détails.

Il faisait à présent un soleil éblouissant. Je décidai de m'habiller et d'aller à l'école cet après-midi. Je dirais à la maîtresse que j'avais été malade ce matin mais que ça allait mieux à présent, et que je lui apporterais le mot de ma mère demain. De toute façon, les cours étaient plus faciles l'après-midi. Il n'y avait qu'une leçon de géographie, puis une de sciences, suivie d'une heure de lecture. Je serais de retour à la maison à trois heures, avec les autres.

Je sortis une paire de collants d'un tiroir de ma commode. Je me redressai trop brusquement après les avoir enfilés, et ma tête se mit à tourner. Je dus m'asseoir un moment au bord de mon lit avant que les choses cessent de vaciller autour de moi. Puis j'ouvris une armoire et passai une robe. Je me sentais un peu fiévreuse, mais j'allai quand même à la salle de bains et me brossai les cheveux. Je sentais à peine le contact de la brosse, on aurait dit que j'étais en train de peigner les cheveux de quelqu'un d'autre. Je m'appuyais d'une main sur le mur carrelé.

Je me rendis ensuite dans l'entrée, ouvris la penderie et enfilai mes bottes, mon manteau et mes mouffles. Je voulais être prête au moment de partir. Je rassemblai mes livres et ma trousse sur la table de la cuisine. Je fouillai les poches des vêtements suspendus dans la penderie, à la recherche d'un peu d'argent. Je dénichai dans la veste de Ted un billet d'un dollar, tout fripé et aussi mou qu'un Kleenex. Je le glissai dans une de mes mouffles. Puis je m'assis sur l'unique chaise que nous possédions et j'attendis que ce soit l'heure.

J'étais complètement avachie sur la chaise. Je me rendais compte que j'avais dépensé une énergie folle pour parvenir à m'habiller. Le plus dur à présent, ç'allait être d'arriver jusqu'à l'école. Une fois là-bas, je pourrais toujours me reposer, assise à mon bureau. Finalement, l'heure vint, plus vite que je ne l'aurais cru. Je me levai et allai chercher mes affaires à la cuisine. Le moindre geste me prenait un temps infini. J'extirpai péniblement de ma poche le bout de ficelle gris qui retenait ma clef et je verrouillai la porte derrière moi. Je traversai notre allée et atteignis la rue. La neige avait déjà fondu. Le trottoir encore mouillé brillait au soleil.

A chaque pas, je me sentais un peu moins sûre de moi.

J'avais l'impression de marcher comme ma grand-mère, lorsqu'elle sortait précautionneusement de sa voiture, les jours où il avait gelé et où les rues étaient glissantes.

Je fis demi-tour et rentrai à la maison. Je cadenassai la porte derrière moi, ôtai mes bottes et suspendis mon manteau dans la penderie. Puis je me déshabillai entièrement et me remis au lit. Je ne tardai pas à sombrer dans le sommeil. Tout m'était bien égal à présent.

Je me réveillai un peu plus tard, en entendant les gamins qui criaient le long du chemin, de retour de l'école. Ils avaient l'air en pleine forme, la journée était finie pour eux. Mais une journée de maladie ne se termine pas à trois heures de l'après-midi. Il fallait attendre le matin suivant pour cesser d'être malade. Je serais encore en pyjama lorsque ma mère et Ted rentreraient, dans la soirée.

J'avais un peu mal au cou. Je rallumai la télé pour suivre les dessins animés de l'après-midi.

Il faisait déjà sombre et j'en étais heureuse parce que les autres enfants faisaient leurs devoirs chez eux, avant l'heure du dîner. Le silence où était plongée la maison déserte avait pourtant quelque chose d'un peu angoissant.

J'avais hâte que ma mère soit de retour.

La porte d'entrée claqua. Je savais que c'était elle, et non Ted, à la manière dont elle allait et venait dans la cuisine en martelant le sol de ses talons. Je l'entendis lancer dans l'évier la poêle à frire que j'avais laissée sur la cuisinière, ouvrir puis refermer la porte du frigo. Enfin le bruit de ses pas se rapprocha et je l'aperçus dans l'encadrement de ma porte. Elle alluma le plafonnier. J'étais encore en train de regarder la télévision, qui repassait un autre épisode de *I Love Lucy*, antérieur à celui de la matinée, et dont l'action se déroulait cette fois-ci à New York.

« Alors, qu'as-tu fait de toute la journée ? demanda-t-elle en parcourant la pièce du regard, les mains sur les hanches. Je veux dire, à part mettre de la pagaille. Tu aurais au moins pu passer l'aspirateur et ranger tes affaires. Je ne peux pas tout faire, dans cette maison. A peine sortie du travail, il a déjà fallu que j'aille faire les courses, et je dois encore passer derrière toi pour ranger ton désordre. Il y avait une boîte de thon toute prête dans le frigo, je m'en contente bien, moi, pour le déjeuner, mais il a fallu que tu salisses une poêle et que tu mettes des miettes partout... »

Elle éteignit la télé et j'eus un bref pincement au cœur en voyant disparaître l'image du petit appartement si propre et si bien meublé.

« Je suis malade, maman.

— Tu n'es pas si malade que ça. Moi non plus, je ne me sens pas très bien. J'ai eu mal à la gorge toute la journée et ça ne m'a pas empêchée d'aller travailler. Maintenant, lève-toi, nous allons ranger la cuisine. »

Peut-être aurais-je effectivement dû nettoyer la maison. Peut-être n'étais-je pas vraiment malade. J'étais incapable de voir ce qui était sous mon nez. Il ne me serait jamais venu à l'esprit de passer l'aspirateur.

Je fis la vaisselle en premier, c'était le plus facile. Je me sentais légèrement fiévreuse, tout paraissait trouble autour de moi. Je frottais interminablement la poêle à frire en regardant l'obscurité par la fenêtre. Le contact de l'eau sur mes mains me faisait du bien.

Ma mère s'approcha de moi et me toucha les cheveux.

« Je suis désolée de t'avoir houspillée comme cela tout à l'heure. Je crois que je suis un peu fatiguée moi aussi. Nous avons toutes les deux besoin de repos. »

On ne nous aimait pas trop, dans Carriage Court. Ma mère et Ted n'adressaient la parole à personne. Nos voisins faisaient des barbecues dans leurs jardins et arrosaient leurs pelouses à la nuit tombée, mais nous, nous restions toujours enfermés à l'intérieur. Le premier été que nous passâmes là-bas, trois pères de famille du quartier vinrent en délégation trouver Ted, afin de lui expliquer comment on s'y prenait pour tondre une pelouse. J'étais cachée derrière le paravent grillagé de la porte et je les écoutais. Ils avaient l'air bien intentionnés. Ils regardaient leurs mains en parlant et raclaient leurs pieds sur le porche. Ted se montra aimable lui aussi et les invita à entrer pour prendre un verre.

Lorsque les hommes se dirigèrent vers l'entrée, je montai en courant jusqu'à ma chambre et me mis à pleurer. Par la fenêtre ouverte, j'entendais brailler les gamins qui jouaient au ballon. Je n'allais plus oser me montrer à présent. Tout le monde allait être au courant, mais ils devaient déjà savoir la nouvelle. A leurs yeux, je devais être la fille de la maison dont la pelouse n'était jamais tondue.

Un peu plus tard, ma mère me rejoignit et s'assit à côté de moi sur le lit.

« Ma chérie... Je comprends ce que tu ressens... »

Je la repoussai si brutalement qu'elle perdit l'équilibre et s'étala par terre. Elle ne se releva qu'au bout de quelques secondes. Elle avait l'air abasourdi. Je regardai mes mains. J'étais surprise, moi aussi. Je ne croyais pas l'avoir poussée si fort. Elle me dévisagea à nouveau, en époussetant du revers de la main son pantalon blanc en rayonne.

« Espèce de petit monstre... »

Elle leva le bras, mais avant qu'elle ait terminé son geste, je la frappai à nouveau.

Elle quitta aussitôt la pièce. Je les entendis Ted et elle aller et venir dans la cuisine, mais ils ne remontèrent ni l'un ni l'autre dans ma chambre. La maison semblait étrangement calme, je percevais même le ronronnement du réfrigérateur.

J'en eus finalement assez d'être sur ce lit et je descendis au garage. Je saisis la tondeuse à gazon. Nous n'avions qu'un modèle mécanique, de couleur noire. Ma mère trouvait que c'était plus élégant. Elle détestait le bruit des tondeuses à moteur.

Ce n'était pas une mince affaire. Je n'avais même pas déblayé un petit carré de cinquante centimètres de côté lorsque Ted arriva et essaya de m'ôter la tondeuse des mains.

« Laisse, Ann... Je vais le faire. »

Ma mère passa la tête dans l'encadrement de la porte sans lâcher la poignée. On aurait dit qu'elle avait peur, depuis que je l'avais frappée.

« Annie, dit-elle, Ted s'est mis d'accord avec le fils Kokowski. Il s'en occupera demain. Tout est réglé. Nous l'avons même déjà payé. »

Mais il était hors de question de me faire changer d'idée. Je voulais que cette pelouse soit tondue, à l'instant même. Ted dut desserrer mes doigts un à un ; on aurait dit qu'ils étaient soudés au manche noir de la tondeuse. Lorsqu'il eut réussi à déplier mes mains, il les souleva dans les siennes, paumes ouvertes : je découvris avec étonnement que mes doigts étaient couverts d'écorchures. Je saignais. Ted me regarda fixement, sans relâcher son étreinte.

« Ted ! Enlève-lui cet engin des mains ! (Ma mère était toujours au même endroit, la tête à l'extérieur. Elle hurlait.) Elle risque de se tuer ! Regarde-la, elle est devenue folle ! »

Ted se mit à parler d'une voix douce. Il chuchotait presque.

« Je sais que tu veux qu'on tonde tout de suite cette pelouse. Je comprends. Mais je vais m'en charger. Laisse-moi faire. »

Je trouvais qu'il avait un drôle de sourire. On voyait toutes ses dents et sa bouche ressemblait à une fermeture Éclair.

Je reculai et me croisai les bras, les yeux baissés sur mes baskets. La droite était déchirée au bout, et maculée de taches vertes.

Ted était plus costaud que moi. A chaque enjambée, il dégageait au moins un mètre carré de terrain.

« Ted ! Tu ne vas pas faire ça maintenant, cria ma mère. Nous avons déjà payé le gosse.

— Ne t'en fais pas, Adele. Je n'en aurai pas pour longtemps. »

Ma mère referma la contre-porte grillagée.

« Je ne vois pas pourquoi il faut toujours faire les quatre

volontés de cette gamine. Nous lui cédons chaque fois qu'elle fait la tête. »

Je courus tout au bout de l'allée, jusqu'au terrain de foot. De son poste d'arrière, le fils Kokowski aperçut Ted en train de tondre notre pelouse.

« Hé... Ton beau-père passe la tondeuse ? Je croyais que je devais le faire demain.

— Tu ferais mieux de lui rendre son fric, dis-je.

— Qu'est-ce qui lui a pris ? Il avait pourtant bien attendu jusque-là.

— Tu veux te battre pour le savoir ? »

Il haussa les épaules et me dit de laisser tomber. Il était pourtant plus grand que moi. Je me félicite aujourd'hui qu'il en soit allé ainsi. Dans l'état où j'étais ce soir-là, j'aurais pu l'envoyer à l'hôpital.

J'étais vautrée à plat ventre sur le carrelage de la cuisine. Je dessinais. Ma mère s'agitait devant la desserte. Elle préparait le repas. Nous étions dimanche, il était quatre heures de l'après-midi et derrière la fenêtre le monde était immobile et muet.

Le coloriage me prenait beaucoup de temps. J'étais toujours très lente en dessinant. Je n'aimais pas qu'il reste un seul petit recoin blanc sur la feuille. A l'école, au cours moyen, mon institutrice avait affiché certains de mes dessins sur un panneau, dans le hall. Elle m'avait dit que j'étais la meilleure en dessin de toute l'école, parce que j'étais patiente. Puis, un beau jour, un autre gosse avait débarqué, un nouveau que personne n'aimait parce qu'il ne tenait jamais en place et qu'il portait des vêtements trop courts pour lui. Tim passait son temps à dessiner, sur n'importe quoi. Il pouvait croquer en trois minutes toute une batterie de tambours psychédéliques dans les marges de son cahier, et on avait l'impression de les entendre vibrer. Personne ne voulait croire en son talent, mais je n'avais pas été fâchée lorsque nous avions changé de quartier pour venir à Carriage Court. Je savais qu'il était meilleur que moi.

Je dessinais encore, à la maison, généralement allongée par terre.

Ma mère n'avait jamais vu mes dessins. Je ne les montrais à personne.

Ce jour-là, elle était debout devant l'évier, à côté de la fenêtre. Je m'interrompis soudain, rangeai les crayons dans leur boîte et retournai la feuille face contre sol. Les épaules de ma mère étaient agitées de soubresauts.

Je m'approchai d'elle et la touchai. Elle ne parut pas s'en apercevoir.

« Maman », murmurai-je d'une toute petite voix, comme si j'avais eu peur de troubler le silence.

Elle baissa enfin les yeux vers moi.

« Est-ce que c'était mieux avant ? dit-elle lentement. Lorsque nous étions seulement toutes les deux ? »

Elle se mordit aussitôt la lèvre, puis porta son poignet à sa bouche, en se rongeant les phalanges. Je la dévisageai, pendue à son sweater. Elle m'avait prise de court. J'avais toujours voulu lui poser cette question. Si nous étions restées toutes les deux, nous serions parties en Californie. Pour que je devienne une vedette de la télévision.

Je me mis à penser à Ted, au bruit familier de sa voiture lorsqu'il remontait notre allée, et à mille autres petits détails de notre nouvelle vie.

« Alors, mon chou ? Est-ce que tu étais plus heureuse avant l'arrivée de cet homme ?

— Ted est gentil, dis-je.

— Tu le penses vraiment ? »

J'acquiesçai vivement. Nous passâmes le reste de l'après-midi à lui préparer une surprise. Nous étions tirées à quatre épingles lorsqu'il rentra le soir, vers sept heures, pour le dîner. Nous avions astiqué de fond en comble le carrelage de la cuisine, qui brillait comme neige au soleil. Il dut remarquer quelque chose d'inhabituel lorsqu'il franchit le seuil et nous aperçut, rayonnantes de bonheur, impatientes de voir sa réaction. Il nous dévisagea à tour de rôle, l'air sidéré.

« Qu'est-ce qui se passe ? demanda-t-il.

— Le dîner sera prêt dans une minute », dit ma mère.

Elle ouvrit le four et piqua la viande.

Ted fit comme à son habitude. Il monta chercher la télé noir et blanc dans ma chambre, la redescendit à la cuisine et l'alluma pour regarder les nouvelles. Je restai dans les jupes de ma mère pendant qu'elle mettait le couvert.

« Tu crois qu'il a remarqué ? » lui demandai-je.

Dans la cuisine, tout reluisait comme un sou neuf. Nous avions même dû ouvrir une nouvelle boîte de bicarbonate de soude.

« Bien sûr, répondit-elle. Viens par ici. »

Elle s'approcha de la desserte, où tout était en ordre. J'avais caché mon dessin dans le buffet, mais elle avait dû le trouver. Elle était en train de le contempler. J'avais représenté une pelouse, en dessinant minutieusement le moindre brin d'herbe. Il restait encore une grande surface blanche sur la feuille. Le dessin n'était pas terminé.

« Je croyais que tu avais fait mon portrait », dit-elle.

Les choses n'allaient pas en s'arrangeant.

Ma mère et Ted se levaient tard le week-end. Je m'esquivais toujours pour faire un tour dans le quartier avant leur réveil.

« A-aaann ! »

Nous étions samedi. Ma mère m'appelait depuis le porche de la maison. Je n'avais pas spécialement envie de rentrer, mais j'étais en train de jouer au ballon avec les gosses des voisins ; et eux, ils obéissaient lorsque leur mère les appelait.

« J'arrive ! »

J'abandonnai le ballon. Comme je viens de le dire, je n'avais pas le choix.

En me voyant revenir, ma mère rentra la tête à l'intérieur de la maison, comme une tortue dans sa carapace, et elle claqua la porte. La voiture de Ted n'était pas dans l'allée, ce qui était mauvais signe. Je marchais le plus lentement possible, peu pressée d'arriver. Ma mère se tenait dans l'entrée, juste derrière la porte. C'était une belle journée ensoleillée, mais notre maison sentait le renfermé. L'air aurait eu besoin d'être changé. Ma mère avait encore sur le dos le vieux sweat-shirt gris de Ted, qu'elle mettait pour dormir. Elle ne portait rien d'autre.

« Qu'est-ce que tu t'imagines ? me dit-elle en secouant la tête. Tu crois peut-être que je vais te laisser jouer toute la journée alors que je me tue au travail ? Les mères sont juste bonnes à ça, hein ? Elles doivent s'échiner à longueur d'année pour que leurs enfants aient une belle maison, des vêtements propres et plein de bonnes choses à manger lorsque leurs copains viennent les voir... Eh bien, je suis au regret de te dire qu'il va falloir que tu te sortes ces idées de la tête et que tu mettes un peu la main à la pâte. »

Le ciel dégagé, d'une clarté bleu pâle, s'étendait derrière les fenêtres de la cuisine.

« C'est de ma faute, poursuivait ma mère. Je t'ai trop gâtée. J'aurais dû te laisser pleurer lorsque ton père voulait sortir pour aller danser. J'aurais mieux fait de l'accompagner. »

Je voulus m'éloigner, mais ses ongles s'enfoncèrent dans la chair de mon bras.

« Oh, non... Tu ne te défileras pas comme ça.... Tu vas rester ici et faire un peu de ménage, pour changer. J'ai décidé de me reposer, aujourd'hui. J'ai travaillé toute la semaine, pendant que toi tu t'amusais.

— J'étais à l'école. »

Elle se pencha pour ramasser l'aspirateur. Les brosses et les divers embouts étaient éparpillés sur le sol.

D'aussi loin que je me souvienne, nous avions toujours eu le même appareil — un vieil Electrolux sur lequel mon père me baladait à travers la maison de ma grand-mère, quand j'étais petite. Nous ne l'avions pas payé. C'était le modèle qui lui servait pour ses démonstrations. A l'époque, mon père était représentant en aspirateurs.

« Et prends bien soin de repasser *cinq fois* au même endroit. Après seulement, tu peux changer de place et passer au carreau suivant. »

La cuisine était la seule pièce de la maison qui n'avait pas de plancher en bois. Le sol était recouvert de dalles de Gerflex, dont les motifs à carreaux noirs et blancs semblaient se reproduire à l'infini. Il devait y en avoir des centaines. Je comptai leur nombre sur chaque côté et me lançai dans une multiplication compliquée.

« Je vais te montrer comment il faut faire. Regarde bien. »

Ma mère appuyait de toutes ses forces sur le manche de l'aspirateur, cognait la brosse contre la plinthe. Ses cuisses frémissaient sous l'effort.

« Maman, il est une heure. Tu ne pourrais pas mettre une culotte...

— Je n'ai pas eu le temps. Figurez-vous, mademoiselle, que j'ai passé la matinée à travailler.

— Tu parles... Tu as dormi, oui... Quand je vais chez mes copines, leurs mères sont habillées décemment. Enfin, ça m'est égal. Tu peux bien faire ce que tu veux. Je trouve simplement que ce n'est pas très joli à voir.

— Eh bien, dans ce cas, ne regarde pas ! Je suis ici chez moi et j'ai bien l'intention de porter ce qui me plaît. J'ai payé cette maison de mes propres deniers et...

— C'est grand-mère qui t'a donné l'argent.

— Espèce de... »

Elle brandit le manche de l'aspirateur mais je sautai en arrière pour l'éviter. Elle reprit sa respiration.

« Ah, non... Je ne vais pas te laisser provoquer une bagarre pour que tu puisses ensuite filer et échapper à tes devoirs ! Non, ma petite... Tu es maligne, mais ne compte pas sur ta mère pour se laisser avoir. Allez, viens par ici. A ton tour, maintenant... Vas-y, je te regarde. »

Elle remit l'aspirateur en marche. Je pris le manche et passai mollement la brosse sur le sol. L'appareil faisait un vacarme assourdissant. Dans une maison voisine, quelqu'un passait la tondeuse à gazon.

« Allons, un peu de nerf ! Tu n'es vraiment jamais fichue de faire les choses comme il faut ! »

Elle m'arracha le manche des mains et se mit à frotter le sol avec une énergie redoublée. Tout son corps était en action.

« Voilà comment il faut s'y prendre ! Allez, à toi ! »

Elle partit à l'autre bout de la maison. Quelques instants plus tard, je l'entendis crier. Sa voix couvrait le bruit de l'appareil.

« N'oublie pas : chaque carreau doit être aspiré cinq fois. Je viendrai voir le résultat. Et tu as intérêt à ce que ce soit propre, sinon je t'obligerai à recommencer. »

Je regardai à mes pieds les centaines de carreaux noirs et blancs. Je comptai les années pendant lesquelles j'aurais encore besoin d'une mère. Je poussai le manche avec tant de violence que la brosse alla heurter la plinthe.

Au bout de six dalles, je jetai un coup d'œil derrière moi. L'alignement de carreaux s'étendait à l'infini. J'entendais ma mère qui se faisait couler un bain. Le bruit de l'eau avait quelque chose de musical, de séduisant. Je regardai encore une fois le sol et pris ma décision. Il était hors de question que je continue plus longtemps. Je laissai l'aspirateur branché pour que ma mère puisse entendre le bruit et je quittai la maison.

Je n'allai pas sur le terrain de foot, ma mère m'y aurait facilement retrouvée. Je courus dans la direction opposée et traversai les terrains vagues envahis par le chantier de la nouvelle autoroute, alors en construction. J'attendis d'avoir atteint le bois pour ralentir ma course. Le sang battait au creux de mes genoux. Plus bas, les gros bulldozers jaunes rampaient dans le sable. Les ouvriers nous appelaient parfois et nous donnaient un peu d'argent pour surveiller les piquets posés par l'arpenteur, au cas où quelqu'un aurait essayé de les retirer. Le bois devait être rasé pour laisser passer l'autoroute, mais nous acceptions quand même, pour un dollar ou deux.

Je m'allongeai, les mains croisées derrière la tête. Les nuages se déplaçaient lentement dans le ciel. Je restai étendue, mâchonnant un brin d'herbe, et je fermai les yeux en essayant de ne plus penser à rien. Quand la nuit tomberait, il allait bien falloir rentrer à la maison, où les ennuis recommenceraient.

Un jour de pluie, après l'école. Quatre heures et demie de l'après-midi, environ. Je suis seule à la maison, la gorge serrée. Les autres ne rentreront pas avant six ou sept heures. La maison est vide, la cuisine en ordre, il n'y a rien à manger dans le réfrigérateur. Nous irons sûrement dîner en ville ce soir. Dehors, il pleuvine. Je suis assise dans ma chambre, qui donne sur l'arrière de la maison, et je contemple l'envers du décor. Les palissades, les cours des voisins. Il n'y a absolument rien dans ma chambre en dehors de mon lit et du vieux poste de télé.

Après m'être déshabillée, je m'assois sur le lit et j'examine mon corps. Je n'ai pas fait le lit ce matin, les draps et la couverture en laine traînent en désordre. Sur l'écran du poste de télé portatif noir et blanc passe une comédie des années cinquante. J'ai baissé le son au minimum, je perçois de temps à autre un bref éclat de rire, toujours le même. Je jette alors un coup d'œil sur l'écran. Les acteurs, un homme et une femme, se dévisagent d'un air langoureux. L'écran diffuse une lueur grisâtre, qui n'est pas sans rappeler celle du ciel au-dehors. La pluie frappe à la fenêtre. Je me palpe les jambes, les bras, des épaules aux coudes, les genoux, jusqu'à la plante des pieds. Je suis maigre, frêle.

L'humidité règne dans la maison et je suis seule.

Je vais à la salle de bains et je fouille dans la trousse de maquillage de ma mère, où je finis par trouver un petit miroir de poche, maculé d'empreintes et de traces de doigts. Je reviens dans ma chambre et me glisse sous la couverture, dont le contact rêche sur ma peau me rassure à présent. Je me détaille dans le miroir graisseux.

J'ai froid, brusquement. Je fourre le miroir sous la couverture et me frotte vigoureusement les jambes pour me réchauffer. Mes poignets se referment sur mes chevilles. Je suis seule. Seule. Personne ne me voit. J'ai l'impression que je ne bougerai plus d'ici, que je n'irai jamais nulle part, même pas en Californie. Que je resterai toujours là, au fond de ma chambre, à contempler l'envers du décor.

Ma mère remonta sa vitre et mit le chauffage en route dans la voiture. Elle aurait fait n'importe quoi pour éviter d'avoir à me regarder. Lorsqu'elle en avait vraiment assez de moi, elle m'emmenait chez ma grand-mère.

Jusque dans mes rêves, lorsqu'elle me chassait et que je courais dans la nuit, j'apercevais toujours derrière la fenêtre illuminée de la cuisine la robe bleue de ma grand-mère, qui se penchait pour saisir quelque chose dans le buffet. Ma grand-mère ne sortait pratiquement jamais de chez elle.

Ma mère ralentit lorsque nous arrivâmes au carrefour. La vieille rue était plongée dans l'obscurité, il n'y avait pas de réverbères, la seule lumière provenait des étoiles qui brillaient dans le ciel sombre. Le vent soufflait dans les arbres. Lorsque nous entrâmes, ma grand-mère était assise à sa table, dans la cuisine, ses lunettes à monture d'argent en équilibre au bout de son nez. Elle était en train de décortiquer des noix, dont elle empilait les cerneaux dans un bocal.

Ses assiettes ordinaires étaient en porcelaine blanche, bordées d'un liséré doré à moitié effacé. La plupart étaient ébréchées et rayées de marques de couteau, mais je les avais toujours vues ici et elles me plaisaient bien. Ma grand-mère sortit du buffet une tarte aux myrtilles encore dans son moule, recouverte d'un papier d'aluminium. Les fruits étaient pris sous une couche de sirop noire, luisante : on aurait dit de la dentelle liquide.

Sa tasse de café à la main, ma mère poussa un soupir épuisé en regardant autour d'elle. Elle connaissait cette pièce dans ses moindres détails. Elle savait quelle position occupaient la maison sur la colline, et les étoiles sur la voûte du ciel, dans l'encadrement de la fenêtre. Elle n'aimait pas cette maison, elle n'aurait plus voulu y habiter, mais c'était le seul endroit où je la voyais se détendre un peu, où elle pouvait par exemple accrocher sa veste à une patère sans se donner la peine de la suspendre sur un cintre et de la boutonner minutieusement. Elle étirait les jambes sous la table et me souriait pour un rien, même si je venais de commettre la pire des bêtises. Elle était lasse mais elle se sentait chez elle.

On entendait au loin le bruit de l'autoroute. Plus près, des grillons craquetaient. Dans la cuisine, le réfrigérateur et les tubes de néon chuintaient.

« J'étais en train de regarder la télévision, dit ma grand-mère.

— Oh... Veux-tu que nous retournions au salon ?

— Non, ce n'est pas la peine. Je connais ce feuilleton par cœur, ils l'ont déjà passé cent fois. »

Ma mère se leva lorsqu'elle estima qu'il était temps de partir. Mais elle traînait un peu, comme si elle avait préféré rester. Les lits étaient déjà faits. Ma grand-mère lavait elle-même ses draps et les faisait sécher dehors, sur l'étendage, avant de les repasser. On entendait le bruit du vent à travers les cloisons. Mais il fallait pourtant qu'elle s'en aille. Elle était mariée à présent, ce n'était plus une enfant. Nous restâmes un moment toutes les trois sur le porche, à regarder la voiture. Ma mère finit par se décider. Elle monta, alluma ses phares. La voiture brillait dans la nuit comme un aquarium. Nous attendîmes qu'elle ait disparu à l'horizon.

Dans la chambre du rez-de-chaussée, il y avait une commode qui contenait des centaines de pyjamas et de chemises de nuit. La plupart n'avaient jamais servi. Les gens en offraient toujours à ma grand-mère pour Noël, pour son anniversaire ou pour la fête des mères. Lorsque son époux était encore de ce monde, elle en recevait aussi pour leur anniversaire de mariage.

« Je me demande pourquoi tout le monde croit me faire plaisir en m'achetant ce genre de choses... dit-elle en sortant de sa boîte un négligé rose. Regarde-moi ça. Est-ce que tu me vois porter un truc pareil ? Je ferais mieux de le rendre à ta mère. »

Ma mère avait voulu surenchérir sur les autres et lui avait offert toute une collection de tenues de nuit en soie ou en satin, bordées de dentelles et de plumes d'autruche, avec les robes de chambre assorties.

« Je me demande où ils vont chercher des idées pareilles », dit ma grand-mère en faisant la moue.

Je choisis un pyjama en coton qui avait appartenu à mon grand-père. Le pantalon était trop long pour moi et l'élastique n'arrêtait pas de glisser sur mes hanches.

Nous mangeâmes des cornflakes avant d'aller nous coucher. Nous ne parlions pas. Un train qui passait en sifflant rompit un instant le silence en faisant vibrer le sol, mais le bruit s'éteignit aussitôt. Au premier étage planait une odeur de sapin fraîchement coupé. Il en était ainsi depuis des années. Je regardai le paysage par la fenêtre. Les feuilles des chênes étaient toutes proches et grandes comme des mains. On distinguait les étoiles au travers.

J'entendis le bruit de la chasse d'eau, puis les pas de ma grand-mère qui ouvrit la porte de derrière. Elle appela son chien, qui rentra et vint se blottir à ses pieds. Puis elle referma le battant et éteignit la lumière du porche. La queue du chien battait contre la cloison. Elle lui parlait doucement, le calmait, se baissait pour le flatter de la main. Il avait de grosses taches brunes au coin des pupilles. Je la soupçonnais de le laisser monter et dormir avec elle lorsqu'elle était seule.

« Oui, oui... C'est un bon chien, ça... Oui, bien sûr... Un bon toutou, ça oui... Bien sûr... Allons, allons... Couché, oui... C'est mon brave Handy, oui... »

Elle s'arrêta un instant pour reprendre son souffle dans l'escalier. Je perçus le claquement de sa main sur la rampe.

« Tu dors déjà ? me demanda-t-elle.

— Non.

— Est-ce que tu as assez chaud ?

— Oui.

— Je peux aller te chercher une autre couverture, si tu veux.

— Non, merci, grand-mère. Je suis bien comme ça. »

Elle se baissa lentement et se mit à genoux. Sous elle le plancher craqua. Elle posa les coudes sur le lit et fit une courte prière. Les mots résonnaient étrangement dans la pièce. Puis elle poussa son vase de nuit sous le lit et se glissa entre les draps.

« Ah..., soupira-t-elle. Cela fait du bien de s'étendre.

— Oui.

— Bon. Eh bien, bonne nuit.

— Bonne nuit. »

Ma grand-mère me disait rarement « Je t'aime ». Elle ne s'y décidait généralement qu'après avoir attendu une éternité dans le noir. Un temps si long s'écoulait que j'avais cessé d'être aux aguets et que j'étais déjà à moitié endormie lorsque je l'entendais dire « Je t'aime » d'une voix naturelle, dénuée de toute émotion. Je crois bien qu'elle prononça la phrase ce soir-là. Mais je ne suis pas certaine de l'avoir entendue pour de bon. Peut-être dormais-je ou rêvais-je déjà. Je ne pense pas lui avoir répondu. Ma grand-mère était tellement timide..

En me réveillant le lendemain matin, je l'entendis brasser des casseroles et s'agiter dans la cuisine. A l'étage, le vent soufflait à travers les cloisons, les branches des arbres griffaient les murs à l'extérieur. Le grésillement de la radio parvenait jusqu'en haut par les interstices du plancher. Dehors, il faisait encore nuit. Je m'éveillais toujours beaucoup plus tôt qu'à la maison, lorsque j'étais chez ma grand-mère.

Elle était en train de découper des toasts beurrés qu'elle disposait sur une assiette, autour des œufs brouillés. Contrairement à ma mère, elle savait faire cuire les œufs à point. A la maison, chacun se débrouillait dans un coin pour le petit déjeuner. On avalait des tartines de steak tartare, ou on grignotait des tranches de rôti froides, debout devant la porte ouverte du frigo. Ma mère faisait cuire la viande la veille. On ne manquait jamais de protéines, à la maison. La cuisine de ma grand-mère était meublée à l'ancienne : les armoires jaunes, l'encadrement des portes peint en vert. A la maison, nous avions tout le confort moderne. Je me sentais plus à l'aise ici. Et pourtant, je ne savais pas si j'aurais vraiment eu envie de revenir y habiter.

On annonçait une tempête à la radio. Nous décidâmes d'aller jusqu'au lac Supérieur, au cas où des fossiles remonteraient à la surface. Ma grand-mère et moi collectionnions les roches. Nous trouvions souvent des minéraux rares dans les grottes, et nous les brisions nous-mêmes pour en retirer les cristaux. Pendant son voyage en Europe, ma grand-mère avait utilisé son marteau de géologue et rapporté des pierres de tous les endroits célèbres qu'elle avait visités. Elle les avait enveloppées dans des petits sachets en tissu et les avait soigneusement étiquetées, dans l'avion du retour : « Pierre de l'Acropole », « Éclat du Colisée de Rome », etc. Nous nous rendions parfois dans les villages indiens disséminés autour de Bay City pour visiter leurs musées. Nous avions souvent rencontré d'autres géologues amateurs, au bord du lac Michigan. La plupart du temps, il s'agissait de vieilles dames. Elles avaient les pieds nus dans leurs espadrilles, la peau de leurs mollets ridés retombait comme des bas sur leurs chevilles tandis qu'elles se penchaient, courbées en deux sur le sable gris du rivage, à la recherche d'une pièce rare.

« Il faudrait prévenir ta mère, dit ma grand-mère.

— Elle doit encore être au lit », dis-je en jetant un coup d'œil à la grosse pendule ronde qui trônait au sommet du frigo.

A la maison, il fallait sans cesse courir d'une pièce à l'autre avant de trouver un réveil qui ait enfin l'heure juste. La plupart du temps, je finissais par aller chercher la montre de Ted dans la poche de sa veste, au fond de la penderie. Ma mère avait un petit réveil de voyage noir, qu'elle gardait à côté de son lit. Elle dormait un bras posé dessus.

« Nous n'aurons qu'à l'appeler de là-bas, dit ma grand-mère. De toute façon, il sera trop tard, elle ne pourra plus rien dire.

— Est-ce qu'on emmène Handy ? »

Ma grand-mère avait récupéré Handy de la même manière que tous ses autres chiens. Handy était à nous au début. J'avais voulu avoir un chien, parce que j'avais le béguin pour le jeune homme qui nous livrait le journal le matin. Je m'arrangeais toujours pour sortir les poubelles lorsque je le voyais arriver au bout de Carriage Court. Puis je m'étais dit que ça aurait l'air plus naturel de sortir pour promener mon chien. Au bout de quelque temps, ma mère avait fini par trouver que je ne m'occupais pas assez de Handy. De surcroît, il faisait des saletés partout. Elle prétendit qu'un chien avait besoin de davantage d'espace et nous le donnâmes à ma grand-mère, qui se fit un peu prier avant de l'accepter. « Je ne veux plus de chien chez moi, avait-elle dit. Que voulez-vous que j'en fasse ? » C'était nous qui l'avions appelé Handy. Ma grand-mère finissait toujours par hériter de nos chiens, et elle gardait les noms que nous leur avions donnés.

« Bien sûr, qu'on va l'emmener, dit-elle. Tu veux bien aller te promener, Handy ? Oh, oui... Oui... Bien sûr, que tu le veux... »

La queue de Handy battait frénétiquement contre le mollet de ma grand-mère.

J'enfilai l'une des lourdes vestes en laine que mon grand-père mettait jadis pour aller à la chasse. Nous emportâmes des gants, des écharpes et tout un tas de gros vêtements que nous n'aurions jamais voulu mettre pour nous promener dans les rues de Bay City. A la maison, ma grand-mère portait des robes en coton, des blouses, des chemises en flanelle, mais elle avait aussi des ensembles plus habillés, d'un goût charmant — des tailleurs en tricot, avec des bijoux et des accessoires assortis —, qu'elle mettait pour sortir en ville, même s'il ne s'agissait que d'aller acheter une bricole à l'épicerie.

Le chien se précipita dans la voiture et sa queue se mit à marteler le Skaï du siège arrière. Je m'assis à l'avant et dépliai la carte sur mes genoux. Nous fîmes halte un peu plus tard dans une ville dont le nom ne nous disait rien. Nous prîmes une tasse de thé dans une boutique tenue par un Suédois.

« Nous devrions peut-être appeler ta mère, à présent. Elle doit être levée à l'heure qu'il est. »

Je regardai la pendule au cadre de bois clair posée près de la caisse. Elle était décorée d'une guirlande d'oiseaux juchés au bord de leurs nids. Il était onze heures et demie.

« Ce n'est pas sûr », dis-je, bien que le samedi, à cette heure-là, elle fût généralement debout.

Elle devait être en train d'ouvrir la porte de derrière et de se faufiler dehors pour aller porter la poubelle au garage, vêtue d'un simple tee-shirt. Une fois sa tâche accomplie, elle allait s'immobiliser un instant dans l'encadrement de la porte et contempler les rayons de soleil qui inondaient le jardin. Si nous avions été en été, l'appareil d'arrosage aurait déjà été branché sur la pelouse du voisin, suscitant l'apparition de minuscules arcs-en-ciel à la surface de l'herbe. Mais aujourd'hui, il pleuvait, Ted et ma mère devaient encore être au lit. Chez nous, le week-end, s'il pleuvait quand nous nous levions, ma mère poussait un soupir et nous retournions tous nous coucher une heure ou deux.

Nous décidâmes d'attendre d'être un peu plus au nord et d'avoir au moins atteint le Michigan avant de l'appeler. Il nous semblait plus sûr de téléphoner à partir d'un autre État. En allant à la caisse, nous passâmes devant une table où deux hommes équipés de pied en cap écoutaient la radio.

« La tempête fait toujours rage », dit l'un d'eux à son compagnon.

Ma grand-mère était timide, mais elle fit un effort.

« Vous allez au lac Supérieur ? leur demanda-t-elle.

— Oui, madame. Nous espérons trouver des fossiles.

— Quelle coïncidence : nous aussi ! Mais nous ne sommes que des géologues amateurs. »

Nous suivîmes leur camionnette et roulâmes des heures durant, traversant des villes aux noms indiens que la route nationale coupait littéralement en deux. A un moment donné, nous aperçûmes un panneau publicitaire pour l'usine de beurre qui avait jadis loué la vieille grange, derrière chez nous. C'était une vue du Michigan, en été. Il y avait un ours au premier plan ; au-delà, des nuages s'étiraient au-dessus d'un lac bordé de sapins vert foncé, au pied desquels poussaient des myrtilles. L'affiche à moitié décollée était battue par le vent. Nous étions à mi-chemin du Canada.

Assises sur nos lits jumeaux, nous parlions à tour de rôle à ma mère.

Elle criait tellement fort que ma grand-mère devait tenir l'écouteur à vingt centimètres de son oreille. A cause de la distance, la voix de ma mère était déformée et ressemblait à celle d'une poupée mécanique. On aurait juré qu'elle était hilare.

« Au lac Supérieur ? Bon sang, Ted, tu sais où elles sont ? *Au lac Supérieur !* Et quand comptez-vous rentrer ? »

Ma grand-mère tenait toujours l'écouteur éloigné d'elle.

« Passe-la-moi, demanda ma mère. Passe-moi mon petit ours en sucre. Elle me manque déjà. »

Ma grand-mère fit une grimace tandis que je saisissais l'écouteur. Nous étions toutes les deux un peu émoustillées et je fis un effort pour retenir le fou rire qui me gagnait.

« Allô ! C'est toi, Winnie l'ourson ? Tu es en forme ?

— Oui, maman. Je vais bien.

— Est-ce que tu te nourris comme il faut ? Et qu'est-ce que tu as sur le dos ? Vous avez emporté des vêtements chauds, au moins ?

— Oui, maman.

— Surtout, fais bien attention sur la plage. N'allez pas vous promener par là-bas de nuit. Méfie-toi des gens, on ne sait jamais à qui on a affaire. Et ne prenez pas de risques, les courants sont mauvais dans le coin. Je t'assure, ma chérie, on se trouve entraîné au large avant d'avoir eu le temps de dire ouf...

— Ne t'en fais pas, maman. Nous n'avons pas l'intention de nous baigner, nous resterons sur la plage. Bon, c'est l'heure de dîner à présent, il faut que je te laisse.

— Eh bien, passez un bon moment, et surtout prenez soin de vous. Et dépêchez-vous de rentrer, parce que mon petit ours en sucre me manque déjà terriblement. Je me sens toute délaissée, à l'idée de vous savoir là-bas toutes les deux.

— Il pleut toujours, à Bay City ? demanda ma grand-mère.

— Une vraie tempête. Je suis déjà au lit », ajouta ma mère avec un rire nerveux.

Nous étions pliées en deux de rire en descendant l'escalier qui menait à la salle à manger.

« Alors, comment vas-tu, Winnie l'ourson ? me lançait ma grand-mère.

— Je me sens si triste, snif-snif. Pourquoi m'avez-vous abandonnée ? »

Nous dûmes nous arrêter, le dos contre le mur, pour reprendre notre souffle.

« Nous ne devrions pas parler comme ça, dit ma grand-mère en essayant de retrouver son sérieux. Mais où va-t-elle chercher des surnoms pareils ? Mon petit ours en sucre... Vraiment... »

Il était dix heures du soir et la tempête faisait toujours rage. Nous nous installâmes dans un coin de la salle à manger, près d'une fenêtre, brusquement muettes. C'était toujours pareil, lorsque nous parlions de ma mère. Au début, nous étions prises de fou rire, nous échangions des propos hystériques. Puis nous finissions par nous calmer et le silence retombait, chacune s'emmurait dans ses pensées, seule.

« Dis-moi, grand-mère : est-ce qu'elle a toujours été comme ça ? »

Ma grand-mère tourna la tête et regarda par la fenêtre. De profil, son visage semblait plus tranchant, plus net, comme ceux que l'on voit sur les pièces de monnaie. Dehors les vagues déferlaient, balayant le rivage. Les gouttes de pluie s'écrasaient sur la vitre.

« Elle a toujours été un peu bizarre, répondit-elle enfin. Comme si elle avait vécu dans un monde à part, à l'écart des autres gens.

— Même quand elle était petite ?

— Je me suis posé la question cent fois, et je ne connais toujours pas la réponse. »

Une serveuse déposa une panière sur notre table. Nous savions que le pain était encore chaud et nous attendîmes pour nous servir.

« Il me semble que même lorsqu'elle était toute petite, il y avait déjà quelque chose qui ne tournait pas rond chez elle », ajouta ma grand-mère.

Je regardai autour de moi dans la pièce. La plupart des autres clients étaient venus dans le même but que nous. Leur matériel de géologues amateurs — sacs en toile et lampes de poche — traînait au pied de leurs chaises.

Nous commandâmes un copieux repas. Après d'énormes steaks qui ruisselaient de beurre, nous engloutîmes une tarte aux pêches toute chaude, à la pâte croustillante et légère, recouverte de crème fraîche.

« Ils n'ont même pas oublié la noix muscade, releva ma grand-mère. Un vrai délice. »

Après cela, nous prîmes toutes les deux du café. Il m'était déjà arrivé de goûter le café noir que buvaient Ted et ma mère, et je le recrachais à la première gorgée. Mais ce soir-là, arrosé de crème et de sucre, le café me parut délicieux. Nous en bûmes à plusieurs reprises, en attendant que la tempête se calme. La serveuse faisait le tour des tables, sa cafetière en argent à la main, et resservait les clients dès que ceux-ci avaient fini leur tasse.

Dans chaque visage, il y a un détail qui semble exprimer et

résumer toute la personnalité de celui qui l'habite. Chez ma grand-mère, c'était sa bouche qui attirait immédiatement l'attention. On ne parvenait pas à en détacher le regard.

« Oh, non... Nous sommes de simples amateurs. »

Elle était en train de répondre à une question qui nous avait été adressée d'une table voisine, occupée par quelques dames d'un certain âge. En groupe, ma grand-mère était toujours la plus timide, au début. Mais au bout d'un moment, elle finissait par s'échauffer et on attendait toujours ses plaisanteries avec impatience. Les dames promirent d'aller nous réveiller si la tempête se calmait dans la nuit.

« Vous logez bien dans la chambre n° 19 ? lança l'une d'elles tandis que nous nous levions pour partir.

— Nous ? Absolument pas ! rétorqua ma grand-mère. Mais que cela ne vous empêche pas d'aller tenter votre chance auprès du locataire du 19 en plein milieu de la nuit si le cœur vous en dit. Vous nous raconterez demain matin comment les choses se sont passées. »

Toute la tablée riait encore de cette saillie tandis que nous quittions la salle à manger.

Nous allâmes apporter à Handy les deux morceaux de steak que nous avions mis de côté pour lui dans une serviette en papier. Nous le laissâmes sortir de la voiture pour qu'il puisse se dégourdir les pattes un moment, mais il se mit à gémir à cause de la pluie. Ma grand-mère étala sur le siège arrière de vieux journaux qu'elle avait sortis de son coffre, mais au moment de partir nous eûmes pitié de lui. Il avait l'air si triste derrière la vitre, les pattes appuyées sur le rebord de la portière ; il était tout trempé, ses poils emmêlés ruisselaient, et sa tête paraissait à peine plus grosse que mon poing. Nous le cachâmes sous mon poncho et l'emmenâmes avec nous à l'hôtel. Lorsque nous l'eûmes installé dans la salle de bains, sa queue se remit à battre de plaisir. « Mon pauvre, tu es vraiment trempé comme une soupe », dit ma grand-mère en le soulevant pour le prendre sur sa poitrine.

Le vent soufflait toujours lorsque nous nous mîmes enfin au lit. Nous étions à l'extrême nord du pays, perdues dans l'obscurité au milieu de cette tempête qui faisait rage, et dormir me parut la chose la plus naturelle du monde. Je plongeai dans le sommeil avec la certitude que les forces qui se déchaînaient allaient m'épargner. Je ne crois pas avoir jamais ressenti une telle impression de sécurité, avant ce jour ou depuis lors. Mes mains reposaient paisiblement sur les draps, et dans ma tête résonnait le bruit monotone et rassurant de la pluie, dont le tambourinement semblait émaner de mon oreiller. Nous étions au bout du monde. C'était si bon de s'endormir en sachant qu'il faisait froid, qu'il n'y avait personne dehors, et que nous étions bien loin des régions où le ciel était clair et où d'autres gens, sans doute, étaient en train de vivre une autre vie.

La tempête s'était calmée lorsque nous nous réveillâmes le lendemain matin. Il pleuvinait encore un peu, mais la température était agréable. Nous nous habillâmes rapidement et allâmes chercher notre matériel dans la voiture. Je portais Handy dans les bras, enveloppé dans mon poncho. Il faisait encore nuit, mais le ciel s'éclaircissait déjà au-dessus du lac. Nous distinguions les rais lumineux d'autres lampes torches dans le lointain. Sous leur dentelle d'écume, les vagues vernissaient le sable, déversant de nouvelles cargaisons de brindilles et de galets. Nous commençâmes nos recherches. Nous espérions surtout trouver des agates, de la même couleur irisée que le ciel gris et bleu. Il y en avait effectivement des centaines, enfouies dans le sable sous des enchevêtrements d'algues. Nous marchions lentement, les yeux rivés au sol. Toutes les deux ou trois minutes, l'une de nous s'arrêtait, se baissait et ramassait une pierre. Nous trouvâmes aussi des pointes de flèches en silex, érodées par l'eau. Nous nous montrions nos trouvailles respectives au fur et à mesure, braquant sur elles la lumière de la torche. Ma grand-mère allait d'abord rincer ses agates dans l'eau du lac ; quant à moi, je trouvais plus amusant de les garder dans ma bouche : je les suçais lentement et les faisais rouler contre ma joue, en attendant d'en trouver de nouvelles.

Cette quête semblait nous avoir transformées. Nous aurions pu marcher des heures durant, courbées à jamais sur le sable de cette plage, à la recherche de notre trésor. Le terrain à explorer était quasiment infini. Handy courait devant nous et se retournait parfois pour nous regarder. Ses faibles aboiements se perdaient dans la rumeur des vagues. Je n'avais encore jamais vu l'océan, mais ce lac me semblait suffisamment vaste. La rive était invisible de l'autre côté, mais nous savions que derrière la ligne grise de l'horizon se profilait le Canada. Le Canada ! Le simple énoncé de ce nom semblait devoir mettre un terme à tous nos problèmes.

Le type de la station-service ne quittait pas ma grand-mère des yeux. Ça ne me plaisait qu'à moitié. Il se pencha par-dessus le capot de la voiture et mit une éternité à nettoyer le pare-brise. Ma grand-mère rougit un peu en voyant qu'il la dévisageait. Elle souleva machinalement la boîte de Kleenex qui était coincée entre nos deux sièges et la remit aussitôt à sa place.

« Pourquoi te regarde-t-il comme ça, grand-mère ?

— Je n'en ai pas la moindre idée », répondit-elle en haussant les épaules.

Je me souvins soudain de quelque chose. On m'avait parlé d'une photographie de ma grand-mère, prise du temps où elle était jeune. Elle portait une robe de dentelle blanche et ses nattes lui descendaient jusqu'à la taille. Sa main reposait sur la tête d'un chien qui avait un gros ruban noué autour du cou. Ma mère et ma tante Carol disaient souvent qu'elle était très belle sur cette photo, qu'elle les impressionnait, mais je ne l'avais jamais vue. A mes yeux, elle avait toujours eu l'air d'une grand-mère.

« On dirait que tu plais à ce type, grand-mère.

— Ce vieux bonhomme ? Dieu m'en garde ! Il est bien trop âgé pour moi ! »

Mais tout en faisant le plein d'essence, l'employé ne cessa de l'observer à travers la vitre, son tuyau à la main. Ma grand-mère serrait les mains sur le volant, les yeux fixés droit devant elle. Elle avait beau essayer de prendre un air agacé, elle ne pouvait s'empêcher de sourire.

« C'est Chummy. Je reconnais sa casquette de Public Service. »

Public Service était le nom de la compagnie de gaz et d'électricité de Bay City, dont les employés portaient tous de grosses casquettes jaunes. Ma grand-mère voulait simplement dire qu'il ne s'agissait pas de ma mère. Elle allait à la fenêtre et relevait le rideau chaque fois qu'elle entendait une voiture passer.

Puis elle revint vers moi et me montra à quel endroit j'avais fait une erreur. Mes devoirs étaient étalés sur la table de la cuisine. Debout derrière moi, elle vérifiait mes opérations arithmétiques, ses lunettes perchées sur le bout de son nez.

Je me mordillais le dos de la main — un tic que j'ai conservé toute ma vie et qui avait le don d'horripiler ma mère. Lorsque j'étais petite, je me rongeais les ongles et elle avait voulu me guérir de cette mauvaise manie en m'enduisant les doigts de quinine. Cela s'était avéré efficace, mais n'avait fait que déplacer le problème. Désormais, je me mordillais sans cesse le dos de la main, ce qui la rendait encore plus furieuse.

« J'aurais mieux fait de la laisser se ronger les ongles. Elle aurait sans doute les doigts aussi laids que ceux de Juney Miller aujourd'hui, mais ç'aurait toujours été préférable à ça, dit-elle un jour à sa copine Lolly. Ann, enlève cette main de ta bouche ! Tu vas avoir des lèvres aussi épaisses qu'une négresse si tu continues comme ça. Les gens vont finir par croire qu'il y a vraiment quelque chose qui ne tourne pas rond chez toi. Je suis sûre que tu ne te rends même pas compte de ce que tu fais.

— Si, je m'en rends compte.

— Non. Je t'ai observée à la dérobée et je t'assure que tu le fais machinalement. »

Ma grand-mère me regardait et ne disait rien. Je terminai une autre série de problèmes et elle se pencha pour vérifier le résultat de mes additions et de mes multiplications.

« C'est bon d'être ensemble toutes les deux, dit-elle soudain. Nous nous entendons bien. »

A cet instant, nous perçûmes le bruit de la voiture de ma mère qui s'engageait dans l'allée. Ma grand-mère me passa la main dans les cheveux. C'était le genre de choses qu'elle ne faisait pratiquement jamais.

« Je sais que les choses ne sont pas toujours faciles entre ta mère et toi. Je la connais bien, et je n'ignore pas à quel point elle peut être pénible à vivre. »

Je baissai les yeux sur mes devoirs.

« Parfois..., commençai-je, mais je fus incapable d'ajouter un mot.

— Je sais, je sais. Mais chut... Taisons-nous à présent. »

La porte s'ouvrit à toute volée et ma mère se précipita dans la pièce, Handy sur ses talons.

« Bonjour tout le monde ! » lança-t-elle.

Ma grand-mère rangea mes devoirs et nous nous assîmes toutes les trois autour de la table de la cuisine. Ma mère posa son menton sur ses mains et se mit à tripoter nerveusement son bracelet. Elle paraissait fatiguée.

« Eh bien, racontez-moi donc ce que vous avez fait. »

Nous résumâmes notre escapade sans entrer dans le détail. Nous étions allées jusqu'au lac Supérieur, où nous avions dîné avant de nous mettre au lit. Au réveil, la tempête avait cessé. Ma grand-mère sortit de leur sacoche en toile les pierres que nous avions rapportées et les étala sur la desserte. Elle rédigea des étiquettes qu'elle colla sur les échantillons pendant que nous parlions. Elle avait terminé bien avant l'heure du départ. Lorsque nous sortîmes sur le porche, de longues traînées couleur de rouille striaient le ciel. L'air était agréablement frais, les maisons et les granges paraissaient minuscules sous cette lueur étincelante.

Nous restâmes un moment sur le porche, peu pressées de partir, tandis que ma grand-mère allait chercher une laisse pour promener Handy. Dès qu'elle l'eut accrochée à son collier, il se mit à frétiller et à sauter autour d'elle en jappant.

« Allons, allons, du calme... » lui dit-elle avec un air de sévérité feinte.

L'autoroute était presque invisible, mais nous percevions la rumeur constante de la circulation. Ma mère portait un cardigan sur sa robe de coton. Moi, j'étais en salopette. Nous demeurâmes ainsi un bon bout de temps, en différant sans cesse notre départ. J'avais l'étrange impression qu'il n'était au fond pas nécessaire que nous nous en allions, que nous aurions dû rester là, qu'il s'agissait d'une épouvantable méprise.

Pourquoi n'étions-nous pas, ma mère et moi, comme deux petites filles qui restent sur le porche de leur maison un peu plus longtemps que les autres, à écouter les camions vrombir au loin sur l'autoroute et à rêver sur le nom des villes qui leur passent par la tête : Ann Arbor, Chicago, Cheyenne, San Francisco, Portland, Honolulu, Los Angeles... Deux petites filles qui regardent le ciel en songeant à s'enfuir et qui, mieux que la plupart des gens, savent discerner la tristesse des choses, l'obscurité poignante qui entoure les étoiles — mais qui finissent pourtant par pousser un soupir et rappeler leur chien, avec un mélange de soulagement et de regret, avant de rentrer à la maison et de refermer doucement la porte derrière elles.

Ma grand-mère me dévisagea tandis que ma mère se glissait dans la voiture.

« Allez, vas-y. Il est temps, à présent », me dit-elle.

Elle aurait préféré que je reste, et moi aussi, mais c'était impossible, il fallait bien que je suivisse ma mère. Ma grand-mère était trop vieille pour s'occuper de moi. Elle serait morte avant que j'aie fini de grandir.

Tandis que la voiture reculait dans l'allée, elle se pencha pour caresser Handy. Ma mère alluma les phares.

Ma mère avait vu le jour sur une vieille table de cuisine maintenant reléguée à la cave, enfouie sous un fatras d'objets hétéroclites. Les robes qu'elle mettait du temps où elle allait au collège traînaient encore, avec son vieil ukulélé, dans la buanderie du premier étage, d'où l'on voyait les fils des poteaux télégraphiques se découper sur le ciel et les nuages. La cabane où son père entreposait ses outils se dressait toujours, bringuebalante, dans le pré qui s'étendait derrière la maison. Ma mère imputait à la maison de Lime Kiln Road tous les échecs de son existence. Elle avait toujours détesté le fait d'habiter à l'écart de la ville. Elle se souvenait encore des kilomètres qu'elle devait faire dans la neige pour aller au collège Saint Phillip, du bruit de ses bottes résonnant des heures durant dans l'air vide et bleu, de la honte qu'elle éprouvait lorsqu'un de ses petits copains la ramenait dans cette impasse perdue... La voiture devait dépasser la maison des Griling, dont le jardin était jonché de poubelles et de vieilles carrosseries pourries, et dont les gamins aux yeux immenses et aux cheveux en bataille semblaient tous aussi demeurés les uns que les autres.

« Avec qui aurais-je bien pu me lier, dans un trou pareil ? Maman parle toujours de June Ellie par-ci, de June Ellie par-là, mais je me souviens parfaitement que lorsque June est entrée au collège, son père a acheté une petite maison dans le quartier de DePeer, pour qu'elle puisse faire ses études dans un environnement décent. Papa et maman auraient pu déménager eux aussi, mais non, ils ont préféré rester là. June est devenue quelqu'un à présent, il suffit de voir avec qui elle s'est mariée. Quand je pense qu'elle n'a même jamais mis les pieds à l'université !

— Elle a épousé un croque-mort. Et elle a eu au moins douze enfants.

— Eh bien, crois-moi, ce sont bien les croque-morts qui font fortune, de nos jours. Ils gagnent encore plus d'argent que les médecins. Et au moins, leurs clients ne viennent jamais se plaindre.

— Tu aurais voulu avoir douze enfants ?

— Je crois. (Elle avait prononcé ces mots d'un air doux, presque timide.) J'ai toujours rêvé d'avoir une grande famille. Ça m'aurait plu, d'être une femme au foyer. »

Cette réponse me laissa sans voix.

La voiture fit une embardée dans un virage.

« Maintenant, dis-moi la vérité : vous vous êtes vraiment amusées ? Ou est-ce que c'était bien, sans plus ? Tu peux me le dire, je ne le lui répéterai pas. »

Elle réduisit l'allure et me laissa allumer la radio.

« C'était bien », dis-je.

Elle me fixa d'un air concentré. Chaque fois qu'elle me dévisageait ainsi, je ne pouvais m'empêcher de rougir. Quoi que je dise, j'avais l'impression de mentir. Je sentis la chaleur me monter aux joues.

« Et qu'est-ce que vous avez mangé, là-bas ? Avez-vous pris un vrai repas, ou vous êtes-vous contentées d'un simple casse-croûte ?

— On a mangé des sandwiches. »

Elle fit la grimace.

« J'ai acheté des grillades, dit-elle en faisant tourner le volant d'une seule main. Au moins, tu auras de la viande ce soir. »

Une semaine plus tard, ma mère se précipita dans ma chambre. Elle venait de téléphoner à ma grand-mère et lui avait rapporté ce que j'avais dit. Elles s'étaient disputées et ma grand-mère avait pleuré.

« Ann, dis-moi la vérité maintenant. Est-ce que tu m'as menti l'autre jour ? Ta grand-mère vient de me dire que vous aviez pris le menu le plus cher, que vous aviez mangé des steaks gigantesques et qu'elle en avait eu pour plus de vingt dollars. »

Elle me regarda en hochant la tête.

« Ne fais plus jamais ça, Ann. Ne nous dresse pas l'une contre l'autre. C'est ma mère, ne l'oublie pas. »

Ma mère n'était pas là l'hiver de mes six ans. Elle était partie en Californie, sans moi. Au téléphone, nous lui demandions souvent, ma grand-mère et moi, quand elle pensait être de retour. Elle nous répondait invariablement qu'elle n'était pas encore rétablie. Je l'imaginais clouée sur un lit d'hôpital, dans une chambre immaculée, un verre d'eau garni d'un bouquet de violettes sur sa table de chevet. Les bonnes sœurs de l'école me demandaient si elle était rentrée à la fin de la journée de classe, alors que nous attendions en rangs que la sonnerie retentisse. « Pas encore », répondais-je. Elles me passaient la main dans les cheveux, leur paume était sèche et froide. Tous les jours, ma grand-mère m'attendait dans son Oldsmobile, garée juste en face de la sortie. Elle se penchait pour ouvrir la portière de mon côté. Le moteur ronronnait doucement, il faisait bon à l'intérieur.

Un jour où une camarade de classe était venue me voir et où nous courrions dans les prés pour capturer des papillons, ma mère téléphona pour nous dire qu'elle arrivait.

« Juste le jour où tu avais de la visite et où tu t'amusais bien... » soupira ma grand-mère en reposant l'écouteur.

Les couvercles des bocaux remplis de papillons qui jonchaient la desserte et la table de la cuisine étaient percés de trous minuscules. Les ailes des insectes semblaient battre au rythme de notre respiration.

Le grand jour était donc arrivé. J'étais terrifiée. Je ne voulais pas qu'elle revienne. Je l'attendis dehors, vêtue de blanc des pieds à la tête — short, T-shirt, socquettes, tennis — et lorsque je vis la voiture apparaître au bout de la rue, je courus me cacher derrière le garage, dans un buisson de lilas. Je ne voulais pas qu'elle me voie.

Mais lorsque la portière de la voiture claqua, avant même qu'elle se soit lancée à ma recherche, j'émergeai de ma cachette et me précipitai dans ses jambes en l'étreignant avec tendresse. Elle était jeune, et belle, et drôle, et c'était ma mère de nouveau.

« Mon petit ange est tout en blanc ! Comme tu sens bon ! Tu t'es parfumée ? »

La VW brillait au soleil. Ma mère me souleva et me prit à cheval sur son dos, mes jambes pendaient le long de ses hanches, j'étais redevenue sa fille. Ce jour-là, j'eus de la peine en voyant ma grand-mère vaquer à la cuisine dans sa robe bleue. Elle préparait de la pâte à tarte qu'elle étalait sur la table, il y avait des myriades de particules de farine en suspens dans la lumière jaune qui inondait la pièce. Elle nous demanda de poser les mains sur la pâte et découpa des sablés en suivant le contour de nos doigts. Toute la journée elle resta penchée sur son ouvrage, elle n'avait plus rien d'autre à faire, ce n'était plus à elle de s'occuper de moi.

Pendant longtemps, je ne m'entendis pas avec Ted. Il s'était interposé entre nous. Avant son arrivée, nous avions des projets, ma mère et moi. Nous devions aller en Californie.

Ma mère m'avait appris quel régime il fallait suivre, et de quelle manière je devais sourire pour mettre mes dents en valeur. Je m'exerçais souvent devant la glace, au cas où un agent d'Hollywood aurait débarqué à l'improviste à Bay City. J'y pensais à tous les repas, et je prenais bien soin de mâcher sans ouvrir la bouche. Je ne tenais pas à ce que ce type d'Hollywood aille porter son choix sur une autre fille que moi.

Là-dessus, ma mère était allée à Las Vegas et avait épousé Ted, et une fois installés dans notre nouvelle maison, je n'avais plus entendu parler de la Californie.

Ma mère m'avait passé une de ses vieilles vestes et s'en était acheté une autre. C'était une veste unie, de couleur moutarde, munie d'une fermeture Éclair, et bien trop grande pour moi. A la sortie de l'école, je me promenais dans les champs qui s'étendaient autour de notre nouveau quartier, et je me disais que je ne quitterais jamais cet endroit... J'aurais toujours cette horrible veste sur le dos, et personne ne me remarquerait jamais. Ma mère prétendait autrefois que j'avais du talent, mais j'avais bien l'impression à présent que nul ne le saurait jamais.

Un soir, nous roulions en direction du Lorelei, où nous devions aller manger des entrecôtes. Ma mère et Ted étaient assis à l'avant, moi j'étais à l'arrière, tassée contre la vitre fumée, et je ne disais pas un mot. Nous traversions des carrefours, les lumières des néons se réfléchissaient sur l'asphalte.

« Ann, dit soudain Ted en me cherchant des yeux dans le rétroviseur. Ta mère m'a dit que tu rêvais de passer à la télévision. »

Je me recroquevillai dans ma veste en sentant le rouge me monter au visage. Elle lui avait tout raconté. J'étais morte de honte. Je me trouvai brusquement ridicule.

« Je connais un type qui travaille à WBAY. Je peux lui demander de te faire tourner dans une publicité régionale. Est-ce que ça te dirait ? »

Ma mère se retourna, le coude appuyé sur le dossier de son siège.

« Pense un peu, dit-elle. Tu vas passer à la télé ! »

Quelque chose s'ouvrit dans ma poitrine comme un coquillage. Je rayonnais de joie.

« Je veux bien, dis-je.

— D'accord, je lui en parlerai. »

Ma mère haussa les sourcils et émit un petit claquement de langue.

« Les choses s'annoncent bien », commenta-t-elle.

Nous continuâmes de rouler dans le noir, mais tout était différent à présent. Je regardais les disques rouges des feux qui clignotaient le long de la route, tout en cherchant des yeux les antennes squelettiques des émetteurs qui diffusaient leurs messages dans la nuit à travers le pays. Nous nous sentions en sécurité, tous les trois, dans la voiture de Ted, bercés par le ronronnement du moteur.

Je réussis à convaincre Mary Griling de venir à Carriage Court. Ce ne fut d'ailleurs pas trop difficile, vu que j'étais plus âgée qu'elle. Je lui fis un plan et elle arriva, à la sortie de l'école, sur la bicyclette de son frère qui était trop grande pour elle : elle était obligée de rester debout, sinon ses pieds n'auraient pas atteint les pédales. Nous venions de faire l'acquisition d'un appareil photo, une simple boîte automatique. Nous n'avions toujours pas le moindre meuble, à la maison, mais ma mère et Ted s'offraient volontiers des gadgets de ce genre. Nous avions ainsi récemment acheté un poste de radio qui captait les fréquences internationales et qui trônait au beau milieu du salon, son immense antenne pointée vers le plafond.

J'invitais souvent des gamins à venir chez nous, pour les prendre en photo. Mary était la première fille à avoir droit à cet honneur ; jusque-là je n'avais invité que des garçons, toujours plus jeunes que moi. J'ignore d'où me venait cette lubie.

Mary ne ressemblait pas aux autres Griling. Ses cols ne rebiquaient pas, et ses cheveux noirs lui retombaient bien à plat sur les épaules. Ma grand-mère disait souvent qu'elle avait de la chance d'être jolie, parce que ça lui servirait toujours dans la vie. Dieu sait qu'elle n'avait pas beaucoup d'autres atouts... Je l'observais parfois sur le terrain de jeux donner de timides coups de pied dans le ballon. A l'école, elle avait toujours un regard concentré, et c'était elle que l'on chargeait d'arroser les pots de fleurs sur le rebord des fenêtres. Je n'habitais plus à Lime Kiln Road et nous ne fréquentions donc plus le même établissement, mais un jour où j'étais retournée là-bas et où nous étions en train de jouer à chat perché, j'avais saisi Mary par la taille et je l'avais plaquée contre un arbre. Les nuages se déplaçaient au-dessus de nous, l'orage devait éclater avant l'heure du dîner.

Elle arriva de l'école juste avant la tombée de la nuit. Je l'entraînai dans la maison vide jusqu'à la salle de bains de Ted et de ma mère, dont je refermai à double tour la porte derrière nous. Je lui dis qu'il fallait qu'elle fasse tout ce que je lui dirais, puis je lui ordonnai d'enlever sa chemise et d'aller se placer devant le mur.

J'avais exigé la même chose des garçons qui l'avaient précédée. A ma grande surprise, aucun d'eux n'avait émis la moindre protestation. Il n'est pas si difficile que ça de se faire obéir.

Mary baissa les yeux et déboutonna lentement sa chemise. Elle avait le visage tourné de côté, le menton appuyé sur sa clavicule, on aurait dit un oiseau en train de faire sa toilette. Je pris une première photo. Sa poitrine dénudée n'avait rien de très extraordinaire, mais j'aimais la courbe de ses épaules et l'expression un peu inquiète de son regard tandis qu'elle se tenait là, sans oser bouger, les bras ballants.

Mes modèles ne me quittaient jamais des yeux durant cette cérémonie. Leur regard était généralement inexpressif, malgré la frayeur qui s'y lisait parfois. Je leur ordonnais de s'allonger sur le rebord de la baignoire en faux marbre. Ils obéissaient sans un mot, l'air grave, concentré.

Mary ôta l'une après l'autre ses chaussures de tennis, en poussant le talon du bout de l'orteil. Les gosses sont tellement timides. Elle s'était étendue et me dévisageait de ses grands yeux mouillés, étonnés, frémissants. J'avais toujours envie de toucher mes modèles à cet instant, à cause de cette appréhension, de cet imperceptible frisson. Ils avaient peur de moi. Les garçons essayaient de prendre un air courageux, ils serraient les dents en retenant leur respiration. C'est incroyable, l'impression de pouvoir que les gens peuvent parfois vous donner. Mary Griling était allongée devant moi, le visage vide de toute expression, j'aurais pu lui faire tout ce que j'aurais voulu, et elle me regardait d'un air humble, soumis. Un tic lui déformait parfois la joue. Les muscles de son ventre se contractèrent soudain. Je sentis le sang affluer à l'extrémité de mes doigts, alourdis et sensibles à la fois. Je saisis l'élastique de sa jupe en la fixant droit dans les yeux. Elle m'observait toujours, d'un air de plus en plus soumis. Puis ses paupières se fermèrent lentement, tandis qu'elle s'abandonnait. J'aurais pu me pencher sur elle, l'égorger, elle n'aurait pas bougé davantage, tant elle s'en remettait à moi.

« Les autres font ça aussi ? demanda-t-elle timidement, tandis que son estomac se creusait et que ses côtes se soulevaient.

— Oui », dis-je.

Je lui expliquai qu'il s'agissait d'une sorte de club, réunissant toutes les filles de Lime Kiln Road, sans lui dire que les garçons y étaient également admis.

Ainsi, j'avais réussi à attirer chez moi la brave, la studieuse petite Mary Griling, qui faisait tant d'efforts pour être présentable et pour réussir à l'école... Elle était là, à mes ordres, couchée devant moi. Je tendis la main et caressai sa poitrine naissante. Je sentis sa peau frémir sous ma paume. Puis, d'un coup sec, je baissai sa jupe et sa culotte sur ses chevilles. Elle rougit tandis que je la prenais en photo. Sa figure prit une drôle d'expression.

« Tu as pris assez de photos ?

— Oui. »

Je reposai l'appareil sous le lavabo, à côté des paquets d'Ajax et des réserves de savon de ma mère. Mais Mary ne bougea pas et je la regardai à nouveau. Ses petits muscles frémirent lorsque je glissai la main à l'intérieur de ses cuisses. Elle me fixa comme si j'avais touché du doigt son cœur à vif. Je me léchai l'index. Il avait un goût de farine. Je lui fourrai ensuite ma main dans la bouche et passai deux doigts sur les bosses de ses gencives. Alors seulement, j'eus l'impression de l'avoir vraiment possédée. Avec les garçons, ça prenait plus de temps. Je devais rester penchée sur eux jusqu'à ce qu'ils se dressent et crient pitié, en se mordant les lèvres jusqu'au sang, cambrés puis effondrés sur le rebord de la baignoire, au rythme de mes caresses.

Mary se redressa, les jambes pendantes, puis reprit appui sur le sol. Je l'observais à la dérobée, elle serrait les fesses comme si elle avait senti que je la regardais. Elle se rhabilla dans un coin, penchée contre le mur.

« Est-ce que ton père t'a déjà vue toute nue ? »

Elle rattacha le dernier bouton de sa blouse.

« Non », dit-elle.

Elle était sur la défensive mais son intonation restait soumise. Sa jupe était de travers.

« Tu veux que je te donne un coup de main ?

— Non, je peux me débrouiller toute seule. »

Je songeais au fouillis qui régnait dans la maison des Griling, à leur jardin envahi d'immondices, à leurs placards en désordre. Mary avait fini de se rhabiller. Son col se replia de lui-même et je le lissai soigneusement autour de son cou. Elle leva les yeux dans ma direction, sans trop savoir si elle devait avoir peur de moi.

« Tu ne dois parler à personne de ce qui s'est passé aujourd'hui, lui dis-je. Je ne montrerai jamais ces photos.

— D'accord », répondit-elle d'une voix mal assurée.

Puis elle s'en alla. Elle traversa toute la maison sans tourner une seule fois la tête. Comme je l'observais, sa petite silhouette reprit peu à peu tout son mystère. Je la vis disparaître au bout de la rue sur la bicyclette de son frère, ses cheveux noirs soulevés par le vent. En partant, les garçons m'adressaient toujours un regard interrogateur, par-dessus leur épaule. Je savais bien qu'ils reviendraient, je ne m'en étonnais même pas. Je n'avais jamais osé faire venir de filles jusqu'à ce jour, parce que j'avais peur qu'elles ne racontent tout à leur mère. Mais avec Mary Griling, je ne craignais rien. Elle n'avait pas de mère.

« Qu'est-ce que je saigne ce mois-ci, dit ma mère en se tournant vers moi dans la voiture. Ça n'arrête pas de couler. Et épais, avec ça... »

Ma mère ne m'épargnait absolument rien. Elle me racontait les moindres choses qui lui passaient par la tête, comme si elle avait parlé toute seule.

« Je ne veux pas le savoir, dis-je. Et je t'en prie, regarde la route quand tu conduis. »

Nous revenions de chez ma grand-mère, comme nous l'avions déjà fait des centaines de fois depuis le mariage de Ted et de ma mère, et notre déménagement. Les étoiles brillaient dans le ciel, elles paraissaient minuscules à travers le pare-brise. Je me calai contre la portière en songeant à ce qui me tracassait.

J'avais des devoirs à faire pour le lendemain. Nous quittâmes la vieille avenue et nous engageâmes sur l'autoroute. Nous longions des granges et des silos, un grand pylône au sommet duquel une antenne de radio clignotait au-dessus d'un champ désert. Je me souvins brusquement que mon livre de sciences, dont j'avais besoin pour mes exercices, était resté dans mon casier, à l'école. Je sentis le découragement m'envahir. Jamais je ne viendrais à bout de ces devoirs.

« J'ai pourtant mis un Tampax superabsorbant, plus une serviette hygiénique, mais je sens que ça passe à travers. (Elle eut une grimace écœurée.) Tu ne devineras jamais la dernière trouvaille de Ted. Moi-même, je ne parviens pas à y croire. Regarde dans la boîte à gants. »

Comme je ne réagissais pas, elle se pencha et l'ouvrit elle-même.

« Tiens. Tu vois toutes ces paperasses ? Ce sont des factures, Ann. Des factures *im-pa-yées*. Tu n'as plus rien à te mettre, et moi-même j'aurais grand besoin de nouveaux vêtements. Je suis obligée d'aller travailler avec ces horreurs sur le dos, qui sont démodées depuis cinq, dix, quinze ans. Ça ne serait vraiment pas du luxe. Mais tu sais à quoi ce type dépense mon argent, notre argent ? Il vient de s'acheter une nouvelle voiture ! Tu entends ça, Annie ? Il a sans doute estimé que sa vieille Cadillac n'était plus assez bonne pour lui, et il a commandé un autre modèle.

— Ne crie pas comme ça...

— Je suis dans ma voiture, je fais ce qui me plaît. Et je t'en prie, Ann, ne me parle pas sur ce ton, je ne suis pas d'humeur à le supporter. Il y a des choses que tu dois quand même savoir. »

Elle braqua d'un geste brusque et la voiture fit une embardée dans un virage.

« Où allons-nous ?

— Nous passons devant le Lorelei. »

Le Lorelei était un restaurant situé près de la patinoire, où nous avions l'habitude d'aller manger des grillades le dimanche, à l'époque où nous avions fait la connaissance de Ted. Ils avaient la réputation de servir la meilleure viande de Bay City. Épaisse et tendre. Maintenant, Ted y prenait généralement ses repas seul, le soir, après les cours. Nous nous engageâmes sur l'allée de gravier qui menait au parking. Les grandes lettres noires formant le nom de BAY CITY se détachaient sur la coupole vert pâle de la patinoire, dressée au bord de la route.

« Sa voiture est là », remarquai-je.

La Cadillac blanc et bordeaux de Ted était garée à sa place habituelle. Ma mère se rangea derrière elle et coupa le moteur. Elle descendit et alla jeter un coup d'œil au tableau de bord.

« Quand j'y pense..., grommela-t-elle. Quel salaud !

— Comment sais-tu qu'il s'est acheté une nouvelle voiture ?

— Ils m'ont appelée, figure-toi. Le garage Van Boxtel a téléphoné aujourd'hui en me demandant si j'étais au courant, parce que la nouvelle Cadillac était arrivée et qu'il n'y avait plus qu'à passer la prendre. J'ai d'abord cru à une plaisanterie et je leur ai dit que j'ignorais de quoi ils parlaient. Mais je suis quand même allée au garage, et j'ai vu l'engin. Une Cadillac dorée, de 1965, pratiquement neuve. »

Je ne disais toujours rien. Ma mère remit le contact, et repartit de plus belle :

« Est-ce que tu te rends compte de ce que ça signifie, ma chérie ? Ça signifie tout simplement que nous sommes sur la paille. Nous n'avons plus un sou. Fini les jouets, les vêtements, tout ça. Il a tout dépensé. Plus question de te payer des cours ni des habits.

— Pourquoi ne vas-tu pas le trouver pour lui dire tout ça, puisque tu es aussi furieuse ? »

Cette suggestion parut la calmer un peu.

« Non, ce ne serait pas une bonne idée, dit-elle en secouant la tête et en faisant tourner le moteur. Il est en train de boire un verre avec ses copains, il n'osera rien dire devant eux. Je le connais... Il a ses petites habitudes. Non, nous allons rentrer à la maison et nous mettre au lit. Et pas un mot là-dessus, tu m'entends ? Je n'ai pas l'intention de lui dire que le garage a appelé, comme ça il ne saura pas que je suis au courant. Nous allons voir de quelle manière il va s'y prendre pour m'annoncer la nouvelle... Alors, tu as bien compris ? Pas un mot. Ça ficherait tout par terre. »

J'acquiesçai en silence.

« Je mets le réveil sur cinq heures, me dit-elle une fois à la maison. Allez, va te coucher, Winnie l'ourson... Nous serons plus en forme demain, et nous y verrons plus clair. »

On aurait dit que nous n'avions pas une seconde de répit, durant toutes ces années que nous passâmes avec Ted.

Nous allâmes nous coucher, seules. Mais je ne dormais plus aussi bien qu'à l'époque où j'habitais chez ma grand-mère. Maintenant, je me réfugiais dans le sommeil. Je me faufilai sous les couvertures, épuisée, volant un temps et une douceur que je ne méritais pas.

C'était la quatrième ou la cinquième fois que je perdais ma clef cet hiver-là. Ma mère fut folle de rage lorsque, en garant sa voiture dans l'allée, elle me vit assise sur le perron. Elle claqua sa portière et s'avança d'un air furibond.

« Tu as oublié d'éteindre tes phares, lui dis-je.

— Merde ! (Elle faillit perdre l'équilibre en se retournant trop vite.) Tu as dix ans, Ann... Tu devrais être capable de faire attention à tes clefs. »

Elle ouvrit la porte et je la suivis dans la maison. Je restai debout dans l'entrée, piétinant sur place. Ma mère tourna le bouton du thermostat pour augmenter le chauffage. Mes mains étaient gercées et rougies par le froid.

« Quelqu'un va bien finir par rentrer chez nous, avec toutes ces clefs que tu as perdues. Et tu sais où nous échouerons, une fois qu'on nous aura volé toutes nos affaires ? A l'Armée du Salut !

— Ils n'ont pas de succursale à Bay City. »

Elle poussa un soupir.

« Je vais finir par t'attacher cette clef autour du cou. Tu auras l'air fin, devant tes petits camarades.

— Ben, vas-y. »

Je me dirigeai vers ma chambre.

« Au fait, dis-je en me retournant, où en est cette histoire de Cadillac ? »

Ma mère poussa un nouveau soupir.

« Je n'en sais rien, dit-elle. Il ne m'en a pas encore parlé. »

Il neigeait lorsque j'aperçus pour la première fois la nouvelle Cadillac. Son toit était balayé de flocons minuscules. On aurait dit un gros œuf doré, posé en plein milieu de notre allée. Ses vitres et ses pare-chocs chromés brillaient à la lueur du lampadaire dressé devant notre jardin. Je fis le tour du véhicule en chassant de la main la couche de neige dont il était recouvert. Puis j'enlevai mes gants et regardai à travers les vitres. L'intérieur paraissait douillet, sûr et accueillant. Je soulevai la poignée chromée de la porte, qui s'ouvrit avec un petit déclic. Ted ne fermait jamais rien à clef. A la patinoire, son bureau était ouvert à tout vent : en été, à la maison, il laissait toujours la porte de derrière grande ouverte. Tout respirait le luxe à l'intérieur de la Cadillac. J'évitai de m'asseoir sur le siège, car mes vêtements étaient trempés et mes bottes maculées de boue. Le plancher était garni d'une épaisse moquette et il n'y avait pas de tapis en plastique. Je me penchai pour ouvrir la boîte à gants. Les lunettes de Ted, que je redoutais et espérais à la fois d'y trouver, étaient bel et bien là, rangées dans leur étui sur lequel était brodé : « LAS VEGAS, LA VILLE DE L'AMOUR. » La voiture était donc à lui, aucun doute. Je refermai la boîte à gants et repoussai doucement la portière, en soulevant la poignée pour ne pas faire de bruit.

Je redoutais de rentrer. Je serais bien restée dans la voiture, mais je ne voulais pas risquer d'abîmer le cuir des sièges avec mes vêtements mouillés. Je fis ce que j'avais fait tout le long de l'été : après avoir contourné le garage, j'allai de l'autre côté de la maison et je collai mon oreille contre le mur. En été, lorsque j'entendais des bruits de dispute, je restais dehors.

J'avais ma propre clef, un nouveau double que ma mère m'avait fait faire et que je gardais au fond de ma poche avec son cordon. Je pénétrai dans la maison. Personne ne se manifesta lorsque la porte claqua et que mes pas résonnèrent dans l'entrée. La cuisine était plongée dans l'obscurité, rien ne traînait dans l'évier, ni sur la table. J'ouvris le réfrigérateur, qui ne contenait que quelques bocaux, et des feuilles de laitue dans un sac en plastique. J'en conclus que nous irions sûrement manger au restaurant.

« Je suis rentrée », annonçai-je à voix haute.

J'entendis alors du bruit en provenance de ma chambre, qui donnait sur l'arrière de la maison. La lumière n'était pas allumée, et il me fallut quelques secondes pour acclimater mon regard à l'obscurité.

« C'est moi la petite fleur de lotus », balbutia ma mère comme l'aurait fait un bébé. Elle était couchée en travers de mon lit, une couverture en laine remontée jusqu'au menton.

« Qui c'est qui va chercher de l'eau pour son bébé lotus ? »

Elle ne s'était pas aperçue que j'étais là.

« Lève-toi, maman. Il est l'heure de dîner. »

J'appuyai sur l'interrupteur et la lumière inonda la pièce. Ted était assis à côté d'elle sur le lit. On aurait dit que quelque chose allait de travers. Je me demandai brusquement si elle n'était pas malade. Les choses se passaient peut-être de cette façon lorsque les gens étaient sur le point de mourir. Elle ne m'avait toujours pas vue. Elle leva les yeux vers Ted et sourit en dodelinant de la tête.

« Un p'tit peu d'eau pour la p'tite fleur de lotus... »

Ted se tourna vers moi.

« Ta mère est saoule, me dit-il avec son sourire en forme de fermeture Éclair. Elle a trop bu.

— Je ne suis pas saoule ! protesta-t-elle tandis que Ted se levait pour aller lui chercher un verre d'eau à la cuisine.

— Tu me dégoûtes », dis-je en la fixant droit dans les yeux.

Sur ce, après avoir pris des vêtements secs, j'allai m'enfermer dans la salle de bains. Un peu plus tard, Ted vint frapper à la porte et me demanda si je voulais aller manger chez McDonald. Je lui répondis que non, que j'allais prendre un bain.

Je fourrai une couverture et un oreiller dans un grand sac en papier, puis j'enfilai mes bottes et mon manteau par-dessus mon pyjama. Je glissai également mon peignoir dans le sac. Il était neuf heures du soir, la maison silencieuse était plongée dans l'obscurité. J'entrouvris la porte d'entrée, me faufilai à l'extérieur et me dirigeai vers la Cadillac. Une nouvelle couche de neige avait recouvert le sol. Je savais bien que j'aurais été plus en sécurité dans la voiture de ma mère, qui était au garage, mais elle était vieille, les sièges étaient en Skaï, et l'une des vitres fermait mal. De toute façon, les portières devaient être fermées à clef.

C'était dans la Cadillac que je voulais aller. Je m'assis sur le siège avant et laissai pendre mes jambes à l'extérieur, le temps d'ôter mes bottes. Je disposai le peignoir, la couverture et l'oreiller sur le siège arrière, et rangeai mes chaussures dans le sac en papier. Puis je m'installai de manière à ce que personne ne puisse me voir de l'extérieur, et je verrouillai les portières.

Je me sentais en sécurité dans la voiture, en regardant par la vitre arrière la neige qui tombait. Le cuir devenait tiède sous mon corps. Les flocons de neige étincelaient dans le halo du réverbère. Je fermai les yeux en m'imaginant que nous étions en train de rouler dans la nuit, sur une route sombre. La voiture avançait en silence, mon père et ma mère étaient assis à l'avant, maman se retournait parfois, sa main cherchait la mienne sous la couverture. Elle me tapotait gentiment le poignet en me disant : « Ne t'inquiète pas, endors-toi. Nous sommes encore loin d'être arrivés. De toute façon, nous te réveillerons lorsque la Californie sera en vue, juste avant de changer d'État, pour que tu ne rates rien. »

Puis je sursautai comme cela m'arrive parfois et que j'ai l'impression que mon cœur va s'arrêter, mais qu'il continue de battre. La lumière brillait dans la rue déserte et il faisait chaud dans la voiture. Le jour n'était pas pas encore levé. Je me débarrassai de mon pyjama et allai m'asseoir, toute nue, sur le siège du conducteur. Je saisis le volant et le fis tourner doucement entre mes mains, mais j'évitai de toucher les pédales. J'avais peur de faire démarrer la voiture. J'étais en sueur, le cuir du siège me collait à la peau. Je me demandai si mon corps laisserait une trace sur le cuir. J'étalai mes cuisses et mes bras comme pour imprimer en creux un bonhomme dans la neige. Ainsi mon empreinte ne serait pas reconnaissable : elle aurait l'air d'appartenir à quelqu'un de plus massif.

Soudain, j'entendis du bruit. Il y a une grande différence entre les choses dont on rêve, qui troublent le sommeil, et celles que l'on sait être réelles. Je me baissai et me recroquevillai sur le plancher, tout en renfilant mon pyjama. Je sortis les bottes de leur sac et en chaussai mes pieds nus. C'était de grosses bottes en caoutchouc, je flottais un peu dedans. Une fois redressée, je m'aperçus que le bruit qui m'avait alarmée provenait d'un chasse-neige qui était en train de remonter notre rue. Il refoulait sur les côtés des monceaux de neige qui se dressaient de part et d'autre comme des parois, bloquant l'accès de toutes les allées.

Je retournai à la maison en courant et me précipitai dans ma chambre. Je perçus le tic-tac du réveil. La sonnerie était branchée, mais il était encore très tôt. Ma mère et Ted étaient enfermés dans leur chambre, j'entendais le bruit de leur respiration à travers la porte. Personne ne s'était aperçu de mon départ. J'étais incapable de me rendormir et je m'habillai pour aller à l'école. Puis j'allai à la cuisine et je m'assis par terre, le dos contre le réfrigérateur, pour terminer mes devoirs. Je vis le ciel s'éclaircir à travers les fenêtres, mais je ne m'interrompis pas dans mon travail. On aurait dit que j'avais l'éternité devant moi. J'achevai mon devoir de mathématiques et le recopiai au propre sur une feuille blanche. Les chiffres s'alignaient comme des petites maisons sur les lignes bleues imprimées. Je lus le texte qu'on nous avait demandé d'étudier dans notre manuel. Il s'intitulait « Le dernier murmure de l'été » et racontait l'histoire d'un petit garçon qui n'avait pas assez d'argent pour s'acheter de nouvelles tennis. Lorsque j'eus terminé, j'empilai mes livres sur la table et taillai tous mes crayons avant de les ranger dans leur trousse.

Pour la première fois de ma vie, j'étais prête à temps pour partir à l'école. Je réalisai brusquement que je mourais de faim. Je remontai mes chaussettes jusqu'aux genoux et m'approchai de l'évier. Ted avait pensé à décongeler la viande hachée, dont un sachet d'un kilo était posé sur l'égouttoir. Il s'en écoulait des filets de sang qui constellaient l'émail immaculé de l'évier.

J'étais en train de me préparer une tartine avec de la viande hachée lorsque ma mère entra dans la cuisine. Elle avait une jupe portefeuille écossaise et des collants noirs troués qui laissaient voir son gros orteil. La tête penchée sur le côté, elle achevait de nouer sa jupe. Ted ne tarda pas à la suivre. Il était déjà tout habillé et me souhaita bonjour en boutonnant son manteau. Il ne prenait plus son petit déjeuner avec nous, il préférait aller manger au Lorelei, où il se faisait servir des œufs brouillés.

Nous restâmes toutes les deux devant l'évier, en le regardant par la fenêtre. Il se rendit d'abord au garage, dont il ressortit aussitôt, une pelle à la main.

« Tu as vu la taille de ces glaçons ? murmura ma mère. On se croirait dans un conte de fées. Je devrais aller en casser quelques-uns et les mettre au freezer. »

Ted s'était mis à déblayer l'allée. Lorsqu'il eut terminé, il se secoua pour faire tomber la neige dont il était couvert et alla reposer la pelle contre le mur du garage. Puis il monta dans la Cadillac. A travers le pare-brise, nous le vîmes sortir ses lunettes de soleil de leur étui et les mettre sur son nez. Il fit démarrer la voiture et recula lentement. Entre ces parois de neige qui s'effondraient par endroits, la Cadillac ressemblait à un gros monstre marin émergeant de l'océan.

« Elle est vraiment superbe, dit ma mère.

— Alors, tu ne lui en veux plus, pour la voiture ? » demandai-je entre deux bouchées de steak tartare.

Il était encore tôt, mais je tenais à arriver à l'école en avance, pour une fois.

« Oh, Ann... J'avais complètement tort. Nous nous trompions sur lui. Tu sais ce qu'il voulait faire ? Il voulait la conduire à la maison et me dire : “ Elle est à toi, Adele. Joyeux anniversaire ! ” »

Je me baissai pour enfiler mes bottes, en m'appuyant contre le mur.

« Vraiment, nous devrions avoir honte ! Il avait les meilleures intentions du monde. On lui a gâché sa surprise. »

J'étais déjà dans l'entrée. Ma mère venait de brancher la radio et je la vis soudain arriver en courant.

« Ann ! Tu peux enlever tes bottes ! Il n'y a pas d'école aujourd'hui, à cause de la neige. Tu ne veux pas aller me chercher quelques morceaux de glace dehors ? Je les garderai au freezer, et nous les servirons cet été, sur un plateau avec des fruits tout autour. N'est-ce pas une idée *géniale ?* »

« Ron ! C'est incroyable comme vous êtes bronzé ! » s'exclama ma mère.

Ted avait connu Ron Hanson à l'époque où il travaillait pour Holiday on Ice. Ses cheveux blonds décolorés avaient ici et là quelques touches de vert. Son rire semblait partir de la taille et, lorsqu'il riait, il se penchait en avant et mettait un bras sur son ventre. Il avait de longues mains efféminées aux extrémités étrangement aplaties. Ma mère était intarissable lorsqu'elle parlait de lui avec Lolly. Ted était d'une nature réservée, il avait peu d'amis. Au cours des trois années que nous passâmes à Carriage Court, Ron vint nous voir chaque hiver, lors du passage d'Holiday on Ice à Bay City. Cette fois-ci, la troupe arrivait de Californie. Ron couchait dans la buanderie, à l'arrière de la maison.

Pour l'instant, il était en train de prendre l'apéritif à la cuisine, en compagnie de Ted et de ma mère. J'entendais jusqu'au tintement des glaçons dans leurs verres.

« C'est grâce à ces pilules, s'écria Ron. Je vous assure, Adele, vous devriez vraiment les essayer. Nous avons le même genre de peau l'un et l'autre, je suis sûr que ça marcherait. »

J'étais dans la salle de bains, debout sur le bord de la baignoire, les mains accrochées à la tringle du rideau de douche pour garder mon équilibre ; je pouvais ainsi observer mon corps dans la glace. Il me semblait étranger. Je distinguais çà et là des bourrelets de graisse, alors que je n'avais pas l'impression d'être grosse. L'eau s'écoulait dans la baignoire en glouglou-tant. Je me regardais toujours, en essayant des poses différentes.

« Comment s'appellent ces pilules ? » demanda ma mère.

Je cessai mon manège et posai les pieds sur le tapis de bain. Ignorait-elle donc que ces soi-disant traitements étaient dangereux pour l'organisme ?

« Je ne me souviens plus exactement, dit Ron. Je les appelle mes pilules de pigmentation, et d'ailleurs c'est exactement ça. Elles s'achètent uniquement sur ordonnance, mais je pourrai vous en trouver. Je connais quelqu'un qui en fournit facilement. Mais je vous préviens, elles ne sont pas données. J'irai même jusqu'à dire qu'elles sont carrément hors de prix. »

Il éclata de rire. J'imaginais sa main posée sur sa chemise rouge, ses doigts minces bien écartés.

Ma mère frappa à la porte de la salle de bains. Je saisis une brosse et me mis à me peigner, histoire de faire quelque chose.

« Ouvre-moi, dit-elle en secouant la poignée. Je t'ai dit cent fois de ne pas fermer cette porte à clef, ma chérie. C'est dangereux. Imagine qu'il t'arrive quelque chose, comment ferions-nous pour aller à ton secours ?

— Que veux-tu qu'il m'arrive dans une salle de bains ? »

Elle resta sur le pas de la porte, et me regarda dans la glace. Elle sourit, et me donna une petite claque sur le derrière. Puis sa main descendit le long de ma cuisse.

« Arrête », dis-je.

Elle me détailla de la tête aux pieds.

« Pourquoi n'irais-tu pas dire un petit bonsoir à la compagnie ? »

Je le regardai comme si elle était devenue folle.

« Ça ne va pas ?

— Allez, pourquoi pas ? Tu crois que ce serait la première fois qu'ils verraient une petite fille toute nue ?

— J'ai dix ans, au cas où tu l'aurais oublié.

— Pour nous, tu es encore une enfant.

— Je te signale qu'il n'est pas particulièrement agréable de se balader à poil devant les gens. Ça ne se fait pas, voilà tout.

— Allons donc... Personne ne pensera à mal... Une fillette comme toi, si mignonne... Avec un si joli petit corps pas du tout empâté. C'est si mignon... »

Ça me crispait de l'entendre s'exprimer comme Lolly. Elle promena son doigt le long de mon bras, en souriant d'un air rêveur. Puis elle revint à la charge.

« Allez, Ann... Fais ça pour moi... Ça me ferait tellement plaisir...

— Pourquoi ? »

Elle poussa un soupir, ennuyée d'avoir à s'expliquer.

« Parce que j'aimerais bien qu'ils voient à quel point tu es mignonne. Alors ?... Tu ne veux pas me faire plaisir ? Vas-y... Juste un instant...

— Ne compte pas là-dessus. »

Mon pyjama était posé juste à côté, sur la cuvette des W.-C. Je l'enfilai, en le boutonnant jusqu'au ras du cou. Ma mère poussa un nouveau soupir.

« Je vois que tu as déjà atteint l'âge ingrat. On ne peut plus rien te demander. »

Je passai mon peignoir dont je nouai la ceinture d'un air décidé.

« Je vais quand même aller leur dire bonsoir », dis-je.

Ma mère me suivit à la cuisine. Ses yeux étaient toujours posés sur moi, avec une expression de fierté. J'avais l'impression d'être tenue en laisse. Ron et Ted étaient debout devant l'évier. Il n'y avait toujours pas de meubles, à la maison.

Ron tenait dans sa main un petit poisson métallique, aux nageoires articulées, aussi brillantes que de la nacre. Il était en train de raconter qu'il l'avait trouvé à Baja. Je lui demandai s'il voudrait bien m'en acheter un semblable, lorsqu'il retournerait en Californie. J'ajoutai que j'étais prête à lui donner sur l'instant l'argent nécessaire. J'avais remarqué que lorsque je disais ça, la plupart des gens finissaient par me donner l'objet de ma convoitise. Les adultes cèdent facilement aux enfants des bricoles de ce genre. Ils ont peur que l'on croie qu'ils y attachent de la valeur. J'observai Ron, qui contemplait son petit poisson nacré. On voyait bien qu'il avait envie de le garder pour lui, et que l'idée de devoir le donner lui faisait de la peine. Je réalisai alors qu'il ne ressemblait pas aux autres gens. Il avait pour son jouet le même attachement qu'un enfant.

« Je t'en achèterai un autre si je retourne là-bas, dit-il finalement.

— Est-ce que tu es marié ? lui demandai-je.

— Bien sûr que non, Annie. Qu'est-ce que tu crois ? ajouta-t-il en me faisant un clin d'œil. J'attends que tu aies grandi pour demander ta main. »

Je me précipitai dans ma chambre en hurlant.

Cette nuit-là, ma mère vint me rejoindre et s'assit au bord de mon lit. Je me réveillai, j'avais dû sentir son regard posé sur moi. Je repliai les jambes sous les draps et me redressai à demi. Elle rabattit la couverture et contempla un moment mes cuisses dénudées.

« Tu es une petite splendeur aux membres déliés, chuchota-t-elle. Tu es un vrai joyau. Je t'emmènerai là où l'on saura t'apprécier. »

Par une nuit claire, nous attendions, ma mère et moi, dans la voiture, avant d'aller dîner.

« Où en est cette histoire de publicité à la télé ? » lui demandai-je.

Une bonne minute s'écoula avant qu'elle tourne les yeux vers moi. Elle avait l'air absent. Puis elle poussa un soupir. Ted était allé chercher quelque chose à la maison. Elle se pencha sur son siège, les lèvres serrées, et fronça les sourcils.

« Tu devrais être plus gentille avec lui, dit-elle enfin. Je suis sûre que si tu faisais un petit effort, il s'occuperait de cette affaire

— Et si je lui en reparlais ?

— Je m'en garderais bien, si j'étais à ta place. Essaie plutôt de lui faire un peu moins la tête, pour que ce soit lui qui ait envie de t'être agréable. Il faut que tu apprennes comment donner aux hommes l'envie de te faire une fleur. »

Lorsqu'il fut de retour dans la voiture, je m'adressai à lui.

« Comment ça s'est passé, Ted ? Tu sais, tu devais demander à quelqu'un de ta connaissance de me faire tourner dans une publicité pour la télé... »

Ted lança un regard sombre à ma mère. celle-ci ne détourna pas la tête, les mains obstinément posées sur les genoux.

« Je lui en ai parlé, ma chérie. Mais il m'a dit que les spots publicitaires n'étaient pas réalisés ici. Ils les commandent à Chicago et se contentent de rajouter les noms des entreprises de la région. Ils ne tournent rien, ici.

— Alors, c'est foutu ?

— Je le crains.

— Ce serait possible si ces spots étaient tournés ici, ajouta ma mère d'un air agacé. Mais ce n'est pas le cas.

— Je vois. »

L'année qui précéda notre départ en Californie, j'avais demandé à ma mère de m'acheter un nouveau maillot de bain. Theresa Griling n'avait pas réussi à s'en faire offrir un : sa sœur aînée, qui tenait les cordons de la bourse, lui avait dit qu'elle pouvait encore porter celui de l'année précédente. J'étais allée en ville avec ma mère faire la tournée des magasins, mais je n'avais pas vraiment trouvé ce que je cherchais. Je voulais un maillot deux-pièces et tous ceux que nous avions pu dénicher s'étaient avérés trop grands pour moi. De surcroît, la plupart étaient munis d'une jupette blanche plissée, qui ne me plaisait absolument pas.

J'observai mon reflet dans le miroir d'une cabine d'essayage. J'avais l'air plus vieille, en bikini. Ma mère posa la main sur ma taille, mais je me dégageai brusquement. Je n'aurais pas su dire pourquoi, mais ce contact me dégoûtait. Il me semblait que sa main allait s'insinuer en moi. Après cet incident, je ne voulus plus essayer d'autre maillot.

Quelques jours plus tard, je rentrai de l'école et, en poussant mon vélo dans la cuisine, j'aperçus Lolly qui était en train de brandir un bikini.

« Il vient directement de Malibu, dit ma mère en tirant sur l'élastique du maillot. Ça, c'est un bikini ! Va le passer. Je l'ai essayé tout à l'heure, il est un peu juste pour moi, donc il devrait t'aller à merveille. »

J'allai me changer dans la salle de bains, en prenant bien soin de verrouiller la porte. Lorsque je ressortis, je sentis un frisson me parcourir. J'avais brusquement froid.

« Vraiment très classe... »

Lolly et ma mère échangeaient leurs commentaires par-dessus ma tête, avec des regards appuyés.

« Qu'en penses-tu ?

— J'adore, dit Lolly.

— Arrive ici », lança ma mère...

Elle s'agenouilla sur le Gerflex noir et blanc et tira sur le slip pour le remonter. Puis elle pinça les bretelles du soutien-gorge en regardant Lolly.

« Juste un point ou deux de chaque côté, et ça fera l'affaire. Parfait, ma fille, ajouta-t-elle en me congédiant d'une petite claque sur le derrière. Très mignon. Adorable, même. Après tout, quand on a un corps aussi bien fichu, à quoi bon le cacher ? »

Lolly se donna à son tour une claque sur l'arrière-train, qui résonna avec un bruit mou.

« Deux ou trois semaines de régime et un peu d'exercice ne me feraient pas de mal, dit-elle. Il faut que je fasse attention, je commence à m'empâter. »

Je me rendis à la piscine à bicyclette, en compagnie de Theresa et de Benny, qui habitaient encore tous deux Lime Kiln Road. Chaque matin, cet été-là, Ted m'emmenait à l'autre bout de la ville avant d'aller à son travail et il me déposait à l'entrée de l'impasse. Je traversais lentement le jardin qui s'étendait devant la maison de ma grand-mère. J'aimais ces moments de solitude. Je me souviens encore précisément des arbres et des buissons qui y proliféraient, de leurs feuilles luisantes sous le doux soleil matinal.

Je me rappelais combien j'avais été heureuse lorsque je vivais dans cette maison blanche, perdue en pleine nature. Mais après tout, j'étais beaucoup plus jeune et bien plus ignorante à l'époque, il y avait tant de choses dont je n'avais jamais entendu parler, même à propos de Bay City. Tout en donnant des coups de pied dans les cailloux de l'allée, je me demandais si mon bonheur aurait été aussi complet à présent.

Benny habitait juste de l'autre côté du jardin, dans la maison voisine. Comme tout ce qui avait trait à Lime Kiln Road, je le connaissais depuis toujours. C'était le fils cadet de Carol et de Jimmy. Il avait un visage pâlichon, surmonté d'une épaisse chevelure blonde. Il était toujours couvert d'écorchures et de cicatrices.

Je me souvenais de l'époque où nous balbutiions nos premiers mots, assis côte à côte au pied de la maison, devant la rigole qui recueillait l'eau des gouttières. Ma mère m'avait appris le nom des couleurs, mais Benny disait « louche » au lieu de « rouge », et je m'étais empressée de l'imiter. A mes yeux, il avait toujours raison. Nos parents, qui trouvaient que nous avions des caractères diamétralement opposés, s'émerveillaient de voir que nous nous entendions aussi bien. Pendant des années, nous fûmes inséparables. Benny me traînait toujours derrière lui. J'avais un an de moins, je réussissais mieux que lui à l'école, j'étais plus calme, plus attentive, mais il savait des choses, les choses que les gosses sont censés savoir. C'était un as à la course, il s'élançait à une allure folle, on aurait dit qu'il avait des réserves de souffle inépuisables dans les poumons.

A l'école, il n'arrêtait pas de casser des choses. Il était doué pour les accidents. Une fois, il s'était ouvert l'arcade sourcilière en essayant de s'envoler depuis le toit du garage, un cerf-volant attaché à chaque bras. Toutes les mères de Lime Kiln Road adoraient Benny. On l'apercevait souvent, un pansement sur le front, assis sur le perron de l'une des maisons, en train de lire ou de rafistoler le ballon d'un gamin du quartier. Pendant longtemps, il avait essayé d'apprendre l'alphabet à Netty Griling.

On aurait dit que rien ne lui était étranger. Il connaissait le nom de tous les arbres et du moindre insecte, le titre des chansons qui passaient à la radio, le mécanisme des moteurs... Il donnait l'impression d'avoir su conduire en naissant. Il n'avait pas son pareil pour faire des ricochets dans l'eau ou pour dribbler le ballon, pendant les matches de foot. Plus tard, il dansa à la perfection et il devint incollable sur tout ce qui touchait de près ou de loin au rock'n roll.

C'était ces choses-là qui comptaient, nous en avions bien conscience l'un et l'autre. Je savais qu'il serait toujours en avance sur moi et j'avais pour lui une admiration sans borne.

Ce jour-là, nous roulions derrière lui, Theresa et moi. De temps en temps, Benny faisait demi-tour et revenait lentement vers nous. C'était une belle journée, claire et ensoleillée, quelques rares nuages s'effilochaient dans le ciel. J'avais emporté mon nouveau maillot, roulé dans ma serviette. Une fois à la piscine, on nous confia des paniers métalliques pour nos vêtements et nous allâmes nous changer dans les petites cabines en bois, dont les vieilles portes gondolées ne nous isolaient qu'à moitié. Sous mes pieds, je pouvais sentir l'irrégularité du sol cimenté. Il fallait accrocher l'épingle de sûreté portant le numéro du panier à un endroit discret, comme par exemple un des côtés du maillot. Au moment de quitter ma cabine, je fus surprise de constater combien mon maillot était minuscule. Je restai un moment à déchiffrer les noms gravés au canif sur la porte, dont la peinture rose était tout écaillée.

« Dis donc ! Tu as un nouveau maillot ! s'exclama Theresa en me voyant sortir. Pourquoi ne m'en avais-tu rien dit ? »

Je haussai les épaules et ne répondis pas. Je n'avais brusquement plus envie qu'on fasse attention à moi.

Nous allâmes nous étendre un moment au soleil. Comme d'habitude, il fallut passer de la crème solaire sur le nez et les épaules de Benny, qui craignait les coups de soleil. Pour ma part, je bronzais facilement et j'étais déjà toute noire. Comme le nouveau bikini était beaucoup plus court que mon précédent maillot, mes anciennes marques de bronzage apparaissaient, bien visibles, sur ma peau. J'essayai de remonter ma culotte un peu plus haut en tirant sur l'élastique. Ma mère, ma grand-mère et ma tante Carol me contemplaient chaque été avec une incrédulité renouvelée. Généralement, dans la famille, les gens devenaient rouges comme des écrevisses lorsqu'ils s'exposaient au soleil. J'avais hérité cette peau mate de mon père.

Benny escalada le plongeoir en courant tandis que nous nous rapprochions du bassin, Theresa et moi. Nous prîmes notre élan et nous sautâmes brusquement dans l'eau, comme des boulets de canon, les jambes repliées, les bras ramenés autour des genoux.

Il se produisit alors quelque chose de stupéfiant. J'étais sous l'eau et je remontais lentement à la surface, dans la lueur bleue du bassin, lorsque je me sentis tout à coup entourée d'une nuée de garçons qui se pressaient autour de moi, me poussaient, me palpaient, et me pétrissaient la poitrine à pleines mains. J'étais environnée d'un essaim de jambes, de bras, de membres indistincts, dont j'avais l'impression que je ne parviendrais plus à m'échapper. Ma tête et mes épaules crevèrent enfin la surface et je pus reprendre mon souffle. Tout parut s'immobiliser autour de moi, tandis que je me débattais, pour tenter de regagner le bord. Je sentis quelque chose se poser sur ma jambe et me pincer le mollet. Le ciel semblait statique, la citerne d'eau s'élevait toujours au même endroit, les grandes lettres noires où se lisait le nom de BAY CITY bien détachées sur ses parois vert pâle. J'étais seule.

J'agrippai les barreaux de l'échelle métallique, mais je sentais toujours le contact de ces mains sur mon corps. D'un geste brusque, l'un des garçons baissa la culotte de mon maillot.

« Au secours ! Faites quelque chose ! » hurlai-je à l'intention du maître nageur assis sur une chaise blanche au bord du bassin.

Je n'avais pas le temps de réfléchir, je me contentai d'agiter désespérément les bras. Au-dessus de moi, le maître nageur croisa ses jambes bronzées. La plante de ses pieds était jaune. Il souleva le sifflet qui pendait sur sa poitrine et souffla enfin dedans. J'émergeais déjà du bassin, mon pied venait de se poser sur le ciment.

« Allez, les gars. Laissez tomber », dit le maître nageur.

La nuée de corps enchevêtrés se divisa et s'éparpilla dans l'eau verte. Leur peau semblait étrangement pâle ; on aurait dit des poissons. Je restai debout sur le ciment, les bras croisés, en fixant le maître nageur. J'avais retrouvé mes esprits. J'étais à la piscine d'Ashwaubenon, dans Prebble Park, où j'étais déjà venue des centaines de fois. J'attendais toujours que le maître nageur dise quelque chose. Il se déplaçait à l'autre bout du bassin. Non loin, un garçon battait des bras en tentant de rejoindre le bord.

Je regardai les ombres s'ébattre dans l'eau verte. Durant une fraction de seconde, avant de ressortir, j'avais ouvert les yeux et senti la pression du liquide. Une brusque pensée m'avait traversé l'esprit. *Je leur plais.* Une étrange chaleur m'avait envahie, le contact de l'eau sur ma peau m'avait paru doux, apaisant. J'avais eu l'impression d'être quelqu'un d'autre, de pouvoir dériver ainsi, éternellement, au fil de l'eau.

Theresa posa un pied hors du bassin. Elle s'ébroua avant de se diriger vers moi, à pas lents. Le maître nageur daigna finalement poser les yeux sur moi. Ses jambes se balançaient mollement sous sa chaise.

« Vous l'avez bien cherché, avec un maillot pareil, dit-il en haussant les épaules. Il faut savoir ce que vous voulez... »

Je n'avais pas songé une seule seconde à ce sacré bikini. C'était donc ça...

Nous allâmes nous rallonger sur nos serviettes, le long de la clôture. Je fermai les yeux. Une brise légère soufflait. Je sentais l'eau sécher sur ma peau. J'entendais le ronronnement lointain des pompes et des machines qui fonctionnaient dans les profondeurs du sol, sous les dalles de ciment.

Benny surgit soudain et se pencha vers nous.

« Que s'est-il passé ? » s'enquit-il.

Je gardai les yeux fermés, faisant mine de sommeiller. Theresa se redressa et lui raconta l'incident.

« Je sais très bien que tu ne dors pas, dit-il en me lançant un petit coup de pied. Ces types sont des connards, ajouta-t-il en faisant la grimace.

— C'est la bande de Saint Agnes », dit Theresa.

Saint Agnes était une école catholique privée, fréquentée par les gosses de riches de la ville. Nous n'y avions jamais mis les pieds.

Nous nous couchâmes à plat ventre, Theresa et moi, en feuilletant un magazine, tandis que Benny allait nous acheter un paquet de Treets. Theresa récupérait toujours les revues de sa sœur. Les pages étaient froissées et gondolées à force d'avoir été exposées aux intempéries. Les garçons de tout à l'heure nageaient toujours dans le bassin. On ne voyait pas leurs visages, ils me faisaient penser à une bande de requins. L'un d'eux émergeait parfois hors de l'eau et nous interpellait en riant. Mais je me sentais en sécurité à présent, étendue sur le ciment. Les choses étaient redevenues normales. C'était seulement dans l'eau que régnait le danger. Lorsque Benny revint, les Treets avaient déjà à moitié fondu dans leur emballage.

« Attrape ça ! » dit-il en me lançant son tee-shirt roulé en boule sur les genoux.

Theresa prit mon numéro de panier et alla chercher mes affaires en même temps que les siennes à la consigne. Nous nous changeâmes dans la même cabine. Cela faisait du bien, de repasser ses vêtements ordinaires. Nous sortîmes et allâmes attendre Benny à l'extérieur de la piscine, appuyées sur le guidon de nos bicyclettes. Theresa posa soudain sa main sur mon bras.

« Tu sais, me dit-elle, tu ferais mieux de ne plus remettre ce maillot. »

« Il possède la plus grosse agence immobilière de Bay City, dit ma mère avec un sourire satisfait. Et l'affaire prospère de jour en jour. »

Elle était en train de mélanger de la citronnade dans un pichet avec une cuillère en bois.

« Et pourquoi devons-nous aller là-bas ? demandai-je. Vous voulez acheter une nouvelle maison ?

— Chut… », dit ma mère en jetant un coup d'œil inquiet dans le couloir.

Ted n'était pas encore parti. Il donnait des leçons de patin à glace le samedi et le dimanche à présent, et on ne le voyait plus que rarement à la maison. Je parcourus du regard les pièces vides. Sûr que ça ne m'aurait pas dérangée d'aller vivre ailleurs... Cela faisait deux ans que nous étions ici, et il n'y avait toujours aucun meuble chez nous. A une époque, Ted et ma mère avaient parlé de faire construire une piscine dans le jardin, mais l'idée était — si j'ose dire — tombée à l'eau, comme la plupart de leurs projets. Les bulldozers qui devaient venir creuser la piscine auraient été obligés de traverser le jardin d'à côté pour arriver chez nous. On avait demandé aux voisins l'autorisation de les laisser passer, mais ils n'avaient pas voulu en entendre parler.

« Tais-toi donc, espèce d'idiote, poursuivit ma mère en fouillant le jardin du regard. Non, c'est simplement un ami à moi. »

Il lui fallut une éternité pour se préparer. Elle s'était passé une couche de vernis rose sur les ongles des pieds. Nous prîmes la voiture et nous dirigeâmes vers les vieux quartiers du centre-ville. En route, ma mère m'expliqua que l'agence venait d'acheter dans le coin une maison qui avait été retapée de fond en comble. Une fois arrivées, nous nous engageâmes sur un étroit sentier dallé. Dan Sklar nous ouvrit la porte avant même que nous ayons eu le temps de sonner. Une clochette se balançait au-dessus du perron.

Le bureau était vide. Apparemment, Dan Sklar était seul, et il ne nous proposa pas de faire le tour du propriétaire. Ma mère s'appuya contre le rebord d'un bureau et lui adressa un sourire éclatant.

« Alors, comment vont les affaires ? » lui demanda-t-elle.

Elle parlait d'une voix plus forte que d'habitude. La façon qu'elle avait de dévisager ce type et de lui sourire à tout bout de champ, sans me prêter la moindre attention, m'irritait souverainement.

Dan Sklar boitait légèrement. Il avait l'air de quelqu'un de fatigué. Un coup de soleil faisait peler son petit nez.

« Le jardin japonais que vous avez fait construire devant la maison est absolument *fa-bu-leux*, dit ma mère en croisant les bras et en se rejetant en arrière. C'est superbe, et très élégant. On se croirait là-bas. »

Où ça, là-bas ? me demandai-je pendant une fraction de seconde. Puis je compris ce qu'elle voulait dire. Elle remettait ça. Comme si elle avait mis les pieds au Japon... Elle baissa les yeux et regarda le tapis.

« Vous y êtes allée ? demanda Dan Sklar.

— Mmmhmm... »

Je me gardai bien d'intervenir. Après tout, je m'en fichais. De toute façon, elle m'aurait raconté des bobards, à moi aussi. Je n'allais pas la changer.

Nous étions debout devant une baie vitrée à porte coulissante. A l'extérieur, les branches des jeunes érables frémissaient dans l'air immobile. Ma mère saisit un presse-papier et le soupesa.

« Ann, dit-elle tout en continuant de manipuler l'objet, tu n'as pas eu le temps de tout voir en arrivant. Dan a reconstitué un véritable jardin japonais, avec ses arbres et ses rochers. (Elle s'exprimait en détachant exagérément les syllabes des mots qu'elle prononçait, comme si elle s'était adressée à une gamine de deux ans.) Tu devrais aller explorer cette merveille. »

Je la dévisageai sans répondre. Puis mon regard se porta sur Dan Sklar. On aurait dit qu'il me fallait toujours quémander l'aide d'autrui, lorsqu'elle s'attaquait ainsi à moi. Mais ce fut peine perdue.

« Il y a une cascade derrière la maison, se contenta d'ajouter Dan.

— Je n'ai pas envie de me promener, dis-je en faisant mine de ne pas comprendre.

— Ah bon... », fit-elle.

Elle releva les yeux. Son regard croisa celui de Dan Sklar. Elle secoua la tête et prit une profonde inspiration.

« Et pourquoi donc ? », ajouta-t-elle d'une voix glaciale.

Dan Sklar n'avait pu manqué de remarquer la violence contenue dans ces derniers mots. Mais il continuait de fixer le jardin à travers la baie vitrée, sans détourner les yeux. C'était une belle journée d'été.

« Hein ? fis-je.

— Pourquoi ?

— Pourquoi quoi ?

— Pourquoi ne veux-tu pas aller te promener ? »

Je haussai les épaules.

« Je ne sais pas... Je n'en ai pas envie, c'est tout. Faut-il absolument que je donne des raisons ? On n'est quand même pas au tribunal...

— Ce n'est pas la question ! Il fait beau, et je pensais que cela te ferait plaisir d'aller prendre un peu l'air. Mais tu passes ton temps à me contredire ! Tu ferais n'importe quoi pour te rendre intéressante... »

Dan Sklar se tourna enfin vers nous. Il poussa un soupir, mais si doucement qu'on l'entendit à peine.

« Adele, dit-il, laissez-la tranquille. »

Mais les choses se passèrent comme chaque fois que quelqu'un essayait de me venir en aide.

« Non, je n'ai pas l'intention de la laisser tranquille. Il faut bien qu'elle apprenne que ce n'est pas elle qui fera la loi ici. »

Dan Sklar pivota sur sa chaise et reprit sa place devant la fenêtre. Nous ne voyions plus que son dos et ses mains. Il avait ramassé un élastique qui traînait sur son bureau et se mit à jouer avec. Dehors, les feuilles des érables s'agitaient. Au pied des arbres, la mousse paraissait humide. Ma mère me lança un regard courroucé et menaçant. Son visage avait pris l'apparence d'un masque. Les rides qu'elle avait aux coins des lèvres se creusèrent plus profondément, en faisant saillir ses pommettes. Elle prenait l'air de l'innocente qui aurait brusquement découvert ma vraie nature démoniaque.

Je traversai la pièce sans faire de bruit — le tapis était épais, et de surcroît je portais des tennis —, puis j'ouvris la porte coulissante et sortis. Je n'avais même pas regardé Dan Sklar en passant devant lui. De toute façon, il n'allait plus venir à mon secours, à présent.

Un faible rayon de soleil éclairait le trottoir. Le quartier était calme, presque désert à cette heure. A peine dehors, je me sentis soulagée. J'aurais dû sortir beaucoup plus tôt. C'était comme si j'étais brusquement passée d'une chambre plongée dans l'obscurité à une pièce baignée de soleil et nimbée de lumière. La succursale d'une banque se dressait de l'autre côté de la rue. Le parking attenant était vide. Plus bas, des pigeons déambulaient sur le terrain de jeux de l'école Saint Jean, que j'avais fréquentée autrefois. La flèche du clocher s'élançait dans le ciel, croisant les fils des poteaux télégraphiques.

J'entendis soudain qu'on m'appelait. Dan Sklar était debout dans l'encadrement de la porte, la main posée sur le montant.

« Ann, dit-il, il y a un bassin avec des poissons rouges, un peu plus bas sur ta gauche. La cascade est juste derrière la maison.

— Et il y a des fleurs de partout, ajouta ma mère dans son dos. Tu verras, il y a même des feuilles de nénuphars dans le bassin. Tu te rappelles, quand tu étais toute petite et que nous faisions la tournée des fermes pour voir les feuilles de nénuphars dans les mares ? »

Je la fixai sans répondre. Elle se tourna vers Dan Sklar.

« A l'époque où nous habitions chez ma mère, lui expliqua-t-elle, Ann était toujours la première levée. Elle se réveillait vers cinq ou six heures du matin. Nous sautions dans la voiture et nous allions dans les fermes du voisinage pour voir les paysans traire leurs vaches. Elle adorait regarder les feuilles de nénuphars et les minuscules petites grenouilles qui venaient s'y poser. »

Je ne bougeai pas du rocher sur lequel je m'étais assise, les bras serrés autour de mes genoux. Puis j'entendis se refermer la porte coulissante, les rideaux beiges se baisser. Ma mère passa une dernière fois la tête à l'extérieur.

« Ann ! Fais attention de ne pas abîmer les fleurs. Et regarde où tu mets les pieds ! »

La clochette de l'entrée fit un petit bruit. La maison se trouvait dans le quartier le plus ancien de la ville, près de l'Academy Saint Phillip, le collège catholique où ma mère avait fait ses études. Elle m'avait déjà emmenée chez Dean, le café où elle allait autrefois à la sortie des cours, et qui n'était pas très loin d'ici. Je fouillai dans mes poches, tout en sachant fort bien que je n'avais pas un sou sur moi. J'aurais pu prendre le large, mais ça n'aurait rien arrangé. J'aurais encore eu des ennuis après et de toute façon je ne savais même pas où aller. Il y avait un garage un peu plus bas dans la rue. D'où j'étais, je voyais les enseignes et les drapeaux qui flottaient au-dessus du bâtiment.

J'essayai de rester parfaitement immobile et de faire le vide en moi. Je me représentai mentalement le vieux frigo trônant au milieu du bric-à-brac qui encombrait le jardin des Griling.

Soudain, un garçon que j'avais connu dans mon ancienne école passa à bicyclette. Il s'appelait Paul, son père était apiculteur. Je ne voulais pas qu'il me voie. Pendant deux ans, il avait occupé le pupitre situé juste derrière le mien, dans notre vétuste salle de classe. C'était bien avant l'arrivée de Ted et notre installation à Carriage Court. Après tout, il n'allait peut-être pas me reconnaître. Des années s'étaient écoulées depuis l'époque où nous étions ensemble à l'école. Je restai assise sur mon rocher, raide comme un Indien. Une mouche vint se poser sur mon bras, mais je ne fis pas un geste pour la chasser.

Le garçon me jeta un regard en passant sur sa bicyclette et poursuivit son chemin. Mais quelques mètres plus loin, il se retourna et arrêta son engin.

« Eh ! lança-t-il. Tu ne serais pas Ann August, par hasard ? »

Je m'avançai dans sa direction. Je ne savais pas quoi faire de mes mains qui pendaient, inertes, le long de mon corps. Nous allâmes nous asseoir tous les deux sur les marches du bassin aux poissons rouges. Le sol était couvert de petits cailloux noirs, lisses et brillants. J'en pris une poignée et les laissai s'écouler lentement entre mes doigts.

« Tu es à Oak Grove maintenant ? me demanda-t-il.

— Oui. Au lycée.

— Je vois parfois ton cousin Ben. Je venais souvent chez vous, autrefois. Je me rappelle qu'une fois nous avons été à la chasse aux papillons.

— Oui, je m'en souviens moi aussi. »

Je me sentis brusquement embarrassée. Je ne voulais pas

qu'il me demande ce que je faisais par ici. Il saisit deux cailloux et les cogna l'un contre l'autre.

« Tu vivais avec ta grand-mère, à ce moment-là. Tu m'as dit une fois que tu m'aimais moins que ton cousin.

— Tu m'en as voulu ?

— Non, dit-il en haussant les épaules. Et puis quelle importance ? Nous n'étions que des gamins.

— Ton père élève toujours des abeilles ?

— Oui. Nous avons beaucoup plus de ruches désormais. (Il ouvrit la main et compta sur ses doigts.) Nous faisons du miel de trèfle, de luzerne, d'acacia, de fleurs d'oranger, d'herbes sauvages — son poing était désormais refermé —, et du miel mélangé. J'extrais le miel moi-même maintenant. J'ai mon masque et mes gants d'apiculteur, et mes propres ruches.

— Mon grand-père élevait des visons, dis-je un peu stupidement.

— Oui, je me souviens de leurs cages. »

Nous restâmes assis un moment, les coudes sur les genoux et le menton dans les mains.

« Il faut que j'y aille, dit-il enfin après s'être levé. Est-ce que tu sais faire du ski ? ajouta-t-il à brûle-pourpoint, tout en relevant la béquille de sa bicyclette.

— Non.

— Ah bon, dit-il. Moi, j'en fais souvent. »

J'acquiesçai en silence. Rien n'aurait pu m'étonner. Je passai le doigt sur le trottoir ; le ciment était froid, malgré le soleil qui brillait. J'aimais bien Paul, mais j'étais soulagée qu'il parte. Je n'aurais pas voulu qu'il soit là lorsque Dan Sklar et ma mère sortiraient de la maison.

Une éternité s'écoula. Je fis plusieurs fois le tour du bâtiment, en me disant que lorsque j'aurais arpenté chaque recoin, reconnu chaque pierre et identifié chaque fleur, ils en auraient peut-être fini, et que nous pourrions alors rentrer à la maison. Mais lorsque j'eus terminé, ils ne s'étaient toujours pas montrés. Des oiseaux s'étaient posés sur les fils télégraphiques. Je me mis à leur lancer des pierres, mais ils ne s'envolèrent pas.

L'un des cailloux alla atterrir avec un bruit sourd sur le toit d'une voiture garée le long du trottoir. Terrifiée, je m'immobilisai, en m'attendant à voir surgir le propriétaire courroucé. Mais rien ne se passa, le rectangle lumineux que dessinait un rayon de soleil au pied de la voiture diminua peu à peu d'intensité, avant de s'éteindre complètement.

Dans la rue, les branches des arbres s'agitèrent violemment et la pluie se mit soudain à tomber. J'allai m'abriter sous le porche. Ma mère allait sûrement venir me chercher, à présent.

Mais elle n'apparut pas. Je vis les oiseaux abandonner leur fil pour aller trouver refuge sous le feuillage des arbres. Au-dessus de la porte, la clochette tintait sans arrêt, secouée par le vent. La surface du bassin était parcourue de frissons qui mouraient pour renaître aussitôt. On aurait dit du lait en train de bouillir dans une casserole.

Je courus jusqu'à la voiture, mais j'étais trempée en arrivant. Les gouttes de pluie tombaient si violemment que j'avais l'impression d'être lardée par une myriade d'épingles. Les portières étaient fermées. Je contemplai un instant à travers la vitre les sièges secs et accueillants. Le livre que j'avais emporté était resté à l'intérieur. Un éclair déchira soudain le ciel et je repartis vers le perron en courant. Je collai mon oreille contre le mur mais je ne perçus aucun bruit dans la maison. Il me semblait impossible que ma mère fût encore là. Pourtant, notre voiture était toujours à sa place. Je n'arrivais pas à accorder ces deux données dans mon esprit.

Quelques minutes plus tard, une étrange lueur se répandit soudain. On aurait dit qu'elle émanait des profondeurs du sol, par-derrière la maison. J'étais toujours assise à l'abri du perron, trempée jusqu'aux os. Dans le jardin, les rochers, les fils télégraphiques, notre voiture et la multitude des petites fleurs jaunâtres sur leur tapis de mousse se mirent brusquement à briller fortement, comme si leurs couleurs eussent été simplement peintes et que leur cœur fût de métal.

Le soleil réapparut dans le ciel et les nuages sombres, veinés et marbrés de lumière, se dissipèrent rapidement. Un jour où ma grand-mère roulait avec son mari dans leur vieille Ford, ils avaient été pris dans une tempête. Je m'étais souvent représenté la scène — la voiture immobilisée sur l'autoroute dont la ligne médiane se détachait bien, en jaune, sur le noir de l'asphalte, mon grand-père au volant, ses lunettes sur le nez, ma grand-mère dans sa robe bleue, les yeux baissés sur ses mains posées à plat sur ses genoux, et la pluie qui tombait sans discontinuer en crépitant sur le toit, tandis que le soleil revenait peu à peu... Ma grand-mère m'avait autrefois raconté l'anecdote et j'y avais souvent repensé. C'était encore une de ces lubies que je n'aurais su expliquer.

Je m'assis sous un rayon de soleil en lançant des cailloux dans le bassin, avec l'espoir de débusquer l'un des poissons rouges et de le faire monter à la surface. Ils restaient généralement tapis au fond du bassin, mais parfois on en devinait un au moment où il faisait demi-tour dans l'eau — brève étincelle de flamme, semblable au reflet du soleil sur une pièce de monnaie — avant de redisparaître dans les algues. Je relevai la tête et suivis des yeux les fils télégraphiques le long de la rue, jusqu'aux drapeaux qui flottaient mollement au-dessus du garage. L'air était immobile et l'après-midi tirait à sa fin. Mes vêtements avaient presque fini de sécher, sauf l'élastique de mon slip, qui était encore mouillé, ainsi que le bord de mes tennis.

Finalement, alors que je regardais les nuages évoluer entre les fils télégraphiques, imprimant mes pensées en lettres noires sur le ciel, j'entendis la porte claquer derrière moi. Ma mère apparut sous le porche. Elle était seule.

Elle avait un grand sourire et s'arrêta un instant, en inspirant une grande bouffée d'air. « Mmmm... », fit-elle. Puis elle baissa les yeux et m'aperçut. Elle n'était plus en colère. Elle leva le bras et agita la main en faisant claquer sa langue, comme elle en avait l'habitude lorsque j'étais petite, quand elle avait envie que je coure jusqu'à elle et lui prenne la main.

Mais cette fois-ci, je me levai sans enthousiasme.

« Est-ce que tu as des pièces de monnaie ? lui demandai-je.

— Des pièces de monnaie ? (Le sourire ahuri n'avait pas quitté son visage.) Pourquoi faire ? Tu veux aller boire un verre chez Dean ? »

Tandis que j'examinais cette proposition, en me représentant le distributeur de boissons, le jour baissa un peu plus et parut se refermer sur nous. Après tout, ce n'était pas une mauvaise idée. Je sentais déjà le goût de la limonade me monter à la bouche.

« D'accord, dis-je, mais donne-moi quand même une pièce pour que j'aille la jeter dans le bassin. »

Elle descendit vers moi à pas légers. Elle portait des sandales blanches en cuir verni, au bout desquelles ses ongles peints en rose brillaient comme de la nacre au fond d'un coquillage.

Elle fouilla dans son porte-monnaie mais elle ne trouva pas de pièces. Elle saisit alors son sac à main par un des côtés et le secoua pour que tout tombe au fond. Puis elle fourragea dedans et finit par dénicher deux pièces, l'une de dix cents, l'autre de vingt-cinq. Elle me tendit la seconde.

« Prends celle-là, me dit-elle, ça marchera mieux. Il paraît que plus on met d'argent, et plus vite votre vœu se réalise. »

Elle promena son regard sur le jardin.

« N'est-ce pas un endroit fabuleux ? » dit-elle.

Ce sourire restait figé sur ses lèvres, comme si elle ne parvenait plus à s'en débarrasser.

« Ouais, dis-je, ce n'est pas mal.

— Moi, je trouve ce jardin génial. Absolument génial. On se croirait vraiment au Japon. »

Je compris brusquement pourquoi elle souriait et s'exprimait de la sorte. Elle était fière.

Elle ferma les yeux et lança dans le bassin la pièce de vingt-cinq cents, qui alla atterrir sur une feuille de nénuphar, vacilla un instant, puis bascula et disparut au fond de l'eau. Ma mère s'était accroupie, les lanières de ses sandales étaient tendues sur ses chevilles, où je pouvais distinguer une myriade de petits poils blonds, pourtant épilés avec soin. Même ses mollets étaient couverts de taches de rousseur. Elle marmonnait quelque chose entre ses dents, ses lèvres remuaient en silence comme lorsqu'elle était en train de faire sa prière. Solitaire, une feuille d'érable rousse reposait sur le ciment. Elle la ramassa et la dressa un instant au-dessus d'elle, découpée sur le ciel, puis elle alla la déposer dans le bassin. Nous nous agenouillâmes toutes les deux et la regardâmes à la surface de l'eau, agitée de frissons minuscules.

Un jour, il y avait déjà longtemps de ça, ma mère m'avait emmenée dans un hôpital très loin de chez nous, un endroit que je serais incapable de retrouver aujourd'hui. Le groupe d'immeubles en brique, d'un seul étage, édifié sur une immense pelouse, semblait s'étendre à l'infini. Nous allâmes nous garer sur le parking situé de l'autre côté des bâtiments. Ma mère me dit alors qu'elle devait aller passer le test de la tuberculose. J'étais encore petite et je ne compris pas de quoi elle voulait parler.

« Pourquoi ? On doit passer un test pour l'avoir ?

— Mais non », répondit-elle, l'esprit ailleurs.

Je l'attendis dans le hall, assise sur une chaise, tandis qu'elle disparaissait dans un couloir. Beaucoup plus tard, elle réapparut enfin. Elle était installée dans un fauteuil roulant, poussé par une bonne sœur en blouse blanche.

« Viens, Ann », lança-t-elle sans me regarder.

La bonne sœur n'ouvrit pas la bouche. Je me levai précipitamment et me mis à courir pour les rattraper. L'infirmière nous laissa seules un moment dans un long corridor garni de vitrines sur chacun des murs. Je serrais violemment la manche de ma mère.

« Écoute, me dit-elle, il va falloir que je vienne vivre ici quelque temps. (Elle contempla les ouvrages exposés dans les vitrines et poussa un soupir.) Je pense que je vais apprendre à tricoter et à crocheter pour faire des trucs comme ça... Enfin, ça ne sera peut-être pas une mauvaise chose. Qui sait si ça ne finira pas par me plaire ? »

Elle baissa les yeux et se mit à sourire en regardant ses mains.

« Et moi ? Qu'est-ce que je vais devenir ? dis-je d'une toute petite voix, en chuchotant presque, tandis que mon cœur se mettait à battre la chamade.

— Oh, tu t'y feras, petit à petit... Je ne serai plus capable de m'occuper de toi, de toute façon. Je serai trop faible. Mais je te tricoterai des vêtements, un polo si tu veux. Et puis tu pourras venir me rendre visite. Oui, ajouta-t-elle au bout d'un instant, je crois que je te tricoterai un polo. »

La bonne sœur resurgit à cet instant.

« Nous aurons les résultats jeudi », dit-elle.

Jeudi... Le mot se grava dans ma tête, en lettres de feu.

La sœur poussa le fauteuil de ma mère jusqu'à une rampe en ciment, à l'extérieur du bâtiment. Ma mère se releva et saisit son sac à main, qui était resté à côté d'elle, sur la chaise roulante. C'était un sac blanc, en cuir, avec un fermoir doré. Nous regagnâmes la voiture. Ma mère se retourna, une seule fois, pour regarder la bonne sœur dont la cornette était légèrement agitée par le vent. Mon cœur battait toujours violemment et j'étais incapable de prononcer un mot. C'était une belle journée de printemps, des iris et des jonquilles ornaient le bord des pelouses qui s'étendaient devant l'hôpital. Une légère brise soufflait, on se serait déjà cru à Pâques. Ma mère mit la voiture en route et nous rentrâmes à la maison. Par la suite, je n'entendis plus jamais parler de cette affaire.

J'étais en train de regarder la télévision, assise sur mon lit. Ma mère fit irruption dans ma chambre.

« Ah, tu es là, dit-elle. Ça fait dix minutes que je t'appelle, tu ne m'as pas entendue ? »

Elle essuya furtivement une larme.

« Tu m'as fait une de ces peurs... Tu sais, hier, chez Dan, je t'ai observée à travers la baie vitrée. Tu étais assise au bord du trottoir, comme une âme en peine, tu n'étais même pas allée visiter ce superbe jardin... Tu étais là, avec cette affreuse veste sur le dos, à regarder tes tennis, les mains dans les poches et les yeux baissés... Tu avais l'air tellement malheureuse... Tu t'es levée en traînant les pieds comme un vieillard, et je me suis brusquement dit : " Bon Dieu, cette gamine est ma fille, et je l'aime plus que tout au monde ! " Je te jure que c'est vrai, ma chérie, tu es ma merveille, ma petite splendeur aux membres déliés. Il faut que je t'emmène là où l'on saura t'apprécier. »

Son visage se contracta et elle se mit à pleurer.

« Tu étais là, avec cette vieille veste trop large pour toi, à traîner les pieds, la tête basse, et je me suis dit : " Cette magnifique gamine aux membres déliés perd son temps et gâche tout son talent dans ce trou à rats... " Tu ressemblais à un garçon, avec ces jeans et cette horrible veste... On aurait dit n'importe quel petit pompiste de n'importe quelle ville à la noix... »

Un jour, en rentrant de l'école, je trouvai la maison entièrement meublée. Il ne manquait rien, pas le moindre équipement, pas un seul bibelot. Je traversai toutes les pièces, allumant les lampes, essayant les fauteuils ou promenant mes doigts sur la surface des tables impeccablement cirées. La maison était encore vide ce matin.

Lorsque ma mère arriva, elle m'expliqua qu'il s'agissait d'un arrangement provisoire. Les meubles avaient été loués. Elle n'aimait guère cette dominante bleu et vert, mais c'était encore l'ensemble le plus acceptable qu'ils avaient pu trouver. Elle avait décidé avec Ted d'inviter le reste de la famille le jour du Thanksgiving.

Nous passâmes trois jours à faire des courses. Ted partait travailler tous les matins, comme d'habitude, tandis que nous courions la campagne, ma mère et moi, pour acheter des citrouilles. Nous passâmes des commandes dans je ne sais plus combien de boucheries et de pâtisseries. Ma mère me dit qu'elle me ferait un mot pour l'école et qu'elle dirait que j'avais été malade.

Carol, la sœur de ma mère, haussa les sourcils. Les mains modestement posées sur les genoux, elle comptait mentalement le nombre de fourchettes et de couteaux qui étaient disposés de chaque côté de son assiette, tandis que Jimmy, son mari, s'apprêtait à raconter une nouvelle histoire. Toutes les histoires de Jimmy — de même que ses plaisanteries — se rapportaient invariablement au sexe ou aux voitures.

« La veuve se retrouvant donc seule, disait-il, elle se rendit sur la tombe de son mari, se mit à creuser et déterra le vous-savez-quoi du défunt, qu'elle alla cacher dans sa chambre, sous les lattes du plancher. Elle aménagea une petite trappe, qu'elle rabattait le jour mais qu'elle pouvait ouvrir la nuit pour en extraire l'engin, lorsqu'elle se sentait un peu trop seule, si vous voyez ce que je veux dire...

— Jimmy... Tu oublies qu'il y a des enfants, dit Carol. (Elle me regarda en riant et ajouta :) Une fois qu'il est lancé, on ne peut vraiment plus l'arrêter ! »

Carol avait onze ans de plus que ma mère. Elle ressemblait à une paysanne, avec ses cheveux frisés, d'une teinte tirant vaguement sur le châtain.

Ma grand-mère hocha la tête en faisant la grimace, comme si elle venait de mordre dans quelque chose d'amer.

« Je me dispenserais volontiers de ce genre de propos », dit-elle, et sa voix résonnait de la même manière que le bruit de ses pas la nuit dans la maison.

Ma mère arriva en portant une soupière en étain. Elle se pencha par-dessus les bougies pour faire le service. Nous avions acheté, au rayon épicerie fine de chez Shreve, des boîtes de soupe en conserve directement importées de France.

« Potage madrilène », annonça ma mère.

Jimmy retroussa ses manches tout en poursuivant son histoire, mais d'une voix moins forte. Il respectait fort peu de chose, mais pour lui, la nourriture, c'était sacré.

« Un voisin finit cependant par s'apercevoir du manège, en l'épiant un soir par la fenêtre. Le lendemain, il prend donc sa pelle, sa scie et quelques planches, et il va se construire un petit abri sous le plancher de la veuve, juste à l'endroit où celle-ci avait planqué l'engin de son mari. Il jette le truc à la poubelle...

— Ah bon ? Il ne va pas le remettre dans la tombe ? »

C'était mon cousin Hal qui avait posé cette question, tout en dépliant sa serviette et en l'étalant soigneusement sur ses genoux. Hal était maigre et filiforme, un vrai sac d'os. On voyait tout de suite qu'il détestait son père.

« Bon, si tu veux... Disons qu'il va l'enterrer.

— Eh bien..., dit ma mère en s'asseyant ; puis elle sourit et porta à ses lèvres une cuillerée de potage.

— La maison est charmante ainsi, dit Carol. Beaucoup mieux qu'avant.

— Donc, chaque nuit, notre homme se rend dans son réduit et se met en position de tir... et l'affaire est conclue ! Les choses se prolongent ainsi pendant quelques mois. Mais un beau soir, la veuve surgit, armée d'un couteau de cuisine et elle va carrément trancher l'outil du bonhomme en disant : " Allez, Harry, on déménage ! J'ai acheté une nouvelle maison. "

— Papa..., dit Hal.

— Ça y est, ils vont recommencer, dit Carol en secouant la tête d'un air résigné.

— Ça suffit, maintenant, dit ma grand-mère. Vous teniez à votre histoire, Jimmy, eh bien, vous y avez eu droit. »

Jimmy Measey riait toujours à gorge déployée, en simulant le geste avec son propre couteau.

« En route, mon vieux. On déménage... »

Il jeta un coup d'œil à Benny, qui se forçait à sourire, comme s'il avait compris l'histoire. Benny avait toujours ce sourire aux lèvres lorsque son père le regardait — un sourire si mince, si ténu, qu'on avait l'impression qu'un seul coup de chiffon aurait suffi à l'effacer. Quand il était petit, son père n'arrêtait pas de se moquer de lui en public. Un jour, nous étions tous allés au restaurant et nous avions commandé des steaks. Jimmy répétait sans cesse à Benny que l'idéal, c'était la bavette de mouton, qu'il aurait dû commander ça, que rien n'était supérieur à la bavette de mouton. Il trouvait du plus haut comique de se moquer ainsi de son fils, sous prétexte que celui-ci ignorait le nom des choses. Benny avait eu le même sourire ce soir-là, lorsque toute la famille avait éclaté de rire en voyant le serveur lui apporter un hamburger. Benny avait peur de son père.

« Qu'est-ce que c'est que ça ? demanda Jimmy. Du jus de tomate ?

— C'est un potage madrilène, répondit doucement Ted, les yeux baissés.

— Ah... Pas mauvais... (Il planta sa fourchette dans une rondelle de citron.) Et que diable suis-je censé faire de ça ? »

Carol le poussa du coude.

« Jimmy... Tu n'as qu'à la laisser au bord de ton assiette. »

Hal adressa un sourire d'encouragement à ma mère.

Les deux plats suivants furent servis sur des petites assiettes décorées à la main. Tout le monde avait englouti la salade d'endives et la mousse de saumon bien avant que ma mère ait fini les siennes. Elle mangeait lentement, parlant et souriant à chacun, contemplant longuement chaque bouchée avant de porter la fourchette à ses lèvres. Cela me faisait plaisir de la voir aussi heureuse. Ted se leva et débarrassa les assiettes, puis il suivit ma mère à la cuisine.

« Adele, tu ne crois pas que nous pourrions garder nos couverts ? demanda Carol.

— Mais non ! Regarde à côté de ton assiette, il y en a d'autres », répondit ma mère depuis la cuisine.

J'apportai le pâté. Une violette était artistiquement disposée sur l'assiette de chaque convive. Nous les avions payées cinquante cents l'unité, chez Debago. Jimmy regarda sa montre.

« Ça fait plus de deux heures que nous sommes à table, dit-il. Je commence à avoir un petit creux. »

Carol et ma grand-mère pouffèrent de rire et hochèrent la tête lorsque j'installai les assiettes. Jimmy prit la violette. Dans son énorme main, la fleur avait l'aspect d'un spécimen, d'une chose morte.

« Adele ! lança-t-il en direction de la cuisine. A quoi sert cette fleur ? Tu crois peut-être que je vais avaler ça ?

— Chut... », fis-je.

Ma grand-mère fronça les sourcils.

« On dirait les portions de beurre individuelles que vous rapportiez de l'usine, tellement c'est minuscule », chuchota-t-elle.

Ma mère réapparut soudain et tout le monde se tut. Elle rayonnait de bonheur. Ted alla tirer sa chaise et resta derrière elle pendant qu'elle s'asseyait. Elle était toujours convaincue que son repas était un succès. Elle regardait fièrement ses invités, la tête haute. Je me penchai et avalai une première bouchée de pâté. Il était délicieux. J'eus soudain envie de dire à ma mère que les autres se moquaient d'elle — et qu'ils étaient affamés. Mais le pâté était si bon, et elle semblait tellement heureuse… Pourquoi n'étaient-ils pas capables de faire un petit effort ?

« Au fait, Adele… Comment ça se passe, pour ton travail ? Est-ce que tu te plais, dans cette nouvelle école ? »

Ma mère poussa un soupir et se rejeta en arrière sur sa chaise, comme elle ne pouvait s'empêcher de le faire chaque fois que ma grand-mère lui posait une question.

« J'en ai un peu assez de ces allées et venues quotidiennes, répondit-elle. En plus, ma voiture n'est plus toute neuve, l'une des vitres est même complètement bloquée. Demande à Ann, maman, elle te le dira. Mais le personnel est compétent. Ce sont des gens qui sortent de l'université pour la plupart, et nous formons une bonne équipe. (Elle fixa ses mains posées à plat sur la nappe.) J'ai encore plein de travail à terminer ce week-end, à cause de ces fichus rapports. D'ailleurs, ajouta-t-elle en se tournant vers moi, il faudra sans doute que nous allions demain à la bibliothèque, toutes les deux. »

Jimmy Measey était en train de dire à Ted qu'il songeait à abandonner son magasin pour aller en ouvrir un autre du côté de Three Corners, à cause des travaux pour la nouvelle autoroute, qui venaient de commencer.

Ted ne parlait jamais de son travail, comme si le sujet l'embarrassait. D'une certaine façon, je le comprenais. Le métier qu'il faisait n'avait pas l'air très sérieux. Ma mère m'avait dit un jour que Ted était orphelin.

Elle se leva brusquement.

« Ted, veux-tu aller découper la viande ? Et toi, Ann, s'il te plaît, tu débarrasses les assiettes. »

Nous nous retrouvâmes tous trois debout — la famille au complet. Je voyais bien que, dans notre dos, les autres se moquaient de notre manière de procéder. Je trouvais insupportable que ma mère ne le sache pas. Elle se donnait tellement de mal. Une fois à la cuisine, je la pris par le bras.

« Tu sais, maman, je crois qu'ils ont vraiment faim. Il se fait tard…

— Je l'espère bien, qu'ils ont faim ! »

Elle se dressa sur la pointe des pieds et se pencha par-dessus l'épaule de Ted, en s'appuyant sur lui, pour le regarder découper la viande.

« Très bien... Cuite à point... *Per-fet-to*... Peux-tu aller mettre la panière sur la table, ma chérie ?

— Il est presque dix heures, dit ma grand-mère en me voyant arriver. Je n'aime pas manger aussi tard. »

Elle me souriait en me parlant, comme si se plaindre de ma mère était une chose parfaitement normale. Je savais bien que ce n'était pas à moi que s'adressaient ses reproches, mais je fus peinée pour ma mère. J'avais envie qu'ils s'en aillent, tous, avant qu'elle ne s'aperçoive de leur manège.

« Et voilà... » dit ma mère en apportant un grand plat allongé où trônaient les tranches de bœuf garnies de pommes de terre nouvelles.

Elle s'immobilisa, attendant qu'on la complimente.

« Eh bien, ça m'a l'air fameux, dit ma grand-mère.

— Adele... Ne me dis pas que après nous avoir fait attendre aussi longtemps tu vas nous priver de dinde ! » s'exclama Jimmy.

Il n'avait qu'à moitié l'air de plaisanter. Ma mère nous dévisagea tous à tour de rôle, comme si on venait juste d'allumer la lumière. Puis elle posa les yeux sur Ted, cherchant de l'aide.

« Jimmy, dit-elle, tu as devant toi un authentique chateaubriand, que j'ai commandé cinq jours à l'avance chez le boucher. Il m'a coûté huit dollars quatre-vingt-dix-neuf la livre et tu ne trouveras nulle part au monde une viande aussi tendre. Maintenant, si tu estimes que ce n'est pas assez bon pour toi, je n'y peux rien.

— Allons, allons... Taisons-nous et mangeons, intervint ma grand-mère.

— Adele, poursuivit Jimmy, il est dix heures du soir et nous sommes à table depuis cinq heures de l'après-midi. Si tu nous avais prévenus que tu comptais nous servir *ça*, nous aurions pris nos dispositions pour fêter Thanksgiving à la maison. Au moins, Carol nous aurait préparé une dinde ! »

La chaise de ma mère crissa contre le sol. Elle quitta la pièce sans un mot et disparut dans le couloir. « Tout marche toujours de travers, avec eux... » l'entendis-je soupirer entre deux sanglots quelques instants plus tard. Ted avait été la rejoindre. Lorsqu'il s'était levé de table, son visage s'était fendu de son sourire en forme de fermeture Éclair.

Benny et moi étions restés assis, raides sur nos chaises, les mains à plat sur les genoux.

« Jimmy... Tu ne pourrais pas te taire de temps en temps... Tu sais pourtant bien comment elle est.

— Je me moque de ce qui ne tourne pas rond chez ta sœur, Carol. Je tiens à manger de la dinde le jour de Thanksgiving, un point c'est tout. Et puisqu'on ne peut pas manger maintenant, eh bien tu vas chercher ton sac, on s'en va. »

Jimmy se leva, en saisissant à pleine main dans le plat une tranche de viande qu'il enfourna dans sa bouche, sa serviette encore nouée autour du cou. Deux ou trois gouttes de sang giclèrent sur la nappe de ma mère.

Hal se dressa à son tour en repoussant bruyamment sa chaise et partit retrouver ma mère dans le couloir.

« Est-ce que je vous sers ? » demanda ma grand-mère en nous dévisageant à tour de rôle, Benny et moi.

Le plat trônait toujours au beau milieu de la table. Les pommes de terre étaient décorées de tranches de citron et de persil haché. L'ensemble était splendide.

Benny lui fit signe que non.

« Nous pouvons attendre, dis-je. Nous sommes assez grands.

— Ta mère, vraiment... », me dit Jimmy en hochant la tête.

Le temps nous parut long. Nous attendions toujours, immobiles autour de la table, lorsque j'entendis enfin la voix de Ted qui s'adressait à ma mère sur un ton apaisant.

« Allez, viens, disait-il. La viande va être froide... »

Ma mère refit son apparition, encadrée par Ted et Hal. Ses yeux étaient encore rouges de larmes et elle me parut étrangement belle. Je regrettai tout à coup de ne pas l'avoir suivie en même temps que Ted. Elle ne me prêta aucune attention.

« Nous devrions manger avant que ça refroidisse, dit-elle. Hal, veux-tu servir les légumes, je vais m'occuper de la viande. »

Nous nous mîmes à manger en silence.

« C'est délicieux, Adele, dit Hal. Cette viande est une pure merveille.

— Oui, c'est très, très bon, renchérirent les autres.

— Merci », dit ma mère, les lèvres serrées.

Jimmy se rejeta en arrière sur sa chaise.

« Je dois t'avouer quelque chose, Adele, dit-il. Ta viande unique au monde, à huit dollars quatre-vingt-dix-neuf la livre... eh bien, elle se laisse manger ! »

Le visage de ma mère resta un instant figé, tandis que nous guettions sa réaction. Puis un mince sourire éclaira son visage et finalement elle ne put s'empêcher d'éclater de rire. Elle se tourna vers Carol.

« Je me demande comment tu fais pour le supporter, dit-elle.

— C'est une question que je me pose moi-même bien souvent », répondit Carol.

Ted et ma mère ne se couchèrent pas cette nuit-là. Je les entendais aller d'une pièce à l'autre en examinant le mobilier. Je crois qu'ils n'en revenaient toujours pas. Cela faisait trois ans qu'ils étaient mariés, mais leur maison n'avait jamais eu de meubles.

Le lendemain matin, ma mère entra dans ma chambre et vint s'asseoir au bord de mon lit. Elle jeta un coup d'œil derrière elle avant de se mettre à parler.

« Je crois qu'il me trompe, dit-elle enfin en hochant la tête d'un air convaincu.

— Qui ça ?

— Chut... J'en suis sûre.

— Tu es dingue », dis-je en me tournant pour me rendormir.

Elle me secoua l'épaule.

« Tu sais, je m'en ficherais, même si c'était le cas, dit-elle. Ça m'arrangerait même bigrement de le surprendre en compagnie d'une autre femme. Ça simplifierait les choses.

— Comment ça ?

— Pour le divorce, dit-elle. Comme ça, nous hériterions de tout et nous pourrions déménager d'ici. (Elle hocha la tête.) Après tout, ce ne serait que justice. C'est ta grand-mère qui a payé la maison, ce serait bien normal que le produit de la vente me revienne...

— De quoi es-tu donc en train de parler ? »

Elle baissa les yeux. L'une de ses pantoufles se balançait au bout de son orteil.

« Aujourd'hui, à midi, Horst va l'appeler pour lui demander s'il veut aller passer la soirée avec des filles. Nous verrons bien ce qu'il répondra. Je te parie qu'il ira.

— Qui est ce Horse ?

— Horst. Tu sais bien, le tailleur, en ville, chez qui nous avons fait faire ton imperméable. »

La matinée s'écoula lentement. Nous restâmes tous les trois à la maison, ne sachant trop quoi faire. Ma mère proposa à Ted de lui faire un œuf à la coque. Il refusa, mais ne protesta pas lorsqu'elle lui versa une autre tasse de café. Elle me prépara une tarte à la cannelle, saupoudrée de sucre glace. C'était le genre de choses qu'elle ne faisait jamais. Elle détestait le sucré. Nous mangeâmes le reste des entrecôtes de la veille, qu'elle avait mis au frigo. La porte resta ouverte, tandis que nous mâchions en silence.

A midi pile, le téléphone sonna.

« C'est pour toi, Ted », dit ma mère en lui tendant l'écouteur.

Elle repartit à la cuisine, où elle fit mine de faire un peu de ménage. Mais elle passait toujours l'éponge au même endroit sur la cuisinière. J'étais restée assise. Je soufflai sur la fine pellicule de sucre qui s'était déposée dans mon assiette ; du bout de l'index, j'y traçai ensuite les lettres de mon nom.

« Non, disait Ted au téléphone, ça ne m'intéresse pas. »

Puis il raccrocha. Il prit sa tasse de café sur la table et retourna à ses occupations. Il n'avait pas fini de réparer les gonds de la contre-porte grillagée. Je me rendis au salon. Toutes les bougies avaient fondu, la cire avait coulé et s'était figée au pied des bougeoirs. On aurait dit des œufs brouillés.

« Alors, qui était-ce ? demanda ma mère.

— Horst.
— Qu'est-ce qu'il voulait ?
— Rien de spécial. Il m'a demandé si ça me dirait de sortir avec lui ce soir.
— Tu vas y aller ? »
Ted posa son tournevis.
« Adele... Tu as parfaitement entendu ce que je lui ai répondu.
— Oui, mais je me demandais si ta réponse aurait été la même si je n'avais pas été dans les parages... »
J'allai jeter un coup d'œil dans leur chambre. Le lit n'était même pas défait. Ils n'avaient pas dormi de la nuit.

La lumière d'une lampe électrique troua l'obscurité et nous suivîmes la religieuse. Le vieil orphelinat avait fermé ses portes. De nouveaux bâtiments avaient été construits sur la rive occidentale de la Fox River, un groupe de petits baraquements en bois où les plus âgées des pensionnaires — des jeunes filles qui avaient eu des problèmes — vivaient à l'écart, sous la surveillance de quelques religieuses. Je suivis ma mère et Lolly à travers les fourrés. Nous nous rendions à un dîner donné au bénéfice de l'institution dans l'un de ces nouveaux baraquements.

Ma mère me poussa du coude. Je ne distinguais rien, mis à part une table couverte de bougies. Les lumières étaient éteintes à l'intérieur et dehors l'obscurité régnait.

Nous fûmes brusquement environnées d'un essaim de jeunes filles, toutes vêtues de robes blanches à col montant. Leurs longs cheveux étaient noués en arrière, retenus par de simples élastiques ; elles étaient maladroitement maquillées, et leurs bas étaient constellés de touches de vernis à ongles. Elles se tenaient toutes droites, raides et empruntées, on aurait dit qu'elles ne savaient pas quoi faire de leurs mains. C'étaient elles qui avait préparé le repas et maintenant elles attendaient de desservir pour aller faire la vaisselle. Mais je n'ignorais pas qu'elles étaient loin d'avoir été toujours aussi disciplinées. L'une d'elles se pencha pour servir le café. Ma mère la prit par le bras et lui demanda quelque chose. La jeune fille releva les yeux, l'air un peu distrait, avant de lui répondre. Oui, elles avaient décoré la table elles-mêmes. Devant nous, sur la nappe, trônait en guise de dessous-de-plat un vieux 45 tours tordu et gondolé. Comment elles avaient fait ça ? Oh, c'était bien simple, elles l'avaient tout bonnement travaillé à la bougie.

Ma mère me donna un coup de coude et murmura :

« Tu en serais capable, toi aussi. »

Un jour, après l'école. J'étais descendue au sous-sol, où il faisait plus frais. Un lit et un poste de télévision étaient installés dans un coin. Allongée sur le ventre, je regardais un feuilleton qui repassait pour la énième fois. J'entendis soudain ma mère descendre l'escalier. Elle avait les bras chargés de linge sale. La tuyauterie toussota lorsqu'elle mit la machine en route. Puis elle s'approcha de moi.

« Qu'est-ce que tu fabriques ici ? me dit-elle. Pourquoi t'obstines-tu à venir t'enfermer dans cette cave, alors qu'il y a un grand poste de télé en haut ? Tu as honte de quelque chose, ou quoi ? »

Je n'aimais pas qu'elle me parle sur ce ton. Je gardai les yeux fixés sur l'écran, bien que ce fût l'heure des publicités.

« Et qui t'a appris à remuer le popotin de cette façon ? Les filles bien élevées ne se comportent pas ainsi. C'est d'un vulgaire… »

Je me taisais toujours, en retenant ma respiration.

« Tu viens de te faire baiser ? »

Elle avait longuement appuyé sur le mot en le prononçant. Je n'avais pas le droit d'employer ce genre de vocabulaire.

« C'est ça, hein ? J'en suis sûre… Ann, dis-moi qui t'as baisée… Ils t'ont vraiment abîmée, tu sais. »

Je la dévisageai. Elle me faisait penser à un animal, avec ses dents proéminentes et son corps souple, tendu, prêt à bondir. Ses talons claquaient sur le ciment tandis qu'elle arpentait la cave, les mains sur les hanches et la tête baissée, tout en évitant de trop s'approcher de moi, comme si j'étais pestiférée. Je fis un effort pour garder mon calme.

« Tu te trompes, dis-je.

— Allons… Ne me raconte pas d'histoires ! (Elle battit des paupières, et sourit d'un air mauvais. Elle était très excitée.) Dis-moi avec qui tu as couché, bon sang. »

Je détournai les yeux.

« Ann ! s'exclama-t-elle en se précipitant vers moi. Arrête de te trémousser comme ça ! »

Je me levai et me dirigeai vers l'escalier, sans lui prêter la moindre attention. Elle m'agrippa le bras, mais je me dégageai vivement.

« Fous-moi la paix ! criai-je. (Ses ongles m'avaient labouré la peau.) Qu'est-ce que tu as, aujourd'hui ?

— Je n'ai rien du tout, ma petite. Je ne traîne pas dans la cave. Je suis propre. Je ne me trémousse pas. Je n'ai rien à me reprocher, moi… » lança-t-elle dans mon dos.

J'allai m'enfermer dans la salle de bains. Quelques minutes plus tard, elle vint gratter à la porte.

« Ann, veux-tu bien sortir un instant. »

« Ann, il faut que je te parle. »

« Ann, ouvre immédiatement cette porte ! Sinon… Sinon, je te préviens que j'entrerai quand même. Il me suffit d'aller chercher la clef. »

Les cercles se refermaient autour de moi. J'avais la tête appuyée contre le carrelage froid de la baignoire. La porte était munie d'une grosse poignée dorée. Mais il n'y avait pas de serrure. Il ne pouvait donc y avoir de clef. Pourtant elle avait dit qu'elle allait la chercher. Mais il n'y avait pas de serrure. Il ne pouvait donc y avoir de clef. Pourtant, elle avait dit qu'elle en possédait une.

Recroquevillée dans l'angle, j'aurais voulu m'y fondre, ne plus entendre, ne plus penser. Toujours, après, naissait une impression de légèreté, une bouffée d'air intérieur, comme s'il ne s'agissait que d'une illusion, d'un hologramme nourri d'apparences et animé par la lumière. Et là, tassée sur le sol, je ressentis une sorte de palpitation au creux de la poitrine. Mais, si je voulais qu'on m'aime, personne d'autre que moi ne devait jamais rien savoir de tout cela.

Un peu plus tard, Ted arriva à la maison et tout rentra dans l'ordre. Ma mère se comporta gentiment envers moi, elle fit même sauter des champignons pour accompagner les steaks. On aurait dit qu'elle avait oublié ce qui s'était passé. Je l'observais attentivement, mais tout ressentiment semblait l'avoir quittée. Nous étions de nouveau amies, j'étais sa petite fille adorée. Je me sentis soulagée, et d'une certaine façon presque heureuse. Elle me prit la main et la serra dans la sienne. Et cette impression de légèreté, cette bouffée d'air demeurèrent en moi toute la soirée. Je n'avais pas faim, je ne faisais pas attention à ce qui se passait autour de moi, je n'étais même pas fatiguée.

Je n'avais envie de rien. J'étais dans un état d'apesanteur, et me sentais incapable d'en sortir. Je savais que tout se remettrait en place le lendemain, après une nuit de sommeil. Mais pour l'instant, cela m'était égal. Je n'avais besoin de rien.

La voiture longea successivement le centre commercial, le cimetière de voitures et mon ancienne école, en suivant l'autoroute jusqu'à l'endroit où celle-ci s'interrompait à l'époque, avant d'être prolongée. Nous n'étions pas très loin de l'institution pour jeunes filles où nous avions été dîner quelques semaines plus tôt. Ma mère ouvrit la portière et m'ordonna de descendre. Puis elle remonta dans la voiture, fit demi-tour et s'en alla. Je restai immobile sur le bas-côté, en attendant qu'elle revienne. J'étais certaine que la voiture n'allait pas tarder à réapparaître, mais j'avais quand même peur. Mes mains tremblaient et je claquais des dents. Je n'avais rien sur moi, pas un sou. En ôtant un de mes gants, je retrouvai un billet d'un dollar tout ramolli et délavé par les lessives.

J'étais en jeans, un simple gilet en laine sur le dos. Je m'assis sur une borne. La voiture de ma mère ne se montrait toujours pas. Chaque fois qu'un nouveau véhicule apparaissait au loin, je plissais les yeux en essayant de me convaincre que ce serait le bon, mais dès qu'il se rapprochait et que je distinguais la couleur de sa carrosserie — rouge ou verte, jaune ou bleue —, tous mes espoirs s'effondraient, même si, au fond de moi, je n'y avais jamais cru.

Je décidai de foutre le camp. Je regardai les bois derrière moi.

Par terre, les plaques de neige étaient en train de fondre. Les arbres se dressaient, noirs et squelettiques, sur le sol uniforme. Le décor n'était guère rassurant. L'après-midi tirait à sa fin, les branches sombres se découpaient sur le ciel, à peine soulignées par la fine couche de neige qui les recouvrait. L'obscurité allait bientôt tomber.

Un peu plus loin sur la route, je vis soudain surgir deux jeunes filles qui marchaient dans ma direction, les mains dans les poches et la tête baissée. D'où j'étais, je ne distinguais pas leurs traits. Elles soulevaient à chaque enjambée des nuages de poussière. Je crus qu'elles venaient me chercher. Il devait s'agir de ces filles qui vivaient en pleine forêt, dans ces baraquements en bois. Ma mère avait dû leur dire que j'étais indisciplinée, et qu'elles n'avaient qu'à m'emmener avec elles. Je me souviens encore de cette impression, aussi violente que brève : j'étais à la fois convaincue qu'elles allaient se saisir de moi — et aussi que cette idée était le simple fruit de mon imagination, que ces deux filles ignoraient jusqu'à mon nom, que leur présence ici était purement fortuite.

Je me mis à courir. J'aperçus au loin un éclat bleu métallique, mais j'avais déjà traversé la route, enjambé la rambarde et disparu dans les bois avant que la voiture arrive à mon niveau. Je m'arrêtai un instant. Toute ma vie, je m'étais représenté la mort ainsi — comme au ralenti, par une journée lumineuse, sous un ciel pâle et bleu traversé de nuages cotonneux, le long d'une autoroute immense, grise, déserte, où un corps heurté de plein fouet par le pare-chocs étincelant d'une voiture retombait lentement, très lentement sur l'asphalte, sous un soleil de plomb. Je n'avais jamais raconté ça à personne et je me demandais parfois si d'autres gens que moi portaient ainsi leur mort au fond d'eux-mêmes, comme un objet rare et précieux scellé dans un coffret.

Je traversai les bois, en jetant de temps à autre un coup d'œil derrière moi pour voir si la voiture blanche n'apparaissait pas sur l'autoroute. Je savais à quel endroit j'allais aboutir, de l'autre côté de la forêt. Après, j'aviserais. Je pourrais toujours faire de l'auto-stop. Le ciel était bleu et blanc à présent. Les arbres se fondaient lentement dans l'obscurité.

J'émergeai finalement au bord d'une autre autoroute. Voitures et camions défilaient. Je n'avais jamais fait de stop de ma vie. Contrairement à ce que ma mère pouvait penser, je n'avais jamais fait grand-chose. J'avais encore bien trop peur.

Un camion passa à toute allure en déplaçant une telle masse d'air que je faillis être renversée. Je me redressai et levai le bras, le pouce tendu, en regardant droit devant moi. Trois voitures passèrent à la suite, conduites par des mères de famille qui ne daignèrent pas s'arrêter. En baissant les yeux, je m'aperçus brusquement que mon jean était couvert de boue. Je devais avoir une drôle d'allure. Puis un camion arriva, et s'arrêta ; très haut au-dessus de moi, la portière s'ouvrit. Le chauffeur me dit qu'il allait jusqu'au pont. Les sièges étaient en cuir et une odeur d'huile imprégnait toute la cabine. Le trajet me parut long, mais je me sentais bien. Nous passâmes devant le bureau de Dan Sklar. Une voiture blanche, semblable à celle de ma mère, était garée le long du trottoir, juste devant l'entrée. Le terrain de jeux de l'école Saint Phillip était désert. Lorsque j'ouvris la portière pour descendre du camion, le ciel était constellé de minuscules nuages roses, qui semblaient aussi légers que des plumes.

« Au fait, où est-ce que tu vas ? » me demanda le chauffeur.

Pour la première fois, l'idée que ce type était peut-être dangereux me traversa l'esprit. Il portait un uniforme marron aux rayures sombres. Un badge où figurait son prénom : BUD, était épinglé sur sa poitrine, au-dessus de sa poche.

Je dégringolai le marchepied et claquai la portière. Mais je me tordis la cheville en atteignant le sol et allai m'étaler dans une flaque d'eau. Je me relevai aussitôt et me mis à courir sans regarder derrière moi. Les phares du camion s'allumèrent, illuminant brusquement l'endroit où nous nous trouvions. Un mur de brique se dressait devant moi. Je fis volte-face et vis le camion avancer lentement dans ma direction.

Le chauffeur passa la tête par la vitre de sa portière.

« Eh ! Où cours-tu comme ça ? L'idée de te laisser toute seule ici ne me plaît pas trop. La nuit tombe déjà. »

Je baissai les yeux et regardai mes chaussures. Une épaisse croûte de boue les recouvrait. De blanches, elles étaient devenues marron.

« Je vais chez ma grand-mère, dis-je.

— Elle habite par ici ? » demanda le chauffeur en regardant autour de lui d'un air sceptique.

Nous étions à l'entrée de la ville, non loin de la carrière. Quelques magasins décrépis se dressaient encore dans le coin, de minuscules boutiques aux portes vermoulues, surmontées de pancartes publicitaires qui partaient en lambeaux et qui vantaient des produits aux marques désuètes : Ruby Beauty, Sacramento, Indian River...

Une montagne de charbon et un énorme tas de soufre qui scintillait d'un éclat jaune vif s'élevaient de l'autre côté de la rivière.

Le chauffeur me dévisageait toujours, en attendant ma réponse.

« Oui, dis-je, ce n'est pas loin d'ici. »

Il resta immobile une bonne minute, la tête hors de la fenêtre, en se demandant s'il devait me croire ou non. Il avait des cheveux blancs coupés court et un visage massif. Durant un instant, je crus le voir faire une grimace. Il était en train de se dire qu'il agissait comme un égoïste, qu'il ne devrait pas m'abandonner là. Mais d'un autre côté, c'était la fin de la journée, il avait hâte de rentrer.

Le clignotant du camion s'alluma et le véhicule repartit.

J'avais passé toute ma vie à Bay City, mais je n'étais encore jamais venue par ici. Il y avait une épicerie juste en face. Je vérifiai que le billet d'un dollar était toujours glissé dans mon gant et me dirigeai vers la boutique. La porte carillonna lorsque j'entrai. Tout était sombre à l'intérieur sauf les appareils frigorifiques alignés contre l'un des murs.

Après avoir fouiné un moment, j'allai payer à la caisse la barre de caramel, le sachet de viande séchée et la bouteille de lait chocolaté sur lesquels j'avais finalement porté mon choix. Je sortis le billet de mon gant et, après l'avoir déplié, je le tendis au vieux bonhomme qui était assis derrière le comptoir. Il attendit que j'aie terminé avant de se lever, lentement, abandonnant comme à regret la quiétude de son tabouret.

Puis je montai les marches de l'escalier en ciment qui menait jusqu'au pont. Sait-on jamais... Ma mère pouvait passer par là et dans ce cas elle ne manquerait pas de m'apercevoir. Elle se rangerait sur le bas-côté, sortirait de la voiture, et la lumière reviendrait sur le monde. Il n'y avait personne en dehors de moi sur le trottoir, mes pas résonnaient faiblement dans l'obscurité. Un flot continuel de voitures se déversait, les petites lueurs rouges de leurs feux arrière brillaient comme des paillettes. On aurait dit un immense serpent dont les multiples anneaux ondulaient dans la nuit. J'ôtai mes gants et posai la main sur la rambarde métallique. Le pont était protégé par une balustrade en acier ; à travers les montants, j'apercevais en bas la rivière qui coulait. Des masses de fumée compactes s'élevaient au-dessus des cheminées. Le vacarme était incessant. Mon regard se porta un peu au-delà. La rivière grise et sale charriait çà et là des blocs de glace, qui bouillonnaient dans l'écume comme de la bière trop tiède.

Sur l'autre rive, les usines s'alignaient à l'infini. A travers leurs fenêtres, on apercevait la lueur jaunâtre des éclairages. Le ciel était encore d'un bleu lumineux. Au sol, camions, grues, bulldozers et pelleteuses s'enchevêtraient dans le désordre le plus complet. Leurs carcasses orange disséminées sur les parkings semblaient avoir été oubliées là, toutes portières béantes, et laissées à l'abandon. Un flot de terre brune ruisselait en cascade de la gueule dressée d'une pelleteuse, évoquant quelque immense et gigantesque sablier.

Mon regard se porta de nouveau vers le bas. J'avais déjà traversé la moitié du pont. Le trottoir sur lequel je marchais était lui aussi en acier, mais aux intersections des croisées j'apercevais sous moi le spectacle de l'eau. L'air se précipitait en rafales par ces trouées avec un bruit assourdissant. Je regardai mes chaussures crottées, mes socquettes maculées de boue, et le vacarme de l'eau à mes pieds me parut brusquement être l'écho — ou le reflet — de quelque chose d'autre. Je m'arrêtai et fermai les yeux.

Les fissures pouvaient bien éventrer les trottoirs, l'herbe pousser dans les interstices du béton, les colonnes de fourmis rouges envahir ce décor d'apocalypse... Je n'ignorais pas que le pire serait toujours cette immense solitude. Quand on n'a même plus la force de s'écrouler, on ne peut plus s'arrêter, on ne sait plus s'abandonner. Le rêve, le désir que l'on a de s'arrêter agit comme une drogue. On reste là, inerte, sans que personne vienne vous relever. Et lorsque l'on reprend conscience, il faut se remettre en marche, en posant un pied, puis l'autre, immuablement.

Je serrai les poings et me mordis les lèvres jusqu'au sang. Un pied, puis l'autre. Un pied, puis l'autre... Sous moi, le rugissement des flots et les tressaillements de l'acier vibraient à mes oreilles comme s'ils s'étaient répercutés dans une chambre close. Je mordis dans ma barre de caramel, mais elle était si dure que je me cassai un morceau de dent. Une étrange détresse m'envahit et je serrai désespérément la friandise dans ma main. Le fait de posséder un tel objet me paraissait brusquement essentiel et je voulais à tout prix éviter de le laisser tomber dans l'eau. J'atteignis finalement l'autre rive. Je me sentis de nouveau légère, délivrée, en posant le pied sur la terre ferme. Je me mis à marcher le long des mines de charbon. L'odeur de la houille me montait aux narines comme un parfum d'hiver. Tout le quartier paraissait à l'abandon, les vieilles rues sinistres allaient se perdre dans l'obscurité, éclairées çà et là, aux carrefours, par les enseignes des tavernes. Un néon publicitaire clignotait dans le lointain, une cascade bleue et blanche dont la chute se répétait à l'infini sur le ciel noir à présent. Puis je me retrouvai de nouveau sur l'autoroute dont je longeai la rambarde, à travers champs, au beau milieu des terres inhabitées.

La terre craquait, je marchai sur une branche morte, le ciel au-dessus de moi vibrait comme une porte. Il se mit à pleuvoir, les gouttes crépitaient en faisant naître alentour des myriades d'échos. Des poteaux munis de petits disques phosphorescents se dressaient le long de la route, dans les virages. Je pataugeais toujours dans la gadoue. J'avais dépassé la bifurcation qui menait au bowling. J'apercevais çà et là des bars, des restaurants, dont les lumières trouaient parfois l'obscurité qui régnait sur les champs. Je vis le vieil hôtel en brique sur la terrasse duquel, l'été, on installait des chaises longues devant les chambres des clients. A une époque, c'était leur fils qui venait le matin livrer le journal à ma grand-mère.

Une camionnette fit demi-tour sur l'allée en gravier du Starlight. Le conducteur baissa sa vitre et siffla. Je reculai précipitamment dans le pré.

Je suivais les sentiers à travers les bois de pins et de bouleaux. Il faisait très sombre à présent, mais je savais fort bien où je me trouvais. Je percevais toutes sortes de bruits autour de moi. De temps en temps, je mordais dans ma barre de caramel, en me répétant qu'il ne fallait pas que je regarde derrière moi. Je sentais parfois quelque chose m'effleurer les épaules. L'air avait une consistance inhabituelle, on aurait dit qu'il se modelait pour prendre au détour d'un chemin la forme d'une immense main, dont je sentais les doigts visqueux me caresser le cou, les joues, les mollets... Je continuais d'avancer, foulant le grand tapis de feuilles décomposées. Il y avait çà et là, entre les buissons, des refuges abrités où il faisait presque bon, ou au contraire d'étroits couloirs balayés par un vent glacé. J'avançais rapidement, sans m'arrêter. Les étoiles brillaient dans le ciel.

Je débouchai sur une clairière. Une lueur ténue dessinait obscurément les silhouettes des grands arbres ahanants et frémissants, ruisselants et chuchotants, qui semblaient grincer sur leur socle et ployer sous leur propre poids. J'émergeai enfin hors du bois. Devant moi s'étendait un vaste champ, alimenté en eau par une grosse conduite en ciment dans laquelle nous rampions, en été. La voie ferrée passait juste au-delà.

Ma joue toucha un roseau et je vis mon pied s'enfoncer dans l'eau. Il y eut un bruit de succion lorsque je parvins à l'extraire de la boue. Des herbes flottaient sous la surface sombre de la mare comme une chevelure défaite. Je m'assis sur un rocher, pour ôter ma chaussure et ma socquette. D'être ainsi immobile, les bruits qui m'entouraient me paraissaient plus intenses, amplifiés, comme une rumeur sourde et continue. L'air parle, tout comme l'eau, mais j'ignorais si c'était le vent, un train dans le lointain, ou le va-et-vient des camions sur l'autoroute qui étaient à l'origine de ce sifflement lancinant. Je ne savais même plus s'il avait jamais existé quelque chose qui ressemblât au silence. Le vent murmurait sur mes bras. Et la rumeur persistait, comme au creux d'un coquillage, mais il fallait s'immobiliser brusquement, interrompre sa marche, pour la percevoir vraiment.

Je me remis en route, en tenant ma chaussure à la main. Un peu plus loin, j'escaladai la conduite d'eau. Le contact un peu tiède de la boue sur mon pied nu avait quelque chose de soyeux, de rassurant. J'atteignis enfin la voie ferrée. La lune se découpait au loin, presque au ras du sol, entre deux poteaux. Je posai le pied sur une traverse. La fraîcheur du métal me fit agréablement frissonner. Je n'avais plus qu'à suivre les rails pour rejoindre Lime Kiln Road.

J'avançais toujours, pas à pas, droite, gauche, les yeux clos, et l'écho de ma propre marche se répercutait en moi à l'infini, aussi indissociable à présent du monde extérieur que le ciel et la terre au moment où ils se confondent peu à peu à l'horizon, avant la tombée de la nuit.

Un train passa. Je m'étais recroquevillée contre le remblai et j'attendis, muette, aveugle, frissonnante. Plus tard, beaucoup plus tard, je me relevai. J'étais gelée, trempée, mon cœur battait à tout rompre dans ma poitrine.

Puis je me retrouvai devant chez ma grand-mère. La maison avait l'air paisible, plongée ainsi dans l'obscurité et caressée par le vent. J'entendais les branches des arbres battre aux fenêtres du premier étage. Je décidai d'aller dormir dans la vieille Oldsmobile. Je ne tenais pas à réveiller ma grand-mère. Son sommeil avait toujours eu pour moi quelque chose de parfait.

L'obscurité dans laquelle était plongé le garage était différente de celle qui régnait à l'extérieur. Aucune lueur, si faible fût-elle, ne venait en atténuer la noirceur. Une intense odeur de terre mouillée montait des plants de géranium que cultivait ma grand-mère. Chaque été, elle en empotait quelques-uns pour aller fleurir les tombes, au cimetière. Ma main finit par atteindre la poignée de l'Oldsmobile. La portière était fermée. Je fis le tour du véhicule, mais c'était pareil, de l'autre côté. Dans la pénombre, je distinguais les contours de la tondeuse à gazon, de la bicyclette rouillée de Benny, d'une vieille faux, ainsi que de tous les outils qui étaient accrochés au mur. Un vacarme étourdissant retentit soudain à l'extérieur de la maison. J'entendis le vent emporter dans l'allée le couvercle d'une poubelle. Mais le bruit persista. On aurait dit que quelque chose s'agitait dans la poubelle. Des ratons laveurs... J'avais mis le nez dehors et je les apercevais. Ils avaient senti ma présence et me regardaient, la tête dressée, sans que leurs petites pattes cessent pour autant de s'agiter. Ils fouillaient fébrilement cette montagne de détritus comme s'il s'était agi d'une mine de pierres précieuses ou d'un véritable trésor.

Je me dressai au milieu du jardin et me mis à crier :

« Grand-mère. Grand-mère ! *Grand-mère !* »

Je poursuivis ainsi un bon moment sur le même ton. Il était de toute façon trop tard pour faire machine arrière. Mes cris résonnaient de tous côtés. Le toit en bois, les grands arbres inclinés, le vent qui soufflait depuis la voie ferrée, le crissement des criquets dans les champs — tout semblait me renvoyer l'écho de ma propre voix.

Une lampe s'alluma en haut de l'escalier. Ma grand-mère apparut dans l'encadrement de la fenêtre, dont elle ouvrit un battant.

« Qui est là ? demanda-t-elle.

— C'est moi, dis-je.

— Qui donc ? »

La lampe s'éteignit mais je l'entendis descendre l'escalier. Puis la lumière illumina la cuisine, comme dans le secret de mes rêves, et Handy se mit à aboyer. Ma grand-mère entrebâilla la contre-porte grillagée.

« C'est bien toi ? chuchota-t-elle.

— Grand-mère...

— Oh, mon Dieu... Entre vite ! »

Tout se déroula ensuite comme dans un songe. J'étais de nouveau propre, au chaud et à l'abri. J'avais enfilé le pyjama de soie que mon arrière-grand-tante Ellie avait offert à Carol lorsque celle-ci était partie en voyage de noces, en 1946, près des chutes du

Niagara. Il était trop grand pour moi, l'élastique n'arrêtait pas de me glisser sur les hanches. Je me faufilai dans les draps tout frais tandis que ma grand-mère, assise dans un coin de la cuisine, décrochait le téléphone pour appeler Ted et lui dire que j'étais ici.

« Ta mère n'est pas à la maison, me dit-elle agenouillée face à son lit et déplaçant la bassinoire avec la régularité et l'assurance d'une bonne cuisinière. Dieu sait où elle se trouve. Ted m'a dit qu'elle était partie à ta recherche. »

Nous soupirâmes toutes les deux et ne tardâmes pas à sombrer dans le sommeil. Un peu plus tard, nous fûmes réveillées par des bruits à l'extérieur. La sonnette retentit. Il y avait quelqu'un devant la porte d'entrée, qui n'était pourtant guère utilisée habituellement. Même les mendiants, en été, venaient frapper à la porte de derrière. J'allai jeter un coup d'œil par la fenêtre. Un rai de lumière tournoyant balayait par instants l'obscurité.

« Ne bouge pas d'ici, me dit ma grand-mère. Je vais aller voir qui est là, par l'autre côté. Si quelqu'un force la porte, cours te cacher dans le grenier. »

Elle traversa lentement la pièce et alluma la lampe extérieure.

« C'est ta mère. Et Dieu sait qui elle a encore amené avec elle... Va te recoucher. Je lui dirai de revenir te chercher demain matin. »

Je m'approchai de la fenêtre. Ma mère était plantée au beau milieu de la pelouse, au même endroit que moi tout à l'heure. Elle regardait vers la maison, les mains sur les hanches. Elle paraissait minuscule. Elle portait sa veste en daim et ses lunettes de soleil reposaient sur sa tête. Dan Sklar se tenait derrière elle, les épaules voûtées. La lumière que j'avais aperçue tout à l'heure provenait du gyrophare d'une voiture de police. Deux agents en uniforme attendaient sur les marches du perron. J'entendis ma mère qui criait :

« Tu ne m'empêcheras pas de reprendre ma fille ! Tu ignores tout ce que j'ai dû endurer cette nuit ! Elle a failli me faire mourir d'angoisse. J'étais à deux doigts de la crise cardiaque. Même à présent, j'arrive à peine à respirer...

— Tu viendras la chercher demain. Je t'assure qu'elle n'a rien. Elle dort pour l'instant, laisse-la récupérer.

— Maman ! il s'agit de ma fille ! Elle ne t'appartient pas. J'exige que tu me la rendes ! »

Le poing fermé, elle donnait des coups sur la poche de sa veste.

Ma grand-mère referma la porte. Je l'entendis pousser les verrous. Les policiers se balançaient d'un pied sur l'autre, les pouces enfoncés dans leurs ceinturons. Puis ils finirent tous par s'en aller et le calme revint.

L'intérieur de la boîte à pain était en métal argenté. Un rayon de soleil qui tombait par la fenêtre l'illuminait ; ses bords en particulier brillaient d'un intense éclat. L'extérieur était rose, décoré à la main. Je restai un bon moment à regarder les reflets de lumière jouer sur le métal.

La contre-porte s'ouvrit et ma mère apparut. Elle venait me chercher. Elle se montra gentille avec moi. Nous montâmes toutes les deux dans la voiture. Il était encore tôt. Nous roulions vite sur l'autoroute. Le soleil brillait dans le ciel mais le fond de l'air était frais.

Nous nous assîmes côte à côte dans un box du restaurant, sur les hauteurs de Shreve. Nos genoux se touchaient à travers l'étoffe de nos vêtements. J'étais habillée d'une drôle de façon. Par-dessus une jupe de ma tante Carol, j'avais enfilé un vieux sweater de ma mère, marqué du sigle de son ancienne université, que j'avais trouvé dans un placard du premier étage chez ma grand-mère.

Le serveur prépara lentement le cocktail de champagne et de jus d'orange que nous avions commandé. Nous le regardions faire, fascinées.

« Je crois qu'il est grand temps de songer sérieusement à ce départ », dit tout à coup ma mère en souriant.

Nous étions assises près de la fenêtre. La Fox River coulait à nos pieds. Le trafic était interrompu sur le pont, dont les deux pans étaient relevés et se dressaient dans le ciel, pour permettre le passage d'un gros cargo. L'eau et l'acier composaient une sorte de chorégraphie muette où toutes les nuances de bleu, du plus clair au plus sombre, s'opposaient et se confondaient tour à tour.

« Qu'est-ce que tu racontes ? dis-je.

— Tu le sais bien. Nous en avons déjà parlé cent fois. Le moment est venu de décamper d'ici.

— Tu crois que Ted pourra trouver du travail, là-bas ? »

D'un geste brusque, ma mère reposa sa tasse sur la soucoupe.

« Il ne vient pas avec nous. (Elle hocha la tête.) Toi et moi, nous avons de la classe et nous n'aurons aucun problème pour nous intégrer. Mais même au bout de dix mille ans, Ted n'y parviendrait jamais. »

Le cocktail pétillait dans les grandes flûtes effilées. Deux petites ombrelles en papier étaient plantées entre les glaçons. Nos doigts se frôlèrent un instant lorsque nous levâmes nos verres pour porter un toast au succès de notre entreprise.

Ma mère était en train de parler au rectorat de Los Angeles. Elle avait emporté le téléphone à la cuisine, ainsi que son petit calepin jaune. J'étais à la maison, moi aussi. Officiellement, nous étions toutes les deux malades.

« Oui... Oui... Mmhmm... Oui, je vois... », disait ma mère, l'écouteur collé à l'oreille. De l'autre main, elle pianotait nerveusement sur sa cuisse.

Lorsqu'elle eut reposé l'appareil, elle se mit à danser dans la cuisine, tout en battant des mains et en poussant de grands cris.

« Youpie ! Ann, ma chérie, je sens que nous touchons au but ! Tu vas voir, tout va s'arranger !

— Qu'est-ce qu'ils t'ont dit ?

— Eh bien, dit-elle après avoir repris son souffle et s'être agenouillée près de moi, je crois que je viens de trouver du boulot. Tu sais ce que ce type m'a dit ? Qu'avec mes références et mon expérience professionnelle, il n'aurait sûrement aucun mal à me caser quelque part. Il suffit que je leur envoie une demande officielle. Je vais d'ailleurs la rédiger immédiatement. Mais je t'assure qu'il était impressionné ! Tu ne t'en rends peut-être pas compte, Ann, mais ta mère n'est pas n'importe qui. Il n'y a pas tellement de femmes de mon âge qui soient titulaires d'une licence. »

Elle baissa les yeux, prise d'un soudain accès de modestie. Quant à moi, je ressentais... je ne sais pas... une sorte de fierté.

Elle se redressa.

« Dis donc, tu te souviens de ce gosse que nous avons rencontré lors de cette émission de télé, il n'y a pas si longtemps ? Nous devrions appeler son agent et lui demander si elle n'aurait pas un rôle pour toi dans une série quelconque. Quel était son nom, déjà ? Attends que je me rappelle... Ah, oui ! Ellen Arcade. Ils nous ont même dit qu'elle était de Riverside. »

Ma mère avait une mémoire infaillible.

Elle prit une longue inspiration et décrocha le téléphone. Je ne fis pas un geste. Je savais que plus j'aurais l'air calme, et plus vite elle me mettrait au courant.

« Eh bien, elle m'a dit que ce n'était évidemment pas quelque chose dont elle pouvait s'occuper tant que nous étions ici, MAIS qu'à la minute même où nous arriverions à Los Angeles — ce sont ses propres termes —, nous n'aurions qu'à l'appeler. Elle nous fixerait immédiatement un rendez-vous. »

Nous nous mîmes à danser comme des possédées à travers la cuisine, en frappant dans nos mains.

« Alors, Ann... Qu'est-ce que tu dis de ça ? C'est formidable, non ? On dirait que tout s'arrange en même temps. »

Lorsque nous cessâmes enfin de tournoyer, j'avais un tel vertige que je m'écroulai et me cognai le crâne contre un placard. Je songeais à ces meubles de location, à cette cuisine qui m'avait toujours paru immuable et inchangée, sous les derniers rayons du soleil, lorsque je rentrais le soir de l'école. Ainsi, nous allions bel et bien partir et quitter la maison de Carriage Court. Je me sentis soudain triste, accablée par le poids de cette décision. Nous voulions trop de choses à la fois.

Puis il y eut ce concours. C'était la chaîne de magasins Red Owl qui avait lancé l'opération, au cours du printemps qui précéda notre départ. Ils avaient fait imprimer de nouveaux sacs, sur lesquels on lisait : « VOUS AVEZ PEUT-ÊTRE DÉJÀ GAGNÉ ! » Pour chaque achat, ils remettaient un timbre à leurs clients. Il s'agissait de réunir cinq timbres marqués chacun d'un numéro et d'une lettre différente : A, B, C, D et E. Pour que le tout soit valable, il fallait en outre que les numéros se suivent exactement. Le vainqueur devait empocher dix mille dollars. Nous ne nous étions pas spécialement intéressées à cette affaire, jusqu'au jour où nous récupérâmes un A et un B dont les numéros se suivaient. Presque aussitôt après, ce fut le tour du C.

A peine sorties du magasin, nous nous arrêtâmes pour nous assurer que le numéro du timbre correspondait bien aux deux précédents, qui étaient déjà collés sur la carte prévue à cet effet. Puis je le léchai et le tendis à ma mère, qui le fixa à côté des deux autres. Nos sacs à provisions étaient éparpillés autour de nous sur le parking.

« Je suis sûre que nous allons gagner, Ann ! Je le sens ! (Ma mère ouvrit son porte-monnaie pour y ranger la carte, mais au bout d'un instant elle poussa un soupir et me la tendit.) Tout compte fait, dit-elle, je préfère que ce soit toi qui la gardes. »

Je fourrai le bulletin dans ma poche revolver. Je pouvais sentir son contact à travers le jean.

Ted était en train de regarder la télé lorsque nous nous précipitâmes dans le salon. Nous étions encore sous le coup de l'excitation et nous faillîmes renverser le canapé en lui sautant dessus pour lui montrer la carte. Il se contenta de sourire.

« Ils ne vous laisseront jamais gagner, dit-il. Ces concours sont truqués. Tout ce qu'ils veulent, c'est vous soutirer jusqu'au dernier centime.

— Mmhmm..., fit ma mère en hochant la tête. On verra bien. »

Elle me fit un clin d'œil dans son dos.

Tous les soirs, ma mère prétendait qu'il lui manquait une bricole quelconque et nous prenions la voiture pour nous rendre dans l'un des Red Owl de la ville. Ted secouait la tête et souriait lorsque nous décidions à minuit de manger des profiteroles et que nous partions acheter la glace à un bout de la ville, la pâte à choux à l'autre bout. Quand nous rentrions il relevait les yeux de son livre et nous lançait un regard mi-ironique, mi-interrogateur. Il n'était pas absolument convaincu que notre entreprise était vouée à l'échec.

Le soir où nous bondîmes hors de la voiture pour nous précipiter dans la maison avec trente dollars de marchandises inutiles dans les bras mais en brandissant le timbre qui portait la lettre D et le bon numéro, il referma son livre et se fendit d'un grand sourire. A sa manière timide et feutrée, il commençait à partager notre excitation.

Ma mère vint me rejoindre dans ma chambre avant que je m'endorme et posa sa main sur mon épaule. J'étais déjà allongée, le visage tourné vers le mur.

« Qu'est-ce qui te fera envie, lorsque nous aurons empoché ces dix mille dollars ? me demanda-t-elle. Enfin, je veux dire *si* nous les empochons...

— Je voudrais aller en Californie, dis-je. Et avoir une nouvelle paire de bottes.

— Tu as vraiment envie d'aller là-bas ?

— Oui.

— Eh bien, peut-être pourrons-nous enfin partir, une fois que nous aurons touché cet argent. »

Je comprenais ce que ma mère ressentait, rien qu'à la façon dont elle promenait ses doigts le long de mon dos. Elle songeait à ces plages de sable blanc et à ces routes débouchant sur l'océan, que nous avions vues à la télévision. Mais en même temps, elle se faisait du souci. Elle me pinça l'épaule pour que je ne m'endorme pas.

« Ça te ferait vraiment plaisir, ma chérie ?

— Oui.

— Tu en es sûre ?

— Oui.

— Je crois bien que j'aimerais ça, moi aussi. Oui... J'en suis même certaine... »

Nous achetâmes de tout : des caramels, des détergents, du pain complet, des bacs à glace pour le freezer, des piques pour faire des brochettes, des éponges, des sachets de tisane, des raisins secs... Mais nous n'arrivions pas à avoir les cinq chiffres consécutifs. Nous n'avions même pas réussi à obtenir un E. Nous n'hésitions plus à aborder les gens qui faisaient la queue aux caisses en même temps que nous, pour comparer nos timbres avec les leurs.

Ted avait retrouvé tout son scepticisme.

« Et voilà ! dit-il un soir en éclatant de rire, les bras écartés comme une marionnette. Ils vous appâtent en vous laissant croire que vous êtes sur le point de gagner, pour vous obliger à aller acheter tout le magasin dans l'espoir de récupérer le numéro qui vous manque ! »

Ce soir-là, nous avions fait la tournée de tous les Red Owl de la ville. Nous avions déchargé de la voiture sept ou huit sacs bourrés à craquer de provisions. Ma mère hocha la tête, d'accord avec Ted. Elle poussa un soupir lorsque nous eûmes transporté nos emplettes à la cuisine, où s'empilaient encore les achats de la veille. On ne savait plus où les mettre.

« Il n'a pas tort, tu sais, me chuchota-t-elle un peu plus tard, assise au bord de mon lit. C'est sûr, que leur jeu est truqué. S'ils laissaient les gens gagner, ils seraient bien obligés de les payer. Mais de cette façon, ils les obligent à revenir et à acheter sans cesse de nouveaux trucs. Je suis sûre qu'il n'y a pas un seul E dans tout Bay City. Mais je viens d'avoir une idée. Demain, je téléphonerai à mon boulot pour leur dire que je suis malade et nous irons dans la région de Door County. Il y a d'autres succursales de Red Owl par là-bas.

— D'accord », dis-je.

Je la dévisageai avec reconnaissance. Son idée était tout simplement géniale. Je me recouchai tout excitée.

Nous ne parlâmes pas de notre plan à Ted. Nous voulions lui faire la surprise et revenir le soir avec la carte enfin complète. Et qui serait bien surpris ? Monsieur je-sais-tout... Nous nous mîmes en route aussitôt après son départ, le lendemain matin. Je m'étais cachée sous le tableau de bord, en attendant que nous ayons quitté le quartier. Les autres enfants étaient en train de se rendre à l'école et je ne tenais pas à ce qu'ils me voient. Sachant que je ne serais pas là de la journée, j'avais la chair de poule.

Je me redressai lorsque nous fûmes sur l'autoroute. Nous

roulâmes pendant une soixantaine de kilomètres, avant de commencer à nous arrêter dans toutes les petites villes que nous traversions, pour demander aux gens où se trouvait le Red Owl du coin. Nous passâmes à Penfield, à Egg Harbor, à Fish Creek, à Kiwaunee, à Sturgeon Bay… Chaque fois, nous n'achetions que deux ou trois bricoles, des chewing-gums, des cure-dents, des lames de rasoir, des savonnettes ou des boîtes d'allumettes… Nous retournions plusieurs fois de suite dans le même magasin, en passant chacune à des caisses différentes.

« Qu'est-ce que je dois leur dire, s'ils s'aperçoivent de notre manège ? demandai-je à ma mère.

— Tu n'as qu'à prétendre que tu avais oublié quelque chose. Tu t'en es souvenue à peine arrivée à la voiture et tu es aussitôt revenue. »

Dans une petite bourgade du nom de Malta, nous tombâmes enfin sur notre premier E. Ce n'était pas le bon, le chiffre ne correspondait pas, mais enfin c'était déjà quelque chose. Nous fîmes la tournée de tous les Red Owl de la ville, dans l'espoir de dénicher le numéro que nous cherchions, le fameux E 56614. Nous choisissions nos achats avec une maniaquerie qui frisait la superstition, comme si le fait de se décider pour un rouleau de papier d'aluminium plutôt que pour une boîte de flocons d'avoine devait avoir une répercussion décisive sur le reste de notre existence.

Au bout d'un moment, ma mère regarda dans son porte-monnaie et poussa un soupir.

« Nous allons être à court d'argent », chuchota-t-elle.

Nous passâmes un temps fou à choisir nos dernières emplettes. Lorsque nous en eûmes enfin terminé, je les serrai contre moi, convaincue qu'elles étaient chargées d'un pouvoir absolument magique. Ma mère s'était décidée pour un sachet de pastilles à l'anis, moi pour une boîte de soixante-quatre crayons de couleur.

« Tu crois vraiment que tu vas tous les utiliser ? », soupira ma mère. Mais elle m'autorisa finalement à les acheter.

Nous nous retrouvâmes à la sortie, après être passées à des caisses différentes. Au bout de cette tournée à Malta, nous avions récolté un nouveau E, mais ce n'était toujours pas le bon. Ma mère craqua. Nous retournâmes dans le magasin, mais cette fois-ci nous fîmes la queue à la même caisse.

« Écoutez, dit ma mère à la vendeuse lorsque notre tour arriva. Vous n'allez pas me croire, mais il nous manque un E. Le E n° 56614, très exactement. Si nous l'avions, nous n'aurions plus qu'à trouver le C pour que notre série soit complète. Est-ce que vous pourriez regarder dans votre stock pour voir si vous l'auriez, par hasard ? Nous avons déjà réuni trois bons timbres, il ne nous en manque plus que deux. Ma fille n'arrête pas de me casser les pieds avec cette histoire. »

Elle m'écrasa le pied, tout en parlant, pour que je n'aie pas l'air étonné. Je savais bien que nous avions déjà le C, et qu'elle mentait.

La caissière lui répondit qu'elle était navrée, mais qu'elle recevait les timbres en piles toutes faites, même si les numéros ne se suivaient pas, et qu'elle était obligée de nous donner ceux qui se trouvaient au sommet.

« Vous ne pouvez vraiment pas jeter un coup d'œil pour voir au moins si vous l'avez ?

— Non, madame.

— S'il vous plaît… Tenez, je suis même prête à vous donner dix dollars… »

Ma mère brandissait le billet, mais la caissière se contenta de secouer négativement la tête. Elle avait l'air ennuyé et ne quittait pas des yeux les clefs de sa caisse enregistreuse.

« Je suis désolée, madame, mais je n'ai pas le droit de faire ça », dit-elle.

Derrière nous, une femme agita son panier d'un geste agacé.

« Ça n'avance pas, dans cette rangée, maugréa-t-elle. Les clients sont déjà tous passés, à la caisse d'à côté. Le temps file et moi j'ai ma baby-sitter à payer… »

Ma mère rempocha son argent.

« Viens, Ann. Allons-nous-en.

— Ça fait trois dollars quatre-vingt-neuf, madame.

— Vous pouvez les garder, vos saloperies ! » lança ma mère en s'éloignant.

Elle était folle de rage, comme chaque fois qu'elle ne parvenait pas à convaincre quelqu'un de faire une entorse pour elle. Nous remontâmes dans la voiture et elle claqua la portière.

« Cette petite conne... " Non, m'dame, j' peux pas " », singea-t-elle.

Nous rentrâmes à la maison et allâmes toutes les deux faire un petit somme avant le dîner. Le soir, nous regardâmes la télévision en silence. Ted nous dévisageait depuis un bon moment.

« Eh bien, s'exclama-t-il, n'est-ce pas l'heure de votre petite virée nocturne ? A quoi allons-nous avoir droit aujourd'hui ? A un gâteau marbré ? Ou à un sac de charbon de bois, en prévision des barbecues de l'année prochaine ? »

Ted n'avait vraiment pas son pareil.

« Très drôle », dit ma mère sans quitter l'écran des yeux.

Ma mère était tombée amoureuse d'une voiture. Il s'agissait d'un véhicule d'occasion, mais qui avait très peu roulé et qui n'avait d'ailleurs qu'un an et demi. Elle m'avait dit que le propriétaire ne s'en servait qu'une fois par semaine, pour aller à l'église. Il l'avait mise en vente par l'intermédiaire d'un garage mais la gardait encore chez lui, rangée le long du trottoir.

Nous avions laissé tomber le concours et nous allions tous les soirs manger des glaces chez Dean. En rentrant, nous faisions un détour pour aller contempler la voiture. Chaque fois qu'elle en parlait, ma mère souriait en frissonnant imperceptiblement. La carrosserie était blanche, décorée de deux bandes latérales bleu marine, aussi fines que des traits de pinceau.

J'avais toujours envie de les caresser du doigt. Il s'agissait d'une Lincoln Continental, Mark III.

« Il n'y a pas au monde de voiture plus élégante, à l'heure actuelle », prétendait ma mère.

Nous nous garions quelques blocs plus bas et remontions la rue à pied pour la voir de plus près. C'était une voie privée, aussi évitions-nous de faire du bruit en marchant. D'épais buissons se dressaient de part et d'autre de la rue. Le quartier était paisible et respirait le luxe. L'odeur des roses embaumait l'atmosphère. En bordure de la route, on eût dit que les branches emmêlées des haies soulignaient l'obscurité du ciel. Le tableau de bord de la voiture était en bois verni et les sièges en cuir soigneusement cirés. Nous écarquillions les yeux, le visage collé à la vitre, pour essayer d'en distinguer davantage. Un jour, ma mère voulut ouvrir la portière et fut un peu prise de court en constatant que la poignée cédait sous sa main. Nous nous glissâmes à l'intérieur et restâmes ainsi durant quelques minutes, immobiles sur nos sièges. J'étais du côté du conducteur, les mains à plat sur le volant.

« Tu sens l'odeur du cuir ? » chuchota ma mère.

Nous passâmes doucement la main sur les sièges. Puis nous ressortîmes et repoussâmes silencieusement les portières, avant de faire simultanément demi-tour, pour regarder la maison qui se dressait un peu plus loin, en retrait. C'était une vieille demeure, d'une taille imposante. Tous les volets étaient fermés.

« Sa femme doit avoir la soixantaine, dit ma mère. Une dame distinguée, d'après ce que j'ai entendu dire, très distinguée. Lui est dentiste. Ta grand-mère devrait prendre exemple sur elle, s'habiller un peu mieux, faire partie d'un club... Mais elle préfère rester chez elle, dans ses habits d'un autre âge, à mijoter ses petits plats et à ratisser sa pelouse. (Elle poussa un soupir.) Ta grand-mère vit comme une sauvage, Ann. Et j'imagine qu'il en sera ainsi jusqu'à sa mort. »

Ce printemps-là, pas un soir ne se passa sans que nous allions voir la Lincoln. Durant la première semaine de juin, le temps se mit à tourner. Il faisait plutôt frais lorsque nous revenions de chez Dean, nos cornets de glace à la main. Une fois dans la voiture, ma mère allait devenir allumer le chauffage.

« Écoute, dit-elle un beau jour, il faut que nous prenions une décision. (Elle parlait d'un ton solennel avec plus de maturité et de douceur que d'habitude. Cette voix ressemblait déjà à ce que ma mère allait devenir plus tard.) Nous ne pouvons pas à la fois acheter cette Lincoln et partir en Californie. J'ai un peu d'argent de côté et je toucherai des indemnités lorsque je quitterai mon boulot, mais ça ne suffira pas. Il faut choisir : c'est soit l'un, soit l'autre. »

Nous contemplions le pare-brise, le regard vide de toute

expression, tout en léchant nos glaces. Ma mère s'était exprimée d'une voix douce, en s'excusant presque.

« Si nous optons pour la voiture, poursuivit-elle, nous aurons toujours la maison. N'oublie pas, ma chérie, que nous sommes ici au sommet de l'échelle sociale. En revanche, là-bas, nous risquons fort de nous retrouver parmi les plus déshérités. Je n'aurai pas les moyens de t'élever aussi bien que les autres gosses. Tu n'auras pas de père, pas de véritable famille. Réfléchis bien à tout ça, ma chérie, et songe à ce que tu veux vraiment. C'est à toi de décider. »

Cela faisait maintenant des années, me semblait-il, que nous avions décidé d'aller en Californie. Mais nous n'en avions jamais parlé aussi concrètement. Ç'avait toujours été une sorte de secret entre nous, un conte de fées que nous racontions avant de nous endormir. Ce soir-là nous restâmes assises dans la voiture à regarder s'estomper la lumière d'été dans le crépuscule naissant. Ma mère tenait son cornet de glace de la main gauche. De l'autre, elle mit le moteur en route et nous roulâmes lentement à travers Bay City. Je laissais pendre mon bras par la fenêtre. Le fond de l'air était humide à présent. Il me semblait que cela faisait des siècles que je portais les mêmes vêtements.

Un sort peut être conjuré par celui qui l'a jeté. Mais il y a des paroles qui, une fois prononcées, ne s'effacent plus. Je n'avais pas envie de partir, mais en même temps je ne voulais pas renoncer à la Californie. J'aurais aimé ne plus jamais bouger de mon siège — et que ma mère continue de rouler, encore et encore. Elle parlait toujours, d'une voix presque humble à présent, en évoquant la question des loyers, des différents systèmes scolaires ou de la vente éventuelle de notre maison.

« Dan Sklar pourrait s'en charger, j'en suis sûre, si je le lui demandais », dit-elle.

Mais si nous devions rester ici, il faudrait dire adieu à la Californie. Nous ne pourrions plus en parler entre nous, ni en rêver, les soirs où nous nous sentirions tristes. Nous aurions cessé d'y croire.

Toute ma vie, ma mère m'avait forcée à prendre des décisions, mais je n'avais jamais su choisir. Mon premier réflexe avait toujours été de chercher le moyen d'avoir tout à la fois. Je connaissais bien ma mère, je savais lire en elle et j'avais compris depuis longtemps comment m'y prendre. Je faisais mine de choisir ce qui ne lui plaisait pas à elle, et comme elle ne voulait jamais renoncer à ce qu'elle avait de toute façon déjà décidé, je gagnais généralement sur les deux tableaux.

Ma mère était dingue de cette voiture. J'étais convaincue qu'elle n'y aurait renoncé pour rien au monde, et qu'elle ne serait pas en paix tant qu'elle ne lui appartiendrait pas. Elle ralentit et se rangea le long du trottoir, devant la maison, juste derrière la Lincoln. Elle tourna vers moi et me regarda.

« Alors, Ann... Qu'as-tu décidé ? De quoi as-tu le plus envie ?

— D'aller en Californie, dis-je.

— Tu préfères ça à la Lincoln ?

— Oui, je crois.

— Il ne s'agit plus de croire. Il faut en être sûre.

— J'en suis sûre. »

Elle lâcha le volant et posa les mains sur ses genoux, puis froissa l'emballage du cornet de glace et le fourra dans le cendrier.

« Très bien », dit-elle.

Nous fixions toutes les deux les masses sombres des buissons à travers le pare-brise.

« Tu es sûre que tu t'en sortiras, pour la télé ?

— Oui », dis-je.

Mes mains étaient crispées sur le siège. Je bluffais. J'ignorais de quoi j'étais ou non capable. Comment aurais-je pu le savoir ? Je n'avais que douze ans.

« Très bien », répéta-t-elle, apparemment satisfaite.

Elle avait l'air soulagé. Elle remit le moteur en route, puis passa la marche arrière. Nous fîmes demi-tour.

« Parfait, continua-t-elle. Dans ce cas, c'est décidé. Nous allons donc partir. »

Nous étions toutes deux très graves. Nous poursuivîmes notre route sans échanger un seul mot. Je revoyais le visage de ma mère lorsqu'elle s'était tournée vers moi, en attendant ma réponse. Mais à présent, elle gardait les yeux fixés droit devant elle. Il paraissait déjà trop tard pour revenir sur notre décision. Nous arrivâmes enfin devant chez nous. La lumière brillait dans le garage du voisin, dont la porte était grande ouverte. L'aîné des garçons était penché sur le moteur d'une voiture au capot relevé. Il avait une lampe de poche à la main. Je pouvais parfaitement me représenter la vie à laquelle il était destiné, lui et tous ceux qui ne quitteraient jamais Bay City.

Nous sortîmes du Red Owl les bras chargés de provisions. Dehors, les voitures avaient déjà allumé leurs phares. Il pleuvinait, et les sacs en papier étaient trempés lorsque nous atteignîmes notre véhicule. J'avais la veste de collège de Benny sur le dos. Elle était en tissu matelassé et me tenait bien chaud, mais les manches étaient trop longues pour moi.

Ma mère poussa un soupir et s'immobilisa en regardant autour d'elle. Les sacs chargés de provisions étaient posés sur le toit de la voiture. Au bout d'un moment, elle se décida enfin à ouvrir le coffre. On ne contemple pas de la même façon qu'avant un endroit que l'on s'apprête à quitter. J'enfonçai les mains dans les poches de la veste de Benny.

« Tu sais, nous pouvons encore changer d'avis », dit ma mère en mettant le moteur en route.

Nous sortîmes du parking et rejoignîmes le flot de la circulation. Il était encore tôt, cinq heures de l'après-midi environ, mais le soir ne tarderait plus à tomber. Les pneus des voitures chuintaient sur l'asphalte mouillé. Devant nous, les gens conduisaient avec prudence et lenteur.

« Je sais », dis-je.

Ma mère bifurqua pour rejoindre l'autoroute et alluma ses phares. « J'ai vu, j'ai vu », dit-elle à mi-voix lorsqu'une voiture klaxonna derrière elle en voulant la doubler. Nous n'allions visiblement pas vers la maison, mais ça m'était égal. Je n'avais rien de particulier à faire. Nous avions commencé l'année à Bay City en sachant que nous la finirions ailleurs. Je me sentais bien, dans la veste de Benny. Nous franchîmes le pont. L'acier vibrait en dessous, je sentais la présence du vide et de l'eau à mes pieds. Nous nous trouvions maintenant à l'autre bout de la ville. Ma mère prit la direction du cimetière.

Il y avait toujours beaucoup de circulation. C'était l'heure où la plupart des gens rentraient chez eux, à la sortie de leur travail. Nous quittâmes la route pour passer sous une arcade en fer forgée, puis sous une voûte d'arbres. La voiture tressauta lorsque nous passâmes sur un petit sillon destiné à ralentir l'allure des véhicules. Le cimetière avait toujours l'air calme, et ce soir-là il n'y avait aucune autre voiture devant l'entrée. Des pompes à eau étaient installées tous les dix mètres le long des pelouses, pour que les gens puissent remplir leurs arrosoirs. La plupart des tombes étaient fleuries. L'herbe verte luisait sous la bruine.

Ma mère ralentit et se gara le plus près possible de la tombe de son père, qui était située un peu à l'écart, sur une petite butte isolée que dominait un couple de chênes. Le reste de la concession avait été acheté par la famille et lui était réservé.

La pierre tombale était formée d'une dalle de granit rose aux angles arrondis. Bien des années plus tôt, lorsque nous étions venus arroser les géraniums, Benny et moi, nous avions fait des glissades dessus. Mais aujourd'hui, je restai à côté de ma mère, dans la voiture, tandis que la pluie continuait de ruisseler sur les vitres. Elle éteignit le moteur mais laissa le chauffage allumé. Ses mains restèrent posées sur le volant.

« On sort ? » lui demandai-je.

Elle secoua lentement la tête et me fit signe que non. Sa mâchoire inférieure tremblait légèrement. Je me calai au fond de mon siège, en resserrant autour de moi les pans de la veste de Benny, et regardai par la fenêtre. La brume montait du sol et voilait la lueur des réverbères qui s'échelonnaient plus haut sur la colline, tout le long de la route. Autour de nous, les arbres noirs semblaient courbés sous le faix des années.

Finalement, ma mère ralluma ses phares et nous repartîmes le long du sentier sinueux. C'était la première fois que je venais au cimetière avec elle. Je me demandai s'il lui était déjà arrivé de s'y rendre seule.

Nous nous mîmes à retaper la maison. Nous repeignîmes en blanc le parquet de ma chambre, accrochâmes aux fenêtres des rideaux assortis au tissu fleuri de mon couvre-lit. Ted répara la cheminée. Ma mère parsema le living de corbeilles de fruits et de grands bouquets de fleurs coupées. La maison n'avait jamais été aussi belle et les gens auraient envie de l'acheter. Mais ça n'allait pas durer. Chaque fois que d'éventuels acheteurs venaient visiter les lieux, il fallait après leur passage astiquer à nouveau les planchers et repasser les couvre-lits flambant neufs, qui se fripaient dès que quelqu'un s'asseyait dessus. Et pourtant, les journées que nous passâmes à ranger la maison, à repeindre les murs ou à installer de nouvelles décorations comptèrent parmi les plus heureuses que nous partageâmes, Ted, ma mère et moi. Nous avions presque fini par avoir l'air d'une famille ordinaire.

Un jour, cet été-là, à la sortie du centre aéré, je me trouvais dans ma chambre. J'étais en tenue de sport et je laçais mes chaussures lorsque Ted frappa à la porte. Nous étions au milieu de l'après-midi et il n'avait pas l'habitude de rentrer aussi tôt.

Il s'assit à côté de moi sur le lit et demeura un bon moment silencieux. Je réalisai brusquement que durant toutes ces années passées ensemble, nous n'avions guère eu l'occasion de nous retrouver seuls tous les deux. Livrés à nous-mêmes, nous ne savions trop quoi nous dire.

Ted avait posé les mains sur ses genoux. Il les retourna et les contempla un instant.

« Ta mère va me quitter, dit-il enfin. J'imagine que tu es au courant. »

On attrapait vite le tournis à regarder trop longtemps les lattes du plancher, maintenant qu'elles étaient repeintes en blanc. Il faisait frais dans la pièce. Ma chambre donnait sur l'arrière de la maison, au fond du jardin.

« Ann... Sais-tu ce qu'est un homosexuel ? »

Ted me dévisagea longuement après avoir prononcé ces paroles. On aurait dit un instituteur guettant la réaction d'un élève après lui avoir posé une question.

« Eh bien, poursuivit-il, un homosexuel est quelqu'un qui préfère les hommes aux femmes. Ta mère prétend que je suis dans ce cas. Elle te le dira sûrement un jour, lorsque tu auras grandi. Mais je voulais que tu saches dès à présent que c'est absolument faux.

— D'accord, dis-je.

— Ce n'est pas pour cela qu'elle me quitte. »

Je n'osais pas le regarder en face.

« Alors, quelle est la raison ? murmurai-je.

— Quoi ?

— Pourquoi te quitte-t-elle, si ce n'est pas le vrai motif ? »

J'étais assise contre lui, les yeux rivés sur le plancher.

« Je l'ignore, Ann. Il faudra que tu poses la question à ta mère. Elle te l'expliquera peut-être un jour. »

Nous restâmes assis au bord de mon lit, en regardant le mur devant nous. Ted me prit soudain par la main.

« Je suis désolé que tu t'en ailles, Ann. Au bout de toutes ces années, je m'étais attaché à toi et j'avais fini par te considérer comme ma propre fille. »

Je réprimai le sourire qui me montait aux lèvres. Une bouffée de chaleur m'avait envahie, comme si Ted venait de me confier un secret important. Je n'avais pas envie de bouger, je me tenais immobile dans le petit carré de lumière que dessinait à travers la fenêtre un rayon de soleil.

« Tu vas me manquer », dit Ted.

Je contemplais toujours les lattes du plancher. Ted était orphelin. Ma mère m'avait dit qu'il ne connaissait pas l'identité de ses véritables parents, mais que tous les ans, à Noël, il envoyait une corbeille de fruits confits à sa famille adoptive, qui vivait dans l'État de New York. Il s'y prenait toujours à l'avance, pour être sûr que le paquet arrive à temps.

Le ciel avait viré à travers la fenêtre. Il était encore très bleu lorsque j'étais en train de lacer mes chaussures, mais à présent l'obscurité l'avait presque entièrement gagné. Je n'avais plus envie de sortir. Nous entendîmes soudain la voiture de ma mère s'engager dans l'allée. Peu après, la porte d'entrée claqua et Ted me lâcha la main.

Ma mère était au sous-sol avec Lolly. Les deux femmes riaient aux éclats. Elles s'étaient préparé un grand pichet de Bloody Mary, qu'elles avaient posé sur la machine à laver, et sortaient de leurs malles les vieilles affaires de ma mère, pour les trier et les empiler ensuite dans des cartons. Nous n'allions pas pouvoir emmener beaucoup de choses avec nous, dans la voiture. Ma mère lançait sur un tapis déplié à cet effet les objets dont elle ne savait pas trop quoi faire. Je m'étais assise au sommet de l'escalier, de manière à ce qu'elles ne puissent pas me voir.

« Il l'a quittée, il est revenu, puis il l'a encore quittée, et il est de nouveau revenu..., disait Lolly. Il savait bien que sans elle, il se serait retrouvé sur la paille.

— Tu veux dire qu'elle aurait obtenu la moitié de leurs biens si le divorce avait été prononcé ?

— La moitié ? Tu rigoles. Beaucoup plus ! Et même, c'est elle qui aurait récupéré la maison et les meubles — bref, absolument *tout* ce pour quoi il s'était échiné pendant des années, à bosser comme un damné. Entre nous, je trouve qu'il avait raison de ne pas vouloir tout lui laisser. »

Le soir même, je redescendis au sous-sol. Je tirai le cordon qui actionnait l'éclairage — une simple ampoule nue qui pendait du plafond — et me mis à fouiller dans les piles de cartons. Dans une caisse sur laquelle ma mère avait écrit : À EMPORTER, se trouvaient mes vieux patins à glace et une petite valise marquée aux initiales de mon père. La poignée était cassée, on l'avait remplacée par un collier pour chien glissé entre les deux gros anneaux métalliques. J'ouvris la valise et tombai sur une pile de cahiers d'exercices, qui dataient de ma première année d'école, au cours préparatoire. Des pages entières étaient couvertes de E, aussi bien minuscules que majuscules. Je découvris également un album de photos avec un bouton de rose pressé entre ses pages et la liste de ceux de mes camarades qui m'aimaient bien. Il y avait aussi un bracelet d'identification de l'hôpital Saint-Pierre-et-Paul, où ma mère avait accouché, et des photos de moi bébé, appuyée toute nue sur un ballon de plage. Je les feuilletai distraitement, avant de tomber soudain en arrêt devant une mince feuille de papier pelure, où je lus les lignes suivantes :

> Ann est une enfant tout à fait normale. Ses dents portent des traces blanches probablement dues à une fièvre infantile, qui interdisent tout plan rapproché sur son visage. Ses cheveux fournis et sa peau cuivrée témoignent d'une parfaite santé, et sa charpente osseuse devrait se développer harmonieusement. Toutefois, son visage a parfois une expression vide et impénétrable. Lorsqu'elle joue avec d'autres enfants, elle se montre souvent timide. Elle a tendance à rester dans son coin, l'air absent et mélancolique. A d'autres moments, elle devient brusquement agressive et difficile à calmer.

Le rapport était dactylographié. Il s'agissait d'un double sur papier blanc cassé, dont l'en-tête se détachait en lettres vertes. Ann Hatfield August, 2 ans ½. Glory Jones Agency, Park Avenue, Chicago. Je le lus et le relus plusieurs fois, comme si j'allais en apprendre davantage sur moi-même. Je ne me souvenais absolument de rien. J'ignorais même avoir été un jour à Chicago.

C'était une journée humide et ventée. Il ne pleuvait pas encore, mais cela n'allait plus tarder. J'avais traversé Three Corners et j'attendais à présent, sur le vieux trottoir lézardé, devant les grilles de l'école Saint Jean. Mary Griling m'avait donné rendez-vous à dix heures. J'ignorais comment elle allait s'y prendre pour s'échapper de la salle de classe, les cours ne se terminaient qu'à onze heures et quart. Elle allait sûrement prétendre qu'elle avait besoin d'aller aux toilettes. Personne n'aurait jamais soupçonné Mary de raconter des bobards.

Une lumière jaunâtre, presque crayeuse, brillait à travers les fenêtres qui se découpaient sur la vieille façade en brique de l'école. Sur la pelouse, les feuilles mortes étaient balayées par le vent. Depuis quelque temps, Mary collectionnait les billes. Les filles les plus populaires de sa classe étaient celles dont le père travaillait à l'usine de roulements à bille de Pulaco, au-dessus de la Fox River ; et qui apportaient à l'école de gros calots d'acier luisant. J'en possédais un. J'avais aussi un sac plein d'agates de toutes les couleurs.

J'étais toujours plantée sur le trottoir. Derrière moi les voitures défilaient. Je vis finalement apparaître Mary portant son uniforme, un chemisier, une blouse blanche, des chaussettes qui lui montaient jusqu'aux genoux, des sandales à lanières impeccablement cirées. Son col immaculé était soigneusement amidonné. Une broche en argent représentant un aigle sur fond de satin blanc était épinglée sur sa blouse, juste au-dessus de sa poitrine. Mary l'avait reçue lorsqu'elle avait été désignée comme étant la meilleure élève de sa classe. Elle repassait tous les soirs le petit ruban de satin, et n'oubliait jamais de l'épingler à nouveau sur sa blouse le matin.

Les feuilles balayées par le vent tournoyaient à nos pieds, tandis que nous parlions. Je lui donnai mes agates et mon calot ; elle les mit dans sa poche et garda la main dessus comme pour les maintenir. Nous battions la semelle sur le trottoir.

« Il vaut mieux que tu rentres, lui dis-je enfin.

— Oui.

— Tu te souviens de ces photos de toi que j'avais faites ?

— Mmm...

— Je m'en suis débarrassée, tu sais. J'ai été les brûler dans un champ.

— Très bien.

— Tu ne m'en veux pas, d'avoir fait ça ?

— Quelle importance ? dit-elle en haussant les épaules.

— Tu n'auras qu'à aller trouver Benny, si tu as besoin de quelque chose. Tu n'as pas peur de lui, au moins ?

— Moi ? Au contraire. J'aime beaucoup Benny. »

Je n'avais pas osé reparler des photos aux garçons qui m'avaient jadis servi de modèles. Mary était debout devant moi, et je posai mes mains sur ses épaules. Nous nous embrassâmes doucement. Je me souvenais avoir vu une fois mon cousin Hal embrasser ainsi ma mère : en approchant son visage du sien, il n'avait pas quitté ses lèvres des yeux, comme s'il avait eu peur de manquer son but.

« Nous n'aurons peut-être pas de maison, mais au moins, avec cette voiture, les gens verront bien que nous ne sommes pas les premiers venus », dit ma mère. Elle s'était finalement débrouillée pour acheter la Lincoln. « La plupart des gens là-bas vivent dans des appartements, aussi la voiture doit-elle revêtir une plus grande importance à leurs yeux. Nous ne pourrons pas nous offrir une maison individuelle, mais à la vue d'un tel engin, ils seront bien obligés de reconnaître que nous ne sortons pas du ruisseau. »

La voiture sentait l'encaustique lorsque nous nous glissâmes à l'intérieur. Le cuir des sièges épousait nos formes, et durant un bon moment nous n'arrêtâmes pas de gigoter et de nous trémousser pour trouver la meilleure position. Ma mère ouvrit son sac à main et en sortit une paire de gants flambant neufs. Elle les enfila lentement, l'un après l'autre, comme si elle accomplissait une sorte de rituel.

Le grand jour arriva enfin. Nous étions en plein été indien et les derniers préparatifs étaient terminés. Nous nous tenions devant la maison de Carriage Court, toutes les deux, légères, les mains libres. Les affaires étaient déjà dans la voiture. Ted était parti le matin de très bonne heure à la patinoire. La maison était vide. Nous l'avions astiquée de fond en comble, ciré tous les parquets, lavé toutes les vitres. La pelouse avait été tondue, et les meubles rendus à l'entreprise qui nous les avait loués. Une pancarte retenue par une chaîne était suspendue en travers de la grille. On pouvait y lire : « MAISON A VENDRE — AGENCE SKLAR. »

« Viens par ici, me dit ma mère, je veux te montrer quelque chose. »

Nous étions debout sur le trottoir, près de la voiture neuve qui brillait au soleil. J'avais peur que l'un des voisins ne sorte de chez lui et ne nous aperçoive. De l'autre côté de la rue, la porte du garage de la maison d'en face était relevée. La radio marchait à fond. L'aîné des garçons était penché sur un établi. Je n'avais pas envie qu'il nous adresse la parole, en nous posant des questions auxquelles nous aurions été obligées de répondre.

Ma mère souleva le couvercle d'une poubelle et me saisit par la peau du cou. De l'autre main, elle sortit de la poubelle une série de photos qu'elle me brandit sous le nez comme un jeu de cartes, tout en me secouant la nuque.

« J'ai trouvé ça en rangeant ton placard », me dit-elle.

Mary avait l'air intimidé sur les photos. Elle paraissait beaucoup plus jeune qu'aujourd'hui. Les garçons semblaient à la fois excités et effrayés. Ils fronçaient les sourcils et serraient les lèvres d'un air coupable, comme s'ils avaient été pris en faute. Ma mère baissa les yeux et m'observa pendant que je regardais les photos. Elle se remit à parler, mais d'une voix très douce, comme si elle avait peur.

« Ne refais jamais une chose pareille, Ann. Je parle sérieusement. C'est totalement illégal. Si jamais les parents de ces gamins avaient été au courant de l'affaire, ils auraient pu te traîner en justice et te faire mettre en prison. »

La poubelle avait elle aussi été nettoyée et brillait comme un sou neuf au bord de la pelouse. Sous l'effet d'une brise légère, les brins d'herbe s'agitaient mollement autour d'elle.

« Pourquoi ? demandai-je.

— Parce que, répondit ma mère en hochant la tête. C'est comme ça. Tu peux me faire confiance. Je te jure que si par malheur ils apprenaient ça, ils ne s'en priveraient pas. Alors je t'en prie, ma chérie, ne recommence plus jamais une chose pareille. Tu risquerais vraiment d'avoir de gros, gros ennuis. »

Elle déchira toutes les photographies. Celles-ci avaient jauni, on aurait dit qu'elles dataient d'un autre siècle. Mary avait l'air si jeune, si fragile à l'époque...

« N'en parlons plus, dit doucement ma mère en jetant les débris dans la poubelle ; puis elle se ravisa et se pencha pour les récupérer.

En fait, mieux vaut ne pas les laisser traîner là. On ne sait jamais, quelqu'un pourrait tomber dessus. Nous les jetterons quelque part sur notre route, une fois que nous serons parties. »

Elle ouvrit son sac à main et y glissa les morceaux de photos. Puis nous rejoignîmes la voiture. Ma mère se retourna et fit une grimace.

« Tu sais, au fond, tu n'avais pas tort. Cette maison est hideuse. C'est vrai qu'elle ressemble à un carton à chaussures. »

Je fis volte-face à mon tour et jetai un dernier regard à la maison. Pour moi, elle avait cessé de ressembler à un carton à chaussures.

Nous montâmes dans la voiture. Le cuir dégageait une odeur où le neuf se mêlait à l'ancien. Ma mère conduisait d'un air tendu. Elle n'avait pas encore parlé de la Lincoln au reste de la famille, mais maintenant ils allaient bien être obligés de la voir. Lorsque nous quittâmes l'autoroute et nous engageâmes sur l'allée de gravier de Lime Kiln Road, de rares nuages blancs s'effilochaient dans le ciel bleu, où se découpaient par intermittence les lignes noires des poteaux télégraphiques. Le vert foncé des feuilles tranchait au sommet des arbres. Le bleu du ciel était plus profond qu'habituellement en été et des rafales de vent secouaient les branches, comme autant de bannières invisibles. La maison de ma grand-mère paraissait toujours aussi calme au bout de l'allée, derrière son étincelant rideau de feuillage. Au fond du jardin, des oiseaux s'étaient posés sur le toit de la cabane en tôle ondulée. Plus loin s'étendait le champ de maïs, aride et jaune. Derrière la vieille grange louée jadis par l'usine de produits laitiers, l'autoroute se profilait, immense et grise. Lorsque nous nous garâmes, ma grand-mère et ma tante Carol sortirent de la maison, suivies par le reste de la famille. Ils semblaient tous aimantés par la voiture. Carol et Jimmy la touchèrent à tour de rôle, en passant doucement la main sur la courbe des ailes.

Ma grand-mère ne dit rien. Elle se contenta d'esquisser un sourire, sans desserrer les lèvres, et en plissant les yeux comme lorsqu'elle était éblouie par un rayon de soleil.

« Qu'est-ce que c'est ? demanda Jimmy. Une Lincoln Continental ?

— Mark III », précisa ma mère.

Tout était bien rangé à l'intérieur de la voiture, non sans un certain souci esthétique. Le coffre était plein à craquer, mais il n'y avait qu'une valise sur le siège arrière, la plus belle que nous possédions, à côté d'une petite boîte rouge et de nos deux vestes d'été. Voilà ce que nous emportions pour tout bagage en Californie, à l'aube de notre nouvelle vie.

Hal n'était pas là. Il était déjà parti depuis quelque temps faire son service militaire au Texas, dans l'aviation. La veille de son départ, je m'étais assise sur ses genoux, en faisant semblant de tirer des coups de mitrailleuse dans le ciel. Puis j'avais promené mon regard sur le paysage alentour, par-delà les prés arides et assoiffés. Depuis notre plus tendre enfance, nous avions toujours aimé nous promener à travers champs, à la recherche de branches mortes pouvant nous servir de lance-pierres. Nous étions ravis lorsque nous en trouvions une qui avait la forme voulue. Nous avions entendu dire que cela portait bonheur.

A l'intérieur de la maison, la cuisine était inondée de soleil. Il était plus de onze heures du matin. Jimmy Measey avait déjà eu le temps de prendre son petit déjeuner chez Bob's Big Boy, au bord de l'autoroute, puis d'aller faire un tour au magasin où l'on vendait les adoucisseurs d'eau avant de revenir ici. Carol servit le café, tandis que ma grand-mère déposait sur la table une tarte à la rhubarbe encore toute chaude, qu'elle avait préparée le matin même. Jimmy s'assit sur un tabouret et se mit à tambouriner des doigts sur le bord de la table.

Cet été-là, comme nous devions bientôt partir, j'avais passé de longs après-midi à regarder ma grand-mère faire de la pâtisserie, en essayant de bien retenir la manière dont elle s'y prenait. D'abord, il fallait préparer la pâte le matin. Elle mélangeait ses ingrédients — beurre, farine et eau — à même la table, avant d'étendre la pâte le plus finement possible et de la laisser reposer. Puis elle triait, lavait et épluchait les fruits, découpait en morceaux les rhubarbes ou les pêches, égouttait les myrtilles, incorporait le sucre et la noix muscade aux blancs d'œufs battus en neige dans une coupe bleue. Lorsqu'elle y pensait, elle ajoutait aussi un soupçon de vanille. Elle versait ensuite le tout dans des moules carrés, au fond desquels elle avait préalablement étalé la pâte. Le parfum qui s'en dégageait avait la douceur un peu écœurante du lait. Elle rabattait ensuite la pâte autour des bords et l'égalisait, après s'être humecté les doigts. Cette dernière opération lui prenait beaucoup de temps. Elle mettait enfin le tout au four. Lorsqu'elle avait terminé, la fine nuée blanche des particules de farine en suspens dans l'air donnait une apparence un peu féerique à la pièce. J'avais attentivement suivi le moindre de ses gestes, en prenant même des notes de temps en temps.

« Est-ce que tu veux du lait ? »

Carol posa le verre devant mon assiette. Puis elle se dirigea vers la desserte, en s'essuyant les mains sur son tablier. On aurait dit qu'elle faisait tout pour éviter d'avoir à croiser le chemin d'autrui. Elle baissa les yeux et se mit à examiner les jointures de ses phalanges.

Carol allait avoir ma grand-mère pour elle toute seule, à présent. Ma mère la dévisagea d'un air méfiant, où je crus déceler un soupçon d'amertume, tout en mangeant lentement sa part de tarte à la rhubarbe. Elle levait sa fourchette et examinait chaque morceau avant de le porter à ses lèvres, comme s'il se fût agi d'un étrange prodige.

Carol, elle aussi, observait sa sœur, dont le visage avait toujours l'air aussi jeune. Comment se fait-il — avait l'air de penser Carol — que la peau d'Adele soit aussi lisse, alors qu'elle a largement dépassé l'âge où moi-même et toutes mes amies, nous allons chez les diététiciennes, nous nous faisons des masques et nous mettons de la crème contre les rides ? Comment Adele allait-elle se débrouiller ? Et qu'allions-nous donc faire en Californie ? Carol se demandait sans doute aussi où nous avions trouvé l'argent nécessaire à l'achat de cette voiture. (Elle devait apprendre par la suite, de la bouche même de l'ancienne propriétaire — la femme du dentiste, celle qui fréquentait les clubs — que les traites n'avaient jamais été honorées.)

Mais l'optimisme de ma mère devait être imprimé sur ses vêtements — et aussi sur les miens — comme une marque de fabrique. Carol baissa les yeux sur son propre corps en s'appuyant contre la desserte. Ses épaules se voûtèrent et elle parut soudain encore plus mal fagotée. Elle s'essuya le coin de la bouche avec une serviette, comme si elle avait mangé quelque chose de doux et d'huileux dont les miettes restaient, quoi qu'elle fasse, collées à son visage. Elle traversa la pièce. On entendait le bruit de ses cuisses qui frottaient l'une contre l'autre lorsqu'elle marchait. Elle semblait avoir hâte que nous nous en allions. Elle se déplaçait toujours comme si la moitié inférieure de son corps, à partir de la taille, lui était indifférente. Elle ne prêtait jamais la moindre attention à ses jambes. Sauf lorsqu'elle se trouvait en face de ma mère.

Mais il n'y en aurait plus pour longtemps, maintenant. Carol ferma les yeux et lorsqu'elle les rouvrit son regard se porta vers la fenêtre. Elle était capable d'attendre, elle le savait bien, elle avait dû se le répéter cent fois au fond d'elle-même. Elle avait toujours patienté, et elle patienterait encore, jusqu'à la fin de sa vie. Au beau milieu de la pelouse, la citerne brillait comme une jante neuve sous les rayons du soleil. Carol se rappelait peut-être le jour où nous avions tant bien que mal essayé de grimper au sommet du réservoir, Benny et moi. Nous portions encore des barboteuses et nous nous étions entièrement écorché les genoux. Le monde était si neuf alors. « C'est drôle, avait-elle dit, les enfants préfèrent toujours les choses les plus simples, comme l'eau. » Le réservoir, des objets dont ma mère et moi avions oublié jusqu'à l'existence par la suite, sur lesquels nos yeux ne s'arrêtaient plus jamais... Carol hocha la tête. Elle regrettait que je m'en aille, à cause de Benny. Tout au long de l'été, elle avait trouvé des tas de petits-beurres cachés derrière les radiateurs, lorsqu'elle faisait le ménage dans la chambre de son fils. Elle les avait laissés à leur place et ne lui en avait pas parlé.

Carol devait bien savoir qu'il en irait de même toute sa vie — que ce serait toujours à elle de changer les serviettes, de nettoyer les rideaux en été, les volets en automne, d'accomplir sans répit ni soutien toutes ces actions triviales, même si elle aurait parfois le recours de poser tendrement ses deux mains sur les épaules de Benny... A ceci près qu'aujourd'hui il n'était déjà plus un enfant, comme à l'époque où il lui glissait entre les mains pour courir se cacher sous la table ; elle devait maintenant se dresser sur la pointe des pieds pour arriver à son niveau. Et il n'avait pas fini de grandir.

Ma grand-mère n'était plus toute jeune, elle non plus. Un jour viendrait où elle ne serait plus en mesure de subvenir seule à ses besoins. Mais Carol serait là, fidèle, à ses côtés, pour prendre soin d'elle. Elle viendrait tous les matins lui préparer son café et lui demander ce qu'elle voulait faire aujourd'hui, sur le même ton uniforme et dépourvu d'intonation dont ma grand-mère avait toujours usé envers elle, et qu'elle avait depuis longtemps adopté lorsqu'elle s'adressait à ses propres enfants.

Oui, Carol s'occuperait de sa mère, elle viendrait faire sa toilette, changer ses draps, ouvrir les fenêtres pour aérer les pièces... Elle laverait les petits napperons sur lesquels reposaient les pots de violettes, au bord de la fenêtre, et les remettrait bien en place après les avoir soigneusement repassés. Ma mère avait beau dire, elle n'aurait jamais été capable de faire ce genre de choses.

Lorsque le ciel s'assombrissait, que le gris métallique des nuages envahissait l'azur, Carol se précipitait à l'arrière de la maison et traversait le jardin pour aller enlever de l'étendage les draps en train de sécher sur leur fil, tendu entre deux pins. Une à une, elle ôtait les épingles, les glissait dans sa poche et revenait vers la maison, les bras chargés de linge.

Nous nous étions occupées, ma mère et moi, du train-train quotidien, et avions rêvé de nous en occuper toujours, mais c'était bel et bien fini. Nous avions d'autres rêves à présent.

Où serions-nous lorsque ma grand-mère aurait vieilli ? Moi à l'université, et ma mère Dieu sait où... mais Carol, elle, serait là, à la maison. Nous le savions déjà ce jour-là. C'était d'une évidence aussi irréfutable qu'une démonstration mathématique. Carol avait déjà les hanches très enrobées, elle fréquentait tous les vendredis le même salon de coiffure que ma grand-mère, où la même employée lui faisait chaque semaine la même immuable mise en plis. Le visage de Carol s'était un peu empâté avec l'âge. Sa voix avait le ton affable, dévoué d'une bonne sœur. C'était seulement lorsqu'elle discutait avec ma mère que sa voix retrouvait un peu de mordant.

Ma mère savourait l'amertume du café qu'elle buvait à petites doses. Elle avait déjà englouti deux parts de tarte, et elle lorgnait encore sur le reste du gâteau qui trônait toujours au milieu de la table, dans son moule en aluminium. Lorsque ma mère était née, il y avait déjà une fille à la maison. Carol avait toujours été l'aînée.

Il était presque midi. Une brise légère agitait les minces rideaux aux fenêtres. Ma mère reposa sa tasse sur la soucoupe, qui trembla en émettant un petit bruit cristallin. Puis elle promena son regard autour d'elle. Des choses simples... Le recoin de la pièce. Le réfrigérateur. Le placard à balais. La cuisinière blanche. L'essoreuse. Le menton dans les mains, elle ferma un instant les yeux, en se disant peut-être que si Carol n'avait pas habité si près, dans la maison voisine, et si son mari à elle — l'Arabe, mon père — n'avait pas disparu Dieu sait où, comme une étoile filante dans le ciel, ce serait sans doute elle qui serait restée pour s'occuper de sa mère. Elle seule. Et le soir, la voûte noire du ciel piquetée de lumières se serait découpée, rassurante, dans l'embrasure des fenêtres, comme une broderie dans son cadre, sur le mur d'or de la nuit.

Elle rouvrit brusquement les yeux. Les objets métalliques qui l'environnaient — le robinet de l'évier, les tringles des rideaux, les anses des tasses, la boîte à pain — brillaient de tout leur éclat. Un jour, tout cela appartiendrait à Carol... Et même si ma mère l'avait voulu de toutes ses forces, qu'elle eût tous les soirs fait un vœu à l'apparition de la première étoile dans le ciel, elle n'aurait jamais pu faire en sorte qu'il en soit autrement, jamais.

La contre-porte claqua et Benny apparut. Il s'avança en traînant les pieds, les bras ballants, un vague sourire aux lèvres. Il portait des lunettes à présent, à fine monture dorée. Il était embarrassé parce qu'il avait un cadeau pour moi. Il suffisait que Benny soit là, filiforme et dégingandé au beau milieu de la pièce, pour qu'aussitôt Carol se détende. A ses yeux, la présence de son fils justifiait à elle seule la marche de l'univers.

Je saisis le cadeau qu'il me tendait. Il n'avait même pas eu le temps de l'emballer. Il venait d'y mettre la dernière main, enfermé dans le garage. Il s'agissait d'une petite boîte en métal. Une charnière actionnait le couvercle et l'intérieur était tapissé de satin bleu. Je ne parvenais plus à en détacher les yeux, tant l'objet était splendide.

« C'est un coffret à bijoux, me dit-il.

— Il l'a entièrement fabriqué lui-même », ajouta Carol.

Nous quittâmes la pièce, Benny et moi, et courûmes jusqu'aux bosquets de lilas et de bouleaux qui s'étendaient derrière le garage. Nous étions trop grands pour jouer, maintenant. Nous restâmes simplement debout, les bras ballants, à donner des coups de pied dans les mottes de terre. Nos parents étaient sortis à leur tour et marchaient lentement vers la voiture. Nous entendions Handy aboyer sur leurs talons.

« Allons, allons... Un peu de silence... », lui disait ma grand-mère.

Je l'imaginais en train de se pencher pour lui flatter l'échine. Il fallait qu'il se calme. Il allait rester ici pour toujours ; nous, dans quelques minutes, nous serions parties.

Ils ne pouvaient pas nous voir de là-bas. Nous étions derrière le garage, au milieu des buissons, seuls à partager notre secret, pour un bref et dernier instant. Le vent soufflait fort ce jour-là, et il donnait envie de bouger. Je me dis qu'après notre départ, Benny allait sûrement se mettre à courir. Le ciel était dégagé mais au fond de notre cachette, l'air semblait très ancien. La mangeoire des oiseaux était vide. Chaque chose était à sa place.

Soudain, nous entendîmes nos mères nous appeler.

« Benny !

— Ann ! Ann ! »

Elles criaient fort, comme si nous avions été beaucoup plus loin, et l'écho de leurs voix se répercutait à travers les branches des arbres. Elles devaient se servir de leurs mains en guise de porte-voix. Nous nous dévisageâmes intensément. Nous avions peur, tout d'un coup. Nous avions encore une minute devant nous, avant qu'elles ne se lancent à notre recherche.

Puis tout devint noir devant moi. Benny me serrait dans ses bras et nous tournoyions sur place, étourdis. Benny était toujours comme ça. Lorsqu'il vous étreignait, il se pendait à vous comme s'il s'agissait d'une question de vie ou de mort — qu'il risquait de tomber, d'échapper à l'attraction terrestre et de glisser dans un vide infini. Il vous enfonçait ses ongles dans la chair et finissait par vous communiquer son propre vertige.

Nous nous écroulâmes dans l'herbe avant de nous séparer. Je le regardai encore une seconde puis je courus rejoindre ma mère.

« Ah… Tu es là », me dit-elle.

La famille était rassemblée autour de la voiture, on aurait dit qu'ils étaient en train de poser pour une photographie, dans leurs vêtements bleu et blanc. La brise soulevait légèrement les robes des femmes. Puis je m'aperçus que ma grand-mère pleurait. Les larmes coulaient lentement derrière ses lunettes et ruisselaient sur son visage comme des gouttes d'eau sur la peau d'une pêche. Ma bicyclette était appuyée contre la porte du garage. J'avais dit à Benny de la donner aux Griling.

Nous restâmes un moment devant la voiture. Les portières étaient ouvertes, le vent soufflait au loin avec un bruit faible, permanent. Ma grand-mère se rapprocha. Les autres étaient en arrière, un peu en retrait, comme des boules de croquet de toutes les couleurs éparpillées sur l'herbe.

Ma grand-mère, ma mère et moi portions toutes les trois des chaussures blanches.

« Tiens, dit-elle en tendant à ma mère une enveloppe bleue. Ce n'est pas grand-chose. Achète-toi un poste de télévision portatif avec ça, une fois que vous serez arrivées. »

Elle rappela son chien en se tapotant la cuisse à travers l'étoffe de sa robe, pour qu'il s'éloigne de notre voiture. Les vitres étaient ouvertes, les pneus crissèrent sur le gravier blanc lorsque le véhicule démarra.

« N'oublie pas… », l'entendis-je encore dire, puis le vent se mit à souffler plus fort dans le ciel indifférent, Benny partit en courant à l'autre bout de la pelouse, ce fut la dernière image que je pus entrevoir, nous étions déjà sur la route.

DEUXIÈME PARTIE

LILLIAN

CHAPITRE 4

AU FIL DU SIÈCLE

Ma mère avait sept sœurs, qui habitaient toutes autour de chez nous, à Malgoma. Je me souviens encore parfaitement de leurs noms, en les énumérant sur mes doigts : Hattie, Clara, Ruth, Irene, Alma, Ellie et Jen. Ma mère s'appelait Oda et elle figurait juste au milieu de la liste. Toutes mes tantes étaient mariées, à l'exception de Ruth, qui habitait encore la demeure familiale, en compagnie de son père. Une fois par semaine, je me rendais à tour de rôle chez chacune d'entre elles, pour préparer de la pâte à tarte. On avait déclaré une fois pour toutes dans la famille que j'avais un don dans ce domaine. Mes tantes disaient qu'on avait ce don en naissant, que c'était comme pour le jardinage, et Dieu sait qu'il en fallait pour cultiver la terre ici, au bord de l'eau, alors que l'air changeait tout le temps. Leur mère avait eu ce don, ainsi que Hattie, mais Hattie avait de l'arthrite à présent. Je n'utilisais jamais de recette. Je me contentais de mélanger l'eau, la farine, le sucre et le beurre, en ajoutant parfois une pincée de noix muscade. Comme je devais faire la tournée de leurs maisons, cela me prenait généralement toute la matinée du samedi. Pendant que je préparais la pâte, mes tantes restaient à côté de moi et me faisaient la conversation, tout en cousant ou en triant le linge. A l'époque, les tâches ménagères étaient beaucoup plus prenantes qu'aujourd'hui. Et il fallait tout faire à la main.

J'étais chargée de porter d'une maison à l'autre les messages qu'elles n'arrêtaient pas de s'échanger, griffonnés sur des bouts de papier, à propos de petits riens — des cancans, des recettes, ce que telle d'entre elles comptait préparer pour le repas du soir... Si l'une de mes tantes venait de renverser de l'huile ou de la confiture sur un vêtement, elle demandait aussitôt à ses sœurs quel était, à leur avis, le meilleur moyen de faire disparaître la tache. Elles étaient très différentes les unes des autres, mais elles s'entendaient à merveille. C'est une chose qui est devenue plutôt rare de nos jours, des sœurs qui sont proches les unes des autres. La plus jolie était Alma, qui n'était pourtant pas la plus jeune. On aurait dit une vraie poupée. C'était depuis toujours la préférée de son père. Les autres ne l'ignoraient pas et l'enviaient un peu, surtout Ruth, qui passait son temps à s'occuper de lui, à briquer la maison et à préparer ses repas. Mais elles n'en tenaient pas rigueur à Alma, bien au contraire. Elles étaient toujours pleines d'attentions pour elle.

Je me souviens qu'elles adoraient la coiffer. Alma s'asseyait et les laissait s'agiter. Elle aimait qu'on la touche. Parfois, lorsque j'étais là, elle tendait le bras vers moi et me demandait de lui faire des chatouilles. Mais elle avait eu son lot de soucis, elle aussi. Elle avait épousé un pianiste de bastringue, qui était presque toujours absent, à cause de ses tournées. Au début, il faisait partie de l'orchestre de John Johnson, avant d'entrer dans celui de Hans Hansen. A la fin de sa vie, la pauvre Alma avait perdu tous ses cheveux. Longtemps après sa mort, j'allais régulièrement à l'hospice, rendre visite à son mari. Il conservait religieusement deux photographies, l'une qui le représentait au milieu de son orchestre, et l'autre de sa femme, à l'époque où elle avait encore sa longue et belle chevelure. Les pensionnaires n'avaient pas le droit d'apporter leurs affaires, dans cet hospice, et le médecin avait prescrit à Franck deux rasades de whisky par jour, c'était encore le traitement qui lui réussissait le mieux. Il avait plus de quatre-vingts ans à l'époque, mais il était très bien conservé. Les dames l'adoraient et voulaient toujours le convaincre de leur jouer un morceau. Mais Franck était un solitaire. « Qu'est-ce que j'en ai à fiche, de ces vieilles dondons ? » marmonnait-il. Il me racontait toujours les mêmes histoires, chaque fois que j'allais le voir. Il avait trimbalé ces deux photos avec lui toute sa vie durant et les avait tellement manipulées que les bords étaient déchiquetés comme de la pâte à tarte.

Chacune de mes tantes avait aménagé sa cuisine à sa manière. A force d'aller chez elles, j'en connaissais les moindres recoins par cœur. C'était comme si j'avais eu huit maisons différentes. Je savais où se nichaient les passoires, où était planquée la réserve d'eau-de-vie. Notre maison était la plus petite de toutes. Nous n'étions que quatre, mon père, ma mère, mon frère Milton et moi. Mon père était soudeur et travaillait beaucoup. Lorsqu'il était à la maison, il ne disait pas grand-chose. C'était ma mère qui portait la culotte. A dire la vérité, je crois qu'elle n'était pas particulièrement fière de lui. Elle aurait sûrement préféré qu'il ait une meilleure situation. Et je sais qu'elle aurait voulu avoir d'autres enfants. Elle jouait très bien du piano et passait des heures à broder ses draps et ses taies d'oreiller. Elle confectionnait elle-même tous ses napperons. Elle devait estimer qu'elle aurait fait une parfaite épouse pour un médecin ou un banquier. Mais elle n'avait que nous. Elle s'occupait beaucoup de Milton. C'était son préféré, elle n'arrêtait pas de le gâter. Il faut dire qu'il était très mignon, surtout pour un garçon. Il avait des cils immensément longs et de fins cheveux blonds, tout bouclés. Les miens, au contraire, étaient raides comme des baguettes de tambour. C'est seulement par la suite que j'ai appris à les tresser, pour les assouplir. Cela fait si longtemps que j'ai pris cette habitude qu'ils frisent presque naturellement aujourd'hui. Même si je le voulais, je serais incapable de leur redonner l'aspect qu'ils avaient autrefois.

L'endroit où j'ai grandi se trouve à quatre-vingts kilomètres d'ici. De nos jours, on a l'impression que c'est à côté, mais à l'époque, il y avait une dizaine de villages et de bourgades entre les deux communes. Plus aucun d'eux n'existe aujourd'hui. Il s'agissait en fait de simples relais de poste, avec un magasin, un hôtel et quelques maisons. Un jour, un incendie se déclara dans l'usine de conserves située entre Pulaco et Suaminee et ravagea toute la contrée. Les gens durent quitter la région pour aller chercher du travail ailleurs. Quelques fermes subsistent encore dans les environs, mais elles sont pour la plupart à l'abandon.

Notre famille était relativement réduite pour l'époque, les gens avaient généralement beaucoup plus d'enfants. J'aurais bien aimé avoir une sœur. Pendant un certain temps, il y eut une autre gamine à la maison. Un jour, en automne, j'étais en train de cueillir le long de la voie ferrée des branches de saules, pour décorer la table. Il devait être cinq heures du soir, c'était juste avant le dîner. J'aperçus tout à coup une petite fille qui marchait sur le remblai. Un chat noir la suivait. Peu de temps après, un orage éclata et la pluie se mit à tomber par rafales. Je fis demi-tour pour regagner la maison, mais en jetant un coup d'œil en arrière je vis que la fillette était toujours là, immobile en beau milieu des rails. Je l'appelai, et lui demandai si elle voulait venir s'abriter à la maison. Comme elle ne me répondait pas, je m'approchai d'elle et la pris par la main. Elle me suivit et nous nous mîmes à courir. Je tenais mes branches de saules serrées contre moi et elle avait enveloppé son chat dans les plis de sa robe.

Il nous fallut un moment pour comprendre qu'elle était muette. En pleine lumière, elle nous parut d'une saleté repoussante. Ses bras et son visage étaient noirs de crasse et maculés de charbon. Sous l'éclat de la lampe, son épaisse chevelure emmêlée prenait des reflets bleus et verts. Je me souviens de ce détail, car nous l'avions emmenée à la salle de bains et plongée jusqu'au cou dans notre grande bassine, afin de mieux la décrasser. Milton faisait le va-et-vient pour rapporter les casseroles d'eau que nous avions mises à bouillir sur le poêle, tout en nous aidant à maintenir la fillette la tête renversée. Il est impossible de se représenter la quantité de poux qui s'échappèrent de sa chevelure, des colonies entières qui partaient dans l'eau.

« Quel âge as-tu ? lui criait ma mère. Écoute, fais-moi signe si tu comprends. »

La fillette regardait fixement devant elle. Elle avait l'air minuscule et pitoyable au fond de cette immense bassine. Nous finîmes par comprendre qu'elle ne savait pas parler. Elle était à peu près de la même taille que moi et devait avoir dans les sept ou huit ans. Nous n'avions pas la moindre idée de l'endroit d'où elle venait. Nous pensâmes que ses parents avaient dû l'abandonner, des travailleurs saisonniers peut-être, partis passer l'hiver dans le Sud. Lorsque nous en eûmes fini avec elle, elle était plutôt mignonne. Après l'avoir lavée et coiffée, nous l'avions habillée d'une de mes robes, nous occupant d'elle comme d'une poupée. J'avais essayé de garder son chat à l'extérieur, en utilisant une de mes bottes, mais elle avait l'air de tenir à ce qu'il reste avec elle. Nous lui versâmes du lait dans une soucoupe, sous la table de la cuisine.

Le lendemain, nous nous rendîmes au couvent voisin, ma mère et moi. Nous savions que l'une des religieuses s'occupait des enfants muets. Ils allaient tous ensemble à l'école, les muets et les aveugles de Malgoma. Je suppose qu'à l'époque, c'était une chance pour eux de pouvoir au moins y aller. Nous attendîmes dans l'entrée tandis qu'une novice allait chercher sœur Mary Bead. Nous lui avions apporté un clafoutis aux cerises. Nous n'allions jamais nulle part les mains vides. Nous parlâmes de la fillette à la religieuse et celle-ci nous dit qu'elle acceptait volontiers de la prendre dans sa classe. Il fallait maintenant que nous lui trouvions un prénom. Ma mère proposa Louise. Elle avait voulu m'appeler ainsi à ma naissance, mais mon père s'y était opposé, en prétendant que ce prénom faisait trop penser à celui d'une vieille fille. « Et en plus, ça me rappelle tes sœurs », avait-il ajouté. Je proposai que l'on nomme la fillette Penny, et ce choix fut finalement adopté. Je ne sais pas pourquoi, mais ce nom sonnait vraiment comme celui d'une sœur à mes oreilles.

Sœur Mary Bead donnait tous ses cours dans la même pièce. Un vieux poêle à charbon se trouvait dans un coin et un bonnet d'âne était posé sur son bureau. L'école que je fréquentais avait trois salles de classe différentes, ce qui n'était pas rien pour l'époque. Tous les enfants n'étaient pas scolarisés à ce moment-là. Les paysans préféraient souvent garder leurs gamins avec eux, pour qu'ils leur donnent un coup de main à la ferme. Et s'ils habitaient trop à l'écart des agglomérations, ils restaient tout bonnement à la maison, point final. Mais l'ambiance était agréable dans les écoles.

Les gamins les plus âgés aidaient leurs cadets. Mon frère Milton a fait toute sa scolarité dans la même classe que moi.

Lorsque nous rentrions à la maison, à midi, nous passions chercher Penny. Il nous arrivait de rester dans le couloir, en regardant à travers la porte vitrée comment les choses se passaient. Tout se déroulait plus lentement, et dans une ambiance beaucoup moins bruyante que dans notre école. Sœur Mary Bead brandissait un objet quelconque en le montrant aux élèves — ils étaient à peine quatre ou cinq — pour que ceux-ci épellent son nom. Il s'agissait toujours de choses très courantes, un crayon, ou une feuille de papier. Les enfants émettaient des sons étranges en essayant d'articuler les syllabes. J'imagine que ce doit être un peu bizarre d'apprendre à prononcer les mots lorsqu'on ne les a jamais entendus.

Je me rendis seule là-bas un jour de décembre. Il y avait une tempête de neige et ma mère avait dit à Milton de rester à la maison. J'avais les pieds gelés et tout en marchant je me récitais un poème en essayant de ne plus penser au froid. « La pluie fine / Dont les gouttes / S'acheminent / Sur la voûte / De l'abri... » Qu'est-ce que nous pouvions apprendre comme poèmes, à l'école ! J'en connaissais une bonne cinquantaine par cœur. Lorsque j'arrivai dans la classe, sœur Mary Bead tenait à la main une orange, dont la petite sphère luisante se découpait sur le tableau et tranchait singulièrement avec son costume brun et blanc. En ce temps-là, on ne trouvait pas comme ça des oranges à tout bout de champ, dans le premier supermarché venu. Il fallait attendre les fêtes de fin d'année, où on les faisait venir par train de Floride ou de Californie. Et même alors, ça restait un produit de luxe. Milton et moi en trouvions toujours une dans nos souliers, le matin de Noël, et c'était la seule à laquelle nous ayons droit de toute l'année. Mais Dieu qu'elles étaient bonnes ! Leur chair était plus foncée à l'époque, et sacrément juteuse. Elles étaient plus sucrées. Une fois nos cadeaux déballés, nous savions qu'il nous restait encore cette orange à déguster, comme un supplément magique, à la fin du repas de Noël.

Sœur Mary Bead resta un long moment devant son bureau, à

brandir son orange. Elle répéta plusieurs fois le mot, que les élèves articulaient en retour avec des bruits bizarres. Penny était assise à son pupitre, les mains jointes devant elle. Sa voix dominait celles des autres et je comprenais un peu mieux ce qu'elle essayait de dire, mais peut-être était-ce simplement dû au fait que j'étais habituée à l'entendre. La neige qui tombait derrière les vitres s'effilochait sur la grisaille du ciel. Le vieux poêle chuchotait dans son coin. Les enfants parlaient tous en même temps et leurs voix conjuguées ressemblaient aux premiers accords d'un chant maladroit, hésitant. Mais, peu à peu, les sons finirent par se fondre et s'unifier, à ressembler à un mot. Sœur Mary Bead sortit alors de son tiroir un couteau au manche nacré et se mit à éplucher lentement l'orange, qu'elle tenait de l'autre main entre le pouce et l'index ; l'écorce se déroula peu à peu, comme un ruban. Elle donna ensuite le fruit aux enfants, qui se le passèrent d'une table à l'autre, en prenant chacun un quartier. A la fin, il restait encore plus de la moitié de l'orange. Sœur Mary Bead me la tendit et j'en pris moi aussi quelques tranches.

Nous allions tous à l'église le dimanche. Et il s'agissait de se tenir tranquille, sinon mes tantes nous faisaient les gros yeux, n'hésitant pas le cas échéant à nous taper sur les doigts. J'avais l'impression d'avoir huit mères qui me regardaient de toute leur hauteur. Et avec ça, elles étaient toutes très grandes. Nous nous aperçûmes rapidement que Penny n'aimait pas l'église. Elle refusait obstinément d'aller à la messe. La première fois, ma mère l'avait obligée à nous accompagner, mais à peine l'office fut-il commencé qu'elle profita du moment où nous devions nous agenouiller pour filer à l'anglaise. Nous ne pouvions évidemment pas nous lancer à sa poursuite. Ce jour-là, elle ne rentra à la maison qu'après le dîner, toute crottée et couverte de bleus. Le dimanche suivant, il en alla de même, sauf qu'elle attendit le moment où ma mère allait communier pour s'éclipser. De retour à la maison, nous constatâmes la disparition de l'une des deux tartes aux myrtilles que j'avais préparées le matin même et que j'avais laissées refroidir à la cuisine, sur l'essoreuse.

Ultérieurement, nous découvrîmes qu'il manquait un certain

nombre de pots de confitures et de bocaux à la cave. Oncle Shaw, le mari d'Ellie, travaillait à la Compagnie ferroviaire des Grands Lacs et il nous fournissait pour presque rien en matériel de récupération — bocaux en verre ou pots en terre cuite pour l'essentiel, qu'il n'aurait certes pas pu revendre dans des magasins mais qui étaient encore parfaitement utilisables. Chaque automne, nous faisions nos propres conserves avec les produits du jardin. Nous ne nous aperçûmes pas immédiatement de ces disparitions, mais Penny devait visiter la cave tous les dimanches. Elle cessa complètement de venir à l'église, et sœur Mary Bead dit à ma mère de ne pas la forcer.

Son chat noir la suivait partout. A l'école, il dormait sous son bureau et le soir il venait s'étendre à ses pieds, sur son lit. Au début, nous lui avions trouvé un nom, Silk, mais je n'ai pas souvenir que quiconque s'en soit jamais servi. Puis un jour, au printemps suivant, le chat mordit Penny alors qu'elle se trouvait sur le perron de la maison. Il lui avait fait deux belles entailles, l'une sur le mollet, l'autre juste au-dessus du genou. Elle saignait abondamment et rentra en poussant des cris affreux, comme je ne lui avais jamais entendu en émettre auparavant. Milton demanda aussitôt où était passé le chat, en comprenant qu'il risquait de s'échapper. Les morsures n'étaient pas trop profondes. Nous désinfectâmes et pansâmes les plaies, et Penny se calma un peu une fois qu'on lui eût dit qu'elles cicatriseraient vite. Mais elle repiqua presque aussitôt une nouvelle crise en s'apercevant que son chat avait disparu. Impossible de la raisonner. Nous lui avions fait prendre un bain, mais elle n'arrêtait pas de sortir de la baignoire tandis que nous la frottions. Elle réussit finalement à nous glisser entre les doigts, à cause du savon dont elle était enduite. Du haut des marches, ma mère cria à Milton de l'attraper. Il réussit à la prendre alors qu'elle était toute nue sur la pelouse de devant, et il la ramena jusqu'en haut des marches malgré ses coups de pied.

Après avoir rédigé un message, ma mère m'envoya chercher le docteur. Nous n'avions pas le téléphone à l'époque. Le médecin était en fait Ross Smittie, le mari de ma tante Clara. Je pénétrai dans leur cuisine par la porte de derrière, comme j'avais l'habitude de le faire. Leur cuisine était la plus vaste de toutes ; ils avaient une nouvelle arrière-cuisine avec des carreaux noirs et blancs et des boiseries en forme de biscuits. Je racontai à Ross ce qui venait d'arriver. Il avait peur qu'il ne s'agisse d'un cas de rage et me suivit aussitôt à la maison. Il observa attentivement la jambe de Penny, et déclara qu'il était préférable de lui faire une série de piqûres contre la rage, pendant une quinzaine de jours, si jamais nous n'arrivions pas à remettre la main sur le chat.

C'était peut-être le fait d'avoir tenu Penny toute nue dans ses bras qui donna des idées à Milton. Ils étaient si dissemblables l'un et l'autre, lui si pâle et elle toute noiraude... Toujours est-il que les jours suivants, sitôt rentré de l'école, il battit sans relâche la campagne et les bois environnants à la recherche du chat. Si nous avions pu le retrouver, il aurait suffi de l'examiner pour voir si, oui ou non, il avait la rage. Mais au bout de trois jours, nous ne l'avions toujours pas trouvé et Penny dut subir ses premières piqûres. Le docteur venait chaque soir à la maison et remplissait sa seringue, debout contre la fenêtre. Je ne pouvais retenir un frisson en voyant le niveau du liquide jaune diminuer lentement dans le flacon. Et ces aiguilles étaient si longues... Penny était étendue sur mon lit. Le médecin lui palpait un moment l'abdomen, avant de lui enfoncer d'un coup sec l'aiguille dans le ventre. Penny ne bougeait jamais, ses jambes pendaient inertes de part et d'autre du lit comme si elle était morte. Pas une seule fois je ne l'entendis se plaindre.

Aussi incroyable que cela paraisse, Milton finit par retrouver le chat, deux jours après la fin des piqûres. Et c'est ainsi que nous découvrîmes le pot aux roses. Penny n'était pas orpheline, elle avait un père. Ce dernier vivait dans une vieille bicoque en ruine, près du dépôt de chemin de fer. Il avait tendu une bâche au-dessus des pans de murs écroulés et s'était fabriqué un petit brasero où il faisait cuire sa tambouille. Milton nous dit qu'il avait aperçu nos bocaux de conserve, vides mais soigneusement empilés dans un coin. L'homme semblait à peu près propre. Mais Milton ne lui avait pas parlé. A peine l'avait-il entrevu qu'il avait aussitôt fait demi-tour et était rentré à la maison en courant, sans même se soucier du chat. Il nous raconta qu'il avait été pris d'une terreur incontrôlée, car il n'avait jamais vu quelqu'un d'aussi laid.

Mon père se rendit le soir même sur les lieux, en compagnie du docteur et de trois ou quatre autres de mes oncles. Ils s'étaient munis de lanternes et Ross Smittie portait Penny à califourchon sur son dos. L'été était déjà là et il faisait très doux, même en soirée. Nous les attendîmes à la maison, ma mère, Milton et moi, en égrenant du maïs sur le perron.

Lorsqu'ils revinrent, ils avaient un véritable roman à nous raconter. Le père de Penny n'était ni sourd ni muet. Ils lui avaient expliqué qu'il fallait faire examiner le chat, car il se pouvait qu'il fût enragé. L'homme n'avait émis aucune objection à ce sujet. Il leur avait offert du café, dont mon père avait aussitôt reconnu l'emballage, car il provenait de chez nous. Le père de Penny leur avait expliqué qu'il venait de la région de Locknominee et qu'il appartenait à la tribu des Oneidas. Penny n'était qu'à moitié indienne, sa mère était morte depuis longtemps. Puis il leur montra ce qu'il appelait son laboratoire : il stockait là toute une collection d'aiguilles et de flacons, ainsi que de nombreux ouvrages. Ross Smittie n'en était pas revenu : l'homme leur révéla qu'il s'était opéré lui-même, afin de se refaire le visage. Dans sa tribu d'origine, tout le monde le fuyait, tellement on le trouvait laid. Même lorsqu'il n'était encore qu'un enfant, les gens évitaient de le regarder. Sa femme était une étrangère, qui s'était enfuie de l'orphelinat de Traverse City. Il avait vécu avec elle dans les bois, à l'écart de la tribu. Puis un beau jour elle était morte, des suites d'une poliomyélite. Deux enfants de la tribu avaient connu le même sort peu de temps après, et les Oneidas l'avaient tenu pour responsable de ces décès. Ils l'avaient chassé à coups de pierres en lui interdisant de remettre les pieds chez eux. Il avait emmené Penny avec lui. Ils avaient suivi une troupe de gitans jusque dans le Michigan. Au cours de l'été, ils avaient participé avec des travailleurs saisonniers à la récolte des cerises, puis ils étaient venus ici en empruntant clandestinement des trains de marchandises. Mais le plus étonnant, c'était d'imaginer que ce type avait réussi à s'introduire, de nuit, dans la bibliothèque publique — il ne s'y rendait pas le jour par crainte d'effrayer les gens —, afin de dévorer tous les traités de chirurgie esthétique qu'il put dénicher. Il voulait depuis longtemps se faire refaire le visage, afin qu'on cesse de le considérer comme un monstre. Il avait récupéré je ne sais où le matériel nécessaire, et en suivant les instructions des livres qu'il avait lus, il s'était opéré lui-même. J'imagine qu'il avait dû utiliser des miroirs pour voir ce qu'il faisait. Il déclara que cela lui avait pris des mois, presque un hiver entier. Il lui fallait attendre qu'un côté soit cicatrisé avant d'attaquer le suivant. Et il était parvenu à ses fins. Tu imagines d'ici les réactions que soulevèrent son histoire. Ross Smittie voulait convoquer les journaux et contacter ses collègues à travers tout l'État pour qu'ils viennent constater ce prodige par eux-mêmes. Il prétendait que c'était un vrai miracle que l'homme ne soit pas mort des suites de ses opérations. En l'examinant, il n'avait pas décelé la moindre trace d'infection. Son visage était couturé de cicatrices, mais elles étaient toutes parfaitement saines.

A la suite de ce remue-ménage, Penny et son père — ainsi que le chat — emménagèrent chez Clara. Sa maison était plus grande que la nôtre, et plus agréable aussi, je suppose. Il y eut un article sur le père de Penny dans le journal, accompagné de sa photo, et de nombreux médecins vinrent lui rendre visite. Mais l'affaire ne tarda pas à tourner court. A dire la vérité, malgré son opération, il avait toujours un visage repoussant, et ses multiples cicatrices ne l'arrangeaient guère. Les gens étaient visiblement terrifiés dès qu'ils l'apercevaient.

Avec tout ce tintouin, personne ne pensait plus au chat. Ma mère finit par prendre les choses en main. Elle alla le chercher un jour pour le faire examiner. Au bout du compte, il s'avéra qu'il n'avait pas la rage. Mais à l'époque, il fallait tuer les bêtes pour procéder à cet examen. On leur ouvrait le crâne, pour chercher la rage dans leur cervelle, je suppose. Puis on enfermait les restes de l'animal dans un gros cylindre métallique, qu'on allait ensuite enterrer dans un coin de la décharge municipale. Ce soir-là, nous restâmes assis un bon moment sur le perron de notre maison, en songeant à ce cercueil métallique et à notre chat à l'intérieur, flasque comme une serpillière.

Nous étions en plein été. C'était les vacances scolaires, et je ne voyais Penny que le samedi matin, lorsque je me rendais chez Clara pour préparer ma tarte hebdomadaire. Penny avait fini par apprendre un bon nombre de mots et elle était capable de lire sur les lèvres des gens. Lorsque vous lui parliez, elle tendait la main droite et la promenait doucement sur vos lèvres. Ses doigts dégageaient une curieuse odeur — un parfum d'abricot, si j'ai bonne mémoire. Milton, ma foi, passait presque tout son temps avec elle. Il était vraiment accroché. Clara se moquait de lui, elle racontait qu'il était toujours en train de courir après Penny et qu'il la coinçait parfois au fond du jardin en retroussant sa jupe pour voir sa culotte. Ce n'étaient que deux gosses, ils avaient huit ou neuf ans à l'époque, mais bon Dieu, cette histoire mettait vraiment ma mère en rage. Ce fut la seule fois durant toutes ces années où je la vis vraiment en rogne contre lui. Elle était souvent en colère contre moi, elle me trouvait maladroite et me reprochait de renverser tout ce qui se trouvait sur mon passage, mais, à ses yeux, Milton avait toujours été la perfection incarnée.

Un jour, excédée, elle l'allongea sur la table de la cuisine, le déculotta et lui infligea une véritable dégelée avec le fouet qui servait à battre les tapis. J'assistais à la scène. Milton hurlait — mon Dieu, qu'est-ce qu'il pouvait brailler ! Je crois qu'on l'entendait partout alentour. Un peu plus tard, alors qu'il boudait, enfermé dans sa chambre, elle se mit à préparer son gâteau préféré. L'odeur monta jusqu'à l'étage lorsqu'elle l'eut mis au four. J'étais allée retrouver Milton et m'étais assise au bord de son lit, essayant de le faire rire en donnant des coups sur ses rotules à travers les couvertures.

« Tu sens cette odeur ? lui dis-je. Elle veut déjà se réconcilier avec toi. Tu es bien son préféré. »

Cela lui arracha un sourire, comme s'il s'était retenu jusque-là pour garder son sérieux.

« C'est parce que je suis un garçon », dit-il.

Il était bien sûr ravi qu'il en soit ainsi, mais en même temps je crois qu'il se sentait un peu coupable envers moi. Il n'ignorait pas que c'était injuste.

« Je le sais bien », dis-je.

Nous restâmes assis en silence au bord du lit.

Il eut droit à son gâteau, mais ma mère lui défendit de recommencer à jouer avec Penny. Il le fit quand même, en douce. Ma mère ne les surprit jamais, du moins pas à ma connaissance. Je les aperçus un jour dans la grange des Swill. J'avais suivi Milton et m'étais allongée pour les observer derrière une fenêtre. Ils étaient si près que j'entendais tout ce qu'ils racontaient. Ils jouaient au docteur.

Penny était étendue sur une botte de foin. Milton avait retroussé la chemise de la fillette et baissé sa jupe jusqu'aux genoux. Il lui palpait l'estomac. Le ventre de Penny se creusait et se soulevait sous ses mains.

« La p'tite bête qui monte, qui monte, qui monte... guili-guili-guili — hou ! » chantonnait Milton.

En disant « Hou ! », il plantait son index dans le nombril de la fillette. Puis il recommençait. Ils ne faisaient rien d'autre, ne changèrent pas une seule fois de jeu. Je commençais à m'ennuyer ferme, vautrée dans les buissons, mais je craignais qu'ils ne m'entendent si je me relevais. J'avais hâte qu'ils en finissent pour partir à mon tour. Et pourtant, chaque fois que je jetais un coup d'œil à travers la fenêtre, ça me faisait un drôle d'effet de les voir ainsi côte à côte. J'aurais voulu être à la place de Penny, me laisser pétrir le ventre moi aussi, en m'abandonnant à la caresse de ces mains. Mais Milton me connaissait depuis toujours et ne m'avait jamais prêté beaucoup d'attention.

Cet automne-là, un cirque arriva en ville. Nous allâmes tous voir le spectacle. La tente aux rayures vertes et blanches avait été dressée dans un champ. Il faisait très chaud, nous étions en plein été indien. Dieu sait ce que nous avions pu manger ce soir-là, mais je fus malade au beau milieu de la représentation. Mon père m'accompagna à l'extérieur et je rendis tout mon repas dans l'herbe. Je revois encore les machinistes qui fumaient autour de la tente, l'éclat des étoiles dans le ciel, les braises rougeoyantes des cigarettes, la lueur des lucioles qui papillonnaient au ras du sol entre les cordes et les pieux.

Lorsque le cirque repartit, Penny et son père s'en allèrent aussi. Les deux frères qui dirigeaient la troupe les avaient embauchés. Le père de Penny partagea un petit stand avec la femme-la-plus-grosse-du-monde. Une bannière proclamait à l'entrée : « L'HOMME QUI A OPÉRÉ SON PROPRE VISAGE ! » C'était Ross Smittie qui avait rédigé le texte figurant sur le panneau de bois où un orifice avait été aménagé, pour que le « monstre » puisse y glisser la tête.

Nous nous étions levés tôt, Milton et moi, le jour où ils quittèrent la ville. La rosée recouvrait encore les prés lorsque nous prîmes la direction de la grange. Milton m'avait fait monter sur le guidon de sa bicyclette. Je crois bien que c'est la seule fois où nous avons été complices comme ça. Dans la grange, il avait trouvé une portée de chatons qui venaient de naître. Milton avait emporté un carton que nous garnîmes de paille avant d'y installer les chatons. Ce n'était que des petites boules de poils, on ne distinguait même pas leurs yeux. En équilibre sur le vélo, il me fallut encore tenir le carton contre moi lorsque nous rentrâmes à la maison, le long des sentiers défoncés.

Ma mère ne nous accompagna pas, elle nc voulait pas entendre parler de cette histoire ; pour elle — comme pour mes tantes — les gens du cirque n'étaient que des romanichels, de sales bohémiens qu'elle n'était pas fâchée de voir partir. Mais mon père nous emmena voir la parade qu'ils donnèrent avant leur départ. L'éléphant venait en tête, suivi des roulottes et des zèbres qui, d'après ma mère, n'étaient que de simples poneys peints de rayures noires. Nous aperçûmes Penny et son père, à l'arrière d'un chariot recouvert d'une bâche, et leur fîmes signe de la main. Milton courut pour les rattraper et donna à Penny le carton de chatons. Ils disparurent peu à peu à l'horizon et nous n'entendîmes plus jamais reparler d'eux.

Cette scène m'est restée en mémoire et je me suis souvent demandé si cette histoire avait influé sur le comportement de Milton par la suite. J'imagine qu'il l'aimait comme seuls les enfants savent le faire, et qu'ensuite elle avait brusquement disparu, partie pour nulle part, comme si elle n'avait jamais été là. C'était quelque chose qui arrivait souvent à cette époque et que l'on a du mal à se représenter à présent : des gens que vous connaissiez bien s'en allaient brusquement, ils s'évanouissaient du jour au lendemain de votre existence et on ne les revoyait plus jamais. C'était comme s'ils étaient morts. Pire, même, puisqu'on ne pouvait pas se rendre sur leur tombe.

Il était arrivé quelque chose d'autre à Milton, que j'ignorais à l'époque, et qui explique peut-être bien des choses. C'est ma mère qui a fini par me le raconter, au bout de plus de cinquante ans. Cela s'était passé lorsqu'il était encore très jeune, bien avant l'arrivée de Penny, un jour où ma mère était en train de faire des bocaux de pêches à la cuisine. Nous avions deux pêchers dans le jardin, qui donnaient des fruits splendides. Ma mère les conservait dans des pots, pour en faire de la confiture. Cela a dû se passer un samedi matin, et je devais être chez l'une de mes tantes, occupée à préparer une tarte. Quant à mon père, il était sûrement au travail. Notre cuisine était agréable, avec ses murs vert pâle et ses placards laqués de blanc. Une essoreuse également blanche se tenait contre la fenêtre, recouverte d'un napperon. La pièce donnait sur l'arrière du jardin et était toujours très ensoleillée. Ma mère était très fière de sa cuisine. Elle passait son temps à la nettoyer et à en astiquer tous les meubles, la cuisinière, l'évier, et jusqu'au moindre bouton de porte.

Toujours est-il que c'était l'été et qu'elle était en train de remplir ses bocaux, qui commençaient à s'aligner sur la desserte. Les pêches cuisaient dans une grande marmite blanche, sur le poêle. Milton était assis sur la table de la cuisine, balançant ses jambes dans le vide. Il venait de se planter une écharde dans le doigt en soulevant une caisse qu'il n'avait d'ailleurs pas le droit de toucher, et dans laquelle nous mettions nos bouteilles de lait sur le porche. Il était en culottes courtes et ne portait pas de chaussettes. Il aimait rester assis comme ça, en balançant les jambes. Ma mère lui ôta son écharde avec la pointe d'une épingle. Elle était experte en la matière. Elle réussissait à extirper celles qui étaient le plus profondément enfoncées sans que ça vous fasse mal plus d'une seconde.

Elle m'a raconté qu'elle ne savait plus comment les choses s'étaient passées, mais que brusquement le temps avait changé au-dehors. Jusque-là il avait plu et tout à coup le soleil s'était mis à briller, illuminant toute la pièce et faisant luire jusqu'aux gouttes d'eau en suspens sur les vitres. Elle avait relevé la tête et aperçu une toile d'araignée à l'extérieur, qu'un rayon de soleil traversait et qui renvoyait des reflets de toutes les couleurs. Milton avait toujours les yeux fermés. « Est-ce que ça va faire mal ? » s'inquiétait-il. Elle s'était mise à rire, parce que tout était déjà terminé, et elle lui montra l'écharde dans le creux de sa main.

« Je me sentais tellement heureuse, Lillian, tu ne peux pas t'imaginer... Je ne sais pas ce qui m'a prise... »

Elle m'expliqua qu'elle avait eu une sorte d'illumination, en réalisant le bonheur qu'elle ressentait à l'idée de se trouver là, toute seule, en compagnie de Milton. Je crois qu'elle s'était assise sur une chaise et l'avait pris sur ses genoux — ce qui était absolument contraire à ses habitudes. Elle me raconta qu'il se pendait à son cou et s'était mis à l'embrasser. Elle avait l'esprit ailleurs, elle devait penser à autre chose, à moins qu'elle n'ait tout simplement cessé de penser. Au bout de quelque temps, une minute peut-être, elle réalisa brusquement qu'elle avait fermé les yeux et qu'elle était en train d'embrasser Milton. C'est-à-dire, de l'embrasser comme un homme, à pleine bouche. Sa langue sentait la pêche, me dit-elle. « La mienne aussi, sans doute... » Mon frère se mit à lui mordiller le menton. Elle écarta son visage du sien et le repoussa sur son épaule, en frissonnant à l'idée de ce qu'elle venait de faire. Elle m'avoua même qu'en baissant les yeux, elle s'était aperçue que sa propre main était posée sur la braguette de son fils. Tout cela était absurde, irréel, insensé. Elle finit par soulever Milton et par le reposer par terre, puis elle s'approcha du poêle en claquant les mains — un geste qu'elle avait depuis toujours l'habitude de faire lorsqu'elle venait de terminer quelque chose et dont elle ne devait d'ailleurs jamais se défaire, même dans son grand âge.

Et rien ne se passa. La journée se poursuivit, personne ne sut rien. J'imagine qu'elle acheva de remplir ses bocaux. Plus tard, lorsqu'elle y repensa, cela ne lui sembla plus avoir beaucoup d'importance. Milton était sorti et avait joué dans le jardin le reste de l'après-midi, l'incident n'avait duré qu'une petite minute, perdue au milieu de tant d'autres... Il était si jeune alors, elle se dit qu'il ne s'en souviendrait probablement même pas. Et à cet âge, les enfants ne savent pas encore très bien distinguer entre ce qui est permis et ce qui ne l'est pas. Au bout de quelque temps, me raconta-t-elle, elle avait cessé de penser à cette histoire. Elle n'était même plus certaine que cela ait réellement eu lieu. Ou alors seulement durant quelques secondes...

Mais lorsqu'elle me raconta tout ça, beaucoup plus tard, elle m'avoua s'être souvent demandé par la suite si ce n'était pas l'une des raisons pour lesquelles Milton avait fini par quitter la maison. Au fond, elle l'ignorait, ce n'était pas grand-chose, un simple pressentiment. Qu'est-ce que j'en pensais ? Est-ce que j'estimais qu'un événement aussi infime, qui avait duré moins d'une minute, avait pu avoir de l'importance ?

« Mais non, maman, lui dis-je. (Nous étions assises chez moi, à la cuisine.) Ce n'est pas toi qui aurais pu changer Milton. Il avait toujours eu envie de partir. Il voulait voir le monde, comme il disait. Eh bien, j'imagine qu'il l'a vu, aujourd'hui. »

Ma réponse parut la soulager.

« Oui, tu as sûrement raison », acquiesça-t-elle.

Nous restâmes ensuite silencieuses. Nous étions en train de boire du thé lorsqu'elle s'était mise à me raconter cette histoire. Elle était déjà très vieille alors, elle avait dépassé les quatre-vingts ans. Mais j'avoue que pour ma part, il m'arrive encore de me poser la question : cet incident avait-il eu ou non de l'importance dans la décision de Milton ? Mon frère avait toujours adoré sa mère — il l'adorait, et pourtant il lui a fallu partir.

Art venait parfois donner un coup de main à mon père, pour l'entretien du jardin. C'est ainsi que je l'ai connu. Il habitait à l'autre bout de la ville, dans un quartier beaucoup plus pauvre que le nôtre. Il avait un an de plus que moi et ça me semblait énorme à l'époque. Un soir d'été, il était venu nous garder à la maison,

Milton et moi. Mon père et ma mère devaient aller à une garden-party que donnait ma tante Ruth. Ils s'étaient mis sur leur trente et un, et avaient apporté la tarte à la rhubarbe que j'avais préparée le matin même pour l'occasion — un gâteau gigantesque, recouvert d'une croûte toute dorée. La rhubarbe poussait partout le long de nos fossés. C'était comme de la mauvaise herbe. Quand nous étions petits, nous jouions souvent à cache-cache sous les feuilles, elles étaient si grandes que nous disparaissions entièrement dessous. En été, nous mangions les tiges, en les trempant simplement dans un bol de sucre avant de les croquer. Au bout d'un moment, le sucre finissait par devenir tout rouge.

Nous allâmes nous coucher tôt ce soir-là, bien avant la tombée de la nuit. J'entendais l'eau de la pompe tomber goutte à goutte sur le ciment, devant chez nous. Art pénétra soudain dans ma chambre, je ne sais plus pour quelle raison ; peut-être étais-je d'abord descendue pour lui demander un verre d'eau. Toujours est-il qu'il alla s'asseoir dans mon rocking-chair, en posant ses pieds nus sur les barres d'appui du fauteuil. Toutes mes paires de chaussures étaient soigneusement rangées devant la porte de l'armoire. Art se mit à me raconter une histoire. Je l'écoutais, fascinée. Je m'en souviens encore très bien aujourd'hui. Il s'agissait d'un vagabond et d'une bande de gamins qui avaient l'habitude de jouer ensemble dans les champs, le long d'une voie ferrée. Un beau jour, ils découvrirent une vieille malle, dont le coffre était divisé en trois compartiments. Ils ouvrirent le premier de ces compartiments, et découvrirent qu'il était plein de glace à la vanille. Les enfants mangèrent toute la glace, puis rentrèrent chez eux. Ils revinrent le lendemain et s'aperçurent que le compartiment était de nouveau rempli à ras bord de glace. Ils pouvaient en manger autant qu'ils voulaient, le niveau restait le même. C'était un coffre magique, dont le contenu ne s'épuisait jamais, quelque quantité qu'on en prélève.

Ils ouvrirent alors le deuxième compartiment, qui était rempli de bonbons de toutes sortes. Nous adorions ce passage. Les enfants se gavèrent de bonbons, mais le coffre était toujours aussi plein lorsqu'ils regagnèrent leur demeure. Le jour suivant, ils ouvrirent le troisième compartiment : ce dernier regorgeait de pièces d'or. Ils plongèrent en riant les mains dans ce trésor, bourrèrent leurs poches de pièces et rentrèrent chez eux en courant. Le vagabond attendit le coucher du soleil pour revenir sur les lieux, muni d'un grand sac, dans lequel il fourra le plus de pièces possible. Puis il mangea des bonbons et des glaces jusqu'à n'en plus pouvoir et sauta dans un train. Il avait noté sur son poignet le nom de la station afin de pouvoir aisément revenir, une fois sa provision épuisée. Il s'était intérieurement juré de ne jamais révéler son secret à personne, même s'il tombait amoureux et prenait femme. Mais il n'en eut guère le temps, car il mourut le soir même. Des voleurs qui s'étaient introduits dans son wagon le tuèrent pour le dévaliser. Ils lui dérobèrent son trésor et jetèrent son cadavre dans un sac qu'ils balancèrent le long de la voie ferrée.

De leur côté, les enfants avaient conclu un pacte : ils auraient tous désormais accès au coffre et pourraient emporter autant de pièces qu'ils voudraient, mais ils ne devraient jamais en souffler mot à personne. Ils tinrent parole et chacun d'eux venait régulièrement se remplir les poches. Leurs familles et leurs amis se demandaient bien d'où ils tiraient leur fortune. En fait, leurs parents se faisaient même un certain souci. Les gamins — ils étaient trois, une fille et deux garçons — avaient secrètement eu la même idée : ils avaient décidé d'avouer plus tard la vérité à leurs propres enfants, pour qu'à leur mort ceux-ci puissent à leur tour en profiter. Lorsqu'ils eurent grandi et se furent mariés, les deux hommes attendirent impatiemment la naissance de leur progéniture ; et la femme pria nuit et jour pour que le ciel lui accorde de mettre au monde un enfant, mais ce fut en vain. Ils moururent tous trois sans descendance, et sans avoir jamais révélé leur secret. Après leur mort, la sécheresse s'abattit sur la contrée et la ville où ils avaient vécu commença à dépérir, à s'appauvrir de jour en jour ; les gens ignoraient l'existence du coffre magique, qui resta à l'abandon dans son champ, plein à ras bord de glace à la vanille, de bonbons et de pièces d'or.

Dieu sait d'où Art tenait cette histoire. J'imagine que quelqu'un avait dû la lui raconter un jour. Mais pour ma part, elle me fit rêver. Je me représentais ce coffre abandonné au beau milieu d'un champ, un peu comme la grosse lessiveuse de ma mère au sous-sol, et cette image avait le don de susciter en moi un étrange bonheur. Je me disais que moi aussi, peut-être, je le découvrirais un jour. Lorsqu'on est gamin, on aime se raconter des histoires de ce genre avant de s'endormir, même si l'on sait très bien qu'elles ne vous arriveront jamais. Art vint ensuite s'asseoir au bord de mon lit et se mit à écrire mon nom sur mon dos, du bout de son doigt : L-I-L-L-I-A-N. Il traçait lentement chaque lettre et je sentais le contact de son index sur ma peau, à travers ma chemise de nuit. Puis je sombrai peu à peu dans le sommeil.

Je crois que ce fut à partir de ce jour-là que je me pris d'affection pour lui. Mais les choses évoluèrent doucement. Il avait toujours été plus ou moins dans les parages, mais jusque-là je n'avais jamais vraiment fait attention à lui. Je ne pense d'ailleurs pas qu'il m'ait lui-même spécialement remarquée, je ne devais être qu'une gamine à ses yeux. En ce temps-là, les jeunes enfants traînaient toujours dans les pattes de leurs aînés, ça n'avait rien d'extraordinaire. Il avait bien dû s'apercevoir que j'avais un faible pour lui, mais sans prendre cela bien au sérieux. Il passait tous les jours à la maison depuis des années, et il me connaissait sous toutes les coutures. Il m'avait aussi bien vue toute sale, les cheveux plein de feuilles mortes, lorsque nous l'aidions à ratisser le jardin et à brûler les détritus, que tirée à quatre épingles le dimanche, avant de partir à la messe. Il était présent, la première fois où j'avais voulu me mettre un peu de rouge à lèvres. Et comme il nous aidait souvent à prendre notre bain, Milton et moi, il n'ignorait absolument rien de mon anatomie.

Mon frère et moi le trouvions fantastique. Il était une sorte d'idole à nos yeux et nous le suivions partout, lorsqu'il nous l'autorisait. Il y avait un pré, derrière la grange des Swill, qui servait de terrain d'entraînement pour le tir à la carabine. Milton et moi n'avions pas le droit d'y aller lorsque Art et les autres étaient en train de s'exercer, mais le soir, nous écoutions souvent le bruit des détonations, assis sur le porche de la maison. Le lendemain matin, aussitôt le petit déjeuner avalé, nous nous y rendions dans l'espoir d'y trouver des cartouches. Je ne parle évidemment pas de celles qui avaient servi, et dont les cadavres déchiquetés jonchaient le sol. Ce que nous cherchions, c'étaient les cartouches inutilisées, qui auraient pu s'égarer dans l'herbe. Et lorsque par hasard nous en dénichions une, mon Dieu, cela nous semblait être un don du ciel ! Nous la ramenions religieusement chez nous et la donnions à Art, dès qu'il passait à la maison. Il ne disait jamais rien, il se contentait d'empocher la cartouche avec un petit sourire. J'imagine qu'à la séance de tir suivante, elle partait en fumée comme les autres, malgré tout le mal que nous nous étions donné pour la retrouver.

Je crois bien que c'est grâce à une photo qu'il me remarqua finalement et cessa de me considérer comme une gamine. Il y avait à cette époque des photographes ambulants — comme les musiciens de rue. La plupart des villes étaient trop petites pour que s'ouvrent des commerces de ce genre. Ils n'auraient pas eu assez de clients. Alors les photographes passaient, une fois par an, et on nous faisait poser devant l'école, les garçons d'un côté et les filles de l'autre. Les appareils étaient gigantesques : d'énormes boîtes plantées sur un trépied et surmontées d'un parapluie. J'étais déjà dans le cours des grands lorsqu'une année, après avoir fait poser toute la classe, le photographe me demanda la permission de venir à la maison pour prendre d'autres clichés de moi, seule. Je lui répondis qu'il fallait que je pose la question à ma mère. Le lendemain, comme elle m'avait donné son autorisation, je lui dis que c'était d'accord.

Nous étions fin prêts lorsqu'il arriva chez nous. Je portais une robe de dentelle blanche empesée. Mes bottines étaient si bien astiquées que les boutons reluisaient. Ma mère m'avait fait un chignon, et elle avait également habillé Milton de pied en cap. Tous les meubles avaient été cirés. Elle avait disposé des bouquets de fleurs du jardin dans des vases en argent. Mon petit chien Blackie avait un ruban de satin bleu noué autour du cou. Ma mère demanda au photographe s'il ne voulait pas faire aussi le portrait de Milton, mais il refusa et je me retrouvai seule, assise sur le tabouret du piano, avec Blackie sur les genoux. Il repassa le lendemain pour nous apporter la photo, qu'il avait collée sur un superbe papier noir. C'était gentil de sa part. Ma mère avait déjà réfléchi au moyen d'économiser sur la nourriture pour arriver à le payer, mais il nous donna simplement la photo et quitta la ville le jour-même.

Évidemment, par la suite, chaque fois que quelqu'un venait à la maison, nous lui montrions fièrement mon portrait. J'eus mon petit succès, durant une quinzaine de jours. Et les gens commencèrent à dire que j'étais jolie. Jusque-là, ils m'avaient toujours tenue pour une petite souillon ; mais du jour au lendemain j'étais devenue belle à leurs yeux. Je me rendais compte qu'ils ne se comportaient plus de la même façon à mon égard. Ma mère elle-même avait cessé de me houspiller. Elle me regardait plus souvent. J'avais remonté dans son estime. Milton seul restait insensible à cette métamorphose. Il ne changeait absolument pas d'attitude. Visiblement, le fait que je sois moche ou séduisante lui était complètement égal.

Mais c'était surtout la réaction de Art qui m'importait. A cet âge, on ne pense pas tellement à son frère ou à ses parents. On se dit qu'ils seront toujours là, à vos côtés, et qu'on peut bien les oublier de temps en temps. J'avais vraiment hâte que Art voie cette photo. Ce qui arriva finalement. Par la suite, cet été-là, j'allais presque tous les jours jouer avec Art et sa bande. Ce n'étaient déjà plus des enfants. La plupart venaient de familles nombreuses et devaient travailler très tôt : ils faisaient la cueillette des fraises chez les Swill, les pépiniéristes pouvaient engager des gosses pour un salaire bien inférieur à celui des émigrants. Nous nous retrouvions après leur journée de travail. Ils étaient crevés, à force d'être restés pliés en quatre toute la journée, alors nous allions simplement nous promener dans les faubourgs de la ville. Si nous avions un peu d'argent, nous nous offrions des glaces. On les moulait à l'époque, comme des biscuits, et on pouvait chaque fois choisir un nouveau modèle : un trèfle, un cœur, une feuille de chêne... A chaque forme correspondait un parfum différent.

C'était durant le week-end que nous nous amusions vraiment. Nous allions nous baigner près des carrières, ou vers Baird's

Creek. Nous emportions chacun notre sandwich et une serviette. Nous enfilions nos maillots de bain avant de partir. Nous suspendions nos vêtements aux branches des arbres qui bordaient la crique. J'adorais nager, j'aimais le contact brutal de l'eau sur ma peau, puis celui du soleil qui me séchait en un rien de temps, avant que je retourne m'immerger...

Les choses auraient pu durer ainsi éternellement. Nous ne nous posions pas de problèmes, contrairement aux gosses d'aujourd'hui. Quand je pense aux soucis que se faisaient mes filles, à cet âge... Plus que je ne m'en suis jamais fait. Et ma petite-fille est la pire de toutes ! Si, si, si, Ann, ne proteste pas. Une semaine ce sont tes cuisses, et bien sûr tes seins qui ne sont pas assez développés, la semaine suivante ce sont tes chevilles ou tes genoux... Je parie que ce sera bientôt le tour de tes oreilles.

Nous étions bien trop timides pour nous soucier de notre corps. Et nos maillots de bain qui nous arrivaient presque jusqu'aux genoux ne révélaient pas grand-chose. J'ai encore le mien, un maillot bleu avec des boutons blancs. Je ne sais pas pourquoi je m'obstine à conserver des machins pareils.

Et autour de nous, la campagne était si paisible ! On ne trouve plus un tel calme, de nos jours. Il n'y avait pas de voitures, ni de camions, encore moins d'autoroutes. De temps en temps, très rarement, on entendait un train passer au loin. On s'interrompait alors pour l'écouter, parce que c'était un bruit inhabituel. Il y avait quelque chose d'un peu triste, dans le passage de ces trains, mais d'une tristesse, comment dire... usuelle, ordinaire. C'était du moins ainsi que je le ressentais, comme si cela avait réveillé en moi des choses que j'ignorais. Mais la plupart du temps tout était silencieux, en dehors du bruit que nous faisions nous-mêmes, en plongeant et en barbotant dans l'eau. Je me souviens être restée des heures immobile, allongée sur un rocher au pied d'un arbre dont les feuilles bruissaient très doucement sous la brise. Oui, les choses auraient sans doute pu continuer de cette façon pendant des années, et ce fut de ma faute s'il en alla autrement. Ce fut la plus grosse bourde de ma vie, mais comment aurais-je pu prévoir ?

Nous avions donné une réception pour mon dix-septième

anniversaire. J'avais préparé un énorme gâteau. Nous n'avions invité que des femmes, c'est ainsi que les choses se passaient dans le temps. Des rubans avaient été suspendus dans toute la maison. Toutes mes tantes étaient venues et chacune m'avait offert quelque chose que je puisse emporter avec moi l'année suivante. J'étais déjà officiellement inscrite à l'université catholique de Marquette. Tous les détails avaient été réglés, et je devais partir à la rentrée.

J'étais sûrement un peu excitée par cette soirée et par tout ce qu'on m'avait offert. Toujours est-il que Art débarqua un peu plus tard et me tendit son cadeau. Il s'agissait d'une broche noire, que j'ai toujours, d'ailleurs. Et lorsqu'il me proposa d'aller me baigner avec lui le lendemain, j'acceptai sans réfléchir.

J'imagine que tu devines la suite. Il avait à peine dix-huit ans et il était à peu près aussi ignorant que moi. Il ne lui était encore jamais arrivé de se retrouver seul avec une fille, à l'exception sans doute de ses sœurs. Nous nageâmes d'abord un bon moment, puis nous allâmes nous étendre au pied de l'arbre, sur notre rocher habituel. C'était en fin de matinée, les branches frémissaient au-dessus de nous et brassaient mollement l'air, comme les ailes d'un ventilateur. Tout à coup, Art se redressa et vint s'allonger sur moi. Je n'avais pas la moindre idée de ce qu'il voulait faire. Durant toute mon enfance, et jusqu'à ce jour, j'avais cru que chacun d'entre nous portait son âme plus ou moins enfouie au fond de sa poitrine. Je me la représentais sous la forme d'un vague triangle ou d'un prisme immatériel, composé d'une matière impalpable pareille à du brouillard ou à de la fumée. Je pensais qu'une fois mariés, les gens faisaient des enfants en se serrant l'un contre l'autre, jusqu'à ce que leurs âmes se rencontrent. C'est te dire à quel point j'étais ignorante ! J'avais confusément l'impression que le fait de s'embrasser était lié à l'affaire, aussi m'écartais-je toujours lorsque quelqu'un voulait me donner un baiser. Là s'arrêtait mon savoir. Et brusquement, je me retrouvais dans les bras de Art. Nos corps étaient tellement soudés l'un à l'autre que je sentais ses os s'imprimer dans ma chair. Ce n'était pas très confortable comme position, mais d'un autre côté j'étais loin de trouver cela désagréable.

Puis le reste arriva. Nous ne parlions ni l'un ni l'autre. Je n'osais pas bouger, j'avais honte de ne pas savoir comment m'y prendre. J'étais tellement ignare. Et Art n'était brusquement plus le même, son visage me faisait peur à présent, on aurait dit celui d'un étranger. Vu de profil, il me faisait penser à l'un de ces ouvriers qu'il m'arrivait d'apercevoir, de loin, et qui travaillait sur les câbles à haute tension.

Il se mit à me caresser partout. Je savais bien qu'il ne fallait pas laisser les garçons vous tripoter, mais j'ignorais au juste pour quelle raison. Et pour t'avouer la vérité, je me sentais totalement incapable de l'arrêter. Il glissa la main sous mon dos et entreprit de déboutonner mon maillot. Mes connaissances avaient dû subitement s'étendre, car j'eus l'intuition qu'il ne fallait pas qu'il descende plus bas que la ceinture. Il se pencha et insinua sa main le long de ma cuisse gauche, en tirant sur l'élastique. Cela me fit mal, mais je continuais d'espérer qu'il s'en tiendrait là. Puis il rabattit tout le haut de mon maillot, me dénudant ainsi entièrement jusqu'à la taille. Bon, me dis-je, laissons-le faire, du moment qu'il ne va pas plus loin. Je me cramponnai intérieurement à cette pensée, tendue à l'extrême, jusqu'au moment où je me retrouvai complètement dévêtue. Je sentis alors son corps peser sur le mien. Sans doute en savait-il finalement plus que moi... Je pleurai un peu, comme la plupart des femmes j'imagine, surtout si comme moi elles ne savent pas ce qui leur arrive, cette première et violente déchirure, mon Dieu comme c'était douloureux, et ça continuait, continuait, j'avais fermé les yeux et je ne pensais plus qu'à ma mère.

Je pensais à sa chambre. Je revoyais tous les meubles dans leurs moindres détails : l'immense lit rectangulaire, avec sa couette blanche dont les pans traînaient jusqu'au sol, le grand miroir, le guéridon sur lequel trônait un pot de fougères, les rideaux immaculés agités par le vent qui soufflait aux fenêtres... Je m'y étais parfois rendue seule l'après-midi. Les murs blancs étaient animés de légers reflets bleus, comme la coquille d'un œuf éclairée par un rayon de soleil. J'imaginais ma mère lorsqu'elle retrouvait le soir mon père dans cette pièce, après avoir enfilé la chemise de nuit en coton qu'elle mettait toujours pour dormir, en essayant de me représenter quelles pensées pouvaient bien l'animer lorsqu'elle unissait son âme à celle de mon père... J'aurais bien voulu éprouver la même chose qu'elle dans les bras de Art, tandis que je défaillais lentement, ma poitrine collée à la sienne, pour que nous recréions ensemble cette chaleur qui semblait émaner de la chambre maternelle.

Ce fut ainsi que je tombai enceinte de Carol, dès la première fois. Nous n'avions vraiment pas eu de chance, je dois dire. Et néanmoins je n'avais cessé d'y penser, tout le temps qu'avait duré notre étreinte, comme si un tel désir avait justifié à lui seul la douleur que j'éprouvais. La scène s'en était trouvée sanctifiée à mes yeux, comme s'il s'était agi d'un sacrifice. Peut-être tombe-t-on plus facilement enceinte, lorsque des pensées pareilles vous traversent la tête...

En tout cas, la nouvelle fut bien loin d'enchanter mes parents. Ma mère s'était éreintée et avait économisé sou par sou pour que je puisse aller à l'université. Du reste, elle n'avait jamais vu Art d'un très bon œil. Elle aurait voulu que ses enfants fassent chacun un bon mariage, et s'unissent à des familles respectables, connues d'elle, dussent-ils pour cela épouser leurs propres cousins.

Je portais une robe bleu foncé le jour de mon mariage. Ma mère n'assista pas à la cérémonie, mais j'allai tout de même la voir dans l'après-midi. Art m'attendait dehors, elle ne voulait plus qu'il remette les pieds chez elle. Lorsque j'entrai, elle était en train de balayer, son tablier de tous les jours noué autour de la taille. Elle s'écarta lorsque je voulus l'embrasser. Je me souviendrai toujours de son visage à travers la vitre ovale de la porte d'entrée. Ma tresse ballottait dans mon dos tandis que je descendais le sentier. Je retrouvai Art au bord de la route. Il n'était pas très rassuré lui non plus, mais nous étions bel et bien mariés à présent. Nous n'avions guère eu le choix.

C'était un peu l'aventure pour lui. Il ne devait jamais porter les armes. Il avait voulu s'engager lors de la Première Guerre mondiale, mais on ne l'avait pas accepté, parce qu'il était trop jeune. Et lorsque la Seconde éclata, il était déjà trop vieux. Je suis née en mai 1900 et Art était de 1899, ce qui fait que l'un de nous était toujours du même âge que l'année en cours. Il pensait que notre vie était plus amusante, parce que nous entamions un siècle. Un jour, il en parla à Adele, que cette idée rendit furieuse. Le siècle entier s'ouvrant devant nous à notre naissance... Art avait toujours eu un penchant pour les inventions les plus bizarres, les montgolfières, les feux d'artifice, tout ce qui était nouveau. Mais avant de partager sa vie, j'ignorais les idées saugrenues qui lui trottaient dans la tête.

Nous quittâmes la région pour venir nous installer à Bay City, à quatre-vingts kilomètres de Malgoma. Au début, nous habitions au-dessus d'un magasin. Nous ne connaissions personne. J'écrivais régulièrement à mes parents, une lettre par semaine, mais il s'écoula plus d'un an avant que ma mère me réponde. Je crois qu'elle ne me pardonna jamais réellement. Elle fut bien obligée d'en prendre son parti, par la suite, lorsqu'elle tomba malade et qu'elle dut venir habiter chez nous. Mais elle ne s'entendit jamais avec Carol, à cause de ça. Comme si la pauvre avait été responsable de ce que nous avions fait...

Un an après notre départ, Milton les quitta à son tour. Ce fut un coup dur pour ma mère. Il alla à San Francisco, où il s'engagea dans la marine marchande. D'après ce que j'ai su plus tard, nous fûmes les seuls de tout Malgoma à ne pas trouver cela surprenant. Lorsque j'appris la nouvelle, sa décision me parut naturelle, presque évidente. Milton avait toujours eu envie de s'en aller. Déjà lorsqu'il était tout petit, je devais passer mon temps à le surveiller. Il n'arrêtait pas de nous filer entre les doigts. Il rampait, à quatre pattes sur sa couverture et se faufilait à travers la haie pour s'échapper du jardin.

Milton est né un 1er septembre, comme notre Adele. Et comme ils se ressemblent beaucoup, je me suis souvent demandé s'il n'y avait pas un lien. Dans chaque famille, il y a un Milton... Quelqu'un dont l'unique rêve est de s'enfuir.

Nous habitions au-dessus d'une petite épicerie, ce qui était bien pratique, avec le bébé. Art était absent toute la journée et parfois même une partie de la nuit. Il commençait tout juste à travailler et il avait envie de réussir. Et puis il était encore jeune, il voulait aussi s'amuser. Alors, je descendais souvent au magasin avec le bébé pour parler avec Mrs Sheck. Elle savait s'y prendre avec les bébés, elle avait elle-même trois enfants, qui allaient déjà tous à l'école. Elle aimait bien s'occuper de Carol, et nous passions des journées entières à parler des enfants. Elle me conseillait d'utiliser tel produit ou tel autre. Et peu à peu nous nous en sortîmes.

Art avait été engagé comme linotypiste au moment où paraissait le premier quotidien de Bay City. Il travaillait le dimanche et quelquefois toute la nuit, lorsqu'il fallait boucler une édition. J'ai encore la collection complète de la première année, un énorme volume relié, épais comme ça. Je devrais d'ailleurs contacter le musée, pour voir si cette vieillerie les intéresse. J'aurais pu m'en débarrasser depuis longtemps, mais je n'ai pas eu le cœur de jeter ça à la poubelle.

Finalement, au bout de quelques années, nous avions réussi à mettre un peu d'argent de côté et nous avons acheté ce terrain, pour y construire notre maison. Nous avions exploré tous les environs. J'avais remarqué l'endroit, à cause du grand chêne, en me disant qu'il ferait bel effet au milieu du jardin. Le terrain n'était pas cher du tout, le coin était complètement désert à l'époque. Nous avons été les premiers à nous installer sur Lime Kiln Road. Art voulait aussi acheter toute la portion qui s'étend actuellement entre la grange et la voie ferrée.

« Ce bourbier ? m'étais-je exclamée. Qu'est-ce que tu veux que nous fassions de ce bourbier ? »

J'aurais mieux fait de me taire, parce que ce terrain vaut une fortune aujourd'hui. L'endroit était en dehors de la ville et rattaché à une petite bourgade du nom de Ashland, qui a maintenant disparu. Art s'était dit qu'il valait mieux acheter un grand terrain, pour que Carol puisse plus tard y bâtir sa maison. Il espérait que s'il en construisait une, jolie, d'autres personnes qui souhaitaient vivre à la campagne suivraient notre exemple et viendraient s'installer là. Il disait que tout le monde s'entraiderait, hommes et femmes. C'était ce journal qui lui avait fourré ces idées dans le crâne. Il se mit à organiser des réunions d'urbanisme et ils bataillèrent pour que chaque maison soit reliée aux égouts de la ville et puisse bénéficier de l'eau courante et de l'électricité.

Puis il se lança dans l'élevage des visons, et ce fut une autre paire de manches. Il construisit la grange là-bas derrière à peu près tout seul. Tu ne peux pas imaginer à quel point ces bestioles étaient fragiles. Il ne fallait surtout pas négliger le moindre petit détail, sinon elles pouvaient mourir et nous nous serions retrouvés sur la paille.

C'est vers cette époque que d'autres gens commencèrent à construire dans le coin, comme Art l'avait espéré. Il y eut d'abord Mack Griling, qui bâtit la maison où il vit toujours un peu plus bas. Puis les Brozek s'installèrent de l'autre côté de la route. Ils bâtirent la leur et aménagèrent une petite annexe au-dessus du garage, en prévision du retour de l'un de leurs frères, qui était dans la Marine.

Et pendant tout ce temps, Carol grandissait. Nous étions toujours occupés, il fallait penser à tellement de choses à la fois pour arriver à s'en sortir.

Et puis, nous étions si jeunes... Bien des gens de notre âge n'avaient pas encore d'enfants. J'avais lié connaissance avec d'autres mères de famille, mais elles étaient plus âgées que moi. Il y avait Amber Brozek, de l'autre côté de la rue — Chummy était déjà né à l'époque —, et puis la première femme de Mack, qui s'appelait Tinta. Mon Dieu, qu'est-ce qu'elle pouvait être bordélique ! Sa maison était un vrai dépotoir. Elle peignait des tableaux, les paysages alentour, qu'elle accrochait sur ses murs, du moins là où il restait un peu de place. Certains n'étaient pas plus grands qu'une carte postale. Ah... cette maison a toujours été plus ou moins malfamée... Je n'étais pas spécialement ravie lorsqu'ils ont emménagé. Je ne le suis toujours pas. Je n'y emmenais Carol qu'à contrecœur, tant l'endroit était crasseux, un vrai nid de microbes. Je crois que Tinta ne faisait jamais le ménage. Un jour, elle avait ouvert un placard devant moi, tous ses vêtements étaient roulés en boule et entassés sur les étagères. Mais enfin, elle était notre voisine et nous n'en avions pas tant que ça. J'allais prendre le thé chez elle avec Amber une fois par semaine environ. Nous faisions toujours enfiler à Carol et à Chummy leurs plus vieux vêtements, et une fois là-bas nous les laissions jouer dans la crasse. A l'époque, ils adoraient faire des pâtés de boue. Sitôt rentrés à la maison, nous leur faisions prendre un bain complet, en les savonnant de fond en comble.

Art ne tarda pas à engager deux hommes pour l'aider dans son élevage de visons. L'un était marié, et l'autre vivait encore chez ses parents. Ils devinrent rapidement amis tous les trois. Ils allaient se balader ensemble après le boulot, du côté du Morley Meyerson Building, qui a été rasé depuis, mais qui était l'un des plus vieux immeubles de la ville, au bord de la Fox River. Ils montaient les cinq étages jusqu'au toit, et plongeaient dans la rivière. La Fox River était propre en ce temps, l'eau était froide, mais on pouvait s'y baigner. Dans la baie aussi. En été, les gens s'y rendaient en famille, les rives étaient très belles. Tout cela a disparu, à cause de ces foutues usines à papier. Enfin, ça procure du travail aux gens, c'est sans doute le principal. Je n'aimais pas trop que Art prenne des risques pareils, en allant sauter ainsi du haut de ces cinq étages, pendant que je restais à la maison avec notre petite fille qui savait à peine marcher. Mais d'un autre côté, je voyais bien qu'il lui fallait se changer les idées. Il était encore jeune, après tout. Alors, je me taisais. Nous les femmes, nous ne protestions jamais. N'était-ce pas naturel, au fond, qu'il cherche à s'amuser un peu ? Il passait pratiquement toutes ses journées à travailler comme un damné pour nous nourrir. Et nous n'avions pas à nous plaindre. Il y en avait de bien plus mal lotis que nous. Lorsque mon père mourut, nous dûmes engager des détectives pour retrouver Milton. La même chose se reproduisit d'ailleurs plus tard, à la mort de ma mère. Ils le dénichèrent dans une chambre minable, au premier étage d'un bar de San Francisco. Nous leur avions confié une photographie de mon frère et ils nous dirent qu'ils n'avaient eu aucun mal à l'identifier. Il avait toujours ses cheveux bouclés. Mais pour ma part j'eus beaucoup de peine à le reconnaître, tant il avait changé. C'était un homme à présent, il avait des épaules de lutteur. Lors des funérailles, les gens le dévisageaient en se demandant s'ils s'agissait bien de lui. Il avait dû emprunter l'un des costumes de

Art ; et encore, il rentrait à peine dedans. Il avait énormément grossi. Mais enfin, il avait toujours ses cheveux bouclés... Si nous ne l'avions pas retrouvé et si nous ne lui avions pas envoyé l'argent du voyage, il n'aurait jamais su que son père était mort. Il resta quelque temps chez nous. Il donnait un coup de main à Art. Mais ce travail routinier ne lui convenait guère. J'imagine qu'il avait déjà pas mal bourlingué à travers le monde et qu'ayant vu des tas de choses, il était habitué à mener une vie un peu plus mouvementée. En plus, il s'était mis à boire. Dès qu'il avait un peu d'argent, il allait le dilapider dans les bars. Je me souviens d'un jour de Thanksgiving... Il était sorti la veille et avait fait en taxi la tournée des bistrots. Nous allions nous mettre à table lorsqu'il arriva enfin. Il titubait en remontant l'allée. A peine entré, il se mit à trembler et demanda à Carol de lui verser un verre de whisky. Elle avait huit ou neuf ans, pas plus. Elle lui obéit et remplit le verre à ras bord. Il l'avala d'une traite. Sa nervosité se voyait rien qu'à sa façon de manger. Il avalait la nourriture à toute allure, sans prendre le temps de respirer. Il n'était pas comme ça autrefois. Peut-être était-ce la vie en mer qui l'avait transformé. Après être resté quelque temps chez nous, il retourna à Malgoma et vécut un moment avec ma mère. Mais ce fut également un échec et il ne tarda pas à repartir.

Environ un an plus tard, il nous envoya une énorme noix de coco, décorée et peinte à la main. Ce fut cela qui donna l'idée à Art d'aménager un bar polynésien à la cave. Mon Dieu, c'était affreux... Une autre fois, il nous fit parvenir du poisson de Floride, mais là c'était de ma faute. Je lui avais dit que j'avais envie d'aller en Floride. Il l'avait pêché lui-même là-bas et l'avait fait naturaliser. De temps en temps, nous recevions une carte postale. Mais j'avais rapidement cessé de les lire, car il abordait des sujets dont j'aurais préféré être tenue à l'écart. Je suis sûre qu'il était plus ou moins saoul lorsqu'il nous écrivait certaines de ces cartes.

Carol avait onze ans lorsque sa sœur naquit, en 1929. Les choses avaient beaucoup changé. Adele a connu les premières années de la Dépression, mais elle était encore trop petite pour comprendre. Et quelques années plus tard, les choses s'étaient arrangées, nous avions de nouveau un peu d'argent devant nous. Contrairement à sa sœur, elle n'a jamais manqué de rien.

Carol était comme une mère pour elle, elle m'a vraiment beaucoup aidée. Pendant toutes ces années noires, nous devions nous contenter d'un simple hamburger le soir. Dieu sait combien de variantes nous avons pu trouver pour accommoder ce triste plat ! Hamburger-surprise, Hamburger sauce suprême, Hamburger royal... Nous allongions la viande avec des pommes de terre, du ketchup, des légumes en conserve, tout ce qui nous tombait sous la main. Je dois encore avoir quelque part la boîte en fer-blanc où étaient rangées les recettes que nous découpions dans les journaux.

C'était Carol qui changeait Adele, et qui la surveillait. Elle s'occupait de tout. Elle était si sérieuse... Je me disais parfois que c'était parce que nous l'avions eue tellement jeunes qu'elle était aussi craintive. Elle avait peur de tout. J'avais été très angoissée pendant ma première grossesse. Tinta prétendait bien que si elle s'était mise à faire de la peinture, c'était parce que sa mère avait pris des leçons d'aquarelle par correspondance lorsqu'elle était enceinte d'elle ! Et j'imagine que durant ses premières années, Carol sentit le souci que je me faisais. Elle était toujours calme et jouait dans son coin. Ça ne m'inquiétait pas outre mesure, parce que j'ai le même tempérament, mais je me rends compte à présent que ça n'a pas toujours dû être drôle pour elle. Elle a toujours été petite et brune. Et elle a hérité du gros nez de son père. Vous y avez échappé, Adele et toi, mais Carol en a pleinement hérité.

Tout ce qui avait été refusé à sa sœur, Adele y a eu droit. Le seul fait d'y penser me rend folle. Nous étions plus mûrs à l'époque, Art et moi, et nous désirions vraiment un autre enfant. Nous avions plus d'argent, et c'était l'âge idéal. Art n'avait pas réellement pu s'occuper de Carol lorsqu'elle était petite, il était trop absorbé par son nouveau travail, et durant toutes ces années nous étions si pauvres, nous arrivions à peine à joindre les deux bouts... Mais avec Adele, ce fut bien différent. Il jouait avec elle pendant des heures, au point qu'on ne pouvait plus les séparer. Elle portait encore des couches qu'il l'emmenait déjà avec lui dans la baraque où il élevait ses visons.

Il faut reconnaître qu'Adele était adorable. Elle a toujours eu des cheveux magnifiques, d'une blondeur éclatante — elle tient ça de ma mère —, et une peau douce et laiteuse, comme Milton. Les taches de rousseur ne lui sont venues qu'après. De nous toutes, elle est la seule à avoir hérité des longues jambes de sa grand-mère. Sans parler de ses fossettes. Inutile de te dire que nous lui achetions les plus beaux vêtements. Tous les gamins du quartier lui couraient après et elle était invitée à toutes les fêtes. Able Hansen avait déjà emménagé dans le coin à cette époque, et elle jouait souvent avec ses enfants. Et Amber avait eu Phil et Lacey entre-temps, tandis que durant l'enfance de Carol, il n'y avait que Chummy. Comme Carol était de toute façon trop timide pour jouer bien longtemps avec un garçon, elle restait la plupart du temps avec moi à la maison.

Bientôt, Adele passa son temps à traîner avec les gosses du quartier. C'était un vrai garçon manqué. Elle était de toutes les équipées et ne ratait jamais une occasion d'explorer les carrières ou de patauger dans les marécages. Elle revenait toujours dans un état épouvantable. On aurait dit que ces gamins ne savaient plus quoi inventer pour esquinter leurs vêtements... Certes, j'avais déjà une machine à laver à l'époque, que j'avais installée au sous-sol, derrière le bar polynésien. Lorsque Carol était petite, elle devait faire très attention à ses vêtements : si elle les avait abîmés, nous n'aurions pas eu les moyens de lui en acheter de nouveaux. Nous avions offert un cheval à Adele, pour son treizième ou quatorzième anniversaire. C'est d'ailleurs pour cela que nous avons dû construire cette cabane, là-bas : c'est là qu'Adele abritait son cheval. C'était injuste et je le sais. C'était totalement injuste. Adele a été beaucoup plus gâtée.

Et pourtant, même ainsi, on sentait bien qu'elle n'était pas heureuse. Cela remonte très loin, pratiquement à sa naissance. Elle était toujours un peu absente. Elle faisait des choses bizarres, même lorsqu'elle était encore tout bébé. J'avais souvent mauvaise conscience, parce que je me rendais compte que nous étions trop généreux avec elle. Mais en même temps, j'ai toujours pensé que le problème était ailleurs.

Bien sûr, lorsque l'on a deux filles avec un tel écart d'âge, il faut bien s'attendre à ce qu'elles soient plus ou moins dissemblables. Nous passions souvent de très bons moments ensemble, tous les quatre. Le jour où nous avons acheté notre première voiture, par exemple, et que nous sommes allés à Kewannee. Nous nous sommes arrêtés sur la place du village, devant une vieille épicerie, et nous avons acheté des gourdes qui imitaient la forme des bouteilles de Coca-Cola. Nous partions souvent pour la journée pique-niquer au bord d'une plage. Une fois, Carol et Adele sont allées passer quelques jours sur Mackinac Island. Elles étaient allées en train jusqu'au lac Michigan, et de là avaient pris un ferry. Pour elles, c'était une véritable aventure. Je les revois encore le jour du départ, toutes fringantes dans leurs beaux habits. Je suis heureuse que nous leur ayons offert ce voyage. Elles n'ont pas eu si souvent l'occasion de se retrouver ainsi toutes les deux, entre sœurs.

Adele demeura seule à la maison pendant un bon bout de temps lorsque Carol s'engagea dans l'armée. Évidemment, elle n'était pas désœuvrée, elle allait au lycée depuis plusieurs années déjà. De nos jours les gosses font de grandes écoles et deviennent si futés que vous ne pouvez même plus leur parler. Lorsque Carol avait terminé ses études secondaires, nous n'avions pas eu les moyens de l'envoyer à l'université. Elle avait dû rester à la maison et chercher du travail. Je le regrette encore aujourd'hui, parce qu'elle avait vraiment envie d'y aller ; et je suis sûre qu'elle s'en serait très bien sortie. Par la suite, je lui ai plusieurs fois proposé de lui donner de l'argent pour qu'elle puisse reprendre ses études, mais elle a toujours refusé. Elle ne souhaitait pas se retrouver avec des gens beaucoup plus jeunes qu'elle.

Quand la guerre éclata, elle s'enrôla dans les corps féminins de l'armée et fut envoyée en Europe. Cela lui permit au moins de voir du pays... J'ai su qu'elle était alors plus ou moins tombée amoureuse d'un jeune homme, en France. Mes filles étaient toutes les deux attirées par les étrangers... Elles devaient avoir envie de connaître des gens différents. Je me demande si ce n'était pas de Milton qu'elles tenaient ce penchant.

Ce fut un choc pour moi d'apprendre que Carol s'était engagée. Elle avait vingt-quatre ans, mais je n'étais absolument pas prête à voir l'une de mes filles me quitter. Ce jour-là, j'étais en train de préparer un gâteau à la cuisine. Après l'avoir mis au four, je sortis ramasser le courrier, et c'est là que je vis la convocation de Carol. Je savais bien que nous étions en guerre, mais nous n'en étions tout de même pas à enrôler les femmes ! Elle devait s'être portée volontaire, sans nous en avoir dit un mot. En tout cas, contente ou pas, il était trop tard pour en débattre. L'imprimé disait qu'il lui fallait se rendre, avec toutes ses affaires, au camp de Cedar Rapids, dans l'Iowa, le 18 décembre au plus tard. Juste avant Noël... A cette époque, Carol travaillait en ville, dans un institut de beauté — le Harper Method Beauty Shop —, et je décrochai aussitôt le téléphone pour lui demander des explications.

Mais elle ne parut pas troublée outre mesure. Le problème, avec les gens calmes, c'est que vous avez beau les houspiller sur tous les tons, ils ne se démontent jamais. Elle finit par me dire qu'elle leur avait effectivement écrit, mais simplement pour leur demander des renseignements.

Et voilà à présent qu'ils l'enrôlaient ! En plus, Art n'était pas à la maison, il était allé passer la soirée à l'Elk Lodge avec quelques amis. J'eus beau insister au téléphone, le patron refusa de me le passer, en me disant qu'il ne savait pas où il était, et que d'ailleurs les hommes avaient bien le droit de s'amuser un peu entre eux de temps en temps. Mon Dieu, j'ai cru devenir folle ! Puis j'eus brusquement une idée. Il existait une maison, sur Irwin Street, qui n'avait jamais eu très bonne réputation, mais dont Art et ses employés parlaient parfois entre eux, en riant sous cape. Ils s'interrompaient et baissaient les yeux dès qu'ils s'apercevaient que j'étais en train de les écouter.

Je pris le bus en direction de la baie. Arrivée au terminus, je marchai encore le long d'une dizaine de blocs. Ce quartier a toujours été malfamé et il l'est resté de nos jours. La maison existe encore, elle a été transformée en club privé, le Small's Paradise. A l'époque c'était une sorte de cabaret. Une estrade était dressée dans la pièce principale. J'ignore combien les gens payaient pour entrer là-dedans. En tout cas, la boisson y coulait à flots. Je m'étais approchée de la fenêtre en essayant d'apercevoir ce qui se passait à l'intérieur, mais je ne distinguais rien du tout. L'herbe m'arrivait aux genoux, ils ne devaient jamais tondre la pelouse, je déchirai même l'un de mes bas en écrasant un chardon. Je décidai d'entrer, et je le regrette encore. J'en retiens la leçon. Je n'avais jamais vu un spectacle aussi répugnant. Il y avait une femme sur la scène, et elle était en compagnie d'un âne. Oui, d'un âne ! Et ils faisaient exactement ce à quoi tu es en train de penser. C'était absolument affreux. Je n'aurais jamais imaginé qu'une chose pareille fût possible. J'en eus la nausée. Et ça se passait ici, à Bay City... Jimmy, le mari de Carol, prétend qu'au Mexique on peut encore assister à ce genre de spectacle.

Je repérai Art au milieu de l'assemblée, avant qu'il s'aperçoive de ma présence. Il était assis à une table avec deux autres types et il riait aux éclats.

Carol entra donc dans l'armée. Il n'était plus possible de s'y opposer, et je finis par m'habituer à cette idée. Art et moi ne parlâmes jamais de ce qui s'était passé. La vie continua comme à l'ordinaire, sauf que je m'occupai sans lui des préparatifs qui concernaient le départ de Carol. Nous en avions parlé ensemble, toutes les deux, et j'étais allée acheter avec elle les vêtements et les affaires de toilette dont elle avait besoin. C'était la première fois que je tenais Art à l'écart de quelque chose. Jusque-là, nous avions tout partagé. Et le soir, je ne voulais plus qu'il me touche. Pas après ce que j'avais vu. Il n'avait qu'à aller prendre du bon temps tout seul, si c'était ainsi qu'il me considérait.

Mais le temps passe, et l'on finit par oublier. Carol s'en alla. Elle nous écrivit régulièrement, d'abord du camp d'entraînement, puis de la base où elle avait ensuite été affectée. Adele était en pleine crise d'adolescence, elle déambulait pendant des heures autour de la maison en rêvant au grand amour. Elle était allée voir *Autant en emporte le vent* avec une amie, et depuis lors elles ne cessaient de pousser des soupirs langoureux et de se chuchoter des choses à l'oreille en prenant des airs mystérieux.

La vie reprit son cours. Mais parfois, le soir, lorsque Art s'échinait étendu sur moi, le souffle court, je gardais les yeux rivés au plafond, comme jadis, sauf que ce n'était plus à ma mère que je pensais. Notre chambre à présent ressemblait à la sienne, toute décorée de blanc. Non, je revoyais cette fille en train de se faire besogner par son âne. La peau de ses jambes était brune, on aurait dit une Indienne, ou une gitane, et elle portait une sorte de ceinture rouge autour du ventre. Ses yeux étaient grands ouverts, elle n'avait pas cillé une seule fois, elle regardait fixement devant elle, les paupières écarquillées, au point que je m'étais demandé si elle n'était pas aveugle.

Dieu merci, j'ai eu la chance de ne pas avoir plus d'enfants. Je trouve que deux, c'est largement suffisant, surtout qu'après viennent les petits-enfants. Lorsque l'on a des filles on se fatigue vite de la vie de famille. Avec les garçons, ce n'est pas la même chose, parce qu'ils s'en vont se débrouiller de leur côté. Mais les filles finissent toujours par revenir à la maison. Elles vous amènent leurs propres enfants.

Carol me ressemble beaucoup. Elle était partie à l'armée, puis elle était rentrée, peu après la fin de la guerre, et avait repris son travail à l'institut de beauté. Nous passâmes encore de bons moments ensemble, à cette époque. Nous sortions souvent toutes les deux, nous allions faire des parties de golf miniature, nous nous faisions mutuellement les ongles... Puis elle rencontra Jimmy au country club et ils furent bientôt fiancés. Le jour de leur mariage, nous organisâmes la réception ici-même, en dressant les tables dans le jardin. Peu après, ils construisirent leur propre maison, juste à côté de la nôtre. Chummy — le fils d'Amber — fit de même après son mariage : June et lui vinrent s'installer sur le terrain attenant à la propriété des Brozek. Carol et Chummy se retrouvèrent tous les deux à côté de leurs mères respectives. Carol travaillait sans relâche, elle s'occupait de la comptabilité du magasin de Jimmy, et elle a toujours été une très bonne mère pour ses enfants. Je me demande seulement si elle n'a pas commis la même erreur que moi, en les mettant au monde avec autant d'écart. Mais nous nous entendons bien l'une et l'autre.

Quant à Adele, je ne l'ai jamais comprise. Elle avait dix-sept ans quand Carol et Jimmy se sont mariés, elle était en âge d'être jalouse.

Mais elle décida alors d'aller à l'université. Tu ne peux pas imaginer la quantité de robes qu'elle a pu emporter ! Sans parler des chaussures et des manteaux de fourrure... Il lui fallait également des vêtements de cérémonie, et il n'était pas question que Madame porte deux fois le même ! Elle en avait une vraie collection ! Et pourtant... malgré tous les avantages que pouvait lui procurer l'université — elle a même remporté un concours de beauté, elle a été élue reine de je ne sais plus quoi, avec sa photo dans le journal —, cela ne lui suffisait visiblement pas. Elle s'était acoquinée avec cette fichue Lolly et elles n'ont pas tardé à avoir des ennuis. Ah... ce fut un beau scandale, j'en ai encore honte. Figure-toi qu'elles avaient posé à moitié nues pour un soi-disant photographe de mode. Leurs photos ont été publiées dans un catalogue de vente par correspondance. Un des collègues de Jimmy était tombé dessus. Carol ne voulait même pas m'en parler. Je me demande encore pourquoi Adele a fait une chose pareille.

Au bout de deux années d'université, elle voulut passer sa licence. Et c'est ainsi qu'elle est allée pour la première fois en Californie, en 1954. Je m'en souviens parce que ce fut l'année où Art tomba malade. Il avait un cancer de l'intestin. J'avais d'abord cru que c'était parce qu'il ne prenait pas le temps, une fois enfermé dans son élevage, d'aller aux toilettes. Il travaillait comme un enragé, il préférait se retenir plutôt que d'interrompre son boulot. Mais depuis, son frère et deux de ses sœurs sont morts de la même maladie, et je pense que ce devait être congénital. Il était jeune pour une telle maladie, il venait d'avoir cinquante-cinq ans.

Nous dûmes nous rendre à la clinique Mayo. Les médecins ont fait ce qu'ils ont pu. Mais ils nous avaient prévenus que Art n'en avait plus pour très longtemps. Ils n'avaient pas pu nous dire exactement combien de temps, mais ils étaient pratiquement certains qu'il ne passerait pas l'année. Nous appelâmes aussitôt Adele — ce ne fut d'ailleurs pas une mince affaire d'arriver à la joindre — pour lui demander de rentrer à la maison. Mais elle ne voulut pas. Je n'ai jamais compris pourquoi elle a agi ainsi. Elle avait toujours été très proche de son père, Art se serait mis en quatre pour elle. Elle se trouvait exactement dans la même situation que Milton, perdue à l'autre bout du pays alors que son père était en train d'agoniser. Elle trouva mille prétextes. Elle prétendit d'abord qu'elle avait un examen à préparer, puis ce fut le tour de ses oraux... Je craignais vraiment qu'elle n'arrive trop tard. Et Art qui la réclamait sans cesse... Au bout de quelques mois, son état n'était guère brillant. Finalement, elle débarqua un jour à la maison, très peu de temps avant sa mort. Reconnaissons une chose à Adele : elle a toujours eu de la chance.

Puis, sitôt son père enterré, elle se mit en tête d'épouser ce Hisham. J'aurais probablement dû me montrer plus ferme et l'empêcher de faire cette bêtise, mais j'étais au bord de l'épuisement, après cette interminable année au chevet de Art. Et puis il n'était guère facile d'aller à l'encontre de sa volonté. Elle a toujours eu l'art de se montrer exécrable dès qu'on ne se pliait pas à ses caprices. C'est vrai que souvent je la redoutais.

Cet été-là, juste avant la mort de Art, j'étais allée avec Carol choisir une pierre tombale, de l'autre côté de la baie. Il avait trimé dur toute sa vie, je tenais à ce qu'il ait une belle sépulture, et Dieu merci j'ai eu les moyens de la lui offrir. Après l'enterrement, j'ai passé beaucoup de temps au cimetière, à planter des fleurs près de sa tombe, j'allais presque tous les jours les arroser. C'est une belle tombe. J'ai toujours trouvé que le granit rose est idéal pour les pierres tombales. Ça ne bouge pas.

Tu m'as demandé de te parler de ta mère, c'est une curiosité parfaitement naturelle, d'autant que tu n'as jamais vraiment eu une vie de famille, mais au fond je ne sais trop que te dire. Ta mère a toujours été un mystère pour moi aussi. Je ne sais vraiment pas grand-chose d'elle.

Après leur mariage, ils se sont installés quelque temps ici, à Bay City. Ils avaient loué un appartement. Adele avait hérité une grande partie des plus jolis meubles de sa grand-mère, ainsi que toute sa vaisselle en porcelaine de Chine. J'aimerais bien savoir ce que tout cela est devenu, car il y a déjà bien longtemps qu'elle ne les a plus. Ils allaient régulièrement en Égypte, dans la famille de son mari, et j'ai cru un moment qu'ils avaient l'intention de s'établir là-bas. Mais ta mère n'aimait pas le pays. Elle ne supportait pas la nourriture. Elle ne digérait pas le produit dont ils se servent là-bas en guise de beurre.

J'y suis allée une fois, moi aussi. Elle voulait absolument que je fasse la connaissance de sa belle-famille. Au retour, j'en ai d'ailleurs profité pour m'arrêter quelques jours en Autriche. J'ai trouvé l'Égypte très sale. Il y avait de la poussière partout, les gens s'asseyaient dans leur crasse. Adele avait beau prétendre que ses beaux-parents étaient riches, qu'ils vivaient comme des rois par rapport aux autres habitants, je n'ai pas vraiment eu cette impression. Tout ce que j'ai vu, c'est de la crasse et de la crasse.

Ta mère est tombée enceinte de toi là-bas et je t'assure, Ann, que tu as vraiment de la chance d'être en bonne santé. Adele était malade comme un chien lorsqu'elle est rentrée. Je ne voulus pas la croire quand elle m'annonça qu'elle était enceinte de sept mois. Elle devait à peine peser quarante kilos. Elle m'expliqua qu'elle ne mangeait rien en Égypte, elle ne pouvait rien avaler. Je crois que c'est à cause de ça que tu es plutôt petite, parce que ton père était grand, il mesurait plus d'un mètre quatre-vingts. Tu es née prématurément, il a fallu te mettre en couveuse. Ton père a débarqué ici quelques semaines avant ta naissance. Je le revois encore, debout sur le trottoir devant la pelouse de la clinique Saints-Pierre-et-Paul. Il fumait une cigarette en contemplant les fenêtres du bâtiment. J'imagine qu'il devait se demander laquelle correspondait à la chambre de ta mère.

C'était un drôle de type, il sortait souvent des trucs bizarres. On ne saisissait pas toujours très bien ce qu'il voulait dire.

« Félicitations, lui dis-je. Alors, quel effet cela vous fait-il d'être père ? »

Il resta un moment silencieux, en hochant la tête.

« La beauté est une trahison, dit-il enfin. Elle se suffit à elle-même, elle n'a que faire de l'opinion d'autrui. »

Est-ce que tu peux me dire ce que cela signifie ? Moi je n'ai toujours pas compris.

Peu après ta naissance, ils ont vécu quelque temps dans l'une de ces petites cabanes construites au bord de la baie. Je ne pense pas que tu t'en souviennes, tu étais vraiment toute petite à l'époque. Vous habitiez dans une bicoque toute rouge, au fond d'un sentier. Ton père donnait des cours au collège Saint Norbert, mais c'était un poste sans avenir. De temps en temps, il organisait des conférences dans lesquelles on décelait, paraît-il, une légère tendance communiste, et son contrat ne fut pas renouvelé l'année suivante. Il se mit alors à vendre des Volkswagen et peu après, Jimmy lui dégota ce poste de représentant en aspirateurs.

Un jour, j'étais allée rendre visite à ta mère dans cette baraque. C'était au beau milieu de la journée, ton père n'était pas là, je suppose qu'il devait travailler. En tout cas, nous étions en plein hiver et tu te baladais dans la pièce, sans sandales ni chaussettes sur ce carrelage glacial avec une simple couche sur les fesses. Et ces bicoques étaient à peine chauffées. Je parvins à convaincre ta mère de te faire enfiler un pull-over, mais en ce qui concernait tes pieds, ta mère m'avoua que tu n'avais aucune paire de chaussures. « Hisham prétend que les bébés peuvent fort bien s'en passer », me dit-elle. Évidemment, dans son pays, on ne devait même pas avoir les moyens de leur en acheter...

On peut dire que tu n'as guère été gâtée, dans ta petite enfance. Mais enfin, ça n'avait pas l'air de trop te tracasser. Ce jour-là, en sortant de chez vous, je suis allée en ville pour t'acheter trois ou quatre paires de chaussures, ainsi que des collants en laine et des socquettes. Au moins, me disais-je, ça suffira pour quelque temps.

Presque aussitôt après, vous êtes venus tous les trois vous installer chez moi. J'imagine que tes parents n'étaient plus en mesure de payer leur loyer. En tout cas, j'étais bien contente.

Depuis la mort de Art, la maison me paraissait si vide... Et puis, je me disais que ce ne serait pas une mauvaise chose pour toi. Benny habitait à côté, il avait juste un an de plus que toi, et déjà quand vous étiez bébés vous adoriez jouer ensemble tous les deux.

Tu devais avoir trois ou quatre ans — je ne me souviens plus exactement — lorsque ton père vous a abandonnées. Il s'était déjà absenté à deux ou trois reprises, pour retourner en Égypte. Adele et lui avaient dû penser que ses parents les dépanneraient financièrement, mais apparemment ça n'avait pas marché. La dernière fois, il partit en Californie. Il pensait sûrement devenir célèbre en allant là-bas... Il est vrai qu'il était plutôt bel homme. Longtemps, par la suite, je me suis attendue à le voir apparaître à la télévision. Quelques semaines après son départ, les factures commencèrent à arriver et nous comprîmes qu'il ne reviendrait pas. Valises en cuir, costumes sur mesure, chemises de luxe, chaussures, cravates, mouchoirs brodés à ses initiales... Il en avait acheté pour des fortunes. Il avait sûrement l'intention de mener la grande vie là-bas. Adele avait d'ailleurs le même défaut que lui. Ils avaient toujours vécu au-dessus de leurs moyens.

Il a bien fallu que je paie ces factures... Que veux-tu, nous ne voulions pas avoir d'histoires. J'ai tout réglé, jusqu'au dernier centime, et par la suite nous n'entendîmes plus jamais parler de lui. Presque aussitôt après, ma mère — ton arrière-grand-mère — tomba malade. Il fallut que je me rende à Malgoma pour régler ses affaires, afin qu'elle puisse venir vivre ici. J'étais folle de rage, parce qu'une semaine à peine avant mon arrivée, deux antiquaires étaient passés la voir et l'avaient si bien entortillée qu'elle leur avait cédé ses plus beaux meubles pour une bouchée de pain. Entre ce qu'Adele avait jadis récupéré et revendu depuis Dieu sait où, et ce que ces arnaqueurs avaient réussi à lui soutirer, il ne restait pratiquement plus rien. Mais elle avait quand même conservé deux choses auxquelles je tenais énormément : l'adorable petit tabouret du piano sur lequel j'avais appris à jouer lorsque j'étais gamine, et le grand tableau où étaient réunis, dans des cadres ovales, les portraits de ma mère et de ses sept sœurs.

Mais ma mère était obstinée. Les deux seuls souvenirs d'elle que je tenais vraiment à conserver — et qui n'avaient d'ailleurs pas de valeur marchande —, elle refusa obstinément de me les céder. Elle avait décidé de les vendre avec la maison, et elle n'en démordit pas. C'était ce qu'elle voulait, et elle arrivait toujours à ses fins. Lorsqu'elle vint habiter ici, bien qu'elle fût déjà très malade, elle se mit à tout diriger dans la maison. Tu ne te souviens probablement pas beaucoup d'elle, parce qu'elle ne quittait pratiquement jamais sa chambre. Les enfants la fatiguaient, elle n'avait plus la patience de s'occuper d'eux. A Noël, je vous achetais toujours des cadeaux, à Ben et à toi, en prétendant que c'était elle qui vous les offrait. Mais à peine m'entendait-elle qu'elle se mettait à crier depuis son lit : « Mais non ! Qu'est-ce que tu leur racontes ? Je ne leur ai rien acheté du tout ! » Elle refusait même de descendre pour voir le sapin de Noël. Elle restait seule dans sa chambre. Tu te rappelles sans doute que nous servions toujours une oie pour les repas de fête ? Ton arrière-grand-mère en raffolait.

Ensuite Hal — le fils aîné de Carol — acheta ce cheval. Grand Dieu ! Il avait toujours la tête pleine de projets qui n'aboutissaient jamais. Il avait déjà seize ans à l'époque et nous allâmes à une vente de charité organisée au collège Saint Phillip. Un poney devait y être mis aux enchères. Je me souviens m'être disputée avec Adele ce jour-là, parce qu'à peine arrivées là-bas, ta mère et cette idiote de Lolly s'étaient mises à rire sous cape en se donnant des petits coups de coude. Quelque chose avait visiblement déclenché leur hilarité.

« Qu'est-ce qui vous amuse autant ? leur demandai-je. Faites-nous profiter. »

Il s'avéra que ces deux demoiselles avaient préparé un gâteau destiné à cette vente de charité, mais qu'après l'avoir mis au four elles s'étaient aperçues qu'elles avaient oublié de le sucrer. Chacune avait cru que l'autre s'en était chargée. Cependant, comme une fois sorti du four le gâteau avait bel aspect, elles l'avaient quand même emporté pour le mettre en vente.

Je leur dis que je ne trouvais pas cela drôle du tout, mais elles se contentèrent de rire de plus belle. Ah, ces deux-là… Une fois qu'elles étaient parties, plus moyen de les arrêter ! Et si c'était une famille démunie qui achetait ce gâteau, me disais-je ; des gens sans ressources mais qui se diront : puisque l'argent va à la paroisse, et puis ça fera toujours un bon dessert pour le repas dominical... Et ils allaient acheter ce truc immangeable... Je laissai mes deux idiotes rire tout leur saoul, et m'élançai au milieu des stands, avec la ferme intention d'acquérir ce gâteau aussitôt que je l'apercevrais. Mais je ne l'entrevis nulle part. Sans doute quelqu'un l'avait-il déjà acheté. Il ne me restait plus qu'à prier Dieu pour que ce soit une famille aisée qui puisse se permettre de le balancer à la poubelle.

Depuis des années déjà, Hal collectionnait les pièces d'un dollar en argent. Lorsque par hasard l'un d'entre nous en récupérait une, nous la lui mettions de côté, pour sa collection. Lorsque l'on proclama le nom du vainqueur de la vente aux enchères et que Carol apprit que c'était Hal qui avait acheté ce poney, elle faillit se trouver mal. « Qu'est-ce que nous allons faire d'un cheval ? » n'arrêtait-elle pas de répéter. Hal avait dépensé toute sa fortune pour acquérir l'animal — soixante-treize dollars exactement. Il s'était dit qu'il pourrait balader les gamins du quartier sur son poney, pour dix ou vingt *cents*, et qu'il finirait bien par rentrer dans ses frais ! Il avait toujours des idées loufoques de ce genre. Je lui avais pourtant bien conseillé de ne pas toucher à cet argent.

C'était un poney brun et blanc, à la robe pommelée. Il n'avait jamais été dressé, et c'était sûrement un fermier des environs qui en avait fait don à la paroisse. Nous décidâmes de l'appeler Silver Dollar. Hal cessa d'ailleurs rapidement de s'y intéresser. Les choses n'avaient pas du tout tourné comme il l'avait espéré : il n'y avait pas beaucoup de gamins dans le voisinage, et du reste aucun gosse n'avait envie de payer pour grimper sur le dos d'un poney qui avançait moins vite que leur bicyclette. L'animal était plutôt apathique. Il fallait le houspiller même pour le faire manger. Nous l'avions installé dans la vieille cabane qu'avait déjà occupée l'ancien cheval d'Adele.

Le plus incroyable, c'est que c'était ton arrière-grand-mère qui s'occupait de lui ! Elle se levait à cinq heures du matin pour lui apporter sa dose d'avoine et remplir son abreuvoir. Et elle l'étrillait régulièrement. Elle ne changea pas ses habitudes, même après qu'on lui eut amputé la jambe. Elle allait toujours lui apporter sa nourriture, en s'appuyant sur ses béquilles ! Ah, elle avait du tempérament.

Je regrette encore d'avoir donné mon accord pour cette opération. Je suis sûre qu'elle fit sa perte. Elle avait perdu tout goût à la vie depuis qu'elle ne pouvait plus se déplacer. Les médecins m'ont dit qu'elle avait le cœur d'une jeune fille de vingt ans, et qu'elle aurait pu vivre encore longtemps. Mais elle avait une tumeur à la jambe et il fallait bien faire quelque chose. Les derniers mois furent très pénibles. Elle ne pouvait plus quitter son lit, il fallait souvent que je me lève en plein milieu de la nuit pour la changer. Elle avait honte de son état, elle ne laissait entrer que moi dans sa chambre. Puis elle se mit à perdre ses cheveux. Elle avait toujours été très fière et elle acceptait mal cette situation.

Elle s'éteignit le matin de ton septième anniversaire. Vous étiez encore endormies, ta mère et toi. Je n'éprouvai pas de chagrin. Son existence avait été très longue, elle avait dépassé les quatre-vingt-onze ans et elle ne souhaitait plus vivre davantage. J'ai passé toute cette dernière nuit à ses côtés. Nous n'avons pas beaucoup parlé, nous n'avions jamais été très proches et elle n'était pas du genre à faire des simagrées. Mais elle savait que je m'étais beaucoup occupée d'elle, durant les derniers temps. Elle n'avait jamais eu d'escarres, elle était entourée des objets qu'elle aimait, je lui avais toujours préparé ce qu'elle avait envie de manger. Elle reconnaissait que je m'étais décarcassée pour elle. Et pour ma part, j'étais heureuse d'avoir agi de la sorte. Lorsqu'elle ferma définitivement les yeux, à cinq heures treize du matin, elle avait l'air heureux, un bon sourire éclairait son visage, tout son corps était détendu. Carol était venue me rejoindre et elle assistait à la scène. Je compris alors que quelque chose venait de prendre fin, à jamais.

Nous discutâmes avec Adele et décidâmes finalement de ne pas annuler la réception que nous avions prévue pour ton anniversaire. A quoi bon ? Vous étiez tous trop petits pour comprendre vraiment ce qui venait d'arriver. Et puis tout était déjà prêt. Ta mère avait été chercher la veille le gâteau qu'elle avait commandé à la pâtisserie et l'avait mis au frais. Et ton arrière-grand-mère était si vieille que nous n'étions pas réellement tristes. Elle était sûrement beaucoup plus heureuse là où elle se trouvait à présent.

Je m'assis devant le téléphone pour appeler les pompes funèbres, ainsi que le prêtre de la paroisse. Cette fois-ci encore, il avait fallu lancer des détectives sur la piste de Milton, mais nous les avions déjà contactés depuis plusieurs semaines. Je jetai un coup d'œil par la fenêtre et je t'aperçus, au milieu des autres enfants. Hal vous installait l'un après l'autre sur le dos de Silver Dollar et vous faisait faire le tour du garage. Ta mère avait dû lui glisser la pièce, et ce fut probablement la seule et unique fois où son poney lui rapporta un peu d'argent. Nous dûmes le revendre peu après le décès de ma mère. Ce furent des fermiers des environs qui l'achetèrent. Ils débarquèrent un jour dans un camion et l'emmenèrent.

Tu étais vêtue de blanc des pieds à la tête ce jour-là : ta chemisette, ton short, tes sandales et tes socquettes. Je m'en souviens à cause des photos qu'on a faites, tu avais aussi un gros nœud blanc dans les cheveux. Ta mère t'avait préparé une fête splendide. Elle avait invité les enfants de June et de Chummy, ceux des Hansen, une partie de la tribu des Griling, et le petit Stevie Felchner, dont les parents venaient de louer la vieille maison rouge, de l'autre côté de la grange. En regardant ces photos, au bout de tant d'années, on remarque encore que les enfants sont tous correctement vêtus. Sauf les Griling, évidemment. Tiens, là c'est Theresa et Mary, qui avaient le même âge que toi… Et là, c'est la petite Netty qui a quitté la région peu après. Elle était un peu demeurée, on a dû l'envoyer dans un établissement spécialisé, à Okonowa. Tous les gosses t'avaient apporté de jolis cadeaux, que les mères avaient choisi et emballé avec soin. Sauf les Griling, qui apportèrent une ou deux bricoles qu'ils avaient achetées à l'épicerie du coin et fourrées dans un sac en plastique. Je ne me souviens plus de ce que Theresa et Mary avaient choisi, mais la petite Netty t'avait offert des chocolats, enveloppés dans un sachet en cellophane. Je suppose que c'était ce qu'elle aurait aimé qu'on lui offre, car elle n'était pas assez vive pour s'amuser avec des jouets. Mais il faisait chaud ce jour-là et elle avait dû tenir ce paquet serré contre elle pendant tout le trajet ; les chocolats avaient complètement fondu et ne formaient plus qu'une masse compacte et informe, ce qui avait déclenché l'hilarité de tous les autres enfants.

Ta mère avait prévu toutes sortes de jeux à votre intention, elle avait même acheté des pétards qui lançaient des étincelles bleu-blanc-rouge. Pendant que vous vous amusiez dans le jardin, elle vint me trouver à la cuisine. Elle avait organisé de longue date le goûter qui devait suivre et avait commandé ton gâteau d'anniversaire une semaine à l'avance.

Elle me raconta la mésaventure qui était arrivée à Nelly avec ses chocolats. Nous étions toutes les deux navrées pour elle. Ta mère tenait entre ses doigts le sachet tout poisseux et finit par le lâcher dans la poubelle. Puis elle se retourna vers moi.

« Maman, me dit-elle, est-ce que tu crois que tu aurais le temps de préparer rapidement un gâteau au chocolat ? Nous le servirions tout à l'heure en disant qu'il a été fait avec les chocolats de Netty. Qu'est-ce que tu en penses ?

— Pourquoi pas... Mais Annie ne sera-t-elle pas déçue ? Elle s'attend au gâteau que tu as acheté, et elle sait très bien que tu as été le chercher hier. »

Ce gâteau était une vraie merveille et je suis sûre qu'il lui avait coûté une fortune. Elle avait emporté l'un de tes dessins à la pâtisserie en leur demandant de le reproduire sur le glaçage.

Adele me dit qu'elle allait te prendre à part pour t'expliquer la situation. Tu étais une enfant très raisonnable, on pouvait te parler franchement. Elle savait que tu ne pleurerais pas ni ne bouderais, comme tant d'autres gamins à cet âge. Tu étais très mûre, plus que Benny, par exemple. Carol n'aurait jamais pu lui parler de la sorte. Mais ta mère avait l'habitude de s'adresser à toi presque comme à une adulte.

« Nous mangerons l'autre gâteau demain, avec Benny et Hal », ajouta-t-elle.

J'étais heureuse de faire ce gâteau. Après la mort de quelqu'un, on est toujours un peu sonné, comme si l'on venait de recevoir un coup de poing dans l'estomac. Mais une fois qu'on a repris ses esprits, on s'aperçoit que les pièces sont bien vides autour de soi. J'avais donné tous les coups de téléphone nécessaires dans la matinée, et maintenant je n'avais plus rien à faire. La maison me semblait immense et silencieuse. Tu sais ce que j'ai fait ? j'ai repêché ce sachet de chocolats dans la poubelle, il était hermétiquement clos, et le contenu était parfaitement utilisable, seulement fondu. Je l'ai mêlé aux autres ingrédients et, crois-moi, ce gâteau eut un succès fou !

Je pris mon temps, j'avais tout l'après-midi devant moi. Je préparai trois couches de chocolat que je fourrai d'une garniture aux noix, avant de recouvrir le tout d'un glaçage au sirop d'érable. Ta mère eut l'idée de planter sur le gâteau sept flambeaux phosphorescents en guise de bougies, et nous les allumâmes avant de vous l'apporter.

Nous avions dressé deux tables dans le jardin, derrière la maison. Ta mère les avait recouvertes de nappes en papier bleu-blanc-rouge, en harmonie. La nuit était en train de tomber, Carol et Hal étaient là eux aussi, ainsi que Lolly, et nous nous assîmes tous ensemble pour manger notre part de gâteau dans des assiettes en carton. Ton anniversaire tombe en juin, mais les moustiques nous épargnèrent sans doute ce soir-là parce que nous restâmes tard dehors, à vous regarder jouer et lancer vos pétards en l'air. Benny essayait d'apprendre à Netty comment écrire son nom sur le ciel, en se servant comme d'un crayon de l'un des flambeaux phosphorescents, mais la fillette n'était pas assez rapide : elle arrivait bien à former les lettres, mais le temps qu'elle ait tracé la dernière, les premières s'étaient déjà effacées. Je suis allée préparer du café que nous bûmes lentement en mangeant le gâteau. Puis, vers huit ou neuf heures, les mères vinrent l'une après l'autre chercher leurs enfants et l'assemblée s'éclaircit peu à peu. Les Hansen partirent les premiers, suivis de peu par Stevie Felchner, puis ce fut au tour de June d'emmener sa progéniture. Il ne resta bientôt plus que les Griling, qui semblaient embarrassés parce qu'ils n'avaient pas de mère. La petite Mary tira l'aîné par la manche et lui dit qu'il valait mieux qu'ils rentrent, eux aussi, sinon leur père risquait de s'inquiéter. Lorsque nous débarrassâmes et repliâmes les tables, il ne restait plus une miette du gâteau.

J'y ai repensé bien des fois. C'était vraiment généreux de la part de ta mère, une telle attention, surtout ce jour-là où elle avait tant de choses à faire. La petite Netty nous a quittés, je ne sais plus, un an ou deux plus tard. Je revois encore la voiture dans laquelle on est venu la chercher. J'observais la scène depuis ma fenêtre. Les deux femmes qui l'emmenèrent avaient les cheveux courts, on aurait dit des religieuses. Quant à la voiture, elle était tout à fait ordinaire.

TROISIÈME PARTIE

ANN

CHAPITRE 5

AU SUD DE WILSHIRE

Lorsque nous sommes arrivées en Californie, nous ne connaissions absolument personne. Nous avons passé les trois premières semaines à l'hôtel Bel Air, mais comme le prix des chambres était trop élevé, nous ne tardâmes pas à aller nous installer dans un appartement plus modeste, sur Lasky Drive — une artère tranquille modérément commerciale située au sud de Wilshire Boulevard, à Beverly Hills. L'hôtel était propre ; sa clientèle était principalement composée de célibataires d'un certain âge, qui louaient au mois. Un lit à deux places recouvert d'un édredon aux couleurs passées occupait le milieu de la chambre. Le sol était recouvert d'une moquette grisâtre. Des stores vénitiens aux lattes de bois usées étaient tendus aux fenêtres.

Nous allions tous les soirs manger au même endroit, au Hamburger Hamlet de Westwood. S'il n'était pas déjà occupé, nous choisissions toujours le même box et nous commandions invariablement les mêmes plats. Il y avait suffisamment de nouveautés par ailleurs dans notre vie.

« La vue est vraiment magnifique », soupira ma mère.

Nous étions sorties du Lasky House et de Beverly Hills et avions garé la voiture au pied d'une colline, le long de Wilshire

Boulevard, dont la perspective s'étendait à perte de vue sous un soleil éclatant. Les rangées de fenêtres des grands immeubles érigés de part et d'autre de l'artère reflétaient les dernières lueurs du soleil couchant. Quelques gamins faisaient de la planche à roulettes, chaussés d'énormes tennis blanches. Deux rabbins marchaient sur le trottoir, en compagnie d'une fillette de trois ans vêtue d'une robe rose. Un couple en survêtement faisait du jogging.

Nous nous demandions comment tous ces gens se débrouillaient — pour vivre, pour payer leur loyer, pour avoir cette allure... Cela nous paraissait hors de portée.

Ma mère avait été nommée à un poste d'enseignante par le département scolaire de la municipalité de Los Angeles. Ses cours devaient commencer un jour avant que je rentre moi-même dans mon nouveau lycée. Nous nous levâmes tôt ce matin-là, il faisait encore nuit dehors. Elle passa un long moment à se préparer. Elle avait compté une heure pour le trajet. Avant de se diriger vers l'ascenseur, elle me recommanda de ne quitter sous aucun prétexte notre chambre d'hôtel. Je lui demandai si je ne pourrais pas au moins aller faire un tour dans le quartier.

« J'ai déjà suffisamment de soucis comme ça, ma chérie. Contente-toi pour une fois de faire ce que je te dis. »

Après avoir fait le lit, je ne bougeai pas de la journée. Je regardais la télévision en essayant de m'imaginer que j'étais à la place des actrices. Je n'arrêtais pas d'appeler la réception pour leur demander quelle heure il était. J'aurais tant aimé sortir, mais ici je n'osais pas désobéir à ma mère.

Lorsqu'elle revint, je vis aussitôt que quelque chose clochait. Elle pénétra en trombe dans la pièce, en renversant tout sur son passage. Elle poussa un profond soupir, alluma d'un geste sec la lumière du plafond, ôta ses chaussures et se déshabilla entièrement, en suspendant soigneusement ses vêtements dans l'armoire. Je me demandai si nous allions ressortir pour dîner.

Elle m'accorda enfin un regard.

« Tu ne t'imagineras jamais ce par quoi j'ai dû passer aujourd'hui, me dit-elle tout en continuant de se dévêtir. C'est absolument insensé. »

Mis à part la lumière du plafonnier, la chambre était plongée dans l'obscurité, nous gardions toujours les stores baissés. Nous ne voulions pas être vues depuis la rue.

« Je ne peux pas enseigner là-bas, ma chérie. Ils m'ont envoyée à Watts. J'ai dû me garer dans un parking entouré de fils barbelés *é-lec-tri-fiés !* Tu te rends compte ? Je t'assure Ann, c'est une chance que je sois encore en vie ! »

Sa voix était mal assurée. Je n'avais jamais vu ma mère terrifiée à ce point. Je sentis mon estomac se nouer. Je soulevai une des lattes des stores. La rue baignait dans une lueur rougeâtre. Seules les masses des buissons dessinaient çà et là des pans d'obscurité le long des pelouses.

« L'école est entourée d'une clôture de fils barbelés. On dirait une prison. On m'a donné une carte magnétique sans laquelle il est impossible d'y accéder. Et ces gamins... Mon Dieu, Ann... Ils sont plus grands que moi ! »

Elle n'était plus vêtue que de sa culotte et de son soutien-gorge. Elle baissa la voix et ajouta :

« Et ils sont tous Noirs... Je t'assure, Ann, je ne veux plus y remettre les pieds.

— Mais tu n'es pas la seule, non ? Je veux dire qu'il doit y avoir d'autres professeurs ? Ça ne peut pas être aussi terrible.

— Attends d'avoir vu dans quel état est la voiture... On nous l'a complètement esquintée. Quelqu'un l'a rayée sur tout un côté à coups de tessons de bouteille. Une seule journée là-bas et la bagnole est déjà foutue... Tu verras... »

Elle s'assit sur le lit et éteignit le plafonnier. Il n'était pourtant que cinq heures du soir. Dehors, la lumière du soleil couchant avait envahi le ciel. En bas, nous entendions les gens déambuler le long des trottoirs. Pour eux aussi la journée s'achevait.

« Est-ce qu'ils ne peuvent pas t'affecter ailleurs ? Dans un endroit moins dangereux ?

— J'en doute. Tous les postes doivent déjà être pris. Les cours ont commencé et ils ont sûrement réparti tout leur personnel.

C'est comme ça qu'ils coincent les gens. Ça fait partie de leur système, ils font venir une pauvre pomme de son trou et l'envoient travailler en plein ghetto, là où tout le monde refuse d'aller... J'imagine qu'ils s'en tirent ainsi. Que veux-tu faire, une fois que tu te retrouves là-bas ? Si tu es un homme avec une famille à charge ? Mais moi j'ai passé l'âge de ce genre d'aventure. Je suis désolée, ma chérie, mais je me sens incapable de faire ça pour toi. »

Je repensais au jour où nous avions appris qu'elle était engagée — à la façon dont nous avions chanté et dansé en battant des mains, les pieds nus sur le carrelage noir et blanc de la cuisine, dans la maison de Carriage Court. Nous étions seules, personne n'avait assisté à la scène. Je l'entendais encore me dire d'un air modeste : « Tu sais, Ann, les femmes de mon âge titulaires d'une licence ne courent pas les rues... »

Elle devait s'en souvenir, elle aussi, et ça ne faisait qu'empirer les choses. Nous nous sentions dupées à présent, alors que nous avions été si fières d'apprendre la nouvelle. Ma mère était sûrement en train de remâcher les pensées qu'elle nourrissait depuis toujours sur sa propre incapacité à s'intégrer véritablement dans la société.

« Nous serons obligées de rentrer à la maison si je n'arrive pas à trouver un autre travail, dit-elle. Je suis incapable de retourner dans cette école, ma chérie. Je suis sûre que je n'en ressortirais pas vivante.

— Tu ne comptes même pas y aller demain ? »

Je devais faire ma rentrée le jour suivant dans mon nouveau lycée. Et je ne savais toujours pas si nous sortions dîner ce soir. Je me mis à ranger méticuleusement mes affaires dans l'armoire. Je suis toujours très soigneuse lorsque je suis inquiète.

« Je les appellerai demain matin à la première heure, fais-moi confiance. Quant aux autres profs, bien sûr qu'ils voudraient se tirer de là eux aussi. Qui aurait envie de faire de vieux os dans un endroit pareil ? En tout cas, je leur dirai qu'il m'est impossible de travailler dans de telles conditions. On verra bien leur réaction. Mais s'ils ne me mutent pas ailleurs, il faudra bien que je me lance à la recherche d'un autre boulot. »

Je restai un moment silencieuse.

« Je ne sais même pas où m'adresser, poursuivit ma mère. Je veux dire, si le département scolaire me fait faux bond. Il faut pourtant bien que je trouve une solution. On ne va pas vivre de l'air du temps. »

Nous n'étions encore qu'en fin d'après-midi, mais j'enfilai le tee-shirt dans lequel j'avais l'habitude de dormir puis je me glissai sous les draps. Ma mère poussa un soupir et vint s'asseoir près de moi. Nous n'avions que ce grand-lit pour deux, la nuit, je prenais bien soin de rester de mon côté, tout au bord. Ma mère me secoua le pied, à travers la couverture.

« Allez, lève-toi, ma chérie. Il faut quand même bien que nous allions manger. »

Mais j'avais besoin de savoir, d'être rassurée.

« Est-ce que nous aurons assez d'argent ? lui demandai-je. Et si jamais tu ne trouvais pas de travail ? »

Elle eut un petit rire forcé.

« Nous avons largement de quoi nous offrir à dîner ce soir, dit-elle. Ne te fais donc pas tant de souci, petite idiote ! Allez, viens. Et n'aie crainte, nous nous en sortirons. Je ne sais pas encore comment, mais nous finirons bien par trouver une solution. »

Je me levai, mais j'avais l'impression d'avoir une barre de fer en travers de l'estomac.

Une légère brise soufflait lorsque nous sortîmes du Lasky House. Il faisait frais mais le ciel était dégagé. Je regardai les gens qui déambulaient le long du trottoir. Je les trouvais étranges. Puis je vis la rayure sur notre voiture. Nous détournâmes aussitôt notre regard.

« Veux-tu que nous essayions un nouveau restaurant, plus près d'ici, ou préfères-tu retourner au même endroit ? me demanda ma mère.

— Hamburger Hamlet », dis-je.

Nous commandâmes la même chose que les soirs précédents : des sandwiches au fromage et à la tomate, arrosés de mayonnaise au safran et accompagnés de graines de tournesol servies sur des petites soucoupes en porcelaine. D'ordinaire, nous raffolions de ce plat. Mais ce soir-là, les sandwiches nous parurent insipides. Après les avoir péniblement avalés, nous nous mîmes à picorer distraitement les graines de tournesol dans leurs petites assiettes blanches.

Nous roulâmes ensuite dans Beverly Hills, le long des pelouses qui séparent le quartier des affaires des luxueuses résidences édifiées un peu plus haut. Dans les buissons, les ultimes bourgeons de la floraison d'été bruissaient en déployant leurs corolles écarlates sous la brise.

« Un de ces soirs, j'emporterai une paire de ciseaux pour en cueillir un bouquet », dit ma mère en tentant de sourire.

Mais elle avait perdu cet enjouement qui lui était naturel à Bay City, et sa tentative avorta lamentablement. Nous aurions été bien trop intimidées l'une et l'autre pour faire une chose pareille. Et même à supposer que nous ayons cueilli ces fleurs, nous n'avions pas un seul vase où les mettre, à part le verre à dents de l'hôtel, enveloppé dans son emballage protecteur, sur l'étagère de la salle de bains...

Il me fallut bien aller au lycée le lendemain, puisque c'était la rentrée, même en sachant que nous risquions de ne pas rester très longtemps à L.A. Ma mère se rendit aux bureaux du département scolaire pour essayer de les convaincre de se pencher sur son cas. Nous avions toutes les deux revêtu nos plus beaux atours. J'avais choisi ce que j'avais apporté de mieux du Wisconsin : une robe en laine bleue, avec une ceinture rouge ; elle était un peu trop chaude pour la saison mais ma mère avait insisté pour que je la mette. « L'essentiel, c'est de faire bonne impression dès le premier jour », avait-elle ajouté. Pendant qu'elle achevait de se maquiller dans la salle de bains, j'avais enfilé pour la première fois une paire de collants bleus en nylon. A Bay City, j'achetais mes collants en cachette, comme les autres filles de ma classe, dans un supermarché situé en bas de la grand-route. Nous les cachions dans nos casiers, à l'école, de manière à pouvoir nous changer le matin, dès notre arrivée, après nous être débarrassées des chaussettes que nos mères nous forçaient à mettre. Lorsqu'elle eut fini de se coiffer, elle vint brosser mes cheveux qu'elle attacha avec un ruban rouge.

« Tous les enfants vont-ils donc à l'école accoutrés de cette façon ? » s'exclama ma mère.

Elle se penchait par-dessus le volant pour mieux observer le spectacle. Nous étions en avance et nous nous étions garées le long du trottoir.

« On dirait qu'ils vont à la plage... »

La plupart des gamins portaient de simples tee-shirts, sur des jeans à pattes d'éléphant dont les pans élimés traînaient par terre. Les filles n'étaient même pas coiffées, leurs cheveux leur descendaient jusqu'à la taille. Elles ne devaient pas les peigner souvent, car les pointes étaient tout emmêlées, comme des sarments de vigne.

« Il faut que j'aille me changer, dis-je. Retournons à l'hôtel. »

Ma mère hocha lentement la tête.

« Nous n'avons pas le temps, ma chérie. Il va falloir que j'y aille. Et de toute manière, tu serais en retard. Tu ne veux quand même pas arriver en retard dès le premier jour. Et d'ailleurs, je ne t'enverrai jamais à l'école accoutrée comme ces gamins. »

Je sortis de la voiture, mes cahiers flambant neufs sous le bras. Le lycée ne ressemblait en rien aux établissements que j'avais fréquentés dans le Wisconsin. Les bâtiments était plutôt décrépis. les murs en stuc avaient été repeints en rose et les toits étaient recouverts de tuiles rouges. Un clocher dominait le tout. On aurait dit une ancienne église.

Tout me paraissait étrange : les vieux pupitres, la peinture bleue et délavée des murs... En plus, je me disais qu'il me faudrait sans doute partir avant d'avoir eu le temps de m'habituer à ce décor. Dans la salle, d'où j'étais assise, j'apercevais par la fenêtre les feuilles nonchalantes d'un gigantesque palmier.

Il y avait deux autres gamines qui portaient une robe dans ma classe, mais j'avais deviné au premier coup d'œil que je ne m'entendrais pas avec elles. Je préférais ces grandes filles à la silhouette élancée, dont les cheveux retombaient en cascade jusqu'aux reins. Elles riaient, plaisantaient, et j'avais l'impression qu'elles en savaient déjà beaucoup plus long que moi. Mais je n'étais même pas certaine de revenir le lendemain. Je songeais à ma mère et aux démarches qu'elle était en train de faire, dans les bureaux de la mairie. Je la voyais plaidant son cas comme devant une cour d'assises, en insistant bien sur le fait qu'elle avait un enfant à nourrir. En face d'elle, assis derrière un immense bureau, un homme l'écoutait en jouant distraitement avec un crayon. Mais elle s'agitait, allait et venait à travers la pièce en faisant claquer ses talons, passant de temps en temps la main dans ses cheveux pour les rejeter en arrière. L'homme l'écoutait en silence. Les pans de sa robe de magistrat traînaient de toutes parts autour du bureau. Et ma mère parlait toujours, un peu essoufflée à présent. Sa voix se brisait parfois et elle étouffait un sanglot, mais l'homme demeurait imperturbable et regardait fixement ses mains posées à plat devant lui sur son bureau

La prof me posa une question et je dus m'excuser en lui disant que je n'avais pas entendu.

Elle ne me fit aucun reproche et passa au suivant. La sonnerie de midi retentit enfin. Je suivis le flot des élèves qui s'engouffraient vers le sous-sol pour aller à la cafétéria. Mais comme je n'avais pas d'argent, je ressortis presque aussitôt et me dirigeai vers un petit bosquet, situé aux abords du terrain de jeux. Le ciel était brumeux mais il faisait chaud. J'entendais les voitures sur Wilshire Boulevard, de l'autre côté des bâtiments. Je me demandais si je me plairais jamais ici. Les choses ne correspondaient pas du tout à ce que j'avais imaginé.

Je restai plantée là, les yeux fixés sur les portiques et les agrès du terrain de jeux désert. Je me demandais où était ma mère à présent. Deux filles s'avancèrent soudain vers moi. La première était grande ; elle avait des cheveux crasseux, des chaussettes bien trop étroites pour ses mollets et une grande bouche. L'autre était toute menue. Il s'agissait de ces deux gamines qui portaient une robe.

« Tu es nouvelle ? me demanda la grande.

— Oui.

— Où habites-tu ? »

Je connaissais évidemment la réponse. Mais hélas, je ne vivais pas à Roxbury, Camden ou Rodeo, ni dans aucune de ces rues aux noms magiques. Je n'habitais nulle part.

« Je ne sais pas, dis-je. Je ne me rappelle plus le nom de la rue.

— C'est en dessus ou en dessous de Santa Monica ? »

Je haussai les épaules. La fille tendit sa paume ouverte et nous nous penchâmes toutes les trois, en étudiant les lignes de sa main comme s'il s'était agi d'une carte.

« Disons qu'ici, c'est Wilshire. Après, l'artère la plus importante, c'est Santa Monica, et au-dessus, c'est Sunset. Duquel de ces boulevards es-tu le plus près ?

— Sunset, je crois. Mais je n'en suis pas sûre. »

La fille se tourna vers sa copine.

« Elle doit habiter autour de Sunset », dit-elle.

La sonnerie retentit et nous nous dirigeâmes vers l'entrée.

« Ton père fait quel métier ? » me demanda la fille en posant sa main sur mon bras.

Deux réponses me vinrent à l'esprit. « Il est médecin », répondis-je. J'avais failli dire : il est mort.

La prof dessinait une carte au tableau avec des craies de couleur. Sa robe remontée révélait de longues jambes fermes et superbement bronzées. Dehors, une scie électrique vrombissait. Je suivais la leçon sur mon livre, et j'aimais bien ça. C'était si facile, l'école. J'avais d'autres soucis, bien plus graves : la sentence du juge sur ma mère et sur moi, la possibilité d'une réponse négative. J'aurais donné n'importe quoi ce jour-là pour avoir douze ans et je les avais.

Les deux filles me rejoignirent dans le hall à la sortie du cours. Comme je leur avais menti, je n'avais plus envie de les voir. J'aurais préféré qu'elles me fichent la paix.

« Tu sais ce que tu pourrais faire pour être vraiment jolie, me dit la grande. Je pense que tu serais vraiment jolie si tu n'avais pas les dents de travers. Tu devrais les faire redresser. »

Elle se retourna vers la plus petite.

« Tu ne crois pas ? »

L'autre s'empressa d'acquiescer.

« Tu devrais aller voir un orthodontiste et te faire faire un appareil. »

Nous étions maintenant dehors et je me demandais quelle direction j'allais bien pouvoir prendre pour que les deux filles ne s'aperçoivent pas que j'allais au sud de Wilshire. Je n'avais jamais prêté attention à mes dents, jusqu'alors. Je les trouvais très bien. Je m'étais pourtant examinée des centaines de fois dans la glace, sous toutes les coutures, en songeant à ma future carrière d'actrice. Mais j'étais toujours seule dans ces cas-là, et personne ne savait sous quel angle j'étais le mieux mise en valeur. Maintenant, j'étais tracassée par cette histoire de dents et je serrais obstinément les lèvres.

Puis la voiture de ma mère apparut à la sortie du virage. J'étais si contente de la voir que je me précipitai et me glissai aussitôt à l'intérieur. Nous repartîmes avant même d'avoir échangé un mot. Depuis l'été, ma mère avait pris l'habitude de rouler comme ça au hasard, simplement pour se détendre. Nous longeâmes les quartiers résidentiels, avec leurs immenses bâtisses et leurs courts de tennis. Nous aimions toutes les deux la splendeur de ces résidences. Ma mère n'avait pas eu tort, lorsque nous avions quitté Bay City : posséder une voiture dont nous pouvions être fières nous aidait. Il y avait tellement d'autres choses que nous devions cacher.

« Bon..., soupira ma mère. Je crois que nous pourrons rester, finalement. Ils m'ont mutée dans une autre école, à West Covina. J'y suis allée cet après-midi pour voir. C'est assez loin d'ici, j'aurai un long trajet à faire chaque jour, mais enfin l'établissement est correct. C'est un quartier plutôt bourgeois, il n'y a que des Blancs. Je crois qu'il est temps que nous songions à nous mettre en quête d'un appartement.

— Ça n'a pas l'air de te faire très plaisir.

— Je suis crevée. Il faut compter une heure et demie pour aller là-bas, et autant pour revenir. J'ai passé la journée au volant. Si nous nous offrions un cornet de glace ? »

Nous nous garâmes devant un Baskin-Robbins et ma mère me donna cinq dollars pour acheter les glaces. Elle n'y allait jamais elle-même. Le soir, elle prétendait toujours qu'elle était mal fagotée et qu'elle ne voulait pas risquer de tomber sur quelqu'un de sa connaissance. Comme si nous connaissions des gens... Et d'ailleurs, ce jour-là, elle était très bien habillée.

Nous essayions pourtant bien de nouer des relations. A son école, ma mère tentait d'engager la conversation avec les parents des élèves, mais cela n'allait jamais bien loin. Nous avions même contacté une famille, les Flatow, qui avait quitté Bay City quelques années auparavant. La compagnie dans laquelle travaillait le mari l'avait muté à Beverly Hills. Leurs parents, qui étaient restés à Bay City, possédaient un magasin de vêtements pour enfants. Je me souvenais y être allée avec ma mère lorsque j'étais petite. La vendeuse avait ouvert un tiroir qui débordait de chaussettes de toutes les couleurs, pliées de telle sorte qu'on aurait dit des œufs de Pâques.

Les Flatow nous invitèrent à venir prendre le thé. Nous restâmes à peine une heure chez eux. Ils habitaient dans le sud de Wilshire, eux aussi. Ils avaient une fille d'un an de moins que moi, mais elle partit visiter une exposition canine quelques minutes après notre arrivée. Les parents demandèrent à ma mère des nouvelles de Bay City, mais apparemment nous ne fréquentions pas les mêmes gens qu'eux. Ils n'arrêtaient pas de s'extasier sur le lycée de Beverly Hills, où nous étions censées aller par la suite, leur fille et moi. « Il y règne une très bonne ambiance, on se croirait déjà dans un campus universitaire. » Cette visite elle non plus ne déboucha sur rien. Nous ne les revîmes jamais par la suite.

Nous avions fait la connaissance de Julie Edison à l'époque où nous étions déjà en rapport avec de nombreux autres agents immobiliers. Ma mère l'avait appelée en lui disant que nous cherchions à acheter une maison. Nous avions passé je ne sais plus combien de week-ends à faire la tournée des propriétés de Beverly Hills. Nous avions vu absolument de tout : des maisons avec cinq salles de bains mais une seule chambre à coucher, d'autres équipées de cuisines minuscules mais qui disposaient par ailleurs d'immenses salles de billard... Nous avions visité une villa qui avait appartenu à William Holden, une autre où les Monkees avait vécu pendant quelque temps. Tout cela remontait à l'époque où nous vivions encore à l'Hôtel Bel Air. Lorsque nous avions emménagé au Lasky House, tous les agents immobiliers nous avaient aussitôt laissé tomber. Sauf Julie. Elle avait continué à nous faire visiter des propriétés, de plus en plus petites à mesure que le temps passait. Et un jour, elle nous montra une maison qui nous plut vraiment.

C'était une simple villa, avec deux chambres à coucher, située dans une ruelle retirée, juste au-dessus de Santa Monica Boulevard. Les autres maisons du quartier étaient tout aussi modestes. La nôtre était en brique blanche, surmontée d'une cheminée rouge et entourée d'une haie. Elle comportait deux étages, et une adorable petite cuisine dont les fenêtres donnaient sur l'arrière-cour. Nous tombâmes aussitôt amoureuses de cette maison.

Nous avions déjà été la visiter deux fois. Tous les soirs, je la revoyais dans mon esprit avant de m'endormir. Ma mère avait raconté à Julie les mêmes bobards qu'aux autres agents. Elle avait prétendu que nous étions venues en éclaireurs, mais que son mari devait la rejoindre sous peu. Au bout de quelque temps, elle renonça à recontacter Julie, malgré les nombreux messages téléphoniques dont celle-ci nous inondait. Le type de la réception en avait toujours une liasse à nous tendre, lorsque nous rentrions le soir au Lasky House. Ma mère se contentait de les fourrer dans son sac à main.

Nous passions souvent devant la maison le soir, en voiture, après avoir été acheter nos cornets de glace. Un jour, ma mère s'arrêta juste en face et nous restâmes un long moment à la contempler en silence.

« Un vrai bijou, non ? dit finalement ma mère. Elle n'est pas très grande, mais elle a de la classe. Et beaucoup plus de charme que toutes ces bicoques rococo que nous avons pu visiter. Je la meublerais en osier blanc et j'accrocherais des rideaux en indienne aux fenêtres. C'est l'endroit rêvé pour deux célibataires comme nous. Et l'hiver, nous pourrions faire du feu dans la cheminée. Nous irions ramasser des pommes de pin dans les bois. Tu te souviens du bruit qu'elles font en brûlant ?

— Mais nous n'avons pas les moyens d'acheter cette maison, n'est-ce pas ? »

Elle poussa un soupir.

« Je ne vois pas comment nous pourrions nous débrouiller. Mais attendons encore un peu. Sait-on jamais...

— Elle vaut cent mille dollars. De combien aurions-nous besoin tout de suite ?

— Je ne sais pas. Vingt ou trente mille dollars...

— As-tu cet argent, oui ou non ? »

Je n'avais aucune idée du montant de notre fortune.

« Ma chérie, j'ai à peine de quoi payer notre chambre au Lasky House et nos notes de restaurant. Je ne parle pas de tes vêtements, ni de la caution qu'il faut payer quand on prend un appartement, sans compter tout le reste. Je ne m'en sortirai jamais toute seule.

— Alors, c'est foutu ? On renonce à l'acheter ?

— Je t'ai déjà dit que nous allons attendre encore un peu. Pour l'instant, je ne vois pas comment nous pourrions faire. Nous devrions en parler à ta grand-mère. Qui sait, elle ne refusera peut-être pas de nous dépanner... »

Nous étions garées dans la rue, au pied de l'immeuble flambant neuf où était située l'agence de Julie.

« Réfléchis bien, me dit ma mère. Il est fort possible qu'elle ne veuille plus entendre parler de nous, une fois que nous lui aurons appris que nous n'achetons pas la maison. Après tout, nous allons lui faire perdre sa commission. »

Nous avions appelé plusieurs fois ma grand-mère en PCV au cours des jours précédents.

« Je sais, dis-je. Ça m'est égal. »

Nous étions assises dans la voiture. Octobre était déjà là et il faisait un peu frais le soir. Nous avions mis le chauffage.

« Bon. Mais je t'aurai prévenue. Alors, ne tombe pas des nues, quoi qu'il advienne... »

Ma mère aurait préféré que nous ne recontactions pas Julie. Elle estimait que le mieux était de ne pas nous manifester tout de suite et d'attendre que nous soyions installées pour nous remettre en rapport avec elle. C'était moi qui avais insisté pour que nous l'appelions.

Nous n'échangeâmes pas un mot dans l'ascenseur. Julie vint nous ouvrir, un écouteur collé à l'oreille. Le fil du téléphone courait derrière elle. Elle nous sourit et nous fit signe d'entrer, tout en poursuivant sa conversation. Elle était vêtue d'une chemise d'homme dont elle avait retroussé les manches et d'une paire de collants mauves. Elle venait apparemment de se vernir les ongles.

Nous nous assîmes dans un coin, en attendant qu'elle ait terminé sa conversation. Nous aimions bien Julie.

« Alors, comment allez-vous ? nous dit-elle après avoir raccroché. Je me demandais ce que vous deveniez. J'ai essayé de vous joindre je ne sais combien de fois.

— Nous avons été un peu débordées ces temps-ci, n'est-ce pas, Ann ? dit ma mère. Et j'ai malheureusement de mauvaises nouvelles à vous annoncer. Finalement, mon mari ne viendra pas nous rejoindre. Nous avons décidé de divorcer. »

Julie vint s'asseoir à côté de ma mère sur le canapé et passa le bras autour de ses épaules.

« Il nous a visiblement laissées tomber. Et voilà... Nous nous retrouvons seules.

— Oh... Je suis vraiment désolée !

— Et moi donc... Mais je pense surtout à Ann. Elle s'est montrée très courageuse. Enfin, j'imagine que nous allons nous en sortir. Cela faisait longtemps que je m'y attendais. La situation était devenue invivable, et ça ne pouvait pas durer.

— Mon Dieu... Attendez, je vais faire un peu de café. »

Ma mère croyait que le fait de faire faux bond à quelqu'un pour une histoire d'argent constituait une injure en soi. Mais j'étais sûre que Julie n'y attachait aucune importance. Elle n'était absolument pas rancunière. Elle avait simplement l'esprit pratique. A ses yeux, on achetait une maison si l'on disposait de l'argent nécessaire. Sinon, eh bien, on se contentait d'être locataire.

« Ça ne va pas être facile de s'en sortir, disait ma mère dans la cuisine. C'est injuste...

— Peut-être n'est-ce pas une si mauvaise nouvelle que ça, au fond, rétorqua Julie. Au contraire... L'essentiel, c'est que vous soyez plus heureuse, non ?

— Ça sera peut-être le cas, un peu plus tard, lorsque nous serons mieux installées. Mais malheureusement, je crains que nous ne soyons plus en mesure pour l'instant d'acheter cette maison. Seules, nous n'y arriverons pas.

— Vous aurez d'autres occasions. Bien sûr, cette maison était une véritable affaire. Mais puisque vous ne pouvez pas, n'en parlons plus.

— Je suis désolée de vous avoir donné autant de souci pour rien.

— Je vous en prie, ne vous excusez pas ! C'est mon métier. (Julie posa la main sur mon épaule.) Ann, dit-elle, il y a de la crème glacée aux amandes dans le frigo. Si tu allais nous en chercher ? Et s'il n'y a plus de cuillères dans le tiroir, ajouta-t-elle tandis que je me dirigeais vers la cuisine, tu en trouveras dans le lave-vaisselle.

— Oh, ce n'est vraiment pas la peine, dit ma mère. D'ailleurs, je n'ai pas le droit d'en manger. Ça me fait grossir.

— Et moi, vous croyez peut-être que c'est bon pour ma ligne ? rétorqua Julie en se tapant la cuisse. Allez, Adele, laissez-vous tenter !

— Bon... Mais alors, juste une bouchée.

— Ainsi, il va falloir que vous trouviez un appartement à louer... »

Julie alla chercher un plan de Beverly Hills dans un meuble laqué en rose et revint s'asseoir entre nous deux sur le canapé. Tout en dégustant notre glace, nous étudiâmes la carte étalée devant nous sur une table basse. Nous écoutions attentivement Julie, en essayant de retenir ses conseils.

« J'imagine que vous tenez à rester dans Beverly Hills, pour qu'Ann n'ait pas à changer d'école. Mais on peut envisager ça autrement. Dans les classes supérieures, les enfants sont généralement tous regroupés selon les quartiers où ils habitent. Mais comme elle vient seulement de rentrer au lycée, elle a encore le choix entre quatre établissements. L'essentiel, c'est qu'elle commence dans un endroit bien. Après, les choses suivront leur cours normalement.

— Parfaitement ! s'exclama ma mère, en heurtant la table dans son excitation. C'est pourquoi je tenais absolument à ce que nous venions nous installer ici cette année, avant qu'elle soit trop avancée dans sa scolarité. »

Du bout de son ongle verni, Julie nous montra sur la carte les frontières des différents quartiers. Leurs noms nous ravissaient : Canon, Rodéo, North Elm Drive... Depuis Trusedale Estates jusqu'au centre de la ville, les longues rues bordées de palmiers dépendaient du lycée Hawthorne.

« A votre place, dit Julie, j'essaierais de la laisser à El Rodeo. On trouve de nombreux appartements à louer autour de Beverly Vista. Vous voyez : Horace Mann's Way est situé ici et débouche un peu plus loin sur La Cienega. »

Ma mère se pencha vers moi et m'ébouriffa les cheveux du revers de la main.

« Tu vois, tu vas pouvoir rester à El Rodeo. »

Julie claqua brusquement des doigts.

« J'ai une amie dont la fille est à El Rodeo, je ne sais plus au juste dans quelle classe. Elle fréquente des tas de gens plutôt friqués, mais elle est la seule de la bande à vivre dans un appartement. Tous ses amis habitent au-dessus de Sunset. Est-ce que vous voulez que je l'appelle pour lui demander son avis ?

— Vous feriez ça pour nous ? » demanda ma mère en écarquillant les yeux.

Elle adorait se montrer reconnaissante. Elle croisa les mains tandis que Julie composait le numéro. Je levai les yeux au plafond.

« Bon... Parfait... (Julie se tenait en équilibre sur une jambe, en repoussant de l'autre pied un coussin sur le canapé.) Bien sûr... Une seconde, je vais le lui dire. (Elle se tourna vers nous.) Mon amie estime que ce serait une bonne chose qu'Ann dise à ses camarades qu'elle vient du Wisconsin. La plupart des nouveaux élèves sortent d'autres écoles de LA, ce qui n'a rien de bien original. Mais le Wisconsin, c'est autre chose... Il ne faut surtout pas qu'elle hésite à en faire un peu étalage. »

L'excitation se peignit sur le visage de ma mère. Elle raffolait de toutes les formes de stratégie sociale. C'était une des grandes passions de sa vie.

« Annie ! J'y suis ! dit-elle en frappant dans ses mains.

— Quoi ?

— J'ai trouvé ce que tu vas leur dire. Tu vas leur sortir un truc du genre : eh bien, à cette époque de l'année, dans le Wisconsin, il aurait déjà fallu que je mette mon manteau de fourrure. (Je possédais un manteau en peau de lapin lorsque j'avais dix ans et cela restera l'une des plus grandes fiertés de ma mère.) Dis-leur que tu étais obligée de le mettre dès le mois de novembre. Ou même en octobre. Oui, disons plutôt en octobre.

— Je ne dirai sûrement jamais une chose pareille.

— Et pourquoi pas ? Ou alors, voyons... Tu n'as qu'à leur demander : il fait toujours aussi chaud, ici ? Je ne sais pas quand j'aurai l'occasion de mettre mon manteau de fourrure. Dans le Wisconsin... »

Julie était toujours au téléphone. Elle posa à nouveau la main sur l'écouteur et se tourna vers moi.

« Mais sois un peu réservée. Ne repousse pas les gens, laisse-les venir à toi.

— Exactement, dit ma mère. Il faut que ce soit *eux* qui viennent à toi. Tu comprends ? Ne les *force* pas. Sois patiente. Tu es souvent trop exigeante, tu harcèles les gens...

— Ce n'est pas vrai ! m'exclamai-je.

— Mais si. Je t'ai vue. »

C'était un des leitmotive préférés de ma mère. Elle prétendait que j'étais trop agressive et elle voulait à tout prix que je me comporte d'une manière plus féminine. Elle aurait bien aimé m'enseigner l'art de la patience. Pour ma part, j'estimais que si elle s'était elle-même montrée un petit peu plus agressive, nous aurions sans doute connu davantage de monde et nous aurions déjà un appartement.

« Pourquoi ne te préoccupes-tu pas plutôt de te faire des amis de ton côté ? lui dis-je. Je ne vois pas pourquoi tu te fais autant de souci pour moi.

— Où veux-tu que je rencontre des gens ? C'est toi qui es la mieux placée pour ça. »

Julie nous dénicha un studio sur South Elm Drive, juste à la lisière du quartier d'El Rodeo. Les fenêtres donnaient sur la rue et le plancher était recouvert d'une épaisse moquette de couleur ocre. Nous n'avions pas le moindre meuble, à l'exception d'un matelas et d'un coffre en bois que nous avions commandés par téléphone.

Ma mère était obsédée par les murs. Au cours des premières semaines, elle s'était aperçue qu'ils n'avaient pas été repeints correctement, et que le plâtre apparaissait même à certains endroits. Elle n'arrêtait pas d'appeler la propriétaire, une femme à la poitrine opulente qui habitait au nord de Sunset, et qui passait nous voir, une ou deux fois par semaine dans une Mercedes beige. La propriétaire avait également promis à ma mère de lui apporter des rideaux blancs pour les fenêtres. Ma mère était folle de rage après chacune de ses visites, parce qu'elle les oubliait toujours. Elle commençait même à se demander si elle les verrait un jour. La plupart du temps, je rentrais de l'école avant ma mère. En constatant que les rideaux n'étaient toujours pas là, j'étais prise à chaque fois d'une sourde angoisse. Je savais que ma mère allait râler pendant une bonne demi-heure lorsqu'elle rentrerait à son tour. Tous les soirs, elle avait de longues et orageuses conversations téléphoniques avec la propriétaire. Parfois, de guerre lasse, celle-ci lui passait son mari. Je le savais à cause du changement de ton que je décelais dans la voix de ma mère. Elle se montrait toujours plus conciliante avec les hommes.

Les rideaux arrivèrent enfin. Ils étaient effectivement blancs, comme la propriétaire l'avait promis, mais ils étaient aussi beaucoup plus clairs que les murs et ceux-ci paraissaient maintenant bien ternes par contraste. Ma mère était furieuse. Au bout de deux interminables séances de téléphone, elle réussit à convaincre la propriétaire de demander au peintre de venir repasser une nouvelle couche.

« Elle a réembauché le même zigoto. Elle doit le sous-payer. Et elle a sûrement acheté la peinture la moins chère et la plus dégueulasse. J'en ai marre de toutes ces mesquineries ! Cet endroit me fiche le cafard ! JE NE PEUX PAS CONTINUER A VIVRE AINSI ! » hurlait ma mère.

J'étais plantée au milieu de la pièce. J'avais pris l'habitude de me faire des sandwiches avec du beurre de cacahuètes, que j'étalais sur des muffins. Je les mangeais debout, en silence. Lorsque le peintre revint pour voir si la couleur des murs ne jurait plus avec celle des rideaux, je décidai de rester à la maison, j'en avais marre du lycée. J'aurais bien voulu lui offrir quelque chose, mais je n'avais rien à lui proposer, pas même du café. Nous n'avions que des graines de tournesol séchées, des muffins et du beurre de cacahuètes.

La propriétaire débarqua à son tour et j'allai me cacher dans le placard. Le peintre savait que j'étais là, mais elle l'ignorait.

« Cette bonne femme est vraiment impossible, l'entendis-je déclarer à propos de ma mère.

— Oh, elle gagne à être un peu mieux connue, dit le peintre. Elle a bon cœur, au fond. »

J'ignore s'il disait cela uniquement parce qu'il savait que je pouvais l'entendre. Mais il était exact qu'il avait discuté avec ma mère. Elle s'était mise à pleurer en lui disant qu'elle en avait assez, que la vie était infernale ici, qu'elle ne s'en sortirait jamais — tout cela entrecoupé de remarques destinées à lui montrer les endroits qui étaient à refaire. « Là, et là, vous voyez ? disait-elle. Vous avez oublié ce coin... Et ici, c'est un peu pâlichon... Si vous pouviez redonner un petit coup de pinceau... histoire d'égaliser, merci. »

« Eh bien, elle est peut-être charmante en tant que femme, dit la propriétaire, mais je vous assure qu'en tant que locataire, elle commence à me sortir par les yeux ! »

Lorsque ma mère rentra à la maison, la propriétaire était en bas et discutait avec le jardinier de l'immeuble. Ma mère monta d'abord quatre à quatre pour venir voir le résultat, puis redescendit trouver la propriétaire.

« C'est mieux, lui dit-elle, mais qu'avez-vous décidé pour la moquette ? Voilà deux mois que vous me dites que vous allez la faire laver. Je n'ose même plus me promener pieds nus tellement elle est sale. »

Je suivais la conversation, accoudée à la fenêtre. La propriétaire lâcha le tuyau d'arrosage qu'elle tenait à la main.

« Vous comprenez, Geraldine, JE NE PEUX PAS CONTINUER A VIVRE AINSI !

— Adele... Cette moquette a déjà été lavée deux fois ! Et laissez-moi vous dire quelque chose : vous trouvez que les rideaux ne sont pas assez ceci, les murs pas assez cela... Mais à côté de ça, vous n'avez pas encore songé à meubler cet appartement, alors que votre fille est entrée au lycée depuis plus de trois mois.

— Détrompez-vous ! J'ai déjà tout choisi. Les meubles sont en dépôt chez Sloane, ils n'attendent plus que mon feu vert. Je veux simplement que tout soit réglé avant de les faire livrer. »

Les deux femmes échangèrent encore quelques mots sur un ton plus calme, puis la propriétaire regagna sa Mercedes et repartit. Mais ce coup-ci, elle avait réussi à ébranler ma mère. Ce soir-là, assise dans notre box habituel au Hamburger Hamlet, elle paraissait distraite. J'essayai d'aborder différents sujets de conversation, mais elle avait visiblement l'esprit ailleurs. Elle jouait avec une de ses mèches de cheveux qu'elle enroulait distraitement autour de ses doigts.

« Transformation réussie ! » lança-t-elle brusquement, en me coupant en plein milieu d'une phrase.

Je m'interrompis. Elle s'en rendit compte et releva les yeux vers moi.

« Tu sais, Ann... Au fond, elle n'à pas tort. Voilà des mois que nous vivons dans cette pièce nue, sans le moindre meuble, et j'en suis encore à me faire du souci pour la moquette. Elle a raison. »

Je l'aimais alors. J'étais tellement heureuse de l'entendre parler ainsi. Enfin une remarque sensée et raisonnable, me disais-je. Peut-être allions-nous finalement nous décider à vivre comme des individus normaux.

Mais finalement ma mère dénicha un autre appartement. Il était plus petit mais moins cher que le précédent, et déjà meublé.

« Oh, bien sûr, les meubles ne sont pas terribles mais une fois arrangé, ça sera sans doute très mignon. Je vois déjà comment il faudrait procéder. Il n'y aura qu'à tendre des tissus aux murs et faire quelques aménagements. »

Peut-être était-ce cela finalement. Peut-être que nous n'avions pas les moyens de vivre dans cet appartement et sans doute était-ce la véritable raison de tous les inconvénients qu'elle lui avait trouvés.

« Seulement, cette fichue propriétaire est capable de nous forcer à rester jusqu'à la fin de l'année... »

C'était la question du bail qui la tracassait. Nous déménageâmes tard un soir. Après avoir entassé toutes nos affaires dans nos valises et dans des sacs, nous les descendîmes dans la voiture et filâmes dans l'obscurité. « Je préfère que nous ayons vidé les lieux avant d'aller lui annoncer la nouvelle », avait dit ma mère. Bien que nous n'ayons aucun meuble, le déménagement nous prit des heures. Nous laissâmes seulement le matelas et le coffre en bois. Le nouveau studio ne comportait qu'une seule pièce prolongée par une minuscule alcôve qui était déjà équipée d'un lit.

Après avoir entreposé nos affaires, nous ne pûmes pas nous résoudre à dormir là-bas. Les lieux étaient encore trop nouveaux et nous n'avions pas envie de les explorer tout de suite. Nous roulâmes dans la nuit jusqu'à la plage. Nous nous garâmes le long de Pacific Coast Highway et restâmes assises dans la voiture, les portières fermées, à contempler les vagues. Nous avions l'habitude de venir ici, quand les choses tournaient vraiment mal. On ne distinguait presque rien, l'océan n'était qu'une masse indistincte fondue dans l'obscurité, mais on entendait le bruit du reflux et l'on apercevait parfois çà et là la traîne blanche de l'écume. Nous restâmes jusqu'à l'aube. Lorsque le jour se mit à poindre, nous rentrâmes en ville et allâmes prendre un copieux petit déjeuner chez Nibbler. Ma mère appela son école pour dire qu'elle était malade. Nous avions l'intention de passer la journée à aménager notre nouveau studio.

A neuf heures pile, nous étions devant la maison de la propriétaire. Nous n'étions jamais entrées chez elle mais nous savions où elle habitait. J'étais cramponnée à mon siège. Ma mère ôta sa ceinture de sécurité.

« Eh bien, nous y sommes, dit-elle. Autant en finir tout de suite. »

Une grande pelouse s'étendait devant la maison. L'herbe était encore humide de rosée. Les bâtiments étaient en brique rose, des statues se dressaient le long de la clôture. Une fontaine était installée au milieu du jardin, mais le jet d'eau ne fonctionnait pas. La maison était close, comme si les gens n'étaient pas encore levés à l'intérieur.

« Est-ce que je peux rester dans la voiture ? demandai-je.

— Écoute, ma chérie, je crois qu'il serait préférable que tu m'accompagnes. (Ma mère parlait gentiment, d'une voix douce.) Allez viens, ma chérie. Allons-y. »

Nous restâmes un moment plantées devant le porche, avant de nous décider à actionner le heurtoir de bronze. Nous devions avoir l'air de deux réfugiées. Nous portions les mêmes vêtements depuis deux jours et nous n'avions pas dormi de la nuit. Mes cheveux étaient complètement hirsutes.

Une bonne vint nous ouvrir, et nous attendîmes un long moment tandis qu'elle allait chercher la propriétaire.

Finalement celle-ci apparut dans l'encadrement de la porte. Nous ne l'avions encore jamais vue dans une tenue pareille. Elle était pieds nus et portait un simple tee-shirt sur un short de tennis. Elle était visiblement très étonnée de nous voir. Ses sourcils étaient légèrement froncés mais sa voix restait calme et mesurée.

« Que puis-je faire pour vous ? » nous demanda-t-elle.

Ma mère hocha la tête.

« Écoutez, Geraldine, je vais vous parler franchement. Cette histoire d'appartement était mal enclenchée depuis le départ. La moquette, les rideaux, rien n'allait comme il faut. Et j'estime être dans mon droit en résiliant ce bail, étant donné tout ce que vous vous étiez engagée à faire, mais qui attend toujours votre bon vouloir.

— Vous voulez dire que vous avez l'intention de quitter cet appartement ?

— Eh bien, oui. Étant donné...

— Parfait. Aucun problème. Ce n'est pas moi qui vous retiendrai ! Nous allons régler ça tout de suite. »

Nous nous dévisageâmes, ma mère et moi, en la suivant dans son bureau. La maison paraissait vaste et tranquille, et elle était splendidement meublée. Ce devait être merveilleux de se réveiller le matin au milieu d'un pareil décor.

La propriétaire ratura le bail et griffonna quelques lignes sur un bout de papier qu'elle signa avant de l'agrafer au document.

« Voilà. Je vous demande seulement de me prévenir lorsque vous quitterez les lieux. »

Ma mère eut un petit rire nerveux.

« A dire la vérité, dit-elle, nous avons déjà déménagé. »

La propriétaire releva les yeux et nous dévisagea d'un air un peu estomaqué, la tête légèrement penchée de côté. Elle devait se dire que nous étions réellement folles.

« Bon, dit-elle lentement. Dans ce cas, je vais vous faire un chèque pour le remboursement de la caution.

— Nous avons tout nettoyé avant de partir, je vous assure, Geraldine. Vous pouvez aller le constater vous-même. »

La propriétaire s'était déjà replongée dans ses paperasses.

« Je vous crois sur parole », dit-elle en nous tendant le chèque.

Le nouveau studio était encore pire que le précédent. Je ne m'y suis jamais sentie à l'aise. Mais nous l'avions nettoyé de fond en comble et à la longue nous finîmes par nous y faire. Au moins, il y avait des meubles. Ma mère débordait de projets. Elle voulait installer de nouveaux rideaux et recouvrir de tissu le canapé en skai. Mais pendant quelque temps, les choses restèrent en l'état.

Nous avions un énorme réveil qui ébranlait le sol chaque fois qu'il sonnait. Tous les soirs, ma mère poussait un soupir en le remontant. Une fois l'opération terminée, elle s'asseyait de son côté sur le lit, près du téléphone, et me le tendait. Nous n'avions jamais terminé notre travail au moment de nous coucher, aussi le fait d'aller dormir n'était-il bien souvent qu'une façon de différer les tâches qui nous attendaient. Non d'ailleurs que nous croulions sous les occupations : j'avais fort peu de chose à faire en dehors de mes devoirs scolaires. Mes livres et mes cahiers étaient empilés sur la petite table de camping, à côté des épais dossiers que ma mère rapportait chaque soir de son travail et qu'elle remportait le lendemain, généralement sans y avoir touché. Mais ces tâches avaient beau n'être guère prenantes, elles restaient toujours suspendues au-dessus de nos têtes comme une épée de Damoclès, de telle sorte que nous finissions par ne plus trop savoir où nous en étions. Nous avions toujours l'impression d'être en retard. Aussi ma mère branchait-elle la sonnerie du réveil sur cinq heures du matin. Nous nous sentions si fatiguées le soir que nous nous consolions à l'idée des longues heures qui nous attendaient au réveil, le lendemain matin.

La nuit, je savais toujours lorsque ma mère se mettait à s'agiter dans son sommeil. Je m'écartais avant qu'elle ne se rapproche trop de moi. Je dormais littéralement saucissonnée dans un vrai conglomérat de couvertures et de draps. Cette promiscuité avait fini par me rendre égoïste.

Le réveil était posé par terre de mon côté, au pied du lit. Lorsqu'il se mettait à sonner, le matin, ma mère se tournait vers le mur en grommelant : « Encore cinq minutes, s'il te plaît. Rien que cinq minutes... »

La même scène se répétait plusieurs fois. Finalement, à huit heures ou huit heures et demie, elle se dressait brusquement sur son séant en s'exclamant : « Oh, mon Dieu ! » avec une telle violence que mon cœur s'arrêtait de battre.

« Dépêche-toi ! » criait ma mère tandis que j'enfilais mes chaussettes, assise au bord du lit. Elle fourrait ses cheveux sous son bonnet de bain, nue au milieu de la pièce, et se précipitait vers la douche à grandes enjambées. Je me contentais de lui jeter un coup d'œil ironique par-dessus mon épaule.

« C'est ça, amuse-toi, prends tout ton temps... me lançait-elle. Mais je te préviens que je partirai sans toi si tu continues à traîner comme ça. »

J'étais prête vingt minutes avant elle. Je l'attendais, assise au coin du lit, mes cahiers empilés sur les genoux.

« Je t'assure que je vais aussi vite que je peux, ma chérie.

— Je vais encore être en retard.

— Eh bien, moi aussi. Et je te prie de croire que mon travail est autrement plus important que ces bagatelles qu'on vous fait faire au lycée. »

Lorsque nous émergions de l'immeuble, le soleil était déjà haut dans le ciel. Nous courions en toute hâte vers le garage, les talons de ma mère claquaient bruyamment sur la rampe en ciment. Ma mère écrasait l'accélérateur de la Continental et nous surgissions des profondeurs du sous-sol. L'entrée du garage était à peine plus large que la voiture. Chaque matin les ailes de la Lincoln raclaient les piliers en ciment avec un bruit épouvantable.

« Merde ! jurait ma mère.

— Surveille un peu ton langage.

— Bon Dieu ! On paie ces engins des fortunes en se disant qu'au moins on aura une voiture décente, et en un rien de temps, on se retrouve avec un vrai tas de ferraille ! »

Ça me faisait de la peine, pour la voiture. Je comprenais ce que ressentait ma mère. Nous ne demandions pas grand-chose, nous n'avions pas fait une seule folie depuis que nous avions débarqué ici. Nous voulions simplement ce que tout le monde semblait avoir. Mais ça ne marchait jamais. Il manquait toujours quelque chose. Ça me rappelait le dépotoir qu'était devenu le jardin des Griling, au bout de Lime Kiln Road. Cette lente dégradation des choses. Je comprenais les soupirs de la mère, je sentais alors une faille s'ouvrir en moi et se refermer aussitôt.

Moi aussi, je faisais des trucs bizarres. Le soir, au restaurant, je prétendais que j'avais besoin d'aller aux toilettes et je montais au premier étage, dans le coin des cabines téléphoniques. Le Hamburger Hamlet possédait treize annuaires différents pour la seule ville de Los Angeles. Chaque soir, j'ouvrais deux ou trois annuaires (je ne voulais pas rester absente trop longtemps pour que ma mère ne soupçonne rien) pour voir si le nom de mon père y figurait. J'avais fini par compulser tous les volumes sans le trouver mentionné nulle part, mais chaque fois que je tombais sur un nouvel annuaire, je ne pouvais m'empêcher d'y jeter un coup d'œil. Je ne m'attendais d'ailleurs pas vraiment à le trouver. Je ne sais pas trop ce qui me poussait à agir ainsi. C'était encore une de mes lubies.

La veille des vacances de Noël, Daniel Swan me raccompagna jusque chez moi, à la sortie du lycée. Ma mère n'avait sans doute pas tort : il m'était plus facile de connaître des gens. Daniel Swan était un garçon de ma classe. Il avait toujours un paquet de caramels dans la poche de sa veste. Parfois il m'en offrait un, parfois non. Je ne tenais pas à ce qu'il voie où j'habitais. Tous les cent mètres, je m'arrêtais en lui disant qu'il s'écartait vraiment trop de son propre trajet.

Mais il continuait d'avancer devant moi, les mains enfoncées dans les poches de sa parka.

« Je t'accompagne encore un peu », disait-il.

Nous arrivâmes finalement au pied de mon immeuble.

« Bon. Je vais y aller, maintenant », dis-je en lui tendant la main.

Mais il ne se décidait pas à partir. Je ne lui avais pourtant pas proposé de monter, bien que j'eusse les clefs de l'appartement à la main, et lui-même ne me l'avait pas demandé. Notre studio était au premier étage, on apercevait ses fenêtres depuis la rue. Mais je ne le lui dis pas et nous nous assîmes sur les marches du perron, sans trop savoir quoi faire. Il m'offrit un caramel et en prit un lui-même. Lorsqu'il déplia l'emballage en cellophane, celui-ci brilla un instant à la lueur d'un rayon de soleil finissant.

J'entendis soudain le raclement caractéristique de la voiture de ma mère qui s'engouffrait dans les profondeurs du garage. Le bruit était épouvantable. Je ne fis pas un geste.

« Hé, les enfants ! », cria ma mère en remontant la rampe. Elle marchait légèrement penchée en avant, à cause de ses talons, tout en s'épongeant le front du revers de la main. Elle portait dans ses bras sa pile de dossiers habituelle. Nous étions en décembre, mais à cette époque de l'année, à LA, on a encore l'impression d'être en automne. Le fond de l'air était frais et une étrange odeur montait du sol, comme si le temps avait été sur le point de tourner.

« Hé ! Venez m'aider à décharger les paquets, je viens d'aller faire des courses. »

Nous dévalâmes tous les deux la rampe en ciment, heureux d'avoir quelque chose à faire. La Lincoln sentait bon le cuir. Pour une fois, j'étais contente que ma mère en ait pris autant soin.

Comme elle revenait du supermarché, elle pouvait nous offrir à boire. Elle était passée dans un centre de produits diététiques et avait rapporté du jus de grenade, du jus de carotte, du jus de céleri, ainsi que plusieurs variétés de kéfir. Daniel semblait avoir l'habitude de ce genre de boissons. Il lui demanda un verre de kéfir à la pêche.

Ma mère sortit de son panier un sac plein de grosses baies rouges, ainsi que tout un lot d'épingles et une bobine de fil à coudre. Elle nous expliqua qu'elle avait aperçu un arbre de Noël décoré de guirlandes de baies rouges, dans la vitrine d'un magasin, et elle avait envie d'en fabriquer quelques-unes. Les affaires battaient leur plein, à Westwood, les sapins commençaient à s'empiler le long des trottoirs, ficelés par lots et entreposés contre les murs des immeubles.

Nous nous assîmes par terre et nous mîmes au travail. Ce n'était pas facile. Les aiguilles ne pénétraient pas facilement dans les baies, et celles-ci nous éclataient souvent entre les doigts, sans compter que nous n'arrêtions pas de nous piquer. Au bout d'une demi-heure, nous n'avions réussi à confectionner qu'une minuscule guirlande.

« Nous allons manger au Hamburger Hamlet, Daniel, dit ma mère. Si tu désires te joindre à nous, tu es le bienvenu. A moins bien sûr que ta mère ne t'attende pour dîner.

— Vous voulez dire que vous laissez tomber, pour les guirlandes ?

— Je crois. C'est un peu trop difficile, tu ne trouves pas ? »

Daniel se leva et s'essuya les mains sur son pantalon. Ma mère le conduisit dans l'alcôve et lui montra l'endroit où se trouvait le téléphone. Comme il n'y avait vraiment pas assez de place pour deux, dans ce minuscule réduit, elle s'écarta pour le laisser passer.

« La Sorcière doit encore travailler, mais je vais prévenir les autres, dit Daniel. Ils seront ravis que je ne vienne pas. Comme ça, ils auront plus à manger.

— Oh, Daniel... » dit ma mère en riant, comme si le garçon avait voulu plaisanter.

Une fois de retour dans le salon, seule avec moi, elle poussa un soupir, ses épaules s'affaissèrent et son visage retrouva son habituelle expression d'épuisement.

Nous nous installâmes tous les trois dans notre box habituel, au Hamburger Hamlet.

« Mmm... Je vois que leurs tarifs ont augmenté », dit Daniel.

Ni ma mère ni moi n'aurions jamais osé dire une chose pareille. Cela semblait bizarre d'entendre quelqu'un parler d'argent.

Ma mère posa son menu et sourit. Elle était aux anges. C'était un tel soulagement pour elle de se rendre compte qu'elle n'était pas la seule sur terre à être tracassée par les questions financières.

« Tu peux choisir ce que tu veux, Daniel, dit-elle.

— Mmm... J'ai toujours bien aimé leur poisson en sauce, mais la dernière fois que je suis venu, il était beaucoup plus abordable.

— Oh, je t'en prie... Prends-en si cela te fait envie », dit ma mère.

Durant notre semaine de vacances, nous allâmes flâner dans un magasin de Brighton Way, ma mère et moi, et nous nous achetâmes chacune une veste en cuir comme cadeau de Noël. Elles étaient chères, mais elles étaient en solde, et ma mère dit qu'elles nous feraient de l'usage et que nous avions besoin de quelques vêtements qui sortent de l'ordinaire.

Après cet achat, il n'était plus question d'espérer d'autres surprises au pied du sapin de Noël. Vers la mi-décembre, nous avions reçu des colis expédiés par la famille, mais nous n'avions pas eu la patience d'attendre et nous les avions aussitôt ouverts.

Nous ne savions pas trop comment occuper notre temps, durant ces journées de congé. Nous avions été une fois rendre visite à Julie. Un autre soir, nous avions invité une vieille dame qui habitait aussi au Lasky House et l'avions emmenée dîner au Hamburger Hamlet. Dans Beverly Hills, les réverbères étaient décorés de guirlandes sophistiquées, mais en dehors de ça on avait peine à croire que Noël approchait. Dès que l'on sortait du quartier commercial, les artères résidentielles avaient le même aspect que d'ordinaire. Le soleil y brillait comme à l'accoutumée, l'herbe des pelouses était toujours aussi verte, les palmiers aussi hauts, et le bruit des balles continuait de résonner sur les courts de tennis invisibles depuis la rue.

Ma mère prétendait que l'on pouvait manger un steak pour cinq dollars au Charthouse, un nouveau restaurant au bord de la baie, et nous y allâmes le soir de Noël. J'étais sûre que l'endroit serait beaucoup plus cher. Nous en discutions encore lorsque la voiture s'engagea sur la corniche qui surplombe Westwood. Du sommet des collines, les toits roses de l'UCLA prenaient un aspect tout à fait cocasse.

J'avais évidemment raison. Nous étions déjà entrées dans le restaurant et nous attendions qu'on nous place lorsque ma mère leva les yeux au ciel après avoir lu le menu.

« Viens, Ann, me dit-elle. Partons. »

J'avais envie de rester. On voyait déferler les vagues à travers une immense baie vitrée. L'atmosphère de la salle était feutrée, l'éclairage discret. Un disque des Beach Boys passait en sourdine. La femme de la réception avait déjà relevé notre nom.

« Je t'avais *prévenue* », dis-je.

Nous traversâmes le parking pour rejoindre la voiture.

« Ils ont dû augmenter leurs tarifs, dit ma mère. Je t'assure, ma chérie, qu'on pouvait auparavant venir manger un steak ici pour cinq ou six dollars. Enfin, ça ne fait rien. Nous aurons toujours fait une belle balade. »

Nous échouâmes évidemment au Hamburger Hamlet. Plus tard

dans la soirée, ma mère remballa les paquets que nous avions reçus du Wisconsin. Elle les recouvrit de papier cadeau, elle enveloppa aussi nos deux vestes en cuir et toutes les boîtes vides qu'elle put dénicher dans la maison. « Comme ça, nous aurons davantage l'impression que c'est Noël. » Elle avait acheté des feuilles de papier cadeau vert foncé et une bobine de ruban rouge.

A dix heures du soir, ma mère décida brusquement qu'il était inutile de continuer à décorer la maison tant que le ménage n'aurait pas été fait.

« Nous allons nous y mettre immédiatement, dit-elle. Comme ça, lorsque nous nous réveillerons demain matin, tout sera en ordre.

— Ça ne peut pas attendre à demain ? Nous n'avons qu'à ramasser ce qui traîne et descendre les poubelles avant d'aller nous coucher.

— Écoute, fais comme tu voudras, mais je n'irai pas au lit tant que je n'aurai pas remis un peu d'ordre. La cuisine est dans un tel état que je n'arriverai pas à trouver le sommeil.

— Tu as parfaitement dormi toutes les autres nuits.

— Écoute, ma chérie, je ne vais pas me disputer avec toi uniquement parce que j'ai envie de quelque chose de décent pour une fois dans ma vie. J'aimerais me réveiller le matin de Noël dans un endroit propre, d'accord ? »

Je ne discutai pas davantage. Ma mère attaqua d'abord la cuisine et me confia le nettoyage de la salle de bains. Elle me demanda d'astiquer les carreaux, puis la baignoire et la cuvette des W.-C. Je me retrouvai à quatre pattes, un seau d'eau ammoniaquée et un flacon de détergent à mes côtés. J'enlevai des plaques de crasse et des poignées de cheveux qui traînaient dans les coins. Je m'arrêtai au bout d'un moment et contemplai le fond de la cuvette : l'eau était devenue toute bleue à cause du produit que j'avais versé. Je partis me chercher à boire à la cuisine.

Ma mère était à genoux et frottait énergiquement le sol. Des mèches de cheveux qui avaient glissé hors de son serre-tête lui retombaient sur le nez, et une veine lui barrait le front. Elle avait l'air horrible. On aurait dit un chien tirant sur sa laisse.

« Ne me dis pas que tu as déjà fini, lança-t-elle.

— Je veux juste boire quelque chose.

— Bon, d'accord.

— Encore heureux, dis-je en emportant mon verre à la salle de bains.

— Chut… Ne parle pas si fort, tout l'immeuble va t'entendre. Ces murs sont plus minces que du papier à cigarette.

— Je m'en fous ! » hurlai-je.

J'ouvris le robinet de la douche avant qu'elle ait eu le temps d'ajouter autre chose.

La salle de bains resplendissait à présent, les carreaux brillaient. Mais quelque chose, dans cet appartement, donnait le sentiment que ce n'était vraiment pas la peine de se décarcasser à ce point. On avait l'impression d'être dans une maison de poupée, tout était trop petit, et le fait que ce soit propre ou non n'y changeait pas grand-chose. Lorsqu'on était penché sur son travail, en train de frotter une petite surface, on n'y pensait plus. Mais dès qu'on avait terminé et qu'on prenait un peu de recul, la déception était inévitable : au fond, on ne voyait guère de différence.

Nous cessâmes à deux heures et demie du matin. Nous jetâmes nos vêtements sur la pile de linge sale. Nous n'avions pas de panier à linge. Comme les bacs à glaçons du frigo, cela faisait partie de ces objets que tout le monde possédait, sauf nous. L'odeur qui montait du tas de linge sale ressemblait à celle d'un réfrigérateur en train de dégivrer.

Ma mère poussa un soupir en me tendant le réveil.

« Je l'ai mis sur six heures, dit-elle après avoir éteint la lumière. Il n'y a pas à dire, on se sent quand même mieux une fois que la maison est propre. »

Nous dormîmes d'un sommeil de plomb jusqu'à onze heures du matin. Le soleil inondait la pièce lorsque nous ouvrîmes enfin les yeux.

« Tu es levée ? » demanda ma mère.

Elle s'assit en repliant les genoux sous les couvertures. D'où nous étions, nous apercevions la peinture écaillée du mur opposé et la porte entrouverte de la salle de bains.

« Eh bien, joyeux Noël, ma chérie ! Veux-tu que nous ouvrions tout de suite nos cadeaux ou que nous les laissions encore un moment dans leurs paquets ? Ils sont tellement mignons, avec ce papier vert et ces rubans.

— On peut les laisser comme ça. De toute façon, nous savons ce qu'il y a dedans.

— Je t'avais promis que nous irions prendre le petit déjeuner à l'extérieur, mais il est déjà si tard… je crois que nous allons plutôt terminer le ménage, comme ça tout sera en ordre lorsque nous irons chez tes amis, cet après-midi. »

Nous avions été invitées par une de mes copines de classe, qui habitait près de chez nous. Sa mère et son beau-père donnaient une réception pour Noël. C'était notre unique projet de la journée.

« J'ai faim, dis-je.

— Tu n'as qu'à te battre un œuf dans un verre de lait, ma chérie. Et après, nous nous mettrons au travail.

— Qu'y a-t-il encore à faire ?

— Pas grand-chose, vraiment. Il reste à passer l'aspirateur, surtout dans les placards, les étagères sont couvertes de poussière. Puis il y aura les vitres à laver et les poignées de portes à astiquer — et après, ma foi, nous n'aurons plus qu'à nous occuper de la décoration. (Elle eut un petit haussement d'épaules.) Je n'aurai pas l'esprit tranquille tant que ce ne sera pas terminé. »

Sans doute pour la première fois de ma vie, je me dirigeai de moi-même vers le placard et en sortis l'aspirateur. J'allais d'abord le passer à la salle de bains, non sans donner de violents coups de brosse contre les plinthes.

Ma mère me rejoignit, un carton de milk-shake à la main. Elle n'avait que son vieux tee-shirt sur le dos.

Je débranchai l'aspirateur.

« Tu ne pourrais pas, s'il te plaît, éviter de boire à même le carton ? Tu ne pourrais pas prendre un verre ?

— Je vois que tu es de charmante humeur, pour un matin de Noël…

— Ce truc est plein de microbes.

— Tu n'as qu'à prendre celui qui n'est pas encore ouvert. »

Je rebranchai l'aspirateur. Quelques instants plus tard, ma mère me tapa sur l'épaule. Je sursautai.

« Tu sais, ma chérie, il faut quand même que nous donnions un coup de fil à la maison. Autant le faire tout de suite. (Elle s'assit sur le lit et croisa les jambes.) D'ailleurs, je ne comprends pas pourquoi ils ne nous ont pas encore appelées. Il est déjà tard, là-bas. »

J'ouvris le nouveau carton de milk-shake et m'en versai un verre. Puis j'allai le ranger dans le placard du salon, à côté de mes livres de classe.

« Alors, tu as bien reçu le pull-over ? disait ma mère au téléphone.

— Passe-la-moi un instant, dis-je doucement.

— QUOI ? Tu ne l'as pas eu ? Mais c'est impossible ! Il y a déjà plus de deux semaines que je te l'ai fait envoyer ! Tu en es sûre ? C'est un pull-over marron, attends que je me souvienne... avec un châle assorti et des boutons jaunes. Oh, maman ! Il était si joli... »

Ma grand-mère devait sûrement tenir l'écouteur à deux mètres de son oreille, vu la manière dont ma mère hurlait.

« Elle n'y est pour rien », dis-je.

Mais ma mère ne m'écoutait pas. Je m'assis par terre, la gorge serrée. Je me demandais si elle n'était pas en train de lui raconter un bobard. Je n'avais jamais entendu parler de ce pull-over. Bien sûr, elle aurait pu l'acheter sans me le dire. Mais dans ce cas, pourquoi ma grand-mère n'avait-elle rien reçu ? Les colis finissent toujours par arriver.

« Je l'avais acheté chez Sacks ! Ils m'avaient promis qu'ils l'enverraient à temps ! Oh, j'en suis malade ! Ce pull-over était une pure merveille, si tu avais vu la qualité de cette laine... Enfin, j'espère qu'il ne tardera plus. Tu vas sûrement le recevoir d'un jour à l'autre. »

Le pull-over n'arriva jamais. Pas plus que la chemise de nuit de Carol, l'écharpe de Jimmy, le sweat-shirt de Benny ou la veste de

Hal. Et ma mère refit le même coup par la suite, à chaque Noël. Cela finit par devenir un gag dans la famille. « Alors, ce pull-over, tu l'as bien reçu ?... » A tel point que ma mère, prise à son propre jeu, avait au bout de quelques années perdu toute confiance dans les services postaux. Lorsqu'on lui annonçait au téléphone qu'on s'apprêtait justement à lui écrire, elle insistait toujours pour qu'on envoie la lettre en recommandé.

Nous nous remîmes au ménage. De temps en temps, ma mère s'interrompait et se mettait à râler.

« Elle aurait quand même pu faire un petit effort, tu ne trouves pas ? Après tout, je suis sa fille... Mais apparemment, elle se fiche bien de ce qui peut nous arriver... »

Lorsque nous eûmes fini de tout nettoyer, il était plus de trois heures. Je courus à la cuisine et jetai le rouleau de papier qui nous avait servi à laver les vitres. La réception que donnaient les parents de ma copine avait lieu entre une heure et six heures de l'après-midi. Il fallait nous dépêcher.

Ma mère me tendit les clefs de la voiture pour que j'aille chercher les rameaux de cèdre qu'elle avait achetés et qui étaient restés sur le siège arrière.

« On ne pourrait pas s'en occuper plus tard ? Nous allons rater pour de bon la réception.

— Chérie... Cela nous prendra trois minutes. Après, nous aurons tout à fait terminé. Tu ne vas pas me priver au dernier moment du plaisir de tout voir en ordre. Et comme ça, lorsque nous reviendrons, la maison sera parfaitement propre. Allez, dépêche-toi ! »

Je serrai si fort les clefs dans ma main que j'eus mal, et je sortis en courant. La rue était déserte. Il faisait plutôt frais et j'eus la chair de poule. Cette sensation me fit du bien. La lumière était douce et grise, comme s'il allait pleuvoir. La guirlande électrique d'un sapin en plastique clignotait à une fenêtre de l'immeuble. Une dame âgée habitait là. Elle vivait seule et ne sortait presque jamais de chez elle.

Il n'y avait pratiquement plus de voitures dans le garage, au sous-sol. Je m'assis un instant dans la Lincoln, en respirant les effluves que dégageaient les rameaux de cèdre. Puis je posai les mains sur le volant. J'aurais bien aimé conduire. J'avais déjà appris, mais ma mère ne me le permettait jamais. Benny, lui, conduisait des tracteurs dans les champs, en été.

Je ramassai tous les rameaux entre mes bras. Le plancher de la voiture fut aussitôt jonché d'aiguilles de cèdre, mais ma mère aurait bien le temps de s'en occuper plus tard. Je fis une seule grosse gerbe de toutes les branches.

Ma mère était en train d'installer le pain d'épice sur un plat en argent qu'elle venait d'astiquer. Nous étendîmes une nappe de feutrine verte sur la table. Puis elle y disposa les rameaux, de manière à former une couronne. Elle en mit aussi le long des plinthes et sur le miroir de la salle de bains, partout où elle arrivait à les accrocher. Elle avait eu raison : l'appartement était complètement transformé. Le plafond paraissait plus haut et une bonne odeur se répandait dans la pièce. Une odeur de propreté.

Elle en eut enfin terminé. Le dernier rameau avait été installé. Nous prîmes toutes les deux un peu de recul afin d'admirer le résultat.

« Parfait... Il ne reste plus qu'à donner un dernier coup d'aspirateur pour faire disparaître toutes ces aiguilles. »

Je me mis à me déshabiller. Il était déjà quatre heures. Je n'avais même plus le temps de prendre une douche. J'enfilai une paire de chaussettes propres.

« Cette réception est notre seule distraction pour Noël, dis-je, et dans une heure elle sera terminée. Je n'ai pas l'intention de rester ici une minute de plus, et encore moins de passer l'aspirateur.

— Bon, très bien. Je ne vais pas te forcer. Je peux parfaitement le faire moi-même. »

Ma mère tira le vieil Electrolux de son placard comme un chien au bout de sa laisse. Je compris alors qu'elle ne serait jamais prête à temps. Il était bien trop tard. Une fois qu'elle en aurait fini avec ça, il faudrait encore qu'elle aille s'habiller et se maquiller, ce qui lui prenait rarement moins d'une heure.

Je criai pour couvrir le bruit de l'aspirateur.

« J'y vais ! Je te note l'adresse sur un bout de papier, tu me rejoindras un peu plus tard.

— Non, ce n'est pas la peine. Je n'irai pas là-bas toute seule. Je vais plutôt finir de mettre de l'ordre. (Elle n'avait pas du tout l'air fâché.) Pour t'avouer la vérité, ma chérie, je préfère qu'on fasse comme ça. Je n'aurai pas l'esprit tranquille tant que tout ne sera pas à sa place. Mais vas-y... Et amuse-toi bien ! »

Je sortis de l'immeuble. Les nuages se déplaçaient à vive allure dans le ciel. Je fourrai les mains dans mes poches et me mis à marcher le long du trottoir. La plupart des fenêtres étaient fermées, on ne distinguait rien à l'intérieur des appartements. Je pensais à la maison de mon amie, à la porte qui allait s'ouvrir après mon coup de sonnette, au brouhaha et à l'animation qui régneraient chez elle. Je n'avais brusquement plus envie d'y aller. Je pris néanmoins la direction de la rue où elle habitait. Je verrais bien une fois sur place. Sur le chemin, je passai devant mon lycée. Il se dressait sur la pelouse, aussi vide et silencieux qu'un château abandonné. A part deux types qui jouaient au tennis l'endroit était désert. J'avais mis mes plus beaux jeans, que j'avais repassés pour l'occasion, ainsi qu'une paire de chaussures à talons. Je regrettais à présent de ne pas être en espadrilles. Sinon, j'aurais pu marcher dans l'herbe. Pour Dieu sait quelle raison, j'avais brusquement envie d'aller toucher le stuc rose et pâle de la façade, comme s'il m'avait été possible de laisser sur le mur l'empreinte de ma main. Mais j'aurais abîmé mes chaussures en cuir si j'avais ainsi traversé la pelouse détrempée. Et je faisais toujours attention à ce genre de détails.

Je fis demi-tour et rentrai lentement à la maison. Il était désormais inutile que je me presse. Les appartements semblaient désertés, comme si seuls les gens qui possédaient une maison fêtaient Noël chez eux. Je n'avais envie de voir personne. Je me mis à pleurer sans raison. Il faisait beau dehors, tout était calme et j'étais heureuse de porter de nouveaux habits.

Arrivée chez nous, je restai devant l'immeuble. Je m'assis sur les marches un long moment. Je regardai la rue déserte sans penser à rien. Je n'avais tout simplement pas envie de rentrer tout de suite.

Finalement, la porte d'entrée s'ouvrit et ma mère poussa un petit cri.

« Ann ! Tu m'as fait peur ! Je partais justement à ta recherche. Tu es là depuis longtemps ? »

Elle avait les jambes nues sous son manteau. Ses cheveux étaient toujours retenus dans son serre-tête rose. Elle tenait ses clefs à la main.

« Allez, viens. On saute dans la voiture et on va chercher des glaces.

— Maintenant ?

— Mmhmm... j'en ai une envie folle. »

Une fois dans la voiture, nous branchâmes le chauffage et je réalisai brusquement que ma mère était complètement nue sous son manteau. Elle comptait évidemment sur moi pour aller chercher les cornets de glace, comme d'habitude. Mais le Baskin-Robbins était fermé, une petite pancarte était même affichée sur la porte vitrée.

« Merde ! J'avais vraiment envie d'une glace après tout ce boulot. Nous aurions mieux fait de dépenser cet argent hier, au restaurant. Et où vais-je trouver une glace à une heure pareille ? Merde, merde et merde... »

Ma mère s'affala sur le volant et éclata en sanglots. Je regardai la rue déserte à travers la vitre. Au bout d'un moment, comme elle pleurait toujours, je posai la main sur son épaule en lui disant : « Maman... Maman... » Mais ses larmes coulaient de plus belle.

Je sortis et fis le tour du véhicule. Puis j'ouvris sa portière, poussai ma mère sur le siège du passager, et je pris le volant. Je conduisis lentement jusqu'à la maison, à travers les rues vides. De temps en temps la voiture faisait un petit écart. Ma mère s'était peu à peu calmée, elle avait fermé les yeux et ne disait rien.

Il y avait bien longtemps, un jour, nous nous étions tous entassés dans la fourgonnette rouge de Jimmy Measey. L'après-midi était clair et ensoleillé, de part et d'autre de l'autoroute les champs couverts de neige avaient des reflets bleus. Benny était perché sur les genoux de son père, qui conduisait. Je me souviens encore de la couleur de la chemise à carreaux qu'il portait ce jour-là. Nous étions heureux à l'époque. Puis nous avions quitté l'autoroute et, arrivés dans notre quartier, Jimmy s'était exclamé : « Allez, à ton tour, Ann ! Tu sais conduire, au moins ? »

J'avais dit oui, mais je crevais de trouille. Je n'avais pas la moindre idée de la manière dont il fallait s'y prendre, ni de l'emplacement des manettes, rien. J'étais persuadée que nous allions tous mourir à cause de moi. On me hissa sur les genoux de Jimmy et je me rappelle encore le décor que je découvris à travers le pare-brise : les fils télégraphiques qui s'étendaient sur des kilomètres, les buissons d'herbe folle qui émergeaient çà et là dans les champs, au milieu des flaques de boue, la neige qui soufflait en rafales jusque vers notre grange, à l'extrémité du paysage... Je n'avais pas l'habitude de voir les choses de si haut. Je saisis finalement le volant. Jimmy plaqua ses mains sur les miennes pour me guider et je sentis le véhicule obéir à mes gestes. J'avais l'impression que nous glissions. Jimmy rectifiait de temps à autre la trajectoire. La fourgonnette oscillait sur la route, les passagers étaient secoués comme des pruniers, mais je parvins tant bien que mal à maîtriser le véhicule.

Juste devant chez nous, un policier nous fit signe de nous arrêter. Je levai les yeux vers lui tandis qu'il se penchait par la fenêtre ouverte. Il regarda ma mère, qui était restée recroquevillée contre sa portière, et me demanda où nous habitions. Je lui montrai l'immeuble un peu plus loin. Il hocha la tête, me donna une petite tape sur l'épaule et nous laissa repartir le long de l'artère déserte.

J'ouvris la porte avec ma propre clef. La pièce était plongée dans l'obscurité, seule la guirlande électrique du sapin diffusait une petite lueur. Je pris un sablé en forme d'arbre de Noël et allai m'asseoir sur le canapé. Ma mère suspendit son manteau dans le placard et se glissa dans le lit. Je grignotai lentement mon sablé. Lorsque j'eus terminé, je regardai fixement ma paume vide et me mis à lécher les miettes qui restaient.

« Tu es arrivée à temps ? » demanda ma mère.

Elle s'était assise sur le lit, en se servant comme dossier de nos deux oreillers.

« Où ça ? dis-je.

— A la réception de ta copine.

— Je n'y suis pas allée. »

Ça me faisait mal au cœur de lui avouer ça. Je regrettai aussitôt de ne pas avoir menti.

« Je te comprends, dit ma mère. Au fond, c'est encore chez soi qu'on est le mieux. Surtout lorsque tout est bien rangé. »

Elle bâilla et se gratta l'épaule. Elle portait encore ce vieux tee-shirt gris en guise de pyjama. Elle ne s'était pas changée de toute la journée de Noël.

CHAPITRE 6

LAS VEGAS DISNEYLAND, L'ÉGYPTE

Je suffoquais à cause de l'air qui se précipitait dans mes poumons lorsque mon père me soulevait ainsi. Il s'allongeait sur le dos, ramenait les genoux sur son torse et m'installait à plat ventre sur la plante de ses pieds, en me tenant par les mains. Puis il dépliait brusquement les jambes et me projetait en l'air. J'avais l'impression de flotter en pleine lumière. Ce jeu portait un nom : Kaboosh. J'ignorais s'il s'agissait d'un mot arabe ou d'une invention de mon père.

Mais j'ignorais tellement de choses, jusqu'à son départ. Puis ce fut comme n'importe quelle mort : irréversible et très lent. Il partit tandis que nous dormions encore, dans notre petite Valiant beige, laissant derrière lui ses aspirateurs avec tous leurs accessoires. Il n'emporta que des vêtements neufs dans une valise neuve.

La porte d'entrée devait être fermée à clef et il faisait sûrement froid dehors. Et ses pas avaient dû s'imprimer dans l'herbe de la pelouse, couverte de rosée. Le train de six heures cinquante avait fait vibrer les branches des arbustes et des buissons comme des tasses de thé sur leurs soucoupes. Peut-être s'était-il alors retourné un instant vers la maison en se représentant une dernière fois nos visages endormis sur l'oreiller. Sous leurs abris de toile rouge, des peaux de vison séchaient, alignées sur les étendages. Sans doute y avait-il aussi des draps qui se balançaient mollement, blancs et mouillés sur les fils. Le contour des choses devait se dessiner dans toute sa pureté, sous la lumière brutale du matin. Peut-être s'était-il un instant frotté les yeux, puis il était parti.

Il avait dû bifurquer au bout de l'allée, pour rejoindre l'autoroute, en voyant peu à peu diminuer dans son rétroviseur le reflet de notre maison blanche, qui ne dépassait déjà plus la taille du bâtiment gravé au revers des pièces de un *cent*, puis qui avait encore rétréci, de plus en plus infime, simple grain de poussière sur le verre miroitant, avant de disparaître enfin totalement. Le bruit de notre voiture, la sienne désormais, s'était noyé dans la rumeur sourde de la circulation que nous percevions depuis toujours et percevrions à jamais, jusque dans notre sommeil.

Nous nous réveillâmes tard dans la matinée. Déjà haut dans le ciel, le soleil brillait à travers les rideaux blancs et sa lueur diffuse adoucissait l'aspérité des angles aux quatre coins de la pièce. Dehors, on aurait dit que les tiges des lilas battaient follement contre les vitres.

« Où est-il allé ? » demandai-je à ma mère.

Nous étions en train de border les pans de la courtepointe entre le matelas et le cadre en bois du sommier. Lorsque nous eûmes terminé, ma mère posa sa main sur la mienne.

« Il est parti, dit-elle.

— Pour combien de temps ?

— Je l'ignore. »

A l'extérieur, une nuée d'oiseaux-mouches s'abattit sur le buisson de lilas. Une écharpe rouge était nouée autour de l'une des branches. Au hasard de leurs lentes orbites, les mouches venaient se heurter aux vitres. Ma mère se mit à faire du repassage. Cette année-là, tous ses vêtements d'été étaient en coton indien.

« Il est allé en Californie, pour essayer de gagner de l'argent, dit-elle. Mais après, il reviendra.

— Quand ? »

Durant un instant, ses lèvres tremblèrent légèrement. Son visage se voila et sa main serra plus fortement le fer à repasser. Elle saisit un chemisier et alla le ranger dans la penderie. Il y avait toute une rangée de cintres vides. Sa mâchoire se crispa, mais elle se remit à repasser.

« Je l'ignore », dit-elle.

Je m'assis par terre en attendant qu'elle ait fini. Elle repassait ses chemisiers l'un après l'autre, méticuleusement, en prenant soin de toujours commencer par le col. Lorsqu'elle eut terminé et qu'elle eut suspendu le dernier chemisier dans la penderie, je lui demandai ce que nous allions faire.

Elle ne répondit pas. Elle débrancha le fer et regarda par la fenêtre, la main posée sur le manche de l'appareil.

« Qu'est-ce que tu as dit, ma chérie ? reprit-elle au bout d'un moment.

— Je t'ai demandé ce que tu comptais faire aujourd'hui.

— Je n'en sais rien, dit-elle en bâillant. Je me sens un peu fatiguée. Pas toi ? »

Elle tendit le bras vers moi et me prit par la main. Nous restâmes ainsi pendant quelques secondes, puis elle alla s'asseoir sur le lit.

« Viens, dit-elle. Nous allons faire un petit somme. »

Nous nous étendîmes côte à côte. C'était là qu'elle dormait avec lui.

Avant d'aller se coucher, ma mère fredonnait souvent l'un des airs de mon père. Mon père voulait devenir compositeur. C'est pour ça qu'il était allé en Californie. Les gens n'arrêtaient pas de lui dire qu'il était un bel Arabe. Il pensait qu'il ferait fortune dans le cinéma. D'après ce que je sais, l'idée d'écrire des chansons était la seule qu'il eût régulièrement cultivée, jusque vers la trentaine. Mais plus tard, il devait également laisser tomber la musique.

Après le départ de mon père, nous avions pris l'habitude de dormir ensemble, ma mère et moi. Ma mère enfilait une combinaison, se faufilait sous les draps et glissait ses mains contre moi pour se réchauffer. Cette année-là, elle montait se coucher en même temps que moi, après le dîner, et lorsque je me levais le matin elle était encore endormie. Nous nous déplacions sur la pointe des pieds à travers la maison, ma grand-mère et moi, pour ne pas la réveiller. Elle se levait vers midi, mais nous étions de nouveau tranquilles à partir de quatre heures, lorsqu'elle allait faire sa sieste.

Nous consommions toutes les trois d'énormes quantités de lait. Le laitier passait tous les matins en déposer deux litres sur le porche. Les violettes prospéraient dans leurs pots, sur la console de la cheminée, sans doute parce que nous nous arrêtions plusieurs fois par jour pour vérifier l'humidité de leur terre. La maison restait propre sans que nous ayons eu l'impression de contribuer à son entretien.

Pendant que ma mère se reposait, nous nous lancions ma grand-mère et moi dans de longues expéditions. En automne, nous avions assisté à la récolte du sirop d'érable ; l'hiver, nous avions visité la Réserve naturelle et nourri les oies et les canards sauvages de grains de maïs ; au printemps, nous étions allées cueillir des lys et des violettes dans les champs. Qui sait... Peut-être que nous aurions pu vivre ainsi toutes les deux, jusqu'à la fin des temps, dans le calme de cette maison, livrées à nous-mêmes et à nos jeux silencieux — ma grand-mère assise à la table de la cuisine avec ses cartes à jouer, et moi vautrée par terre à ses pieds, avec mes crayons de couleur... Mais lorsque arriva l'été, ma mère reprit brusquement du poil de la bête. Nous pûmes assister aux étapes successives de sa métamorphose. Un beau jour, elle cessa d'aller faire sa sieste. La semaine suivante, elle ne monta pas se coucher avec moi après le dîner. Elle devait commencer à en avoir marre de dormir autant.

Elle nous inscrivit elle et moi au cours de patinage artistique du samedi soir. Elle nous avait acheté des collants couleur chair et des jupettes assorties. La patinoire était silencieuse, hormis un vrombissement assourdi qui rappelait celui d'un réfrigérateur. La surface était divisée en huit rectangles égaux ; nous en partagions un, ma mère et moi.

Nous étions très concentrées, la nuque courbée en avant, en essayant de suivre les lignes parallèles tracées par nos patins. Les miens étaient munis d'une double lame. A huit heures, le haut-parleur se mettait à diffuser une musique éraillée et nous pouvions patiner à notre aise sur toute la surface de l'anneau de glace.

« C'est vraiment la méthode idéale pour perdre des kilos », me criait ma mère en se frappant la cuisse.

Un homme fit un demi-tour et freina pile devant elle, en faisant gicler une gerbe de glace. Ma mère et lui se mirent à patiner ensemble, tandis que je restais là, à essuyer les flocons de givre qui m'avaient éclaboussé le visage. Telle fut notre rencontre avec Ted.

Lorsque la musique s'arrêta, ma mère m'aida à franchir la barrière qui entourait la piste. Comme le sol était en bois, il fallait marcher sur la pointe des patins.

« Tu vois, me dit-elle, lorsque tu seras grande et que tu auras un petit copain, tu pourras lui donner rendez-vous ici. Il te regardera patiner en se disant non seulement que tu es sacrément mignonne, mais qu'en plus tu es loin d'être une gourde. »

Elle releva les yeux vers les rangées de sièges vides, recouverts d'un velours marron déjà usé jusqu'à la corde. Puis elle me dévisagea d'un regard pénétrant, comme si elle essayait de se représenter quelle allure j'aurais plus tard. Quant à moi, mon seul désir lorsque je serais grande était de lui ressembler.

Même lorsqu'elle n'avait rien de précis à faire, ma mère était toujours agitée. Nous roulions lentement à travers les rues des beaux quartiers balayées par le vent, le long de la rivière. Sa copine Lolly était assise à l'avant, à côté d'elle. Nous mangions des glaces au chocolat qui étaient déjà en train de fondre et dont la crème nous ruisselait entre les doigts, constellant nos chemisiers de taches brunes.

« Bon sang ! Ça doit être formidable de vivre dans un coin pareil ! » s'exclama ma mère en donnant un coup de frein.

Au fond d'une immense pelouse se dressait une magnifique demeure au porche encadré de piliers blancs.

« Pardon, Lolly, enchaîna-t-elle. Je t'ai interrompue. »

Elles parlaient toutes les deux à voix basse.

« Qui aurait jamais cru qu'une histoire pareille t'arrive ici, à Bay City ? disait Lolly. Et la prochaine fois que tu le verras, est-ce que tu vas... enfin, est-ce que tu comptes... avant, comment dire, que les choses soient officielles... Tu vois ce que je veux dire...

— Je vois, dit ma mère. Eh bien, franchement, je crois que je ne me ferai pas trop prier.

— Moi aussi je vois très bien ce que vous voulez dire », criai-je depuis le siège arrière.

C'était un mensonge éhonté, car je n'en avais évidemment pas la moindre idée. Mais je sentais qu'elles voulaient me tenir à l'écart de leur conversation, et cela commençait à m'énerver.

Elles étaient toutes les deux en train de boire leur café, assises sur le porche à l'arrière de la maison. Je me tenais un peu plus loin, en faisant semblant de jouer avec l'une de mes pantoufles que je tournais et retournais en tous sens, pour qu'elles ne s'aperçoivent pas que je suivais leur conversation. Lolly racontait à ma mère qu'elle était obligée de se laver les cheveux je ne sais combien de fois par semaine.

Ma mère poussa un soupir et leva les yeux sur les champs environnants. Des monceaux de feuilles mortes jaunes et roussies jonchaient les prés. Le maïs venait d'être récolté.

Lolly reprit la parole.

« Au fait, as-tu eu des nouvelles de... euh... de Californie ? »

Ma mère demeura un moment silencieuse. J'évitai soigneusement de la regarder et continuai à tripoter ma pantoufle, les yeux baissés. Cela faisait deux ans que mon père était parti.

« Ann, dit-elle finalement, tu devrais rentrer et aller regarder la télé avec ta grand-mère. Ça lui ferait sûrement plaisir que tu lui tiennes un peu compagnie. »

Je renfilai mes pantoufles. Les deux femmes restèrent silencieuses jusqu'à mon départ. Ma mère tenait sa tasse de café entre ses mains, en soufflant légèrement sur le liquide. Le salon était plongé dans l'obscurité, car les rideaux avaient été tirés. Je m'assis par terre, aux pieds de ma grand-mère.

J'adorais l'odeur des bas en nylon. Il y en avait toujours partout à travers la maison, en train de sécher dans la salle de bains, sur l'étendage de la baignoire, ou empilés dans les tiroirs des commodes, à côté des tubes de rouge à lèvres dont l'arôme, à l'époque, évoquait vaguement l'encaustique. Mais les bas dégageaient des effluves bien différents, dès qu'on les portait : mêlé à celui de la peau, leur parfum me faisait penser à celui des feuilles brûlées.

« Allez, remuons-nous un peu ! dit ma grand-mère lorsque ce fut l'heure de la séquence publicitaire. Nous n'allons tout de même pas rester vissées toute la journée devant cette télé. Si nous allions arroser les fleurs au cimetière ? Nous nous arrêterons en passant à l'épicerie, et je t'achèterai un milk-shake au chocolat.

— D'accord, grand-mère. »

Pendant qu'elle sortait l'Oldsmobile du garage, je me rapprochai du perron pour épier à nouveau la conversation de Lolly et de ma mère. Celle-ci était en train de dire :

« Tu ne sais pas ce qu'il m'a sorti, après ça ? Il s'est penché vers moi et il a murmuré : Allons, Adele... Tu as déjà été mariée... Laissons-nous donc aller, nous verrons bien si ça colle entre nous... Si ça colle ? lui ai-je rétorqué. Et qu'est-ce qui se passerait si par hasard ça ne collait pas ? »

Les deux femmes éclatèrent de rire. Au même instant, un faucon traversa le ciel.

« Pourquoi riez-vous ? dis-je en m'avançant. Je ne vois pas ce qu'il y a de drôle ! »

Ma mère et Lolly se dévisagèrent et se mirent à rire de plus belle. Je fis volte-face et me dirigeai vers la voiture de ma grand-mère. Mes mains tremblaient le long de mon corps.

« Tu comprendras plus tard, me lança ma mère. Attends d'avoir un peu grandi. »

Je claquai la portière et me tournai en souriant vers ma grand-mère. Les boîtes en fer-blanc dont nous nous servions pour arroser les fleurs bringuebalaient sur le siège arrière. J'étais contente parce que je ne voulais pas que ma grand-mère reste enfermée à longueur de journée dans sa maison ; sinon, elle finirait par perdre ses couleurs et par avoir le teint pâle et cireux des vieilles personnes. De son côté, elle pensait que cela me ferait du bien de prendre l'air. Ainsi, sans le savoir, nous faisions-nous mutuellement du souci l'une pour l'autre.

Un jour, lorsqu'il vivait encore avec nous, mon père avait voulu tondre la pelouse. Il était sorti le matin par la porte de derrière, ses aspirateurs et sa mallette de prospectus à la main. Il était représentant à l'époque. Il était allé ranger son matériel dans le coffre de notre voiture, une Valiant beige.

La tondeuse était monumentale. Elle avait une carrosserie orange. C'était le genre d'engin sur lequel il fallait monter et qui se conduisait comme un tracteur. L'herbe jaillissait comme l'eau d'une fontaine sur le côté.

Mon cousin Benny arpentait l'allée, les jambes nues, en s'agitant autour de la tondeuse. Même lorsqu'il était plus jeune, il ne tenait jamais en place. S'il devait nous attendre — car nous n'étions évidemment jamais à l'heure —, il allait derrière la maison, dans le jardin, en brandissant un bâton plus grand que lui avec lequel il faisait des moulinets au-dessus de sa tête. On avait beau lui courir après et l'appeler sur tous les tons, il n'entendait jamais rien. Il était blond comme les blés.

« Tu ne veux pas faire un tour là-dessus ? » demanda-t-il à mon père, en se penchant pour attraper la courroie qui mettait le moteur en route.

Jimmy Measey sortit à cet instant du garage, un bidon d'huile à la main.

« Moi ? » s'exclama mon père, pris de court.

Cela faisait cinq ans qu'il vivait dans le Wisconsin. Dans son pays, en Égypte, il n'y avait ni herbe ni pelouses.

L'écran de la porte d'entrée s'ouvrit et ma grand-mère apparut à son tour, une faucille et une paire de gants à la main. Elle était vêtue d'une salopette d'homme, d'une chemise à carreaux et d'une écharpe en laine. Depuis la mort de mon grand-père, elle avait pris l'habitude de se lever de bonne heure et de porter les vêtements de son mari.

Mon père hésitait. Jimmy Measey m'a raconté plus tard qu'il avait finalement voulu impressionner ma grand-mère.

« D'accord, dit-il en regardant Benny et en passant la main dans ses cheveux. (Mon père avait toujours regretté que je ne sois pas blonde comme ma mère ; physiquement, j'ai surtout hérité de lui.) Tu veux monter avec moi ? ajouta-t-il.

— Impossible. On ne peut pas tenir à deux sur cet engin.

— Bon. »

Jimmy Measey s'approcha et expliqua à mon père comment marchait la machine.

« Là c'est le contact et le frein est ici... »

Benny tira sur la courroie et la tondeuse se mit en marche. Mon père tentait de la contrôler, les mains crispées sur le volant, mais l'engin filait en ligne droite. Mon père se mit à agiter les bras d'un air affolé.

« Hé ! Coupe le contact ! Freine, bon sang ! »

Les cris de Benny se répercutaient dans le ciel. Je les entends encore résonner aujourd'hui.

« Saute ! Mais saute, nom de Dieu ! » hurlait Jimmy Measey, qui s'était mis à courir derrière la tondeuse.

Mon père criait aussi, mais personne ne comprenait ce qu'il disait. La tondeuse éventra la haie, écrasant tous les épis de maïs qui se trouvaient sur son passage. Et finalement mon père tomba. Lorsque Jimmy Measey le rejoignit et l'aida à se relever, il était couvert de brindilles et de feuilles de maïs. La tondeuse continuait imperturbablement son chemin en direction de la grange. Benny partit à sa poursuite. Ma mère sortit à cet instant de la maison, ses talons hauts s'enfonçaient dans la terre.

« Je ne comprends pas pourquoi tu n'as pas simplement appuyé sur le frein... » grommelait Jimmy Measey, en piétinant les épis de maïs qui jonchaient le sol, mais mon père se dirigeait déjà vers la maison, où ma mère l'attendait.

Jimmy Measey avait hâte de s'en aller, il était en retard. Il aimait prendre son café et ses toasts nature chez Bob's Big Boy, le long de l'autoroute, avant de se mettre au travail. Il aimait s'asseoir au comptoir et écouter les conversations à la fois inattendues et familières des autres clients. Il avait une règle : ne jamais arriver à son magasin après dix heures du matin. Jimmy Measey était une sorte de représentant, lui aussi. Mais lui n'est jamais parti. Il lui arrivait sans doute de regarder les voitures sur l'autoroute, en se disant qu'il aurait bien aimé être dans l'une d'elles et filer vers l'ouest. Mais même en imagination, il finissait toujours par rentrer chez lui et par regagner la demeure où sa famille l'attendait, au bout de Lime Kiln Road.

« Mais qu'est-ce qu'ils t'ont donc fait faire ? » hurlait ma mère.

Mon père l'écarta et haussa les épaules, avant de se diriger seul vers la voiture.

Peu après, Benny rapporta la tondeuse. Ses jambes bringuebalaient contre les flancs de l'engin. Benny adorait la mécanique.

Jimmy Measey me saisit par les épaules et me tira en arrière.

« Tu penses à ton père, pas vrai ? Je vois bien que ton papa te manque. »

Nous étions en train de faire brûler des feuilles mortes. Jimmy Measey était debout derrière moi et me tenait serrée contre lui. Benny était là, lui aussi, il remuait sans arrêt, son pantalon bleu trop grand pour lui traînait par terre. La fumée envahissait le ciel.

Je fermai les yeux, un peu étourdie. Lorsque je les rouvris, nous étions toujours là, à regarder s'enfuir en plein ciel les fantômes noircis des feuilles carbonisées. De l'autre côté de la route, la lumière était allumée dans la cuisine des voisins. La vieille Mrs Brozek était en train de mettre le couvert. Ainsi découpée dans l'encadrement de la fenêtre, on aurait dit une figure de cire. Jimmy Measey posa les mains sur mes oreilles.

« Tu vois ce trou ? dit-il en m'obligeant à tourner la tête, les doigts pressés contre mes tempes. C'est par là que ton père est passé, lorsqu'il a bousillé la haie. »

C'était un trou comme un autre. Un simple trou au milieu des buissons.

« Il criait en égyptien — enfin, dans la langue de là-bas. On ne comprenait rien à ce qu'il disait. J'ai bien essayé de l'arrêter... »

Je sentais contre mon dos la forme rebondie du ventre de Jimmy Measey. C'était un contact tiède, presque rassurant.

« Mais il aurait pratiquement fallu un lasso ! Il n'a pas fait de détail... Il a culbuté la haie comme ça, d'un seul coup ! »

Le chêne qui se dressait dans notre jardin était plus que centenaire. Nous avions passé plusieurs jours à ratisser les feuilles mortes. Cette année-là, elles étaient exactement de la taille de nos mains, à Benny et à moi. Nous avions fait la comparaison, agenouillés par terre. Rien qu'au bruit que produisait le vent en agitant les branches au-dessus de nos têtes, nous nous rendions compte que ce chêne était gigantesque. Il devait bien encore rester un million de feuilles sur l'arbre.

Nous regardions toujours les feuilles qui se tordaient dans les flammes en se consumant lentement. La rouille du crépuscule s'étirait dans le ciel sur des kilomètres. Les maisons paraissaient minuscules sous cette immensité.

« Chaque fois que je regarde par la fenêtre et que j'aperçois cette trouée, je repense à ton père, disait Jimmy Measey. Je me demande où il est aujourd'hui. »

Je ne quittais pas le chêne des yeux. Des lambeaux de ciel déchirés apparaissaient dans les interstices du feuillage. Les feuilles étaient toutes recroquevillées sur leurs branches et frémissaient avec un bruit de papier froissé.

« Papa, dit Benny en remontant son pantalon, est-ce qu'il n'est pas l'heure d'aller manger ? »

Je me demandai tout d'un coup où était passée ma mère. Plantant les autres là, je courus jusqu'à la maison. J'aperçus ma grand-mère à la cuisine, les mains plongées jusqu'au coude dans la farine. La farine semblait imprégner toute la pièce, flotter dans la douce lueur du soleil couchant. Je trouvai ma mère à la salle de bains. Assise sur le rebord de la baignoire et revêtue d'une courte chemise de nuit en flanelle, elle était en train de s'épiler les sourcils. Elle tenait à la main un petit miroir de poche.

« Que se passe-t-il, ma chérie ? me demanda-t-elle tout en épiant du coin de l'œil le reflet de son sourcil gauche.

— Oncle Jimmy m'a demandé si papa me manquait. »

Elle passa à sa lèvre supérieure, qu'elle se mit à étudier avec soin. « Chérie... Tu as à peine connu ton père. Tu étais beaucoup trop petite. Comment pourrait-il te manquer aujourd'hui ? (Elle poussa un soupir.) Si on te pose encore la question, tu n'auras qu'à dire : non, pas vraiment, je suis très proche de ma mère.

— Oui, maman, dis-je, raide comme une statue.

— Moi, je peux dire que mon père me manque, ajouta-t-elle. Mais toi, tu n'as jamais connu pareil amour. Peut-être est-ce une chance pour toi, d'ailleurs. Tu n'as pas vécu assez longtemps avec ton père pour souffrir vraiment de son absence. »

J'entrai sans frapper chez les Measey. La porte se referma en claquant derrière moi. Jimmy Measey était assis à la cuisine, une canette de bière à la main.

« Est-ce que Benny est là ? » lui demandai-je.

Il porta la canette à ses lèvres et en but une gorgée. Puis il posa les yeux sur moi, leva la main et fit une grimace.

« Je viens de le battre, dit-il. Oui, je lui ai fichu une sacrée raclée... »

Il se passa la langue sur les lèvres. Puis il fit demi-tour sur sa chaise et contempla le mur.

« Il est dans la salle de bains », ajouta-t-il.

Benny était juché sur le tabouret de la salle de bains et examinait sa joue dans la glace. Une énorme empreinte de main lui couvrait tout le côté gauche du visage, depuis le nez jusqu'au menton. Il était en train d'étaler avec soin de la crème sur la surface enflammée, d'un air aussi solennel que s'il s'était agi d'une opération chirurgicale dont les cicatrices ne disparaîtraient jamais. Sa mère était debout à ses côtés. Désemparée, elle tenait le pot de crème ouvert devant lui.

« Jimmy l'a frappé », dit-elle en hochant la tête.

Benny se tourna vers moi.

« Oui. J'ai été méchant », dit-il gravement.

J'avais peur de Jimmy Measey, mais il n'était pas toujours aussi terrible. Il nous emmena une fois nous balader Benny et moi le long de la voie ferrée. Benny partit en éclaireur, et rapporta une plante rare, qu'il tendit à son père en s'écriant : « Papa ! regarde ce que j'ai trouvé ! » J'eus alors envie de lui rappeler cette marque rouge sur son visage. Mais en même temps, j'aurais bien aimé que Jimmy Measey soit mon père, à moi aussi.

Avant de quitter la maison, ma grand-mère m'avait noué une écharpe en laine autour du cou. Jimmy Measey n'avait pas voulu qu'elle en donne une à Benny, il estimait pour sa part que les écharpes ne servaient à rien, mais il ne s'était pas opposé à ce qu'elle m'en mette une. Il voulait bien que les femmes s'occupent de moi, du moment qu'on n'empiétait pas sur son terrain et qu'on le laissait se charger de Benny.

Près du fossé, Jimmy Measey prit ma main dans la sienne qui était sèche et rêche, comme un pied. Plus bas, deux enfants marchaient en équilibre sur un rail, les deux bras écartés en guise de balancier. Nous les reconnûmes aussitôt. C'étaient deux des fils Griling.

Jimmy Measey fouilla dans ses poches et en tira une pièce de dix cents, qu'il me tendit.

« Tiens », dit-il en me désignant la voie ferrée.

Je crus qu'il voulait que j'aille donner la pièce aux Griling et me mis à courir le long du remblai.

« Annie ! Non ! cria-t-il.

— Laisse, papa. Je vais m'en charger », dit Benny.

Il se pencha et déposa la pièce de dix cents sur l'un des rails. Les deux gamins étaient encore loin, tout au bout de la voie ferrée, éclairés par un dernier rayon de soleil couchant.

Nous eûmes des nouvelles de mon père au milieu de l'hiver, trois ans après son départ. Il nous appelait de Las Vegas.

« Il va nous emmener à Disneyland ! » s'écria ma mère en couvrant l'écouteur de sa main.

Au téléphone, elle avait dit à mon père qu'elle avertirait mon école pour que je puisse m'absenter. Nous devions prendre l'avion pour le rejoindre à Las Vegas et de là, nous rendre tous les trois en voiture à Disneyland. Je n'avais pas reconnu la voix de mon père lorsque ma mère m'avait passé l'écouteur. On aurait dit celle d'un inconnu.

Je m'étais agrippée aux rebords de la table en refusant de prendre l'appareil. Je voulais aller à l'école le lendemain.

« Tu le reconnaîtras, quand tu le verras en chair et en os », m'avait dit ma mère.

Nous avions donné nos robes d'été au pressing, et nous dûmes attendre trois jours avant de pouvoir les récupérer.

« Il fera sûrement très chaud là-bas, m'avait avertie ma mère. Torride, même », avait-elle ajouté en souriant.

Il neigeait le jour de notre départ. A travers les hublots de l'avion, nous ne distinguions rien du paysage, caché derrière l'écran d'une bourrasque blanche. Au milieu du vol, nous allâmes nous changer dans les toilettes exiguës de l'appareil. Nous nous débarrassâmes de nos vêtements d'hiver et enfilâmes des robes sans manches et des sandales d'été. Ma mère me passa un peu de crème sur le visage et je me dessinai quelques taches de rousseur sur le nez avec son crayon à paupières. Il faisait frais dans l'avion, mais ma mère m'affirma que la température extérieure était très élevée.

Elle avait raison. Des bouffées d'air chaud s'élevaient en spirales du sol, soulevant des nuages de poussière. Dans le hall de l'aéroport, j'aperçus une femme qui s'était noué un simple foulard autour de la poitrine en guise de chemise.

Ma mère repéra mon père dans la foule et, pressant ma main dans la sienne, elle me poussa vers lui. Nous étions convenues que je ferais semblant de le reconnaître, moi aussi. Il ressemblait à n'importe qui. Il portait un pantalon noir étroit, une veste marron et des chaussures en cuir foncé. Son menton pointait exagérément en avant, ce qui lui donnait un air un peu inquiétant.

Notre vieille Valiant était garée à l'extérieur. Ma mère alla s'asseoir à l'avant. Nous longeâmes de nombreuses piscines et le gris bleuâtre du ciel au-dessus de l'eau ressemblait à une traînée de crasse sur le poignet d'une chemise. Mon père gara la voiture devant un petit bâtiment en stuc rose. Tandis que nous marchions vers l'entrée, trois hommes s'avancèrent sur le porche et vinrent s'accouder à la balustrade.

« Il nous avait dit que tu avais les cheveux longs, dit l'un d'eux.

— Tu ressembles à ton père.

— Une vraie brune...

— Elle est plus belle que son papa ! »

Mon père sourit, mais ses dents écartées lui donnaient un air triste. On aurait dit un masque de carnaval. Il me regarda en me caressant les cheveux et je sentis qu'il était fier de moi. Durant une fraction de seconde, j'éprouvai pour lui un amour totalement aveugle, irrationnel, qui étouffait tous mes autres sentiments. Mais cette impression se dissipa aussitôt.

« Si tu me présentais à tes amis ? » dit ma mère.

Elle déposa notre valise sur le porche. Elle avait le même genre de sourire que lorsqu'elle se regardait dans une glace, les joues légèrement creusées pour mieux faire ressortir le relief de son visage.

Les trois hommes portaient des tee-shirts échancrés et ils étaient aussi bronzés que mon père. La manière dont ils nous dévisageaient ainsi de haut, appuyés à la balustrade, ne les rendait pas très sympathiques. On aurait dit une bande de petits voyous. Mon père nous les présenta tour à tour, en nous disant qu'il s'agissait de ses voisins de chambre. Puis il me donna un cadeau : une boîte qui contenait six serre-tête de couleurs différentes. On aurait dit des œufs de Pâques. Je pris soigneusement le paquet, sans déchirer l'emballage en cellophane.

Mon père travaillait comme serveur dans un hôtel-restaurant. Nous y allâmes dîner le soir de notre arrivée, ma mère et moi. Nous mangions lentement, en le regardant transporter les plats posés en équilibre sur ses bras. Il vint s'asseoir à notre table à la fin du repas, tandis que ma mère buvait son café. Il croisa les jambes et alluma négligemment une cigarette. Ma mère se pencha vers moi et me murmura quelque chose à l'oreille.

« Quand irons-nous à Disneyland ? » lançai-je, répétant ce que

tandis que mes parents essayaient de regagner suffisamment d'argent pour aller à Disneyland. Avant de partir, ma mère m'avait passé de l'huile solaire sur les épaules. Tout en me massant le dos, elle m'avait désigné une femme qui dormait un peu plus loin, étendue sur le dos, le visage recouvert d'une serviette. Une fillette assise à côté d'elle lui brossait les cheveux avec un peigne d'enfant. Un jeune garçon sommeillait, deux mètres plus loin. Une grosse savonnette retenue par une cordelette était accrochée autour de son cou. L'enfant avait la main refermée dessus, comme s'il était en train de rêver à ce bout de savon.

« Regarde-moi ça, avait dit ma mère. Ces deux gosses sont sur scène tous les soirs. Ce sont eux qui gagnent l'argent. Et la mère flemmarde toute la journée... »

Un peu plus tard, mes parents étaient partis au casino, la petite fille se mit à tirer les cheveux de sa mère.

« Chut... fit celle-ci. Tiens-toi tranquille. Et laisse dormir ton frère. Il s'est couché tard hier soir. Va plutôt te baigner, ma chérie. »

Mais le garçon se réveilla à cet instant et se précipita aussitôt vers le plongeoir. Les muscles de son ventre frémissaient comme de l'eau ridée par le vent. Il poussa un cri perçant en se jetant dans le bassin. A ce bruit, sa mère se redressa en ôtant la serviette qui lui couvrait le visage.

Les pieds du gamin heurtèrent la surface de l'eau. Son corps parut se figer un instant, puis il disparut dans un tourbillon d'écume. Nous avions les yeux fixés sur lui, sa mère, sa sœur et moi, mais il ne semblait pas le remarquer. On aurait dit qu'il jouait avec des créatures invisibles dans les profondeurs du bassin.

Je ne le quittai pas des yeux de tout l'après-midi, en espérant qu'il finirait par remarquer ma présence. Il batifolait dans l'eau, en se frottant de temps en temps avec la savonnette qu'il portait autour du cou. Sa mère se redressait régulièrement, soulevait ses lunettes de soleil et souriait en l'apercevant. Puis elle se tournait nerveusement de l'autre côté, pour voir ce que faisait sa fille. Après quoi, soulagée, elle poussait un soupir et se rallongeait sur sa serviette, en se recouvrant le visage d'un magazine.

Je pataugeais dans mon coin, à l'autre bout du bassin. Ma mère m'avait bien dit que je pouvais jouer avec ces gamins, mais je ne savais pas comment m'y prendre pour les aborder. Ça me semblait hors de portée. Je fermai les yeux et me laissai couler au fond de l'eau, en me disant que je pourrais toujours leur écrire lorsque je serais rentrée à la maison. Des mois plus tard, chez ma grand-mère, alors que je ne pensais même plus à mon père, j'eus envie d'écrire à ce garçon. Mais j'ignorais jusqu'à son nom.

« Nous irons à Disneyland la prochaine fois que tu viendras », dit mon père sur le chemin du retour.

Il était venu me chercher à la piscine. Il n'y avait pas de pelouses le long des trottoirs, où des files de remorques étaient garées ; les maisons se dressaient directement sur le sable, vaguement ratissé et bordé dc gros cailloux blancs. Les semelles des chaussures de mon père étaient usées. Il me tenait par la main, sans me regarder.

« Ce sera quand ? » lui demandai-je.

J'aurais brusquement voulu qu'il me donne une date précise, pas tant pour savoir quand j'irais à Disneyland, mais parce que j'avais envie de le revoir. Marchant ainsi à ses côtés, en essayant de régler mon pas sur le sien, je voulais lui dire qu'il m'était bien égal d'aller à Disneyland. Tout le long du chemin, je ne cessais de me répéter : Encore un pas... non, deux... non, trois... et je le lui dirai. Mais finalement je demeurai muette et me contentai de lui serrer de plus en plus fortement la main. Nous arrivâmes enfin devant l'entrée.

« Je ne sais pas », dit-il en lâchant mes doigts.

Je gardai le paquet de serre-tête sur mes genoux tout le long du trajet, dans l'avion du retour, en dessinant des figures invisibles sur l'emballage en cellophane. Ma mère était tournée de l'autre côté et regardait par le hublot.

« Je m'échine à longueur d'année pour te payer des études et des vêtements décents, dit-elle au bout d'un moment. Et lui, qu'est-ce qu'il trouve le moyen de t'acheter ? »

Elle saisit un instant la boîte, avant de la laisser retomber sur mes genoux.

« Un minable paquet de serre-tête à soixante-dix-neuf cents... »

Cachée derrière un arbre, je regardais ma grand-mère qui descendait l'allée. Le vent soufflait en soulevant son écharpe. Le petit drapeau métallique de la boîte aux lettres était relevé. Je la vis ramasser le courrier et le fourrer dans sa poche. Elle n'avait jeté qu'un bref regard sur les enveloppes, ce qui signifiait qu'il n'y avait aucune lettre sortant de l'ordinaire. Je quittai alors ma cachette et me précipitai vers elle.

J'avais toujours envie d'aller en Californie, mais je me disais que ce serait pour plus tard. J'avais couru tellement vite que le sang me battait aux tempes et que le vent s'engouffrait dans mes manches. Nous nous dirigeâmes vers l'arrière de la maison. Le jardin était jonché de brindilles et de feuilles mortes et le linge s'agitait mollement sur les étendages. J'aidai ma grand-mère à ramasser les draps ; il fallait les rentrer avant qu'il se mette à pleuvoir. Nous rangions au fur et à mesure les pinces à linge dans nos poches. Cette nuit-là, lorsque je fus couchée, les draps me parurent plus raides qu'à l'ordinaire. Ils dégageaient une odeur de terre mouillée. Lorsque l'orage avait éclaté, nous avions sorti toutes les bassines du garage et les avions installées autour de la maison, le long des gouttières, afin de recueillir l'eau de pluie. Ma grand-mère s'en servait pour arroser ses plantes d'intérieur ; elle trouvait qu'elles poussaient mieux ainsi. Le soir, nous entendîmes les gouttes qui martelaient le toit. C'était une existence bien différente de celle que nous aurions pu mener en Californie. J'ignorais si je guettais ainsi l'arrivée du facteur dans l'espoir de recevoir une lettre de mon père, ou dans la crainte au contraire d'un tel courrier, parce que je savais qu'il serait venu briser le cours de notre vie.

Un jour d'été, chez Bob's Big Boy, nous nous étions enfermées dans la cabine téléphonique, ma mère et moi, et nous avions vidé le contenu de son sac à main sur la tablette métallique. Il y avait de tout : des centaines de bouts de papier froissés, des crayons, des stylos qui avaient fui, des tubes de rouge à lèvres pour la plupart vides, des brosses dont les poils disparaissaient sous un conglomérat de cheveux, une lime à ongles, un soutien-gorge… Ma mère trouva enfin son vieux carnet d'adresses, dont les pages partaient en lambeaux. Nous voulions appeler mon père à Las Vegas. Cela faisait déjà plus d'un an que nous étions allées le voir. Le numéro était soigneusement noté sur une page, à l'encre noire.

Ma mère composa le numéro, après avoir fait un rapide signe de croix et marmonné un vague « Je vous salue Marie ». Je rassemblai toutes les pièces de monnaie. Lorsque l'opératrice nous donna le prix de la communication, ma mère me souleva et je glissai les pièces une par une dans la fente de l'appareil. Nous attendîmes ensuite, nos bouches collées aux récepteurs. Un homme répondit enfin, d'une voix ensommeillée.

« Ouais ? »

Ma mère demanda si elle pouvait parler à mon père.

« Vous devez faire erreur, dit l'homme. Il n'y a personne de ce nom ici.

— Il a dû déménager. Vous ne sauriez pas où il est allé ? Il habitait chez vous l'an dernier.

— Jamais entendu parler de ce type depuis que je suis ici.

— Peut-être l'un des locataires serait-il au courant ?

— Ils sont tous arrivés après moi.

— Je vois, dit ma mère. Eh bien, tant pis. »

Nous appelâmes le service des renseignements à Las Vegas en leur donnant le nom de mon père, mais il ne figurait pas sur leurs listes.

Le dimanche, c'était ma mère qui prenait les choses en main, à la maison. Ma grand-mère se levait tôt pour se rendre à l'église. Dans notre quartier, à part nous, tout le monde allait à la messe. Lolly débarquait dans la matinée, une fois tous les voisins partis.

Elle arrivait par l'autoroute, la radio branchée à fond, une boîte de gâteaux encore tièdes posée à côté d'elle sur le siège du passager.

Tôt le matin, bien avant la ruée qui suivait la sortie de la messe, elle se rendait chez Krim, la meilleure pâtisserie de Bay City, et leur achetait une douzaine de gâteaux, rien que pour nous trois. Ils étaient loin d'être donnés, mais ce genre de folie nous plaisait. Lorsque Lolly frappait à la porte de derrière, ma mère était déjà dans la cuisine et fredonnait un air quelconque en versant le jus d'orange dans un pichet. Elle me laissait généralement le soin de presser les fruits.

Lolly était en train de déboucher une bouteille de crème en marchant vers le porche.

« Alors, ça y est ? Tu as fait le grand saut ? » demanda-t-elle à ma mère.

En l'absence de ma grand-mère, les deux femmes ne se donnaient même pas la peine de m'expédier dehors pour se raconter leurs histoires. Nous mangions lentement. Nous entamions à peine notre second gâteau. Ma mère et Loly buvaient du café. Elles m'en avaient versé une tasse, juste pour me permettre de me réchauffer les mains. J'en avalais une gorgée de temps à autre, en essayant de trouver ça bon, mais j'avais plutôt l'impression de boire de l'eau de vaisselle.

« Comment le sais-tu ? dit ma mère.

— Simple intuition. L'autre jour, à la patinoire, vous paraissiez vraiment sur le point... comment dire... de faire le grand saut...

— Eh bien, oui. Tu as raison. Je me suis lancée.

— C'est vrai ? »

Assise sur le perron, je jouais avec ma pantoufle qui se balançait au bout de mes orteils. Elle finit par glisser et tomba par terre. Je tendis le pied pour la rattraper. Le sol me parut glacial.

« Où êtes-vous allés ?

— Nulle part. Ici tout simplement.

— Quoi ? Dans ta chambre ? Avec ta mère au-dessus ? Tu plaisantes...

— On regardait la télé. Tout le monde dormait.

— Alors ? »

Ma mère poussa un soupir. Elle souffla sur son café et releva les yeux vers le jardin. L'herbe était plus éparse et la lumière de l'automne plus pâle qu'en été.

« C'était bien, dit-elle. Je crois que ça marchera. »

Ma mère paraissait parfois plus vieille que son âge.

Lolly scrutait son visage comme si elle cherchait à y déceler les traces d'une différence qu'elle ne parvenait pas à discerner. Elle se tourna finalement vers moi, comme si j'avais pu l'aider. Ma mère semblait concentrée. On aurait dit qu'elle venait de prendre une décision. Lorsque le train passa et que sa tasse se mit à vibrer sur sa soucoupe, elle rebaissa les yeux en souriant.

« Que devient la Californie dans tout ça ? demanda Lolly.

— Je n'en sais rien, dit ma mère en fixant son amie, sa tasse de café à la main. D'ailleurs comment savoir à quoi s'en tenir, avec un type pareil ?

— Tu n'as pas eu de nouvelles ?

— Non, rien.

— Et tu espères encore en recevoir ?

— Je crois que oui. En fait, j'en suis même sûre. Il va bien finir par sortir un disque ou par tourner un film un de ces jours, et il nous fera alors signe. Mais Dieu sait ce qui peut se passer entre-temps...

— Je comprends ce que tu veux dire.

— Et puis, il y a Ann, dit ma mère en me désignant du menton. Elle grandit de jour en jour. Je ne peux pas rester là à attendre, les bras croisés... »

A peine avait-elle prononcé ces mots que je me sentis un peu ridicule. J'aurais brusquement voulu retomber en enfance. Je me laissai glisser par terre et fis quelques tonneaux dans l'herbe. Puis je me mis à marcher sur les mains.

« Maman ! Regarde ! Tu as vu ce que je sais faire ? »

Ma mère et Lolly étaient assises sur le porche, silencieuses, leurs tasses de café sur les genoux.

« Refais-nous un peu ça, ma chérie », dit ma mère.

A la patinoire, la fois suivante, je ne parvenais plus à m'arrêter. Lorsque la musique s'était interrompue, ma mère et Lolly s'étaient aussitôt dirigées vers la sortie. La grosse Zamboni — la machine qui nettoyait la glace — avait déjà fait son apparition à l'autre bout de l'anneau. Je voulus faire un dernier tour de piste et m'élançai en patinant aussi vite que je le pouvais, les bras écartés. La Zamboni me collait au train et s'avançait implacablement. Le conducteur devait estimer que je méritais une petite leçon.

J'avais l'impression d'être poursuivie par une énorme bête sauvage. J'entendais la machine progresser derrière moi, sans savoir au juste à quelle distance elle se trouvait. A chaque instant, je m'attendais à sentir ses griffes se planter dans mon dos et me happer inéluctablement. Debout devant la porte de sortie, ma mère hurla dans ma direction mais je n'entendis pas ce qu'elle disait, à cause du vrombissement de l'engin. J'essayais d'aller le plus vite possible et surtout de ne pas tomber ; sinon je savais que les immenses mâchoires de la Zamboni allaient se refermer sur moi et me broyer inexorablement. J'avais le sentiment qu'il en allait de ma vie, tout en sachant que si j'avais chuté et que la machine m'avait écrasée, ce n'aurait été au fond que justice, puisqu'il y avait déjà longtemps que j'aurais dû quitter la piste.

Peut-être avais-je envie de mourir. J'atteignis enfin l'extrémité de la piste et basculai par-dessus la barrière, avant de m'affaler les quatre fers en l'air sur le plancher en bois.

Ma mère et Lolly se dévisagèrent un instant, puis elles firent demi-tour et disparurent dans l'escalier, sans faire davantage attention à moi. Elles ne voulaient pas avoir l'air de prendre mon parti. En plus, ma mère devait être embarrassée à cause de Ted. Elle tenait à lui montrer qu'elle avait de l'autorité sur moi.

Mais j'avais ma fierté, moi aussi. Au lieu de leur courir après, je restai un bon moment devant la porte de sortie, en raclant la glace qui s'était nichée entre les lames de mes patins. Une autre mère de famille, venue chercher ses propres enfants, se pencha tout à coup vers moi et me tira par l'épaule.

« Dis donc, chuchota-t-elle, est-ce que ta mère a eu des nouvelles de ton père ?

— Je n'en sais rien, dis-je.

— Oooooh... »

Elle me passa la main dans les cheveux. Je fermai les yeux pendant quelques secondes.

« Pauvre petite, dit-elle avec une vague expression de pitié. Ton papa doit sûrement te manquer...

— Absolument pas ! » dis-je en la repoussant.

Je m'assis sur un banc pour ôter mes patins. Je me sentais parfaitement sereine. J'avais accompli ma mission. Mes chaussures me paraissaient beaucoup trop larges et j'avais les jambes en coton. Lorsque je me levai pour me mettre en route, je me sentis soudainement légère, et soulagée. J'avais fait mon devoir.

Ce fut mon père qui nous recontacta, deux ans environ après le mariage de Ted et de ma mère. Il avait tout d'abord appelé chez ma grand-mère. Il n'était pas au courant de l'existence de Ted, ni de notre nouvelle installation dans la maison de Carriage Court. Il avait l'air de croire que pour nous les choses étaient immuables, entre ses rares coups de téléphone. Il apprit à ma mère qu'il vivait maintenant à Reno et qu'il s'était remarié. Apparemment, les choses n'avaient pas marché comme il l'espérait en Californie. Il lui dit aussi qu'il appelait parce qu'il voulait m'emmener à Disneyland.

« Je ne sais pas quoi te dire, répondit ma mère. Tu es bien sûr que tu ne nous feras pas faux bond, cette fois-ci ? (Elle écouta un bon moment ses explications.) Ah, non ! lança-t-elle après un long silence entrecoupé de soupirs. Il n'en est absolument pas question ! Rien à faire. Il est exclu que je la laisse partir toute seule. Si tu ne veux pas que je l'accompagne, eh bien, tu ne la verras pas ! »

Mon père voulait me voir seule. Mais il accepta finalement de nous envoyer l'argent des deux billets d'avion. Au bout d'un autre long silence, ma mère couvrit l'écouteur de la main et se tourna vers moi.

« Ann, la nouvelle femme de ton père a une petite-fille de onze ans. Elle aimerait bien voir Disneyland elle aussi et ils ont pensé qu'ils pourraient l'emmener en même temps que toi. Est-ce que tu es d'accord, ou préfères-tu que nous restions juste entre nous ? (Elle ajouta à voix basse :) Si tu préfères que nous restions juste entre nous, ne te gêne surtout pas pour le dire.

— Je préférerais que nous soyons juste tous les trois », dis-je.

Ma mère reprit l'écouteur.

« Ann aimerait mieux que cette gamine ne vienne pas », dit-elle.

En l'entendant dire cela à voix haute, je me sentis brusquement honteuse. Je me mis à arpenter la cuisine en criant :

« Ça ne fait rien ! Je m'en fiche ! Il n'a qu'à emmener cette fille si ça lui chante ! »

« Ne t'inquiète pas, me dit ma mère, je suis sûre qu'elle ne viendra pas. »

Nous étions dans la cuisine, debout devant le frigo, en train de manger des restes de viande froide. De cette façon, il n'y aurait pas de vaisselle à faire.

« Non, mais... Tu as entendu ça ? Une petite-fille de ton âge... Sa femme doit être aussi vieille que ta grand-mère...

— Pourquoi ne puis-je pas y aller seule ?

— Ma chérie, il y a encore beaucoup de choses que tu ignores. Fais-moi confiance. J'ai un peu plus d'expérience que toi, et je connais ce type. »

Elle se tut un instant. J'avais la salière à la main. Je l'agitai au-dessus de la viande.

« Tu comprends, Ann, reprit-elle, il serait capable de t'enlever et de t'emmener en Égypte avant que tu aies eu le temps de dire ouf. Tu n'avais pas pensé à ça, n'est-ce pas ? Et j'aime mieux te dire que tu ne te plairais pas beaucoup là-bas. On te marierait de force et tu te retrouverais enceinte en moins de deux. Aux yeux de ces gens, il n'y en a que pour les hommes. Il n'y a pas une seule école pour filles dans tout le pays. Ton père a eu une sacrée chance. »

Ma mère aurait bien voulu me faire aussitôt quitter l'école et s'envoler avec moi le jour même pour Disneyland, mais Uta — la nouvelle femme de mon père — insista pour que nous attendions jusqu'aux vacances de Pâques. Cela nous laissait trois semaines pour faire nos emplettes. Nous achetâmes de nouvelles robes et j'eus droit pour l'occasion à mes premiers bas en nylon ainsi qu'à une paire de gants blancs.

Ma mère était récemment tombée sur un article présentant le nouveau modèle de téléviseur portable que Sony s'apprêtait à lancer. C'était un vrai bijou. Elle avait aussitôt eu envie d'en avoir un. Elle m'avait montré la page qu'elle avait découpée dans le magazine. Elle en voulait un blanc. Elle était sûre que le modèle existait en blanc. L'article disait qu'il ne serait pas disponible aux États-Unis avant l'année prochaine, mais ma mère était convaincue qu'on devait déjà en trouver en Californie. « Après tout, le Japon est à deux pas de chez eux. Je suis sûre que nous en verrons dans tous les magasins. »

Ma mère avait cessé de parler à Ted des choses dont elle avait envie, parce que celui-ci allait ensuite les lui acheter et il se trompait invariablement. Pour Noël, il lui avait offert un électrophone au lieu de la chaîne stéréo qu'elle attendait. Plus récemment, il lui avait rapporté un lave-vaisselle alors qu'elle venait d'acheter des assiettes décorées à la main. Elle frémissait d'horreur à l'idée de ce qu'il lui rapporterait si jamais elle avait le malheur de lui parler du Sony : un énorme tromblon de chez Zenith ou de chez RCA.

Elle vint me chercher un jour à la sortie de l'école et nous allâmes ensemble chez Shreve. Nous traînâmes un moment au rayon des appareils ménagers, en regardant leurs téléviseurs. Ils avaient bien des Sony, mais seulement en noir et blanc ; pas en couleurs. Tous les modèles en couleurs étaient énormes, en bois vernis.

« Est-ce que je peux vous aider ? nous demanda une vendeuse les mains enfoncées dans les poches de son uniforme.

— Oh non, merci... »

Tandis que nous traversions le parking pour rejoindre la voiture, ma mère me poussa du coude.

« Tu verras, me dit-elle. Nous serons les premiers à Bay City à en posséder un. »

Ted nous accompagna jusqu'au pied de la passerelle métallique qui menait à l'avion. L'après-midi était humide et venté. Ma mère m'arrangea une dernière fois les cheveux, avant de vérifier si elle-même n'était pas décoiffée. Elle aurait bien voulu monter aussitôt dans l'avion, afin d'éviter d'être ébouriffée par le vent mais Ted ne semblait pas pressé de partir.

Il n'avait pas la même expression que d'habitude, ce jour-là. Il avait troqué son sourire en forme de fermeture Éclair contre une sorte de grimace qui lui déformait le visage.

L'aéroport de Bay City n'était pas bien grand. Deux ou trois pistes s'élançaient à travers champs. Les forêts de pins et de bouleaux étaient bien visibles, derrière les clôtures grillagées et les projecteurs. Le bâtiment lui-même était plutôt réduit. Il ne comportait qu'une petite cafétéria, dont le personnel était principalement composé d'étudiantes travaillant à mi-temps.

« Bon, dit Ted. Amusez-vous bien. »

Il posa la main sur mon épaule et enlaça brièvement ma mère de son autre bras.

« Ça risque de ne pas être une partie de plaisir, dit-elle en poussant un soupir. Mais enfin, nous sommes bien obligées d'y aller. C'est elle qui va bien rigoler… Tu peux être sûr qu'elle ne va pas s'ennuyer. »

Mon père était assis, les jambes croisées, dans l'un des fauteuils en Skaï du hall de l'aéroport. Il regardait fixement devant lui, comme s'il était devenu aveugle. Une femme se tenait debout derrière lui, la main posée sur son épaule. Elle aussi fouillait du regard les environs, son autre main ramenée au-dessus de ses sourcils. On aurait dit qu'ils attendaient là depuis une éternité.

« John… Les voilà ! » l'entendis-je dire.

Mon père ne s'était jamais prénommé John.

Ma mère fit un signe de la main et mon père se leva pour faire les présentations. L'autre fille était là elle aussi. Ses jambes étaient si maigres que je crus d'abord qu'elle avait la poliomyélite. Elle me secoua la main pendant au moins cinq minutes.

Uta nous demanda de ne pas trop traîner parce que nous devions aller manger tous ensemble dans un restaurant de Beverly Hills où elle avait réservé une table. Ma mère lui répondit qu'il fallait d'abord qu'elle aille aux toilettes. Elle me demanda de l'accompagner.

« Ne te tracasse pas à cause de cette gamine, me dit-elle en me brossant les cheveux devant la glace des toilettes. Je suis sûre qu'il ne voulait pas l'emmener, mais que c'est *elle* qui a insisté. De toute évidence, c'est *elle* qui tient les cordons de la bourse. Tu l'as entendue ? *Elle* a réservé la table. *Elle* a l'appareil photo autour du cou. Visiblement, c'est *elle* qui porte la culotte à la maison. Alors, ne te ronge surtout pas les sangs. »

Ils avaient loué une voiture et mon père prit le volant. Uta et lui s'assirent à l'avant. Ma mère dut monter à l'arrière, entre la petite fille et moi. Une fois installée, elle ne savait pas trop où poser les pieds ; ses talons hauts la gênaient. Elle croisa les mains sur les genoux et se fendit d'un sourire, mais je vis bien que la situation ne lui plaisait guère.

« Au fait, Hisham, dit-elle, as-tu toujours la Valiant ?

— Non, marmonna mon père. J'ai dû m'en débarrasser. »

J'imaginai notre Valiant abandonnée sur une décharge publique du Nevada. Benny s'y entendait, question voitures. Il avait à peine onze ans, mais il conduisait déjà la camionnette de son père dans Lime Kiln Road. J'avais visité une fois la décharge de Bay City, où échouaient les voitures destinées à la casse. C'était le père Griling qui la dirigeait. La décharge occupait les deux versants d'une colline et une bonne partie de la vallée qui s'étendait à leur pied. On y trouvait de tout, en plus des voitures : des monceaux de vieilles machines et des carcasses de réfrigérateurs, où venaient s'abriter des colonies de chats qui dormaient allongés sur les clayettes édentées, se chauffant au soleil au milieu des ordures et des moteurs rouillés.

« Je m'appelle John maintenant, dit mon père en jetant un coup d'œil à Uta ; celle-ci acquiesça en silence, les yeux baissés sur son sac à main.

— John ? s'exclama ma mère. En quel honneur ? »

Mon père haussa les épaules.

« Au moins, c'est un prénom auquel les gens sont accoutumés et qu'on n'est pas obligé de leur épeler. (Il éclata de rire.) Je suis devenu un honnête citoyen américain ! »

Uta ouvrit son sac à main et en sortit un petit paquet qu'elle tendit à mon père. Il me le passa à son tour. Le paquet contenait un bracelet en or muni d'un petit pendentif en turquoise représentant un arbre.

« Bon, ça va. Au moins ce n'est pas du toc », dit ma mère un peu plus tard, après l'avoir longuement examiné à la lumière de la lampe.

Nous étions dans notre chambre d'hôtel, à Disneyland. Mon père, sa femme et l'autre gamine logeaient à l'étage au-dessus. Ma mère me montra la marque du poinçon de 19 carats.

« Ce truc a dû leur coûter cher, dit-elle. Mais il est trop voyant. Authentique, sans doute, mais de mauvais goût. Tu vois, Ann, c'est à ce genre de détails qu'on se rend compte si les gens sont distingués ou non. Nous, il suffit que nous débarquions quelque part pour que l'on nous remarque et que tout le monde se dise : " Voilà une mère et sa fille qui ne manquent pas d'allure. " C'est ça, la vraie classe, ma chérie. »

Pendant des années, j'avais suivi les émissions du *Disney Channel* à la télé. Souvent, avant de m'endormir, je nous avais imaginés tous les trois — mon père, moins dégarni qu'aujourd'hui, ma mère avec les cheveux relevés en chignon et surmontés d'une épingle en diamant, et moi, blonde comme elle et bien plus belle qu'en réalité. Nous roulions le long d'un canal, dans notre vieille voiture beige. Une fée aux ailes translucides était perchée sur mon épaule et me caressait les cheveux. Je sentais sa main m'effleurer le cou mais je n'osais pas me retourner, de peur qu'elle ne disparaisse aussitôt. La voiture se déplaçait lentement. Au-dessus, les branches des arbres se courbaient jusqu'à nous sous le poids de leurs fruits. Nous n'avions qu'à tendre les doigts pour les saisir : ils avaient la même consistance que l'air, que l'on a l'impression de pouvoir saisir à pleines mains, lorsqu'on passe le bras par la fenêtre d'une voiture filant à vive allure. Il y avait de nombreux animaux sur la berge du canal. A la sortie d'un virage, apparaissait soudain un éléphant, il transportait les enfants du cirque de Las Vegas, dans leurs tuniques en peau de léopard et leurs costumes de paillettes. Un château fort illuminé se dressait au loin. La rive était jaune citron, les arbres vert pomme, l'eau et le ciel du même bleu. Disneyland ressemblait à la ville imaginaire que j'avais un jour dessinée chez ma grand-mère, lorsque j'étais petite, allongée par terre. Et notre voiture continuait d'avancer, dans cette atmosphère irréelle, vers l'horizon immobile.

Cela faisait longtemps que je voulais voir Disneyland. Et voilà que j'y étais enfin. Nous passâmes la journée tous les cinq à faire de multiples emplettes. Mon père et ma mère n'arrêtaient pas de me demander : « Alors, tu t'amuses bien ? » en scrutant anxieusement mon visage. J'avais l'impression qu'ils pouvaient brusquement lire en moi et déchiffrer mes rêves les plus secrets, tous ces paysages que j'avais composés derrière l'écran de mes paupières, le soir, dans l'intimité de ma chambre, une fois les lumières éteintes. Je me contentais de marmonner un vague « Ouais... » et de hausser les épaules, en regardant l'autre gamine, la petite-fille d'Uta. Au fond, j'étais contente qu'elle soit là. Au restaurant, on nous laissait choisir tout ce que nous voulions. L'argent ne semblait pas poser de problème. C'était Uta qui payait.

Mais ils s'obstinaient tous à me dévisager et à me demander ce que j'aurais envie de faire ensuite. « J' sais pas... », répondais-je en haussant les épaules, ce qui les rendait nerveux. Mon père marchait en regardant le ciel, les mains enfoncées dans ses poches, puis il demanda à ma mère si elle avait envisagé de me faire couper les cheveux.

« Nous y avons songé, répondit-elle, mais je crois que les cheveux longs lui vont mieux. »

Mon père eut l'air de l'approuver.

« Il faudrait qu'elle maigrisse un peu pour porter les cheveux courts, dit-il.

— Je me demande parfois si elle ne devrait pas essayer la frange », dit ma mère.

Le samedi, Uta avait loué une limousine et nous allâmes manger dans un grand restaurant de la région. Il était situé au dernier étage d'un grand immeuble, et les lumières de la ville s'étalaient à nos pieds. Sur la gauche du paysage, une vaste surface restait néanmoins plongée dans l'obscurité. Mon père nous dit qu'il s'agissait de l'océan.

Il s'adressa en français au serveur. Ma mère et Uta se calèrent dans leurs fauteuils et le dévisagèrent avec admiration. Il y a des choses que les femmes sont incapables de faire, et c'est justement là que mon père excellait. Il commanda pour toute notre tablée un plat dont je n'avais jamais entendu parler : des tournedos.

Uta se leva pour aller aux toilettes. Ma mère se mit à rire et se pencha vers mon père, après avoir saisi l'un des chandeliers disposés sur la nappe. Elle le leva vers mon père et scruta attentivement son visage.

« John... dit-elle. Je n'arrive décidément pas à me faire à ton nouveau prénom. »

Mon père rit à son tour, en déplaçant légèrement la salière. L'autre gamine se tourna vers moi.

« Lorsque tu seras rentrée chez toi, me dit-elle, nous devrions nous écrire régulièrement. Tu veux bien devenir ma correspondante ? »

Je regardais toujours ma mère, en me demandant si son rire était bien sincère, ou si elle n'avait pas plutôt l'intention d'aborder la question du téléviseur.

Je n'avais déjà plus faim lorsque les tournedos arrivèrent. Ils avaient pourtant l'air délicieux. Je demandai à mon père si je ne pouvais pas envelopper le mien dans une serviette afin de le manger plus tard. Il écrasa sa cigarette et regarda ma mère en souriant.

« Non, Ann, dit-il. Pas ici. »

Ma mère abonda aussitôt dans son sens.

« Non, ma chérie. Pas dans un endroit comme celui-ci. »

« C'est votre fille ? demanda quelqu'un.

— Bien sûr, répondit ma mère. C'est mon enfant. »

Nous étions dans le hall du restaurant. Uta était en train de donner un pourboire à un garçon pour qu'il aille nous chercher nos manteaux.

« Elle est tout à fait charmante », dit l'homme.

C'était un type courtaud et rondouillard, déjà à moitié chauve. Il portait un costume foncé.

« Je suis bien de votre avis, dit ma mère. Et en plus, c'est la gentillesse même. N'est-ce pas, Ann, que tu es gentille ?

— Non », dis-je en baissant les yeux.

Le gros bonhomme n'était pas seul. Il aida la femme qui l'accompagnait à ôter son étole de fourrure et la suivit à l'intérieur du restaurant.

« Tu ne l'as pas reconnu ? me dit ma mère. C'était Robert Wise, le type qui a fait *la Mélodie du bonheur.* Tu as vu comment il t'a regardée ? Tu lui as sûrement tapé dans l'œil. Je n'arrive pas à y croire !

— Comment sais-tu que c'était lui ?

— Fais-moi confiance. Je l'ai parfaitement reconnu. »

Mon père était dans l'entrée et parlait avec le maître d'hôtel. Il sortit de ses poches une salière et une poivrière assorties et me les tendit.

« Tiens, me dit-il. En souvenir de cette soirée. »

Je le remerciai et fourrai à mon tour les deux objets dans mes poches. Puis je relevai les yeux vers lui. J'éprouvais à la fois de la reconnaissance et de l'admiration. Mon père avait toujours eu un certain culot.

Ma mère eut un sourire un peu contraint. Elle remercia Uta et mon père pour le repas, tandis que nous nous engouffrions à l'arrière de la limousine. Nous étions toutes les deux un peu intimidées par toutes ces largesses.

Je commençais à m'inquiéter au sujet du nouveau Sony. Nous devions repartir le lendemain et nous n'avions toujours pas abordé la question. Je tentai à plusieurs reprises au cours de la journée de faire dévier la conversation sur la télévision, mais il n'y eut que l'autre gamine qui parut le remarquer. Elle me raconta par le menu quelles étaient ses émissions favorites et me déclara qu'elle ne manquerait pas de m'écrire dès l'automne suivant pour me communiquer ses impressions, lorsque les programmes auraient changé.

A vrai dire, je n'en voulais pas à ma mère car je me sentais moi-même légèrement coupable. Je ne savais plus trop ce qui me poussait à agir lorsque je glissais par exemple ma main dans celle de mon père. Étais-je réellement désintéressée ? Bien sûr, il était plus facile de répondre par l'affirmative. Sinon, j'aurais fini par nous trouver vraiment moches.

Durant tout ce séjour, nous avions bien plus que par le passé l'impression de former une vraie famille, mon père, ma mère et moi. C'était à cause de la présence d'Uta. Elle pensait vraiment à tout. Elle me prit par exemple en photo avec mon père. Ma mère et lui n'osaient pas trop protester, mais ils n'avaient pas l'air d'apprécier outre mesure ses initiatives. Ils se contentaient de suivre le mouvement.

Ce fut encore Uta qui eut l'idée de nous laisser seuls un moment le dernier soir, mon père et moi, avant l'heure du dîner. Lorsqu'elle avait émis cette proposition, ma mère avait haussé les épaules, comme si elle se demandait à quoi cela pouvait bien servir, mais elle n'avait pas eu le courage de s'y opposer ouvertement. Avant que je descende rejoindre mon père, elle me brossa longuement les cheveux, dans notre chambre d'hôtel.

J'étais un peu nerveuse. Je n'avais pas l'habitude de me

retrouver seule avec mon père. Je me demandais ce que j'allais bien pouvoir lui dire.

« Je suis sûre qu'on peut en trouver à Disneyland », dit ma mère.

Nous savions toutes les deux qu'elle voulait parler du nouveau Sony.

« Je n'en ai pas vu dans les magasins, dis-je.

— Je crois bien en avoir aperçu un, dit-elle.

— Où ça ? »

Toute la semaine, j'avais essayé de repérer ce sacré téléviseur. D'ailleurs, je n'avais pas eu le sentiment d'avoir grand-chose de mieux à faire.

« Dans l'une de ces petites boutiques, en bas.

— Laquelle ?

— Je ne me souviens plus exactement. Mais je suis sûre d'en avoir vu un.

— Que dois-je faire ? »

Il fallait qu'elle me dise comment m'y prendre. J'aurais été incapable de m'en sortir toute seule.

Elle haussa les épaules. Visiblement, le problème lui semblait facile à résoudre.

« Dis-lui que ça fait des mois que tu mets de l'argent de côté pour t'acheter ce téléviseur. Il finira sûrement par te l'offrir. Et creuse un peu les joues quand tu souris », ajouta-t-elle en gloussant, tout en étalant du blush sur mes pommettes.

Je n'avais pas envie de quitter la chambre. J'aurais voulu fermer les yeux et m'abandonner aux mains de ma mère et aux caresses de la brosse. Elle dut me pousser de force hors de la pièce. J'essayai de retenir tout ce qu'elle m'avait dit.

J'aperçus le dos de mon père. Il se tenait debout au comptoir de la pâtisserie située dans le centre commercial de l'hôtel. Chaque fois, je devais procéder par paliers pour le reconnaître, tant le portrait imaginaire que je m'étais forgé de lui différait de la réalité. Il était presque chauve à présent et il s'était sensiblement empâté. Son menton saillait toujours mais il n'avait plus du tout l'air inquiétant. Il avait en permanence une expression de fatigue ou d'ennui, comme s'il boudait plus ou moins dans son coin. Sa lèvre inférieure pendait légèrement. Il venait d'acheter une barre de caramel aux noisettes dont il était en train de défaire méticuleusement l'emballage.

Il m'aperçut enfin et m'adressa un sourire.

« Tu as envie de quelque chose ? » me demanda-t-il en désignant du menton les sucreries alignées sur le comptoir.

J'hésitai durant un instant. J'aurais pu me laisser tenter et renoncer au reste, en lui répondant : « Oui, je veux une barre de chocolat. » Ou même deux. Il m'aurait acheté la meilleure marque et j'aurais lentement mangé ma friandise, sans le quitter des yeux. Lorsqu'il aurait souri, j'aurais souri en retour. Il se serait penché pour essuyer du bout de son mouchoir préalablement humecté de salive les traces qu'aurait laissées le chocolat au coin de mes lèvres.

Mais je savais que je l'aurais regretté. Et que mes plus beaux souvenirs en auraient été affectés, parce que cette dérobade aurait eu pour seul effet de me démontrer que mon père pouvait mentir, ou qu'il ne m'aimait plus, ou — pire encore — qu'il m'aimait moins qu'avant — que son amour existait peut-être encore mais qu'il ne régissait désormais plus l'ensemble de sa vie. Je savais qu'il ne m'écrirait jamais. J'étais incapable d'y croire. Je songeais que pendant des années et des années j'avais guetté ma grand-mère lorsqu'elle allait ramasser le courrier...

« Non, lui dis-je enfin, j'économise mon argent.

— Qu'est-ce que tu racontes ? »

Mon père se pencha vers moi en souriant. Il était toujours en train de défaire l'emballage de son caramel. Il n'avait pas entendu ce que je venais de dire. Ça me laissait encore une chance.

« Je fais des économies pour m'acheter le nouveau téléviseur portable de chez Sony », dis-je en rougissant.

Mon père détourna les yeux. Il ne bougea pas, mais releva la tête et se mit à fixer quelque chose par-dessus mon épaule. Puis il regarda sa montre et parcourut la salle des yeux.

« Oh... » fit-il.

Je crois que ce fut à cet instant précis qu'il décida de m'abandonner pour toujours à ma mère. Il se mit à siffloter un air à la mode, comme il l'avait fait durant tout le week-end. Mais pas une seule fois je ne l'avais entendu fredonner l'une de ses propres chansons.

Nous évitâmes d'aborder le sujet durant le trajet du retour.

« Regarde ces montagnes, disais-je à ma mère.

— Mmhmm... » faisait-elle sans tourner la tête.

Nous raisonnions quand même d'une drôle de façon. Nous eûmes confirmation par la suite que le bracelet que m'avaient offert mon père et Uta coûtait réellement une fortune, beaucoup plus en tout cas que le téléviseur de chez Sony, qui sortit comme prévu l'année suivante. Mais nous n'aurions jamais voulu le reconnaître ouvertement.

Lorsque l'avion atterrit à Bay City, nous ne téléphonâmes même pas à Ted et nous prîmes un taxi pour rentrer à la maison. Ma mère pianotait nerveusement contre la vitre. Une fois arrivées, elle s'effondra dans le canapé bleu et jeta autour d'elle un regard désapprobateur. Nos valises traînaient partout dans la pièce.

« Tu sais ce qu'il m'a sorti juste avant le départ ? me lança-t-elle. Il m'a dit qu'après tout ce qu'il avait fait pour toi, il ne t'avait même pas entendu une seule fois le remercier. Que lorsqu'il ouvrait une porte et s'effaçait devant toi, tu passais sans lui dire un mot. Qu'il t'avait proposé de t'offrir des chocolats et que tu t'étais contentée de marmonner un “ Non ” à peine poli. Je t'ai pourtant appris les bonnes manières. Est-ce que tu te rends compte du comportement que tu as eu là-bas ? »

Les jours précédents se mirent à défiler dans ma mémoire comme un jeu de cartes. Je ne lui avais jamais dit merci.

« Ici, tu n'arrêtes pas d'utiliser des mots dont personne n'a jamais entendu parler et de faire des phrases compliquées. Tu devrais t'entendre, lorsque tu plaisantes avec Ted. Mais là-bas, c'est à peine si tu as desserré les dents. Tu étais tout bonnement insupportable avec tes “ Mouais... Si... J'sais pas... ”. Tu n'as pas prononcé une seule phrase intelligible devant ton père. Permets-moi de te dire, ma fille, que tu avais l'air complètement demeuré.

— Tu peux m'appeler Ann », dis-je.

Elle se tourna et poussa un profond soupir. On aurait dit un ballon en train de se dégonfler.

« Et puis zut, Ann ! Fais donc ce qu'il te plaît, après tout je m'en fiche ! Va plutôt retrouver tes petits copains... »

J'ouvris la porte du frigo et regardai à l'intérieur. Ted avait acheté de la viande qu'il avait découpée et rangée sur une assiette. Derrière-moi, j'entendis ma mère qui envoyait promener les coussins. Puis elle quitta ses chaussures, qui tombèrent l'une après l'autre par terre avec un bruit sourd.

« En plus, tu n'arrêtais pas de faire la gueule. Ici, tu es toujours drôle, enjouée. Mais là-bas, tu tirais une tête de cent pieds de long. Toi qui prétends vouloir passer à la télévision, je t'assure que tu es mal partie ! On ne peut vraiment pas dire que tu te sois mise en valeur. Tu ressemblais à n'importe quelle gamine du quartier. Au fond, c'est une bonne chose que nous soyons rentrées, tu n'es vraiment pas faite pour quitter ce bled pourri. Je m'aperçois que ta vraie place est ici, avec les fils de mineurs et les bouseux ! »

Je sortis sans même enfiler une veste, en espérant que j'allais rencontrer un de mes copains du quartier. A Carriage Court, nous n'allions pas sonner chez les voisins. Nous nous retrouvions tous dehors. Mais pour l'instant il n'y avait pas un seul gamin en vue. C'était une journée humide et fraîche, le ciel était de plomb, il allait sûrement se mettre à pleuvoir sous peu. Je marchais le long du trottoir lorsqu'une voiture klaxonna derrière moi. C'était une mère de famille du quartier. Elle baissa sa vitre et me demanda si je voulais profiter de sa voiture. Je montai à côté d'elle. Je ne savais pas quelle était sa direction, elle ne m'avait d'ailleurs pas davantage demandé où je voulais aller, mais je m'en fichais. Elle me laissa finalement devant la patinoire. La pluie s'était mise à tomber. A l'entrée, le gardien me fit un petit signe de la main. A peine avais-je poussé la porte que j'aperçus Ted sur la piste. Je me rendais brusquement compte que ce n'était pas un jour férié. Nous étions lundi. C'était pour ça que tous les gosses étaient chez eux. Ted était en train de donner un cours à une jeune femme ; il lui maintenait la cheville en essayant de lui faire faire un huit sur la glace.

J'allai dans le bureau de Ted et pris la clef de la remise cachée sous un banc. Il enfermait le matériel de location dans cette pièce minuscule, où s'entassaient de gros cubes en carton sur lesquels était peinte en jaune la taille des patins. Je trouvai facilement une paire qui me convenait. A l'époque où je prenais des leçons, j'avais bien sûr mes propres patins. Ceux-là étaient un peu abîmés au bout, et recouverts sur le côté d'une bande grise indiquant qu'ils étaient en location.

Je les enfilai et rejoignis la piste en faisant attention, à cause des lames. Puis je m'élançai sur la glace et patinai en direction de Ted. Arrivée à sa hauteur, je faillis lui rentrer dedans et me rattrapai à la manche de son blouson. Il posa la main sur ma tête et prononça quelques mots à l'intention de son élève. Je n'entendis pas exactement ce qu'il lui disait mais lorsque je me retournai, celle-ci avait disparu. Mon regard se reporta sur Ted. Évidemment, je ne pouvais pas me comporter avec lui comme avec mon père. Impossible d'enfouir ma tête dans le creux de son épaule, en oubliant tout le reste... Ted se tenait devant moi, inchangé, fidèle à lui-même. Je ne m'attendais pas à ce qu'il me comprenne.

« Vous êtes donc rentrées », dit-il.

Et il se tut à nouveau. Ted ne saurait jamais qui j'étais, sauf à supposer que je trouve un jour le moyen de le lui expliquer, ce qui était bien improbable.

Je regardai la piste déserte. La glace était gris perle. Les lignes tracées en dessous et qui marquaient les limites du terrain de hockey brillaient comme des hématomes. Mon père était parti pour de bon et Ted ne serait jamais que Ted, un homme parmi des millions d'autres sur cette terre, n'ayant rien en commun avec moi.

« Tu veux que je t'apprenne à faire des boucles ? » me demanda-t-il.

Il régnait un tel silence sur la piste que je l'entendais grincer des dents. Comment refuser ? Il avait l'air si désemparé, les mains enfouies dans les poches de son blouson... Il se mit à aller et venir en dessinant des boucles impeccables sur la piste. Cela faisait des années que je n'avais pas patiné et mes chevilles me faisaient mal. Je me sentis vite épuisée. Je n'étais plus capable de la même concentration qu'autrefois. Jadis, j'aurais fait un effort. Mais à présent, tracer des boucles parfaites sur une piste déserte me paraissait absurde. Je regardai les rangées de fauteuils vides tout autour de nous. Puis Ted vint me prendre par la main et je finis par le suivre, en m'appliquant à imiter ses complexes circonvolutions. Qui sait... Peut-être cela valait-il finalement le coup d'essayer...

Le bureau de Ted était installé dans le sous-sol de la patinoire, juste en dessous de la piste, dans une pièce dénuée de fenêtre. A l'époque où nous avions fait sa connaissance, ma mère et moi, il l'avait aménagée comme une vraie maison. Il y avait là une commode en chêne remplie de vêtements — des pulls surtout, et des sweaters —, ainsi qu'une chaîne hi-fi et ses disques préférés. Après son mariage avec ma mère, la pièce perdit son ordre initial, les disques traînaient un peu partout. Lorsque nous avions mis la maison en vente, avant notre départ, il était revenu habiter ici. Il y passait la plupart de son temps et dormait sur un lit de camp installé contre le mur du fond.

Je n'ai jamais revu mon père depuis ce jour à Disneyland. J'ignore ce qu'il est devenu mais je ne crois pas qu'il soit mort, ni qu'il lui soit arrivé rien de grave. Pendant longtemps, nous avons pensé qu'il finirait par se manifester, un jour ou l'autre. Mais nous n'avons plus jamais eu de ses nouvelles. Et pourtant, je ne serais pas du tout surprise de le voir débarquer un beau matin.

CHAPITRE 7

UN CENTRE COMMERCIAL QUELQUE PART DANS LA PLAINE

Le soir, nous roulions souvent à travers la ville, quand nous n'avions rien d'autre à faire. Nous n'aimions pas rester dans notre appartement, nous manquions de place. Lorsque je faisais mes devoirs, allongée sur le lit, ma mère ne savait plus où se mettre. Le canapé était aussi vieux qu'inconfortable et je n'arrivais pas à me concentrer si elle s'asseyait à côté de moi. Alors, nous prenions la voiture et nous roulions dans la nuit. Nous descendions Sunset Boulevard et errions dans les rues désertes, au nord de Beverly Hills. Parfois nous nous garions le long d'un trottoir, les phares de la voiture braqués sur la pelouse voisine. Les propriétés de Beverly Hills avaient toujours le don de nous émerveiller.

Assises en silence, nous observions la bâtisse qui se dressait au bout de la pelouse, tout en essayant de distinguer les silhouettes qui auraient pu se découper dans l'embrasure des fenêtres illuminées. Au bout d'un moment, ma mère poussait un soupir et remettait le moteur en route.

« Un jour... commençait-elle.

— Oui...

— Un jour, j'en suis sûre, nous aurons notre maison, nous

aussi. Et des vêtements dignes de ce nom. Et tu pourras t'offrir tout ce qui te fera envie, ma chérie. »

Elle se penchait vers moi et me caressait doucement la cuisse, mais je me raidissais et me reçulais contre la portière.

« Il suffit que je rencontre l'homme qu'il nous faut et que j'arrive à lui mettre le grappin dessus. Veux-tu que nous allions manger une glace avant de rentrer nous coucher ? Peut-être même que ça nous donnera de l'énergie. Un peu de sucre dans notre sang. »

Un soir, nous sommes allées chez Will Wright parce que ma mère s'était mise sur son trente et un. C'était l'endroit que nous préférions pour manger des glaces. On pouvait s'asseoir à une table. L'établissement était un peu vieillot et assez cher. Les arbres qui bordaient le jardin étaient à longueur d'année décorés de guirlandes électriques, comme des sapins de Noël.

Nous nous installâmes sur la terrasse à une petite table branlante, dont je calai l'un des pieds avec un morceau de chewing-gum. Le dessus de la table était en marbre rose et les dossiers des chaises ornés de petits cœurs métalliques.

« C'est tout de même incroyable, quand on y pense, dit ma mère. Un temps pareil, en plein mois de mars... »

En public, ma mère débitait toujours ce genre de propos insignifiants, des choses que tout le monde pouvait entendre.

« Ouais... » dis-je.

Elle m'adressa un sourire de reproche.

« Il fait vraiment doux. » Elle eut un petit rire forcé. « A cette époque de l'année, on grelottait dans le Wisconsin, et tu étais obligée de mettre ton manteau de fourrure. »

Les glaces constituaient la nourriture préférée de ma mère. Ce qu'elle appréciait particulièrement, c'était le contraste : une crème glacée à la vanille et un nappage de chocolat bouillant. Will Wright servait les glaces dans des petites coupes en argent, où elles flottaient sur un lit de chocolat noir et fumant, les boules avaient à peine la taille d'une balle de ping-pong. Deux raviers en porcelaine accompagnaient le tout : l'un rempli d'amandes entières, l'autre d'un supplément de sirop au chocolat. Ma mère s'en servait une cuillerée de temps en temps, de manière à préserver le plus longtemps possible la richesse et la subtilité du mélange.

Un homme d'assez grande taille s'approcha soudain de notre table, en traînant une chaise qu'il retourna une fois arrivé devant nous. Il s'assit dessus à califourchon.

« Bonjour, mesdemoiselles, nous dit-il en tendant la main. Je me demandais si vous ne pourriez pas... euh... me dépanner d'une allumette.

— As-tu du feu sur toi, ma chérie ? » me demanda ma mère.

Elle m'aurait sûrement arraché les yeux si j'avais répondu par l'affirmative.

« Chérie, je t'ai posé une question.

— Tu sais bien que non. »

Elle se tourna vers l'homme en souriant.

« Je suis sincèrement désolée, lui dit-elle. Nous ne fumons ni l'une ni l'autre. (Elle fouilla un instant dans son sac à main.) Il m'arrive d'emporter une boîte d'allumettes au cas où, mais aujourd'hui je les ai apparemment laissées à la maison. »

L'homme resta assis. Il ne se leva pas pour aller demander du feu à une table voisine ni pour regagner sa place, à l'autre bout de la terrasse.

« Mon nom est Lonnie, dit-il. Lonnie Tishman. »

Ma mère m'écrasa le pied sous la table.

« Je m'appelle Adele, dit-elle. Et voici ma fille, Ann.

— Votre fille ? Je vous avais prises pour deux sœurs !

— Vous plaisantez ?

— Absolument pas. Vous n'avez qu'à interroger mon copain, là-bas. Je lui ai dit : tiens, ces deux demoiselles doivent sûrement fumer, je vais leur demander du feu.

— J'ai douze ans », dis-je.

Ma mère me lança un violent coup de pied dans le mollet et m'écrasa de nouveau les orteils.

Lonnie Tishman se leva, retourna sa chaise dans le bon sens et se rassit aussitôt. Il croisa les jambes et se mit à pianoter du bout des doigts sur le marbre de la table. La glace commençait à fondre dans la coupe de ma mère. Elle reposa sa cuillère et se tourna progressivement vers l'homme, de manière à lui faire exactement face.

J'étais la seule à rester coite. Depuis ma plus tendre enfance, j'avais appris à me terrer dans mon coin lorsque j'avais envie de quelque chose. Et pour l'instant, ma seule envie était que Lonnie Tishman fiche le camp. Je serrais les genoux, si fortement que je m'aperçus par la suite que je m'étais fait un bleu. Mais il n'avait pas l'air décidé à s'en aller. C'était le genre baratineur.

« Alors, mesdemoiselles... Racontez-moi un peu. Que comptiez-vous faire de beau, ce soir ?

— Oh, rien de précis. N'est-ce pas, Annie ? Nous étions en train de nous dire combien le climat est merveilleux par ici. Nous ne sommes pas à L.A. depuis très longtemps.

— D'où êtes-vous donc ?

— De Bay City, dans le Wisconsin. »

Lonnie se donna une claque sur la cuisse.

« Vous venez du Wisconsin ? Fumant ! »

Ma mère baissa les yeux et regarda ses ongles.

« Et qu'est-ce que vous fabriquez dans le coin ?

— Je suis enseignante, dit ma mère. Je suis rattachée au département scolaire de la municipalité. Je donne des cours d'expression orale. »

Il y avait quelque chose de touchant dans le mélange de modestie et de fierté avec lequel elle avait annoncé ça.

« Et ma fille est actrice », ajouta-t-elle.

Je piquai du nez sur ma glace, comme si le fait de manger avait brusquement nécessité toute mon attention. Je sentais leurs regards posés sur moi, découpant le contour de ma silhouette sur la toile de fond que constituait le ciel.

Lonnie siffla entre ses dents.

« Actrice... » murmura-t-il.

Son visage prit une drôle d'expression et durant un bref instant je le trouvai presque sympathique.

« Mmhmm... » fit ma mère, comme si elle avait pu en dire davantage mais qu'elle préférait se taire. Elle voulait évidemment se donner l'air modeste. Mais la vérité, c'était qu'il n'y avait absolument rien d'autre à ajouter. Je n'étais pas une actrice. Je voulais seulement le devenir.

« Actrice... répéta Lonnie. Eh bé... J'ai un ami dont la fille est passée à la télé. Une gamine toute blonde, avec une natte dans le dos. Quel était le nom de cette émission, déjà... la fille s'appelait Linda — non, Lisa. Oui, c'est ça. Lisa Tannenbaum.

— Tu la connais ? » me demanda ma mère.

Pourquoi me posait-elle une question pareille ? Elle était bien placée pour savoir que je n'avais jamais rencontré Lisa Tannenbaum. Où diable aurais-je bien pu faire sa connaissance ?

« Non, dis-je.

— Et où habitez-vous ? » demanda Lonnie en se penchant légèrement vers ma mère.

La peau de son visage était couverte d'un léger duvet. J'en frissonnais rien qu'à le regarder, tandis que des images de prairies désertes, de barbelés électrifiés et d'éclairs déchirant le ciel me traversaient l'esprit. J'espérais que ma mère allait également s'en apercevoir et s'écarter de lui. Les hommes n'étaient vraiment pas faits comme tout le monde. Lorsque j'étais gamine, j'allais souvent m'enfermer dans la salle de bains, chez mon cousin, pour examiner les objets qui s'y trouvaient. Tout était différent de chez nous. Lorsque je me frottais le visage avec l'une de leurs serviettes, j'avais l'impression de recevoir une décharge électrique. Je pensais que cela venait des hommes, de l'odeur particulière des hommes. Dans mon esprit, c'était lié au fait de se raser.

« Nous vivons à Beverly Hills, répondit ma mère en détachant bien chaque mot.

— Eh bien... Nous pourrions peut-être nous revoir un de ces jours... Qu'en pensez-vous ?

— Pourquoi pas ? dit ma mère.

— Si vous me laissiez votre numéro de téléphone ? Je vous appellerai pour que nous fixions un rendez-vous.

— Vous pouvez nous joindre au 273.76.72. »

Lonnie sortit un stylo de sa poche et nota le numéro sur son poignet. Il se leva et repoussa sa chaise sous la table.

« A très bientôt, donc », dit-il avant de s'éloigner.

Ma mère ramassa l'addition.

« On y va ? » me demanda-t-elle.

J'avais depuis longtemps terminé ma glace. Quant à ma mère, elle n'était plus d'humeur à finir la sienne. Elle jeta un bref coup d'œil par-dessus son épaule pour s'assurer que l'homme avait bien disparu et se pencha vers moi, visiblement très excitée.

« Tu sais de qui il s'agissait ? me demanda-t-elle.

— Non, dis-je en repoussant un caillou du bout de ma chaussure.

— Il s'est pourtant présenté. Tu n'as pas entendu ? C'était Lonnie Tishman. Ça ne te dit rien ? Tu n'as jamais remarqué ces pancartes, autour des chantiers des nouveaux immeubles que l'on est en train de construire, sur Wilshire Boulevard ? Il y en a partout. Eh bien, c'est lui. C'est Lonnie Tishman qui est à la tête de tout ça. Tu te rappelles ces superbes buildings à Century City ? Nous sommes souvent passées devant, je t'ai même dit que les appartements du dernier étage devaient être fabuleux, avec de pareilles terrasses. Cela lui appartient aussi. Tu ne vois pas qu'il nous propose d'en occuper un ? Je t'assure, il possède au moins la moitié de la ville. »

Sa voix était empreinte d'une telle conviction... Je savais bien que j'aurais dû partager son enthousiasme, mais je ne parvenais pas à la croire. Ce type n'avait pas du tout l'air d'un richard. Rien qu'à la façon dont il s'était essuyé les mains sur son pantalon en se levant, on voyait bien qu'il n'avait guère d'éducation.

« Est-ce que tu réalises ce que ça signifie ? poursuivait ma mère.

— Non. »

Elle poussa un soupir en lâchant sa cuillère dans sa tasse.

« Comment peux-tu être bouchée à ce point ? »

Je ne répondis pas. Peut-être étais-je réellement idiote, au fond. Je regardai le ciel et je compris qu'il devait être tard, plus de onze heures en tout cas. Je devais aller au lycée demain matin, je n'avais pas fini mes devoirs et de toute évidence je n'aurais maintenant plus le temps de le faire. Je me représentais déjà la journée du lendemain, exactement identique à toutes celles qui l'avaient précédée ; je voyais le grand hall du lycée et la longue enfilade de ses couloirs dont les portes se refermaient l'une après l'autre tandis que je grimpais les escaliers quatre à quatre, seule dans cette immensité, en retard une fois de plus. Le bleu mat du ciel luisait à travers les branches des arbres. Les étoiles paraissaient minuscules.

« Tu vas voir, Annie, ça va marcher cette fois-ci, disait ma mère. Pourquoi nous a-t-il abordées, à ton avis ? ajouta-t-elle en essayant de me ramener à la réalité.

— Je ne sais pas. Je suppose que tu lui as plu. »

Ça m'avait coûté de lui avouer ça. Son visage s'illumina.

« Tu crois ? demanda-t-elle.

— Je ne sais pas.

— Tu crois vraiment que je lui ai plu ? Dis-moi la vérité, Annie.

— Il me semble.

— Je suis sûre qu'il va se débrouiller pour te faire passer à la télévision », dit-elle en battant des mains.

Ayant travaillé toute sa vie au milieu des enfants, ma mère était incapable d'exprimer ses émotions autrement qu'avec ses mains.

« Ce n'est pas son métier... » commençai-je.

Mais je n'allai pas plus loin. Il y avait quelque chose d'appliqué et de musical à la fois dans la manière dont parlait ma mère — comme si elle avait voulu se servir de sa voix pour matérialiser son rêve, à force de conviction. Je me la représentais souvent, grimpant les marches d'un immense escalier, du haut duquel elle dominait enfin tout ce à quoi se réduisait pour moi la réalité : mon lycée, les sonneries marquant le début des cours, la longue enfilade des portes qui se refermaient dans les couloirs... En retard, je montais les marches à mon tour, mes livres serrés contre moi, pour la rejoindre dans ses hauteurs éthérées, devant un ciel immaculé qu'elle poussait brusquement de la main et qui se déchirait en mille morceaux comme un rideau de papier. Elle franchissait alors l'ouverture qu'elle venait de faire et s'engageait de l'autre côté. Immobile, je la regardais s'éloigner, tandis que l'air s'engouffrait et soufflait en bourrasque à travers le ciel déchiqueté.

« Allons... Tu n'as pas entendu ce qu'il a dit, à propos de cet *ami* à lui dont la fille passait à la télé ? Pourquoi crois-tu donc qu'il ait mentionné ça ? C'était une façon de tester ta volonté, de voir si tu étais vraiment décidée à te lancer dans cette aventure. Tu comprends, il y a beaucoup de gosses qui *prétendent* avoir envie de passer à la télévision, mais qui seraient totalement paralysés une fois placés pour de bon devant les caméras. Bien sûr, *nous* ne sommes pas dans ce cas. Nous savons ce que nous voulons. Je suis sûre que l'autre type était un agent, celui qui est resté assis à leur table. Et ce Tishman est évidemment producteur. Nous n'avons plus qu'à attendre, maintenant qu'il a notre numéro de téléphone. Je te parie que d'ici peu tu vas te retrouver vedette d'un feuilleton télévisé. Ce n'est plus qu'une question de temps.

— Quand serons-nous fixées ? » demandai-je.

Je me rapprochai d'elle et attendis. Elle n'avait plus à lutter, maintenant : le rêve était là, sous nos yeux. Il fallait simplement qu'elle parle un peu moins vite, car j'avais besoin de m'imprégner du moindre de ses mots. Je me serrai contre elle et la dévisageai intensément, avec autant de concentration que si j'avais transporté une coupe pleine à ras bord dont il n'aurait pas fallu que je laisse s'échapper une seule goutte.

Elle hocha la tête pendant quelques instants, tout en réfléchissant. Son visage avait brusquement l'air émacié ; ses os frêles saillaient, soulignant la courbe de ses pommettes. Un jour, lorsque j'étais petite, j'avais eu entre les mains un petit coffret entièrement recouvert de velours. Du bout de son doigt, ma grand-mère en avait soulevé le couvercle : à l'intérieur j'avais entrevu, parfaitement reconstitué, le squelette d'un minuscule oiseau.

« Bientôt, répondit enfin ma mère. Je dirais même : très bientôt. »

Tout avait changé à présent. Même l'endroit où nous nous trouvions me parut métamorphosé. Je n'avais plus envie de bouder ni de faire la tête dans mon coin. Toute tristesse m'avait quittée. Assise au bord de ma chaise, je me penchai encore un peu, pour me rapprocher de ma mère. Elle avait l'air distrait, perdue dans ses pensées, mais je savais qu'elle comptait sur moi.

L'air bleuté de la nuit était aussi pur, aussi mystérieux qu'une bulle de savon. Le seul fait de sentir la fraîcheur du marbre de la table sous mes doigts me transportait de joie. Je dormis comme une souche cette nuit-là, dans un état de béatitude complète, en rêvant aux perspectives que venait brusquement de nous ouvrir cette nouvelle rencontre.

Lonnie Tishman appela le lendemain. Ce fut moi qui répondis au téléphone. Je reconnus immédiatement sa voix et durant une fraction de seconde je crus que tout allait d'un seul coup se dénouer, qu'il allait me dire : « Eh bien, ça y est, tu es engagée. » Je me voyais déjà devant les caméras, dans le tumulte et l'affairement des studios. Mais il se contenta de me demander :

« Est-ce que ta mère est là ? »

Mon rêve s'écroula aussitôt, tandis que mes soupçons et mes doutes habituels revenaient me hanter. Sous mes yeux apparut à nouveau l'enfilade des portes closes dans les couloirs du lycée...

« C'est pour toi », dis-je en tendant l'écouteur à ma mère.

Celle-ci resta une bonne minute immobile, plantée au beau milieu du tapis. Puis elle fit les trois pas qui la séparaient de la table de nuit, prit une profonde inspiration et saisit l'appareil. Elle se laissa tomber sur le matelas, qui rebondit sous elle, croisa et décroisa plusieurs fois les jambes. Elle riait tout en parlant au téléphone, mais je me rendis compte qu'elle était un peu prise de court.

« Eh bien... oui, j'imagine... A dire la vérité, je ne suis pas très bonne cuisinière.. (De l'autre main, elle remettait ses épingles en place dans ses cheveux.) Oui... Oui, je vois... En fait, nous ne sommes pas très bien équipées ici, côté cuisine... »

C'était pourtant le genre d'aveu qu'elle ne faisait pas facilement à un homme, surtout le connaissant à peine. Il s'ensuivit une avalanche de gloussements et de petits rires nerveux.

« D'accord, dit-elle finalement, en balançant sa chaussure au bout de son pied. Nous n'avons qu'à faire comme ça. »

A peine l'écouteur reposé, elle se redressa et se mit à battre des mains.

« Ann ! Tu ne vas pas me croire, mais nous avons rendez-vous dimanche soir ! »

Je restai prostrée sur le lit.

« Hé, miss... Je vous cause ! Et cesse donc de faire cette mine sinistre. Ton grand jour est enfin arrivé.

— Ah oui ? Explique-moi un peu en quoi je devrais me sentir concernée par le fait que ce type t'ait filé un rencart ? »

Prise de court, elle se mit à bégayer. Les professeurs d'expression orale eux-mêmes ont parfois des problèmes d'élocution.

« Il veut probablement me rencontrer d'abord, afin de savoir si je suis d'accord pour que tu t'embarques là-dedans. Tu sais, il y a de nombreux parents qui refuseraient de laisser leurs enfants mener une vie pareille, enfermés des jours durant dans les studios pour les répétitions... Mais n'aie crainte, je ne m'y opposerai évidemment pas. C'est sûrement pour cela qu'il veut me voir. Il a besoin de mon autorisation. »

Nous allâmes toutes les deux nous faire couper les cheveux. Ma mère avait demandé qu'on se contente de m'égaliser les mèches, ce qui fait que j'en avais terminé bien avant elle. Je m'assis sous un séchoir débranché et me mis à feuilleter de vieilles revues de cinéma. Je regardais attentivement les photos déjà un peu jaunies. J'espérais plus ou moins apercevoir au détour d'une page le visage de mon père.

« Je suis sûre qu'il cherche à me cacher la vérité », disait ma mère à l'employée qui lui coupait les cheveux, tout en regardant dans la glace ses mèches qui tombaient l'une après l'autre sur ses épaules. Elle penchait légèrement la tête sur le côté. Ma mère avait toujours tendance à se comporter comme si sa tête était un diamant dont il lui fallait à tout prix faire scintiller chacune des facettes, s'inclinant tantôt vers la droite, tantôt vers la gauche, afin de capter le moindre rayon de lumière.

« Il ne veut pas que je connaisse tout de suite sa véritable personnalité, poursuivit-elle.

— C'est possible, dit la coiffeuse. On raconte aussi que Tishman a un frère qui serait plus ou moins cinglé.

— Non, non, répondit ma mère. Je suis sûre qu'il s'agit bien de lui. »

Il pleuvait lorsque nous sortîmes de la boutique. Ma mère me prit mes revues des mains et s'en servit pour s'abriter tandis que nous courions jusqu'à la voiture.

« Ces gens-là n'aiment pas faire étalage de leur richesse, reprit-elle en mettant le chauffage en route. Ils veulent qu'on les aime pour eux-mêmes. Il a probablement des tas de gens pendus à ses basques et qui n'en ont qu'à son argent. Il veut sûrement nous éprouver. (Elle resta un moment plongée dans ses pensées.) Tu vois, reprit-elle, au début je ne savais pas trop quoi penser. Il ne voulait pas que nous allions au restaurant. C'est moi qui ai plus ou moins insisté et il a fini par me proposer d'aller au Love's Bar-b-que. Tu vois où c'est, on ne peut pas dire que le cadre soit particulièrement raffiné. Je me suis d'abord dit qu'avec la fortune dont il dispose, il aurait quand même pu m'inviter dans un endroit légèrement plus... distingué. Mais j'ai fini par comprendre qu'il voulait nous mettre à l'épreuve. Il veut voir si nous l'aimons réellement pour lui-même, tu comprends ? »

Lorsque nous pénétrâmes dans le garage, l'aile de la voiture racla une nouvelle fois le pilier en ciment.

« Après tout, nous avons fait sa connaissance chez Will Wright, à Beverly Hills — un endroit qui n'est fréquenté que par des célébrités.

— Et nous alors ? Que faisions-nous là-bas ?

— Tu n'as pas tort, dit-elle en haussant les épaules. Mais qu'est-ce que ça prouve ? »

Le rendez-vous était fixé pour le dimanche. Nous n'avions rien d'autre à faire ce jour-là. Nous nous levâmes tôt, à six heures du matin, dès que le réveil sonna, pour une fois. Nous fîmes le ménage, puis allâmes faire quelques courses. Nous achetâmes plusieurs sortes de boissons, au cas où il aurait soif, ainsi que des amuse-gueule que nous disposâmes dans une coupe. L'après-midi, assise sur le lit, je regardai ma mère s'habiller. Elle avait déjà pris son bain. Vêtue d'une simple culotte et d'un soutien-gorge, elle s'agitait dans l'espace réduit de la pièce et faisait d'incessantes allées et venues entre le placard et le miroir de la salle de bains.

J'avais pris un livre et j'essayais de lire, mais elle m'interrompait toutes les cinq minutes pour me demander mon avis. D'ailleurs, cela ne me dérangeait nullement. Au contraire, j'étais plutôt amusée par la scène.

« Ann, ma chérie, dis-moi franchement. Dois-je relever mes cheveux ou les laisser retomber librement ? Je t'en prie, prends ton temps, réfléchis bien... Je les laisse retomber librement ? Tu en es sûre ? Pourquoi ?

— Ça met ton cou en valeur.

— Vraiment ? Parfait. Tu en es bien sûre ? »

Il me vint à l'esprit que ma mère ne s'était jamais retrouvée seule. A la maison, bien avant ma naissance, elle avait toujours pu compter sur Lolly. Lolly qui, assise au bord de quelque lit, avait regardé ma mère qui embellissait de minute en minute, mettait la dernière touche à sa toilette et s'apprêtait enfin, en cet obscur et lointain samedi soir, à partir pour ce bal à l'issue duquel elle avait décidé, pour la première fois, de faire à un homme le don de son corps souple et lumineux. Et pour la première fois moi aussi, j'éprouvai de la peine en songeant à Lolly. Je la revoyais dans ses bermudas rapiécés, trop larges pour elle, penchant la tête et contemplant ses grosses mains courtaudes. Moi au moins, j'étais jeune. Je pouvais encore rêver d'être belle un jour.

J'étais endormie lorsqu'ils rentrèrent, tard dans la soirée, mais j'entendis la clef tourner dans la serrure, puis la voix rauque de Lonnie. Ma mère lui chuchota de se taire, tout en poussant de petits gloussements, ce qui eut le don de m'irriter et acheva de me réveiller. Pourquoi se conduisait-elle ainsi ? J'aurais voulu que ce type s'en aille et que le calme revienne. Mais il resta — et pas seulement ce soir-là. Pour la première fois depuis que nous avions emménagé ici, ma mère ne dormit pas avec moi dans le lit. Je les entendis ouvrir le canapé. Le sommier métallique fit un bruit épouvantable en raclant le plancher.

« Chut... fit ma mère. Tu vas la réveiller.

— C'est vrai que tu as une fille... J'avais oublié son existence. »

Nous n'avions jamais ouvert le canapé jusqu'ici. Il devait être en piteux état. Il n'avait d'ailleurs pas cessé de nous poser des problèmes. A Noël, pour dissimuler l'horrible Skaï verdâtre dont il était recouvert, nous avions voulu tendre un tissu par-dessus, mais nous avions dû y renoncer car une fois le tissu posé, on ne pouvait plus s'y asseoir. Nous nous étions finalement contentées de le nettoyer et d'étaler un châle rouge sur le dossier.

Ma mère était debout à un mètre de moi, elle sortait des draps du placard. Je ne fis pas un geste. Lorsque j'étais petite, je rêvais souvent que des voleurs descendaient du train de nuit et s'introduisaient chez nous. Il fallait que je reste de marbre si je voulais garder la vie sauve. Les voleurs finissaient par emporter notre poste de télé et ma mère m'accusait ensuite de sa disparition. Ou bien l'un des voleurs nous menaçait de son fusil, mais Benny sauvait la situation en enfonçant son doigt dans le canon de l'arme pointée droit devant nous.

Ils devaient avoir fini de faire le lit et être en train de se déshabiller. Ils faisaient tellement de boucan qu'on aurait dit qu'ils avaient au moins vingt paires de chaussures à enlever.

« Chut... dit ma mère, avant de glousser à nouveau.

— Je croyais qu'elle dormait...

— Oui, mais elle a le sommeil léger. »

Une nouvelle chaussure s'écrasa au sol. Un laps de temps interminable s'écoula — des heures et des heures, me sembla-t-il — et le vacarme ne cessait toujours pas. Tantôt c'étaient des frottements de draps, tantôt des grincements de sommier. Sans parler de cette respiration masculine, qui modifiait complètement l'atmosphère de la pièce. J'avais les yeux grands ouverts dans l'obscurité.

Mais je dus finalement m'assoupir sur le matin, car je n'entendis pas sonner le réveil. J'avais pourtant arrêté la sonnerie, mais sans émerger du sommeil. Ma mère se réveilla un peu plus tard et vint s'asseoir à côté de moi sur le lit. Elle me caressa doucement le dos à travers les couvertures.

« Lève-toi, ma chérie... dit-elle. Il est l'heure d'aller au lycée... Allons, debout... Je t'assure que tu vas être en retard...

— Il est toujours là ? demandai-je.

— Oui. Il dort encore. »

J'enroulai les draps autour de moi et je me dirigeai vers l'armoire, où j'enfilai à la hâte un jean et un tee-shirt. Ma mère s'approcha et me prit par le bras. Il n'y avait pas assez de place pour deux, le placard était étroit et bourré à craquer de vêtements suspendus à leurs cintres ou entassés sur les étagères.

« Ann... murmura-t-elle. Je n'ai pas couché avec lui. Enfin, nous avons dormi ensemble, mais il ne m'a pas touchée. Je te le jure devant Dieu. Nous avons dormi ensemble mais ça n'a pas été plus loin. »

Elle leva la main droite comme une enfant, pour appuyer son serment.

« Je me fous de ce que vous avez fait », dis-je.

Je contournai le canapé où l'homme dormait encore, pour me rendre à la salle de bains. On ne pouvait pratiquement plus passer. Une fois ouvert, le canapé occupait toute la pièce. Ma mère me suivit jusqu'au lavabo.

« Eh bien moi, je ne m'en fous pas, dit-elle. Et je t'assure qu'il ne s'est rien passé. »

Nous étions seules toutes les deux dans l'appartement, en train de faire le lit. Ma mère glissait l'oreiller dans sa taie. Nous revenions juste de la laverie automatique de Pacific Palisades. Nous n'étions évidemment pas obligées d'aller aussi loin pour faire notre lessive, mais ma mère aimait bien cet endroit : c'était relativement propre, et il y avait un restaurant diététique juste à côté. La vérité, c'est qu'elle serait morte de honte si quelqu'un nous avait aperçues dans une laverie automatique. Comme nous ne connaissions personne à Pacific Palisades, cela pouvait encore aller. Je dois reconnaître que j'étais plutôt de son avis, maintenant que j'avais des copains au lycée. Je me serais sentie un peu gênée s'ils m'avaient vue fourrer mon linge sale dans une machine.

Lorsque nous eûmes fini de faire mon lit, ma mère ouvrit le canapé pour mettre des draps propres. Je m'abstenais généralement de l'aider dans cette dernière opération. D'ailleurs, elle ne me le demandait pas.

« Que veux-tu que je te dise d'autre ? L'enthousiasme et l'excitation des premiers temps passent vite. Et que reste-t-il ? Pas grand-chose... J'espère seulement que ses affaires finiront par marcher, et que nous en bénéficierons par contrecoup. Et que ça ne prendra pas trop de temps... »

Lonnie dormait tous les soirs à la maison, maintenant. Ma mère n'osait évidemment plus prétendre qu'il était producteur de télévision. L'essentiel pour l'instant était qu'il rapporte enfin un peu d'argent et nous aide à boucler les fins de mois. C'était en soi une perspective amplement suffisante. Nous savions nous adapter aux circonstances.

« Tu n'as pas de nouvelles de ces immeubles construits par la société Tishman ? demandai-je à ma mère. J'en ai encore vu un aujourd'hui, sur Roxbury, en allant au lycée. »

Elle poussa un soupir.

« Peux-tu me donner un coup de main, juste une seconde ? dit-elle. Tire un peu le drap de ton côté. »

Une fois ouvert, le canapé avait vraiment l'air miteux, avec son sommier déglingué et son matelas à peine plus épais qu'une feuille de papier à cigarette. La nuit, j'entendais parfois un craquement sinistre, suivi d'un choc épouvantable : les pieds avaient cédé et le lit venait de s'effondrer.

« Il veut s'en sortir par lui-même, tu comprends. Il refuse de se comporter comme tous ces fils à papa, qui n'ont jamais rien su faire de leurs dix doigts. Mais je suis sûre que lorsque ses affaires marcheront et qu'il aura réussi à mettre sur pied ce projet de centre commercial, il retournera dans sa famille et leur dira : " Voilà, j'ai monté ça tout seul, voyez un peu de quoi je suis capable. "

— Es-tu bien sûre qu'il s'agisse de la même famille ? Il y a trois colonnes de Tishman dans l'annuaire du téléphone.

— J'en suis certaine, ma chérie.

— Comment le sais-tu ? Il te l'a dit ?

— Je le sais, un point c'est tout. Compris ? Il faut quand même que tu finisses par admettre que mes connaissances sont légèrement plus étendues que les tiennes... Je suis adulte.

— Il pourrait au moins payer le loyer...

— Mais il le paie, ma chérie. Il paie le loyer de son propre appartement, à Hollywood. »

Nous étions allées là-bas, une fois. Le bâtiment en brique rouge avait l'air délabré, et il était très en retrait de la route. Lonnie devait passer chez lui pour se changer et ma mère l'avait déposé un soir, juste après le dîner. Nous l'avions attendu dans la voiture, après avoir bloqué les portières.

« Mais il n'est jamais chez lui, dis-je.

— Eh bien, croisons les doigts et espérons que ses affaires ne vont plus tarder à marcher. D'accord, ma chérie ? Crois-moi, j'ai bien besoin d'un peu de réconfort. Je commence à en avoir marre, tu sais. »

Je laissai tomber le sujet.

Mon crâne se couvrit de petits bobos, de minuscules bosses rouges recouvertes de croûtes. Ma mère pensait qu'il s'agissait de la gale — ou même pire — et que c'était à coup sûr Lonnie qui m'avait refilé ça. Elle prit rendez-vous chez un médecin à une heure de voiture de chez nous.

« On ne sait jamais, les gens papotent. Les rumeurs ont vite fait de circuler. Beverly Hills n'est qu'un petit village. Et ce que tu as n'est pas joli à voir. »

Ma mère craignait toujours que les gens ne nous croient sales.

Nous y allâmes à la sortie du lycée. Il y avait vraiment des jours où j'adorais ma mère. Elle conduisait nonchalamment, d'une seule main, en donnant de petits coups d'accélérateur lorsque nous nous engagions sur les rampes incurvées des échangeurs. Elle discutait avec moi sans paraître remarquer la densité de la circulation sur l'autoroute à six voies, avec un détachement et une confiance en elle que tout le monde lui aurait enviés à Bay City. Je me souvenais du jour où nous étions arrivées à Los Angeles, de la manière dont elle était crispée au volant, du ton sur lequel elle m'avait demandé d'éteindre la radio... Elle avait tellement peur qu'elle n'avait pas osé quitter la file de droite, mordant même sur l'accotement de gravillons et frôlant presque le garde-fou métallique. Ses lèvres remuaient en silence et je m'étais dit qu'elle devait s'être mise à prier. Mais à présent, elle changeait de voie comme si de rien n'était, en me montrant le soleil qui s'apprêtait à disparaître derrière les collines, juste au-dessus d'une immense publicité pour Coca-Cola. J'avais des raisons d'être fière de ma mère. Je suis sûre qu'elle ne s'était même pas rendu compte des progrès qu'elle avait faits depuis notre arrivée ici.

Elle connaissait bien l'endroit, puisqu'elle venait tous les jours y travailler. Je ne savais pas grand-chose de la vie qu'elle menait sans moi. Elle n'en parlait presque jamais, comme si elle avait eu honte de son travail. Dans la voiture, je lui demandai comment s'était passée sa journée à l'école.

« Oh, rien de spécial... Le train-train habituel... »

Je l'imaginais dans sa salle de classe, devant de grands garçons et de grosses filles négligées. Elle devait sûrement les intimider. Je l'imaginais s'approchant d'eux, fixant l'un des gosses droit dans les yeux en lui tenant le menton tandis qu'elle lui disait. « Répète après moi : /solide/so-lide. » Le gosse émettait des sons inarticulés, en essayant de lire sur ses lèvres.

Nous roulions à vive allure, les vitres grandes ouvertes, le soleil s'était couché et ne dessinait plus qu'une ligne incandescente au-dessus des collines.

« Je prends cette sortie, d'habitude », me dit-elle d'un air aussi enjoué que si elle m'avait montré l'école où elle enseignait.

Le docteur ne parut pas s'inquiéter outre mesure de mes bobos. Les médecins avaient le don de nous rassurer, ma mère et moi. Après être passées entre leurs mains, nous nous sentions à nouveau normales, semblables aux autres gens. Il déclara que j'avais la gale et que j'avais pu l'attraper n'importe où, probablement à mon lycée. Il rédigea son ordonnance. Il nous prescrivit une lotion, en nous précisant bien que je devais l'appliquer chaque jour, pendant une semaine, après m'être lavé les cheveux. Ma mère acquiesçait d'un air concentré à chacune de ses phrases, comme s'il était en train de lui confier des instructions ultra-secrètes dont elle devait graver le moindre mot dans son esprit. Ce fut tout. Nous ressortîmes et achetâmes la lotion dans une pharmacie, juste en bas de chez lui. Une fois rentrées en ville, bien qu'il fût encore tôt, nous allâmes dîner au Hamburger Hamlet. Nous commandâmes le menu le plus copieux et prîmes chacune un dessert. C'était agréable de se retrouver enfin seules, toutes les deux.

Nous aurions pu rentrer à la maison aussitôt après, pour que je me lave les cheveux sous la douche, mais ma mère paniquait avec tout ce qui touchait le manque de propreté. Et comme toujours dans ces cas-là, seul le fait de dépenser de l'argent parvenait à la rassurer. Elle m'emmena donc chez le coiffeur. L'employée me fit un shampooing et me sécha les cheveux, avant de m'appliquer la lotion. Le liquide était rose et gluant. J'avais l'air d'un épouvantail à l'issue de l'opération.

« Au fait, vous avez eu des nouvelles de ce Tishman ? demanda la coiffeuse à ma mère.

— Mmhmm..., fit-elle. Il m'a appelée une fois ou deux. »

Le lendemain, elle m'emmena dans un autre salon de coiffure.

Il faisait presque nuit lorsque nous sortîmes de chez le coiffeur, après ma dernière séance de traitement. Nous passâmes prendre Lonnie à la maison et repartîmes aussitôt, en prenant le chemin de la Vallée. Je n'avais jamais été aussi loin dans cette direction. Nous n'avions pas eu le temps de manger, nous étions déjà en retard, Lonnie avait rendez-vous avec quelqu'un pour ses affaires. Il nous avait raconté qu'il avait l'intention de construire un centre commercial.

C'était ma mère qui conduisait et Lonnie était assis à côté d'elle. Ma mère le laissa brancher la radio. J'essayais de faire mes devoirs sur la banquette arrière, calée contre la portière. J'essayais d'améliorer ma vie, de faire ce que j'étais censée faire. Mes efforts devaient se révéler inutiles. Je n'avais d'ailleurs jamais cru qu'il en irait autrement.

A travers la vitre le paysage avait changé. Nous traversions une plaine aride, terreuse, jaunâtre. Les collines à l'horizon paraissaient moins hautes, les immeubles petits et rares. Cela me rappelait ces minuscules bourgades perdues dans le désert que nous avions traversé pour venir en Californie. Nous fîmes halte à un feu rouge et un homme coiffé d'un chapeau de cow-boy traversa la chaussée. Il n'y avait pas de trottoir, mais de simples accotements recouverts de gravillons. Nous ne croisions pratiquement que des camions. Ma mère s'arrêta enfin devant un centre commercial. Les collines qui s'élevaient tout autour étaient envahies par une végétation étique, grisâtre et rabougrie.

Il y avait un McDonald dans le centre commercial. Lonnie dit à ma mère que nous n'avions qu'à aller l'attendre là. Nous sortîmes tous les trois de la voiture et il se dirigea dans la direction opposée, vers un bar où il devait retrouver son associé. Il marchait vite, en frottant ses mains contre son pantalon. Nous restâmes un instant plantées au beau milieu de la route. Ma mère avait l'air bouleversée.

« Ne bouge pas d'ici, me dit-elle brusquement, j'en ai pour une seconde. »

Elle se mit à courir pour rattraper Lonnie. Son sac à main se balançait contre sa cuisse. Ils n'étaient pas très loin et j'entendis parfaitement ce qu'elle lui disait.

« Ann peut très bien rester dans la voiture, elle a des devoirs à faire. Tu ne préfères pas que je t'accompagne ? »

Je commençais à geler dans mon coin.

« Eh... T'affole pas, ma beauté, répondit Lonnie. Viens plutôt me faire un petit câlin avant que j'y aille. »

Ils s'étreignirent au beau milieu du parking, comme au cinéma. Ma mère s'était dressée sur la pointe des pieds, ses talons émergeaient de ses chaussures, ses cheveux voltigeaient dans son dos.

Je détournai les yeux et fixai la vitrine éteinte d'un marchand de pull-overs. J'avais l'impression de ne plus exister, d'être réduite à néant pour l'éternité. Ma mère revint vers moi en courant. Une fois arrivée à ma hauteur, elle se frappa la cuisse.

« Allez, viens. Pressons-nous. »

Nous nous engouffrâmes dans le McDonald et allâmes nous asseoir au fond, contre une paroi vitrée derrière laquelle on apercevait l'autoroute qui se perdait au loin, à travers champs. En dehors d'une station-service, on ne voyait absolument rien à l'horizon. Ma mère buvait lentement son café, dans une tasse en carton. Nous n'avions rien pris d'autre, car nous comptions bien aller manger plus tard et nous ne tenions pas à nous couper l'appétit. Ma mère me montra de la main le paysage qui s'étendait derrière la vitre.

« Tu vois, dit-elle, c'est là qu'ils ont l'intention de construire leur centre commercial.

— Pourquoi ?

— Comment ça, pourquoi ? Pour gagner de l'argent, pardi ! Pour que nous puissions acheter une maison, et que j'aie enfin autre chose à me mettre que ces horreurs qui datent au moins de la dernière guerre...

— Non, je voulais dire : pourquoi ici ?

— Ah... Je ne sais pas. Mais tu peux leur faire confiance. Ce type est LE spécialiste des centres commerciaux. Il a fait fortune là-dedans. »

Des piquets en bois surmontés d'un cercle phosphorescent étaient plantés tout le long de l'autoroute. Au-delà s'étendaient des champs déserts et craquelés. Nous n'étions nulle part — ou n'importe où. Je ne croyais pas à cette histoire. Je voyais mal un type donner rendez-vous à Lonnie dans un bar miteux, pour discuter de la construction d'un futur centre commercial au beau milieu de ce trou perdu.

Je revis brusquement une chose à laquelle je n'avais plus repensé depuis longtemps : la ville imaginaire que j'avais jadis dessinée chez ma grand-mère, vautrée sous la table de la cuisine. J'avais pris soin de tout représenter : les maisons, les piscines, les magasins, les bus... J'y travaillais facilement plusieurs heures d'affilée, ajoutant chaque jour un nouveau détail à ma ville de rêve. Je regardai par la fenêtre en essayant d'imaginer ce que cela aurait donné si on l'avait édifiée pour de bon, grandeur nature, sur cette étendue désertique.

« Mais il y a déjà un centre commercial ici, dis-je au bout d'une minute. Même que nous y sommes en ce moment. »

Ma mère poussa un soupir. Elle avait l'air fatigué.

« Franchement, ma chérie, il est inutile que tu me harcèles avec toutes ces questions. Ce n'est pas moi la spécialiste.

— Et tu connais beaucoup de gens qui se donnent rendez-vous pour parler affaires en pleine nuit, au beau milieu du désert ? »

Elle n'eut même pas la force de se fâcher.

« S'il te plaît, ma chérie... Peux-tu te taire et rester tranquille cinq minutes ? J'ai travaillé toute la journée et je suis épuisée. »

Elle se mit à fouiller dans son sac à main.

« Tiens, dit-elle en me tendant un billet d'un dollar, va plutôt nous chercher des frites. Mais rien qu'une petite portion, sinon après nous n'aurons plus faim. Si tout se passe bien, il nous emmènera sûrement manger quelque part, dans un bon restaurant. Tu mangeras un gros steak, je te le promets. »

Nous étions en train de picorer nos frites en silence lorsque Lonnie entra en se frottant les mains sur son pantalon.

« Salut ! » lança-t-il à ma mère.

Il se comportait presque toujours ainsi, comme si je n'avais pas existé et qu'il n'y avait eu qu'une seule personne en face de lui. Il portait les mêmes vêtements qu'à l'ordinaire : un vieux pull à col roulé et un blouson bleu en Skaï.

Je jetai un coup d'œil par la fenêtre, en regardant l'autoroute qui sillonnait les champs déserts. Les hommes d'affaires ne s'habillaient pas ainsi. Les millionnaires non plus.

Lonnie avait le nez plongé dans le cou de ma mère, qui poussait de petits cris étouffés, comme si l'on était en train de lui administrer une décharge électrique.

« Alors, si on se mangeait un petit quelque chose ? dit Lonnie.

— D'accord. Qu'est-ce que tu préfères ? Que nous allions quelque part dans les environs, ou que nous rentrions directement à la maison ? répondit ma mère en me faisant discrètement un clin d'œil.

— Et si on cassait plutôt la croûte ici ? Hein, qu'est-ce que t'en dis ? Pour moi, ce sera un Big Mac et des frites. Et toi, Ann, qu'est-ce que tu veux ? Un hamburger ?

— Comme tu voudras... » dit ma mère en se rejetant en arrière sur la banquette en plastique.

Elle se prit la tête entre les mains et se tourna vers moi. Il y avait une lueur de repentir dans son regard, mais elle n'osait rien dire devant Lonnie.

« Ça roule... » lança celui-ci en se dirigeant vers le comptoir.

Jamais ma mère ne m'aurait permis de manger des hamburgers ou des frites dans la voiture. Elle aurait eu bien trop peur que je tache les sièges. Mais elle laissa faire Lonnie. Nous mangeâmes durant le trajet du retour. Lorsque nous rejoignîmes l'autoroute principale, ma mère me demanda de bien vouloir lui tenir son carton de milk-shake.

« Alors, comment ça s'est passé ? » demanda-t-elle à Lonnie au bout d'un moment.

J'essayais de réviser mes leçons à la lueur de la petite ampoule du cendrier.

« Ce type n'est pas facile à convaincre, dit Lonnie. C'est un vrai dur à cuire. »

Il entrouvrit la fenêtre de son côté de manière à laisser passer un mince filet d'air et se cala contre la vitre.

« Mais tu penses que ça peut marcher ?

— Dis donc ! s'exclama Lonnie en donnant un coup de poing sur la plage avant, ce qui fit vibrer le pare-brise. Tu me prends pour qui ? Bien sûr, que ça va marcher !

— Ann, dit ma mère en se tournant vers moi, peux-tu me passer mon milk-shake, s'il te plaît ? »

Mon livre était posé en équilibre instable sur le cendrier. Tant que nous filions droit sur l'autoroute il était plus ou moins resté en place ; mais lorsque ma mère s'engagea dans le virage de la bretelle pour rejoindre la ville, il s'écroula sur mes genoux. Je relevai brusquement les yeux.

« Eh, maman ! Tu t'es trompée de sortie ! » m'exclamai-je.

Nous avions dépassé Beverly Hills et nous roulions à présent dans des artères sombres et désertes que je ne reconnaissais pas.

« Lonnie doit passer chez lui pour prendre des affaires », me dit-elle.

Des lumières jaunes brillaient aux fenêtres de son immeuble. Nous restâmes dans la voiture, ma mère et moi, tandis que Lonnie allait chercher ses vêtements de rechange. Le bâtiment où il habitait avait l'air vieux. J'avais vu des constructions du même genre dans le Wisconsin — l'orphelinat par exemple, ou les moulins à papier installés le long de la rivière : des édifices en brique sombre, aux fenêtres étroites, qui dataient sûrement du siècle dernier.

« Que devient notre dîner dans un bon restaurant ?... »

Elle mit le chauffage en route. Les portières de la voiture étaient bloquées et elle avait laissé tourner le moteur.

« Écoute, ma chérie... Je ne demande pas mieux que de rompre avec ce type, moi aussi. Mais il faut s'y prendre en douceur, avec lui. Je connais ce genre d'homme. »

Quelqu'un avançait dans notre direction, un gamin. Ma mère agrippa nerveusement le volant, tout en surveillant le gosse dans son rétroviseur.

« Je te jure qu'il m'est devenu complètement indifférent, reprit-elle. Je suis sûre qu'il se drogue. Mais il pourrait nous faire du mal, Ann. Il est toujours fourré avec des types extrêmement dangereux. Est-ce que le mot *Mafia* te dit quelque chose ?

— Ce truc avec lequel on fait des chapeaux ? Qu'est-ce que ça a à voir avec Lonnie ?

— Mais non... Tu confonds avec le *raphia*...

— Alors, je ne vois pas de quoi tu veux parler. »

Le décor qui nous entourait commençait à m'effrayer, sinon j'aurais inventé un bobard pour m'en sortir. Je détestais admettre qu'il y avait encore des choses que j'ignorais.

« Eh bien, c'est une association de gangsters. D'affreux bandits, sans foi ni loi. Ils sont des milliers à travers tout le pays. Ils pillent, tuent, trichent, et sont capables du pire. J'ai la certitude qu'il est impliqué là-dedans. C'est pour ça que je me fais du souci. Je crains pour ma vie, figure-toi, et pour la tienne aussi, bien sûr. Ce type qu'il a rencontré tout à l'heure... je mettrais ma main au feu qu'il s'agissait d'un tueur. »

Lonnie sortit à cet instant de son immeuble, en serrant un sac contre sa poitrine.

« Pourquoi ne préviens-tu pas la police ? demandai-je.

— Les flics sont incapables de les arrêter. Personne ne peut rien contre eux. Alors, laisse-moi m'en occuper, d'accord ? »

Je ne répondis pas. J'étais paralysée par la peur. Ce fut presque un soulagement lorsque la portière s'ouvrit et que l'air froid s'engouffra dans la voiture. C'était simplement Lonnie. Il avait enfourné ses vêtements dans un vieux sac en papier. Une chemise blanche trônait au sommet de la pile.

Une fois couchée, ce soir-là, je frissonnais en cherchant vainement le sommeil. J'essayais de faire resurgir une nouvelle fois ma ville imaginaire, avec ses bâtiments multicolores et ses artères crayonnées, se découpant sur l'étendue d'un immense champ désert. J'avais peur de dormir dans la même pièce que Lonnie.

En rentrant, nous étions passés par Century City. Quelques lumières brillaient encore aux fenêtres des immeubles. Je m'étais dit que c'était là, dans des bureaux de ce genre, au milieu du cliquetis des machines à écrire et du bourdonnement des photocopieuses, que s'édifiaient les plans des futurs centres commerciaux. Je ne savais plus trop où j'en étais, après toutes les histoires que m'avait racontées ma mère. Ses promesses ne m'inspiraient déjà plus grande confiance, mais elle avait réussi à me faire partager ses craintes. J'étais absolument convaincue que Lonnie était un criminel.

Je dormis très mal cette nuit-là. Le matin, je me levai dès que le réveil sonna. Le jour tombait à travers les rideaux vert bouteille que nous avions installés à Noël, dessinant de fines dentelles de lumière dans les profondeurs de l'appartement. Ma mère et Lonnie dormaient au milieu de la pièce. Au fond, le spectacle n'avait rien de bien inquiétant. Je me penchai et secouai ma mère. Pour une fois, je voulais que nous soyons à l'heure.

« Hé... lui dis-je. Lève-toi, comme ça nous aurons le temps de prendre un vrai petit déjeuner pour une fois.

— Chut... Tu vas le réveiller. Laisse-moi encore dormir cinq minutes, ma chérie...

— Bon. Après tout, fais ce qu'il te plaît ! »

Elle se retourna et rabattit la couverture sur ses yeux. J'allai prendre une douche, puis je m'habillai. Ma mère venait enfin de se lever. Elle était debout près du lit. Elle avait enfilé un vieux tee-shirt de Lonnie. Elle n'avait rien d'autre sur le dos.

« Tu es vraiment terrible, me dit-elle. Tu n'es quand même pas seule sur terre.

— Bon, dis-je après avoir fini de lacer mes chaussures et de rassembler mes affaires. J'y vais.

— Hé... Du calme. Tu ne vas pas partir comme ça... Je serai prête dans une minute. Assieds-toi en m'attendant. »

Lonnie s'était réveillé à son tour. Il avait l'air maigrichon dans son caleçon blanc, trop large pour lui. Il avait ramassé son pantalon et le brandissait en le regardant d'un air perplexe, comme s'il se demandait si ça valait vraiment la peine de l'enfiler. Ses cheveux étaient complètement ébouriffés.

« J'y vais, répétai-je.

— Veux-tu bien m'attendre ! hurla ma mère. Non mais, pour qui te prends-tu ? Tu te crois seule sur terre ?

— J'en ai assez de constamment t'attendre, pour la simple raison que tu refuses de te lever à l'heure et de prendre ton petit déjeuner et de vivre comme toute personne normalement constituée. Je passe ma vie à t'attendre. »

Je crois que je m'étais mise à hurler moi aussi.

« Oh... Espèce de... »

Ma mère se précipita vers moi, en sautant par-dessus le canapé qui nous séparait. Mais, emportée par son élan, elle se cogna le genou contre le sommier, ce qui ne fit que décupler sa rage.

« Je travaille comme une bête, je m'échine à longueur d'année, je m'habille comme une romanichelle pour qu'ELLE puisse vivre à Beverly Hills et pour qu'ELLE puisse devenir une vedette de cinéma... Et qu'est-ce que je récolte en guise de remerciements ? Une bordée d'injures...

— Qui est une vedette de cinéma ? demanda Lonnie, qui venait de réussir à enfiler la jambe droite de son pantalon.

— Je t'en prie, lui lançai-je.

— Hé... »

Lonnie leva la main d'un geste solennel, dans la noble intention de ramener le silence. Il se tourna vers moi d'un air conciliant.

« Ta mère est une femme admirable, dit-il en opinant du menton. Tu ne devrais pas lui parler sur ce ton. »

Ma mère était plantée au milieu de la pièce, les mains sur les hanches. Elle n'avait toujours que son tee-shirt sur le dos.

« Je m'en vais », dis-je.

Lonnie grimpa sur le canapé et manqua s'étaler sur le matelas. Il n'avait pas boutonné son pantalon.

« Allons, lança-t-il d'une voix forte, en levant une nouvelle fois la main. Un peu de calme... »

Ni ma mère ni moi ne lui prêtâmes la moindre attention.

« Espèce de petite... » s'exclama ma mère.

J'avais presque atteint la porte lorsque Lonnie sauta du lit et me rattrapa. Il me tordit le bras en me forçant à faire demi-tour.

« Hé... Je ne te laisserai pas parler à ta mère sur ce ton, c'est compris ? »

Il jeta un coup d'œil par-dessus son épaule. Ma mère était assise au bord du lit. Elle s'était mise à pleurer.

Je parvins à me dégager.

« Lâche-moi ! criai-je. Et ne t'avise pas de reposer tes mains sur moi ! Je pars et je ne reviendrai pas !

— C'est ça, fiche le camp ! Et ne remets plus les pieds ici ! Tu ne mérites vraiment pas une mère comme la tienne. Tu ne lui arrives même pas à la cheville. Tu n'es qu'une moins-que-rien !

— Va te faire foutre ! »

Ma mère se lança à ma poursuite, mais j'étais déjà sortie de l'immeuble. Elle s'arrêta dans l'entrée, n'osant pas aller plus loin avec un simple tee-shirt sur le dos. Elle croisa les jambes d'un air gêné et cria plusieurs fois mon nom.

Je ne ralentis pas mon allure. J'entendis claquer la porte d'entrée. Ma mère criait toujours, mais à l'adresse de Lonnie. L'écho de sa voix diminua à mesure que je marchais et fut bientôt couvert par le pépiement des oiseaux, puis par le vacarme des marteaux piqueurs sur le chantier d'un immeuble en construction, quelques centaines de mètres plus loin. L'air du dehors me paraissait léger, amical, apaisant. Je fouillai dans les poches de mon manteau. J'avais tout ce qu'il me fallait pour la journée. Je m'étais lavé les cheveux, qui commençaient déjà à sécher au soleil. J'avais mes livres sous le bras, un peu d'argent en poche et j'étais en avance, pour une fois. Je contemplai avec un mélange d'indifférence et de soulagement le spectacle de la rue — les façades immaculées des édifices, le lent va-et-vient des voitures, l'ombre de la fontaine érigée à l'angle de Wilshire et de Little Santa Monica.

Toute ma vie, on m'avait appris — à moins que je ne l'aie su de moi-même depuis le début — qu'il ne fallait pas se fier à l'apparence calme et trompeuse des choses ; que l'univers tel que nous le voyions n'était qu'un mince écran de couleurs vives, derrière lequel régnaient le trouble et les ténèbres ; et qu'il y avait un seul endroit au monde où je pouvais vraiment me sentir en sécurité : à la maison, aux côtés de ma mère. Et pourtant, ce jour-là, c'était le monde extérieur qui me paraissait un havre de paix, à cause de la profonde indifférence avec laquelle il m'accueillait, sans se soucier de mon sort ni chercher à savoir qui j'étais.

Je me dis que je pourrais aller chez Nibbler. J'avais de l'argent. J'avais du temps. J'y prendrais mon petit déjeuner, avant de me rendre au lycée. Mais ma mère et l'appartement avaient un atout de taille dans leur jeu : la nuit, je n'avais nulle part où aller.

Je marchais le long du trottoir. Il faisait encore frais et je frissonnais légèrement. Une feuille morte me tomba sur le nez. A un moment donné, je m'étais retournée, en espérant que quelqu'un allait m'arrêter. Mais personne ne l'avait fait, aussi avais-je poursuivi ma route. Je n'osais plus regarder en arrière à présent.

J'atteignis l'angle de la rue qui menait chez Nibbler. J'hésitai un instant avant de m'y engager. Une fois que j'aurais tourné, ma mère ou Lonnie ne pourraient plus m'apercevoir si jamais ils sortaient de l'immeuble. Je me décidai enfin. Au même instant, j'entendis derrière moi le vrombissement d'une voiture que je crus reconnaître comme étant celle de ma mère. Je n'eus pas le courage de me retourner, mais je m'immobilisai en serrant les lèvres. Le bruit du moteur était exactement le même. Mais ce fut une Mustang verte qui me dépassa et mes espoirs s'écroulèrent comme un château de cartes.

Je me remis en route, mais je n'avais plus l'impression que c'était moi qui marchais. J'entendais se rapprocher la rumeur de la circulation sur Wilshire Boulevard, un peu plus loin devant moi. De toutes parts, la ville semblait se réveiller, comme une immense machine dont tous les pistons se seraient mis en branle en même temps. Je me souvins soudain que j'étais à Beverly Hills et que j'avais six dollars et quelque en poche. Je dépassai la porte vitrée de chez Nibbler et m'arrêtai à l'angle de Wilshire Boulevard, devant la vitrine d'un maroquinier. Une voiture freina soudain derrière moi. J'entendis des pneus crisser, des talons claquer sur l'asphalte et ma mère surgit devant moi, en me saisissant par le bras. Ses ongles s'enfoncèrent violemment dans ma chair.

« Annie ! Ma chérie ! »

Elle m'étreignit de toutes ses forces. Son cœur battait à tout rompre dans sa poitrine et je sentais ses seins se soulever follement à travers la mince étoffe de son chemisier. Je ne fis pas un geste, ne prononçai pas une parole. Tout était brusquement redevenu normal.

« Viens, me dit-elle, nous allons garer la voiture et après nous irons prendre le petit déjeuner chez Nibbler. Il est parti, ma chérie. Il a plié bagage. Je lui ai ordonné de décamper, il n'a même pas protesté. Nous voilà de nouveau réunies, grâce à Dieu ! Je lui ai dit que tout était fini entre nous, que je n'accepterais jamais qu'il te crie après comme il venait de le faire, que c'était la goutte d'eau qui faisait déborder le vase. Personne ne peut ni ne pourra jamais se glisser entre nous. »

Ma mère avait des cernes sous les yeux. Ses traits étaient tirés.

« J'ai faim », dis-je en me mettant en route.

J'avais retrouvé la notion du temps, et je ne tenais vraiment pas à être en retard au lycée.

« Hé... Attends une seconde ! dit-elle en me saisissant par le bras. Ne marche pas si vite, je n'arrive pas à te suivre, avec ces fichus talons. »

J'enfonçai les mains dans mes poches et caressai mes billets du bout des doigts. Autour de moi, les immeubles étaient redevenus des immeubles. La ville était splendide, lumineuse, argentée, il émanait d'elle une telle impression de puissance... On aurait dit un train se mettant lentement en route et faisant cliqueter ses essieux. Derrière nous, l'eau ruisselait en chuintant dans la fontaine.

Lonnie était parti, le petit déjeuner était délicieux et j'avais six dollars en poche.

Ce fut ma mère qui paya.

CHAPITRE 8

L'APPARTEMENT D'UN DENTISTE

C'était moi qui avais eu l'idée du gâteau. Nos mères respectives estimaient que nous étions de très mauvais élèves, Daniel Swan et moi. Nous ne rendions jamais nos devoirs à temps. Cette fois-ci, on nous avait demandé de reproduire la célèbre carte de Boston de Johnny Tremain, et nous avions déjà des semaines de retard. Nous avions utilisé une préparation instantanée pour la pâte. Nous avions découpé les contours du gâteau pour lui donner la forme de Boston, dont nous avions ensuite tracé les rues avec du sucre glace. D'aussi loin que je me souvienne, c'était la première fois que je récoltais un A dans une matière quelconque. Toute la classe avait éclaté de rire lorsque nous avions présenté notre œuvre à la prof d'histoire. Celle-ci avait été chercher un couteau dentelé et des serviettes en papier. Elle avait découpé le gâteau en autant de parts qu'il y avait d'élèves et les avait distribuées à ceux des premiers rangs, en leur demandant de les faire passer derrière eux.

Le gâteau était réussi, il était moelleux à souhait. Le seul problème, avec ces préparations instantanées, c'est qu'il faut les manger le jour même, après elles se dessèchent et deviennent dures comme de la pierre.

Cela finit par devenir une habitude, chez Daniel Swan et moi.

Dès que l'on nous donnait une carte à dessiner, nous faisions un gâteau. Nous avions laissé tomber les préparations instantanées. Nous essayions toutes les recettes qui nous tombaient sous la main et nous faisions des progrès de semaine en semaine. Je notais toutes mes observations dans un carnet et j'écrivais à ma grand-mère pour lui demander des conseils.

Une vente de gâteaux devait avoir lieu lors de la fête annuelle du lycée. Chaque élève était censé apporter une œuvre de sa confection. Je m'étais rendue chez Daniel — il habitait au-dessus de Benedict Canyon — car nous avions décidé de nous lancer cette fois-ci dans une entreprise gigantesque : la reproduction de l'ensemble de la Voie lactée. Toutes les planètes devaient y figurer, avec leurs satellites et leurs anneaux, chacune étant représentée par un gâteau différent. Nous avions dû nous procurer une quantité phénoménale de petits moules en aluminium. C'était ma mère qui nous avait acheté les ingrédients. Elle nous avait accompagnés la veille au supermarché. Daniel avait sursauté lorsque la caissière avait annoncé l'addition.

« C'est une sacrée somme ! Vous ne devriez pas vous donner toute cette peine, Mrs August. J'aurais très bien pu demander de l'argent à la Sorcière.

— Tu veux rire... Déjà que vous allez envahir sa cuisine... »

Ma mère avait pris au sérieux cette histoire de gâteau. En dehors de la vieille dame du Lasky House et de Julie, la propriétaire de l'agence immobilière, elle ne connaissait personne à Los Angeles. Il m'était apparemment plus facile de me faire des relations, au lycée. A l'occasion de cette fête annuelle, elle espérait bien rencontrer un père divorcé. Ou mieux encore, un veuf. Ou même un homme que sa femme venait d'abandonner — à condition, évidemment, que ce soit pour de bon. Elle avait déjà décidé quelle tenue elle mettrait ce jour-là. Elle s'était acheté une nouvelle robe jaune, qu'elle comptait porter avec ses bracelets d'ivoire et ses escarpins vernis. Elle avait donc beaucoup investi dans cette vente aux enchères et elle était absolument ravie que j'aille préparer ce gâteau chez les Swan.

« Cette soirée me donnera au moins l'occasion de faire leur connaissance, m'avait-elle dit.

— J'ai aussi d'autres amis, tu sais.

— J'espère bien ! avait-elle répondu en riant. Et j'espère aussi qu'ils ont des pères. Célibataires. »

Nous enfournâmes les trois premiers gâteaux. Je mélangeais la pâte tandis que Daniel faisait fondre le chocolat amer. Il y avait deux fours encastrés dans la cuisinière, dont un à micro-ondes. Les inventions les plus récentes et les plus onéreuses semblaient trouver tout naturellement leur place dans la maison de San Ysidro. En découvrant cette batterie de cuisine flambant neuve et ces rangées d'ustensiles, de pots, de sachets et de boîtes de toutes les couleurs, je m'étais dit que ma mère avait bien eu tort de dépenser autant d'argent.

« On pourrait peut-être y aller tous ensemble, ma famille et la tienne, dis-je à Daniel.

— Si tu tiens à te farcir Rod et les jumelles, vas-y sans moi... Ils sont insupportables. Ils ne sont pas civilisés.

— Et tes parents ?

— Ils ne viendront pas. Peut-être que la Sorcière fera un saut, si elle n'est pas trop débordée. Mais le Minable est au Mexique.

— Quand doit-il rentrer ?

— Ça dépend. Pas avant la fin du mois, en tout cas. S'il revenait plus tôt, ça voudrait dire que ses affaires se sont mises à marcher — ce qui est évidemment une hypothèse totalement absurde. »

Je tamisais la farine. La maison était calme, nous étions pratiquement seuls. Les jumelles étaient chez les scouts et Rod chez son meilleur copain, Harold. La lueur bleuâtre du poste de télé allumé dans la pièce voisine parvenait jusqu'à la cuisine, et nous entendions la vapeur du fer à repasser de Darcy. Riley était assis devant la table basse de la cuisine, la table des enfants. Il faisait ses devoirs. Ses lunettes lui glissaient sur le nez et il me lançait parfois un regard accablé, par-dessus ses verres, en s'écroulant au fond de sa chaise, au point qu'il avait presque fini par disparaître sous la table.

« Riley ! s'exclamait Darcy en le tirant par le col. Veux-tu bien finir tes devoirs ! »

Riley était le fils de Darcy, la domestique des Swan. Elle était beaucoup plus dure avec lui qu'avec les enfants de ses maîtres.

« Toujours plongés dans vos gâteaux ? » dit-elle en se tournant vers nous.

Riley était irrésistible. Rien qu'à le voir, on avait envie de rire. Son visage avait une grande mobilité et il pouvait pratiquement imiter n'importe quelle expression. Il avait déjà gagné des fortunes en tournant dans des spots publicitaires. L'agence de pub où travaillait la Sorcière l'avait engagé alors qu'il n'avait que trois ans. A présent, il écrivait lui-même ses rôles. Mais Darcy tenait à ce qu'il réussisse aussi dans ses études, alors qu'il s'en fichait éperdument. A vrai dire, nous le comprenions aisément : pourquoi se serait-il donné cette peine, il avait déjà gagné tellement d'argent... Darcy conduisait tous les matins Riley et les Swan au lycée, à El Rodeo.

La maison paraissait vide, tandis que nous nous agitions devant nos fourneaux. Mais elle donnait toujours l'impression d'être ainsi inhabitée. De grands chandeliers blancs incrustés de colombes en céramique étaient disposés sur le rebord de la fenêtre. Frank Swan était promoteur au Mexique. Il s'y rendait régulièrement, au moins deux mois par an, mais ses affaires n'étaient apparemment pas très florissantes.

« Il ne gagne pas un sou, m'avait tranquillement expliqué Daniel. C'est la Sorcière qui fait vivre cette baraque, mais vu la façon dont ils jettent l'argent par les fenêtres, son salaire est loin d'être suffisant. »

Il n'hésitait pas à appeler sa mère la Sorcière en sa présence, mais n'aurait jamais osé s'adresser à son père en le traitant de Minable.

Tout en poursuivant nos préparatifs, nous regardions autour de nous, soulagés et désarmés à la fois.

« C'est quand même chouette, que la cuisine de ta mère soit aussi bien équipée, dis-je.

— Autant s'en servir, puisque nous pouvons en disposer. »

Daniel m'avait dit qu'il était possible que ses parents revendent la maison de San Ysidro pour aller s'installer ailleurs, si les affaires du Minable continuaient à mal tourner. Avant cela, ils avaient vécu dans des quantités d'endroits différents — toujours en location —, mais ils avaient construit eux-mêmes cette maison. Jamais je n'aurais osé parler à Daniel de nos problèmes d'argent, même si je n'arrêtais pas de me ronger les sangs à ce sujet. Mais il avait bien vu où nous habitions, ma mère et moi. Et il n'y avait nullement besoin d'être grand clerc pour constater que nous manquions de tout.

« Voilà... » dit-il en versant les noix qu'il venait de décortiquer dans un robot électrique.

Nous regardâmes les cerneaux tournoyer au fond du mixer ; ils furent presque aussitôt réduits en une fine poudre jaune, dont une mince pellicule vint se coller aux parois transparentes de l'appareil.

Lorsque nous eûmes glissé les derniers gâteaux dans le four, Daniel demanda à Darcy de les surveiller et nous montâmes dans sa chambre par l'escalier de service. Les chambres des enfants donnaient sur un couloir étroit, jonché de chaussettes, de tee-shirts et de battes de base-ball. Un second escalier menait à la chambre des parents. Ils ne mettaient jamais les pieds dans cette partie de la maison. Un store vénitien frémissait doucement devant la fenêtre ouverte. Dehors, à côté de la piscine, un terrain de jeux pour enfants avait été ébauché, mais pour l'instant seule y trônait une chaise longue en toile de jute. Les travaux étaient loin d'être terminés dans la maison de San Ysidro.

« L'année dernière, quelqu'un a payé deux cents dollars pour un minable gâteau qui représentait le lycée. Le toit n'avait même pas été fait, ils s'étaient contentés de disposer des rubans de réglisse au sommet.

— De toute façon, l'argent ne nous est pas destiné.

— Hélas, non. »

Une radio se mit à beugler à l'extérieur. Les jumelles étaient de retour et s'étaient jetées dans la piscine. Je n'écoutais jamais les stations qui passaient du rock. D'ailleurs, nous n'avions même pas de chaîne stéréo à la maison. J'admirais les gamins qui connaissaient par cœur toutes les chansons à la mode. Cela me semblait aussi magique que le fait de savoir danser, ou d'être riche, ou d'avoir tout simplement la classe. Chaque fois que j'entendais un air, j'essayais de me rappeler le titre et le nom du chanteur, afin de le noter une fois rentrée à la maison. Je tenais secrètement un carnet, que j'avais soigneusement divisé en sections bien précises : Chansons, Refrains, Groupes, Albums... Je passais des heures à l'étudier, avec une énergie et une ténacité dont j'étais absolument incapable lorsqu'il s'agissait de faire mes devoirs. Mais je ne retenais jamais rien. Sans doute était-ce un truc que l'on possédait de naissance, comme de grandes jambes ou un frère aîné.

« Qu'est-ce que tu t'achèterais ? De nouvelles chaussures ? » demanda Daniel en se baissant et en jouant avec mes lacets.

Je regardai mes pieds. Mes chaussures étaient normales, et j'avais d'autant moins honte de les porter qu'elles ne m'appartenaient pas. Je les avais volées la semaine précédente dans le casier d'une fille. Je m'étais dit que je ne risquais rien : au lycée, toutes les gamines portaient le même modèle, cette année-là. J'en avais moi-même une paire, mais elle était déjà à moitié esquintée, et les talons n'étaient pas aussi hauts. Ces chaussures coûtaient dans les soixante dollars.

Lorsque je portais quelque chose de nouveau, ma mère manquait rarement de le remarquer. Elle s'abstint toutefois de me poser des questions au sujet de ces chaussures.

« Elles te vont bien, s'était-elle contentée de me dire. Elles te grandissent juste ce qu'il faut. »

Depuis, je les portais tous les jours. Je commençais à avoir l'impression qu'elles m'appartenaient pour de bon.

Je relevai les yeux vers Daniel.

« Tu veux dire : si nous récupérions deux cents dollars ? Je ne sais pas... Je crois que je les donnerais à ma mère. »

Je me baissai et ramassai une carte d'Uranus qui traînait par terre. Daniel possédait des cartes de toutes les planètes et constellations. Tous les week-ends, il allait avec des copains au mont Pinos. C'était le père d'un de ses amis qui les emmenait en voiture. Il y avait un observatoire au sommet. A Los Angeles, on ne distinguait presque jamais le ciel. J'aurais bien aimé voir les étoiles de temps en temps.

Daniel jouait avec un élastique, la tête penchée. Il vint s'asseoir à côté de moi sur le lit.

« Alors, quand est-ce qu'on va se décider ? » dit-il.

Je savais parfaitement de quoi il voulait parler. Mais j'étais une fille.

« Se décider à quoi ? répondis-je.

— Ne me dis pas que tu ne comprends pas... »

Il me dévisagea d'un air sceptique, mais je soutins son regard. J'avais répondu comme il le fallait ; et d'ailleurs, mieux vaut parfois mentir que d'avouer la vérité.

« Je ne te crois pas, dit-il. Tu n'es quand même pas naïve à ce point. Ignorerais-tu comment on fait les bébés ? ajouta-t-il en imitant le bruit d'un baiser.

— Tu veux qu'on s'embrasse, c'est ça ? »

Je baissai les yeux et regardai mes chaussures. Elles m'allaient à la perfection.

« Tu ne crois pas que nous sommes un peu jeunes ? repris-je. Pour ma part je préfère attendre d'être à l'université.

— Et pour... le reste ? Tu comptes attendre jusqu'à quand ?

— Au moins mes trente ans. »

Daniel lâcha son élastique qui gicla à l'autre bout de la pièce.

« Ton cas est vraiment désespéré », soupira-t-il.

Il ramassa sa veste qui traînait par terre et fouilla dans ses poches, d'où il finit par extirper un caramel.

« Tu m'en donnes un ? » lui demandai-je.

Il haussa les sourcils.

« Il faut me le demander gentiment, dit-il.

— Peux-tu m'en donner un, *s'il te plaît ?* »

Il me tendit le caramel.

Nous entendîmes Darcy qui s'agitait en bas. Elle ouvrit puis referma la porte du four. Une brise légère soufflait dans la chambre par la fenêtre ouverte. Un avion en papier s'envola du bureau de Daniel et vint atterrir sur le tapis. Ma bouche s'imprégnait lentement de l'odeur sucrée du caramel.

Daniel tendit brusquement le bras.

« Gratte-moi là », dit-il.

Nous nous mîmes à nous frotter les bras, à tour de rôle, des épaules aux poignets. C'était drôle de sentir ainsi sur soi le contact d'une main étrangère. J'avais l'impression d'être parcourue à fleur de peau par une onde électrique qui se prolongeait un instant avant de se dissiper, comme une gerbe d'étincelles jaillissant d'un tas de braises et s'éteignant l'une après l'autre en s'envolant dans le ciel. Puis Daniel me saisit la jambe. Après l'avoir posée sur son genou, il rabattit ma chaussette sur ma cheville. Là encore, la sensation était troublante.

Darcy nous appela tout à coup. Nous nous levâmes et descendîmes précipitamment l'escalier. Elle se tenait à côté de Riley devant le four à micro-ondes. Nous les rejoignîmes et contemplâmes à notre tour le ventre pâle du gâteau qui se soulevait et gonflait lentement derrière la vitre.

« Hou-hou ! Me voilà ! »

La Sorcière pénétra dans la cuisine, les bras chargés de victuailles, comme toute mère de famille qui se respecte. Darcy se précipita pour l'aider.

« Merci, Darcy. Ouf… Je suis vannée. Bonjour, Ann. Comment vas-tu ? Tenez, je vous ai acheté des dattes… »

Les jumelles rentrèrent en courant du jardin et se précipitèrent dans les bras de leur mère.

« Tirons-nous », me dit Daniel.

J'aimais bien le brouhaha et la douce pagaille de cette atmosphère familiale, mais Daniel préférait s'isoler. Je le suivis dans le living room. Cette pièce semblait être la raison pour laquelle ils avaient construit cette maison. Les chambres des enfants étaient minuscules, celle que partageaient Darcy et Riley de taille moyenne. Même la chambre des parents était relativement simple. Mais le salon était véritablement gigantesque. On aurait dit un gymnase. Les murs avaient bien huit mètres de haut. D'immenses baies vitrées occupaient deux pans de la pièce. Une cheminée en stuc se dressait de l'autre côté. Le sol était recouvert de grandes dalles rouges, à la mode mexicaine.

Il n'y avait absolument aucun meuble dans la pièce, à moins qu'un piano à queue puisse être considéré comme un meuble. Des niches étaient aménagées le long des murs afin que l'on puisse s'asseoir, mais les coussins dont elles devaient normalement être garnies étaient rangés dans un placard.

Ce salon pouvait accueillir une foule considérable. Frank et la Sorcière avaient donné une réception l'hiver précédent, au profit de musiciens qui avaient composé une comédie musicale intitulée *L'Année du champignon*. Le salon était éclairé par des torches et des chandeliers disposés le long des murs. Assis par terre, les invités avaient religieusement écouté les jeunes gens aux costumes bigarrés qui chantaient et se trémoussaient autour du piano.

« Leur pièce va avoir encore plus de succès que *Hair* », m'avait soufflé ma mère.

Ils avaient l'intention de se produire à travers tout le pays, sous un chapiteau en forme de champignon qui pouvait accueillir cinq cents personnes. Ma mère avait participé à la souscription et leur avait fait un chèque à l'issue de la représentation. J'avais voulu l'en empêcher, mais elle était bien trop excitée. Son enthousiasme m'avait un peu effrayée. Pour rien au monde elle n'aurait voulu que je leur ressemble.

Je m'assis à côté de Daniel sur le banc du piano. Daniel avait suivi des cours de piano pendant huit ans, puis il avait laissé tomber. Je lui demandais souvent de jouer quelques airs pour moi. C'était d'ailleurs la raison pour laquelle la Sorcière m'aimait tant : elle espérait secrètement que je parviendrais à convaincre son fils de reprendre ses leçons. Il faisait froid au salon. Je n'avais jamais appris la musique ni aucun instrument, je ne savais même pas où il fallait placer ses doigts. Daniel essayait de m'apprendre. Il joua d'abord deux ou trois morceaux, après avoir sorti une pile de partitions poussiéreuses du coffre encastré dans le banc.

Puis il entama un morceau qui me plut aussitôt. J'adorais cette mélodie, elle me rappelait je ne sais quoi de champêtre. C'était ce morceau-là que je voulais étudier.

Daniel voulait m'apprendre afin que nous puissions jouer ensemble, mais c'était vraiment difficile. Nous n'arrivions pas à dépasser les trois premières mesures. Au-delà, mes doigts ne m'obéissaient plus. Nous rejouions sans cesse les mêmes notes, mais au bout d'une dizaine je faisais immanquablement une faute et il fallait tout reprendre à zéro. Pourtant, je ne m'en lassais pas, j'aimais écouter cette mélodie — même si c'était toujours le même morceau, indéfiniment. Et puis, j'aimais l'idée que j'étais en train d'apprendre quelque chose, de faire un effort. En levant les yeux, j'aperçus soudain ma mère qui arrivait au volant de la Lincoln. Elle émergea de la voiture, rejeta ses cheveux en arrière et se dirigea vers le perron. Nous abandonnâmes le piano et retournâmes à la cuisine. Riley nous croisa en chemin. Nous l'entendîmes peu après plaquer un accord assourdissant. Riley commençait à s'entraîner. Il avait l'intention de former un groupe de rock dès qu'il aurait dix-huit ans.

A la cuisine, nos mères respectives étaient en train de piocher dans le sachet de dattes.

« Mmmm... faisait ma mère.

— Il faut absolument que je vous emmène là-bas un de ces jours, Adele, disait la Sorcière. Leurs produits sont incroyablement bon marché. Ne trouvez-vous pas que ce serait une idée de cadeau formidable ? Il suffirait qu'elles soient bien présentées...

— Tout à fait. Je verrais bien un panier en osier, avec une petite anse...

— J'ai tellement de clients... Et je suis obligée de leur faire des cadeaux, à Noël. »

Ma mère me caressa les cheveux et se pencha pour me donner un baiser.

« Bonjour, ma chérie.

— Vous avez de la chance, Ann accepte que vous l'embrassiez. Daniel ne veut même pas que je le touche, n'est-ce pas, Dan ? »

Daniel poussa un hurlement et fila de l'autre côté de la table.

« Bas les pattes, Sorcière ! lança-t-il à sa mère.

— Au fait, Adele, reprit celle-ci, Ann nous a dit que vous faisiez du ski ?

— Oh... Je ne pratique plus guère depuis que nous sommes ici. A dire la vérité, la neige ne m'inspire pas tellement confiance, en Californie. Dans le Midwest, bien sûr, c'était différent. »

La Sorcière sortit un nouveau sachet de dattes et le tendit à ma mère. Daniel et moi nous nous faufilâmes hors de la pièce. Elles allaient encore papoter un moment, nous avions du temps devant nous. Nous traversâmes la salle à manger en faisant des glissades sur le carrelage. J'entendis ma mère répéter : « A dire la vérité... »

Comme si elle s'était souciée de vérité... Mais ma mère ne voyait pas Cassie Swan sous les traits de la Sorcière ; à ses yeux, c'était une femme d'affaires qui habitait au nord de Sunset, sur San Ysidro Drive, et à qui il importait avant tout de faire bonne impression. Ma mère n'avait évidemment rien contre la neige californienne. Si elle ne faisait plus de ski, c'était encore et toujours pour des raisons d'économie. Elle n'en avait tout bonnement pas les moyens.

« Laisse-nous la place », dit Daniel à Riley.

Celui-ci nous dévisagea à travers ses lunettes d'écaille qui étaient trop grandes pour lui, tout en continuant à faire ses gammes.

« Allez, tire-toi », insista Daniel.

Comme Riley ne faisait toujours pas mine de bouger, il le poussa brutalement et le fit tomber par terre pour libérer le siège. Je regardai le visage de Riley au moment où celui-ci heurtait le sol. Il releva brusquement les yeux vers moi et me fit une grimace horrible, que je n'oublierai jamais. Mais il se redressa un instant plus tard et fit un saut périlleux en arrière, après m'avoir adressé un sourire radieux.

Nos mères arrivèrent sur la pointe des pieds et écoutèrent Daniel qui s'était mis à jouer un morceau.

« C'est merveilleux, dit ma mère au bout d'un moment.

— Daniel est doué, mais il ne veut plus prendre de leçons. Il est incapable de se fixer sur quelque chose.

— Oh... Il devrait s'y remettre ! Il a indéniablement du talent.

— Dieu veuille qu'il vous entende. »

Accroupi sous le piano, Riley se mit à pianoter sur le carrelage, avec autant de conviction et de concentration que s'il avait eu un véritable clavier sous les doigts.

Ma mère tomba amoureuse lors de la fête du lycée.

« Tu as vu comme il nous suivait lorsque nous étions dans le hall ? »

Je portais le gâteau aux marrons et au chocolat que nous avions acheté au cours de la vente aux enchères. Ma mère n'arrêtait pas de me donner des coups de coude dans les côtes.

« Je l'ai tout de suite remarqué... Je me suis dit : ce type n'est pas mal fichu, il a même de l'allure. Et au bout d'un moment, je me suis aperçue qu'il était seul. Ah, ah, ah... me suis-je dit, il doit être divorcé... Ou veuf, peut-être. Oui, plutôt veuf, à cause de la façon dont il marchait en penchant la tête. Toutes les cinq minutes, je jetais un coup d'œil dans sa direction et je m'apercevais qu'il me dévisageait lui aussi, comme s'il était en train de se demander qui je pouvais bien être. Et nous étions là tous les deux, chacun dans notre coin, à nous regarder en souriant vaguement... Et voilà que nous nous retrouvons brusquement face à face devant votre gâteau... Au fait, bravo ! Vous pouvez être fiers, Daniel et toi : cent dollars aux enchères, ce n'est pas rien... »

Ma mère ouvrit ma portière.

« Oh, ma chérie... Tu ne vas tout de même pas emmener ce gâteau. Il est tout gras, ça risque de tacher les sièges. Vraiment, Ann, je préférerais qu'on le laisse. Tu ferais mieux d'aller le jeter dans une poubelle. Tiens, il y en a justement une en face. Personne ne s'en apercevra. Si jamais je dois donner un brusque coup de volant, il va se renverser et tout le cuir sera fichu. Ça ne part pas, ce genre de taches.

— Je le tiendrai sur mes genoux.

— Écoute, ma chérie, je te dis qu'il vaut mieux le jeter. Si tu as encore faim, nous pouvons aller acheter des glaces, mais je ne veux pas d'un truc pareil dans ma voiture. Je suis désolée, Ann, mais je tiens à ce que ces sièges restent propres. »

Je traversai la rue et balançai le paquet dans la poubelle. Le gâteau avait l'air bon, il sentait légèrement la menthe. C'était une fille du nom d'Isabel qui l'avait confectionné. Elle avait une certaine réputation de cuisinière, même si sa pâtisserie était un peu lourde. Elle ajoutait toujours quelques gouttes de liqueur à ses préparations.

« Ce gâteau nous a coûté sept dollars », dis-je en revenant m'asseoir dans la voiture.

— Oh, ma chérie... Ces ventes sont avant tout symboliques. C'est une manière pour le lycée de récolter un peu d'argent. Eeeeeh ! »

Elle donna un brusque coup de volant pour éviter un homme qui traversait devant nous en tenant un enfant par la main. Ma mère était toujours distraite au volant.

« Écoute... Nous allons acheter des glaces, d'accord ? D'ailleurs, c'est meilleur pour la ligne.

— Je n'ai pas envie de glace.

— Eh bien, je crois que je me laisserai tenter, quant à moi. Mais où en étais-je, déjà ? Ah, oui... Je retrouve donc mon bonhomme devant votre immense galaxie. Nous étions là, côte à côte, sans échanger un mot. Et là-dessus, voilà que tu surgis avec ta copine, qui te présente aussitôt : “ Ann, voici mon père, le Dr Spritzer. ” C'est drôle, non, qu'elle se soit exprimée ainsi ? Elle aurait pu se contenter de dire : “ C'est mon père. ” Elle doit être très fière de lui. Tu devrais prendre exemple sur elle. A partir de maintenant, lorsque tu me présenteras à des gens, tu n'auras qu'à dire : “ Voici le Dr Adele August. ”

— Tu n'es pas docteur, que je sache.

— Mais si, justement ! J'ai droit au titre. C'est marqué sur mes diplômes.

— Première nouvelle. Tu ne m'en as jamais parlé. J'aimerais bien que tu me montres ça. »

Elle poussa un soupir.

« Je ne sais même plus où j'ai foutu ces paperasses. Elles doivent être quelque part dans un carton, chez ta grand-mère. Un de ces jours, il faudrait vraiment que je me décide à mettre un peu d'ordre dans mes affaires. Enfin, ça n'a aucune importance. Tu étais absolument charmante lorsque tu m'as présentée à ton tour. Tu avais juste assez de désinvolture. Je te jure, c'était parfait.

— Tu me rassures.

— Si tu avais vu les regards qu'il me lançait ! " Quelle est votre spécialité ? " lui ai-je demandé. Mais comme ça, tu vois... L'air de ne pas y toucher... »

Il était parfaitement inutile qu'elle me raconte tout ça, puisque j'avais assisté à la scène. Mais une fois qu'elle était lancée, on ne pouvait plus l'arrêter. Je regardais les maisons défiler à travers la vitre.

« Devine ce qu'il m'a répondu... " Orthodondiste. — C'est incroyable, lui ai-je dit, voilà des semaines que je comptais emmener Ann consulter un orthodontiste. Je crains qu'elle n'ait besoin de porter un appareil. " Tu te souviens, ma chérie ? Le premier jour où tu étais allée au lycée, tu m'avais raconté que ces filles t'avaient dit d'aller voir un orthodontiste. Elles ont été bien inspirées, entre parenthèses... »

Le Dr Spritzer s'était penché vers moi, au beau milieu de la salle, en me relevant le menton et en me demandant d'ouvrir la bouche. Il avait vraiment des mains de médecin. J'avais manqué m'endormir pendant qu'il me palpait les joues.

« Hum... J'ai peur qu'elle n'en ait effectivement besoin, avait-il enfin déclaré. Ces pauvres petites dents m'ont l'air de partir à hue et à dia. »

Je me dis qu'il risquait de s'entendre avec ma mère. Il semblait en tout cas affectionner le même genre de vocabulaire qu'elle.

« Et tu as entendu ce qu'il m'a dit ensuite ? poursuivait ma mère. " Amenez-la-moi quand vous voudrez, nous verrons ce que nous pourrons faire. " Là-dessus, il m'a lancé une sorte de clin d'œil, mais discrètement, tu comprends... C'était à peine perceptible. J'imagine qu'il ne voulait pas que vous vous en aperceviez, sa fille et toi. Maintenant, nous n'avons plus qu'à attendre. Je pense que d'ici une semaine ou deux, je l'appellerai à son cabinet. Et mon petit ourson aura enfin droit à son appareil dentaire. »

Elle se pencha et me caressa le genou. Comme d'habitude, je me dégageai en me tassant contre la portière. Elle se gara peu après devant le Baskin-Robbins.

« Tu n'en veux vraiment pas ? Même une simple ?

— Non. »

Elle me tendit un billet.

« Bon. Pour moi, ce sera une double. Une boule à la noisette et l'autre à la pistache. Dans un cornet chocolaté. »

Je ne bougeai pas de mon siège.

« S'il te plaît, ma chérie... Ça ne te prendra pas plus d'une minute. Tu peux quand même bien me rendre ce service. Après tout ce que j'ai fait pour toi... Allez, vas-y... »

Elle me glissa de force le billet dans la main.

Nous suivîmes un régime sévère, durant les deux semaines qui précédèrent le rendez-vous. Le soir, au Hamburger Hamlet, nous ne mangions que des salades. Ma mère avait même renoncé à ses glaces. Le dernier samedi, nous allâmes faire quelques emplettes sur Rodeo Drive. Dans une cabine d'essayage deux fois plus spacieuse que notre appartement, ma mère s'assit brusquement sur un siège et se mit à pleurer, silencieusement, pour que les employées ne l'entendent pas de l'autre côté du rideau. Elle souleva l'étiquette accrochée à la manche du tailleur qu'elle était en train d'essayer. Il coûtait mille sept cents dollars.

« Nous n'avons qu'à aller voir ailleurs, lui dis-je.

— A quoi bon ? Nous ne trouverons pas mieux. »

Elle secoua la tête et se mit à déboutonner la jupe qu'elle venait d'enfiler. Elle lançait des regards lugubres aux quatre coins de la cabine dont les murs étaient tapissés de miroirs, en s'examinant sous tous les angles. Elle s'observa un instant de dos, en jetant un coup d'œil par-dessus son épaule et en creusant légèrement les joues.

« Je ne suis pas trop mal foutue, dit-elle, mais ça ne suffit pas. A mon âge, une femme doit être bien habillée. Sinon, personne ne veut plus d'elle.

— Je croyais que tu lui plaisais. Qu'il t'avait même fait un clin d'œil.

— Mais j'avais mon ensemble jaune, ce jour-là. Je ne peux tout de même pas le remettre.

— Tu exagères...

— Ne te fais pas d'illusions, ma belle. Les hommes sont tous pareils. Ils aiment les femmes qui ont de la classe. Mais qui voudrait d'une misérable enseignante, qui a en plus une gamine à nourrir sur les bras ? »

Je me mis à ranger les vêtements sur leurs cintres. L'une des jupes glissa par terre.

« Laisse-la, me dit ma mère. Les employées la ramasseront. Après tout, elles sont payées pour ça. »

« Je vais annuler ce rendez-vous, voilà tout, dit ma mère. Oooh... »

Elle fit un écart pour éviter une poubelle.

« Je n'ai plus rien de décent à me mettre. Jamais il ne voudra de moi s'il me voit dans ces vêtements vieux comme Hérode.

— Et ton ensemble bleu ?

— Il est complètement démodé. Et le col est fichu.

— Alors ? Dois-je revenir à la maison, oui ou non ? »

Nous avions rendez-vous à quatorze heures. Ma mère avait prévenu le lycée que je serais absente cet après-midi.

« Rentre toujours, nous verrons bien. Mais je ne te promets rien. Nous aviserons au dernier moment. »

Lorsque j'arrivai à la maison, à midi, ma mère était à moitié nue au milieu de la pièce, les cheveux hérissés de bigoudis. Une bonne partie de sa garde-robe était étalée sur le canapé.

« A ton avis, ma chérie, comment s'habilleraient les mères de tes amies dans ce genre de circonstance ? » me demanda-t-elle tout en se frottant le visage avec un gant imbibé d'un savon liquide parfumé au géranium.

Je m'assis sur l'accoudoir du canapé. Elle vint me rejoindre, tout en continuant de se débarbouiller.

« J'ai failli téléphoner à Cassie Swan pour lui demander son avis, me dit-elle. Alors, qu'est-ce qu'on fait, ma chérie ? On y va quand même ? »

Les gens lui faisaient peur, dans cette ville. Moi, j'avais fini par me faire des amis, à cause du lycée. Mais ma mère n'arrivait à se lier avec personne. Les gens que nous rencontrions lui paraissaient toujours beaucoup plus riches que nous. Elle faisait des efforts, mais ce n'était pas aussi facile qu'avec Lolly. Elle se disait que les gens allaient la juger, qu'elle ne pouvait pas se permettre de commettre le moindre impair. Nous avions fait tout ce chemin et elle reculait à présent devant l'obstacle. Pourtant, elle était si courageuse, à l'époque où nous habitions dans le Wisconsin...

« Mets ta robe bleue. Elle te va très bien », lui dis-je d'un air convaincu.

Mais au fond de moi, je n'étais sûre de rien.

« Tu trouves ? Malgré ce col ? dit-elle en me regardant comme si je pouvais encore lui sauver la vie.

— Mais oui. Et de toute façon, ce n'est pas ton col qu'il va regarder. »

Elle repartit dans la salle de bains pour se rincer le visage. Puis elle se mit à se maquiller. Elle s'interrompit brusquement, en frappant dans ses mains.

« J'y suis ! s'exclama-t-elle. Je vais mettre mon écharpe de chez Gucci. Comme ça, ça cachera le col. Et en plus, ça fera un effet bœuf. »

Elle se mit à pleurer.

« Oh, Ann... Je le savais bien que ça finirait par marcher. J'étais sûre que nous allions nous en sortir. »

« Regarde bien, ma chérie. Tu es sûre que je n'ai pas de saletés entre les dents ? »

Nous étions dans l'ascenseur. Comme nous étions arrivées avec trois quarts d'heure d'avance au rendez-vous fixé par le Dr Spritzer nous étions allées manger une glace aux amandes dans le plus proche drugstore.

« Ouvre un peu plus la bouche », me dit le Dr Spritzer.

Il avait encore plus fière allure qu'à la fête du lycée. Son bon visage émergeait de son costume vert et de sa chemise au col impeccablement cravaté comme un diable de sa boîte.

« Alors, vous avez survécu à ce gâteau, finalement ? demanda-t-il à ma mère en jetant un coup d'œil par-dessus son épaule.

— Oh... Il était excellent.

— Voyons voir... Comment les choses se présentent-elles ? murmura-t-il en inspectant le fond de ma bouche avec un engin qui m'avait tout l'air d'être une pince. Hum... J'ai l'impression qu'il va effectivement lui falloir porter un appareil, dit-il au bout d'un moment.

— N'aie pas peur, ma chérie, dit ma mère en me tapotant l'épaule. Ce ne sera rien du tout. Et puis, du moment que tu en as besoin, il faudra bien t'y faire. »

Elle essayait de prendre un air concerné tout en creusant légèrement ses joues.

« Pendant combien de temps devra-t-elle le porter ? demanda-t-elle au Dr Spritzer.

— Cela dépend de la manière dont ses dents s'adapteront à l'appareil », dit-il en me donnant une petite claque sur la joue.

Ma mère ne se renseigna même pas sur le coût de l'opération. Le Dr Spritzer appela son assistante et lui demanda de préparer un moulage et de prendre l'empreinte de mes dents.

« Hé... », chuchota ma mère en se penchant vers moi.

J'étais endormie mais je finis par ouvrir les yeux. Je distinguai sa silhouette dans l'obscurité.

« Tu es réveillée ? Peux-tu m'aider à déboutonner cette robe, je n'y arrive pas... »

Elle s'assit au bord du lit et se rapprocha de moi. J'avais tellement sommeil que j'arrivais à peine à remuer les doigts. Tant bien que mal, je parvins néanmoins à défaire ses boutons. Ma mère ôta sa robe et alla la suspendre dans l'armoire.

« Ouf... Je ne suis pas fâchée de quitter enfin cette robe. Mais je ne regrette pas de l'avoir achetée. Au contraire... Je n'aurais pas pu trouver mieux. »

Les souvenirs se remettaient lentement en place dans mon esprit. L'après-midi, nous étions allées sur Rodeo Drive et elle s'était acheté une nouvelle robe pour son rendez-vous avec le Dr Spritzer. Maintenant elle était de retour, il était très tard et elle avait l'air heureux.

« Alors, comment ça s'est passé ? »

Elle enfila un tee-shirt avant de se rasseoir.

« Oh, Ann... Tu ne vas pas me croire, mais c'était merveilleux ! Absolument merveilleux. Nous avons d'abord pris l'apéritif, dans le bar où nous nous étions donné rendez-vous. Nous étions assis au comptoir et il avait un drôle de sourire aux lèvres. Comment dire... Moi aussi, je souriais, et il me déclare tout à coup : " Si nous allions manger des homards ? Ça vous dit ? — Bien sûr, pourquoi pas... " Il m'a alors emmenée dans ce restaurant... Oh, Ann ! Il faudra absolument que nous y allions un jour, je suis sûre que tu adorerais cet endroit... Mais c'est plutôt cher... La salle donne sur la plage... Lorsque nous sommes entrés, tout le monde avait l'air de le connaître, ce n'était que " Bonjour, docteur Spritzer " par-ci, " Salut, Josh ! " par-là... Mais tu sais qu'il est tout petit... Je ne l'avais pas remarqué jusqu'à aujourd'hui, mais il n'est vraiment pas grand du tout. Heureusement que je n'avais pas mis mes plus hauts talons. C'est même une sacrée chance, quand j'y repense... J'avais failli mettre mes escarpins noirs. Et même avec ceux que j'avais aux pieds, je le dépassais presque... Nous avons discuté pendant des heures. C'est incroyable, mais nous étions d'accord sur tout ! Je ne sais pas comment ça se fait, mais il y a des fois, comme ça, où se produit une sorte de déclic, et où l'on est en totale harmonie avec quelqu'un... Nous mangions nos homards tout en parlant, tu sais comment ça se passe avec ces bestioles... J'en avais plein les doigts, et je me disais : " Mon Dieu ! Que va-t-il penser de moi, avec ce jus qui me coule le long du menton... "

— Quelle heure est-il ? » dis-je.

Ma mère se leva et s'approcha de la fenêtre. Elle souleva un instant le rideau et le laissa retomber. Il y avait un creux dans les couvertures, sur le lit, à l'endroit où elle s'était assise. Je me penchai et ramassai sa culotte, qui traînait par terre, au pied du lit. Elle était trempée. Je la relâchai aussitôt, avant que ma mère ne me voie.

« Il fait pratiquement jour, dit-elle. Il sera bientôt l'heure d'y aller. Si nous prenions la voiture et que nous allions nous promener un peu au bord de la mer ? Le soleil ne tardera plus à se lever. Nous irons prendre le petit déjeuner chez Alice. »

Je ne sentais plus mes jambes, j'avais l'impression qu'elles étaient en coton.

« Le temps que j'enfile quelque chose et on y va, dit ma mère. D'accord, ma chérie ? »

Elle passa dans la salle de bains. L'abattant des W.-C. claqua contre le mur. Elle laissait toujours la porte ouverte dans ces cas-là, tout en continuant à parler. Il y eut un froissement de papier.

« Nous demanderons du café bien noir. Allez, ouste ! Lève-toi ! Tu verras, ce sera drôle comme tout. Allez, debout ! »

Elle frappa dans ses mains, tandis que j'enfilais un jean et un vieux pull élimé que je n'aurais jamais osé mettre pour aller au lycée. Mais pour l'instant, j'avais surtout envie d'être à l'aise dans mes vêtements.

Il faisait encore nuit lorsque la voiture émergea du garage. On distinguait à peine les contours des arbres et des immeubles à la lueur indécise des lampadaires. Ma mère mit le chauffage en route. J'étendis les jambes et posai mes pieds sur la plage avant. J'étais heureuse que nous partions ainsi nous balader. J'étais prête à aller jusqu'au bout du monde.

Nous traversâmes Wilshire Boulevard avant de nous engager dans Arden Drive. Un peu plus loin, ma mère ralentit et s'arrêta devant une maison.

« C'est là qu'habitent ses enfants, dit-elle. Ils vivent avec son ex-femme, Elaine. »

La rue était sombre et déserte. Nous aurions pu rester là pendant des heures sans voir passer personne. On se serait cru à Bay City, ou n'importe où ailleurs.

« Nous devrions nous lever tôt plus souvent, dis-je.

— Il a beaucoup travaillé, et dépensé des sommes folles, pour retaper cette maison. C'est lui qui a planté cette haie. Il repasse de temps en temps, pour s'occuper du jardin.

— Tu crois qu'il reviendra s'y installer un jour ?

— Oh, non ! Pourtant, il adore ses enfants. Il ne les laissera jamais tomber, tu peux en être sûre. Il a l'air de se faire du souci au sujet d'Amy. Elle a des problèmes de poids, et puis il la trouve trop repliée sur elle-même. »

Ma mère remit le moteur en route et nous repartîmes en direction du sud. Même Wilshire Boulevard était désert.

« Nous allons passer devant chez lui. Il a un appartement magnifique, vraiment magnifique. Tu vois, avant son divorce, il vivait dans cette grande maison, où il disposait d'un garage, d'une piscine, d'un jardin et de tout le tintouin ; mais depuis qu'il est seul, il m'a avoué qu'il se sentait plus à l'aise dans un cadre moins grandiose, plus modeste. Au moins, il peut le décorer à sa guise. »

Elle se gara le long du trottoir, au pied d'un des nouveaux immeubles de Century City.

« Voilà... Il habite ici, au quatorzième étage. Tu vois ses fenêtres ?

— Non, dis-je.

— Il a éteint les lumières, dit-elle en poussant un soupir. Il a dû aller se coucher. C'est mignon. »

Elle eut un petit sourire.

Le moteur de la voiture ronronnait doucement. La lumière commençait à poindre au-dessus du terrain vague devant lequel nous étions garées. Dans le lointain, à l'extrémité de Wilshire, l'immeuble des Vétérans brillait comme une lame de couteau. Nous rejoignîmes Sunset Boulevard, que nous suivîmes un bon moment, jusqu'au carrefour de Pacific Coast Highway. Nous tournâmes au croisement et débouchâmes aussitôt sur la mer. Nous garâmes la voiture le long de la route et rejoignîmes la plage à pied. Le soleil n'était pas encore levé et le sable était plus gris que jaune. Mais l'obscurité commençait à se dissiper. La mer avait l'air houleuse, il y avait des traînées d'écume sur les vagues. Il faisait froid. Nous marchions les mains dans les poches.

Tout au bord du rivage, l'eau paraissait limpide. Les vagues venaient s'écraser en rouleaux sur le sable, puis se retiraient lentement, lavant et relavant l'étendue plane de la plage — comme si elles avaient voulu effacer tout ce que nous venions de dire afin qu'émerge un monde neuf, exaucé, transparent.

Au-delà, des surfeurs naviguaient sur les crêtes de l'océan. Leurs silhouettes vacillantes apparaissaient et disparaissaient tour à tour derrière les vagues, comme les lettres d'un mystérieux alphabet.

« Tu as vu ? dit ma mère. Il y en a qui se lèvent tôt. C'est extra ! J'arrive à peine à croire que nous vivons ici pour de bon... »

Le vent nous plaquait les cheveux sur la bouche.

« Un jour, j'aimerais bien vivre au bord de la mer, reprit-elle. Josh aussi en a envie. Il a longtemps dû vivre à Beverly Hills, à cause de ses enfants. Mais à présent, il voudrait changer de décor.

— Comment ça se passerait, pour le lycée ? »

La municipalité était très tatillonne sur ce point. C'était pour cette raison que nous avions dû rester dans le même quartier.

« Il y en a sûrement un dans le coin, dit ma mère.

— Tu crois qu'il a envie de se remarier ?

— Je n'en sais rien, Ann. Il est encore trop tôt. Laissons passer un peu de temps... Il paie une pension à sa femme, et ses enfants sont encore à sa charge. Ils entreront bientôt à l'université, tu sais. Et nous n'en sommes qu'au début. Pour l'instant, contentons-nous d'espérer. »

Nous marchions en direction du nord. Le vent soufflait en sens inverse, en soulevant par instants des bourrasques de sable, dont les grains crépitaient contre mon pantalon.

« A la fin, pourtant, juste avant que nous nous séparions, il est allé s'accouder sur le balcon et il m'a dit : “ Tu sais, Adele, de toute ma vie, je ne m'étais jamais aussi bien entendu avec une femme, comme ça, du premier coup. Ça ne m'était jamais arrivé. " Et je lui ai répondu que j'étais justement en train de me faire la même remarque. C'est vrai, Ann. Tu sais, en général, je n'éprouve jamais rien la première fois que je sors avec quelqu'un. Il me faut toujours beaucoup de temps pour commencer à me sentir bien avec un homme. Mais lui, j'ai tout de suite compris qu'il tenait à moi.

— Il t'a dit qu'il t'aimait ?

— Oh non, ma chérie ! Il ne le pouvait pas. Les gens de notre âge qui ont déjà été mariés ne se font pas de telles déclarations, comme ça, de but en blanc. Non, il faudra encore attendre un peu.

— Combien de temps ? Un mois ?

— Bien plus... Un an, peut-être. Tu sais, à notre âge, on ne dit plus " je t'aime " à la légère. Ça aurait eu pratiquement autant de signification que s'il m'avait offert une bague et proposé le mariage. »

Je pensai soudain à Lolly, et aux conversations que ma mère avait eues avec elle lorsqu'elle avait fait la connaissance de Ted. Mais Ted n'avait jamais offert de bague à ma mère. Ils avaient décidé de mettre cet argent de côté, afin de pouvoir acheter la maison de Carriage Court.

« Pourtant, il a fait quelque chose, la nuit dernière... quelque chose que l'on fait seulement si l'on tient vraiment beaucoup à quelqu'un...

— De quoi s'agit-il ?

— Oh, ma chérie... Je ne peux pas te le dire. C'est quelque chose que les hommes font au lit — pas avec n'importe qui, mais uniquement avec une femme qu'ils aiment vraiment. Tu comprendras quand tu auras grandi. C'est une manière pour eux de prouver à une femme qu'ils la prennent au sérieux, qu'elle n'est pas la première venue à leurs yeux.

— Comment veux-tu que je le comprenne plus tard si tu ne me dis pas de quoi il s'agit ?

— Dis donc... J'espère bien que tu n'as pas l'intention de te livrer à ce genre d'expérience avant un bon bout de temps ! Et je profite de cette occasion pour te dire que tu ferais mieux de te méfier des garçons de ton âge. Celui que tu aimeras plus tard refusera sûrement de t'épouser si tu ne t'es pas gardée pour lui. C'est une chose qui a beaucoup d'importance aux yeux des hommes, même s'ils prétendent souvent le contraire. Bien sûr, dans mon cas, ce n'est pas la même chose, puisque j'ai déjà été mariée.

— Admettons. Mais une fois mariée, comment le saurai-je ? »

Ma mère se mit à rire.

« Tu le découvriras bien toute seule. Moi, personne ne m'a jamais rien appris. Mais ces choses-là sont immuables. Quand cela t'arrivera, tu le sauras. Ce sera aussi simple que ça. (Elle poussa un soupir.) Oui, répéta-t-elle, aussi simple que ça... »

Un peu plus loin, un groupe de surfeurs en maillots de bain sombres regagnait le rivage.

« Et ce truc spécial, est-ce que mon père te le faisait ?

— Ah, Ann... Ton père... Ton père nous adorait, bien sûr, mais c'était un irresponsable. Je ne parle pas seulement du fait qu'il nous ait quittées. Mais il était incapable d'avoir un travail stable, il finissait toujours par donner sa démission. Il était vraiment trop égoïste. »

Les rouleaux battaient le rivage. Les vagues, parfaitement rondes, comme du verre soufflé, avaient bien trois mètres de haut.

« Mais ne t'inquiète pas, reprit ma mère, il y aura d'autres hommes dans notre vie. Je vais te dénicher un père, fais-moi confiance. Ce n'est qu'une question de temps. Qui sait, peut-être Josh Spritzer fera-t-il l'affaire ? Ce serait drôle d'avoir un père dentiste, non ? D'ailleurs, tout le monde l'adore.

— Même si tu l'épousais, ce ne serait pas mon père pour autant.

— Qui sait... Il a toutes les qualités pour ça. Au fond, qu'est-ce qu'un père ? Quelqu'un qui prend *soin* de vous, qui vous *donne* tout ce qu'il possède, qui est prêt à se sacrifier pour vous... Mais ton père, que t'a-t-il donné ? A part quelques malheureuses gouttes de sperme, qu'a-t-il jamais dépensé pour toi ? »

Je haussai les épaules et relevai mon col. Je ne pouvais rien rétorquer à ça. Elle avait raison.

« Je t'assure que si nous nous débrouillons bien, Josh Spritzer sera pour toi LE père idéal. Tu verras... La nuit dernière, il m'a dit que ses enfants lui causaient des TONNES de soucis. Tu n'imagines pas les problèmes qu'ils lui posent. Après le dîner, pendant que nous prenions le café, nous avons longuement discuté et il m'a confié que c'était surtout pour Andy qu'il se faisait du souci. Il n'est même pas certain qu'il puisse entrer à l'université. Tu te rends compte ? Alors qu'il a fait ses études à Beverly High... Et avec tout l'argent dont dispose son père... On aurait pu croire que son destin était tout tracé... Mais il rate tous ses examens. Il a même échoué au concours d'entrée de l'UCLA. Au fait, ne va pas raconter ça à tes copains. Surtout pas à Amy... Son père ne tient pas à ce que l'affaire s'ébruite. Je ne devrais d'ailleurs pas t'en parler, il n'en a même pas dit un mot à Amy. En fait, il se demande si Andy ne se droguerait pas... Quoi qu'il en soit, à la fin, au moment de partir, il m'a regardée en souriant et il m'a dit : “ Mais je n'arrête pas de parler de mes enfants et je ne t'ai même pas posé de question sur ta fille. J'imagine qu'Ann te pose quelques problèmes, elle aussi ? — Eh bien, non, lui ai-je répondu. — Comment ça ? ” Il avait l'air intrigué. “ Tu n'as pas peur qu'elle se drogue, ou qu'elle se mette à fréquenter des voyous ? ” Je lui ai expliqué que nous nous entendions parfaitement, toutes les deux ; que lorsque tu avais un problème, tu m'en parlais toujours et que nous le résolvions ensemble. J'aime mieux te dire que ça l'a sacrément impressionné ! Il avait l'air de se demander pourquoi les choses ne se passaient pas ainsi avec ses propres enfants. Visiblement, ça l'a laissé rêveur. »

Nous marchions toujours. Elle ne se rendait vraiment compte de rien. Jamais je ne lui aurais parlé de mes problèmes. Mais je me tus et me contentai d'enfoncer un peu plus mes mains dans mes poches. Je n'allais pas me disputer avec elle maintenant. Et j'aimais bien le Dr Spritzer.

Ma mère bâilla.

« Je commence à avoir faim, dit-elle. Nous pourrions peut-être aller voir si c'est ouvert, chez Alice ? »

La jetée se découpait, très loin à l'horizon, mais d'où nous étions nous apercevions déjà la tourelle du restaurant, avec son toit de tuiles. Nous partîmes dans cette direction, en coupant à travers la plage.

« Que penserais-tu d'un chien courant sur la plage ! dit ma mère. Nous devrions acheter un chien. »

Elle criait presque. Ma mère était toujours surexcitée lorsqu'elle était au bord de l'océan.

Le sable devenait de plus en plus sale à mesure que nous approchions du restaurant. Nous nous retournâmes en cherchant notre voiture des yeux. Nous l'aperçûmes à l'autre bout de la plage, garée le long de la route, à plus d'un kilomètre.

Ma mère se donna une claque sur la cuisse.

« Eh bien... Après une balade pareille, nous aurons bien mérité de nous restaurer ! Sans compter qu'il faudra refaire le trajet en sens inverse. On a beau dire, un peu d'exercice ne fait pas de mal, de temps en temps. »

Au moment où j'allais m'engager dans l'allée qui menait au restaurant, elle me saisit par le bras.

« Tu sais, nous avons eu raison de venir nous installer ici, dit-elle. C'était dur, au début, mais regarde à présent ce que nous sommes devenues... Regarde-toi ! Lorsque tu auras porté cet appareil suffisamment longtemps, tu auras un visage absolument parfait. Et tu vis à Beverly Hills, tu fréquentes les gamins les plus chics et les plus riches du monde. Je t'assure, Ann... Le dessus du panier... Nous n'aurions jamais rien connu de tel si nous étions restées dans le Wisconsin. »

Elle me fixait d'un air concentré, comme si elle cherchait à lire sur mon visage la confirmation de ses pensées.

« J'ai faim, dis-je.

— Tu seras vraiment quelqu'un, plus tard, poursuivit-elle. Tous ces gosses dont tu as fait la connaissance au lycée resteront tes amis par la suite, tu évolueras dans le même milieu qu'eux. Si seulement j'avais eu autant de chance que toi ! »

Nous entrâmes dans le restaurant. La plupart des chaises étaient encore retournées sur les tables. Un balai reposait contre un mur. Au fond de la salle, devant la baie vitrée qui donnait sur la mer, une serveuse allait et venait entre les tables, une cafetière à la main. Le claquement de ses sandales sur le sol résonnait jusque dans l'entrée.

Nous nous assîmes à une table, contre la baie vitrée. Un surfeur évoluait au loin sur la crête des vagues.

« Il ne devrait pas s'entraîner seul, dit ma mère. C'est dangereux. Regarde s'il n'y a pas quelqu'un d'autre dans les parages. En général, ils vont toujours par deux. »

La serveuse arriva et nous versa d'office à chacune une tasse de café, sans même nous avoir demandé notre avis. Son visage était déjà ridé et la peau de ses mains fripée. Mais elle avait de beaux cheveux blonds et ses jambes étaient superbes. Elle n'était probablement guère plus âgée que moi. Un badge portant son nom était épinglé sur sa poitrine. Elle s'appelait Dawn.

« C'est vraiment super de se lever aussi tôt, dit ma mère. Regarde, il est à peine sept heures. D'habitude, nous serions encore au lit... Oh, tu as vu la hauteur de cette vague ? C'est incroyable ! »

Nous commandâmes deux énormes omelettes aux herbes qui nous furent servies avec une garniture de pommes de terre et des tranches de pain de mie aux raisins.

« Voilà qui va nous requinquer, dit ma mère. Nous avons besoin de protéines. »

Nous avions déjà l'impression d'être plus riches, après l'escapade de ma mère.

« Alors, quand dois-tu le revoir ?

— Samedi soir. Il m'a proposé de m'emmener à l'opéra. (Elle poussa un soupir.) Je me demande bien comment je vais m'habiller... »

Elle se mit à se ronger les ongles, comme chaque fois que l'anxiété la gagnait. Notre impression de richesse s'était déjà évaporée à la fin du repas. Et l'angoisse revint, à l'idée de tout ce qui nous attendait. Nos assiettes étaient vides, hormis quelques miettes et l'écorce d'une tranche d'ananas. Il faisait sûrement jour à présent dans l'appartement du Dr Spritzer. Il devait être levé, en train de se préparer, libre.

« Il va falloir que je m'achète de nouveaux vêtements, dit ma mère. Et que je me fasse les ongles. J'aime mieux te dire que des tas de femmes se mettraient en quatre pour sortir avec ce type. Des femmes ayant les moyens de passer toute une journée dans un institut de beauté, entourées d'une ribambelles de manucures, de coiffeuses et de masseuses. Mais moi, je ne peux pas m'offrir ça.

— Mais tu lui plais, non ?

— Bien sûr. Mais regardons les choses en face, Ann : il m'a vue jusqu'ici sous mon meilleur jour. Et en dehors de ce tailleur vert, je n'ai plus rien à me mettre.

— J'aurais bien besoin de quelques vêtements, moi aussi.

— Oh non, ma chérie... Tu n'es encore qu'une enfant ! Et souviens-toi que c'est à moi que revient la charge de trouver un mari.

— J'aurai bientôt quinze ans.

— Je le sais bien, mais je t'assure que si je ne me décarcasse pas maintenant, tu n'auras plus jamais de père. Tu n'as pas besoin de vêtements pour le moment. Lorsque tu entreras à l'université, ce sera une autre affaire. Mais tu ne vas épouser aucun des garçons que tu côtoies pour l'instant. Les choses sérieuses commenceront plus tard. Et ne t'inquiète pas, parce qu'à cette époque tu auras tous les vêtements qu'il te faudra, et une grande maison dans laquelle tes enfants pourront venir jouer. Nous serons sorties de la panade, Ann. Je te le promets. »

Elle baissa les yeux sur son assiette et ramassa la dernière miette qui traînait.

Je parcourus la salle du regard et j'aperçus soudain trois filles qui étaient dans la même classe que moi, au lycée. Leurs maillots de bain étaient posés à leurs pieds et leurs cheveux étaient encore mouillés. Je fus prise de panique. J'éprouvais le même genre d'impression que ma mère lorsqu'elle refusait d'entrer au Baskin-Robbins. Je ne voulais absolument pas que ces filles me voient. Elles parlaient toutes les trois, les coudes appuyés sur la table, en sirotant leur café. J'aurais voulu disparaître sous terre.

« Il y a trois filles de ma classe derrière moi, murmurai-je à ma mère. Mais je t'en prie, ne te retourne pas ! »

J'avais honte de mes vêtements. Ma mère fit aussitôt volte-face.

« Où ça ? demanda-t-elle.

— Là-bas. Mais je t'en prie...

— Eh bien, va donc leur dire bonjour. Je réglerai l'addition pendant ce temps. Allez, vas-y. N'aie pas peur.

— Je n'ai pas envie de les voir.

— Ne sois pas ridicule. Tu es vraiment trop repliée sur toi. Je t'assure qu'il n'y a pas de quoi avoir honte. Tu es chou comme tout avec ce pull. »

Je relevai les yeux et mon regard croisa celui d'une des trois filles.

« Salut ! me lança-t-elle.

— Elles m'ont aperçue, murmurai-je.

— Eh bien, qu'attends-tu pour aller leur dire bonjour ? Je vais régler l'addition. »

Ma mère se rendit à la caisse et je m'approchai de la table où étaient installées les trois filles, qui me firent aussitôt signe de m'asseoir. L'une d'elles se leva pour aller me chercher une tasse, et me versa du café. Leurs gestes avaient la même souplesse, la même légèreté que les vagues au dehors, à la surface de l'océan.

On venait de leur servir le petit déjeuner. Elles aussi avaient pris des omelettes aux pommes de terre ; mais en plus, elles avaient commandé des coupes de fromage blanc aux fruits et des tartines de pain français saupoudrées de sucre, ainsi que des tranches de jambon. Je me sentis de nouveau affamée. Elles durent remarquer mon regard.

« Le surf, ça creuse, dit Leslie. Nous n'avons pas arrêté depuis cinq heures du matin.

— Est-ce que tu réalises à quelle heure elles sont venues me tirer du lit ? dit une autre.

— Mais ça fait quand même du bien quand on y est. »

Leur table était située dans un angle et donnait de tous les côtés sur la mer. Des reflets de lumière irisaient l'eau. Elles étaient intelligentes, ces trois filles, au lycée elles s'asseyaient au premier rang et elles posaient des questions aux profs.

« Il vaut mieux que j'y aille, dis-je. Je crois que ma mère m'attend. »

Elle était debout à côté de la caisse, son sac à main serré contre elle. Nos regards se croisèrent et elle m'adressa un sourire.

« C'est ta mère ? Dis donc, elle est bien foutue...

— Vous faites du surf toutes les trois ? demandai-je.

— Non. Seulement Leslie. Nous deux, nous nous contentons de nager. Mais c'est chouette d'être dehors à une heure pareille. Et toi, qu'est-ce que tu fais dans le coin ? Ça t'arrive souvent de venir prendre le petit déjeuner ici avec ta mère ?

— Non. Elle avait rendez-vous avec un type hier soir. Quand elle est rentrée ce matin, elle était tellement excitée qu'elle m'a réveillée et qu'elle m'a emmenée en balade pour me raconter comment ça s'était passé.

— *Ta mère te raconte ses histoires ?* »

J'acquiesçai nonchalamment.

« Oui, nous sommes très proches l'une de l'autre.

— Alors, chuchota Leslie, dis-nous un peu... Son rendez-vous... ça a marché ?

— Apparemment. Mais on ne sait jamais, avec les adultes. Ils sont tellement naïfs. (Je me tournai et regardai ma mère.) Un rien lui briserait le cœur. Vous ne mangez plus ? ajoutai-je en désignant les plats qui encombraient encore la table.

— Sers-toi, si tu en veux. Nous en recommanderons d'autres. Isabel a apporté la carte de crédit de son père.

— Tu crois qu'elle a couché avec lui ?

— Bien sûr », dis-je.

Susan poussa un petit gloussement, mais se reprit aussitôt.

« Tu sais qu'il y a réunion du conseil de classe, aujourd'hui. Les cours ne commenceront qu'à dix heures. On pourrait faire une petite balade avant d'aller au lycée, si ça te dit.

— Oui, tu n'as qu'à rester avec nous. »

Tout en parlant, les trois filles picoraient dans leurs assiettes.

Je me dirigeai vers ma mère. Elle me sourit. Pour une fois, ce fut moi qui la pris par le bras.

« Eh bien, tu vois, me dit-elle. Ça n'a pas été si terrible que ça. Vous aviez l'air de bien vous amuser toutes les quatre, je vous ai regardées un moment. Ces filles me semblent sympathiques. Nous devrions les inviter un de ces jours. Je vous emmènerais au restaurant, ou au cinéma. »

Ma mère se dirigeait déjà vers la sortie. Je la suivis, un peu en retrait, tout en essayant de ralentir son allure. Nous arrivâmes finalement devant la porte. Ma mère l'ouvrit.

« Allez, viens, Winnie l'ourson. »

Je haussai les épaules.

« Il y a un conseil de classe aujourd'hui, les cours commenceront en retard. Je me disais que j'aurais pu rester avec elles. Nous irons ensemble au lycée. Elles sont en voiture. »

Ma mère fit la moue.

« Comment ça, en voiture ? Mais ces gamines n'ont pas plus de quatorze ans...

— Susan a seize ans, elle a déjà son permis. On lui a offert une voiture pour son anniversaire. »

Ma mère était déjà sortie. Elle hésitait, en dessinant un cercle dans le sable du bout de son espadrille.

« Je ne sais pas si je dois te laisser monter en voiture avec elles. Ton amie ne sait peut-être pas très bien conduire. Et si vous aviez un accident ? Je n'ai pas envie de te retrouver à l'hôpital. (Elle secoua la tête.) Je vais passer la journée à me ronger les sangs. Si tu rentrais plutôt avec moi et que je les invite une autre fois ? Nous pourrions revenir ici un week-end. J'emmènerais un livre et je resterais à l'écart, pour que vous puissiez discuter tranquillement entre vous.

— Si tu me ramènes maintenant, je ne vais pas savoir quoi faire d'ici dix heures.

— Tu n'auras qu'à aller à la bibliothèque et prendre un peu d'avance dans ton travail.

— J'ai envie de rester, dis-je.

— Bon, comme tu voudras. Eh bien, amuse-toi bien. (Elle jeta un regard envieux à l'intérieur du restaurant.) Il faut que j'y aille, je vais finir par être en retard. Mais surveille bien ton amie, qu'elle ne fasse pas d'imprudences en conduisant... Tu me le jures ?

— Oui », dis-je.

Elle fit quelques pas, puis se retourna.

« Et n'oublie pas d'attacher ta ceinture », ajouta-t-elle.

De ma vie, je n'avais jamais mis une seule fois une ceinture de sécurité. Ma mère et moi n'utilisions jamais les nôtres.

« D'accord », lui dis-je.

Je regardai la porte se fermer derrière elle. Puis je fis demi-tour et rejoignis le autres. Je ne pouvais m'empêcher de songer à ma mère, qui allait devoir retraverser la plage toute seule, jusqu'à l'endroit où nous avions laissé la voiture.

QUATRIÈME PARTIE

CAROL

CHAPITRE 9

HEURS ET MALHEURS

En regardant ces vieilles photos que j'ai ressorties pour toi, je vois des choses qui m'avaient échappé à l'époque. Hal surtout. Il a vraiment l'air malheureux sur ces clichés. Il est toujours plus ou moins en train de faire l'idiot — tiens, ici il lève deux doigts derrière ta tête pour te faire des oreilles d'âne —, mais nulle part il n'est naturel. Et il ne sourit jamais. Il est vrai que la situation n'était pas très drôle pour lui, en ce temps-là. Jimmy était toujours en déplacement, il lui arrivait souvent d'être absent trois ou quatre jours de suite. Durant toute l'enfance de Hal, il vendait des adoucisseurs d'eau pour la société Aqua-Max. Il était leur principal représentant pour le nord-est de l'État. Son secteur couvrait une quantité de petites villes. Je connaissais son itinéraire par cœur en ce temps-là. J'avais affiché une petite carte du Wisconsin à côté du téléphone. Chaque jour, j'y plantais une ou deux épingles, pour que Hal sache toujours où se trouvait son père.

Benny était beaucoup plus heureux, ça se voit sur les photos : il a toujours le sourire aux lèvres. C'est exactement ainsi qu'il est resté dans mon souvenir. Tiens, sur celle-là, il est en grande tenue, à côté de notre bateau. C'était le jour du mariage des Brozek, où il était garçon d'honneur. Tu sais, nous voyagions beaucoup quand les gamins étaient petits. Nous avions ce bateau, mais aussi une caravane, et nous étions toujours par monts et par vaux.

Un jour, nous sommes allés à Disneyland tous les quatre, avec notre première caravane. Elle n'était pas bien grande, mais qu'est-ce que nous avons pu rigoler ! Elle était équipée de lits-placards et d'un petit recoin où l'on pouvait faire la cuisine. Nous avons visité des tas d'endroits, comme ça. N'es-tu pas allée une fois à Disneyland, toi aussi, avec ton père et ta mère ? Il me semble que ta mère t'y avait emmenée en avion. Elle a toujours été comme ça. Elle imitait tout ce que nous faisions, mais avec l'espoir de nous surpasser. Nous étions allés à Disneyland en caravane, alors il fallait que vous preniez l'avion. Mais au bout du compte, c'était bien le même Disneyland qui vous attendait à l'arrivée.

Nous voyagions beaucoup parce que Jimmy avait des voyages en guise de primes. Qu'est-ce qu'il a pu vendre comme adoucisseurs d'eau ! Ah, c'était une époque bénie... Il avait des relations d'affaires partout, et dès que nous débarquions quelque part, on faisait la fête. Tu sais, la plupart de ses collègues actuels font partie des Témoins de Jéhovah. Ils sont très unis et se serrent les coudes. Ils nous invitent à leurs réunions et eux-mêmes y emmènent toujours leurs enfants. Mais comme ils ne boivent pas et ne dansent jamais, nous ne savons pas trop quoi faire. Ils sont gentils avec nous, mais une fois les sermons terminés, à la fin de ces réunions, ils ne font pas tellement d'efforts pour lier davantage connaissance avec nous. Ils ont quand même tendance à nous tenir un peu à l'écart, parce que nous ne faisons pas partie de leur confrérie.

Et toi, regarde un peu la mine que tu avais à cette époque ! Tu as vraiment l'air heureux sur ces photos. On voit que vous vous entendiez à merveille, Benny et toi. Tiens, sur celle-là, vous êtes en train de brandir les cadeaux que vous veniez de recevoir : Benny avait eu une planche à roulettes et toi, un ours en peluche. Il y a encore des tas d'autres paquets derrière vous. A chaque Noël, ta mère dépensait des fortunes. Tiens, cette maison de poupée... Je suis sûre qu'elle est encore quelque part à la cave. Et tu as vu les yeux que tu fais ? Tu as l'air tellement comblé que tu parais presque sur le point de pleurer. Je me souviens très bien de toi, à cette époque. Vous avez vraiment passé de bons moments ensemble, Benny et toi, lorsque vous étiez petits. Beaucoup de gens n'ont pas eu cette chance.

Les choses ont changé après le départ de ton père, aussi bien pour ta mère que pour toi. Mais peut-être était-ce simplement dû au fait que tu grandissais et que tu commençais à aller à l'école. Tu paraissais plus sage, plus sérieuse. Tu as toujours été une bonne élève. Mais tu as perdu ce sourire émerveillé que tu avais si souvent lorsque tu étais toute petite. Tu étais vraiment adorable à cet âge, contrairement à ta mère. Benny a gardé un peu de cette innocence en grandissant, mais il n'a pas eu à traverser les mêmes épreuves que toi.

Nous nous faisions tous du souci à ton sujet, à cause de ta mère. Nous étions sûrs que c'était toi qui pâtirais le plus de la situation.

Je me souviens qu'un jour tu avais voulu aller à l'école avec Benny. C'était bien avant la maternelle, il allait seulement à la crèche à cette époque. J'avais écrit un mot pour la maîtresse. Tu étais heureuse comme tout, tu as toujours aimé l'école. Ça t'avait tellement plu que tu y étais retournée deux ou trois fois. Et puis un jour, l'école avait organisé un pique-nique, les enfants devaient partir pour la journée en autocar et la maîtresse avait adressé une note aux parents, quelques jours auparavant, en leur demandant de signer une décharge. Mon Dieu ! Tous ces imprimés qu'il n'a pas fallu signer, durant toutes ces années, chaque fois qu'un des gamins était malade, ou qu'il devait être dispensé de gymnastique... On est vraiment bien plus dur avec les enfants qu'il ne serait nécessaire.

Enfin... Je t'avais également inscrite pour ce pique-nique, mais lorsque vous êtes rentrés de la crèche le soir, Benny et toi, j'ai trouvé un mot de la maîtresse épinglé à ta manche qui disait que tu n'avais pas encore cinq ans, que tu ne faisais pas officiellement partie de la classe, et que non, tu ne pouvais pas aller à ce pique-nique. Tu devais attendre l'année suivante. Ça n'était pas très gentil. Enfin, je ne sais pas... peut-être avait-elle déjà suffisamment d'élèves comme ça. Mais justement, un élève de plus ou de moins n'aurait pas changé grand-chose. Ils utilisaient ces longues cordes munies de boucles, dans lesquelles vous deviez passer vos poignets lorsque vous traversiez les rues. Au printemps, quand toutes les fillettes étaient en robes blanches, c'était un spectacle charmant. J'imagine qu'ils emmenaient toujours cette corde lorsqu'ils partaient en pique-nique. Ils ne risquaient donc pas de te perdre.

Je me vois encore en train de t'annoncer la nouvelle, que tu ne pourrais pas aller à ce pique-nique, que tu resterais à la maison. Tu étais mortifiée. Je te l'avais dit très vite, je ne pensais pas que tu y tenais à ce point. Je devais être en train de faire autre chose. Ton menton s'est mis à trembler et j'ai bien vu que tu te retenais pour ne pas éclater en sanglots. Tu y es d'ailleurs parvenue ; en tout cas, tu n'as pas pleuré devant moi. Tu t'es dirigée vers la porte, la tête haute et les bras ballants. C'était sûrement ta mère qui t'avait appris à te comporter de cette manière.

Enfin, tu t'en es quand même plutôt bien sortie, malgré toutes les histoires de ta mère. Et ce sont mes fils à moi qui ont eu des problèmes par la suite. Mais je dois reconnaître une chose : c'est qu'Adele s'est toujours beaucoup souciée de ton éducation.

Nous ne surveillions pas d'aussi près les études des garçons. Hal a toujours eu de bonnes notes, jusqu'au lycée, et il est sorti premier de sa section au camp d'entraînement militaire, dans l'Iowa. Je me suis souvent dit que c'était à cause de ça qu'Adele s'entendait bien avec lui : elle devait trouver qu'ils se ressemblaient — qu'au moins elle n'était pas la seule à se distinguer, dans cette famille qu'elle jugeait bien trop ordinaire et passablement étriquée. Quant à Benny, il n'a jamais obtenu plus de C dans aucune matière. J'essayais de l'aider à faire ses devoirs, mais son père s'en fichait un peu. Lorsque Jimmy rentrait du boulot, il allait jouer au foot avec Ben jusqu'à l'heure du dîner. Il disait que les activités de plein air étaient importantes pour un garçon. Le sport. Enfin, je suppose qu'il en va toujours ainsi avec les garçons.

Je regrette parfois de ne pas avoir de fille. Je crois que ça m'aurait plu, tu sais, tout ce qu'on peut faire avec une fille — bavarder, faire les magasins. Lorsque tu vivais ici, tu étais un petit peu comme ma fille.

Je me souviens, une fois, tu avais un rôle dans un spectacle organisé par ton école. C'était sûrement une fête de Noël. Tu jouais le rôle de Marie. J'ai oublié les détails, mais la représentation avait lieu dans la grande salle de la mairie et toutes les familles avaient été invitées. On avait demandé aux mères des enfants de préparer les costumes. Et ta mère avait décidé de t'envoyer avec tes sandales d'été et cette espèce de tunique arabe laissée par ton père. Un truc beige qui ressemblait à un dessus de lit ou à un vieux rideau... Ton père l'avait rapporté de son pays. Adele n'avait pas prévu de voile ou quoi que ce soit. Elle avait décidé que tu irais accoutrée de la sorte.

« Mais elle joue le rôle de Marie, avais-je dit à ta mère. Pour un garçon, à la rigueur, pour un rôle de berger ça irait, mais pas pour Marie ! »

Ta mère avait toujours réponse à tout.

« Figure-toi qu'à Jérusalem les gens s'habillent ainsi. Le Christ est bien né par là-bas, non ? »

Je ne pouvais évidemment rien rétorquer à ça, puisqu'elle avait visité la région, et moi pas. C'était un fait indéniable. Mais ce spectacle devait avoir lieu à l'école Saint Phillip de Bay City, dans le Wisconsin, et *ça*, c'était un endroit que je connaissais bien. Peu m'importait de savoir comment les gens s'accoutraient en Égypte. Ce dont j'étais sûre, c'était qu'*ici* on ne s'habillait pas ainsi lorsqu'on était censé tenir le rôle de Marie dans un spectacle donné par une école à l'occasion des fêtes de Noël. Aussi, j'avais été acheter un soupçon de velours bleu, dont la couleur s'harmonisait parfaitement avec celle de tes cheveux, et je t'avais taillé une robe pour que tu n'aies pas à porter cette tenue ridicule. Ta mère avait haussé les épaules, mais elle m'avait laissé faire. Avec un vieux drap nous t'avions également confectionné un long voile blanc et une sorte d'écharpe. Tu étais absolument adorable là-dedans. Ce coup-ci, au moins, tu ressemblais à Marie. Ta mère avait assisté à la représentation et elle avait applaudi comme tout le monde, mais elle paraissait un peu distraite. Elle était venue te chercher à la fin du spectacle et après avoir redressé ton col elle t'avait dit : « Tu as vraiment l'air d'une petite mendiante. »

Mais elle était tout de même un peu bizarre, parce que l'année suivante tu devais tenir le rôle d'un ange et elle avait passé des heures à te confectionner un costume absolument somptueux... Je m'en souviens, parce qu'elle s'était mise dans le garage de ta grand-mère pour faire ça, et qu'il y avait des taches de peinture dorée dans tous les coins lorsqu'elle eut terminé. Elle en avait mis partout — sur la tondeuse à gazon, sur les brouettes, rien n'avait été épargné... Ta grand-mère n'est jamais parvenue à faire partir ces taches. Le ciment est encore tout doré à l'endroit où elle garait sa voiture.

« Tout le monde ne peut pas se vanter de pouvoir rouler sur l'or... », disait ta mère en riant. L'auteur de cette fine astuce était Lolly, mais pour ma part je ne trouvais pas ça drôle. Je me mettais à la place de ta grand-mère.

L'une des sœurs Griling devait tenir le rôle d'un ange en même temps que toi et ta mère lui avait également préparé un costume. Pour la robe, elle s'était servie d'un vieux drap. Elle vous avait emprunté à l'une et à l'autre votre plus vieille paire de tennis, ainsi que des gants. Elle avait acheté de grandes feuilles de carton, dans lesquelles elle avait découpé les ailes. Pour l'auréole, elle s'était servie d'un cintre, qu'elle avait d'abord déplié avant de le retordre pour lui donner la forme d'un cercle.

Puis, un jour où ta grand-mère était à la messe, elle avait disposé son matériel sur le sol du garage et elle avait pulvérisé par-dessus tout le contenu d'une bombe de peinture dorée. On distingue encore aujourd'hui les contours anciens de l'ange sur le ciment.

Enfin... Le résultat était vraiment superbe, je dois le reconnaître. Vous étiez sûrement les deux plus beaux anges qui firent jamais leur apparition à Saint Phillip, Theresa et toi. Je crois même qu'on avait rajouté au dernier moment quelques lignes de texte à votre intention : on avait dû se dire que vous ne pouviez décidément pas rester les bras croisés, sans ouvrir une seule fois la bouche de tout le spectacle, alors que vous étiez si magnifiquement costumées. Tu t'en étais très bien sortie, comme d'habitude. Tu as toujours eu une bonne élocution, dès le cours préparatoire.

Après le spectacle, l'une des sœurs Griling — je crois qu'il s'agissait de Theresa — vint nous trouver en pleurant. On avait réussi à traîner le père Griling à la représentation. Il était venu avec sa fille aînée, celle qui remuait toujours le popotin en marchant, et dont on disait que c'était le portrait craché de sa mère.

Theresa était si fière de jouer dans cette pièce et d'avoir un si beau costume — et voilà que son père avait fait un scandale en débarquant complètement saoul. Il était même monté sur la scène au beau milieu du spectacle en injuriant sa fille et en lui demandant pourquoi elle avait ainsi bousillé ses chaussures.

Les autres avaient réussi à le tirer vers la sortie. Je revois encore l'aînée, avec ses cheveux teints en blond et ses escarpins rouges. Le père Griling hurlait comme un beau diable. Tu imagines ce que Theresa devait ressentir... C'était un grand jour pour elle, et ses sœurs étaient obligées de ramener de force leur père à la maison... Et j'aime mieux te dire qu'il puait...

Le soir, Theresa était restée avec nous, tandis que les autres enfants rentraient chez eux les uns après les autres, en compagnie de leurs parents. Elle n'arrêtait pas de pleurer, parce que son père lui avait dit qu'il n'avait pas l'intention de lui acheter une nouvelle paire de tennis maintenant qu'elle avait esquinté celles-là et qu'elle n'aurait plus qu'à marcher pieds nus désormais. Il faut dire qu'il avait vraiment un coup dans l'aile.

Theresa n'arrêtait pas de demander à ta mère s'il n'y aurait pas un moyen de faire partir la peinture et de remettre ses chaussures en état. Ces gosses étaient un peu pénibles, mais je suppose qu'il y avait de quoi. Leur père ne s'occupait absolument pas d'eux, ils avaient toujours de la morve au bout du nez et ils étaient d'un crasseux... On essayait bien d'être gentil avec eux, mais au bout d'un moment on finissait toujours par se dire qu'il était vraiment inutile de se décarcasser ainsi, alors que leur père ne levait jamais le petit doigt pour eux. C'étaient ses enfants, après tout.

La représentation avait eu lieu la veille des vacances scolaires et on vous avait laissé sortir plus tôt que d'habitude. Aussi, avec ta mère, nous vous avions emmenés chez Shaefer, Ben, Theresa et toi, et nous vous avions acheté de nouvelles tennis. Nous avions demandé à Mr Shaefer de les choisir un peu grandes pour qu'elles vous fassent de l'usage. Il neigeait ce jour-là et en ville les réverbères étaient déjà allumés. Il faisait sombre, humide, et nous étions les seuls clients dans le magasin. Vous dansiez tous les trois dans la boutique avec vos nouvelles chaussures de tennis blanches aux pieds. On aurait dit que c'était le plus merveilleux cadeau qu'on vous eût jamais fait. Vous marchiez si délicatement, comme si vous fouliez la lune. C'est ce qui est fantastique avec les petits enfants. Un rien suffit à les émerveiller. Qu'on leur offre une simple paire de chaussures, et les voilà aux anges !

Vous vouliez les garder aux pieds pour sortir, mais nous avions refusé : elles auraient été aussitôt fichues avec toute cette gadoue. Mr Shaefer les enveloppa soigneusement et donna son paquet à chacun d'entre vous. Vous étiez fiers comme Artaban. Ta mère insista pour payer les trois paires et alla faire son chèque à la caisse.

Theresa voulait garder ses tennis dorées. J'ignore ce qu'elle en a fait par la suite, elle les a probablement jetées une fois rentrée chez elle. Elles étaient vraiment inutilisables : elles laissaient des marques partout.

Mr Shaefer nous appela quelques jours plus tard : ta mère lui avait fait un chèque sans provision. J'allai le voir pour arranger l'affaire, sans en parler à Jimmy : il aurait été fou de rage s'il l'avait su. Mr Shaefer avait téléphoné chez ta grand-mère et comme par chance il n'y avait personne, il m'avait appelée. Je me rendis à son magasin l'après-midi même et lui réglai la somme en espèces. Il ne fit d'ailleurs pas la moindre histoire, et me rendit le chèque, que je fourrai dans mon sac. Je n'en ai jamais touché mot à Adele. Je restai discuter un petit moment avec Mr Shaefer. Il avait des clients ce jour-là, des parents qui achetaient des chaussures pour leurs enfants. C'était juste après Noël, je m'en souviens parfaitement bien.

J'ai rarement eu avec Adele la relation que vous avez connue pendant plus de quinze ans, Benny et toi. Je ne me souviens que d'une occasion où nous ayons vraiment été proches, mais nous étions déjà grandes l'une et l'autre. A part ça, ce n'étaient entre nous que disputes et prises de bec.

Mais cette fois-là, nos parents nous avaient proposé de passer quelques jours sur l'île Mackinac, toutes les deux. Je crois que c'était l'oncle Milton qui avait envoyé un peu d'argent à ta grand-mère en lui disant de nous acheter quelque chose de sa part. Bien après que nous ayons grandi, il nous considérait toujours comme des petites filles. En tout cas, nous avons passé un séjour merveilleux grâce à lui. Ta mère était déjà à l'université à l'époque, elle s'apprêtait à entrer en deuxième année et elle était revenue pour les vacances d'été. Hal venait de naître et nous l'avons emmené avec nous, dans sa poussette. Il était sage comme une image, c'était un bébé adorable, contrairement à Benny qui voulait toujours grimper partout et qui se réveillait dix fois par nuit. Mais Hal se tenait tranquille, on pouvait l'emmener n'importe où. Il ne nous a pas du tout gênées.

Nous étions partis un vendredi. Il fallait d'abord prendre le train, puis faire la traversée en ferry, mais aucune voiture n'était autorisée à débarquer sur l'île. Il n'y avait que des carrioles tirées par des chevaux. Apparemment, les gens qui habitaient là en permanence se passaient fort bien de voitures. Ça ne remonte pourtant pas si loin que ça... Ils devaient estimer que l'endroit serait plus touristique avec ces carrioles à cheval. Le conseil municipal avait donc adopté un arrêt interdisant toute circulation motorisée sur l'île. Tu te rends compte... Qu'est-ce qu'on ne ferait pas pour de l'argent... Je pense qu'ils en utilisent peut-être quand même en hiver, lorsque les touristes ont déserté les lieux. En tout cas, à l'époque où nous y étions — c'était à la fin de l'été —, je n'en ai pas aperçu une seule.

Toutes les routes étaient pavées à l'ancienne. Nous logions au Grand Hôtel, qui était d'ailleurs le seul de toute l'agglomération. Il était situé au cœur de la ville, avec son porche à colonnades et son grand escalier, qui devait être en marbre. Les voitures à cheval attendaient les clients, en file devant l'entrée. Ça ne manquait pas d'allure. Nous étions donc arrivés le vendredi soir et nous étions aussitôt allés nous changer dans notre chambre. Nous nous étions vraiment mises sur notre trente et un... Nous portions de longs gants blancs à boutons et des robes du soir lorsque nous descendîmes l'escalier. Bref, tout le tralala... J'ai conservé ces gants, ils sont quelque part à la cave, mais on n'a plus guère l'occasion d'en porter, de nos jours.

Nous avons fait des tas de choses, durant ces quelques jours. Des balades, des achats... Il faisait déjà trop frais pour qu'on puisse se baigner dans le lac Michigan. C'était la fête du Travail[1], la fin de saison, mais les boutiques étaient encore ouvertes. Nous avons fait de longues promenades sur la plage.

Je me souviens qu'un matin, je m'étais levée très tôt, ça devait être le mercredi, nous devions repartir le lendemain soir. Adele faisait toujours la grasse matinée, impossible de la tirer du lit avant midi, mais j'avais l'habitude d'être debout de bonne heure depuis que j'avais un bébé. Ils ne vous laissent jamais dormir. Je m'étais donc rapidement habillée et j'étais sortie avec Hal, en laissant un mot à Adele pour lui dire de nous retrouver à l'heure du déjeuner dans une pâtisserie que nous avions déjà remarquée, et dont c'était le dernier jour d'ouverture. La plupart des touristes avaient déjà quitté l'île.

Il devait être huit ou neuf heures du matin. Je promenais Hal dans sa poussette lorsque j'aperçus au bord de la route une jeune femme qui était en train de peindre un tableau. Je la reconnus immédiatement, car elle était toujours là le soir dans le hall du Grand Hôtel, dessinant des portraits au pastel. Adele s'était fait brosser un portrait en pied, vêtue de sa robe longue avec ses gants blancs. J'étais restée à côté d'elle tandis qu'elle posait, tout en berçant Hal dans mes bras et en lui murmurant : « Tu vois, cette dame est en train de faire le portrait de tatie Adele... »

La jeune femme n'était pas habillée de la même façon, ce matin. Elle portait une simple chemise par-dessus son pantalon, et une casquette, pour se protéger du soleil, je suppose. Je l'avais bien reconnue, mais je ne voulais pas avoir l'air d'être indiscrète, ni de m'imposer, et j'allais passer mon chemin sans rien dire lorsqu'elle me salua en reposant ses pinceaux. Son chevalet et sa palette étaient

1. Aux États-Unis, la fête du Travail a lieu le premier lundi de septembre. (*N.d.T.*)

posés devant elle. C'était impressionnant de voir le paysage et la façon dont elle le reproduisait avec ses couleurs. Ces bouleaux au tronc argenté, c'était vraiment impressionnant. Elle avait un thermos de café à côté d'elle et elle m'offrit de partager sa tasse. Tout en buvant, je balançais doucement Hal dans sa poussette pour qu'il reste tranquille.

Elle me dit que ces peintures de paysages étaient ce qu'elle considérait comme son véritable travail. Elle peignait aussi la mer. Je pensai que ce devait être difficile, tu ne crois pas ? à cause du mouvement incessant des vagues. Elle me répondit oui, que c'était difficile, qu'il lui fallait longuement regarder la mer avant de commencer son tableau. Les portraits qu'elle faisait à l'hôtel étaient purement alimentaires. Elle n'était pas mariée ni rien et elle vivait sur l'île tout le long de l'année. Durant la belle saison, elle peignait en extérieur chaque fois que le temps le permettait. L'hiver, elle restait enfermée dans son garage, et elle refaisait en plus grand format certains des tableaux de l'été précédent. Chaque année, au retour du printemps, elle était heureuse comme une enfant. Certains soirs, en été, après son travail à l'hôtel, il lui arrivait même de peindre en pleine nuit, à la lueur du clair de lune. Elle prenait de temps en temps le ferry pour se rendre à Traverse City. Lorsqu'il y avait une foire, c'était elle qui décorait les toiles des tentes.

« Ces tentes sont si belles », me dit-elle. Je me souviendrai toujours de cette phrase, parce que c'est le genre de réflexion que personne ne pense jamais à faire, même si elle correspond à la vérité.

Elle était plutôt petite, mais on se rendait bien compte que ce n'était déjà plus une gamine. Elle devait avoir à peu près mon âge. Ses gestes étaient d'une grande douceur. Je me souviens de m'être dit que cette femme ne se marierait peut-être jamais. Et moi, j'étais là avec mon bébé et je songeais à la vie merveilleuse qu'elle devait mener. Elle paraissait tellement indépendante.

Elle me proposa de garder Hal un moment pour que je puisse faire un tour toute seule. Elle m'offrit même de me prêter son vélo. J'acceptai avec plaisir. Je finis ma tasse de café, avant d'enfourcher sa vieille bicyclette noire. Quand j'y repense aujourd'hui, je me dis que c'était peut-être un peu égoïste de ma part de profiter ainsi de son café et de sa bicyclette, et d'abuser de son temps... Mais à l'époque, j'étais tellement soulagée dès que quelqu'un me proposait de s'occuper de mon bébé. Et j'étais toute prête à rendre le même service aux autres, si l'occasion se présentait. Je ressentais cela comme une sorte de solidarité entre mères.

Et puis, comme c'était agréable de se balader ainsi ! J'étais absolument seule sur la route. Je suivais un long sentier qui avait été fraîchement goudronné, et qui sinuait entre des bosquets de sumac. Je portais une chemisette à manches courtes et une jupe que j'avais repassée le matin même, avec mon fer portatif. Une brise légère soulevait mes vêtements. Je pédalais sans penser à rien, c'était si bon, et cela faisait si longtemps que je n'étais pas montée sur un vélo. J'atteignis bientôt l'extrémité du sentier, qui débouchait sur une grande pelouse. Une école se dressait au loin — un bâtiment moderne d'un seul tenant, dont les fenêtres identiques se découpaient sur toute la façade. Je m'arrêtai dans le virage pour relacer ma chaussure. Il n'y avait personne en vue. L'air était immobile, c'était une belle journée ensoleillée. Et de l'autre côté de la route, les sumacs, les trembles et les pins s'alignaient exactement comme sur les tableaux de la jeune femme.

Puis je baissai les yeux et regardai mes chaussures. Sur le bas-côté de la route, j'aperçus l'habituel amas de détritus, de poussière, de feuilles mortes — tout ce qu'on voit traîner partout, bouts de papier, sacs en plastique, vieilles canettes de bière... et cela me fit étrangement mal, comme si j'avais brusquement réalisé qu'aucun endroit au monde ne pouvait échapper à la laideur ordinaire. Et tout ce que j'avais vu ce matin-là, ces arbustes splendides — ceux de la réalité comme ceux des tableaux —, me parut tout à coup entaché par la présence de ces déchets, souillé par toute cette saleté. C'était sans doute un peu stupide de se faire de telles réflexions, par une belle journée de vacances. Mais je dus vraiment prendre sur moi pour relever les yeux et affronter à nouveau le spectacle de la nature qui m'avait tellement transportée jusque-là.

Je retrouvai Adele en début d'après-midi dans la pâtisserie, et nous y restâmes un long moment après avoir fini de déjeuner. Ils allaient fermer le lendemain. Les enfants venus travailler sur l'île durant l'été avaient déjà presque tous regagné le continent. Pour reprendre l'école je pense, et retrouver leur vie d'adolescent.

Adele avait fait une sorte de tableau et nous nous étions amusées à imaginer son emploi du temps. C'était un peu comme un jeu, pour moi. Mathématiques tous les mercredis matin, anglais de quatre à six... Les gens qui passaient à côté de nous s'arrêtaient presque tous pour regarder Hal, que j'avais assis dans sa poussette. C'était la fin de l'été et nous étions toutes bronzées. Nous étions jeunes, Adele et moi.

Nous nous étions tellement attardées dans la pâtisserie que nous finîmes par avoir de nouveau faim. Nous étions assises à l'extérieur, sur une petite terrasse entourée d'un grillage en fer forgé. Une carafe d'eau fraîche était posée devant nous. Il y avait une fleur minuscule, prise dans l'eau gelée, à l'intérieur de chaque glaçon. Quant aux verres, j'ignore comment ils étaient faits, mais ils avaient des parois épaisses et on les tenait parfaitement bien en main. Nous redemandâmes du café, ainsi que des tartes aux myrtilles.

Le café était fort et servi avec de la vraie crème. Et ces tartes étaient absolument délicieuses. Je me revois encore, sortant la mienne de son petit moule en carton pour la poser sur mon assiette. Le nom de la pâtisserie était imprimé en lettres d'or sur le moule. Les myrtilles étaient prises sous un léger glaçage et il y avait une très fine couche de chocolat entre la pâte et les fruits. J'aurais bien aimé connaître cette recette. Sur le moment, Adele aurait sûrement été capable de me dire quels ingrédients avaient été utilisés. Mais elle l'a probablement oublié, depuis le temps.

Il y avait un peu de vent ; les serviettes en papier disposées sous les assiettes s'envolèrent et allèrent atterrir un peu plus loin sur la terrasse. Des rainures dorées séparaient les dalles blanches. Les tables étaient en marbre gris et les chaises métalliques peintes en vert foncé.

Hal s'était redressé dans sa poussette et jouait à faire des bulles de savon. C'était vraiment la fin de l'été. Un peu plus loin sur la route, à l'ombre des feuillages, je vis passer un vieux couple. L'homme glissa la main sous le bras de sa femme et lui demanda si elle avait envie d'une glace. Ils traversèrent lentement la rue et pénétrèrent dans la boutique. Il fait frais de bonne heure dans le Michigan, à cause des vents qui viennent du Canada.

Ce chocolat dans la tarte aux myrtilles était une vraie trouvaille. Un délice absolu ! Je me suis dit cent fois qu'il faudrait que j'essaie d'en faire de semblables, mais ça doit demander beaucoup de travail. J'ai même acheté un lot de petits moules en carton, je ne sais plus où je les ai mis, mais ils sont encore quelque part dans un placard. Je me demande ce qu'ils avaient mis dans cette pâte... Il y avait des noix, ça j'en suis sûre, mais peut-être aussi quelques zestes de citron.

Il y avait beaucoup de mouvement autour de nous sur la terrasse. Certains clients s'en allaient, d'autres prenaient leur place. Mais nous ne nous décidions pas à partir. Derrière Adele, une employée de la pâtisserie s'était assise pour se reposer un instant. Un serre-tête maintenait ses cheveux en arrière. Elle avait croisé les jambes et fumait une cigarette, d'un air décontracté.

De temps en temps, Adele se penchait vers Hal et essayait de le distraire. Elle agitait les mains en tentant de capter son attention ou jouait avec ses petits orteils, tout en lui récitant une comptine.

« Tu sais, Carol, me dit-elle, il est vraiment éveillé. Tu verras, plus tard il sera très intelligent. Je te parie que vers deux ou trois ans il saura déjà lire. »

Ces paroles me touchèrent profondément, mais je fis en sorte qu'elle ne s'en aperçoive pas. Nous avions beau être sœurs, il y avait une grande retenue entre nous.

« Tu penses que Hal sera aussi intelligent que toi ? lui dis-je en riant.

— Oh, il ira beaucoup plus loin, dit-elle en poussant un

soupir. Ces sales petits mecs se débrouillent toujours mieux que nous. C'est injuste, mais c'est ainsi.

— Alors, tu ne trouves pas que j'ai fait une trop grosse bêtise en épousant Jimmy et en devenant une femme au foyer ? »

Elle hocha lentement la tête. Hal était debout dans sa poussette. Je le tenais par la main, en essayant de l'obliger à se rasseoir.

« Non, Carol. Je ne pense absolument pas que tu aies fait une bêtise. Je suis sûre que tu seras très, très heureuse. »

Je n'oublierai jamais cet instant. Mon menton se mit à trembler et je sentis le sang m'affluer au visage. Mes lèvres se contractèrent, sans que je parvienne à les contrôler. Je n'aurais jamais cru jusque-là que l'opinion de ma sœur pût me plonger dans un tel émoi. Je lui jetai un coup d'œil pour voir si elle avait remarqué le trouble qui s'était emparé de moi, mais elle avait détourné le regard. Elle songeait sûrement à sa propre destinée.

« Toi aussi, Adele, tu seras très heureuse, lui dis-je. Tu as déjà fait tant de choses, alors que tu es encore si jeune. Tu réussiras tes examens, tu iras peut-être même au-delà de la licence. Et je suis sûre que tu mèneras une vie passionnante. Tu connaîtras des quantités de gens, et des tas d'endroits différents. J'en suis absolument certaine. »

Elle me sourit, mais son regard était lointain. Elle devait sûrement se dire que j'étais loin de tout savoir. Et c'était la vérité. J'ignorais tellement de choses à son sujet. Elle n'avait pas eu une vie facile. Je suis sûre qu'elle se faisait déjà du souci à cette époque, ça se voyait. Elle était toujours sur le qui-vive, nerveuse, désordonnée — comme en cet instant précis, tandis qu'elle se repassait du rouge sur les lèvres, les coudes appuyés sur la table, impatiente et inquiète.

« On y va ? lança-t-elle.

— Non, dis-je, restons encore un moment. »

Pour une fois, j'avais pris les choses en main et c'était moi qui commandais. Tu dois te dire que ce devait être le cas depuis toujours, puisque j'avais onze ans de plus qu'elle, mais en vérité je n'ai jamais eu d'autorité sur ta mère. Un serveur passait par là et je me sentis tout à coup d'humeur légère.

« Nous reprendrons chacune une part de tarte, lui dis-je. Et aussi deux tasses de votre excellent café. »

Cela nous ramena aussitôt à la réalité. Nous fûmes prises d'un brusque fou rire, nous ne parvenions plus à nous arrêter.

« Vraiment, Carol, tu n'aurais pas dû, me dit Adele. C'est de la folie ! »

Elle parlait à voix basse, comme lorsqu'elle racontait une blague tout en essayant de garder son sérieux.

« A quoi bon nous priver ? » répondis-je.

C'était vrai. Nous en avions envie toutes les deux et c'était notre dernier jour de vacances. Nous devions rentrer le lendemain, ensuite Adele retournerait à l'université. Il nous restait encore plein d'argent. Pour la première fois, nous avions l'impression d'être riches. Et à l'époque nous n'avions pas de problèmes de poids ou de santé. Nous étions jeunes. Nous savions que nous ne manquions pas de charme l'une et l'autre. Et je venais de me marier. La diététique était vraiment le cadet de nos soucis.

Le garçon nous servit le café dans de jolies tasses en porcelaine de Chine, décorées de petits angelots roses. Nous ajoutâmes nous-mêmes la crème, qui était épaisse et foncée, presque brune, comme on la faisait autrefois. Nous la regardâmes se mélanger peu à peu au café, en tournant lentement nos cuillères dans les tasses, plus longtemps assurément qu'il n'aurait été nécessaire. Mais nous avions tout notre temps.

Pendant quelques années, les choses allèrent plutôt bien pour nous. Hal poussait sans problème, sauf à l'école. Nous avions installé notre caravane à Pine Mountain et nous y montions tous les week-ends, l'hiver, pour faire du ski. Pour une fois, Hal et Jimmy aimaient tous les deux le même sport. Ted et ta mère venaient souvent nous rejoindre. Ils logeaient à l'hôtel et nous nous retrouvions tous là-bas en fin de journée. Tu te souviens de ce manteau de fourrure que ta mère t'avait acheté à cette époque ? J'aime mieux te dire qu'elle s'était saignée pour te l'offrir. Même ta grand-mère trouvait qu'elle te gâtait trop.

Nous étions en train de boire un verre tous les quatre au bar de l'hôtel, Ted, ta mère, Jimmy et moi, le jour où l'on vint nous apprendre que Hal s'était cassé le bras. Ta mère et Ted essayaient d'avoir leur propre cercle d'amis, mais c'était vraiment impossible. L'endroit était si petit que les gens finissaient tous par se connaître. Et chacun était plus ou moins amoureux de quelqu'un d'autre. Ce soir-là, j'étais assise sur les genoux de Paul Shea, tandis que Jimmy flirtait avec Barbie Shea. Les choses n'allaient d'ailleurs jamais beaucoup plus loin, comme nous étions tous ensemble, rien de bien sérieux ne pouvait se passer.

Nous étions donc au bar lorsqu'on vint nous avertir que Hal s'était cassé le bras. Une patrouille de sécurité lui avait prodigué les premiers soins sur la piste, puis on l'avait emmené à l'hôpital pour lui mettre un plâtre. J'avais toujours été contre le fait qu'il fasse du ski la nuit, je trouvais cela beaucoup trop dangereux.

Hal dut renoncer au ski tout le reste de l'hiver, à cause de son plâtre. Nous montions quand même tous les week-ends, nous avions alors beaucoup d'amis là-haut... Hal restait enfermé dans la caravane, à broyer du noir. Quant à toi, tu étais devenue une vraie championne. Ted était un excellent skieur, et tu avais bénéficié de ses leçons. Mais Benny était très maladroit sur ses skis, alors qu'il était doué dans tous les autres sports. Je le revois encore te suivant tant bien que mal en chasse-neige le long des pentes escarpées où tu te débrouillais toujours pour l'entraîner.

Un soir où nous étions au bar, tu vins brusquement trouver ta mère, parce que tu venais de te cogner le nez. Avec les autres gamins, vous adoriez jouer dans la cabine du télésiège, vous vous balanciez comme des singes sur les tringles. J'imagine qu'à un moment donné, tu avais dû te retourner sans faire attention et prendre une de ces tringles en pleine figure.

Ta mère était évidemment dans tous ses états.

« Oh, mon Dieu ! criait-elle. Mais qu'est-ce que tu t'es fait ? Tu as bousillé ton nez ! »

Elle te regarda sous toutes les coutures et elle éclata en sanglots. C'était ridicule, nous n'avions pas fait un tel cinéma lorsque Hal s'était fracturé le bras. Elle était persuadée que tu t'étais cassé le nez et que ta vie était désormais fichue, que tu serais défigurée pour le restant de tes jours et que personne ne voudrait jamais t'épouser.

« Je t'avais pourtant bien dit de ne pas aller jouer là-bas, n'arrêtait-elle pas de répéter.

— Non, tu ne m'avais rien dit ! »

Tu t'étais mise à pleurer à ton tour. Ta mère avait réussi à te convaincre que tu ne pourrais plus jamais mener une vie normale.

Ted et Paul Shea t'examinèrent et déclarèrent que ton nez n'était pas cassé. Ted commanda un autre verre pour ta mère. Elle voulait appeler une ambulance pour qu'on t'emmène à l'hôpital, qui était à plus de trente kilomètres. Paul lui dit que de toute façon, même si tu t'étais bel et bien cassé le nez, il n'y avait rien à faire ; il suffisait d'attendre que ça se remette en place tout seul. Heureusement que Ted était là, sinon Dieu sait de quelle folie elle aurait été capable ! Je lui avais dit, moi aussi, que ce n'était probablement rien du tout, mais elle ne m'avait même pas écoutée. Ta mère n'a jamais fait confiance qu'aux hommes. D'ailleurs, elle pense toujours que tu t'es cassé le nez ce soir-là, et c'est pour ça qu'elle veut te le faire refaire. Elle nous reproche de ne pas l'avoir laissée appeler une ambulance. Elle m'a souvent suppliée : « Je t'en prie, dis-lui que c'est de ta faute à toi si on n'a pas appelé l'ambulance, dis-lui que son nez est tout de travers. Elle ne me croit jamais. » Je lui ai toujours répondu que ton nez me semblait en parfait état. Et ta mère de soupirer, comme si décidément tout le monde s'était ligué contre elle.

C'était la troisième année que nous montions faire du ski et ce fut aussi la dernière. Au mois de mars, au cours de l'un des derniers week-ends de la saison, Hal remonta sur ses skis. Il savait qu'il n'en avait pas le droit, le docteur n'avait pas cessé de le lui répéter. Il portait encore un plâtre et il avait le bras en écharpe. Mais il n'avait pas pu résister, il voulait à tout prix se prouver qu'il était capable de skier avec un seul bras valide.

Nous l'avons à peu près tous aperçu en même temps. Nous nous trouvions ta mère et moi sur le télésiège qui redescendait vers la station. Je ne me sentais pas assez sûre de moi pour affronter les pistes du sommet, mais nous étions quand même montées car il y avait là-haut un petit bar et j'avais eu envie d'aller y boire une tasse de chocolat chaud. Ta mère avait discuté avec le machiniste du télésiège et avait réussi à le convaincre de nous laisser redescendre, alors que l'appareil ne servait normalement que pour la montée et qu'il repartait toujours à vide. Adele excelle en ce domaine : elle arrive toujours à persuader les gens de lui laisser faire ce qui est d'ordinaire interdit. Derrière nous, en sens inverse, Jimmy remontait dans une autre cabine en compagnie de Barbie Shea. Ted était en train de donner son cours au sommet de la piste. Il montrait à ses élèves comment se servir des bâtons. Il plantait les siens dans la neige et en face de lui les élèves, en rang d'oignons, l'imitaient. Nous vous aperçûmes soudain, Benny et toi, dans un coin de la piste dont le terrain était visiblement beaucoup trop accidenté pour vous.

« Oh, mon Dieu ! Carol ! Tu as vu où ils sont ! » cria ta mère en me saisissant par le bras. Elle s'était tellement penchée que le siège bascula en avant et que nous faillîmes dégringoler par terre.

Vous paraissiez vous rendre compte que vous vous étiez aventurés trop haut. Vous descendiez très lentement, en contournant les obstacles et en freinant tellement avec vos skis que ceux-ci ne formaient pratiquement plus qu'une seule ligne. On aurait dit que vous aviez peur de regarder plus bas. C'était toi qui étais en tête et Benny te suivait.

« Surtout, ne crie pas, dis-je à ta mère. Ils pourraient s'affoler et ils risqueraient alors *vraiment* d'avoir des ennuis.

— Ils feraient mieux d'ôter leurs skis et de redescendre à pied. Je vais le leur dire. Ann ! se mit-elle à hurler. Ann ! Benny ! »

Mais le télésiège descendait toujours, à assez vive allure. Vous avez relevé les yeux, comme si vous aviez entendu ses cris, mais sans parvenir à situer leur provenance. Et puis tout à coup, vous vous êtes retournés, en fixant un autre point sur la piste, un peu plus bas. Nous avons suivi votre regard et nous avons alors découvert Hal, à notre tour.

Il était étendu sur une civière orange. Son bras plâtré reposait sur sa poitrine, l'autre pendait dans la neige. Trois membres de la

Croix-Rouge étaient agenouillés à ses côtés et lui bandaient la jambe. Ta mère et moi étions toujours coincées sur le télésiège qui poursuivait sa descente. Abandonnant ses élèves au sommet de la piste, Ted venait de s'élancer vers l'endroit où Hal était allongé. Vous étiez également partis dans cette direction, Benny et toi, mais vous ne pouviez pas aller bien vite. Je jetai un coup d'œil par-dessus mon épaule et j'aperçus Jimmy : le télésiège venait d'atteindre le sommet et il s'apprêtait à descendre. Il était le seul à ne pas s'être encore rendu compte de ce qui venait de se passer.

Coup sur coup, Hal s'était donc fracturé le bras et la jambe et nous renonçâmes définitivement au ski à la suite de ce double accident. Il traversa une sale période, après ça. Il dut garder son plâtre pendant plus de huit mois et fut dispensé de lycée durant tout un trimestre. J'avais cessé d'aller au magasin afin de lui tenir compagnie à la maison. Il passait la plupart de son temps à lire, pendant que je regardais la télévision sur la véranda, mais nous prenions tous nos repas ensemble. Au fond, cela ne me déplaisait pas de l'avoir tout le temps à la maison. Ta grand-mère passait régulièrement nous voir et prendre une tasse de café avec nous. Elle arrivait toujours avec un gâteau qu'elle venait de sortir du four, enveloppé dans une serviette.

Hal finit par retourner au lycée. Un jour, des gamins lui volèrent ses béquilles et lui fichèrent une raclée. Vraiment, les gosses sont sans pitié. A mon avis, Hal ne rattrapa jamais son retard, après sa longue absence. A la rentrée suivante, on lui ôta enfin son plâtre et il s'acoquina avec une bande de voyous.

Vers l'âge de quinze ans, Hal ne voulut plus écrire son nom. Au début, nous prîmes cela pour une quelconque lubie d'adolescent, mais il s'obstina, et très vite il refusa tout bonnement d'écrire quoi que ce soit. Il ne répondait même plus aux questionnaires, où il suffit pourtant de cocher quelques cases, et les rendait sans les avoir remplis.

Le proviseur du lycée finit par nous convoquer. Il nous avait demandé de venir tous les deux et nous nous rendîmes un matin dans son bureau, Jimmy et moi. Il nous conseilla d'emmener Hal voir un psychiatre, en nous disant que nous devions y aller nous aussi, la présence des parents étant toujours souhaitée dans ce genre de consultation. On lit des tas de choses à ce sujet, aujourd'hui, mais à l'époque je n'en avais jamais entendu parler. C'en fut trop pour Jimmy. Il explosa et donna un violent coup de poing sur la table.

« Aucun de mes fils n'ira jamais chez un psychiatre, vous m'entendez ? Hal n'a aucun problème. Il est seulement un peu buté. Et surtout beaucoup trop paresseux. »

Jimmy prit la camionnette et rentra seul au magasin. J'essayai de l'excuser auprès du proviseur, mais je crois que ce fut peine perdue. J'entends encore le claquement de mes talons résonner dans les couloirs, lorsque je partis à mon tour. Mais Jimmy avait la tête dure. Une fois qu'il avait pris une décision, il était inutile de vouloir le faire changer d'avis. Je me souviens encore de ces longs couloirs dallés, et du chapeau que je portais. Il était surmonté d'une petite plume rouge.

Ensuite, Hal s'est mis à fréquenter cette Merry. Nous étions loin d'être ravis... Et d'ailleurs, qui l'aurait été à notre place ? Elle était pauvre, mais ce n'était pas la raison de notre mécontentement. Elle était surtout sale... C'était ça qui nous contrariait.

Quand Ben est sorti avec Susie, c'était tout à fait différent. S'il avait voulu l'épouser, nous ne nous y serions jamais opposés. Nous aurions même été très heureux. Ses parents étaient loin d'être riches. Ils travaillaient l'un et l'autre. Mais ils étaient sympathiques. Et propres.

La famille de Merry était nettement moins bien. Tu sais comme les bruits circulent... Sa mère les avait abandonnés, elle s'était enfuie Dieu sait où, en tout cas elle était encore vivante. Je crois qu'elle habitait dans le nord, du côté d'Escanaba, et qu'elle était serveuse dans un bar. Et le père était alcoolique. J'étais passée une ou deux fois devant chez eux, en allant au cimetière. Ils habitaient Spring Street, et leur maison était l'une des plus délabrées du quartier. C'était une vieille bicoque aux murs gris. Toutes les vitres du sous-sol étaient brisées. On racontait que Merry avait une sœur âgée de seize ou dix-sept ans, que leur père l'avait mise à la porte. Elle vivait seule dans un appartement et allait encore au lycée. Il y avait des gens à l'église qui prétendaient qu'elle était enceinte. Comme tu le vois, la famille n'était pas très brillante.

Nous n'aurions sans doute rien dû dire. Adele nous téléphonait souvent :

« Ne lui interdisez surtout pas de sortir avec cette fille, hurlait-elle. C'est le meilleur moyen de le dresser contre vous. Dites-lui au contraire que vous la trouvez très mignonne et qu'il a bien de la chance... »

Lorsqu'il passa ses examens, à la fin de sa dernière année de lycée, nous nous sentîmes un peu soulagés. Nous espérions qu'une fois à l'université, il lierait connaissance avec d'autres gens. Vous habitiez encore à Bay City à cette époque. Nous nous étions rendus tous ensemble au lycée, le jour de la proclamation des résultats. Hal avait été classé 563ᵉ. Merry n'allait plus au lycée. Elle travaillait vaguement dans un magasin et passait le reste du temps chez elle. Je crois qu'elle avait échoué chez McDonald. Hal avait obtenu une place à Whitewater, dans un établissement qui n'était pas particulièrement bien coté, mais nous espérions qu'une fois là-bas il allait reprendre du poil de la bête et que l'année suivante, moyennant un petit effort, il pourrait obtenir son transfert à l'université du Wisconsin. Mais il revenait à la maison tous les week-ends pour aller faire la bringue avec ses anciens copains de lycée. C'était en pleine guerre du Viêt-nam. Il y avait des tas de gosses qui s'engageaient, parce que leurs parents ne pouvaient pas leur payer des études. Ils partaient là-bas en se disant qu'une fois rentrés, ils bénéficieraient au moins de leur solde de GI. Le fils Griling et tous les Brozek s'étaient engagés à peine sortis du lycée, comme la plupart des gamins du quartier — tous ceux avec qui vous jouiez, Benny et toi, lorsque vous étiez petits. Mais en ces temps bénis, la guerre n'avait pas encore commencé.

En avril ou en mai, je ne sais plus, Hal débarqua un beau jour à la maison en nous annonçant qu'il avait décidé de laisser tomber ses études. Pourtant, ta grand-mère avait déjà réglé ses frais d'inscription pour l'ensemble du semestre… Nous avons bien essayé de le raisonner. Nous nous y sommes tous mis, à tour de rôle. Adele lui a parlé pendant des heures et des heures, en lui montrant tous les avantages qu'il y avait à faire des études supérieures.

« Et à quoi elles t'ont servi, tes études supérieures ? lui a-t-il lancé au bout d'un moment. A épouser un prof qui a fini par te plaquer en te laissant une gamine sur les bras… »

Qu'est-ce que j'aurais entendu si c'était moi qui avais osé lui sortir ça ! Mais comme il s'agissait de Hal, elle s'est contentée de rire.

En fait, nous ne tardâmes pas à découvrir qu'il s'était fait recaler à ses examens. Ce fut Adele qui réussit à lui arracher cet aveu. Mais il ne nous avait rien dit. Il n'y avait donc plus rien à faire de ce côté. Nous estimâmes que le mieux était encore qu'il revienne à la maison et qu'il travaille un an ou deux. Une fois qu'il aurait un peu vieilli, les bons côtés de la fac finiraient peut-être par lui manquer et il serait alors sans doute plus enclin à y retourner et à s'appliquer davantage.

Et puis la vraie bombe explosa. Il voulait épouser Merry, tout de suite. C'était bien pire que de laisser tomber ses études, parce que ce coup-ci, il ne pourrait plus revenir en arrière. Que n'avons-nous pas fait… Combien de salive n'avons-nous pas dépensée pour les empêcher de faire cette bêtise ! Pour une fois, nous étions tous d'accord, Jimmy, ta mère et moi : il était évident qu'il allait gâcher sa vie s'il épousait Merry aussi jeune.

Ta grand-mère n'aimait pas plus cette fille que nous, mais elle ne voulut pas en parler avec Hal. Elle estimait que nous le serinions déjà assez comme ça et qu'il valait mieux qu'elle se taise. Mais elle espérait bien que nous arriverions à lui sortir cette idée de la tête. « Attends un peu… », me disait-elle lorsque je lui en parlais. J'allais souvent chez elle prendre une tasse de café en sa compagnie. Hal était au magasin, il aidait plus ou moins son père. Jimmy s'était dit que puisqu'il avait laissé tomber ses études et qu'il tenait tellement à se marier, le mieux était encore de lui montrer comment on gagnait sa vie. Et Jimmy n'y allait pas de main morte ! Tous les matins, je les entendais se disputer avant même qu'ils ne quittent la maison. Ah, la vie n'était pas facile à cette époque. Elle tournait même souvent au cauchemar. Benny se terrait dans son coin et n'ouvrait plus la bouche. J'imagine qu'il était un peu perdu et qu'il ne savait plus quoi faire, car il aimait autant son père que son frère. Il se levait très tôt et je lui servais son petit déjeuner avant les autres. Puis il sortait et allait traîner dans les environs pour éviter de se trouver sur leur chemin.

J'essayais d'être encore plus gentille avec lui que d'habitude. J'étais debout de bonne heure, de toute façon. Je n'arrivais plus à dormir. Alors, je me levais et j'allais préparer du café. Peu après, je voyais Benny débarquer à la cuisine, déjà tout habillé, ses livres sous le bras. Je lui préparais des œufs ou des toasts à la cannelle. Il engloutissait son repas à toute vitesse et vidait d'une traite son bol de lait, puis il se précipitait dehors et se rendait chez ta grand-mère qui lui servait un second petit déjeuner. Il mangeait comme un ogre, et pourtant il paraissait si maigre...

Nous échouions tous chez ta grand-mère quand la tension était vraiment trop forte. J'y faisais un saut le matin, pour avoir un peu la paix. Hal et Jimmy n'arrêtaient pas de m'appeler pour se plaindre l'un de l'autre, à longueur de journée. Jimmy téléphonait de son bureau, et Hal d'une cabine publique. Mais si je ne décrochais pas, ils n'insistaient jamais. Et ils n'osaient pas appeler chez ta grand-mère. Nous buvions du café toutes les deux, tout en grignotant des bricoles. Il régnait un tel calme dans sa maison. Aux deux fenêtres de sa cuisine, elle avait accroché une mangeoire pour les oiseaux. Et de temps à autre, tandis que nous bavardions, un oiseau venait picorer. Nous cessions alors de parler et nous le regardions.

Je lui disais à quel point Merry était sale. Lorsqu'une fille vient rendre visite aux parents du garçon qu'elle compte épouser, on s'attendrait au moins à ce qu'elle ait les mains propres, non ? Elle n'était pas obligée de prendre un bain, mais ses ongles étaient noirs de crasse. Je racontais à ta grand-mère que la seule fois où j'avais été chez elle, avec Hal, l'évier disparaissait sous des piles de casseroles et d'assiettes ; et lorsqu'elle avait ouvert son placard pour prendre un pull, j'avais aperçu tous ses vêtements dans un désordre absolu, entassés comme dans une machine à laver.

Ta grand-mère grinçait des dents, comme chaque fois qu'elle était énervée. Elle me raconta que la vieille Tinta Griling, la mère de Bub, était exactement pareille. Elle aussi fourrait ses vêtements n'importe comment dans les placards.

Un jour, ta mère et Ted avaient emmené Hal en balade dans leur voiture, pour essayer de lui parler. Mais ça n'avait servi à rien. Finalement, nous décidâmes de réunir toute la famille à la maison. Ta mère était venue, ainsi que le curé de Saint Phillip. Quant à toi, nous t'avions envoyée jouer avec Benny, dans sa chambre.

Nous avions pratiquement perdu tout espoir de lui faire entendre raison, Jimmy et moi. Nous avions tout essayé. Hal et Merry étaient beaucoup plus calmes que nous. Elle s'était sagement assise au bord du canapé, avec ses drôles de cheveux courts et ses mains sales posées sur les genoux... Imagine un peu... Comment aurais-tu réagi si tu avais été à sa place, chez les parents de ton fiancé, et que tout le monde te demande de renoncer à ce mariage ?... Mais ça ne paraissait pas l'affecter le moins du monde. Ils répétaient sans cesse l'un et l'autre qu'ils s'aimaient et qu'ils comptaient bien se marier.

« Et peux-tu me dire comment tu comptes gagner ta vie ? » hurlait Jimmy pour la dixième fois.

Hal répondait qu'il était prêt à retrousser ses manches et qu'il s'était déjà mis en quête d'un emploi. Quant à Merry, elle travaillait déjà depuis plus d'un an. Le curé commençait à pencher de leur côté. Et nous n'étions pas réellement en mesure d'empêcher ce mariage. Ils étaient tous les deux assez grands, ils pouvaient parfaitement se passer de notre permission.

Mais Adele n'allait pas baisser les bras aussi vite. Elle avait toujours pensé que Hal lui ressemblait. Elle tenait dur comme fer à ce qu'il aille à l'université et qu'il réussisse dans la vie. Pour notre part, je crois que nous y avions déjà renoncé. Je ne le voyais vraiment pas retourner en fac. On ne pouvait pas dire qu'il eût spécialement brillé au cours de ses études secondaires. Il avait eu tant de retard à rattraper. Et puis, après tout, ce n'était pas un drame : ni Jimmy ni moi n'étions allés à l'université. Cela ne nous avait pas empêchés de nous en sortir.

Jimmy et le curé m'avaient rejointe à la cuisine. J'étais allée faire du café. Jimmy regardait par la fenêtre d'un air absent. Il venait de se resservir un nouveau verre de vodka. Nous étions épuisés. Adele parlait toujours avec Hal et Merry, sous la véranda. Nous entendions parfaitement ce qu'elle disait, sa voix avait gardé toute son énergie. J'ai toujours eu l'impression qu'elle était si jeune, par rapport à moi.

« Expliquez-moi un peu pourquoi vous êtes tellement pressés de vous marier, leur disait-elle. Vous ne pouvez pas vous contenter de sortir ensemble ? Où est le problème ?

— Pour dire les choses crûment, nous avons envie de coucher ensemble. »

Je poussai une exclamation étouffée. C'était Hal qui venait de dire ça. Je suis sûre que le curé l'avait entendu, mais il fit comme si de rien n'était et baissa les yeux sur sa tasse. Elle était vide. Je me précipitai aussitôt pour le resservir. En tout cas, il ne put manquer d'entendre la réplique de ma sœur. Lorsqu'elle s'énerve sa voix prend un son de cloche.

« Et alors ? s'exclama-t-elle. Qu'est-ce qui vous en empêche ? Regardons les choses en face. Nous sommes en 1968 et la plupart des gens couchent ensemble avant de se marier de nos jours. Vous le savez bien. Pourquoi vous cassez-vous la tête ? Allez-y, prenez du bon temps ! »

Ma sœur, vraiment... Alors que le curé était à la maison...

« Tout de même, elle exagère », murmurai-je.

Il fallait que je dise quelque chose. Jimmy fit lentement demi-tour et regarda le curé d'un air hésitant. Je crois que nous attendions tous les deux de voir quelle serait sa réaction.

« Laisse faire Adele, dit Jimmy. Elle n'est pas prude. Je trouve d'ailleurs qu'elle a raison. Je ne réagirais sans doute pas de la même façon si Merry était ma fille. Mais après tout, ce n'est pas le cas.

— Parfait ! m'exclamai-je. Il n'y a plus qu'à attendre qu'elle tombe enceinte. Ce sera le bouquet. »

Le curé fixait le téléphone mural.

« Voyons ce qu'ils vont lui répondre, dit-il.

— C'est un péché, disait Merry.

— Nous voulons être en règle avec l'Église, ajouta Hal.

— Allons donc... L'Église ferme les yeux sur ces choses, de nos jours. Vous croyez peut-être que parmi tous les gens qui vont à la messe, beaucoup n'ont rien à se reprocher sur ce plan ? Les choses ont changé et l'Église est bien obligée de s'adapter. Il y a quelques années, on n'avait pas le droit de manger de la viande le vendredi. Mais à présent, les McDonald ne sont pas moins fréquentés que d'habitude ce jour-là. Vous n'allez tout de même pas vous sentir tenus de vous marier uniquement à cause de l'Église. »

Elle s'obstina à vouloir les convaincre, bien après que nous y eûmes quant à nous renoncé. Elle voulut écrire une lettre de recommandation à l'université du Wisconsin, alors que Hal n'avait absolument aucune chance d'y être admis. Elle prit rendez-vous pour lui chez un psychiatre, après s'être renseignée partout pour savoir lequel avait, en ville, la meilleure réputation. Je ne me souviens même plus de tout ce qu'elle a fait, à l'époque. Elle voulait aider Hal, bien sûr, mais celui-ci n'était vraiment disposé à écouter personne. Nous lui avions tous déclaré que nous n'assisterions pas à la cérémonie s'il décidait finalement de se marier contre notre volonté. Un week-end, Merry et lui prirent l'autocar et se rendirent à Escanaba. Ils se marièrent là-bas.

Jimmy commença par prétendre que ce mariage ne valait rien, puisqu'il n'avait pas été contracté dans l'État du Wisconsin. Mais environ six mois plus tard, Merry tomba enceinte. Ta grand-mère organisa une fête chez elle, dans son jardin ; elle fit un gâteau de mariage et nous y allâmes tous, cette fois-ci. Voilà comment les choses se terminèrent. Hal avait trouvé du boulot à l'usine de papier de Fort Adams et Merry travaillait toujours chez McDonald. Ils vivaient dans une caravane, non loin de l'aéroport, dans la zone de campement qui fait partie de la réserve indienne. Tu sais que ces Indiens veulent construire un hôtel là-bas, maintenant ? Ils vont jusqu'à prétendre que la terre leur appartient. Tu te rends compte !

Puis Hal dut partir à l'armée. Il n'avait vraiment pas de chance, tous les ennuis se succédaient. Il finit par être mobilisé parce qu'il était tombé sur un mauvais numéro lors du tirage au sort. Nous étions en 1969, et il connaissait cinq ou six garçons qui étaient morts là-bas. Hal s'était dit que, dans l'aviation, il réussirait peut-être à obtenir un quelconque poste de mécanicien, afin de ne pas avoir à quitter le territoire américain. Il avait peut-être pensé que le fait d'être marié jouerait en sa faveur, je ne sais pas. En tout cas je crois que cela ne servit à rien. Il disait que l'aviation était toujours préférable à l'armée de terre ou aux marines. La plupart de ses anciens copains de lycée étaient déjà là-bas. A Bay City, beaucoup de gosses ont fait le Viêt-nam.

Hal dut partir et rejoindre son camp d'entraînement alors que Merry était encore enceinte. Ça tombait vraiment mal. Nous pensions qu'il ne pourrait même pas voir son gamin avant de prendre l'avion. Adele était de nouveau dans tous ses états, elle était pendue à notre téléphone à longueur de journée. Elle avait sans cesse de nouvelles idées. Elle s'était d'abord dit que Hal pourrait obtenir un report d'incorporation s'il se réinscrivait en fac. Ensuite, elle entendit dire qu'on se faisait automatiquement réformer si l'on portait un appareil pour redresser les dents. Mon Dieu, qu'est-ce qu'elle n'a pas imaginé !

Mais nous n'étions pas certains que le fait de partir à l'armée soit pour Hal une si mauvaise chose que ça. Jimmy estimait au contraire que ça l'aiderait peut-être à acquérir un peu de maturité. Pour ma part, je n'avais aucune opinion sur la question. Hal ne vivait plus chez nous, je me disais que ce n'était plus notre affaire et que nous n'avions pas à nous en mêler. Mais cette fois-ci, Hal était du côté d'Adele. Il n'avait pas du tout envie de partir. Sur les conseils de ta mère, il essaya d'invoquer son ancienne fracture, puis ses pieds plats et ses allergies, mais rien n'y fit. Il fut bel et bien obligé d'y aller.

Mais après toutes ces simagrées, il ne fut finalement absent que neuf semaines. Il était parti pour la base aéronavale de Lackland, au Texas, au début de l'été. C'était vrai qu'il avait les pieds plats. J'ai appris entre-temps que nous aurions dû lui faire porter des chaussures à semelles renforcées lorsqu'il était petit, mais à l'époque je n'en savais rien. Ta mère était toujours au courant de ce genre de détails, elle lisait des tas d'articles dans les journaux. Aussi aviez-vous eu droit à des chaussures spéciales, Benny et toi, durant votre petite enfance. Mais Shaefer m'a dit que tes pieds se sont déformés par la suite, à cause d'une paire de bottes que tu as longtemps portées et que ta mère t'avait rapportées de Milwaukee. Finalement, elle aurait aussi bien pu t'acheter n'importe quelles chaussures au départ, puisque de toute façon celles de Milwaukee ne valaient rien.

Toujours est-il qu'au Texas, on n'arrêtait pas de les faire marcher. Hal avait beaucoup grossi, les derniers temps. Dès son arrivée, on lui avait rasé ses cheveux longs et l'entraînement avait aussitôt commencé. Ils devaient marcher à longueur de journée. Hal a perdu vingt-cinq kilos au cours de ces neuf semaines. Les bottes qu'on lui avait données ne devaient pas très bien lui aller. En plus, avec ses pieds plats... Bref, un beau jour il a trébuché et s'est cassé la figure dans un fossé, je crois même qu'il s'était assommé avec son fusil. Il y avait à peine une semaine qu'il était là-bas. Il nous a envoyé un télégramme pour nous dire qu'il était à l'hôpital. Il s'était foulé la cheville. Puis on l'a sans doute fait sortir et remarcher trop tôt, avant qu'il ne soit vraiment rétabli. Il tomba de nouveau, et ce coup-ci il se démit carrément une articulation. On le renvoya à l'hôpital où il resta une semaine ou deux, après quoi les marches reprirent. Et l'état de sa jambe ne faisait qu'empirer. Peut-être était-ce les soins, ou simplement le fait qu'il reprenne trop tôt l'entraînement. Il nous disait que le soir, il avait le genou tellement enflé qu'on aurait dit un ballon de basket. Et c'était justement cette jambe qu'il s'était cassée jadis en faisant du ski. Les médecins voulurent finalement l'opérer, mais il refusa de se laisser faire. D'ailleurs, nous n'aurions pas donné notre accord nous non plus, surtout après ce qui était arrivé à son arrière-grand-mère. Hal resta encore quelque temps à l'hôpital, mais ils se décidèrent enfin à le relâcher. Il fut officiellement réformé, après avis médical. Ils avaient dû estimer qu'il finissait par leur revenir trop cher.

Je me suis souvent demandé si ça n'avait pas été un peu

humiliant pour lui d'être renvoyé de la sorte dans ses pénates. Quant à moi, j'aime mieux te dire que j'étais ravie, tout comme ta grand-mère. Mais Jimmy avait légèrement honte de son fils. Il n'en parlait jamais ouvertement, mais je le voyais bien et j'espérais que Hal ne s'en rendait pas compte. Le fait est que Jimmy avait fait la guerre, autrefois. Il n'avait cessé d'espérer que Hal brillerait dans un sport quelconque, mais ses espoirs avaient toujours été déçus. Hal devait avoir le profil du rat de bibliothèque, mais il n'avait pas suivi la bonne voie. Nous n'avons pas abordé le sujet devant lui à son retour, mais je savais que la plupart des gens se moquaient plus ou moins ouvertement de lui, dans le quartier. Il y en avait même qui ne cachaient pas leur mépris. Nous avions beau leur expliquer qu'il avait été officiellement réformé, alors qu'il s'était engagé de lui-même, ils le prenaient pour un moins-que-rien. Chummy avait deux fils là-bas, l'un dans l'armée de terre, l'autre dans les marines. De nombreux gamins attendaient impatiemment d'avoir passé leurs examens pour s'engager, aussitôt sortis du lycée.

Vous êtes parties, toi et ta mère, avant que nos vrais ennuis commencent. Nous pensions souvent à vous, nous nous demandions comment tu t'en sortais, seule avec elle en Californie.

Au début, je m'étais dit que c'était peut-être dans ce camp, au Texas, que Hal avait commencé de prendre de la drogue. Les journaux étaient remplis d'histoires de ce genre, on racontait que les soldats se camaient pour tenir le coup. Il paraît même que beaucoup ont été tués à cause de ça, parce qu'ils ne se rendaient plus compte de ce qui se passait. Et comme les Vietnamiens, eux, ne se droguaient pas, ils tiraient les premiers et c'étaient nos garçons qui mouraient. Quand je pense que les rues de Bay City sont envahies aujourd'hui par tous ces petits Vietnamiens que nous combattions jadis, et que le gouvernement leur verse même des pensions…

Mais Hal nous a dit qu'ils se droguaient bien avant son départ pour l'armée. Nous ne nous en étions pas rendu compte, nous ne l'avons appris que beaucoup plus tard. C'est ce qui est le plus terrible dans le fait d'être parent : on apprend toujours après, toujours trop tard. Apparemment, ils prenaient de la drogue ensemble, Merry et lui. Non, il ne s'agissait pas simplement de marijuana. Nous ne l'aurions jamais soupçonné. Hal avait les cheveux longs, il portait de vieux jeans élimés, mais tous les gosses étaient accoutrés de la même façon, à cette époque. Et nous n'allions pas les voir dans leur caravane. Pour la bonne raison qu'ils ne nous avaient jamais invités à dîner ou quoi que ce soit. Nous ne nous voyions que lorsque ta grand-mère organisait une petite fête et réunissait toute la famille. Pour Noël et pour Pâques, c'était nous qui les invitions, soit à la maison, soit au restaurant. L'ambiance n'était plus la même depuis que vous étiez parties, ta mère et toi.

Je suis entrée une ou deux fois chez eux. J'avais toujours proposé à Merry de garder Tina, les jours où elle serait trop occupée. Elle m'avait téléphoné à quelques reprises en me demandant si je pouvais passer la prendre. Merry travaillait à la conserverie, les cadences y sont très dures, tout le monde le reconnaît. Elle avait réussi à se faire muter dans l'équipe de nuit. Hal était toujours employé à l'usine de papier. J'étais ravie de m'occuper de Tina. J'étais ravie de la sortir un peu de cet endroit. La caravane était franchement sale. Je pense que Merry ne faisait jamais le ménage. La table était couverte de bougies à moitié fondues, dont la cire s'étalait sur le bois. Partout où l'on posait le pied, il y avait des vêtements, le sol en était jonché. Je suis sûre qu'ils se contentaient le matin d'en ramasser quelques-uns au hasard et de les enfiler avant de partir au travail.

Hal nous a dit qu'ils se droguaient beaucoup à cette époque, et cela explique sans doute bien des choses. Il paraît qu'il leur arrivait souvent de sortir chacun le soir dans des bars différents, en confiant simplement Tina aux voisins. Quand j'y repense, cela me rend folle. Nous aurions été heureux de nous occuper d'elle. Ces voisins ne valaient pas mieux qu'eux, je les ai aperçus une fois. L'homme avait de longs cheveux frisés qui lui arrivaient à la taille, et il portait une paire de petites lunettes rondes, comme ça se faisait en ce temps-là. Vraiment, quand j'y repense, j'en suis encore malade.

Il paraît qu'après avoir trouvé chacun de leur côté un partenaire dans les bars où ils traînaient, ils les ramenaient à la caravane. Les premiers arrivés avaient droit au lit, les autres se contentaient du canapé. Imagine un peu Tina au milieu de ce cirque... Mais il devait leur arriver de ne plus penser à aller la reprendre et de la laisser chez les voisins. Hal m'a dit que lorsqu'elle était toute petite — elle portait encore des couches —, elle connaissait déjà le mot *peyotl.* Ils devaient lui recommander d'éviter de dire certaines choses lorsqu'ils nous la confiaient, à ta grand-mère ou à nous. Je lui ai plusieurs fois demandé s'ils lui avaient fait prendre de leurs saloperies. Il m'a juré que non, mais ça ne m'étonnerait pas que Merry lui en ait donné pour la faire tenir tranquille, les jours où elle était trop fatiguée en revenant de son travail. On raconte bien que la mère de Bub Griling filait tous les soirs une rasade de whisky à son fils pour le faire dormir, lorsqu'il était gosse. Mais Tina est une brave petite fille, aujourd'hui. J'ignore ce qui a pu se passer, mais elle s'en est sortie, et c'est l'essentiel après tout.

Nous ne nous étions aperçus de rien avant que l'affaire éclate au grand jour. Vous avez eu de la chance de ne plus être là lorsque c'est arrivé. C'était l'année des élections et les gens en avaient assez de toutes ces histoires de drogue et de ces gosses qui traînaient avec leurs cheveux longs — les hippies... Les autorités avaient sans doute voulu donner l'impression qu'elles prenaient les choses en main, et c'est sur Hal que c'est tombé.

Hal dit maintenant qu'on l'a uniquement arrêté pour faire un exemple, ce que je crois volontiers. Mais il reconnaît qu'il était en pleine illégalité. Il prenait de la drogue, et il en revendait. Il s'était, paraît-il, lancé là-dedans en pensant ramasser rapidement beaucoup d'argent. Eh bien, il a réussi son coup... Il est vrai que Hal avait toujours rêvé de devenir riche comme ça, du jour au lendemain. Il était incapable de faire des économies comme tout le monde.

Nous étions au magasin lorsque la nouvelle passa à la télé. Elle fit la une des journaux et des informations régionales ce soir-là : « QUATRE JEUNES GENS DE BAY CITY ARRÊTÉS POUR

TRAFIC DE DROGUE. » Hal nous a expliqué que l'un des types qui lui fournissaient sa marchandise avait été précédemment inculpé pour un tout autre motif — agression à main armée, me semble-t-il —, et qu'il avait lâché le morceau. C'était comme ça que la police était remontée jusqu'à lui.

Ta grand-mère était dans sa cuisine, en train de faire une réussite, lorsqu'elle entendit la nouvelle à la radio. Elle fut aussitôt prise d'un malaise, ce fut la première de ses crises cardiaques. Nous la découvrîmes heureusement peu de temps après, parce que Jimmy était immédiatement venu la prévenir, afin d'éviter justement qu'elle n'éprouve un trop grand choc en apprenant la nouvelle. Ce fut vraiment l'un des pires instants de ma vie, lorsque je vis Hal apparaître sur l'écran, encadré par deux policiers. Jimmy m'a dit que ça lui avait fait le même effet. Nous l'avions bien reconnu, mais nous ne parvenions pas à croire que c'était vrai. C'était impossible, il devait y avoir une erreur... Nous étions complètement abasourdis.

Jimmy découvrit ta grand-mère affalée sur le comptoir de la cuisine. Elle avait perdu connaissance. La radio marchait encore. Elle avait dû vouloir se lever pour s'approcher du poste, en se disant elle aussi qu'il était impossible qu'il s'agisse de *notre* Hal. Mais aucun doute n'était permis. Ils avaient donné toutes ses coordonnées : Hal Measey, vivant sur Oneida Parkway, fils de James et Carol Measey, Route Extérieure n° 1, Lime Kiln Road.

Donc, ma mère se retrouva à l'hôpital et nous ignorions si elle allait s'en sortir. Hal était en prison, sa caution avait été fixée à vingt mille dollars. Et il fallait que nous engagions un avocat. Du coup, nous dûmes hypothéquer la maison. Nous l'avons fait le jour même. Nous étions rentrés chez nous vers trois heures, Jimmy et moi, nous avions conduit ta grand-mère à l'hôpital, fermé le magasin et Jimmy avait aussitôt appelé Paul Shea. Après avoir raccroché, il me regarda et me dit : « Il faut hypothéquer la maison, Carol. Nous n'avons pas le choix, si nous voulons réunir une somme pareille. » Je répondis aussitôt : « Très bien, Jimmy » et nous allâmes à la banque pour accomplir les formalités.

Le lendemain, tout le quartier était au courant. Les voisins vinrent nous trouver pour nous dire qu'ils étaient désolés de ce qui venait d'arriver à ta grand-mère, et pour nous demander s'ils pouvaient nous être utiles. Mais ils ne prononcèrent pas une seule fois le nom de Hal. Quand j'y repense, aujourd'hui... Cela faisait déjà vingt et un ans que nous habitions cette maison, tous les gens du quartier connaissaient Hal depuis sa plus tendre enfance, tout comme j'avais vu grandir leurs enfants. Et brusquement, c'était comme s'il n'avait jamais existé. Je t'assure, Ann, ça m'a fait beaucoup de peine. Les voisins trouvaient que nous étions idiots d'avoir hypothéqué la maison, mais je continue à croire que c'est la plus belle chose que nous ayons faite de notre vie. C'est grâce à ça que Hal s'en est sorti. Ça l'a beaucoup secoué de voir que son père avait été capable de faire une telle chose pour lui.

Par la suite, Hal nous a dit que Chummy Brozek avait appelé la police, un jour, pour leur dire qu'il se passait chez nous des choses pas très catholiques. Il avait même porté plainte. Nous nous étions absentés pour une petite semaine, Jimmy et moi ; Hal, Merry et Ben avaient organisé une petite fête ici. Bon, je veux bien croire qu'ils aient fait un peu de raffut... Je ne m'étais d'ailleurs aperçue de rien, car ils avaient remis toute la maison en ordre avant notre retour. Mais selon Hal, Chummy avait passé toute la soirée à les épier, caché derrière les rideaux de sa fenêtre, de l'autre côté de la rue. Tu te rends compte ? Il avait appelé la police, et il n'en avait même pas soufflé mot à Jimmy lorsque nous étions rentrés ! Pourtant, j'aime mieux te dire que Chummy était un drôle de zigoto dans sa jeunesse. Il fréquentait une bande de blousons noirs qui faisait régner la terreur en ville, avec leurs motos et leurs vestes cloutées. On ne dirait pas à le voir aujourd'hui, mais il a fait les quatre cents coups lorsqu'il était jeune, lui aussi.

Tous les voisins estimaient que nous étions tout bonnement fous d'avoir hypothéqué la maison. Ils prétendaient que si Hal fichait le camp à l'autre bout du pays, nous nous retrouverions le bec dans l'eau. Mais nous n'avions pas hésité un seul instant. Hal suivit les conseils de son avocat. C'était Paul Shea qui nous l'avait recommandé. Le type qui avait été arrêté en même temps que Hal écopa de cinq ans de prison. Hal plaida coupable (l'avocat nous avait expliqué qu'avec ce juge, et devant le tribunal de Bay City, c'était encore la meilleure chose à faire), mais il refusa de dénoncer d'éventuels complices. Il se justifia en disant qu'il avait lui-même été arrêté à la suite d'une telle délation, et qu'il ne voulait pas faire le même coup à quelqu'un d'autre. Il fut condamné à deux ans de prison, mais en régime léger : il était autorisé à sortir tous les jours pour aller travailler, à condition qu'il soit de retour à la prison avant sept heures du soir. Il n'y passait en fait que ses nuits et ses week-ends.

Et ce fut comme ça que Hal et Jimmy se rapprochèrent peu à peu l'un de l'autre. L'usine de Fort Adams avait bien sûr licencié Hal dès qu'ils avaient appris l'affaire. Il fallait pourtant bien que Hal pût justifier d'un emploi, afin de sortir chaque jour de prison. Aussi, Jimmy avait-il proposé de l'embaucher dans son magasin. A l'époque, nous avions laissé tomber les adoucisseurs d'eau, nous étions dans les machines à laver. Jimmy confia à Hal le rayon des lessives. C'était un premier pas. Il avait complètement renoncé à la drogue, et le fait de travailler l'aida à retrouver son équilibre. A midi, Merry débarquait à la maison, avec Tina. Ils s'installaient tous les trois dans leur coin pour manger. Je dois reconnaître que Merry a parfaitement su faire face à la situation. Beaucoup de femmes auraient tout bonnement plaqué leur mari, dans de telles circonstances. Mais je crois qu'elle était plus ou moins impliquée elle aussi dans cette histoire de drogue. Ou du moins au courant du trafic. Je leur ai souvent proposé de l'argent pour qu'ils aillent manger quelque part, dans un restaurant du quartier, mais ils ont toujours refusé. Ils s'enfermaient tous les trois dans la pièce du fond. J'imagine qu'ils avaient le moral à zéro et qu'ils n'avaient guère envie de voir des gens. Merry passait au McDonald avant de venir à la maison et elle leur achetait des hamburgers. Au moins, Hal avait la possibilité de voir sa fille tous les jours.

Je n'allais plus beaucoup au magasin à cette époque, car il fallait que je m'occupe de ta grand-mère. Elle était rentrée de l'hôpital, mais elle n'allait pas très fort. Elle n'était pas diminuée, elle avait conservé tous ses esprits, mais cette affaire l'avait secouée. Elle pleurait souvent. Mais cette première crise cardiaque ne fut pas trop grave.

Elle était encore très belle, tu sais. Tu n'étais pas encore née, mais quand mon père était de ce monde, elle avait une de ces prestances... Je ne saurais te dire à quoi ça tenait, mais tout le monde s'en rendait compte. Lorsqu'elle pénétrait dans une pièce ou qu'elle sortait sur le perron, on se sentait brusquement illuminé par sa seule présence. C'est drôle, je ne sais pas pourquoi, mais nous avons eu tendance à rapetisser, de génération en génération. Ton arrière-grand-mère était gigantesque, elle avait des hanches très larges et une poitrine plus qu'opulente. Ta grand-mère était très grande elle aussi, mais beaucoup plus mince. Elle avait la même taille que papa. C'est pour cela d'ailleurs qu'elle a pu porter ses vêtements, après sa mort. Enfin, elle ne les mettait pas pour sortir, mais seulement à la maison. Et j'aime mieux te dire que lorsqu'elle faisait son jardin avec un vieux pantalon et une chemise usée de son mari, les cheveux ramenés en chignon, même ainsi, elle était belle. Un jour où elle était en train de faire du désherbage, après sa crise cardiaque, un employé du gaz voulut même l'inviter à dîner. Nous sommes assez mignonnes, Adele et moi — du moins me semble-t-il —, mais on ne peut pas dire que nous soyons belles. Et nous sommes toutes les deux plus petites que notre mère. Je mesure un mètre soixante-six, Adele doit faire trois centimètres de plus que moi, à tout casser. Et même avant mon opération, je n'ai jamais eu beaucoup de poitrine. Quant à toi, tu es la plus petite de la famille. Et tu as une silhouette de garçon. C'est peut-être dû au fait que ta mère se nourrissait mal lorsqu'elle était enceinte de toi. Je me souviens qu'il a fallu te mettre en couveuse, à ta naissance. Tout de même, ton arrière-grand-mère était si grande...

Nous sommes longtemps restés en froid avec les voisins, après toutes ces histoires. Plus tard, lorsque Ralph et Dicky ont été démobilisés — Jay n'a pas été au Viêt-nam, il était trop jeune, la guerre était finie —, nous avons appris qu'ils avaient ramené de la drogue de là-bas et qu'ils en avaient même fait goûter à Chummy, un jour où ils avaient été camper ensemble, dans le nord. Mais cinq années s'étaient écoulées entre-temps, et bien des choses avaient changé. Et puis, qui sait comment nous aurions réagi, si ç'avait été l'un des Griling, par exemple, qui avait eu tous ces ennuis ?

Hal affirme aujourd'hui qu'il est bien content de ne pas avoir été envoyé au Viêt-nam. Ce sont ceux qui ont dû y aller qui le regrettent, à présent. Hal en fréquente encore certains, comme les Brozek ; ils sont redevenus copains. Merry et lui avaient un ami qui est mort là-bas. Et ils s'accordent tous pour reconnaître que tous ceux qui sont rentrés en restent traumatisés.

Nous nous en sommes sortis, peu à peu. Même ta grand-mère, en dépit de sa crise cardiaque. Une fois passé le premier choc, elle s'est vite rétablie. Et nous avons encore passé de bons moments, toutes les deux. Nous n'avons jamais été plus proches qu'à cette époque, ma mère et moi. J'ai vraiment appris à la connaître, nous discutions comme deux vraies amies. De temps en temps, nous prenions la voiture et nous allions passer la journée à Door County, pour flâner dans les boutiques. C'était le genre de choses qui ne disaient rien à Jimmy. La plupart des hommes sont comme lui. Nous avions presque l'impression d'être deux sœurs. La différence d'âge n'avait plus beaucoup d'importance entre nous.

Hal a énormément changé. Il a mûri. Et il est svelte à présent, surtout depuis qu'il fait de la course à pied. Il a vraiment bien meilleure mine qu'il y a dix ans. J'ai sincèrement été désolée d'apprendre qu'ils avaient décidé de se séparer, Merry et lui. Après toutes les épreuves qu'ils avaient traversées ensemble... Et bien sûr, je me faisais du souci pour Tina. Mais il y a tellement de gosses dans le même cas qu'elle, à Saint Phillip — et encore, elle n'est pas la plus mal lotie. Au moins, elle sait qu'elle peut compter sur ses parents, car ils l'aiment beaucoup tous les deux. Ils continuent à se voir. Merry est mignonne comme tout, aujourd'hui. Elle travaille en ville, chez Echeverry. Elle s'est récemment fait couper les cheveux, très court. Je crois que Hal est toujours un peu amoureux d'elle, ça se voit à la façon dont il la dévisage. Mais elle est remariée à présent. Et lorsque Bob — son nouvel époux — s'est retrouvé au chômage, Hal l'a dépanné en l'employant temporairement au magasin, le temps qu'il trouve quelque chose de plus stable. Je vois encore Merry, une ou deux fois par an. Nous l'invitons lorsque nous donnons une petite fête, et il lui arrive de passer à la maison pour venir chercher Tina. Nous nous entendons très bien, maintenant.

Non, rien n'est plus comme avant. J'ai beaucoup souffert autrefois, mais j'ai changé moi aussi et finalement tout s'est mieux terminé que je ne l'aurais cru à une époque. J'ai passé de très bons moments avec ma mère, après sa crise cardiaque. Hal n'arrêtait pas de dire jadis que nous étions les pires parents du monde ; mon Dieu, qu'est-ce que nous n'avons pas entendu ! Mais il a fait amende honorable par la suite. Il me semble qu'il est devenu quelqu'un de bien, au bout du compte, et je suis très heureuse de le savoir à mes côtés. Je crois qu'on finit par tout pardonner à ses enfants, du moment qu'ils restent proches de vous.

Pour Benny, ça a été exactement l'inverse. Rien n'a changé, et je n'ai pas réussi à oublier. Son souvenir pèse comme une pierre en moi. Cela fait pourtant des années, mais je le ressens aussi fortement qu'au premier jour. Il y a des choses dont on ne peut vraiment pas se remettre.

CINQUIÈME PARTIE

ANN

CHAPITRE 10

EN FAMILLE

Jadis, il y a très longtemps, nous vivions en famille, nous aussi. Des années auparavant, mon frêle grand-père, qui portait des lunettes, une chemise blanche et des bretelles sur toutes ses photos, avait construit la maison en bois pour sa famille. Sur les photos, sa bouche est délicate et nerveuse, bordée de lignes profondes, comme celle de sa femme. L'été, ils tendaient aux fenêtres des stores vert et blanc. J'imagine mon grand-père perché sur un escabeau, sa chemise flottant au vent, tandis qu'à ses pieds ma grand-mère dans sa robe bleue maintenait les barreaux de l'échelle, afin qu'il ne tombe pas.

Nous avons vécu dans la maison de Lime Kiln Road jusqu'à mon neuvième anniversaire, ma mère et moi — avant qu'elle épouse Ted, le roi du patin à glace. Durant toutes ces années, je passais l'essentiel de mon temps dehors. J'allais me cacher dans des endroits où j'étais certaine que personne ne viendrait me trouver et je parlais aux arbres. Il me semblait que la terre au bout de notre maison était plus que notre bien, que non seulement elle nous appartenait, mais que nous étions depuis toujours destinés à vivre là. Je me disais parfois que notre vie entière allait se dérouler dans ce décor, et que si nous écoutions attentivement le frémissement des feuilles, nous découvririons tout ce que nous avions besoin de savoir quant au monde qui nous entourait. Mais les arbres ne répondaient jamais.

Ma mère était née là, sur une vieille table de cuisine en bois, mais pour elle ce n'était qu'une maison ordinaire, au fond d'une impasse poussiéreuse donnant sur l'autoroute, au carrefour d'une auberge et d'une agence bancaire, à l'écart de tout, perdue au milieu de terres incultes. Elle maudissait le sort qui nous avait obligées à venir nous y installer. Depuis toujours, ma mère avait voulu fuir cet endroit.

Nous devions pourtant y rester quelque temps, en compagnie de ma grand-mère.

Un après-midi comme tant d'autres, j'étais étendue sur le lit, à côté de ma mère. Il faisait doux, le soleil illuminait la chambre. Je m'étais redressée, en appui sur le coude, et je regardais ma mère. Je n'avais pas sommeil et je devais vraiment faire un gros effort pour tenir en place. Lorsque ma mère dormait, un sourire se peignait sur ses traits détendus, sans qu'elle s'en rende compte. Je savais qu'il ne fallait pas que je la réveille. J'attendais donc qu'elle rouvre les yeux et daigne à nouveau se souvenir de mon existence.

Étendue de la sorte en travers du lit, ses cheveux éparpillés sur l'oreiller, ma mère était vraiment belle, beaucoup plus en tout cas que lorsqu'elle se dévisageait anxieusement dans le miroir de la salle de bains, comme elle le faisait à longueur de journée. Elle trouvait qu'elle avait le nez trop long et elle n'était jamais contente de sa coiffure. Mais une fois endormie, ses traits se relâchaient. Elle avait une peau laiteuse, constellée de taches de rousseur ; elle en avait vraiment partout : sur le visage, sur les bras, sur les mains — et même sur les genoux. Selon les endroits, les taches étaient plus ou moins foncées, ce qui donnait l'impression, lorsqu'on l'examinait de près, que sa peau était formée de strates différentes, parfaitement repérables à l'œil nu.

Je me glissai hors du lit et traversai la pièce sur la pointe des pieds pour aller fouiller dans sa trousse à maquillage qui était posée sur la commode. J'en sortis finalement son crayon à yeux, avec lequel j'entrepris de me dessiner de fausses taches de rousseur sur le bras. Il me fallut m'exercer un certain temps avant qu'elles aient l'air ressemblant. J'aurais bien voulu gribouiller aussi le genou de ma mère, relier par des petits traits les taches qu'elle avait là, afin de leur donner l'air de constellations, mais je craignais que le contact du crayon ne la réveille.

J'avais l'habitude d'attendre. Dans cette maison où les meubles semblaient river le plancher à la terre et où les rayons denses du soleil animaient dans l'air des myriades de grains de poussière, en dépit du soin méticuleux avec lequel ma grand-mère s'occupait du ménage, notre vie semblait toujours le fait d'un arrangement provisoire, comme lorsqu'à la suite d'une correspondance annulée au cours d'un voyage l'on est contraint de passer la nuit dans une gare inconnue, en attendant le train suivant. Mon père n'avait jamais voulu vivre ici. Et ma mère, de son côté, s'en serait bien passée. Ils voyaient cette maison comme un lieu de séjour temporaire, dont ils oublieraient l'existence dès qu'ils l'auraient quittée, comme s'ils n'y avaient jamais mis les pieds. J'étais la seule à aimer cet endroit.

J'avais également appris l'art d'occuper mon temps. Tout en me dessinant des taches de rousseur sur le bras, je surveillais du coin de l'œil le réveil posé sur la commode. Ma mère dormait toujours. Je savais que si elle ne se réveillait pas rapidement, nous n'aurions plus le temps d'aller nous promener, ni de faire quoi que ce soit. Soudain, alors que la respiration de ma mère gardait son rythme régulier, j'entendis frapper à la porte de la chambre. C'était ma grand-mère.

« Descends donc, si tu es réveillée, me dit-elle. Tu peux venir dessiner à la cuisine. »

Je quittai la pièce sur la pointe des pieds, en jetant derrière moi un regard à ma mère. J'avais l'esprit un peu embrumé, à force d'être restée si longtemps allongée. Pendant que ma grand-mère faisait une réussite sur la table de la cuisine, je m'assis sur le carrelage, dans un rectangle de lumière, et me remis à mon dessin, après avoir posé mes crayons de couleur à côté de moi. La boîte en contenait soixante-quatre.

Le silence dans lequel était plongée la maison n'était troublé que par le tic-tac de l'horloge et par le bruissement des cartes que ma grand-mère étalait l'une après l'autre sur la table. J'avais sorti tous les crayons de leur boîte, bravant les recommandations de ma mère, de manière à pouvoir facilement saisir ceux dont j'aurais besoin. J'avais entrepris de dessiner une ville entière, et j'avais déjà réalisé à peu près la moitié de mon projet. Après chaque séance, je rangeais mon dessin dans l'armoire. Ma ville avait une population de soixante-quatre habitants et je l'avais située quelque part en Californie. Chaque famille avait sa propre maison, avec un terrain autour, et pour chacune des pièces je me servais d'un crayon différent. Les crayons tombaient parfois amoureux les uns des autres. Le rouge foncé avait fondé une famille, dont il était le père, et dont le rose pâle était le fils cadet. Le jaune citron conduisait le car de ramassage scolaire, c'était lui qui emmenait tous les matins les enfants à l'école. Le reste du temps, il cultivait des citrons. Le bleu ciel lavait les nuages et remplissait les piscines. Les verts étaient tous jardiniers ; c'étaient eux qui tondaient les pelouses et entretenaient les parcs, ou qui plantaient de nouveaux arbres le long des rues. Les gris entretenaient la chaussée et le blanc s'occupait du marquage au sol. Les rouges construisaient les cheminées et faisaient pousser des rosiers dans les jardins.

Je taillais mes crayons au-dessus d'un vieux bout de papier métallisé. Aujourd'hui, il fallait que je songe à l'église de ma ville. Les gris allaient se charger de rapporter des pierres pour la construction de l'édifice. Et j'allais me servir de ces copeaux pour les vitraux. Aujourd'hui, tous les crayons étaient allés chez le coiffeur.

Lorsque j'eus suffisamment de copeaux de diverses couleurs, je repliai le papier d'aluminium et remontai dans la chambre. Je branchai le fer à repasser. La respiration de ma mère était toujours aussi régulière. Durant l'année qui suivit le départ de mon père, elle passait son temps à dormir. Maintenant que j'étais occupée, je n'avais plus envie qu'elle se réveille. Je posai le fer chaud sur le tas de copeaux et comptai jusqu'à cent. Le papier d'aluminium était tout chaud lorsque je retirai l'appareil. Les débris colorés avaient fondu et s'étaient mélangés sous l'action de la chaleur. Je voulais m'en servir pour les vitraux de mon église. Je redescendis le tout à la cuisine et me rassis par terre.

Ma grand-mère me dévisagea par-dessus ses lunettes à double foyer.

« Qu'est-ce que tu fabriques ? » me demanda-t-elle.

Je lui montrai les routes, les parcs, l'école et les maisons de ma ville. Puis je désignai le tas de copeaux que je venais de faire fondre.

« Et ça, ce sont les vitraux de l'église », lui dis-je.

J'avais déjà dessiné le cadre des verrières, mais leur surface était encore vide. Lorsque j'eus fini d'expliquer tout cela à ma grand-mère, je baissai les yeux en regardant mes copeaux carbonisés. J'étais un peu gênée. Je savais que j'aurais mieux fait de me taire. Ce n'était pas de cette façon que l'on était censé se servir des crayons de couleur.

Ma grand-mère ajusta ses lunettes et se pencha pour regarder mon dessin. Mais pour moi, ce n'était plus qu'une simple feuille de papier couverte de couleurs. Je fis descendre les enfants-crayons de l'autocar qui les emmenait à l'école et les rangeai un à un dans leur boîte. Puis je me retournai vers ma grand-mère et lui demandai :

« Tu dois me trouver idiote ? »

Elle hocha la tête.

« Mais non, dit-elle, c'est très joli. Cela prouve tout simplement que tu as de l'imagination. Tu tiens bien de tes parents. »

J'eus l'impression qu'on venait de m'ôter un poids énorme de la poitrine. J'étais assise par terre, dans le rectangle de lumière, je sentais le soleil jouer sur ma peau. Je n'avais plus envie de dessiner, mais je ne voulais pas non plus faire un geste. J'étais comblée. C'était cela, le bonheur, ce rayon de soleil chauffant mes jambes nues... Ma grand-mère ramassa ses cartes sur la table.

« Je suis quand même venue à bout de cette réussite, dit-elle. C'est bon signe. »

Ma mère dormait encore, mais je n'avais plus envie qu'elle se lève. Elle pouvait bien dormir jusqu'au retour de mon père qui viendrait la réveiller en l'embrassant sur les paupières. Je ne voulais plus dessiner, par peur de gâcher mon travail. Je soulevai la feuille et regardai le soleil jouer en transparence à travers les vitraux inachevés de mon église. Les rayons de lumière s'étiraient jusque sur la porte du réfrigérateur, dont la paroi d'émail était parcourue de centaines de reflets multicolores et changeants, qui dansaient dès que je bougeais la feuille et s'éparpillaient comme des feux follets.

La première véritable ville que je connus fut Milwaukee. Ma mère et Lolly y étaient allées un jour pour faire des courses et m'avaient emmenée avec elles. Dans un grand magasin, ma mère avait déniché une paire de chaussures pour enfants absolument ravissante, en cuir rouge, qui rappelait un peu les siennes. A cette époque, je ne voulais porter que des affaires qui ressemblaient à celles de ma mère. Nous avions contemplé un bon moment ces chaussures, toutes les trois, mais finalement ma mère avait refusé de les acheter.

A peine rentrée à la maison j'avais fait une scène. J'avais l'impression que tout irait de travers tant que je n'aurais pas ces chaussures. C'était comme si j'avais perdu quelque chose, alors que je ne les avais jamais vues auparavant. Jamais je n'aurais imaginé qu'il puisse exister des immeubles aussi hauts que ceux que j'avais vus à Milwaukee, ni qu'une ville puisse être à ce point gigantesque. Le lendemain, j'étais encore dans tous mes états. Je m'étais levée tôt et habillée à la hâte, après une nuit agitée. Une fois en bas, j'annonçai à ma grand-mère que j'allais immédiatement partir à Milwaukee afin de m'acheter ces chaussures.

« Ah oui ? Et comment vas-tu les payer, à supposer que tu arrives là-bas ? me dit-elle. Tu n'as pas un sou. »

Elle était en train de faire du repassage à la cuisine. La planche était fixée au mur — on la rabattait une fois le travail terminé —, et bloquait la sortie. Je dus passer par en dessous et me faufiler entre les jambes de ma grand-mère pour atteindre la porte. Elle portait d'épais bas de laine, à travers lesquels on ne distinguait absolument pas sa peau.

« Je me débrouillerai bien pour trouver de l'argent, dis-je.

— Ah oui ? Et qui va t'en donner, à ton avis ? Tu ferais mieux de t'asseoir, je vais te préparer un œuf. Et ta chemise est mal boutonnée ; viens par ici, que j'arrange ça. »

Mais ma grand-mère n'était pas en mesure de me consoler ce matin-là. Elle ne pouvait pas comprendre l'importance de ces chaussures : c'était une affaire entre ma mère et moi. Je franchis la porte d'entrée, et la claquai derrière moi. Quelques instants plus tard, ma mère apparut sur le porche.

« Ann ! s'écria-t-elle. Veux-tu bien revenir immédiatement ! »

Je traversai la pelouse pour rejoindre la route. J'avais quatre ans, je ne vois pas où j'aurais bien pu aller. Tout le monde me connaissait dans Lime Kiln Road. Mais ma mère se précipita pour me rattraper, bien qu'elle fût encore en robe de chambre, et me saisit par le bras. Je sentis ses ongles se planter dans ma chair.

« Allez... Rentre à la maison ! »

Lorsqu'elle me poussa dans la cuisine, j'aperçus sur la table le carton contenant les chaussures que nous avions vues à Milwaukee. Le paquet venait juste d'être ouvert, l'emballage défait traînait encore sur le plancher.

« Là... Tu es contente, maintenant ? » me dit ma mère.

Je ne parvenais pas à quitter des yeux ces chaussures pour lesquelles j'avais été prête à marcher jusqu'à Milwaukee. Et voilà qu'elles étaient là, devant moi. *Pour* moi. Je me sentis brusquement soulagée. Finalement, ce n'était qu'une simple paire de chaussures.

« Eh bien, dit ma grand-mère, qui repassait toujours. Tu pourrais remercier ta mère, puisqu'elle t'a acheté ce que tu voulais.

— On ne peut jamais lui faire de surprise, dit ma mère. Elle est tellement impatiente... »

Je réalisai que je n'aurais pas dû me comporter ainsi. Brusquement, je n'eus plus envie de ces chaussures.

« C'est à toi de lui apprendre ce genre de choses, poursuivit ma grand-mère. Tu cèdes toujours à ses caprices. Tu n'avais qu'à la laisser marcher jusqu'à Milwaukee.

— Mais elle fond en larmes dès que je refuse de faire ses quatre volontés.

— Eh bien, laisse-la pleurer. »

Un peu plus tard dans la journée, ma mère m'emmena en voiture jusqu'à la sortie de la ville. Lorsque nous eûmes rejoint la rivière, elle se gara le long de la route et coupa le moteur.

Un bâtiment en brique grise et aux fenêtres minuscules se dressait un peu plus loin, au sommet d'une colline. Ma mère se pencha et ouvrit la portière de mon côté. Des renoncules poussaient le long du talus.

« Ça, me dit ma mère en me montrant le bâtiment, c'est l'orphelinat. Je t'ai emmenée jusqu'ici, ma chérie, pour te prévenir que désormais je ne tolérerai plus que tu te comportes comme tu l'as fait ce matin. Si cela devait se reproduire, ne serait-ce qu'une fois, c'est ici que tu finiras. »

Je restai vissée à mon siège, les yeux fixés sur le pare-brise, en essayant de me retenir le plus longtemps qu'il m'était possible — et sans doute même un peu plus —, mais mon menton se mit à trembler et je fondis tout à coup en larmes. Je plongeai le visage dans mes bras, secouée de sanglots. Ma mère se pencha vers moi et voulut m'attirer sur ses genoux, mais j'étais déjà trop grande et le volant me rentrait dans le dos. Elle se mit à pleurer à son tour, tout en me couvrant de baisers.

« Mais non, mais non... disait-elle. Ne t'inquiète donc pas... Je ne t'abandonnerai jamais, je te le jure... »

On aurait dit que son seul but avait été de me faire pleurer.

Elle se pencha une nouvelle fois pour refermer ma portière. Le tapis de renoncules ne formait plus qu'une masse confuse sur le talus. On entendait striduler les sauterelles. Les lumières s'étaient allumées aux fenêtres de l'orphelinat. Le visage de ma mère était penché au-dessus du mien. Elle me fixait d'un air douloureux, comme si elle avait été en train d'interroger son propre reflet à la surface d'un lac. L'une de ses larmes me tomba dans l'œil.

Pour la millième fois, Benny s'élança dans le champ, les bras en croix, en s'écriant « Aaaaaaaah... », jusqu'à ce que je ne l'entende plus. Lorsque nous étions enfants, Benny courait tout le temps, n'importe où, simplement parce qu'il était incapable de tenir en place. Plus tard, il s'engoua successivement pour les luges, les vélo-cross, les canots à moteur, les voitures enfin. Je n'aimais pas qu'il se mette à courir ainsi, mais comme je n'avais pas envie de rester à la traîne, je finissais toujours par me précipiter derrière lui en essayant de le rattraper. Mais Benny était infatigable, il pouvait courir pendant des heures ; et pour ma part, j'étais vite épuisée. Au bout d'un moment, je renonçais à le suivre et j'allais me réfugier dans le jardin de ma grand-mère. Je m'allongeais sur l'herbe en essayant de reprendre mon souffle et en écoutant bruisser les feuilles des arbres.

Parfois, j'avais l'impression de sentir physiquement la terre tourner sous moi et je plantais mes ongles dans le sol pour essayer de la retenir. Les feuilles bruissaient en permanence, mais il fallait être en train de se reposer après avoir couru jusqu'à l'épuisement pour le percevoir vraiment. Lorsque je collais mon oreille contre le sol, il montait des entrailles de la terre le même chuchotement que des replis d'un coquillage. Je me retournais ensuite et contemplais au-dessus de moi la voûte du feuillage : des pans de ciel bleu apparaissaient çà et là entre les feuilles, dont le contour me faisait toujours penser à celui de fragiles mains végétales. Il m'arrivait même d'enfouir mon visage dans l'herbe et de lécher la terre, qui avait une saveur de métal rouillé. Mais généralement, je m'en tenais là.

J'étais toujours insatisfaite. Je finissais par repartir en courant jusque chez Benny, pour voir s'il était rentré. Si ce n'était pas le cas, je partais à la recherche de ma mère. Le vent était immuable et créait en moi le même genre d'émotion que si j'avais aimé quelqu'un qui eût ignoré jusqu'à mon nom.

« Mais oui, me disait ma tante Carol, Benny est dans sa chambre, je vais aller le chercher. » Elle ouvrait la porte coulissante de la baie vitrée en me disant d'entrer, mais je préférais rester dehors, à l'arrière de la maison, le dos appuyé contre un mur. Le ciel gigantesque était envahi de nuages roses et veinés d'or. C'était presque l'heure du dîner. Comme je savais que Benny allait venir me rejoindre, cela m'était égal d'être seule pour l'instant — j'en profitais au contraire pour contempler avec sérénité la nature qui m'entourait. Je pense que j'aurais eu la même réaction si c'était mon père que j'avais attendu, à supposer qu'il eût encore été là. Le ciel s'étendait à perte de vue. Je me disais qu'en cet instant peut-être, à travers l'ensemble du continent, tous les hommes venaient de s'immobiliser, le temps d'une brève halte, et s'étaient appuyés contre leurs tracteurs, leurs voitures ou leurs camions, les yeux levés vers les étoiles.

L'école était en ville, très loin d'où nous habitions. Comme Benny était d'un an mon aîné, il avait commencé d'y aller avant moi. Le car de ramassage passait tous les matins et s'arrêtait pour le prendre, au bout de Lime Kiln Road.

Le jour du sixième anniversaire de Benny, Carol m'avait autorisée à l'accompagner. Elle avait fait un mot pour la maîtresse, et l'avait épinglé sur ma manche. On faisait faire des chapeaux aux élèves, ce jour-là. J'avais adoré ça. Je collais des morceaux de dentelle et des feuilles de muguet en plastique sur un cône de carton bleu. Les garçons fabriquaient des hauts-de-forme noirs. L'après-midi, on nous avait fait poser dans la cour de l'école, nos chapeaux sur la tête. Nous avions tous l'air vieux sur cette photographie, on aurait dit une troupe de petits paysans.

Lorsque ç'avait été l'heure de la sieste, nous nous étions allongés côte à côte sur nos matelas, Benny et moi. Au réveil, la maîtresse avait partagé entre toute la classe un gâteau à la noix de coco que ma grand-mère avait préparé le matin même et qu'elle était venue apporter à l'école, emballé dans un carton. Après l'avoir découpé, la maîtresse distribua à chacun deux petites parts, disposées sur un napperon en papier.

Je mangeai le premier morceau qui était absolument délicieux, sucré et cuit à point. Puis je songeai à ma mère, en me sentant vaguement coupable. J'enveloppai soigneusement la deuxième portion dans le napperon en papier, que je fourrai ensuite dans la poche de ma veste, dans l'intention de le rapporter à la maison et de l'offrir à ma mère. Ce soir-là, une fois rentrée, j'avais le cœur léger en quittant Benny devant son jardin. Moi aussi j'étais allée quelque part.

Ma grand-mère était à la cuisine.

« Eh bien, assieds-toi, me dit-elle en me versant un verre de lait. Et raconte-moi donc ce que tu as fait de beau à l'école.

— On a fait des chapeaux. »

Tout en parlant, je fouillai dans ma poche, pour m'assurer que le gâteau était toujours là. Je l'avais tenu serré dans ma main durant tout le trajet du retour, dans le car de ramassage. Mais à présent, j'étais inquiète : le napperon était bien là, mais je ne sentais plus le gâteau. Il avait dû glisser hors de son emballage. Je tâtai l'intérieur de ma poche sous toutes les coutures, mais en vain. Il s'était volatilisé. C'était impossible... Il ne me vint pas à l'idée que j'avais dû le réduire en bouillie à force de le tenir serré aussi fort... Finalement, pendant que ma grand-mère battait ses cartes pour faire une réussite, je me faufilai sous la table, sortis le napperon de ma poche et le dépliai sur mes genoux. Il ne contenait plus que des miettes.

Je me relevai et allai jeter le tout dans la poubelle. Je n'avais plus rien à offrir à ma mère, à présent. Lorsqu'elle rentra, je ne lui parlai même pas de l'incident. De toute façon, maintenant qu'il n'y avait plus de gâteau, elle n'aurait pas pu comprendre.

L'année suivante, j'entrai à mon tour à l'école. Un jour, une employée du service sanitaire passa dans notre classe pour nous distribuer des brosses à dents.

« Qui parmi vous en possède déjà une chez lui ? » demanda-t-elle.

La plupart des élèves levèrent la main. Les autres gardèrent les yeux baissés sur leur pupitre, les bras croisés. Mais Theresa Griling, bien que bornée, ne manquait pas d'audace. Elle avait d'ailleurs souvent des ennuis, parce qu'on ne parvenait jamais à la raisonner. Elle prenait facilement la mouche lorsqu'elle sentait que quelqu'un ne l'aimait pas.

« J'utilise celle de mon frère, dit-elle à la jeune femme. Avant, elle servait à mon papa. »

L'employée du service sanitaire regarda Theresa Griling en prenant une profonde inspiration, comme si elle venait de proférer quelque chose de tellement énorme que le mieux était encore de garder son calme. Elle s'avança vers le pupitre de Theresa et lui donna deux autres brosses à dents.

« J' peux avoir une rouge et une verte, au lieu de ces deux-là ? » demanda Theresa.

En silence, l'employée procéda à l'échange.

« Combien êtes-vous, dans ta famille ? demanda-t-elle ensuite à Theresa.

— Cinq. Six, avec mon papa.

— Tiens : voilà trois autres brosses à dents, comme ça tu pourras en donner une à tout le monde, chez toi.

— Mais mon papa s'en sert plus...

— *Ne* s'en sert plus », corrigea gentiment la bonne sœur depuis le fond de la salle, tout en continuant à égrener son chapelet.

L'employée du service sanitaire adressa un grand sourire à Theresa.

« Eh bien, peut-être qu'en donnant l'exemple tu parviendras à le convaincre qu'il est très important de se brosser les gencives tous les jours. Sinon, il risque de perdre toutes ses dents.

— Mais il en a déjà plus. C'est pour ça qu'il nous a donné sa brosse. »

Toute la classe éclata de rire. L'employée du service sanitaire jeta un regard un peu dérouté autour d'elle, tout en lissant machinalement sa robe. Ce coup-ci, Theresa lui avait cloué le bec, nous nous en rendions compte. L'employée perdit patience. Elle lança un regard haineux à Theresa et repartit vers le tableau noir, où elle avait dessiné le schéma d'une carie. Elle avait de vraies dents de cheval et son visage était outrageusement maquillé. Elle souriait toujours, mais l'air de dire : « Attendez un peu, mes cocos, je finirai bien par avoir le dernier mot. » Elle portait une robe bleue impeccablement repassée, avec une ceinture et des chaussures assorties. La blouse de Theresa était couverte de taches et ses socquettes grisâtres lui tombaient en accordéon sur les chevilles. Je songeai à la maison où elle habitait, à côté de chez nous, au milieu des champs vides traversés de clôtures.

Je rapportai l'incident le soir même à ma mère. Nous roulions le long de la rivière. Lolly était avec nous.

« Prends garde à ces Griling, me dit ma mère, ils sont tellement sales... Le pire, c'est encore Bub, le père, ajouta-t-elle en se tournant vers Lolly. Lorsque leur mère est morte, il ne s'est même pas occupé d'eux, il les laissait traîner dans les rues. Aussi la municipalité est-elle intervenue. Ils sont venus chercher les enfants pour les emmener à l'orphelinat. Là, ils leur ont donné un bain. Il paraît qu'on n'arrivait même pas à les peigner, tellement leurs cheveux étaient emmêlés. L'un des gamins était couvert de teignes. Il les lavèrent et leur donnèrent des vêtements propres et les coiffèrent joliment, mais les gamins s'échappèrent et retournèrent chez eux. Et quand l'assistante sociale revint les trouver, ils lui dirent qu'ils préféraient continuer à vivre avec leur père. Même dans les pires situations, les enfants veulent toujours rester avec leurs parents.

— C'est drôle, quand même », dit Lolly.

Après notre retour de Las Vegas, l'hiver de mes sept ans, j'eus l'impression que ma mère se détachait un peu de moi. Elle passait une grande partie de son temps avec Lolly. Après l'école, je sortais pour aller jouer dans les environs et je ne rentrais bien souvent qu'une fois la nuit tombée. Les autres gosses de Lime Kiln Road m'avaient acceptée dans leur bande, à cause de Benny. J'étais sa cousine après tout, et à leurs yeux ce n'était pas rien.

Ce jour-là, en rentrant de l'école, je me glissai dans la cuisine. Ma grand-mère me donna une petite chiquenaude sur le nez et je repartis aussitôt. Je traversai le jardin en courant et rejoignis les champs, avant de retrouver Benny et les autres gamins du quartier le long de la voie ferrée. Les rails semblaient se perdre à l'infini.

Nous nous agenouillâmes en lançant des cailloux dessus, tout en discutant pour savoir ce que nous allions faire. Nous inventions nous-mêmes tous nos jeux. Nous n'avions pas besoin de jouets. Le monde qui nous entourait était tellement vaste. Plus tard, lorsque j'habitais à Carriage Court, les gosses donnaient de drôles de noms à leurs jeux de plein air. Il y avait le Drapeau volé, le Corsaire rouge, le Stand de tir...

Nous nous mîmes finalement à courir. Parvenus au sommet d'une colline, Benny se retourna et s'allongea par terre avant de se laisser rouler le long de la pente, les bras en croix. Je l'imitai aussitôt, et nous dévalâmes ainsi la pente sans nous soucier des obstacles que nous rencontrions, rebondissant sur les mottes de terre, les touffes d'herbe et les cailloux, tandis que le ciel et la terre tournaient de plus en plus vite. Nous échouâmes enfin au bas de la pente, nos deux corps emmêlés dans la boue du talus.

Nous restâmes un moment ainsi, dans les bras l'un de l'autre. Nous avions joué ensemble toute notre vie, Benny et moi, mais nous étions plus vieux maintenant et nous savions jusqu'où nous pouvions aller. Je recrachai une pleine bouchée de brins d'herbe. Ma salive était verte. Nous remontâmes en courant au sommet de la colline, et cette fois-ci nous nous laissâmes glisser sur le dos, les bras écartés, entraînés par la seule déclivité de la pente, meurtris par les pierres et les racines qui affleuraient le sol, le souffle court et les yeux obstinément fixés sur le ciel. Une fois en bas, nous restâmes un moment allongés dans le talus, à moitié assommés. Nous avions l'impression que la terre vacillait sous nos corps comme si elle était sur le point de s'ouvrir ou de s'effondrer et nous plantions nos mains dans le sol pour la retenir, nous agrippant aux racines mêlées de terre humide et grasse, au point que nos ongles furent bientôt noirs de crasse.

Benny rampa dans ma direction et me sauta dessus. Il me saisit les poignets et m'immobilisa. Nous luttâmes un moment, effondrés l'un sur l'autre. Le sol semblait de plomb sous nos deux corps tendus et enlacés.

Un train siffla soudain dans le lointain et nous nous relevâmes pour rejoindre les autres, en courant jusqu'à la voie ferrée. Comme à notre habitude, nous installâmes nos capsules de bouteilles avant de nous agenouiller, l'oreille collée contre les rails. Une sorte de bourdonnement montait du sol. Les derniers rayons de soleil avaient chauffé le métal. Les rails commençaient à frémir maintenant que le train approchait et cette vibration se répercutait à travers tout notre corps. Benny nous dit de fermer les yeux.

Mais je m'en gardai bien. Les vibrations étaient de plus en plus fortes. J'observais Benny, dont les lèvres frémissaient à chaque expiration. Le vainqueur serait bien sûr celui qui s'enfuierait en dernier, mais je n'étais pas assez courageuse. Theresa Griling se mit à hurler. Je me redressai en même temps qu'elle et nous dévalâmes le remblai en courant. Nous étions si heureuses d'être libres, et nous avions peur aussi. Nous nous mîmes à appeler les garçons, qui étaient toujours au bord de la voie ferrée. Le train se profilait déjà à l'horizon. Le phare de la locomotive brillait au loin comme un œil. Les garçons abandonnèrent leur poste l'un après l'autre, en se laissant glisser le long du remblai, et nous rejoignirent en courant.

Le train passa comme une apparition. Nous ne pouvions plus penser, nous ne pouvions plus bouger, nous ne pouvions plus voir. Le temps semblait suspendu. Nous ne percevions même plus les vibrations du train, ni la rumeur de l'autoroute dans le lointain, comme si tous nos sens s'étaient brusquement trouvés paralysés. Le convoi passait tous les jours à la même heure, mais la magie de son apparition restait entière. L'air vibrait dans un tourbillon de couleurs et d'acier, les derniers rayons de soleil s'étiraient sur les rails, tandis que nous nous retenions de toutes nos forces aux touffes d'herbe du talus. Malgré nous, nos visages se contractaient, nos cris montaient à l'unisson comme sous la baguette d'un invisible chef d'orchestre, nos corps étaient pris de frissons et nous nous immobilisions dans l'herbe et la poussière tandis que le train passait enfin, visible et lumineux, monstre de fer réel et non plus créature imaginaire, dont la ligne concrète se profilait un long moment sur la beauté dévastée du paysage.

Puis nous remontions le remblai pour aller ramasser les capsules de bouteilles qu'il avait écrasées sur son passage. Nous les fourrions au fond de nos poches comme s'il s'était agi du plus précieux des trésors.

Nous avions un secret, ma mère et moi. Tout avait commencé un soir semblable à tant d'autres, alors que je regardais un feuilleton à la télévision en compagnie de ma grand-mère. Dehors, la branche d'un arbre griffait le mur de la maison. Je m'étais levée pour aller regarder par la fenêtre. La même lumière bleutée brillait aux fenêtres des autres demeures, tout le long de la route. La télévision atteignait tous les foyers. Il y avait quelque chose de rassurant dans ce constat.

Ma mère était à la salle de bains. Elle se faisait une beauté, vêtue d'une simple culotte. Elle pouvait y passer des heures, totalement absorbée par cette tâche, dévisageant son reflet dans le miroir pour y traquer d'éventuels points noirs. Elle avait fait bouillir sur la cuisinière une décoction à base de plantes, destinée à la dilatation des pores. Elle descendait toutes les cinq minutes, s'en passait une couche sur le visage, puis remontait en courant à la salle de bains pour observer le résultat. Au cours de l'une de ses allées et venues, elle s'était arrêtée dans le salon et avait regardé un moment avec nous le feuilleton qui passait à la télévision.

« Ann, viens ici une seconde, j'ai quelque chose à te dire. Tu sais, murmura-t-elle lorsque je l'eus rejointe, tu es beaucoup plus mignonne que cette gamine qui joue le rôle principal... »

Elle me jaugea d'un air concentré, puis me souleva le menton pour me regarder de profil. Je restai parfaitement immobile, les bras le long du corps. Ma mère émit un petit claquement de langue.

« Tu sais, reprit-elle, j'ai bien réfléchi à la question. Je me demande si tu ne pourrais pas passer à la télé. »

Ce fut ainsi que tout commença.

« Viens avec moi... »

Une fois à la salle de bains, elle se mit à me maquiller, tout en me maintenant fermement le menton.

« Là..., murmurait-elle. Ferme les yeux. Bon... Rouvre-les à présent... »

Je sentais la chaleur de son souffle sur mes paupières.

« Voyons voir... »

Elle prit un peu de recul et me dévisagea sous toutes les coutures.

« Tu réussiras, ma fille... Crois-moi, tu réussiras... »

Elle se pencha et observa son propre reflet dans le miroir.

« Ma foi, soupira-t-elle, je ne suis quand même pas trop moche, pour une mère.

— Tu es très belle, dis-je ; et je le pensais vraiment.

— Tu trouves ? »

Elle me lança un regard anxieux, en attendant ma confirmation. Je hochai la tête d'un air convaincu.

« Ferme les yeux », dit-elle en pressant mes paupières.

Ce fut ce jour-là que nous décidâmes d'aller en Californie. Mais cela resta un secret entre nous. Je savais que je devais me comporter différemment des autres enfants, qu'il fallait que je les surpasse si je voulais qu'on me remarque un jour, et gagner beaucoup d'argent. Tous les soirs, ma mère me lisait des articles dans ses magazines. Nous étions au courant de tous les détails relatifs à l'emploi des enfants à la télévision. Nous connaissions les tarifs des contrats en vigueur et le moindre paragraphe de la loi Jackie Coogan [1], aucun aspect du problème ne nous avait échappé.

« Qui sait... me chuchotait parfois ma mère. Ton père pourra peut-être nous aider... »

A l'école, l'année suivante, Theresa Griling se mettait toujours en rang derrière moi lorsque nous faisions la queue avant d'entrer au réfectoire. Elle n'arrêtait pas de me marcher sur les pieds, au point qu'elle avait fini par me bousiller une paire de chaussures. Deux immenses tables étaient dressées dans la salle du réfectoire. Une novice nous surveillait depuis la porte d'entrée.

Ma mère me préparait toujours trop à manger. Mes sandwiches

1. Loi relative à l'emploi des mineurs au cinéma, du nom de l'acteur qui joua le rôle du « Kid » dans le film de Chaplin. (*N.d.T.*)

étaient tellement garnis que tous les ingrédients fichaient le camp dès que je mordais dedans. En plus, j'avais droit à deux œufs durs — qui n'étaient jamais assez cuits —, des sablés, un petit sachet contenant du céleri, des carottes coupées en rondelles et des radis, une banane, une pomme et une orange. Autour de moi, les autres gamines avaient des sandwiches normaux, de simples tartines de pain de mie et un biscuit. Quant à Theresa Griling, elle n'apportait qu'une chose à la fois : une pomme tavelée ou une barre de chocolat, quelquefois une cuisse de poulet ou une tranche de jambon. J'enviais le repas des autres. J'étais rassasiée à la moitié de mon sandwich. Même le sac qui me servait à transporter mon déjeuner était beaucoup plus lourd que celui des autres. Il était moche et tout fripé, comme la patte d'un vieil éléphant. Je jetais les trois quarts de mon repas dans la poubelle du réfectoire en sortant dans la cour de récréation. Pendant que nous mangions, certaines des filles me regardaient avec un drôle d'air.

Un jour, au cours d'une récréation, une gamine plus âgée que moi vint me trouver alors que j'étais en train de sauter à la corde. Elle me dit que la mère supérieure me convoquait dans son bureau. Je relevai la tête : les fils électriques s'étiraient dans le ciel, au-dessus des bâtiments à trois étages et du terrain de sport. La fille me conduisit au deuxième étage. Nous arrivâmes devant une porte qu'elle ouvrit en me faisant signe d'entrer.

La mère supérieure était debout à côté de la fenêtre. Je savais que j'avais probablement fait une bêtise pour être convoquée de la sorte, mais d'un autre côté je me disais qu'on allait peut-être m'annoncer une nouvelle extraordinaire, qui allait bouleverser le cours de mon existence. Qui sait... Peut-être un agent d'Hollywood était-il passé aujourd'hui à l'école et m'avait-il remarquée au réfectoire, à cause de mes bonnes manières... Mais j'aperçus soudain sur le bureau de la supérieure un objet qui me parut familier : un grand sac en papier tout froissé, qui ressemblait étrangement à celui dans lequel ma mère enveloppait mes repas.

La mère supérieure hocha imperceptiblement la tête, tout en gardant les yeux fermés. La fille qui m'avait accompagnée m'adressa aussitôt la parole :

« Tout d'abord, me dit-elle, aimes-tu les pommes ?
— Oui, répondis-je, sans comprendre où elle voulait en venir.
— Et aimes-tu... les oranges ?
— Oui. »

La sonnerie retentit à cet instant. La fille s'interrompit, en attendant que le vacarme cesse. A travers tout le bâtiment résonnaient les pas de mes camarades qui se précipitaient dans les escaliers pour rejoindre leur classe.

« Et enfin, poursuivit la fille, aimes-tu les bananes ? »

Qu'est-ce que c'était encore que cette histoire de bananes... J'essayai de me concentrer. Le silence régnait dans la pièce. J'étais persuadée que cette question recelait un piège et que tout mon avenir se trouvait en jeu. Selon la manière dont j'allais répondre, soit je deviendrais une vedette de l'écran, soit je resterais à jamais la petite fille ordinaire que j'étais. Nous respirions sur le même rythme, l'autre gamine et moi, et nos poitrines se soulevaient à l'unisson.

« Oui », dis-je enfin.

La fille saisit le sac en papier sur le bureau

« Dans ce cas, dit-elle, comment se fait-il que tu aies aujourd'hui jeté ce sac à la poubelle, alors qu'il contenait encore une banane, une pomme et une orange ? »

La mère supérieure s'était assise, les mains croisées sur son bureau. Elle était aussi raide qu'une statue. Je compris brusquement que je venais d'être prise en flagrant délit. Je revoyais mentalement la poubelle dans laquelle j'avais jeté mon sac, au milieu d'autres déchets. Elles avaient dû la fouiller de fond en comble pour le retrouver.

Nous longeâmes les salles de classe et la fille me raccompagna jusqu'au réfectoire. Là, une novice m'attendait devant l'une des tables. Elle prit mon sac et le posa à l'endroit où je m'asseyais habituellement. Je me mis à peler mon orange. J'avais sorti tous les petits paquets de mon sac et les avais étalés devant moi, comme les cubes d'un jeu de construction.

« Toutes les autres se contentent d'un sandwich et d'un biscuit. Je suis la seule à trimbaler autant de choses.

— Écoute, ma chérie, les autres mères y consacrent moins de temps. Mais je m'aperçois qu'il est vraiment inutile que je me fasse tant de souci alors que tu t'en fiches éperdument. Tu mériterais un pauvre morceau de viande entre deux tranches de pain de mie. Je veille tard le soir, après ma journée de travail. Tu en connais beaucoup des mères qui travaillent ?

— Allons, allons... Un peu de calme, intervint ma grand-mère. Vous feriez mieux d'aller vous coucher. Je vais m'occuper du repas d'Ann.

— Écoute, maman, ce n'est vraiment pas la peine. Si Ann est trop têtue pour...

— Si ! Je veux que ce soit grand-mère qui prépare mes repas.

— Bon. Très bien. Faites-en donc à votre tête, puisque vous pouvez vous passer de moi ! »

La porte de la cuisine se referma en claquant. Ma grand-mère sortit la planche à découper et se mit à me préparer un sandwich. Nous entendions ma mère qui baissait à grand bruit les stores de la chambre.

Les gens comme elle ont l'art de vous culpabiliser, lorsqu'ils montent ainsi sur leurs grands chevaux. C'est leur façon de vous contraindre à les aimer. Quand j'entrouvris la porte de la chambre, la lumière était éteinte et ma mère avait déjà disparu sous les couvertures. Je grimpai sur le lit, mais en voulant me serrer contre elle, je lui cognai le genou.

« Fais donc un peu attention », bougonna-t-elle.

Je remontai les couvertures et me tournai contre le mur.

« Pardon, maman », murmurai-je.

Elle ne me répondit pas. Elle était vraiment fâchée, ainsi que je l'avais redouté. Lorsque j'eus l'impression qu'elle s'était endormie pour de bon, je me retournai et posai la main sur son épaule en essayant de me blottir contre elle, mais elle s'ébroua et me repoussa aussitôt. Je ne parvenais pas à trouver une position confortable. Mes paupières me démangeaient et mes articulations étaient endolories. Je n'arrêtais pas de me tourner dans tous les sens. Il me semblait que je n'arriverais jamais à me réchauffer.

Finalement, je me glissai hors du lit et quittai la pièce à pas de loup. Les marches de l'escalier craquaient à chacun de mes pas. A mesure que j'approchais de l'étage, je me sentais de plus en plus en sécurité. Le sommeil me gagnait lentement. L'atmosphère qui régnait en haut avait quelque chose d'apaisant, d'aérien. J'avais l'impression de me trouver dans une autre maison. Je me faufilai tant bien que mal sous les lourds édredons du lit étroit de ma grand-mère, dont les draps empesés crissaient.

Je crus entendre ma grand-mère me souhaiter bonne nuit, mais peut-être n'était-ce qu'un rêve.

Par la suite, ma mère ajouta toujours dans mon sac à provisions des biscuits au café qu'elle achetait spécialement chez Krim. Comme si tout ce qu'elle avait retenu de notre dispute était que mes repas n'étaient pas assez copieux... Un matin, au cours de l'automne, Theresa Griling vint s'asseoir à mes côtés dans le car de ramassage. Elle se collait littéralement à moi.

« J'ai entendu dire que tu avais eu des ennuis avec la mère supérieure, me dit-elle en se trémoussant sur son siège. J'ai pris un sac à la maison. Si tu veux, tu n'as qu'à me donner la moitié de ce que tu as dans le tien. Je te l'échange contre ma pomme. »

Elle tenait un petit sac en papier tout froissé sur ses genoux. De sa poche, elle extirpa une pomme tavelée qu'elle avait dû voler dans le jardin des Brozek. Mon énorme déjeuner trônait en équilibre sur mes livres et mes cahiers. La pile m'arrivait au menton. Puis, comme si elle venait de prendre une très grave décision, Theresa replongea la main dans sa poche et en sortit une barre de Milky Way qu'elle posa à côté de sa pomme sur son vieux bout de papier.

« Ça te fait envie ? lui demandai-je.

— Bien sûr. »

Elle baissa les yeux et regarda fixement le plancher de l'autocar. C'était la première fois qu'elle agissait de la sorte. En général, elle se contentait de me regarder du coin de l'œil, tous les matins, en lorgnant plus ou moins sur mon sac. La plupart des autres gamines qui m'observaient au réfectoire durant l'heure du repas avaient la même expression. J'avais toujours pensé qu'elles se moquaient de moi parce que je ne mangeais pas les mêmes choses qu'elles. Mais je comprenais maintenant pourquoi elles me dévisageaient de la sorte : elles mouraient de faim.

Je donnai une bourrade à Theresa et nous ouvrîmes mon sac pour procéder au partage. A partir de ce jour, nous respectâmes toujours notre marché.

Au printemps suivant, un gamin qui tournait dans une série télévisée se trouva de passage en ville, à l'occasion d'une journée organisée au profit de l'enfance handicapée. Il avait beaucoup plu les jours précédents et les affiches où s'étalait son visage partaient en lambeaux sur les murs où elles avaient été placardées, à côté de celles qui représentaient Leonard Nimoy, l'acteur qui joue le rôle du Dr Spock dans *Star Trek*. Ma mère avait quand même décidé de braver la tempête, et nous avions roulé sous la pluie jusqu'à la station régionale où se déroulait l'émission. Sur scène, dans l'auditorium, une vingtaine de jeunes femmes étaient assises devant de longues tables couvertes de téléphones, afin de répondre aux appels. Le jeune acteur — il devait avoir une douzaine d'années — accompagnait un groupe d'enfants handicapés. Ils avaient l'air tellement fragiles que je n'aurais même pas osé les toucher, de crainte de leur faire mal.

Leonard Nimoy était là aussi, déguisé en Dr Spock. On l'avait installé dans la fosse d'orchestre, à côté d'une grosse urne de bois. Les gens faisaient la queue pour aller lui serrer la main, avant de glisser leurs dons dans l'urne. Ma mère me poussa pour que j'aille prendre place dans la file d'attente.

« Regarde cette gamine qu'il a prise sur ses genoux, me souffla-t-elle. Tu es bien plus mignonne qu'elle. Lorsque ce sera ton tour, demande-lui donc comment il s'est débrouillé pour réussir au cinéma. Tu n'auras qu'à lui expliquer que tu veux devenir actrice, toi aussi.

— Tu crois ?

— Allez, vas-y... Il faut tenter sa chance. Qui sait... Peut-être est-ce l'occasion rêvée... »

Sur scène, debout devant le micro, le jeune acteur chantait *Every Little Boy Can Be President*, en désignant de la main le groupe d'enfants handicapés alignés derrière lui en rang d'oignons sur des sièges en plastique. Dans le feuilleton, il tenait le rôle du frère cadet de l'héroïne. De son vrai nom, il s'appelait Timmy Kennedy.

Ma mère me glissa un billet d'un dollar dans la main. Devant moi, deux frères en chemises assorties se poussaient du coude et se bousculaient afin de passer en premier. Je regardais droit devant moi, en songeant à ce qu'il fallait que je dise. Lorsque mon tour arriva, je m'approchai de Leonard Nimoy, mais j'étais intimidée et je n'osai pas m'asseoir sur ses genoux. J'étais néanmoins suffisamment proche de lui pour sentir les effluves de son after-shave. Cette aura masculine et vaguement électrique me rappela le parfum qui émanait des serviettes de toilette, dans la salle de bains de Jimmy Measey. Je me penchai vers Leonard Nimoy et lui murmurai à l'oreille :

« Comment avez-vous fait pour devenir acteur ? »

Il se retourna et me dévisagea d'un air étonné.

« Un instant... » me souffla-t-il. Une autre gamine était en train de lui présenter son carnet d'autographes, qu'il signa en souriant, d'une grosse écriture ronde. Les gens se pressaient derrière moi dans la file, mais je restai à ma place.

« Je vous demande ça parce que je voudrais bien faire du cinéma, moi aussi », ajoutai-je.

Il me regarda d'un air vaguement déçu.

« Oh... C'est une longue histoire, ma petite... Bien trop longue pour que je te la raconte maintenant. »

Il me tapota l'épaule avant de se tourner vers les autres enfants qui attendaient toujours derrière moi.

« Merci... Tout le plaisir est pour moi... » lançait-il aux uns et aux autres.

Je le quittai et rejoignis ma mère. J'étais morte de honte. Je n'avais absolument pas impressionné Leonard Nimoy. Je me demandais s'il aurait fait un peu plus attention à moi si je m'étais assise sur ses genoux.

Sur scène, les vedettes avaient demandé aux enfants handicapés de se mettre en cercle. Le jeune acteur s'était glissé dans la ronde. Il devait se plier en deux pour tenir la main de la fillette qui était à côté de lui. Tout en tournant, les enfants chantaient avec des voix de fausset :

Regardez, nous marchons,
Regardez, nous chantons
Nous qui n'avions jamais
Marché ni chanté jusqu'ici...
Aidez-nous, le combat
Ne fait que commencer
Grâce à vous nous allons
Réaliser nos rêves
Merci, merci...

Regardez, nous marchons
Regardez, nous chantons
Aujourd'hui nous irons
Acheter des bonbons...

Ma mère s'était débrouillée pour connaître l'horaire du vol par lequel les vedettes devaient repartir en Californie. Le soir, nous nous rendîmes à l'aéroport. Les vedettes étaient assises dans leurs fauteuils et attendaient l'heure du départ, comme n'importe quel passager. Leonard Nimoy s'était débarrassé des oreilles du Dr Spock et lisait un magazine. Le jeune acteur jouait aux échecs, seul dans un coin. Il portait une chemise de velours à fermeture Éclair. Il avait l'air d'un garçon parfaitement ordinaire. Mais je savais qu'il n'était pas comme les autres, puisqu'il passait à la télévision.

Ma mère engagea la conversation avec son père. Celui-ci lui apprit qu'il était prof de gym. C'était une famille de Mormons.

« Il y a toujours un membre de la famille qui accompagne mon fils lorsqu'il est en tournée, lui dit-il. Il a huit frères et sœurs, qui se sont beaucoup sacrifiés pour qu'il réussisse dans ce métier. En contrepartie, avec l'argent qu'il a déjà gagné, nous avons pu contracter des assurances pour chacun de nos enfants. »

Il demanda à son fils de venir me saluer. Le garçon releva les yeux de son échiquier et m'adressa un sourire poli, mais je vis bien qu'il avait hâte de se remettre à sa partie. Ma mère avait beau dire, je ne devais pas être si terrible que ça.

Son père nous apprit que l'héroïne du feuilleton snobait toujours Timmy pendant les tournages. En réalité, elle était beaucoup plus âgée que lui. Elle avait déjà plus d'une vingtaine d'années.

« Peut-être avez-vous eu l'occasion de rencontrer un chanteur de mes amis », lui dit ma mère. Et elle prononça le nom de mon père. Mais visiblement, cela ne lui disait rien.

Nous regardâmes les hélices de l'avion qui se mirent à tourner. Puis l'appareil fila sur la piste et décolla.

« Ils doivent être crevés... » dit ma mère en poussant un soupir.

Lorsque les lumières s'éteignirent, nous regagnâmes le parking. Avant de monter dans la voiture, je m'adossai un instant contre la portière. Nous regardâmes solennellement l'avion disparaître dans le ciel. Nous aurions bien aimé l'une et l'autre nous trouver à cet instant à l'intérieur de l'appareil, calées contre l'un des petits hublots jaunes. Ma mère frappa brusquement dans ses mains.

« Eh bien... Si nous allions manger une glace, pour célébrer l'événement ? »

Elle ouvrit les portières et se frotta les mains.

« Quel événement ? lui demandai-je.

— Tu ne crois pas que je devrais donner un coup de fil à cet agent dès demain matin ?

— De quoi parles-tu donc ?

— Tu n'as pas entendu ? Je lui ai demandé le nom de l'agent qui se charge de son fils. Apparemment, c'était LA femme qu'il nous faut. Tous les enfants qui font du cinéma passent par elle. Elle s'appelle Elene Arcade, et habite Riverside. Je suis sûre qu'elle s'occupera très bien de toi. »

Ma mère se pencha et mit le chauffage en route.

« Tout de même... ajouta-t-elle d'un air rêveur. Un prof de gym... Qui l'aurait cru ? »

Benny était souvent impatient, mais l'été on le voyait parfois faire la lecture pendant tout un après-midi à l'une des gamines du quartier. Il aidait les plus jeunes à faire leurs devoirs et restait penché des heures durant sur les colonnes de chiffres qui couvraient les pages de leurs cahiers. Il n'était pas satisfait tant qu'il n'avait pas résolu un problème, aussi ardu fût-il. Mais lorsqu'on lui demandait comment il s'y prenait pour faire rebondir sept fois de suite un galet lorsqu'il faisait des ricochets, ou comment il arrivait à tenir en équilibre sur des skis nautiques, ou encore dans quels recoins il pouvait bien trouver les nids qu'il collectionnait, il se contentait de hausser les épaules en marmonnant un vague « J' sais pas », car il s'agissait là de choses qui lui étaient parfaitement naturelles et qu'il aurait été absolument incapable d'expliquer. Un jour, je lui avais demandé de m'apprendre à danser. Nous avions installé l'électrophone de Hal sur le buffet du salon et mis un 45 tours. Ben se trémoussait en battant la mesure sur *Would you like some of my tangerine*. Je l'imitais tant bien que mal, mais j'aperçus tout à coup mon reflet dans le grand miroir doré de Carol. Le résultat était épouvantable.

« Comment fais-tu donc ? lui dis-je désespérée.

— Ne t'inquiète pas, Ann, me répondit-il. Tu te débrouilles très bien. »

Un soir, cet été-là, nous étions partis nous promener tous les deux le long de la voie ferrée. Benny m'avait fait monter sur le guidon de sa bicyclette, mais au bout d'un moment nous avions laissé l'engin dans un talus et poursuivi notre route à pied, jusqu'au bord d'une crique. Brusquement, Benny me planta là et repartit en courant. Avant de remonter sur sa bicyclette, il lança sa lampe de poche dans l'herbe.

Je l'appelai en hurlant, mais il était déjà loin. La lueur de sa veilleuse disparut peu à peu dans les ténèbres, comme la flamme de plus en plus vacillante d'une allumette en train de se consumer.

J'avais peur du noir, et Benny le savait parfaitement. Au loin, un chien se mit à aboyer. La campagne environnante me parut tout à coup immense, comme si elle n'avait plus abrité que de rares bicoques, disséminées çà et là au milieu de clairières minuscules, sans eau ni électricité, dans la nuit muette et noire. La nature avait repris ses droits et je pouvais très bien me perdre à jamais sans que personne en sache rien. Je ramassai la lampe de poche à mes pieds et appuyai sur le bouton. Le décor changea aussitôt, comme si ce simple rai de lumière avait dissipé toute l'obscurité. Benny avait raison : il n'y avait pas que lui qui était capable, par sa seule présence, de tempérer la terreur de la nuit. Le paysage qui m'entourait me semblait maintenant moins hostile. Pour la première fois, j'étais capable d'imaginer l'allure que pouvaient avoir les anges, tant ce halo avait quelque chose de réel. Je me mis lentement en route. Le silence n'était troublé que par le crissement des sauterelles et le bourdonnement sourd des lignes à haute tension. On ne distinguait qu'une chose à la fois, à la lueur de la torche — les tiges enchevêtrées d'une mauvaise herbe, ou les fleurs hérissées d'un chardon.

Lorsque j'atteignis notre carrefour, j'éteignis la lampe de poche. A présent, je distinguais très bien les contours grisâtres des maisons. Les champs qui s'étendaient jusqu'à la vieille grange dessinaient une tache d'un noir total. Le paysage était tellement différent, de nuit. On n'aurait plus du tout dit le même endroit. Et ce décor n'appartenait à personne, sauf à moi peut-être, en cet instant précis, puisque j'avais le privilège de le contempler.

Je m'arrêtai devant la boîte aux lettres, à l'entrée de notre jardin. Combien de fois mon grand-père et ma grand-mère, puis ma propre mère et Carol, n'avaient-ils pas emprunté ce chemin afin de relever le courrier, en proie à quelles pensées secrètes... Et quelle importance cela avait-il à présent ? La poussière n'a pas de mémoire ; les jours, les années s'étaient succédé, fragmentaires, réguliers, toutes nos pensées s'étaient perdues, dissipées, évaporées dans l'air... Mon grand-père aimait se promener la nuit, il avait arpenté ces champs, frôlé tous ces buissons. Les nuits de bourrasque, il était sorti dans son jardin, après avoir chaussé ses grosses bottes, et il avait écouté le timide frémissement de la neige qui recouvrait peu à peu les arbres. Et tout cela était perdu à jamais. Des gens que nous ne connaissions pas, des étrangers traverseraient après nous le même paysage, fouleraient le même sol, sans jamais soupçonner à quel point nous l'avions aimé, à quel point il nous avait troublé.

Je pensais souvent que c'était à Benny que je devais tout ça. Je me mis à courir vers la porte illuminée de la cuisine. Lorsque j'entrai, Benny était en train de manger une orange. En m'apercevant, il se contenta de hausser les épaules.

Chaque automne, à la rentrée des classes, on nous conduisait à l'infirmerie et l'on nous faisait mettre en rang, pour voir si nous n'avions pas la teigne. Nous passions à tour de rôle dans une petite cabine, où deux employés du service d'hygiène nous examinaient attentivement. S'ils détectaient la maladie chez l'une des élèves, ils lui rasaient immédiatement les cheveux et la coiffaient d'une casquette spéciale avant de la relâcher. On identifiait immédiatement celles qui avaient la teigne, puisqu'elles devaient porter ce couvre-chef jusqu'à ce que leurs cheveux aient repoussé. Parfois, durant les récréations, au cours d'une bagarre, il arrivait qu'une gamine se fasse voler sa casquette et l'on voyait luire un instant la peau lisse et blanche d'un crâne rutilant. Puis elle récupérait son couvre-chef et se le renfonçait rageusement sur la tête.

En attendant mon tour devant la porte de l'infirmerie, je crus sentir quelque chose sur ma tête. Derrière moi, Theresa Griling me marcha tout à coup sur le pied et je dus me mordre la lèvre pour ne pas me mettre à crier. J'aimais bien mes cheveux. C'était mon bien le plus précieux. Ma mère m'avait dit qu'en Amérique très peu d'enfants en avaient d'aussi beaux. Ils me serviraient d'atout pour ma future carrière d'actrice. « Tu as de la chance, me disait-elle, tu as des cheveux noirs, c'est l'idéal au cinéma. »

Je ressortis en me palpant les cheveux. Ça n'avait pris qu'une minute. L'infirmière m'avait rapidement examinée, puis m'avait demandé mon second prénom afin de compléter mon dossier. Dans la salle de classe, la maîtresse attendait que toutes les élèves soient revenues de l'infirmerie avant de reprendre son cours. Je patientais comme les autres, les bras croisés sur mon pupitre, lorsqu'une brusque et terrible pensée me traversa l'esprit. Ma mère était blonde. Autour de moi, je voyais des tas de filles qui avaient les cheveux roux, ou châtains. Peut-être qu'elles étaient belles, elles aussi... Et dans ce cas, aucun agent de Hollywood ne me remarquerait jamais...

Theresa Griling pénétra à cet instant dans la classe. Elle ne pleurait pas, malgré la casquette qui lui couvrait le crâne. Elle alla s'asseoir en silence à son bureau.

La bonne sœur appela les gamines du haut du grand escalier en bois, dont les marches luisaient et glissaient à force d'avoir été cirées. Tous les ans, pour les fêtes de Noël, nous invitions deux des pensionnaires de l'orphelinat à la maison. Il ne s'agissait jamais des mêmes, mais c'était néanmoins toujours des fillettes, en dépit de mes constantes requêtes pour que l'on nous confie des garçons. Une misérable guirlande était accrochée au-dessus d'une fenêtre, tout en haut de l'escalier.

« Il s'agit probablement d'un don », chuchota ma mère en voyant que je regardais l'objet.

Les deux gamines apparurent au sommet de l'escalier qu'elles descendirent lentement, l'air un peu intimidé. Comme tous les ans, elles portaient des robes bien trop légères pour la saison, ainsi que des socquettes qui n'étaient plus de leur âge. Elles avaient déjà des jambes de femmes. Leurs cheveux étaient tirés en arrière, ce qui dégageait leur front et faisait ressortir la pâleur de leur visage. Elles paraissaient propres. Les bonnes sœurs se fichaient de la beauté comme de leur première chemise, mais elles tenaient à ce que l'on remarque bien que leurs pensionnaires étaient propres. L'année précédente, nous avions invité Mary et Theresa Griling. Leur père avait disparu Dieu sait où — je crois qu'il était allé en Floride —, et elles avaient dû retourner à l'orphelinat.

Cette année, les deux gamines que nous avions invitées s'appelaient Diane et Dorie. Sur le trajet du retour, alors qu'elle faisait ordinairement halte devant tous les magasins un peu chics de la ville, ma mère ne s'arrêta qu'une seule fois, pour nous permettre d'admirer les vitrines de Noël de chez Shreve. Les deux orphelines gardaient les mains obstinément enfoncées dans les poches de leurs vestes et leurs mollets ne tardèrent pas à virer au rouge, à cause du froid.

« Vous ne trouvez pas que c'est adorable ? disait ma mère. Et regardez ce petit loup en peluche... Il est vraiment trop mignon... »

Les gamines hochaient mollement la tête. Elles devaient geler, dans leurs vêtements trop légers. Nous restions une éternité devant chaque vitrine, comme des gens qui, dans un musée, consacrent exactement le même temps à tous les tableaux, tout simplement parce qu'ils ne sont pas suffisamment familiarisés avec l'art pour passer leur chemin en haussant les épaules lorsqu'une toile ne leur plaît pas.

Ma grand-mère était en train d'étaler de la pâte à tarte sur la table de la cuisine lorsque nous arrivâmes, par la porte de derrière. Carol se leva et chercha tout de suite à mettre les gamines à l'aise.

« Bonjour, leur dit-elle, comment allez-vous ? Je m'appelle Carol. C'est moi la maman, ici. »

Ma mère renifla d'un air désapprobateur, avant de s'asseoir et de décrocher le téléphone pour appeler Lolly.

« Adele aussi, bien sûr, reprit Carol. Moi je suis la mère des garçons, ajouta-t-elle en se tournant vers les fillettes. C'est la première fois que vous venez chez nous ?

— *Mais oui,* Carol, lança ma mère, penchée sur l'écouteur.

— Évidemment, suis-je bête ! (Elle fixa un instant l'une des gamines.) C'est drôle, mais tu ressembles un peu à la petite fille que nous avions invitée l'an dernier, à Pâques... Comment s'appelait-elle, déjà ? C'est idiot, mais son nom m'échappe... N'était-ce pas Linda ? Et toi, comment t'appelles-tu ?

— Dorie, répondis-je à sa place. Et elle, c'est Diane.

— Ah… En tout cas, celle de l'an dernier ne s'appelait sûrement pas Dorie, je m'en serais souvenue. »

Ma mère renifla à nouveau. Elle était en train d'expliquer à Lolly les raisons qui l'avaient finalement empêchée d'inviter Ted pour le repas de Noël. Ted n'avait pas le moindre parent dans le Wisconsin, mais il comptait aller manger au restaurant pour les fêtes.

« D'ailleurs, je ne vois pas pourquoi il serait obligé de se farcir toute la famille, disait ma mère. Et il rêve déjà de l'entrecôte bien saignante qu'il a l'intention de commander. »

Lolly avait l'air d'approuver.

Je conduisis Diane et Dorie à l'étage, afin de leur montrer leur chambre. Elles avaient apporté leur chemise de nuit et leur brosse à dents, enveloppées dans un sac en papier. Dorie pianota un instant sur la vitre.

« Vous avez de la place, ici », dit-elle.

Ses ongles étaient immaculés, et presque transparents. J'avais déjà eu l'occasion de visiter la partie de l'orphelinat où elles habitaient. L'immense dortoir était entièrement occupé par deux rangées de lits symétriques. Dans les douches, le sol en ciment était légèrement en pente, pour permettre à l'eau de s'écouler dans le creuset d'une rigole métallique. Une dizaine de lavabos étaient alignés côte à côte, occupant tout un mur. Il émanait de Dorie une odeur de poussière et de renfermé, comme d'un appartement bien entretenu mais très, très ancien.

Au salon, Jimmy Measey criait à Carol de ne pas rester plantée entre lui et la télé. Elle s'était approchée de la fenêtre, et se penchait par-dessus le poste pour soulever le rideau.

« Jimmy… Je voulais juste jeter un coup d'œil pour voir si les voisins avaient déjà allumé leurs guirlandes de Noël. »

Elle laissa retomber le rideau et repartit à la cuisine.

« Attends les publicités, Carol, lui lança Jimmy. Reste là, attends un peu. Ne bouge surtout pas, tu vois bien que c'est nous qui avons la balle. »

Tout en suivant la retransmission du match, il posa des questions aux deux orphelines.

« On vous garde jusqu'à quel niveau ?

— Jusqu'en troisième.

— Et vous n'avez pas de problème avec ces bonnes sœurs ?

— Non.

Elles lui répondaient en chœur, les yeux baissés sur la moquette.

— Il y a aussi des garçons, avec vous ?

— Oui, mais ils sont moins nombreux que nous.

— Moins nombreux ? Et pourquoi ?

— La plupart finissent par s'enfuir.

— Et ça fait longtemps que vous êtes là-bas ? »

Jimmy ne quittait pas l'écran des yeux. Lorsqu'il y avait une action importante, elle repassait au ralenti. Notre équipe intercepta soudain la balle et Jimmy bondit de son siège en poussant un cri triomphant, au moment où Dorie lui expliquait qu'elle était entrée à l'orphelinat lorsqu'elle avait huit ans. Mais la balle partit en touche et Jimmy se rassit, avant de se retourner vers la gamine.

« Excuse-moi, lui dit-il, mais je ne pouvais pas manquer ça. Vas-y, continue.

— Qu'est-ce qui est arrivé à vos parents ? » demandai-je aux deux fillettes.

Celles-ci se dévisagèrent en haussant les épaules.

« Les miens sont morts, dit Diane. Ils ont été tués dans un accident de voiture juste après ma naissance.

— Et les tiens ? dis-je en me tournant vers Dorie.

— Je n'ai jamais connu mon père. Quant à ma mère, elle doit être morte à présent. Autrefois, je recevais de temps en temps une lettre d'elle, mais cela fait bien longtemps qu'elle ne m'a plus écrit.

— Tu as de la chance, dit Diane. Au moins, tu te souviens d'elle.

— Oui. Jadis, nous allions toutes les deux acheter le journal, chaque matin, ainsi qu'une tablette de chocolat que nous partagions une fois rentrées à la maison. Ma mère avait toujours des chewing-gums dans son sac.

— Que lui est-il arrivé ?

— Ann… Tiens donc un peu ta langue, dit Jimmy. Dorie n'est pas obligée de te raconter sa vie. »

Benny fit son apparition au salon. Il déposa une coupe pleine de chips sur la table.

« Ann aime bien les orphelines, parce qu'elle croyait en être une lorsqu'elle était petite, dit-il. Elle racontait à tout le monde qu'elle avait été adoptée et que sa mère l'avait abandonnée parce qu'elle n'avait pas les cheveux blonds. Et elle se dessinait des taches de rousseur partout afin de lui ressembler. »

Une séquence publicitaire interrompit la retransmission. On vit d'abord apparaître sur l'écran une femme à genoux, en train de briquer son plancher avec un vieux chiffon. L'image suivante montrait la même femme, souriante et détendue, debout à côté de son aspirateur.

« Ça va, Carol. Tu peux venir », dit Jimmy.

Avant de partir, nous déposâmes une assiette de biscuits sur le porche de la maison. Je me faisais du souci parce qu'ils étaient en morceaux.

« Ce n'est pas grave, ma chérie, me dit ma mère. Le Père Noël ne se formalise pas pour ce genre de détails. L'essentiel, c'est qu'il voie que nous avons bien pensé à lui. »

Il avait neigé toute la journée ; devant la porte le vent balayait les flocons qui s'envolaient comme des débris de polystyrène. J'ouvris un paquet de sucre roux et le posai sur l'assiette à côté des biscuits, à l'intention des rennes qui conduisaient le traîneau du Père Noël. Puis nous enfilâmes nos manteaux et nos bonnets, avant de nous diriger vers la maison de Carol et de Jimmy. Hal avait dégagé l'allée en traçant une étroite tranchée dans la neige. Benny et moi étions encore assez légers pour grimper au sommet du remblai et marcher sur cette corniche instable sans qu'elle s'effondre sous nos pieds. J'avais l'impression de marcher sur l'eau en enfonçant légèrement dans la couche de neige fraîche. Ainsi juchée au sommet de la tranchée, j'étais aussi grande que ma mère.

La neige brillait dans l'obscurité. Aussi loin que portait mon regard, tous les champs en étaient recouverts. Au-dessus de moi, les étoiles infimes avaient l'air d'être punaisées sur la voûte du ciel. La rumeur de l'autoroute était étouffée, lointaine. Il y avait peu de circulation ce soir, seuls les phares de rares camions trouaient parfois les ténèbres — d'immenses semi-remorques traversant les États, chargés de denrées périssables, fruits et légumes de saison.

Carol rentra chez elle et commença à ôter ses bottes. Elle marchait à travers toute la maison en bas nylon, et allumait la lumière dans les pièces. Carol et Jimmy avaient été parmi les premiers dans tout l'État du Wisconsin à acheter un sapin de Noël artificiel. C'était encore une nouveauté à l'époque et ils l'avaient payé très cher. Cela faisait déjà plusieurs années qu'ils l'avaient, mais tous les Noël ils achetaient de nouvelles guirlandes pour le décorer. Carol se planta devant la télé qui passait un *Tom et Jerry*, et Jimmy lui dit de s'asseoir. Puis elle disposa les sablés de ma grand-mère sur une assiette en forme de sapin, qu'elle avait elle-même fabriquée à son cours de céramique. Jimmy avait installé une petite guirlande électrique sur les bords du plat. Elle le posa sur une table basse, à côté du radiateur.

« Assieds-toi donc », répéta Jimmy.

Mais Carol s'agitait toujours. Elle se mit à quatre pattes sur la moquette pour chercher les cadeaux des orphelines au milieu des paquets disposés au pied du sapin. Ils étaient tous munis d'une petite étiquette portant le nom du destinataire. Dorie eut droit à une bobine de fil rose, un porte-monnaie et une écharpe, et Diane à un petit distributeur de chewing-gum et un lot de sucres d'orge à la menthe, qui étaient présentés comme des tubes de rouge à lèvres.

Carol achetait toujours les cadeaux des orphelines au moment des soldes d'été. Elle avait ainsi tout un stock dans son armoire, prêt à être offert en n'importe quelle occasion. Diane et Dorie s'étaient sagement assises sur la moquette, leurs cadeaux posés sur les genoux.

Hal ouvrit le premier des gros paquets, qui contenait un équipement complet de plongée sous-marine : un masque muni d'un tube, ainsi qu'une paire de palmes assorties. Jimmy offrait toujours des articles de sport à son fils aîné, estimant que celui-ci ne faisait pas assez d'exercice. Il lui ordonna aussitôt d'aller essayer les palmes. Carol se releva pour jeter l'emballage à la poubelle.

« Assieds-toi, Carol », dit Jimmy.

Ma mère m'avait acheté un ensemble en velours bleu, brodé de motifs floraux.

« C'est vous qui l'avez fait ? » demanda Dorie à ma mère ; elle était assise à ses pieds et la fixait d'un air concentré, ce qui ne pouvait manquer de ravir ma mère : elle adorait qu'on la regarde.

« Oh non, ma chérie, répondit-elle. J'en serais bien incapable. Ce costume a été fabriqué en Suisse. Mais ne mets pas tes doigts dessus, le velours est très fragile. »

J'ouvris ensuite mon autre cadeau : il s'agissait d'un coffret de chimiste amateur. Les appareils me parurent bien compliqués. Il était écrit sur la boîte que ce jouet était conçu pour des enfants de onze à quatorze ans. J'en avais à peine huit.

« Qu'est-ce que c'est que ce truc ? » s'exclama Jimmy en me prenant le coffret des mains. Il l'ouvrit et se mit à étudier la notice imprimée à l'intérieur du couvercle. On conseillait entre autres aux enfants de se piquer le doigt et de s'extraire une goutte de sang afin de l'étudier ensuite au microscope. Jimmy fouilla dans la boîte et en sortit une aiguille longue d'au moins quinze centimètres, enveloppée dans un petit sachet en cellophane.

« Donne-moi ta main », me dit-il.

Mais je refusai en secouant énergiquement la tête. Jimmy se leva.

« Tu ne mérites vraiment pas un tel jouet, si tu te comportes comme un bébé, dit-il. Si tu ne veux pas te laisser piquer le doigt, c'est que tu n'es pas assez grande.

— Elle le deviendra, dit ma mère.

— Tu la gâtes trop, Adele. Ça ne prendra qu'une seconde, elle ne sentira rien du tout.

— Laisse-la tranquille, Jimmy. C'est Noël, après tout. »

Jimmy se tourna vers les orphelines.

« Allez, vous deux... Donnez-moi vos mains... »

Les gamines tendirent chacune la main droite et l'ouvrirent lentement, d'un air un peu inquiet.

« Tu vois, elles sont moins douillettes que toi, dit Jimmy. Tu devrais prendre exemple sur elles. »

Les fillettes ne poussèrent aucun cri lorsqu'il leur piqua le doigt, à tour de rôle. Mais il avait oublié d'installer le microscope et se mit à fouiller dans la boîte pour chercher une lamelle de verre, tandis que Diane et Dorie gardaient l'index levé. Une grosse goutte de sang perlait à l'extrémité.

Carol venait d'ouvrir son paquet et brandit une minuscule culotte en dentelle noire.

« Jimmy ! s'exclama-t-elle. Quand vais-je bien pouvoir porter un truc pareil ! Je ne suis même pas sûre qu'il soit à ma taille.

— Eh bien, si cette culotte ne te plaît pas, tu n'auras qu'à la rapporter au magasin. Le ticket est encore dans le paquet. Mais ne me casse pas les oreilles avec cette histoire.

— Jimmy... Ne te fâche pas. Il me semble seulement que ce n'est pas la bonne taille. Mais quelle idée aussi, de m'offrir un truc pareil... Je me demande si tu n'aurais pas des arrière-pensées... Tu veux peut-être que je me remette au régime ? »

Son rire résonna comme celui d'une vieille femme. Les plaisanteries de Carol ressemblaient à celles des bonnes sœurs : elles n'étaient jamais très drôles.

« Regarde comme cet ouvrage est délicat, dit ma mère en montrant à Carol les broderies de la culotte. C'est entièrement fait à la main. Je suis sûre que ça t'ira comme un gant.

— Mmm... fit Carol d'un air sceptique.

— Tu es vraiment terrible, dit ma mère en hochant la tête. Tu n'es jamais contente. Ton mari a pourtant bon goût, tu sais. »

Hal réapparut à cet instant. Il avait chaussé ses palmes et se déplaçait précautionneusement, en enjambant les paquets et les emballages défaits qui jonchaient la moquette. Raide comme un piquet, Benny le regardait, assis dans un fauteuil. Il n'avait encore reçu aucun cadeau. Bien sûr, il allait hériter des palmes de Hal d'ici quelques mois, comme de tous les autres articles de sport que son frère avait précédemment reçus et qu'il avait abandonnés au fond d'un placard après s'en être servi deux ou trois fois.

Carol tendit une petite boîte rouge à son mari. Jimmy dénoua le ruban qui l'enveloppait et le laissa tomber par terre. Il n'avait pas l'air ravi du tout et serrait les lèvres en silence. Rien de ce à quoi Jimmy s'attendait n'aurait pu tenir dans un aussi petit paquet.

Chaque année, la veille de Noël, Jimmy allait faire ses courses en ville après avoir retiré de l'argent à sa banque. Cette fois-ci, il était allé chez Shopko et avait acheté un lave-vaisselle pour Carol ; un camion était venu livrer l'appareil l'après-midi même. Jimmy avait clairement laissé entendre qu'il souhaitait qu'on lui offre une chaise longue à dossier réglable, dont on venait de sortir un tout nouveau modèle. Mais au cours de la journée, il avait fouillé tous les recoins de la maison sans en apercevoir la moindre trace.

Un rictus nerveux lui déforma les lèvres lorsqu'il souleva le petit couvercle blanc et aperçut la montre que contenait la boîte. Elle avait coûté suffisamment cher pour que Jimmy comprenne qu'il n'allait jamais avoir droit, *en plus,* à la chaise longue qu'il attendait.

« Carol... s'exclama-t-il. Tu sais très bien que j'ai déjà une montre !

— Bien sûr, mais je me suis dit... Tiens, regarde : celle-ci est équipée d'une sonnerie. Voyons, où est passée la notice ? Le vendeur m'a bien expliqué le système mais...

— Peux-tu me dire à quoi va me servir une montre qui sonne ? »

Ma grand-mère hocha la tête et ouvrit son sac à main. Elle en sortit deux enveloppes cachetées qui contenaient chacune un billet de cinq dollars soigneusement repassé, et les donna à Diane et Dorie. Puis elle nous fit signe de venir nous asseoir à côté d'elle, Benny et moi, sous le halo lumineux de la lampe qui faisait briller ses ongles comme des perles, bien qu'elle ne les eût jamais vernis. Elle nous montra nos livrets de caisse d'épargne, sur lesquels elle venait de faire un nouveau versement. Elle nous avait ouvert à chacun un compte dans sa banque.

« Vous voyez, les intérêts ont encore augmenté », nous dit-elle en montrant du doigt les colonnes de chiffres.

Carol s'était mise à pleurer et essuyait du revers de sa manche les larmes qui ruisselaient sur ses joues.

« Hal, dit-elle, enlève donc tes palmes et viens me donner un coup de main. Tu sais, Jimmy, je croyais vraiment que cette montre allait te plaire. Au magasin, tout le monde prétendait que c'était le modèle dernier cri. Toi qui as toujours aimé la nouveauté... »

Elle se pencha et se mit à fouiller dans les emballages froissés qui jonchaient le sol, en essayant de remettre la main sur la notice.

Ma mère avait donné un petit flacon de parfum à chacune des deux orphelines.

« Sentez-moi ça, leur dit-elle. C'est la marque dont je me sers moi-même. »

Elle brandit la main dans leur direction et les gamines se penchèrent de concert pour flairer son poignet. On aurait dit deux petits cochons s'apprêtant à téter le flanc de leur mère.

Je me levai et allai m'asseoir à côté de Benny. Il était toujours dans le fauteuil et balançait nerveusement les jambes. Ses parents se disputaient encore et ne l'avaient pas remarqué. Soudain, le regard de Jimmy se posa sur son fils.

« Que se passe-t-il, Benny ? Le Père Noël ne t'a rien apporté ? Eh, regardez donc ! lança-t-il à la cantonade. Ann est obligée de consoler Benny parce qu'il n'a pas eu un seul cadeau ! »

Carol était debout sur le pas de la porte et hochait la tête en boutonnant sa veste. Benny avait baissé les yeux. Il avait peur de son père et je sentais bien qu'il était sur le point de fondre en larmes.

« Tu vois, Ben, poursuivit Jimmy, tu n'as pas dû être assez sage cette année. Sinon, le Père Noël ne t'aurait sûrement pas oublié. Regarde, Annie a eu ses cadeaux, et les deux petites, là, Diane et... zut, excuse-moi, j'ai oublié ton prénom...

— Dorie, dit doucement la fillette.

— C'est ça. Diane et Dorie ont eu les leurs, elles aussi. Comment se fait-il donc que tu sois le seul à n'avoir rien reçu ? »

La voix de Jimmy se fit menaçante.

« Tu as sûrement été très, très méchant... »

Carol et Hal refirent soudain leur apparition. Ils portaient à bout de bras une grande chaise longue à dossier réglable. Ils avaient été la cacher dans le garage de ma grand-mère, derrière la vieille tondeuse à gazon.

« Carol... » soupira Jimmy.

Son bonheur n'avait visiblement d'égal que son soulagement. Il déplia la chaise longue et s'assit aussitôt dedans, en essayant les différentes positions du dossier.

« Jimmy, dit Carol, je suis tellement heureuse d'avoir *enfin* trouvé quelque chose qui te fasse plaisir. »

Elle se moucha bruyamment. Carol avait toujours sur elle une collection de mouchoirs soigneusement repassés. Celui qu'elle venait de déplier était blanc et brodé à ses initiales.

Jimmy se pencha et ramassa la montre.

« Il faudra que tu me montres comment fonctionne la sonnerie, dit-il en la fixant à son poignet.

— Je crois qu'il est grand temps que nous allions nous coucher », dit ma grand-mère en se levant.

Benny était toujours assis, les mains crispées sur les accoudoirs du fauteuil. Jimmy releva le dossier de sa chaise longue et se mit en position assise.

« Au fait, Ben, dit-il. Peux-tu me rendre un service ? »

Il lui tendit son trousseau de clefs.

« Va donc jeter un coup d'œil dans le garage. Je crois bien que j'ai oublié quelque chose... »

Un mélange de joie et d'anxiété se peignit sur le visage de Benny. Il saisit les clefs et se précipita hors de la pièce. Nous entendîmes claquer la porte du garage et le vîmes bientôt réapparaître. Il alla se jeter dans les bras de son père. Je détestais les voir s'embrasser ainsi, on aurait dit qu'ils étaient soudés l'un à l'autre et qu'on ne parviendrait plus jamais à les séparer.

« Assieds-toi donc cinq minutes, Carol », dit Jimmy en laissant sa chaise longue à sa femme, pour suivre son fils au garage. Nous entendîmes bientôt le bruit d'un moteur qu'on mettait en marche, mais ni Ben ni son père ne refirent leur apparition. Lorsque nous sortîmes toutes ensemble pour regagner notre maison, Benny n'avait pas quitté le garage et tournait toujours en rond sur son nouveau vélomoteur. Devant chez nous, sur le porche illuminé par le halo du lampadaire, l'assiette de biscuits et le paquet de sucre avaient disparu.

Debout derrière la fenêtre, je regardais le garage de Benny, où brillait toujours un néon blafard. J'avais hâte qu'il s'éteigne. J'entendis ma grand-mère qui traversait les pièces en éteignant l'une après l'autre toutes les lumières. Ma mère me rejoignit dans la chambre. Elle s'approcha de moi et glissa sa main sous la veste de mon pyjama, en murmurant qu'il était l'heure d'aller dormir. Elle baissa les stores et me tira par le bras, pour m'éloigner de la fenêtre. Je m'allongeai à plat ventre sur le lit, sans faire un geste, en essayant de ne plus penser à rien. Les ongles de ma mère couraient le long de ma colonne vertébrale et je frissonnais à ce contact aussi voluptueux et froid que celui d'une lame de couteau.

Rien ne paraissait plus simple ni plus attirant que de se laisser aller à la mort de la sorte, sans réagir, l'esprit vidé de toute sensation, bercé par ce plaisir sourd et silencieux. Mais je n'ignorais pas qu'il prendrait bientôt fin, et que j'en ressentirais alors cruellement le manque. Effectivement, au bout d'un moment, ma mère quitta la chambre, sans doute pour se rendre à la salle de bains, à moins qu'elle ne soit descendue à la cuisine pour téléphoner à Lolly. Et cet arrêt du plaisir provoquait un oubli qui me faisait désirer davantage sa répétition et souhaiter d'y succomber, encore et encore.

Mais les choses n'étaient plus aussi simples qu'autrefois. Un soir, ma mère m'avait ôté ma veste de pyjama et s'était mise à me caresser comme elle le faisait depuis toujours, glissant sa main dans le creux de mon aisselle, où elle avait brusquement senti la naissance d'un léger duvet. Je n'étais plus la créature inconsciente et presque larvaire qu'elle manipulait à son gré. Lorsque j'étais petite, elle adorait me serrer contre elle sous les draps et baisser le pantalon de mon pyjama pour me pétrir le derrière, tout en me regardant frémir sous ses caresses, fière de cet être qu'elle croyait posséder, en m'embrassant goulûment sur la bouche, malgré ma répulsion. Mais maintenant, je ne me laissais plus faire aussi facilement. Lorsqu'elle revint, une fois étendue près de moi, elle voulut baisser l'élastique de mon pyjama, mais je me dégageai de son étreinte et la repoussai.

« Ne fais pas ça, lui dis-je.

— Je ne vois pas ce qui te répugne, dit-elle. Pourquoi ne me laisses-tu pas te regarder ? Tu es tellement mignonne. Tu as un adorable petit popotin... Regarde-moi un peu ces petites fesses, c'est tendre comme de l'agneau... Mmhmm... On en mangerait... »

Lorsqu'elle me regardait de cette façon, j'avais l'impression qu'elle me volait mon trésor le plus précieux.

« Tu ne pourrais pas parler normalement ? » lui dis-je.

Elle poussa un soupir. J'étais tout à fait disposée à la laisser me caresser le dos, parce que j'aimais bien ça, mais je demeurais sur mes gardes. Je ne voulais pas qu'elle abuse de la situation.

Je songeai brusquement aux deux orphelines, qui dormaient au grenier. Personne n'avait aucun droit sur elles. Les bonnes sœurs ne se livraient sûrement pas à ce genre de manège. Je les connaissais suffisamment pour le savoir. Elles osaient à peine nous caresser les cheveux.

« Eh bien, bonne nuit », lança ma mère.

Une bouffée d'air froid s'engouffra dans la pièce lorsqu'elle ouvrit la porte et sortit de la chambre. Je me mis à penser au dortoir de l'orphelinat, ces pauvres couchettes aux draps rêches. Cette unique couverture grossière, ces deux gamines maigres et sèches qui peut-être en hiver se glissaient dans le même lit, que l'une aussi peut-être mouillait.

Le lendemain, au repas de midi, les deux orphelines eurent droit à des parts gargantuesques, comme si elles n'avaient rien mangé de l'année et que c'était leur dernière chance de survie. A un moment donné, profitant d'un répit dans la conversation, ma mère proposa de mettre en vente le terrain qui s'étendait derrière la maison de ma grand-mère. Le débat s'engagea aussitôt et une fois de plus, ma mère se retrouva seule contre tous.

Le conflit ne datait pas d'hier. Ma mère avait commencé par suggérer que l'on mette la vieille grange aux enchères, mais les autres poussèrent aussitôt des hauts cris. Les enfants furent priés de quitter la salle à manger pendant que les adultes se crêpaient le chignon. Nous nous retrouvâmes au sous-sol, faisant de notre mieux pour ne pas renverser nos assiettes posées en équilibre sur nos genoux. Diane et Dorie étaient assises côte à côte et discutaient paisiblement entre elles, évoquant les bonnes sœurs ou une autre gamine de l'orphelinat, comme si elles avaient eu besoin de se souvenir qu'elles avaient une vie bien à elles.

Jusque-là, j'avais pensé que Dorie s'était minutieusement curé les ongles dans le seul but de faire bonne impression sur nous, afin que nous constations à quel point elle était bien élevée, au cas où nous aurions voulu l'adopter. Mais il me semblait à présent que si jamais cette pensée lui avait traversé l'esprit elle y avait d'ores et déjà renoncé, non seulement parce qu'elle avait compris que nous n'avions pas la moindre intention de la garder avec nous, mais parce que c'était elle, en tout état de cause, qui n'aurait jamais accepté de vivre dans une famille pareille. Diane et elle avaient l'air de s'ennuyer. Elles avaient visiblement hâte de partir.

En haut, ma mère s'était mise à crier :

« Je ne tiens pas à stagner plus longtemps dans ce trou ! J'EN AI MARRE DE MENER UNE VIE PAREILLE !

— Adele… Cette grange n'a même pas l'eau courante, ni l'électricité. Nous n'en tirerions pratiquement rien. »

Sans le faire exprès, Dorie cracha une myrtille sur la couverture blanche du divan où nous étions assis. Elle la ramassa aussitôt en nous dévisageant d'un air terrorisé.

« Ne t'inquiète pas, la rassurai-je, nous ne dirons pas que c'est toi. »

Benny se pencha lentement pour ramasser son verre de lait, qui était posé à ses pieds. Nous évitions tous de nous regarder. Nous mangions en silence, faute de mieux, comme s'il s'était agi d'une corvée.

Benny marmonna quelque chose.

« Qu'est-ce que tu racontes ? »

J'avais sursauté en l'entendant. Nous avions tous les nerfs à vif.

« Je disais que cette dinde était trop salée. »

Diane et Dorie remontèrent pour aller chercher le sac en papier qui contenait leurs affaires. Elles avaient déjà fait leur lit. On aurait dit qu'elles n'avaient jamais dormi dans cette pièce. Les cadeaux que nous leur avions faits étaient posés sur la commode, à côté de leurs emballages soigneusement repliés.

« Est-ce que nous pouvons les laisser ici ? demanda Dorie. Nous préférerions que vous les gardiez. Si nous les ramenons à Saint Luke, on risque de nous les voler.

— Oui, ça ne ratera pas, ajouta Diane. Là-bas, les affaires finissent toujours par disparaître.

— On m'a même volé un pendentif que je tenais de ma mère.

— Comme vous voulez », dis-je.

Nous allâmes ensuite nous asseoir toutes les trois dans la voiture et nous attendîmes un bon moment. Ma mère apparut enfin. Elle n'avait pas l'air content et ne desserra pas les dents. Elle s'installa au volant, claqua sa portière et démarra aussitôt. J'appuyai ma joue contre la vitre. J'étais convaincue que les fillettes ne reviendraient jamais chercher leurs cadeaux. Ma tante Carol allait probablement les mettre de côté et les ranger dans son armoire après les avoir remballés. Elle les donnerait à d'autres orphelines, lors des prochaines fêtes de Noël.

Je relevai les yeux et dévisageai Diane et Dorie, en me demandant si elles s'étaient dit elles aussi qu'elles ne remettraient jamais les pieds chez nous, lorsqu'elles avaient quitté la maison. Peut-être avaient-elles déjà oublié jusqu'à l'existence de ces cadeaux, abandonnés au sommet de notre commode. A moins qu'elles n'aient tenu le répertoire complet de leurs possessions, dans un petit carnet où elles notaient le nom et le numéro des rues où il leur faudrait revenir, à leur sortie de l'orphelinat, afin de récupérer des objets qui pourraient leur être utiles au cours de leur nouvelle vie.

Mais leurs visages demeuraient graves et fermés, et ne trahissaient aucune émotion.

Un soir, au cours du dernier été que nous devions passer à Lime Kiln Road, Hal et son copain Dave nous emmenèrent à la fête foraine de Bay Beach, Benny et moi. Il faisait très lourd lorsque nous étions partis, la pluie s'était même mise à tomber. Quelques gouttes s'étaient écrasées sur mon bras avec un bruit de baiser mouillé, mais cela n'avait pas duré et la pluie avait cessé lorsque nous étions arrivés devant les allées populeuses et illuminées de la foire.

Hal nous acheta des tickets. On les vendait par rouleaux de dix, pour un dollar. Benny et moi voulions surtout monter sur la grande roue, nous en rêvions depuis toujours. L'employé du manège nous installa sur le petit siège en bois dont il rabattit ensuite la barre protectrice, tandis que Hal et Dave restaient en bas, sur la pelouse.

La roue se mit lentement en branle. Un peu apeurés, nous nous retînmes à la barre. Derrière nous, d'autres gens prenaient place sur les sièges suivants, dont on entendait claquer les fermetures métalliques. Puis le manège se mit en route pour de bon. Nous nous sentîmes happés vers le haut, dans un grand gouffre d'air frais. Parvenu au sommet notre siège oscilla un instant, en équilibre dans le vide, puis repartit lentement vers le bas. Les baraques illuminées de la fête foraine, qui semblaient minuscules vues d'en haut, se rapprochèrent peu à peu et reprirent leurs dimensions réelles lorsque nous rejoignîmes le niveau du sol. La roue s'élança pour un nouveau tour. Elle allait plus vite à présent et nous eûmes le souffle coupé en remontant vers le ciel étoilé. Nous ouvrions et fermions les yeux tour à tour, tandis qu'en dessous de nous le décor se brouillait. Nous étions tellement crispés sur notre siège que nos ongles s'enfonçaient dans le bois tendre du banc. Nous rejoignîmes enfin le sol et l'employé souleva la barre métallique pour nous laisser descendre. Nous étions complètement étourdis et vacillions en marchant le long de la rambarde où Hal et Dave nous attendaient. Ils nous prirent par la main et nous les suivîmes, heureux et soulagés, à travers les sombres allées du parc.

Nous marchâmes jusqu'à l'obscur pavillon où l'on nous avait toujours interdit d'aller. Mais Hal savait bien que nous ne dirions rien cette fois-ci ; et d'ailleurs, à moitié assommés comme nous l'étions, il devait estimer que cela ne porterait pas à conséquence. Un grand portail en bois était ouvert à l'extrémité du bâtiment, d'où émanait une odeur nauséeuse et suave d'eau croupie. Quelques marches de bois usées menaient à la baie dont le rivage était juste à nos pieds.

A l'intérieur, des filles et des marins se trémoussaient sur la piste de danse. Ces derniers portaient tous des uniformes blancs et des chapeaux à pompon. Mais la plupart des clients étaient attroupés autour du bar où l'on vendait des hot dogs et des boissons gazeuses. Toutes ces filles avaient un air bizarre, peut-être à cause de leurs lèvres trop maquillées et des colifichets qui pendaient à leurs oreilles. Elles avaient des cheveux ondulés, des mollets fermes et élancés. Dave me fit monter à califourchon sur ses épaules et Hal prit Benny par la main pendant que nous traversions cette foule. Nous aurions pu nous perdre, mais nous avions confiance en eux.

Nous longeâmes de nombreux stands de tir où les marins se bousculaient, avant d'arriver devant les autotamponneuses. Nous restâmes là un moment, à contempler les véhicules qui s'entrechoquaient violemment, tandis que des éclairs bleutés grésillaient au sommet des perches qui les rattachaient au grillage électrifié tendu au-dessus de la piste. Je fermai à demi les yeux en fixant ces étincelles bleues et blanches, dont le reflet planait encore quelques instants après quelles s'étaient éteintes. Le spectacle avait quelque chose de féerique.

Puis Hal et Dave nous entraînèrent encore plus loin dans les bois. Il faisait très sombre mais des bruits jaillissaient de toutes parts dans l'obscurité. Hal semblait se laisser guider par eux vers un lieu invisible, inconnu de nous.

Nous débouchâmes brusquement sur une clairière jonchée d'aiguilles de pins. Les arbres s'élançaient hauts dans le ciel, où les étoiles paraissaient minuscules. A quelques mètres de nous se tenait un groupe de jeunes gens, que nous ne connaissions pas. Une fille était couchée devant eux, sur une vieille couverture de l'armée. Un type était allongé entre ses cuisses. Une lampe de poche était posée au bord de la couverture et éclairait étrangement la scène. Les jambes relevées de la fille enlaçaient le corps nu du garçon. Celui-ci luttait et pesait sur elle de tout son poids, comme s'il avait voulu l'enfoncer dans la terre. Le combat paraissait interminable, mais soudain le garçon poussa un cri perçant et s'immobilisa un bref instant, en redressant la nuque. On aurait dit qu'il était sur le point de mourir. Seuls ses paupières et son pied droit frémissaient imperceptiblement.

Puis il se redressa et se mit à genoux, mais la fille se rivait toujours à lui, les cuisses serrées autour de sa taille, en se soulevant de quelques centimètres au-dessus du sol. Le garçon ôta l'une après l'autre les mains de la fille qui restaient crispées sur ses épaules, et elle s'effondra sur la couverture. Mais elle se redressa aussitôt et s'assit un instant, ce qui me permit de distinguer son visage. Elle ressemblait à Rosie Griling, au point que je crus un instant qu'il s'agissait d'elle. Mais je savais que c'était impossible. Sa lèvre saignait légèrement. Elle était assez mignonne. Une mèche de cheveux lui barrait la bouche.

Un autre garçon ôta son pantalon et s'étendit sur elle. On aurait dit qu'il s'apprêtait à faire des pompes. Il avait gardé son tee-shirt et ses chaussettes. La fille gigota sous lui pour se mettre dans la bonne position. Ce spectacle me déplaisait. Être une fille me faisait un drôle d'effet.

L'autre avait remonté sous ses aisselles sa robe à fleurs. Sa culotte traînait quelques mètres plus loin sur le sol. Je me retournai vers Benny. Je voulais lui demander de rentrer à la maison, mais il posa doucement la main sur mon épaule. Je me sentis un peu rassurée. J'étais contente d'avoir mis ces vieux vêtements, semblables à ceux de mes cousins. Je me disais qu'ils n'oseraient jamais me faire des choses pareilles, puisque nous faisions partie de la même famille. La fille était toute jaune et blanche, tandis que le garçon continuait de s'acharner sur elle. Un autre membre de la bande ouvrit un paquet de saucisses et tous les gamins se mirent à genoux autour de la couverture. Celui qui était sur la fille s'écarta. Ils se passèrent entre eux le paquet de saucisses et les lui enfoncèrent dans la fente, une d'abord, puis tout le reste du sachet. La fille frissonna puis elle se redressa et ramena les mains sur son visage.

Je détournai les yeux et dis que je voulais partir.

Personne n'avait parlé tandis que se déroulait cette scène. Les types m'entendirent et se relevèrent aussitôt en ramassant leurs pantalons. Ils étaient encore jeunes, c'étaient des gosses ordinaires, bien habillés. Simplement, nous ne les connaissions pas. Ils se dirigèrent vers leurs bicyclettes, les enfourchèrent, et se mirent à tourner dans la clairière.

Hal me hissa sur ses épaules.

« Allez, on y va », dit-il.

La fille était toujours assise sur la couverture. Son ventre inondé luisait. Elle avait les cuisses écartées et se palpait nonchalamment l'estomac. On aurait dit un bébé attendant qu'on vienne l'habiller. Ses cheveux lui cachaient la moitié du visage.

« Allez, magne-toi si tu veux faire un tour avec nous », lui lança l'un des garçons.

La fille baissa la tête.

« Où est passé mon rouge à lèvres ? » demanda-t-elle.

Elle regarda les gamins, puis les arbres de la clairière. On aurait dit qu'elle les voyait pour la première fois.

« On se casse, dit l'un d'eux.

— Vous voulez prendre la suite ? dit un autre en s'adressant à Hal et à Dave, qui nous portaient toujours, Benny et moi, en observant la scène. Allez-y, ne vous gênez pas ! Elle adore ça... »

Le garçon jeta un coup d'œil à la fille.

« Tu n'as qu'à demander à ces types de te payer un nouveau tube de rouge à lèvres », ajouta-t-il.

Puis toute la troupe s'éloigna. Les bicyclettes cahotaient sur le sol irrégulier du sous-bois. Je regardai les lueurs des veilleuses disparaître peu à peu dans l'obscurité, puis je fermai les yeux en me blottissant contre Hal.

La dernière nuit de l'été, nous allâmes dormir en plein air, Benny et moi. Benny était venu m'attendre devant chez nous, comme convenu, aux environs de minuit. Nous avions emporté une couverture et un paquet de biscuits, en traversant le champ jusqu'au vieux noyer. Benny était sorti par la fenêtre de sa chambre, qu'il avait laissée ouverte derrière lui. Quant à moi, il ne m'avait guère été difficile de m'absenter. Depuis le début de l'été, Ted restait souvent très tard à la maison. Il regardait la télévision au salon, en compagnie de ma mère. Il m'était fréquemment arrivé, lorsque je ne trouvais pas le sommeil, de quitter le lit que je partageais d'ordinaire avec ma mère pour monter rejoindre ma grand-mère dans sa chambre, au premier étage. D'ailleurs, ma mère se passait très bien de moi. Elle dormait d'un sommeil de plomb, rien ne pouvait la réveiller.

Nous étendîmes la couverture sur l'herbe et ouvrîmes le paquet de biscuits, piochant dedans à tour de rôle. Nous sentions les racines de l'arbre qui affleuraient le sol. J'étais surprise d'entendre autant de bruits autour de nous. Les insectes crissaient, les camions défilaient sur l'autoroute — sans parler de tous les sons que nous ne parvenions pas à identifier. L'agitation semblait la même qu'en plein jour, à ceci près que le décor était plongé dans l'obscurité.

Il faisait doux. Le champ de luzerne avait été fauché, le maïs récolté, et pourtant il montait du sol une odeur lourde qui rappelait celle du fourrage. Il allait bientôt falloir retourner à l'école et pourtant l'atmosphère était toujours celle de l'été. Cette nuit-là, le ciel paraissait bas, au-dessus de nos têtes, parsemé de longues traînées blanches, comme si les étoiles s'étaient déplacées en laissant leur trace derrière elles, poussière de craie sur le noir du tableau.

Je mâchonnais un brin d'herbe. Je n'avais pas sommeil.

« Pourquoi te ronges-tu les sangs ? me dit Benny. Tu réussis très bien en classe.

— Je déteste l'école.

— Mais non, tu l'adores au contraire.

— Pour toi, bien sûr, ce n'est pas pareil, tu as des tas de copains... »

Depuis que nous étions devenues amies, Theresa et moi, les autres filles à l'école ne m'adressaient plus la parole. Lorsque j'allais à leurs anniversaires, Theresa n'était jamais invitée. Et j'avais peur des garçons. Un jour, un gosse plus âgé que moi m'avait pelotée dans la cour de récréation et je lui avais fichu une telle paire de claques que sa lèvre s'était mise à saigner. Il était allé se plaindre et j'avais encore eu des ennuis avec la mère supérieure.

« A l'école, les garçons me font peur, dis-je à Benny.

— Mais tu as des copines.

— Tu sais, à part Theresa...

— Tu es anxieuse, voilà tout, dit-il.

— Oui, tu as raison. Je suis anxieuse. »

A peine avais-je prononcé ces mots que je me sentis à la fois heureuse et soulagée. Mon anxiété ou ma peur des garçons me parurent brusquement sans importance.

« C'est à cause de ta mère, dit Benny.

— Hein ? Qu'est-ce que tu racontes ? »

Je n'avais jamais pensé une chose pareille et je trouvai tout à coup très moche que nous nous mettions à parler de ma mère de cette façon. La nuit était si belle, je ne voulais pas que nous la gâchions.

« Elle est bizarre, dit Benny.

— Pas du tout, dis-je. Elle est très bien. Ça vient uniquement de moi.

— Chut... »

Benny me saisit le poignet, juste à l'endroit du pouls, et s'endormit peu à peu dans cette position, la main posée sur mon bras. Autour de moi, le paysage me semblait merveilleux, je mis longtemps à trouver le sommeil. Je fermais les paupières en essayant de me laisser glisser dans les ténèbres, mais je finissais toujours par rouvrir les yeux. Je ne sais pas ce qui me stupéfiait le plus : que la terre où nous habitions soit si belle la nuit, ou qu'elle me paraisse à ce point familière. L'ombre noire de notre vieille grange aux parois branlantes se profilait en face — et au-delà se dessinaient déjà les contours de nos maisons, dont les porches étaient encore éclairés. Mais au-dessus de moi le ciel brillait comme jamais je ne l'avais vu briller et la lueur du clair de lune se reflétait sur les moindres brins d'herbe du pré, comme en miroir d'une obscure végétation céleste.

Je me réveillai la première et m'appuyai sur un coude en contemplant l'aube qui illuminait peu à peu le ciel. J'avais entendu passer le train de six heures cinquante. C'était la première fois que je voyais le soleil se lever, et je ne l'ai jamais oublié. J'avais dû m'agiter, car Benny s'était levé à son tour. Il grelottait de froid et il était tout ankylosé d'avoir dormi par terre. Il rentra chez lui en courant, traînant la couverture derrière lui. Quant à moi, mon bonheur était sans borne. Je me sentais incroyablement légère en retraversant le champ, après avoir grignoté le dernier biscuit de la boîte. Il me semblait que je venais de découvrir quelque chose de totalement nouveau qui allait bouleverser le cours de ma vie et dissiper tous les problèmes que j'avais autrefois. Ma peur et mon anxiété me semblaient déjà ridicules, étrangères à ma véritable nature.

Durant l'automne qui précéda notre installation à Carriage Court, lorsque Halloween arriva, je voulus à tout prix accompagner Benny à travers la ville[1]. Ma mère refusa tout d'abord d'en entendre parler. Elle me proposa de m'emmener en voiture avec Lolly et de m'attendre le long de la route pendant que j'irais frapper aux portes des maisons. Mais je pleurais tellement qu'elle finit par céder.

Theresa Griling nous accompagna également ; nous étions les deux seules filles de la troupe. Son père était finalement rentré de Floride et elle avait regagné la maison familiale ainsi que ses autres frères et sœurs. Nous n'avions jamais parlé ensemble du départ de son père. Il était revenu à la fin de l'été, juste avant qu'on emmène la petite Netty.

Nous avions d'abord suivi la voie ferrée, puis nous nous étions mis à courir à travers les champs couverts de givre, les uns derrière les autres. Le sol était gelé, j'en sentais les irrégularités à travers les semelles de mes tennis. Au bout d'un moment, je n'eus plus la moindre idée de l'endroit où nous nous trouvions. L'élastique qui retenait mon masque me grattait le menton et je devais retenir

1. Lors de la fête d'Halloween, il est d'usage que les enfants se déguisent et partent en bande pour faire la quête de maison en maison. (*N.d.T.*)

d'une main les pans du drap qui m'enveloppait, afin de ne pas me casser la figure.

Nous atteignîmes un quartier aux rues étroites et sombres, où je n'avais encore jamais mis les pieds. Les garçons couraient sonner aux portes des maisons, en nous laissant à peine le temps d'attendre que les gens aient déposé quelque chose dans le sac en papier que nous leur tendions, Theresa et moi. C'était un vrai bonheur cependant que d'entendre les bonbons et les sucres d'orge tomber dans le sac, qui devenait de plus en plus lourd et que nous agitions après chaque nouvelle offrande avec une fierté renouvelée.

Au bout d'un moment, nous finîmes par perdre de vue les garçons et nous nous assîmes au bord du trottoir, à un carrefour où le nom des rues n'était même pas mentionné. J'ignore combien de temps nous attendîmes ainsi, mais les garçons refirent tout de même leur apparition. Deux autres types que nous ne connaissions pas les accompagnaient. Ils étaient à bicyclette et avaient chacun une cigarette au bec.

« Où est passé Benny ? demandai-je.

— J'en sais rien, répondit quelqu'un. Il a dû partir avec David.

— Mais il n'avait pas le droit de nous quitter !

— Ah ouais ? Et pourquoi donc ?

— C'est ma maman qui le lui avait dit.

— Oh ! là, là !... Vous entendez ça ? C'est sa maman qui lui a dit... »

Les deux types se mirent à ricaner. Les braises de leurs cigarettes rougeoyaient dans l'obscurité.

Nous repartîmes en courant à travers champs. Theresa et moi étions en tête cette fois-ci, et les deux types nous suivaient sur leurs bicyclettes. Ils ne tardèrent pas à nous rattraper et faillirent nous heurter avec leurs engins.

« Attention ! leur criai-je. Un peu plus et vous nous rouliez sur les pieds... »

Je n'avais pas encore compris qu'ils le faisaient exprès et qu'ils se moquaient bien de ce que je pouvais leur dire.

Ils nous serraient de si près qu'ils finirent par nous faire tomber toutes les deux par terre. Nous nous mîmes à hurler. L'un des types souleva le drap dont j'étais recouverte et me regarda en ricanant. Il avait les cheveux en brosse et un soupçon de moustache. Son visage était couvert d'acné.

L'autre type avait saisi Theresa par les épaules. Il était penché sur elle et l'embrassait en émettant des sons obscènes qui ressemblaient à des pets.

« Arrête ! » hurlai-je en donnant des coups de pied au type.

Mes oreilles s'étaient mises à bourdonner et une brusque douleur me vrillait le crâne. Le type se pencha et me saisit les poignets. Après m'avoir plaquée au sol, il s'assit à cheval sur mes cuisses. Mais lorsque je relevai les yeux, je poussai intérieurement un soupir de soulagement : je venais d'apercevoir Benny dans le groupe de garçons qui faisaient cercle autour de nous.

« Benny ! Arrête-le ! » m'écriai-je.

Je m'étais sentie tellement soulagée en apercevant Benny que j'avais fermé les yeux un instant. Mais lorsque je les rouvris, je le vis en train de parler avec le type qui était à ses côtés, comme s'il ne s'était pas aperçu de ma présence.

« Benny ! » répétai-je.

Mais il ne m'adressa même pas un regard. Tout à coup, je sentis le contact froid d'une lame qui glissait le long de ma joue et remontait vers mon cou. Une paire de ciseaux... Le type s'apprêtait à me couper les cheveux. J'entendis claquer les ciseaux et sentis tomber une première mèche. Benny savait parfaitement combien je tenais à mes cheveux. Ils étaient magnifiques, tout le monde s'accordait à le reconnaître. C'était mon principal atout, et je comptais particulièrement sur eux pour réussir à passer à la télévision. Ma grand-mère disait souvent qu'ils étaient tellement foncés qu'ils renvoyaient des reflets de toutes les couleurs. Je me mis à pleurer en silence. Je n'espérais même plus que Benny me vienne en aide, à présent. De toute façon, c'était trop tard : la moitié de mes cheveux était déjà sur le sol. J'aurais bien voulu qu'il s'agisse d'un simple cauchemar, mais hélas ! ce n'était pas le cas. Je voulais retrouver mes cheveux tels qu'ils étaient avant. Je ne voulais que cela.

Les deux types finirent par remonter sur leurs bicyclettes et disparurent à l'horizon. Voilà bien les garçons : pire que des hors-la-loi. Ils surgissent de nulle part, vous coincent, vous font les pires misères, et s'enfuient. Les autres gamins — ceux que nous connaissions — se dispersèrent à leur tour rapidement, à travers champs. Theresa se releva la première. Elle pleurait elle aussi, mais elle se lança néanmoins à leur poursuite.

« Stevie ! criait-elle en courant. Tu vas me le payer ! Je dirai tout à papa ! »

Mais elle n'arrêtait pas de tomber. Elle avait beau se relever à chaque fois et reprendre sa course, je doutais que son frère l'eût seulement entendue. De surcroît, les garçons étaient déjà beaucoup trop loin.

Je restai étendue sur le sol jusqu'à ce qu'ils aient disparu. J'entendais le grondement des camions qui passaient un peu plus loin sur l'autoroute, mais d'ici ils étaient invisibles. J'aperçus soudain quelqu'un qui courait dans ma direction. C'était Benny. Mais je ne voulais plus rien avoir à faire avec lui. Il s'arrêta à quelques mètres de moi et me cria :

« Allez, relève-toi. Si tu tiens à passer la nuit ici, c'est ton affaire. Mais moi, je dois te ramener à la maison. »

Si tu crois que je vais te répondre... me dis-je intérieurement. Plus rien ne pouvait m'atteindre à présent. Tout m'était devenu égal.

« Allez, viens... Fais-moi plaisir... Pour une fois... »

Benny s'était agenouillé devant moi et me tendait la main, en attendant que je lève les yeux vers lui.

Je me penchai et me mis à ramasser mes mèches de cheveux éparpillées sur le sol. Ils avaient l'air si fragiles ainsi, si légers au toucher... Mais comme il faisait nuit, je ne les distinguais pas très bien et je devais promener mes mains à tâtons dans l'herbe. Benny tapait du pied à côté de moi, mais je me moquais bien de ce qu'il pouvait trafiquer. Il finit par faire demi-tour et repartit en courant, en criant aux autres de l'attendre. Je ne le rappelai même pas. Qu'ils aillent tous au diable ! pensais-je. Je continuais de ramasser mes cheveux que je fourrais par poignées dans le sac qui contenait les bonbons. Au moins, ils me l'avaient laissé... J'allais me redresser lorsque mon genou heurta les ciseaux. Ils étaient toujours là, abandonnés dans l'herbe. C'était une paire de petits ciseaux à bout rond, comme ceux dont je me servais à l'école. Leurs branches gisaient écartées sur le sol. Je me gardai bien d'y toucher.

« Allez, viens maintenant ! entendis-je Benny crier. Je te donne encore une chance. »

Mais peut-être l'avais-je tout bonnement imaginé. Je me courbai en deux, la tête penchée, et mon front heurta le sol. Tout bourdonnait à l'intérieur de mon crâne, comme au sein d'une fourmilière. J'avais l'impression d'entendre mon sang circuler dans des milliers de petits alvéoles.

Mais je ne tardai pas à avoir les bras endoloris. Je savais qu'il fallait que je me relève. J'ignorais combien de temps s'était écoulé — des heures peut-être —, les camions défilaient toujours au loin sur l'autoroute et il n'y avait plus personne en vue. J'allais devoir m'en sortir toute seule. Je ramassai mon sac et me mis en route vers un petit groupe de maisons dont je voyais briller les lumières, très très loin encore d'où je me trouvais.

Je sonnai à une porte, à moitié endormie. L'homme qui m'ouvrit me laissa entrer pour que je puisse donner un coup de téléphone. On aurait dit qu'il y avait trop de lumière dans sa cuisine. Je n'eus même pas à faire un effort pour retrouver le numéro que je composai machinalement, comme si je l'avais toujours su par cœur. Ce fut ma mère qui répondit. Elle se mit à hurler dès qu'elle comprit que c'était moi. J'étais incapable de supporter ses cris et je relâchai l'écouteur, qui se mit à se balancer au bout de son fil, après avoir deux ou trois fois cogné la paroi.

Le propriétaire de la maison me le reprit des mains, pendant que j'allais m'asseoir sur une chaise. Il raccrocha au bout de quelques minutes et se tourna vers moi, en me disant que ma mère allait venir me chercher.

« Ne t'en fais pas, je lui ai expliqué comment venir jusqu'ici, ce ne sera pas long. Tu n'aurais pas dû te promener aussi loin de chez toi, la nuit il faut faire attention, surtout le jour d'Halloween... »

L'homme tira une chaise sur le linoléum et s'assit en face de moi, de l'autre côté de la table. Il était blond et portait des lunettes à montures noires. J'étais sur le point de m'endormir. Je n'avais pas envie de parler, ni de bouger, ni d'ailleurs de faire quoi que ce soit. Lorsque je rouvrirai les yeux, me disais-je, ma mère sera devant moi.

« Tu veux une pomme ? » me demanda l'homme.

Quelque chose dans le ton de sa voix me fit relever la tête et je fixai sa main, posée au sommet d'une coupe remplie de pommes qui trônait sur la table. Les fruits étaient bien rouges. J'en avais brusquement très envie, mais je n'osais pas dire oui. J'étais encore en train de réfléchir pour savoir quelle décision prendre, lorsque la lumière des phares illumina la fenêtre du salon. Aussitôt après, j'entendis freiner la voiture de ma grand-mère. Dieu merci, elle était venue elle aussi ! Je ramassai mon sac, courus dehors et me précipitai sur le siège arrière du véhicule. Ma grand-mère était au volant. Assise à côté d'elle, ma mère se retourna et se pencha par-dessus le dossier pour me dévisager.

« Mon Dieu ! Oh, mon Dieu, ce n'est pas possible ! » s'exclama-t-elle en se mettant à genoux sur son siège et en passant la main dans ce qui me restait de cheveux.

« Mais que t'est-il arrivé, mon Dieu ? Qui t'a fait ça ? Veux-tu bien me dire qui t'a fait ça ! Maman, mais regarde-la ! Ses cheveux sont fichus, elle est fichue. Je ne peux pas le croire. Mais comment as-tu pu te laisser faire... Et toi qui as voulu y aller ! Tu voulais faire la maligne, aller te balader avec les grands... Eh bien, tu vois le résultat ? Oh, tu peux bien pleurer maintenant... Il va falloir vivre avec. Après tout, il s'agit de ta tête, pas de la mienne... Pourquoi t'es-tu laissée faire ? Pourquoi ne t'es-tu pas enfuie ? Tu n'avais qu'à m'appeler... Dis-moi, ma chérie, que s'est-il passé ?... »

Je m'étais affalée sur la banquette, le visage enfoui au fond du siège, et je sanglotais à perdre haleine. L'odeur fade du Skaï me remontait à la gorge. Je savais qu'il était inutile d'essayer d'interrompre ma mère. Elle poursuivait son monologue en criant de plus en plus fort. Aussi perçante qu'une sirène, sa voix n'avait pas tardé à couvrir tous les autres bruits.

Elle était dans une rage folle. Elle détestait ce qu'elle appelait ma faiblesse, qu'elle cherchait depuis toujours à extirper de moi. Elle continuait de se frapper la poitrine en prenant le ciel à témoin, mais j'étais aussi inerte qu'un vieux bout de bois. Ma grand-mère n'avait pas ouvert la bouche et se contentait de conduire. Devant ma mère, nous étions comme des potiches, toutes les deux. Elle nous pompait toute notre énergie.

Une fois chez nous, ma mère fila directement à la salle de bains et m'appela :

« Ann, viens ici une seconde ! »

Avant que je parte, ma grand-mère me saisit par le bras.

« Écoute-moi, me dit-elle. Inutile de te ronger les sangs. Je t'emmènerai demain chez le coiffeur, il t'arrangera ça en moins de deux. D'ailleurs, ce n'est pas une mauvaise chose que tu aies enfin l'occasion de te faire couper les cheveux. Ils étaient devenus beaucoup trop épais. Et tu seras très mignonne, avec les cheveux courts. »

Nous étions debout à l'entrée de la salle de bains. Avant d'y pénétrer, je donnai mon sac de bonbons à ma grand-mère.

Ma mère me démêla soigneusement les cheveux devant la glace. Elle avait refermé la porte et tiré le verrou.

« Tu ne réalises donc pas, me disait-elle. C'était grâce à tes cheveux que tu étais différente des autres. Tu passes ton temps à nous bassiner en prétendant que tu veux aller en Californie et faire du cinéma, mais j'aime mieux te dire qu'il y a des tas de gamines qui sont bien plus jolies que toi. Par chance, tu avais des cheveux magnifiques. Mais maintenant qu'ils sont complètement esquintés, je ne crois pas que tu puisses encore te faire beaucoup d'illusions. »

Elle hocha la tête en soulevant une de mes mèches hirsutes et la laissa retomber sur mon visage en poussant un soupir. Mais même en semblable occasion, elle ne pouvait pas résister à l'attraction de son propre reflet et s'observait dans le miroir en creusant les joues pour se mettre en valeur.

« On prétend que j'ai de beaux yeux, dis-je brusquement.

— Qui t'a dit ça ?

— Lolly. Ainsi que ton champion de patin à glace.

— Oh, ma chérie... Ils t'ont raconté ça pour te faire plaisir, sans le penser vraiment. Ted a voulu se montrer gentil, parce qu'il m'aime bien. Tu as les yeux verts, d'accord, mais tu es loin d'être la seule dans ce cas. Et d'ailleurs, c'est un vert très ordinaire. »

Ma mère avait les yeux bleus.

Le lendemain matin, ma grand-mère attendait, assise devant la table de la cuisine. Elle avait rassemblé tous les cheveux qu'elle avait trouvés dans mon sac et en avait fait deux épaisses tresses, qu'elle avait ensuite cousues, de part et d'autre, sur les bords d'un chapeau de paille.

« Comme ça, lorsque tu le mettras, on croira que tu as encore les cheveux longs... »

Ma mère n'était pas encore levée.

L'après-midi, appuyée contre le capot de notre vieille Volkswagen, ma mère m'avait parlé, en haussant le ton et en fixant au loin les fils des poteaux télégraphiques qui couraient dans le ciel.

« J'ai bien réfléchi, disait-elle. Peut-être ferais-je mieux de partir, je ne sais pas encore où, en Californie qui sait... A moins que j'aille ailleurs. Tu n'as pas besoin de moi ici, tu t'en sortiras très bien toute seule. »

Je m'étais approchée d'elle et m'étais accrochée aux pans de sa chemise, en essayant d'attirer son attention. Ses yeux étaient toujours fixés sur le ciel.

« Non, maman. Je veux que tu restes. »

Sa chemise était rose ce jour-là. Ses initiales étaient brodées en lettres blanches sur le revers de sa poche. De rares nuages traversaient çà et là le ciel bleu pâle, sur lequel les poteaux télégraphiques tranchaient à intervalles réguliers. Ma mère avait baissé les yeux. Elle m'avait ôté mon chapeau de paille et l'avait envoyé rouler dans l'herbe.

« Tu le veux ? avait-elle dit. Bon, alors d'accord. »

Tout tenait à si peu de chose. Aucune personne sur terre, rien d'autre au monde n'importait.

CHAPITRE 11

LIME KILN ROAD

Nous vécûmes pendant un peu plus d'une année dans un autre quartier de Beverly Hills, ma mère et moi. De l'extérieur, on aurait dit que l'immeuble était en grès. Sous les rayons du soleil, le béton gris prenait une teinte sableuse, aux reflets presque dorés. Deux têtes de lions serrant un anneau de cuivre dans leur gueule étaient sculptées de part et d'autre de l'entrée.

La nuit, des loupiotes invisibles dissimulées dans les fougères éclairaient les sculptures. Nous avions tout de suite trouvé l'immeuble élégant. Et d'ailleurs, c'était pour nous une ascension, par rapport au petit studio meublé que nous occupions auparavant. Le bâtiment — de construction récente — comportait au total six appartements qui donnaient tous sur une cour intérieure munie d'une pelouse. Nous étions très fières de nous installer là. Ma mère avait embauché les deux sœurs jumelles de Daniel Swan, qui nous aidèrent à empaqueter et à nettoyer notre ancien studio. Nous décidâmes de jeter notre bric-à-brac, et nous posâmes un joli papier dans les placards de notre nouvelle cuisine. Nous avions d'immenses espoirs. Enfin, nous allions mener la même vie que les autres gens !

L'appartement garda ce côté neuf, même après notre installation, sans doute parce que nous n'avions rien pour le meubler. Au rez-de-chaussée, les grands murs blancs demeurèrent nus, ainsi que la moquette beige dont toutes les pièces étaient tapissées. Mais enfin, nous avions de la place. L'intérieur des placards sentait encore le bois fraîchement débité. Nous avions installé un lit dans chacune de nos chambres. Celle de ma mère comportait quelques meubles encastrés. Pour ma part, je me contentais d'une armoire. L'énorme radio de Ted trônait à même le sol, dans le salon, au rez-de-chaussée.

Souvent, nous nous postions sur les marches moquettées de l'escalier qui menait aux chambres, au milieu de l'appartement, pour contempler la lumière qui tombait par les portes vitrées de l'entrée en dessinant sur les murs du salon des motifs multicolores et changeants. Nous aimions toutes les deux le fait que cet appartement ait deux niveaux. Nous ne l'avions pas meublé, mais nous l'entretenions avec un soin méticuleux. Nous prenions la plupart de nos repas à l'extérieur, et lorsque nous mangions à la maison, nous nous asseyions sur les marches de l'escalier, nos assiettes sur les genoux. Je faisais mes devoirs sur mon lit.

Le fond de mon armoire donnait sur une étroite cavité verticale, creusée dans l'épaisseur même du mur, et dont l'accès était fermé par une petite porte. A l'intérieur, il y avait une minuscule étagère en contre-plaqué, où j'avais pris l'habitude de ranger mes livres et mes cahiers. A part ça, ce trou béant plongeait jusque dans les profondeurs du bâtiment. Peut-être s'agissait-il d'un banal conduit d'aération, destiné à éviter que l'armoire ne sente le renfermé. Lorsqu'on plongeait la main à travers l'ouverture, on ne sentait plus rien sous ses doigts. Je faisais toujours très attention lorsque je déposais mes affaires sur l'étagère. Le moindre faux mouvement aurait suffi à les faire tomber.

J'ignore pourquoi un tel espace avait été aménagé là. Normalement, il aurait dû être mieux isolé. Peut-être s'agissait-il tout simplement d'une erreur de l'architecte ou de l'entreprise qui avait construit le bâtiment. J'y ai souvent repensé par la suite parce qu'un jour, cet hiver-là, alors qu'il y avait déjà plusieurs mois que j'étais habituée à la disposition des lieux, j'avais heurté l'étagère par mégarde et mon coffret à bijoux avait basculé dans le vide.

« Mais pourquoi l'avais-tu donc mis là ? me dit ma mère. Je t'avais dit de faire attention à ce trou. Je savais bien que ça finirait par arriver. »

Mais sur le moment, j'étais trop abasourdie pour répondre. Je n'arrêtais pas de me répéter : pourquoi ai-je donc mis un objet précieux dans le seul endroit de l'appartement où de toute évidence il n'était pas en sécurité ? Au fond, la raison en était peut-être simple : il y avait là une étagère. Je n'avais pas de commode ni de bureau où j'aurais pu entreposer de menus objets. Mais après tout, j'aurais aussi bien pu laisser ce coffret par terre.

Il s'agissait de celui que Benny m'avait offert avant notre départ — la petite boîte qu'il avait fabriquée de ses propres mains et qui était tapissée de velours bleu. A l'intérieur, j'avais rangé une bague, un mouchoir et une liste où j'avais inscrit le nom de tous mes amis. La cavité n'aboutissait nulle part, il n'y avait pas de sous-sol dans cet immeuble. L'objet était donc irrécupérable. Je me représentais mon coffret gisant sur le côté au fond du trou, entrouvert et immobile comme un coquillage, entre les poutres nues et poussiéreuses des fondations de l'immeuble.

J'interrogeai plusieurs fois le gardien, pour savoir s'il n'y avait pas un moyen de le récupérer. Par la suite, bien après notre déménagement, je suis souvent repassée devant le bâtiment. J'ai même écrit à l'agence immobilière qui en gère les intérêts. Je ne sais pas quel effet cela me ferait aujourd'hui si jamais je parvenais à remettre la main sur ce coffret. Cela fait des années que Ben est mort, et la boîte ne recelait qu'un trésor enfantin. Et pourtant, elle doit toujours se trouver là, enfouie dans les profondeurs du bâtiment, comme une horlogerie secrète au cœur d'une machine gigantesque. On se souvient toujours des endroits où l'on a perdu quelque chose.

La nuit où nous apprîmes la mort de Ben, nous habitions encore le petit studio meublé où nous partagions le même lit, ma mère et moi. Ce fut elle qui me réveilla, en me secouant par l'épaule avec un mélange de douceur et de rudesse. Elle était accroupie par terre et se balançait sur ses talons, l'écouteur collé à l'oreille. Le jour n'était pas encore levé et elle s'était mise à pleurer.

Elle m'apprit que Ben avait eu un accident de voiture. C'était Jay Brozek qui était au volant, il roulait beaucoup trop vite et ils étaient allés s'écraser contre un arbre. Jay n'avait rien, juste une égratignure sur la joue.

Je sentis un sourire nerveux me crisper le visage. J'étais incapable de le refréner, les muscles de mes joues ne m'obéissaient plus. Ma mère avait l'air effondré. « Mon Dieu, répétait-elle sans arrêt, ma pauvre Carol... ma pauvre Annie... » Lorsqu'elle eut raccroché, nous restâmes assises par terre, dans les bras l'une de l'autre. J'avais enfoui mon visage dans ses cheveux et je sentais sa poitrine secouée de sanglots palpiter sous son tee-shirt.

Nous nous habillâmes aussitôt et attendîmes un moment dans le bureau de la Western Union avec notre valise. Carol nous avait envoyé de l'argent par télex pour les billets d'avion. Il faisait encore nuit lorsque nous arrivâmes à l'aéroport. Nous n'avions dit à personne où nous allions. Avant de partir, ma mère avait appelé son école, puis mon lycée, en prétendant que nous étions malades. C'était un lundi matin. Nous abandonnâmes la voiture sur le parking de l'aéroport. C'était la première fois que nous partions en voyage depuis notre arrivée en Californie.

Nous changeâmes d'avion à Chicago et montâmes dans un petit appareil aux sièges élimés. Même les hôtesses étaient différentes ; leur manière de parler sonna familièrement à mes oreilles et pour la première fois je réalisai qu'elles avaient le même accent que nous — celui de la région dont nous étions comme elles originaires. Cela tenait surtout à leur façon de prononcer les « o ». Elles avaient les ongles vernis en marron, en harmonie avec la couleur de leurs uniformes. Elles étaient loin d'être aussi mignonnes et d'avoir les traits aussi fins que leurs consœurs des lignes transcontinentales. Peut-être les compagnies sélectionnaient-elles leur personnel en fonction du physique ; les moins jolies des candidates devaient être condamnées à servir sur les vols intérieurs, sans quitter le triangle étroit de leur région natale. Leurs voix avaient quelque chose de familier, l'intonation nasale était plus prononcée. Je me mis à songer à la façon dont nous parlions, ma mère et moi. J'avais l'impression que nous avions perdu cet accent. A partir de ce jour-là je fis toujours très attention en prononçant mes « o ».

Ma mère se tourna vers moi.

« Tu les as entendues ? me dit-elle. On se croirait à Bay City. Vraiment, cet accent manque de classe. »

Elle se pencha par-dessus mon épaule pour regarder à travers le hublot.

« Mais ces fermes sont charmantes, ajouta-t-elle. Et le paysage est réellement splendide. »

L'avion commençait sa descente et s'était mis à vibrer. La voix d'une hôtesse jaillit du haut-parleur, nous priant de bien vouloir attacher nos ceintures.

Il y avait un soupçon de fierté dans la manière dont elle s'exprimait. On sentait qu'elle était consciente de ses responsabilités. Theresa Griling avait toujours rêvé de devenir hôtesse de l'air. A défaut, elle aurait aussi aimé ouvrir un salon de coiffure dans une ville de riches, à Beverly Hills ou en Floride. Lorsqu'elle m'en parlait, autrefois, ses projets me semblaient courageux, pleins de risques et de dangers. Je n'aurais jamais osé songer à un avenir pareil. Mais aujourd'hui, je me rendais compte que ces hôtesses menaient en fait une vie parfaitement tranquille. Il devait bien leur arriver de temps en temps de coucher avec un pilote marié, lorsque leur avion était bloqué à Chicago par une tempête de neige, mais c'était sans histoire. Elles finiraient certainement par se marier et par s'installer à deux ou trois cents kilomètres de l'endroit où elles étaient nées. Et elles deviendraient de braves et respectables mères de famille, une fois dissipé l'enthousiasme de leurs jeunes années. Même celles qui avaient choisi le ciel, les voyages, l'aventure, on sentait rien qu'à les entendre qu'elles ne courraient jamais le monde. Il y avait dans leurs voix et leur manière de s'exprimer quelque chose qui les rivait inexorablement au sol natal. Elles ne dépasseraient jamais l'étroit périmètre dessiné entre Chicago, Twin Cities et Green Bay. Nous étions déjà différentes d'elles, ma mère et moi. J'ignorais ce que l'avenir nous réservait.

Les pistes de l'aéroport de Bay City s'étiraient au beau milieu des bois, bordées de pins et de bouleaux. L'avion se mit à vrombir et à vibrer de plus en plus fort. Lorsque ses roues heurtèrent le sol, nous fermâmes les yeux en nous cramponnant à nos sièges. Ma mère me saisit par la main et me planta ses ongles dans la paume. Elle me relâcha quelques instants plus tard et je m'aperçus qu'elle m'avait fait saigner. Nous avions toujours eu très peur des atterrissages.

Nous traversâmes lentement l'aéroport, en traînant derrière nous notre unique valise. Nous aperçûmes la grosse Betty Doris derrière le guichet de vente des billets. Elle portait un chemisier blanc au col fripé. C'était elle qui avait vendu son billet à mon père, la première fois où il nous avait quittées. Betty Doris avait toujours eu un faible pour les maris de ma mère. Au cours de la dernière année que nous avions passée à Bay City, elle avait même invité Ted à dîner. Mais aujourd'hui, elle ne nous adressa pas un regard.

« Charmant accueil... » dit ma mère.

Des années plus tôt, nous avions été chez elle pour lui acheter des décorations de Noël qu'elle avait fabriquées elle-même, avec des vieilles boules de polyester recouvertes de velours et de dentelles. Nous l'avions d'ailleurs uniquement fait par charité, car nous nous étions aussitôt débarrassé de ces horreurs.

« Elle aurait quand même pu nous dire bonjour, soupirai-je. Elle a bien dû nous reconnaître.

— Évidemment, dit ma mère. Mais elle nous snobe. Qu'est-ce que tu veux... Elle doit s'imaginer que la ville lui appartient, maintenant que je suis partie. Eh bien, je la lui laisse volontiers. »

Nous nous posâmes dans un coin, en attendant que l'on vienne nous chercher. Nous ne savions pas encore qui serait au volant. Mais j'étais plutôt soulagée qu'il n'y ait encore personne. Je savais qu'à l'instant où nous serions réunis, le calvaire allait commencer.

Ma mère ôta son sac de son épaule et le posa par terre.

« Je n'arrive pas à y croire, dit-elle en regardant autour d'elle. C'est fou… Tout a l'air si *minuscule*, ici ! »

C'est étrange comme l'on peut se sentir proche de quelqu'un qui vient de mourir — bien plus encore qu'on ne l'a été de son vivant, à l'exception peut-être des moments où son corps a étreint le vôtre. Mais on vivait alors l'un et l'autre, on n'y faisait pas attention. En regardant Benny, je me disais que son visage avait quelque chose d'inhabituel ; sa lèvre supérieure semblait se retrousser, atteignant presque ses narines, ce qui lui donnait l'air d'un poisson. Il n'était pas du tout ressemblant. Je me penchai et déposai un baiser sur son front, qui me parut aussi dur et glacé que du métal. L'odeur fade de la poudre dont il était enduit m'imprégna les lèvres.

Le cercueil bardé de cuivre était en bois de cèdre, capitonné de satin bleu à l'intérieur. Un carré de dentelle que je reconnus pour l'avoir vu chez ma grand-mère était disposé sous sa tête. Jadis, il trônait toujours sur le dossier du canapé.

Carol était pieds nus sur la moquette. Elle avait ôté ses chaussures et regardait droit devant elle.

« Ils allaient souvent au club de golf pour arroser la pelouse, racontait Jimmy. Pour leur peine, on les laissait jouer gratuitement. Il s'était donc rendu là-bas, avec Susie et quelques copains, dont Jay Brozek, qui était venu avec sa propre voiture. Au moment de partir, Ben est monté dans l'autre véhicule, avec Susie et ses copains.

— Dans *l'autre* véhicule ?

— Oui. Mais au dernier moment, Jay l'a appelé et lui a demandé de venir avec lui, parce qu'il se retrouvait tout seul. Et Ben a accepté. »

Ma mère avait croisé les bras. Elle se mit à essuyer ses lunettes sur son écharpe en soie. Elle portait un ensemble noir, avec une ceinture assortie. Elle fronça les sourcils. Des bancs étaient alignés au centre de la pièce, ce qui fait que les gens se regroupaient sur les côtés. Les couronnes mortuaires étaient déposées sur le sol. Les plus petits bouquets avaient été disposés sur des tables recouvertes d'un tissu blanc.

« Les gens ne se sont pas moqués de lui », dit Hal après avoir compté les bouquets du doigt.

Carol s'avança vers moi, en abandonnant ses chaussures devant le cercueil. Elle posa sa main sur ma nuque.

« Regarde celui-là, me dit-elle en désignant un gros bouquet de roses ; elles étaient si foncées qu'on les croyait noires au premier coup d'œil. C'est celui de la petite Susie, ajouta ma tante en me regardant fixement. Tu vois, Ann, je n'ai pas cessé de dire, depuis le début, que nous aurions été ravis si Ben avait voulu l'épouser, une fois qu'il en aurait eu l'âge. Pourtant, les parents de Susie ne sont pas riches, ils travaillent tous les deux. Mais c'est une famille honnête. »

Le propriétaire de la pâtisserie Krim arriva, en compagnie de sa femme, qui posa sa main sur l'épaule de Carol d'un air compatissant. Les Griling au grand complet se pressaient derrière eux.

« Lorsque tu étais petite, me dit Theresa, tu prétendais toujours que tu avais été adoptée, parce que tu avais les cheveux noirs alors que ta mère était blonde. »

Elle tendit la main et m'effleura les cheveux, comme si elle trouvait sidérant qu'une couleur pareille existe. Je lui demandai, ainsi qu'à Mary, comment se passaient leurs études.

« Très bien », répondirent-elles rapidement.

Elles avaient pratiquement vu Benny tous les jours, pendant mes trois années d'absence.

Elles m'apprirent que Rosie s'était mariée — elle vivait maintenant à Milwaukee —, et que Stevie s'était engagé dans la marine. Il se trouvait actuellement sur un porte-avions, à l'autre bout du monde. Theresa me dit qu'elle comptait s'enrôler dans l'aviation, une fois qu'elle aurait passé ses examens. Un badge d'American Airlines représentant deux petites ailes en argent était épinglé sur le revers de sa veste. C'était moi qui le lui avais donné, il y avait des années. L'hôtesse de l'air m'en avait fait cadeau lorsque nous étions revenues de Las Vegas, ma mère et moi.

« Tu veux t'engager dans l'armée ? lui dis-je. Mais Mary va se retrouver toute seule.

— Dans l'aviation, corrigea Theresa.

— Et puis, j'aurai toujours mon père », ajouta Mary.

Jay apparut au même instant par la porte du fond, entre Chummy Brozek et sa seconde femme, Darla. Celle-ci était si grosse qu'elle devait coudre elle-même ses vêtements : elle n'en trouvait pas à sa taille dans le commerce. Elle portait une ample blouse marron et était chaussée de pantoufles en velours côtelé.

« Elle ne doit pas pouvoir enfiler de chaussures, murmura ma mère. Tu as vu ses pieds ? On dirait deux petits chiens. »

Jay était plus grand que son père, mais il baissait la tête et avait l'air très mal à l'aise dans son costume. Ses cheveux noirs donnaient l'impression d'être mouillés et ses lèvres tremblaient. Il avait une égratignure sur la joue. Il suivit son père et sa belle-mère, qui allèrent s'asseoir sur l'un des bancs.

« Je le sais bien... » disait Carol quelque part derrière moi.

Les Brozek avaient toujours habité Lime Kiln Road. C'était Chummy qui livrait le lait tous les matins.

« Deux de ses fils sont dans les marines, disait Jimmy. Il y en a également un qui est dans l'aviation. Il est basé quelque part en Allemagne, les deux autres sont encore au Viêt-nam. Mais ils sont en vie tous les trois. »

« Jay a insisté pour être parmi ceux qui porteront le cercueil, dit Hal.

— Non... murmura ma mère en se mordillant le poignet.

— Nous non plus, au début, nous n'étions pas d'accord. Mais Benny aurait sûrement voulu qu'il en soit ainsi. »

Je n'avais encore jamais vu Susie, mais je la reconnus dès qu'elle entra. Ma grand-mère nous avait envoyé sa photo ; au dos, elle avait écrit : *La petite amie de Benny.* Ils s'étaient rencontrés lors des préparatifs de la fête annuelle du lycée. Ils étaient dans la même équipe et devaient enfoncer des milliers de feuilles de papier hygiénique dans du grillage pour figurer le toit de l'un des chars du défilé.

« Nous nous trouvions à la caravane lorsque le téléphone a sonné. C'est Carol qui a décroché. On lui a annoncé qu'il venait d'avoir un accident et qu'il avait été transporté au dispensaire de Bailey's Harbor. On nous a demandé si nous préférions qu'on l'opère immédiatement, ou qu'on le transfère dans un autre hôpital. Et nous devions décider sur-le-champ. Bon Dieu, nous n'en avions pas la moindre idée ! Il était déjà dans le coma lorsque nous sommes arrivés. Et cet abruti de toubib qui n'avait qu'une idée en tête : lui amputer la jambe... La jambe, la jambe, il n'avait que ce mot à la bouche. Et pendant ce temps, le cœur a lâché.

— Mais... »

Je fus incapable d'ajouter un mot. Je ne parvenais pas à imaginer Benny privé de ses jambes.

« Je crois que ce toubib était vraiment à côté de la plaque. Tu penses, un médecin de campagne...

— Un généraliste, à tous les coups », murmura ma mère.

Carol posa la main sur le bras de Jimmy. Elle n'avait toujours pas remis ses chaussures.

« Tu as vu, lui dit-elle. Les parents de Susie sont venus. Et pourtant ils travaillent tous les deux. Ils ont dû prendre un jour de congé. »

« Je te jure que s'il s'était agi de toi, je t'aurais fourrée dans le premier vol pour Chicago, afin que tu sois entre les mains des meilleurs chirurgiens, murmura ma mère tandis que Carol et Jimmy s'éloignaient. Ils auraient dû s'adresser à un spécialiste. Tu parles... Un minable généraliste du service de nuit... Pas étonnant que les choses se soient mal terminées.

— Mais même s'ils lui avaient fait prendre l'avion, Benny serait mort en cours de route », dis-je.

Ma mère se pencha vers moi.

« C'est bien pour ça que nous sommes parties. Là où nous vivons maintenant, nous avons absolument *tout* sous la main. Tu pourrais te montrer reconnaissante de temps en temps, tu sais, après tout ce que j'ai fait pour toi. Tu ne t'en rends peut-être pas compte aujourd'hui, mais plus tard tu me remercieras. »

Susie se faufila entre les bancs et alla s'asseoir derrière Jay. Elle posa sa main sur l'épaule du garçon. Ils faisaient partie de la même bande, et il existait entre eux tout un code secret dont les adultes n'avaient même pas conscience. Je m'imaginais Benny conduisant à toute vitesse dans l'obscurité pour aller se baigner la nuit avec ses copains, et fumer ensuite une cigarette au bord de la plage. Je n'avais aucune idée de ce qu'il avait pu faire, durant les trois années où j'avais été absente. Je le voyais déshabillant Susie et s'allongeant près d'elle sur le sable mouillé. Il y avait sûrement eu aussi d'autres choses que je me représentais mal : l'alcool, la drogue... Je me retournai et regardai Hal. Oui, décidément, quelque chose avait changé. Je me sentis brusquement jalouse. Depuis toujours, Benny avait tout expérimenté avant moi. Mais tout aussi soudainement, je me pris à espérer qu'il ait vraiment eu le temps de *tout* tenter — même le pire.

Susie portait des sandales de cuir lacées autour des chevilles, qu'elle avait très fines. Ces sandales la faisaient paraître bien plus maigre qu'elle n'était, mais elle ne semblait pas s'en rendre compte. Benny n'y avait sûrement pas fait attention, lui non plus. Cela m'amena à penser qu'ici la vie des gens était beaucoup plus simple que celle que nous menions en Californie, ma mère et moi. Là-bas, nous avions toujours peur que quelque chose aille de travers. Un jour, j'étais allée faire mes devoirs chez Peter, un copain de ma classe. Sa bonne nous avait apporté une assiette de biscuits. « Goûte-les, ils sont excellents, m'avait-il dit ; mais il avait aussitôt ajouté : en y réfléchissant bien, il vaudrait peut-être mieux que tu t'en abstiennes. » Peu après, je m'étais levée pour aller tailler un crayon et il m'avait empoigné la cuisse. « C'est par ici que tu aurais besoin de perdre quelques kilos » avait-il déclaré. Contrairement à ce que nous avions espéré, nous étions loin de faire des ravages, ma mère et moi.

Au fond de la pièce, Merry — l'ex-femme de Hal — tendait Tina à son père pour qu'il la prenne dans ses bras. Merry et Tina vivaient maintenant dans une caravane, à trente kilomètres de Bay City.

« Ben et Susie étaient si bien assortis... soupira Carol. C'étaient de braves enfants.

— Ils valaient mieux que Hal, en tout cas », dit Jimmy.

Derrière nous, deux femmes du quartier papotaient au sujet de Darla Brozek. Pendant des années, celle-ci avait dû nourrir douze personnes tous les soirs, dont cinq grands garçons qui mangeaient chacun comme quatre. L'une des femmes confiait à l'autre la recette du poulet à la crème de Darla : « Tu désosses puis tu débites deux gros poulets, dont tu disposes les morceaux dans un grand plat en Pyrex, de cette taille à peu près. Tu verses par-dessus deux boîtes de potage aux champignons (ou à défaut, à la crème de céleri), puis tu émiettes une dizaine de biscottes et tu glisses le tout au four. Tu laisses cuire pendant une heure environ en position 4. Je t'assure, un vrai délice... Tu m'en diras des nouvelles... »

« Oui, disait Chummy Brozek. Pendant l'offensive du Têt. Oui, une médaille. Non, Hal n'y est pas allé. Il n'a jamais bougé d'ici. »

Je me dirigeai vers Hal qui était adossé au support de la porte en accordéon.

« Mais où est donc la grand-mère ? demanda quelqu'un.

— A l'hôpital. On a dû la mettre sous sédatifs. »

Ma grand-mère avait eu sa première crise cardiaque le jour où elle avait appris l'arrestation de Hal à la télévision. Depuis, elle avait eu deux autres attaques. La première fois, Carol nous avait téléphoné pour nous prévenir, mais en nous disant que ce n'était pas la peine de venir. Elle était déjà à l'hôpital et se remettait lentement d'une nouvelle attaque lorsqu'il avait fallu lui annoncer la mort de Benny.

L'après-midi, nous allâmes lui rendre visite à l'hôpital, ma mère et moi. Elle semblait indifférente à tout. Je restai assise dans un coin de la chambre et l'observai, recroquevillée dans son lit. Ma mère était penchée à son chevet et lui hurlait dans les oreilles, comme si elle était devenue sourde.

« Maman… Tu as l'air en pleine forme ! Comment te sens-tu ?

— Laisse-moi tranquille », répondit ma grand-mère.

Carol renfila ses chaussures. Les gens commençaient à quitter la pièce et il fallait qu'elle rejoigne Jimmy à l'entrée pour leur serrer la main. Elle indiqua à Jay l'endroit où devaient se retrouver ceux qui allaient porter le cercueil. Le jeune homme la regardait avec un mélange de détresse et de reconnaissance. Il n'arrêtait pas de répéter : « A huit heures, demain matin, oui… Devant la porte de derrière… » On aurait dit que tout le reste de sa vie dépendait de cette mission.

Jay raccompagna Darla vers la voiture, tandis que Chummy traînait encore un moment dans la pièce.

« Fais-moi donc un procès, disait-il à Jimmy. Vas-y… Nous avons payé ces foutues traites d'assurance toute notre vie en prévision d'un pépin de ce genre, d'abord Junie et moi, maintenant Darla et moi. N'hésite pas, fais-moi un procès…

— Jay va devoir porter cette croix toute sa vie, disait Hal. Comme moi avec mes histoires.

— Sauf que toi, tu n'as tué personne, dis-je.

— Je n'en ai même pas eu l'occasion. »

Il faisait allusion à la guerre. Lorsque Hal abordait la question du Viêt-nam nous ne savions plus trop quoi dire.

Nous restâmes un bon moment devant la porte, à regarder les gens qui s'éloignaient les uns après les autres. Nous étions au début de septembre mais il faisait encore très chaud. Bientôt, nous nous retrouvâmes seuls dans la pièce. Carol allait et venait, ôtant les fleurs fanées qui dépareillaient çà et là les bouquets. Elle avait de nouveau quitté ses chaussures.

« Nous devrions peut-être éteindre les lumières, dit-elle à ma mère.

— Laisse donc, répondit celle-ci. Les choses sont très bien ainsi. »

Carol se frotta le pied.

« Veux-tu que je te passe mes clefs ? me demanda-t-elle. Tu pourrais aller jusque chez Dean et nous ramener des hamburgers. »

Elle était bien la seule à se soucier du repas. Je me tournai vers elle et nos genoux se heurtèrent.

« Je n'ai pas mon permis, dis-je.

— Bien sûr, suis-je bête… J'oublie toujours que tu as un an de moins. »

Nous restâmes encore un moment sur le porche. Jimmy avait finalement passé les clefs de sa voiture à ma mère, mais nous n'avions ni l'une ni l'autre le courage de nous lever.

Carol secoua la tête.

« Je n'arrive pas à y croire, dit-elle. Il était tellement heureux. Il aurait fini par se marier, il serait allé à l'université. Il avait toute la vie devant lui. »

Personne ne répondit.

« Dieu Merci, ajouta-t-elle, nous lui avions offert cette paire de skis à Noël, l'an dernier. Il aura quand même eu le temps d'en profiter. »

Ma mère se mordillait les phalanges. Elle s'essuya les yeux avec le revers de son foulard.

« Oh, Adele, ne fais pas ça, dit Carol. Ce foulard est si joli et la soie est tellement fragile… »

Nous roulions toutes les deux à vive allure sur l'autoroute qui contournait Bay City. Nous avions d'abord longé les usines, mais nous étions maintenant en pleine campagne. Nous n'étions pas pressées de rentrer. J'avais baissé ma vitre et je laissais pendre mon bras par la fenêtre. Nous étions en septembre, l'été indien venait de commencer, une bonne odeur de maïs montait des champs environnants.

Nous arrivâmes à Bay Beach où la fête foraine battait toujours son plein. Ma mère freina, s'arrêta et nous restâmes là un moment, garées sur les cailloux à regarder la lente rotation des manèges.

« On se paie un tour ? » me demanda-t-elle.

Nous montâmes sur la grande roue. Notre siège s'immobilisa et se balança un instant au sommet tandis qu'en bas, le long de la rambarde, l'employé pressait les enfants qui attendaient leur tour de prendre rapidement leur place. L'ensemble du paysage s'étendait à nos pieds en formant des figures géométriques. Une petite piscine brillait comme un diamant au milieu du ciment. Les minuscules baraques de la foire, aux couleurs passées et délavées, semblaient dater d'un autre âge. Nous tanguions toujours au sommet de la roue. Ce n'était pas l'idée que nous allions bientôt plonger dans le vide qui m'effrayait ; ce que je redoutais, c'était le moment précis où nous allions commencer à redescendre, ce moment où le monde paraît encore stable, où les pelouses tissent leur toile multicolore, où l'on enfonce ses ongles dans le bois déjà griffé et où l'on sent tout son corps hurler : Stop ! Mais on tombe déjà.

Le siège bascula dans le vide et je me mis à hurler.

Nous l'aidâmes à sortir de la voiture, sur le parking de l'hôpital. Elle se déplaçait lentement, les jambes écartées, avec d'infinies précautions, comme si le sol était couvert de glace. Une fois dans sa chambre, elle fut visiblement soulagée de pouvoir ôter ses vêtements. Elle nous pria de baisser les stores, les rayons de soleil qui tombaient sur le lit lui faisaient mal aux yeux.

« Veux-tu que nous discutions un peu avant que tu fasses ta sieste, maman ? murmura ma mère à travers les barreaux du lit. Cela fait si longtemps que nous ne t'avons vue.

— Non, dit-elle. Laisse-moi tranquille. »

Après l'enterrement, ma mère se rendit en ville pour régler la question de son divorce. Elle avait mis des heures à s'habiller. Son avocat lui avait dit qu'il risquait d'y avoir des problèmes, à cause de la façon dont elle s'était servie de la carte de crédit de Ted lorsque nous étions parties. Ted avait fini par payer toutes les traites de la Lincoln. Ma mère sauta l'épisode du cimetière. Nous y allâmes, nous, et regagnâmes lentement Lime Kiln Road, les uns derrière les autres. Les femmes dressèrent la table à la cuisine et découpèrent les gâteaux, sur la desserte de Carol. Jimmy était allé dans le jardin pour s'occuper du barbecue. Hal faisait la navette et transportait les canettes de bière et les assiettes où étaient empilées les brochettes. Le curé s'était assis à l'ombre du parasol, les pieds posés sur la table ronde du jardin. Il portait des chaussettes de sport blanches.

Un petit bosquet de pins se dressait entre la maison de ma grand-mère et celle de Carol, à la jonction des deux propriétés. Je m'y rendis et y restai un moment, les talons enfoncés dans le tapis de feuilles mortes et d'aiguilles de pins. Jadis, ma grand-mère m'avait raconté que les jours de tempête son mari enfilait ses après-ski et courait jusqu'à ce bosquet, pour regarder tomber la neige. Il s'immobilisait sous la voûte des branches et contemplait le spectacle. Il aimait le silence. Une odeur de résine montait du tronc des arbres. C'était ici que nous venions enterrer les animaux que nous élevions, Benny et moi : il y avait d'abord eu un petit écureuil, puis un oiseau à l'aile brisée que nous avions recueilli et soigné, en le nourrissant avec un compte-gouttes. Nous restions volontiers des heures sous ces arbres. L'atmosphère qui y régnait était si différente que nous avions souvent l'impression d'être devenus totalement invisibles. Mais aujourd'hui, l'endroit avait perdu toute sa magie. Nous avions jadis planté de petites croix à l'emplacement des tombes — je me souvenais que nous avions utilisé des bâtonnets d'esquimaux pour les faire —, mais elles avaient disparu.

Je ramassai une poignée de terre et la laissai s'écouler entre mes doigts. Rien ne dure, me disais-je — et je ne comprenais pas pourquoi il en était ainsi. On ne discernait pratiquement plus le trou que mon père avait fait dans la haie : les branches avaient repoussé et l'avaient presque entièrement comblé. Je pensais à ces croix que nous avions plantées : le bois ne se désintègre pas comme ça dans la terre, en cinq ou six ans. Je doutais que quelqu'un soit venu les arracher, et pourtant elles n'étaient plus là. Les choses disparaissent, et nous ne nous en étonnons même pas. Nous savons que tout est voué à l'oubli.

Lorsque je rejoignis la terrasse, tout le monde était plongé dans la contemplation d'un gros caillou gris, muni d'une étiquette sur laquelle ma grand-mère avait écrit d'une main ferme : *Rocher de Pikes Peak*.

« J'étais allé passer quelques jours dans le Colorado, expliquait Hal, et Ben m'avait demandé de lui ramener un échantillon de rocher.

— Oh... » murmuraient les femmes, comme si l'on venait de leur confier un lourd et merveilleux secret.

Le caillou passait de main en main et les gens se répétaient l'anecdote à voix basse.

« Oui, disait Jimmy, il avait toujours rêvé de posséder une pierre de Pikes Peak. »

J'aurais voulu empocher l'objet à l'instant même et le garder pour moi. Mon désir était tellement fort que durant un bon moment je fus incapable de penser à autre chose.

Les femmes retournèrent à la cuisine pour faire la vaisselle. A l'extérieur, tout paraissait en ordre : la haie de buissons verts, le champ de maïs, la vieille grange rouge, l'autoroute au-delà — chaque chose était à sa place. De petits nuages roses s'effilochaient lentement dans le ciel bleu. Les objets les plus ordinaires, aux contours nettement dessinés, avaient brusquement quelque chose de rare et de précieux. L'après-midi ne faisait que commencer et on avait l'impression que plus rien n'allait désormais changer, comme si le paysage s'était à jamais figé sous la lumière dont il était baigné.

La porte d'entrée claqua et les talons de ma mère martelèrent le plancher. Elle traversa rapidement la maison et apparut bientôt sur la terrasse. Elle s'immobilisa et croisa les bras, en poussant un long soupir. J'étais assise sur les pierres encore tièdes du foyer et j'attendais que son regard se pose sur moi. Elle m'aperçut enfin et haussa les épaules.

« C'est terminé, me dit-elle. Nous n'avons pas récupéré grand-chose, mais enfin l'affaire est réglée. Nous revoilà célibataires. »

L'ennui avec la sérénité, c'est qu'elle ne dure jamais. Les arbres perdent tout à coup leur âme et semblent de nouveau figés comme sur un tableau. On se recroqueville, on serre les genoux, on se secoue, et on finit par se retourner vers ceux qui nous entourent. Une fois encore, on ne croit plus qu'en l'humanité, puisque la nature nous a abandonnés. Le christianisme a dû naître au crépuscule.

La plupart des gens étaient partis. A part les membres de la famille, il ne restait plus sur la terrasse que le curé et Lolly. La lumière commençait à décliner. Le curé alluma une cigarette.

De nouveau, je songeai à Ben. Je l'imaginais en train de boire des margaritas et des daiquiris à la banane, de se trémousser sur une piste de danse, de caresser les seins de Susie au fond du jardin, ou de conduire à toute allure, en pleine nuit, sous le ciel étoilé.

« Vous avez le droit de fumer ? demandai-je au curé.

— Bien sûr.

— Nous avons un curé hypermoderne, dit Carol. On joue de la guitare à la messe, maintenant. Ah, tout a bien changé depuis ton départ ! Des retraites sont parfois organisées, dans le Michigan. Tu ne me croiras pas, mais j'ai même vu ce type en jeans ! »

Le curé se mit à rire.

« Et vous avez le droit de boire ? »

Le curé acquiesça.

« Et le droit de baiser ?

— Ann ! » s'exclama ma mère.

Elle était en train de se réchauffer, en compagnie de Lolly, les mains tendues au-dessus du barbecue.

« Je ne sais pas où elle est allée chercher de telles expressions. Nous ne sommes pourtant ici que depuis deux jours. Elle ne parle pas du tout de cette manière à Beverly Hills.

— Il y a un certain nombre de choses qui ne changeront jamais », dit le curé.

Jimmy se pencha par-dessus la table.

« Peut-être qu'Ann vous demande ça parce que vous lui avez tapé dans l'œil, mon père, dit-il.

— Jimmy… » soupira Carol.

Il était encore trop tôt pour que les sauterelles se mettent à striduler, mais la nuit tombait doucement, dans un silence presque palpable, tandis que la nuit déclinait insensiblement. Les arbres frissonnaient, comme s'ils étaient en train de se replier sur eux-mêmes.

« C'est dommage que tu n'aies pas entendu ses sermons, Ann. Ça nous change d'avant. Les gens viennent de toute la région pour l'écouter.

— Les messes ont lieu le soir maintenant, dit Jimmy. Et on y joue de la guitare.

— Si tu nous entendais chanter... Je suis sûre que tu n'aurais jamais soupçonné que ton oncle et ta tante aient à ce point le sens du rythme.

— Moi, je ne mets pas les pieds à l'église, dit Hal. Je prie tout seul, dans mon coin, et je sais que Dieu m'entend lorsque je m'adresse ainsi à lui. Je n'ai pas besoin de toutes ces conneries. »

Mais personne ne lui prêta la moindre attention. Nous avions toujours ignoré Hal.

« Mais attention... poursuivit-il en se tournant vers Tina. Toi, tu dois faire ta prière à voix haute. Et sais-tu pourquoi ? Parce que telle est MA volonté.

— Oui, papa », répondit-elle.

Le train de cinq heures passa au loin en poussant un long gémissement.

« Tu n'as pas froid ? me demanda Jimmy.

— Non, ça va.

— Sinon, je peux aller te chercher un chandail. Je suis sûr que les siens t'iraient parfaitement. »

Cela me brisa le cœur, d'entendre Jimmy me parler aussi gentiment.

« Alors, vous vous plaisez en Californie ? demanda le curé à ma mère ; son visage était parfaitement lisse et il avait l'air étrangement innocent.

— Oui et non, dit ma mère, ses beaux bras tendus au-dessus du barbecue. Ça dépend des moments. Le fait est que je travaille neuf heures par jour, sans compter les deux heures que je passe au volant. Et avec ça, j'arrive à peine à payer le loyer du studio minuscule dont nous devons nous contenter, ma fille et moi. Et ses études me coûtent une fortune. Aussi, je n'ai guère le temps ni les moyens de m'amuser. Mais enfin, je ne regrette pas ma décision. Grâce à moi, Ann a la chance de vivre dans un meilleur environnement. »

Personne ne souffla mot. Les glaçons se mirent à tinter dans le verre de Jimmy. Même Lolly avait l'air embarrassé. Je songeais à tous ces après-midi dans les salons de coiffure et les instituts de beauté. A nos séances d'épilation, à nos cures d'amaigrissement, à nos bains de vapeur... A ses rendez-vous avec Josh Spritzer, et à la robe de soirée qu'elle avait étrennée le soir où il l'avait invitée à l'opéra. Je revoyais Palm Springs, le désert, l'océan. Nous avions quand même eu de bons moments. Mais je n'ouvris pas la bouche, moi non plus.

Jimmy se leva. Il n'avait jamais été tendre avec ma mère, contrairement à Carol qui était toujours d'une patience angélique avec sa sœur.

« Adele... Permets-moi de te dire que nous travaillons tous et que...

— Jimmy, s'il te plaît... murmura Carol.

— Je crois que je vais aller me resservir un verre. »

Jimmy franchit la porte vitrée coulissante qu'il avait construite lui-même, bien des années plus tôt, à l'époque où nous savions encore à peine marcher, Benny et moi.

Ma mère prit un air vexé.

« Je sais bien que vous travaillez, dit-elle. Mais vous avez cette maison, et votre caravane, et... »

Elle regarda autour d'elle en faisant la moue. Je la dévisageai longuement.

« Tu n'en voudrais pour rien au monde », lui dis-je.

Lolly s'avança vers elle et la prit par le bras.

« Pour une fois, essayons de ne pas nous disputer, dit Carol. Surtout en un jour pareil. »

Ma mère et Lolly chuchotaient entre elles.

« Tu ne vois donc pas que... » disait ma mère, mais je m'éloignai aussitôt et n'entendis pas la suite.

La veille, nous avions dormi dans la maison de ma grand-mère. Nous avions besoin d'un peu de solitude. Nous avions fouiné partout, ouvert les tiroirs de toutes les commodes, pour le seul plaisir de vérifier que les choses étaient bien à leur place. Puis nous avions été faire l'inventaire du réfrigérateur. Ma mère s'était assise sur le carrelage, les jambes écartées, et fouillait dans tous les placards du bas, pour voir où ma grand-mère avait bien pu ranger ses sablés.

« Je suis sûre qu'ils sont par ici... »

J'aurais très bien pu la laisser chercher encore longtemps, mais je voyais qu'elle commençait à s'énerver et je jugeai préférable de lui dire la vérité.

« Il y a des années qu'elle a cessé d'en faire, dis-je.

— Qu'est-ce que tu racontes ? Je suis sûre qu'elle les a planqués par ici.

— Tu veux parler de ces petits sablés aux noix, saupoudrés de sucre glace ?

— Mais oui.

— Je te répète qu'elle n'en fait plus depuis longtemps. Elle n'y voyait plus assez bien, elle n'arrivait plus à trier les noix.

— Oh... »

Une heure plus tard, ma mère s'approcha de moi et posa la main sur mon épaule.

« Qui t'a raconté ça ? me demanda-t-elle.

— Je le savais, c'est tout, dis-je en haussant les épaules.

— Je n'étais pas au courant », dit-elle.

Plus tard, elle appela Josh Spritzer. Je suis sûre qu'il n'aurait jamais pu imaginer le décor qui nous entourait. Ma mère était assise par terre au fond de la cuisine, les pieds nus posés sur la chaise en plastique. La pendule électrique bourdonnait au-dessus du poêle, la vieille horloge tictaquait, le frigo vrombissait et le tube de néon fluorescent chuintait au plafond. A la campagne, il en allait ainsi autrefois dans les maisons — à cause du silence, qui s'étirait comme un très long cou dehors.

Je devinais à la voix de ma mère — trop d'enthousiasme forcé, de musique et de désinvolture — que Josh Spritzer n'avait pas dû être ravi de son appel. Elle reprenait son souffle au début de chaque phrase : « Et ma sœur, imagine un peu, qui comptait les couronnes et les bouquets le jour des funérailles... » Elle éclatait de rire, en essayant d'avoir l'air naturel.

Elle déambula ensuite à travers la maison, en se limant les ongles. Mais apparemment, les choses ne s'étaient pas très bien passées. Après avoir raccroché, elle était restée une bonne minute immobile, à contempler le mur blanc devant elle.

Elle s'arrêta soudain au beau milieu du salon et regarda autour d'elle.

« Tu sais, me dit-elle, nous ferions peut-être bien de rentrer un peu plus tôt que prévu. Nous n'avons plus rien à faire ici, notre vie est là-bas désormais. »

Tina n'arrêtait pas de s'agiter et lorsque Hal lui cria de se tenir tranquille, elle se mit à pleurer. Excédé, son père la souleva et lui flanqua une fessée, ce qui lui fit pousser de nouveaux hurlements. Nous nous penchâmes tous par-dessus la table pour les regarder.

« Hal... dit Carol. Laisse-la donc un peu tranquille, elle doit tomber de sommeil.

— Tina est *ma* fille, rétorqua Hal, et je te prierai de bien vouloir me laisser l'éduquer comme je l'entends. »

Tina s'arrêta de pleurer et s'accrocha à l'épaule de son père. Jimmy était revenu et se tenait dans l'encadrement de la porte vitrée. Il s'effaça pour les laisser passer.

Ma mère parlait toujours avec Lolly, mais comme tout le monde s'était tu, on entendit parfaitement ce qu'elle disait :

« Si au moins j'avais eu droit à la *moitié* de ce qu'elle a soutiré à mon père... A cette maison, par exemple — et je ne parle même pas du reste. Quand je pense qu'ils changent de voiture tous les ans... »

Jimmy se tenait toujours devant la porte vitrée, son verre à la main.

« Adele, dit-il, viens ici une seconde. »

Ma mère leva les yeux et le dévisagea. Elle était assise au bord du foyer. Sa jambe droite se balançait dans le vide.

« Pourquoi ? lui lança-t-elle.

— Je veux te montrer quelque chose.

— Et quoi donc ?

— Les traites que j'ai dû payer pendant vingt et un ans pour acheter cette maison et qu'il me faut encore honorer, depuis que nous avons été obligés de l'hypothéquer. »

Je sentis le rouge me monter aux joues. Ma mère devait être morte de honte. Mais elle releva les yeux, sans paraître impressionnée. Il en aurait fallu bien plus pour la démonter.

« Et qui parmi vous a levé le petit doigt lorsque je me suis mariée ? dit-elle. Personne. Absolument personne.

— Suis-moi, insista Jimmy. Je vais te montrer ces papiers. »

Ma mère se mit à pleurer.

« Non, Jimmy, je ne viendrai pas. Tu cherches seulement à m'humilier. »

Le curé mâchonnait un brin d'herbe. Il semblait regretter de ne pas être parti plus tôt. Le train du soir passa au loin en poussant un gémissement plaintif.

Carol se leva et croisa les bras. Elle ouvrit la bouche, mais ravala finalement les paroles qu'elle s'apprêtait à prononcer. Elle se contenta de hocher la tête.

« Je te donne l'occasion de vérifier la vérité par toi-même, reprit Jimmy. Ou tu regardes ces papiers ou tu la fermes à partir de maintenant. »

Ma mère releva la tête.

« Je n'ai jamais laissé personne me parler sur ce ton, Jimmy. Maintenant je vous prie tous de m'excuser, mais je vais rentrer chez maman. Je suis à bout de forces. »

Elle se leva et se mit en route. Lolly resta un instant assise au bord du foyer, les yeux baissés. Puis, non sans réticence me sembla-t-il, elle se redressa à son tour et suivit ma mère, qui traversait déjà la pelouse. Un mince filet de fumée montait encore des cendres tièdes. J'aperçus à quelques mètres la braise rougeoyante de la cigarette que venait d'allumer le curé.

Ma mère avait presque atteint le perron de la maison de ma grand-mère. Elle se retourna et prononça mon nom en se frappant la cuisse, comme si elle avait appelé son chien. Lolly était à mi-chemin, au milieu de la pelouse, elle fit brusquement demi-tour et rejoignit sa voiture garée le long de l'allée. La nuit était pratiquement tombée. Je ne bougeai pas de ma chaise. Plus loin, derrière la maison de ma grand-mère, les champs s'étendaient, vides et immobiles. Un sentier poussiéreux menait jusqu'à la grange et rejoignait l'autoroute, un peu plus haut, par-delà une rangée de petits pavillons dont les lumières venaient de s'allumer. C'était l'heure du dîner. Une brouette gisait dans un coin, à côté d'une vieille charrette. Il n'y avait rien d'autre en vue.

Le paysage était le même en plus petit. Les arbres paraissaient moins hauts, les maisons plus simples, comparées à celles que nous avions vues. Et pourtant, ici, je comprenais les choses. Je me sentais à l'aise. Nous ne nous en tirions pas si bien que ça en Californie.

Ma mère se tenait toujours à l'extrémité de la pelouse. Les mains sur les hanches, les coudes saillants, elle avait l'air singulièrement raide, comme la lettre ultime d'un étrange et incompréhensible alphabet. Elle attendait que je la rejoigne. Mais je ne bougeais toujours pas.

« Tu peux dormir ici, si tu veux, me dit Carol. Je vais préparer son lit pour toi. »

Jimmy l'approuva en silence et referma la porte coulissante. Ni Carol ni lui n'avaient encore remis les pieds dans la chambre de Benny. Des années plus tard, lorsque je revins à Bay City dans un car de la compagnie Greyhound, rien n'avait changé dans la pièce. Ses pulls étaient toujours rangés dans l'armoire, soigneusement pliés ; ses voitures trônaient sur les étagères et ses modèles réduits d'avions se balançaient au plafond, suspendus à leurs fils.

Une nouvelle fois, ma mère m'appela. Tout le monde attendait que je me décide. Les voitures défilaient lentement sur l'autoroute. Rien n'avait réellement changé. La grange avait l'air délabré, depuis des années qu'elle ne servait plus. Ma grand-mère m'avait paru si petite, à l'hôpital... Je baissai les yeux et regardai mes jambes, mon collant foncé, mes escarpins à talons hauts. Je songeai au prix qu'avaient coûté ces vêtements : jamais je n'aurais osé l'avouer. Non, il m'était impossible de rester, rien ne me retenait ici. J'étais comme ma mère, il me faudrait toujours partir.

Je relevai les yeux. Le curé mâchonnait toujours son brin d'herbe. Carol se mordait les ongles, sa main lui cachait la moitié du visage. Hal farfouillait dans les braises du foyer. Je fis ce que tout le monde attendait de moi. Je me levai et rejoignis ma mère.

Elle se mit à crier depuis la salle de bains, pour couvrir le bruit de l'eau qui coulait :

« Je n'avais pas réalisé à quel point ils étaient attardés, ici. La baignoire n'a même pas de mélangeur ! Avec ces robinets séparés pour l'eau chaude et pour l'eau froide, on n'arrive jamais à obtenir la bonne température. »

J'ouvris le tiroir du meuble placé sous le téléphone, à la cuisine, et j'aperçus les vieux bouts de crayons de ma grand-mère. Elle les taillait toujours au couteau. Combien de fois ne l'avais-je point vue, penchée au-dessus de la corbeille à papiers, concentrée sur sa tâche... En fouillant au fond du tiroir, je découvris successivement un voile de communiante, soigneusement plié, une boîte contenant des godets de peinture, un jeu de cartes au dos desquelles était représenté un paysage canadien. Il y avait encore bien d'autres choses : une petite bible où gisaient, aplatis et desséchés, plusieurs trèfles à quatre feuilles, dont les contours avaient fini par déteindre sur les pages qui les abritaient ; quelques feuilles volantes, sur lesquelles on avait joué au morpion ; des cartes de visite ; un pot de colle ; un minuscule moule à sablé, en forme de marteau ; et une quantité de petits carnets, que je me mis à feuilleter. Ils contenaient essentiellement des listes de commissions : *1 plaquette de beurre — 1 quiche — pain — légumes.* Je tombai ensuite sur une page où figuraient les noms de toutes les amies de ma grand-mère : Mabel, Jen, Ellie, April, Sarah, Jude... Toutes ces braves dames étaient largement septuagénaires, mais ma grand-mère avait écrit au sommet de la liste : *Mes copines.* C'est drôle, pensai-je : un jour, elle s'était assise devant ce meuble, avait ouvert ce petit carnet à spirale et, après avoir méticuleusement taillé l'un de ses crayons, elle avait dressé ce répertoire un peu incongru. J'avais fait la même chose à Beverly Hills, à une époque où je ne connaissais pratiquement personne. Mais il ne me serait jamais venu à l'idée que ma grand-mère pût avoir eu une impulsion identique. Je sortis du tiroir un objet que je n'avais jamais vu — le genre d'ustensile qui n'a apparemment aucune fonction précise. La marque du fabricant était gravée sur le manche. J'eus brusquement envie de le garder et le fourrai dans ma poche.

Dans la salle de bains, ma mère se remit à vociférer :

« Et à ton avis, qui donc s'occuperait de toi, ici ? Ta grand-mère est à l'hôpital, elle n'en a probablement plus pour longtemps. Carol et Jimmy sont gentils avec toi, évidemment, mais ils sont tellement près de leurs sous... Ne compte pas sur eux pour nous faire des cadeaux. Tu crois qu'ils m'ont seulement proposé leur aide, depuis tout le temps que je suis seule ?

— Tu es vraiment égoïste. »

J'étais à la cuisine et j'avais prononcé ces mots à voix basse, mais elle m'avait entendue.

« Ah, je vois... Tu t'y mets, toi aussi ! Après tout ce que j'ai fait pour toi ! Toutes ces années où je n'ai eu qu'un seul et unique souci : celui de t'élever correctement. Et voilà maintenant que tu prends leur parti ! Eh bien, laisse-moi te dire qu'à compter d'aujourd'hui, je vais un peu plus me soucier de MOI ! »

J'étais fatiguée.

« Je ne me dresse pas contre toi, alors reste calme.

— Je me calmerai lorsque j'en aurai envie ! » hurla-t-elle.

Elle apparut une seconde plus tard dans l'encadrement de la porte. Elle était au bord des larmes.

« Je t'ai donné tout ce dont j'étais capable, dit-elle en me dévisageant. Elle avait un air pitoyable que je ne pourrais décrire.

— Je sais », dis-je.

C'était la vérité.

Nous repartîmes le lendemain matin, plus d'une semaine avant la date initialement prévue. Ce fut Carol qui nous emmena à l'aéroport. Personne n'ouvrit la bouche durant le trajet ; nous étions complètement assommées, toutes les trois. Je n'arrêtais pas de me dire qu'ils avaient payé notre billet d'avion et qu'ils devaient avoir l'impression de s'être fait rouler, puisque nous rentrions aussi tôt. Mais d'un autre côté, Carol avait l'air épuisé. Elle avait sûrement hâte de se retrouver seule. Elle était comme ma grand-mère ; lorsque quelque chose allait de travers, elle n'avait qu'un désir : celui de s'enfermer chez elle, sans voir personne.

Carol conduisait très lentement. Elle se passait sans cesse la langue sur les lèvres et fronçait de temps en temps les sourcils d'un air ennuyé. Nous aurions préféré qu'elle se contente de nous déposer à l'entrée de l'aéroport pour rentrer directement chez elle, mais elle ne voulut pas en entendre parler. Elle gara la voiture sur le parking et resta avec nous jusqu'à l'embarquement.

Après le décollage, nous nous sentîmes un peu moins oppressées. Nous adorions toutes les deux prendre l'avion. C'était comme le fait d'aller chez le docteur : cela nous donnait une impression de richesse, et presque de renaissance. Nous avions revêtu nos plus beaux habits, ainsi qu'une paire de bas neufs achetés à crédit la veille chez Shreve. En nous voyant, nul n'aurait pu soupçonner la triste réalité de notre condition.

A Chicago, nous achetâmes des magazines et allâmes boire un milk-shake au bar. Nous avions l'impression d'être des actrices célèbres, regagnant leur domicile à l'issue d'une tournée triomphale. Et sans doute Carol l'avait-elle ressenti, elle aussi, en nous aidant à soulever notre grosse valise devant le guichet d'enregistrement, tandis que nous nous apprêtions à rejoindre l'avion sur la piste, en retenant de la main les pans de nos robes ultra-courtes soulevées par le vent. Mais personne n'était là pour nous acclamer lorsque nous atterrîmes à L.A. Nous errâmes un long moment avant de retrouver notre voiture dans le dédale incroyablement compliqué du parking de l'aéroport. Lorsque nous eûmes regagné notre studio — non sans avoir une fois de plus esquinté l'aile de la Lincoln contre les piliers en ciment de la rampe —, ma mère déclara qu'elle n'avait pas l'intention de téléphoner à Josh Spritzer, et que c'était à lui d'appeler le premier. Mais le téléphone ne sonna pas une seule fois ce soir-là, et resta également muet le lendemain.

Un jour, cet automne-là, ma mère alla passer une journée à Palm Springs, en compagnie de la Sorcière. Elles revinrent couvertes de coups de soleil et les bras chargés de dattes, de figues et de nombreux autres fruits secs. Elles en avaient acheté pour plus de trois cents dollars. Nous étions assis sur le porche de la maison de San Ysidro, Daniel Swan et moi, lorsqu'elles débarquèrent.

« Eh, les enfants ! Venez donc nous donner un coup de main, s'écria ma mère.

— Ce coup-ci, nous sommes ruinées, dis-je en me tournant vers Daniel, le menton posé sur les genoux.

— Oh, ne t'en fais pas ! Nous vous battons largement, répondit-il en riant. Nous sommes endettés jusqu'au cou. »

En revenant de Palm Springs, elles avaient fait halte dans un magasin qui bradait « à bas prix » des tonnes de dattes (et de figues, et de nombreux autres fruits secs). Ma mère avait estimé qu'il s'agissait d'une « affaire en or ». Elles avaient décidé, avec la Sorcière, de les stocker au congélateur jusqu'au moment de Noël, où elles comptaient les offrir à leurs collègues de travail, après les avoir emballés de cellophane et disposés dans de petits paniers d'osier.

« Écoute, me dit ma mère un peu plus tard, tandis que nous empilions les sachets de dattes dans notre congélateur. Tu n'imagines pas le prix que peuvent atteindre certains produits au moment des fêtes. »

Notre nouveau duplex était équipé d'un réfrigérateur absolument gigantesque. Nous avions déménagé peu de temps après notre retour du Wisconsin.

Ma mère rentrait généralement très tard à la maison, cet hiver-là.

Les jours où elle travaillait, je la voyais rarement débarquer avant neuf ou dix heures du soir. Comme la plupart du temps nous n'avions rien à manger à la maison, nous devions encore ressortir pour aller dîner à l'extérieur. Certains soirs, nous étions tellement crevées que nous sautions carrément un repas. Nous allions directement nous coucher, le ventre vide.

Ce fut moi qui entamai la première la réserve de dattes. Lorsque j'avais vraiment trop faim, j'ouvrais le congélateur et déchirais l'un des sachets, dans lequel je piochais allègrement, par pleines poignées, sans même attendre que les fruits aient dégelé. Ma mère ne tarda pas à suivre mon exemple. Nous nous retrouvions parfois toutes les deux dans la cuisine vide, devant la porte ouverte du congélateur, mâchant énergiquement nos dattes sans échanger un mot. Voilà comment les choses se passaient, dans ce nouvel appartement. Toutes les familles ont leurs habitudes... Les dattes étaient d'ailleurs délicieuses, mais elles étaient tellement dures que nous avions souvent peur de nous casser les dents dessus.

En novembre, tous les sachets avaient été éventrés. Parfois, ma mère hochait la tête et poussait un soupir.

« Quand je pense que j'ai dépensé cent quatre-vingt-dix dollars pour ces *amuse-gueule...* » disait-elle.

Mais cela ne nous empêcha pas de continuer. D'ailleurs, nous n'avions pas le choix. Nous mourions de faim la plupart du temps.

Pourtant, nous aimions bien cet appartement, même si tout allait toujours de travers. Un soir, j'avais invité à dîner trois filles de ma classe. Au moment de mettre au four le poulet que j'avais préparé à leur intention, je m'aperçus que nous avions oublié de faire brancher le gaz après notre installation. Ma mère fut obligée d'aller sonner chez les voisins, jusqu'à ce que l'un d'entre eux veuille bien lui permettre d'utiliser sa cuisinière. J'avais tellement honte que je lui avais demandé d'y aller à ma place.

Un soir, peu avant Noël, ma mère me fit une scène épouvantable au téléphone.

J'avais rendez-vous ce jour-là avec un garçon, pour la première fois de ma vie. Il était plus âgé que moi et s'appelait Ronnie. Daniel Swan et moi étions encore trop jeunes pour conduire. Mais ce Ronnie roulait déjà en Porsche ; il faisait du ski tous les week-ends et il était bronzé comme un dieu, ce qui mettait ses yeux bleus en valeur. Il avait fait campagne pour être élu en tant que représentant des élèves au conseil d'administration du lycée et j'avais été l'une de ses plus ardentes supporters. Sa mère n'avait qu'un rêve : celui de voir tous ses fils entrer à Stanford [1]. Elle avait été jusqu'à louer les services d'un groupe de rock lors des réceptions qu'elle avait données avant l'élection de son fils. Elle avait une certaine affection pour moi, parce que j'avais dessiné l'affiche de sa campagne. Ronnie m'avait probablement invitée ce soir-là pour me remercier du soutien que je lui avais apporté.

Nous étions en plein hiver et il faisait très froid.

J'étais revenue du lycée à bicyclette, sitôt les cours terminés. Je m'étais lavé les cheveux et j'avais ensuite passé plus d'une heure à me coiffer. Ce fut alors que ma mère appela.

« C'est moi, dit-elle.

— Où es-tu ?

— Je suis sur l'autoroute, tu n'entends pas la circulation ?

— Mais d'où appelles-tu ? insistai-je en m'adossant au mur.

— Bon Dieu, ce que tu peux être bouchée ! Je viens de te le dire. Je suis dans une station-service, au beau milieu du désert. Maintenant, écoute-moi. Je n'ai pas l'intention de revenir à la maison. »

Elle parlait d'une voix lasse. Je sentis un goût de métal me monter à la bouche. Nous nous tûmes un instant et cette fois, je perçus distinctement le va-et-vient des voitures à travers l'écouteur.

« Écoute-moi bien, reprit-elle. Lorsque les flics débarqueront, ne leur dis surtout pas que tu es au courant de quoi que ce soit. Maintenant, pour ce qui est de l'assurance... Tous les dossiers sont enveloppés dans du papier aluminium, je les ai planqués au fond du congélateur, sous les sachets de dattes. Tu toucheras vingt-cinq

1. L'une des plus prestigieuses universités américaines. *(N.d.T.)*

mille dollars. Prends bien soin de toi, ma chérie. Il va falloir que tu te débrouilles toute seule à présent, je ne serai plus là pour m'occuper de toi. Mais je te fais confiance, je sais que tu t'en sortiras très bien. »

J'étais incapable de répondre. Mes lèvres s'étaient mises à trembler.

« Je vais avoir un accident », ajouta-t-elle.

Elle avait l'air sérieuse et indécise à la fois.

« Maman... Pourquoi fais-tu ça ? »

Je ne parvins pas à ajouter autre chose. Je regardai désespérément autour de moi : les murs étaient nus, la pièce entièrement vide, la nuit tombait lentement derrière les vitres.

« Tu ne m'aimes pas, dit-elle, et je...

— Mais si, maman. Je t'aime. »

Je m'étais mise à pleurer.

« Mais non, Ann, je ne suis pas aveugle. Dieu sait pourtant que j'ai essayé de gagner ton affection. J'ai vraiment fait tout ce qui était en mon pouvoir. Mais je ne peux plus t'aider. Tu t'en sortiras mieux sans moi. Tu es beaucoup plus forte que tu ne le penses. Crois-moi, je te connais. Je voulais que nous ayons un bel arbre de Noël cette année, j'avais été acheter un sapin aujourd'hui, un arbre magnifique. Il coûtait les yeux de la tête, mais je m'étais dit : allez, pour une fois... Et puis, je peux bien faire ça pour Ann... Tu crois que ce n'est pas humiliant pour moi de ne pas avoir de quoi meubler notre appartement ? De ne pas pouvoir t'acheter les vêtements dont tu as envie ? De n'être même pas fichue de te donner un peu d'argent de poche ? Mais ça m'était *vraiment* impossible, Ann... J'ai toujours été seule à lutter, personne ne m'a jamais épaulée. Je leur avais pourtant bien dit, au marché, de ficeler ce sapin correctement, parce que j'avais un bon bout de chemin à faire. “ Bien sûr, ne vous en faites pas, tout est en ordre... ” Tu parles... J'étais à peine sur l'autoroute que le sapin s'est détaché. Il a fichu le camp et s'est renversé sur la chaussée. Je n'ai pas eu le temps de dire ouf, que dix voitures lui avaient déjà roulé dessus. Il est encore là, devant moi, en mille morceaux, au beau milieu de l'autoroute. Complètement irrécupérable... Quand je pense que j'avais dépensé jusqu'à mon dernier argent pour l'acheter ! Quarante dollars... Même pour te faire plaisir, c'était de la folie. Tu vois, je voulais que nous fêtions Noël dignement, mais tout me file entre les doigts. J'en ai assez, Ann, j'abandonne la partie. Je vais suivre la côte, jusqu'à Big Sur. Il paraît que les falaises sont très belles. Tu te souviens ? J'ai toujours voulu aller les voir. J'aurai tout simplement un accident.

— Maman, s'il te plaît... Ne fais pas ça. Reviens à la maison. J'ai besoin de toi... »

Je ne reconnaissais plus ma voix. Je m'étais brusquement mise à parler sur le même ton que ma mère.

« Mais non, tu te trompes, dit-elle. Tu as peur, voilà tout. Tu ne sais pas comment te débrouiller sans moi. C'est uniquement pour ça que tu prétends m'aimer, à présent. Mais au fond, tu te fiches éperdument de mon existence. C'est la solitude que tu redoutes. »

Il y avait quelque chose de profondément juste dans cette remarque et cela me coupa un instant le sifflet. Mais je me remis aussitôt à geindre comme un bébé :

« Maman, s'il te plaît... Non, non... Reviens, je serai gentille, tu verras... Je ferai tout ce que tu voudras... S'il te plaît... »

Elle avait déjà raccroché.

J'ouvris le congélateur et piochai quelques dattes qui traînaient encore au milieu des sachets éventrés.

Je fis ensuite les cent pas dans l'appartement, tout en mâchant mes dattes, et sans quitter le téléphone des yeux. J'attendais qu'elle rappelle. Les minutes s'égrenaient en silence. N'y tenant plus, je m'assis par terre et composai le numéro de la police des autoroutes. Un homme finit par décrocher, au bout d'un long moment. Il me dit qu'il n'y avait rien à faire pour l'instant. Il fallait un délai de vingt-quatre heures pour que l'on considère que quelqu'un avait officiellement disparu.

« Inutile d'appeler les hôpitaux, me dit-il. Ils vous répondront la même chose. De toute façon, s'il lui était arrivé quoi que ce soit, les urgences vous auraient déjà prévenue.

— Personne n'a appelé, dis-je.

— Vous voyez...

— Mais elle devrait déjà être rentrée depuis longtemps. »

J'avais suivi les instructions de ma mère. Je n'avais pas parlé de son coup de fil. Le type se racla la gorge.

« Évidemment, il y a des victimes que l'on ne parvient pas à identifier tout de suite. Vous dites qu'elle conduit une Continental blanche... Est-ce que vous pouvez me décrire votre mère ?

— Eh bien... »

J'avais brusquement la gorge sèche. J'arrivais à peine à parler.

« Elle est blonde, ses yeux sont bleus. Elle a des taches de rousseur. Elle n'est... comment dire... pas très grande. Mais elle est belle. Très belle. »

J'avais l'impression de vendre ma mère aux enchères en la décrivant de la sorte. Il y eut un terrible silence à l'autre bout du fil.

« Je viens d'apprendre qu'une Continental a été victime d'un accident dans la zone 1, reprit le type. Mais apparemment, la conductrice était rousse. Je vous conseille de prendre patience et d'attendre encore un peu. De toute façon, ne vous inquiétez pas : s'il y a un problème, on vous préviendra. »

Je montai dans ma chambre. Après m'être déshabillée, je passai une chemise de nuit et me glissai dans mon lit. Mais je ne parvenais pas à me réchauffer. Le réveil était posé par terre, à côté de moi. Il était presque sept heures. Ronnie n'allait plus tarder à arriver. Nous devions aller au cinéma. Je restai couchée, et attendis. Je n'avais pas la moindre idée de ce qui allait se passer.

A sept heures pile, je me rendis dans la chambre de ma mère et me postai devant la fenêtre d'où l'on apercevait la porte d'entrée de l'immeuble. J'avais éteint toutes les lumières. J'étais en pantoufles et je n'avais que ma chemise de nuit sur le dos. Je me mis à genoux contre la fenêtre, en tendant l'oreille pour distinguer éventuellement le bruit de la Lincoln. Soudain j'entendis claquer la portière d'une voiture, et je sus aussitôt que c'était Ronnie. La Lincoln ne faisait pas du tout le même bruit.

Je le vis s'approcher de notre allée. Il portait une paire de bottes qui moulaient étroitement ses jambes. Il s'arrêta un instant devant la porte pour se recoiffer. Durant une fraction de seconde, je me sentis flattée : s'il se faisait beau, c'était peut-être que je lui plaisais. Puis la sonnette retentit à travers l'appartement désert. Je me penchai pour me cacher sous la fenêtre et ne fis plus un geste.

Il y eut un long silence, mais je ne l'entendis pas s'éloigner. C'était atroce. Ronnie était toujours devant la porte d'entrée. J'eus un instant de panique, en me demandant si j'avais bien tiré le verrou. Mais j'avais vérifié tout à l'heure, il était bien en place. Ronnie resterait peut-être encore un petit moment, mais il allait bien être obligé de s'en aller.

J'avais l'impression d'entendre sa respiration, de l'autre côté du mur. Nous ne bougions ni l'un ni l'autre. Je ne me risquai pas à me redresser pour jeter un nouveau coup d'œil par la fenêtre. La sonnette retentit à nouveau, longuement. Je frissonnai, pelotonnée contre le mur.

Puis il se passa quelque chose d'affreux. J'entendis la voiture de ma mère qui tournait à l'angle de la rue. Je l'avais immédiatement reconnue, à la manière dont les pneus avaient crissé, et la façon dont elle conduisait me plongea aussitôt dans une rage folle, irrationnelle. Elle ne faisait jamais attention à ce qui se passait sur la chaussée. Elle avait toujours l'esprit ailleurs et lorsqu'un obstacle surgissait devant elle, elle poussait un cri perçant et donnait au dernier moment un brusque coup de frein, pour éviter la collision.

J'entendis les talons de ma mère claquer sur le trottoir et je me précipitai aussitôt dans ma chambre pour me rhabiller avant son arrivée. J'avais les cheveux hirsutes et il était bien trop tard pour songer à me maquiller. J'allumai la lumière et ouvrit un manuel d'algèbre, tout en remontant nerveusement la fermeture Éclair de mon jean. En bas, j'entendis la clef tourner dans la serrure.

« Ann... Ann ! Où es-tu, ma chérie ?

— Je suis en haut, maman. »

J'avais essayé de parler le plus gentiment possible, tout en me brossant énergiquement les cheveux. Puis je me baissai pour lacer mes chaussures. Je descendis ensuite au rez-de-chaussée, mon livre d'algèbre à la main. Je devais avoir l'air à peu près aussi naturel qu'Hamlet. Je n'étais pas encore en bas lorsque j'aperçus Ronnie dans l'entrée, à côté de ma mère.

« Oh, bonjour Ronnie. Comment vas-tu ? »

Il enfonça les mains dans les poches de sa parka et me regarda en souriant. Il est vraiment mignon, pensai-je intérieurement. Et aussitôt je me souvins que notre appartement était entièrement vide. J'avais réfléchi à la question, un peu plus tôt dans la journée, et j'avais décidé que le mieux serait de l'accueillir sur le palier, déjà prête à sortir. J'avais même préparé un petit discours à son intention, comme quoi nous venions juste d'emménager, mais que nos meubles n'avaient pas encore été livrés et que nous étions absolument *furieuses.* Mais Ronnie se tenait à présent à l'entrée du salon et fixait d'un air incrédule cette immense étendue de moquette, au milieu de laquelle trônait incongrûment la grosse radio de Ted. Une nouvelle angoisse me saisit. Je surveillais ma mère du coin de l'œil et je me rendais compte qu'elle n'allait plus tarder à brancher cette satanée radio. Je songeai avec un frisson aux guimauves sirupeuses que diffusait sa station préférée. Si jamais elle tournait le bouton, j'allais vraiment mourir de honte. La soirée était déjà suffisamment gâchée. Et les parents de Ronnie qui produisaient justement des disques de rock'n roll...

Ronnie regardait les murs nus.

« Tu ne m'as pas entendu sonner ? me demanda-t-il.

— Non, dis-je. Tu viens d'arriver ?

— Oui. J'ai pourtant appuyé deux fois sur la sonnette.

— Je travaillais dans ma chambre, je n'ai pas dû faire attention. »

Ma mère avait l'air absolument radieux.

« Tu as dû t'endormir », dit-elle.

Elle frappa brusquement dans ses mains. Les années qu'elle avait passées à s'occuper des enfants l'avaient tellement déformée qu'elle applaudissait à tout bout de champ, sous n'importe quel prétexte.

« Mes enfants, s'exclama-t-elle, vous n'imaginerez jamais le merveilleux sapin que j'ai réussi à dénicher. Il est encore plus beau que le précédent, ajouta-t-elle en me faisant un clin d'œil. Mais je crois que je vais avoir besoin de votre aide pour le monter. »

C'était reposant, pour une fois, de se laisser commander. Nous la suivîmes dans la rue. La nuit était froide, de rares étoiles parsemaient çà et là le ciel impénétrable. Je me postai devant la portière droite, tandis que Ronnie prenait place de l'autre côté, et nous nous mîmes à dénouer les cordes qui retenaient le sapin. Je me sentais brusquement soulagée, détendue — presque reconnaissante. J'avais l'impression que nous étions retombés en enfance, Ronnie et moi.

« Alors ? Qu'est-ce que vous en pensez ? N'est-ce pas, qu'il est magnifique ? » dit ma mère en souriant.

Je haussai les épaules et baissai les yeux.

« Attention, dis-je à Ronnie, il est également fixé au pare-choc. »

Ma mère poussa un soupir.

« Quel dommage que je n'ai plus rien à la maison. J'aurais bien bu une tasse de chocolat chaud ou un verre de cidre. (Elle se mit de nouveau à applaudir.) Hé... Si nous allions prendre un verre quelque part tous les trois ? J'irai même jusqu'à vous offrir un dessert.

— Nous devons aller au cinéma, maman.

— Ah... Bon, très bien. Brrr... fit-elle en se frottant les mains, il fait vraiment un froid de canard. C'est dommage, je serais bien allée boire quelque chose de chaud.

— En fait, je crois que nous avons raté la séance, dit Ronnie en regardant sa montre. Le film commence maintenant. »

Nous hissâmes le sapin sur nos épaules et le transportâmes au salon, où nous le déposâmes, près de la porte vitrée. Les branches s'agitèrent un instant et s'immobilisèrent à nouveau. C'était vraiment un arbre splendide.

« Alors, les enfants ? Qu'est-ce que vous en dites ? reprit ma mère. Vous voulez qu'on aille manger quelque part ? Je vous laisse décider. »

Nous nous dévisageâmes, Ronnie et moi.

« Pour ma part, je n'y vois pas d'inconvénient, dit Ronnie en replongeant les mains dans ses poches.

— Bon, d'accord, dis-je.

— Parfait ! Accordez-moi seulement cinq minutes, le temps que j'aille me changer », lança ma mère en se précipitant vers l'escalier.

Nous allâmes l'attendre dehors, à côté de la voiture. La Porsche de Ronnie était garée un peu plus loin, à l'embouchure du carrefour, et brillait sous un réverbère.

« Je suis désolée pour ce soir », lui dis-je.

Il me regarda gentiment, en souriant.

« Quelque chose ne va pas ? demanda-t-il.

— Mon chien est mort, mentis-je. Il s'appelait Danny. Il s'est fait écraser par une voiture.

— Tu aurais dû me le dire », fit Ronnie.

Je me mordis les lèvres et mon menton se mit à trembler. J'étais sur le point de fondre en larmes. Ronnie s'approcha de moi et me caressa les cheveux.

« J'a-a-arrive ! » cria ma mère.

Nous montâmes tous les trois à l'avant de la Lincoln.

« Vous voulez que je mette un peu de musique ? demanda ma mère en tendant la main vers le bouton de la radio.

— Non ! » hurlai-je.

Je me repris aussitôt, et ajoutai avec un rire forcé :

« Pas maintenant, s'il te plaît. »

Ronnie regardait à travers la vitre. Il avait vraiment un profil magnifique, on aurait dit une statue. Je savais que je venais de gâcher le peu de chance qui me restait de devenir sa petite amie. Cette soirée avait été un vrai cauchemar. Et ce serait bien pire encore, une fois qu'il nous aurait quittées et que nous nous retrouverions seules, ma mère et moi.

Mais pour l'instant, je me laissais aller, la nuque appuyée contre le dossier de la banquette en cuir. Les vitres fumées et le pare-brise nous cernaient de tous côtés. Pourquoi n'aurions-nous pas roulé ainsi, tous les trois, jusqu'au bout de la nuit, sous ce ciel sombre et piqueté d'étoiles ? Qui sait ? Nous finirions peut-être par atteindre le Michigan, voire le Canada… N'importe où mon Dieu ! Pourvu qu'il fasse froid…

CHAPITRE 12

UNE CHAMBRE DE BONNE SUR NORTH PALM DRIVE

Peu de temps après Noël, nous nous trouvâmes vraiment à court d'argent et nous fûmes contraintes de déménager. Ma mère avait été mise à la porte de son école après les grèves qui avaient ébranlé le monde enseignant au cours de l'automne précédent et elle prit un emploi de femme de ménage chez un avocat du show-business. Nous avions profité d'un moment où Josh Spritzer était absent de L.A. pour déménager — il était parti faire du ski avec ses enfants dans le Colorado —, et nous nous arrangeâmes par la suite pour garder le même numéro de téléphone, de façon à ce qu'il ne soupçonne pas tout de suite la vérité. Ce fut ainsi que nous nous installâmes chez les Keller, qui habitaient sur North Palm Drive. Nous occupions chacune une chambre de bonne dans le bâtiment réservé aux domestiques, au fond du jardin, derrière les courts de tennis.

Ma mère avait fait la connaissance des Keller par mon intermédiaire. Leur fils Peter fréquentait le même lycée que moi. Bien qu'il fût d'un an mon cadet, il me courait toujours après et j'étais souvent fourrée chez lui. Sa mère offrait parfois un verre d'eau minérale à la mienne, lorsqu'elle venait me chercher, et c'est ainsi qu'elle lui avait parlé de Josh Spritzer. En fait, Mrs Keller était au courant de leur liaison depuis le début. La première fois qu'elle m'avait déposée chez eux, ma mère avait traîné un moment dans l'entrée et avait finalement demandé son avis à Mrs Keller, à propos de cette histoire d'appareil dentaire. « Dites-moi franchement ce que vous en pensez, Nan. Après tout, vous êtes une artiste. Croyez-vous qu'Ann doive en porter un ? Donnez-moi votre avis, sur le plan purement esthétique ? » Les deux femmes s'étaient lancées dans une longue discussion à mon sujet, en m'examinant les dents et les gencives à tour de rôle, comme si j'avais été une bête de trait. Nan Keller avait finalement estimé qu'il valait mieux me faire porter un appareil.

Durant les grèves, j'avais raconté à Peter que ma mère se faisait du souci et craignait d'être mise à la porte — auquel cas nous serions bel et bien obligées de retourner dans le Wisconsin. Le lendemain, au lycée, il m'avait dit que sa porte me serait toujours ouverte et que je pourrais venir manger chez lui aussi souvent que je le voudrais. Mais ce n'était évidemment pas cela qui allait arranger l'état de nos finances.

Dans le même souci de me venir en aide — du moins je le suppose —, Peter m'appela quelque temps plus tard pour m'inviter chez lui à l'occasion de Thanksgiving. Je lui dis que je le rappellerais après avoir demandé l'autorisation à ma mère. J'allai aussitôt la trouver. Elle était à la salle de bains et se limait les ongles des pieds, assise sur une serviette, tout en lisant un magazine qu'elle avait calé contre le rebord de la baignoire. Dès que je lui eus appris la nouvelle, elle se mit à applaudir des deux mains.

« Génial ! s'exclama-t-elle. Évidemment, que je suis d'accord. Pourquoi n'as-tu pas accepté tout de suite ? D'ailleurs, tu sais très bien que nous n'avions pas d'autre projet. »

Josh Spritzer devait aller faire du ski avec ses enfants, au Canada cette fois-ci — à Lake Louise, pour être précise.

« C'est que... Eh bien, Peter ne m'a pas parlé de toi. J'ignore s'il comptait t'inviter toi aussi. »

Il ne m'avait pas été facile de lui avouer ça. Mais elle ne parut pas troublée et balaya aussitôt l'objection.

« Ça va de soi, dit-elle. Nous n'allons quand même pas nous séparer un jour de fête. »

Je rappelai Peter et lui demandai si son invitation s'étendait aussi à ma mère. Il me répondit qu'il n'avait pas exactement envisagé les choses ainsi. Je criai sa réponse à ma mère depuis le rez-de-chaussée. Elle était maintenant en train de faire couler son bain.

« Dans ce cas, hurla-t-elle d'en haut, dis à Peter que tu es désolée, que tu aurais bien aimé accepter son invitation, mais que tu es obligée de refuser, parce que tu ne veux pas laisser ta mère seule le jour de Thanksgiving. Dis-lui que nous sommes invitées ailleurs, et que tu dois m'accompagner.

— Tu as entendu ? » dis-je à Peter.

Il courut demander l'avis de sa mère et reprit l'écouteur au bout d'un instant.

« Bon, dit-il d'une voix essoufflée, c'est arrangé. Ta mère peut venir. »

Les choses se passaient toujours ainsi, chez les Keller.

Le jour de Thanksgiving, nous arrivâmes chez eux en milieu d'après-midi. Avant de nous annoncer, nous vérifiâmes une dernière fois que rien ne clochait dans notre habillement. Nous rajustâmes nos collants, devant la monumentale porte d'entrée, en espérant qu'aucun des invités ne nous apercevrait.

« Tu es adorable », me souffla ma mère, avant de prendre une profonde inspiration et de soulever le gros heurtoir de bronze.

Une domestique vêtue d'une courte robe noire nous fit entrer et nous mena au salon. La pièce était entièrement tapissée de panneaux en cuir rose saumon. Une dizaine de personnes picoraient des scampi disposés dans des petits ramequins blancs. Seul Peter s'aperçut de notre arrivée. Il se dirigea vers nous et me proposa de me débarrasser de mon manteau.

« Veux-tu donner ta veste à Peter, maman ? murmurai-je.

— Non, ma chérie. Je crois que je vais la garder sur moi. »

Allongée sur un sofa, la grand-mère de Peter discutait de l'évolution des calandres de Rolls-Royce entre 1957 et 1970. Elle avait l'habitude d'épouser des millionnaires qui mouraient peu après leur mariage. Le dernier en date était mort récemment. Elle était entièrement vêtue de rouge. Peter m'expliqua que sa grand-mère portait toujours du rouge lorsqu'elle était en deuil. Elle portait du noir lorsqu'elle avait l'intention de quitter un homme. Son opinion était que les Rolls-Royce avaient entamé une lente et inexorable décadence à partir de 1970. Elle en possédait trois, qu'elle avait héritées de ses différents maris, mais elle préférait rouler en Bentley.

Peter m'apprit aussi qu'elle avait toujours regardé son gendre avec condescendance, d'abord parce qu'il était avocat, mais surtout parce que c'était un juif de Russie, alors qu'elle-même était originaire d'Autriche. Mais elle se gardait bien de préciser que sa propre famille était également juive. Lorsqu'il y avait du tirage chez les Keller, la grand-mère de Peter proposait aussitôt à sa fille de venir chercher chez elle un luxueux refuge. Elle habitait à quelques centaines de mètres, sur Elevado.

Nan Keller était en grande discussion avec un acteur célèbre, au fond de la pièce. Ils comparaient les mérites respectifs de plusieurs marques d'eau minérale.

Mrs Keller avait jadis été peintre. Il lui arrivait parfois d'évoquer, sur un ton romantique, l'époque où elle fréquentait l'école des Beaux-Arts de San Francisco. A l'entendre, elle avait mené une vraie vie de bohème. Elle avait même dû gagner sa vie en peignant sur les trottoirs, dans les parages de Ghirardelli Square. C'était sa mère — et non son mari — qui l'avait finalement obligée à rentrer au bercail. Le salon où nous nous trouvions donnait sur une grande salle à manger, où étaient exposés quelques-uns de ses tableaux récents — d'immenses panneaux de lucite transparents peints à l'acrylique qui servaient aussi à séparer la pièce en plusieurs parties distinctes. La plupart étaient abstraits, à dominante rouge. Quant aux sujets, pour ce qu'on pouvait en deviner, ils tournaient tous autour de scènes plus ou moins sanguinolentes.

« Nous la faisons mettre nous-mêmes en bouteilles sur une

petite île que nous avons découverte, au large de Panama, était-elle en train de dire à l'acteur. Dites-moi franchement ce que vous en pensez, Tony. Elle n'est pas très gazeuse. Nous la préférons ainsi, tout juste pétillante. »

L'acteur s'appelait Tony Camden.

« Je m'occupe d'expression orale, dit ma mère. Auprès des enfants attardés. »

Elle était assise à côté de moi. Je remarquai qu'elle ne quittait pas l'acteur des yeux. Quatre personnes se levèrent en face de nous et quittèrent la table. Avant que j'aie eu le temps de lui faire un signe, elle se pencha brusquement en avant et faillit renverser toutes les décorations que Mrs Keller avait disposées sur la nappe : un crâne et quelques os de mouton, des bouquets d'orchidées et plusieurs chandeliers garnis de bougies à la cire d'abeille.

« Puis-je vous poser une question ? demanda-t-elle à Tony Camden. Vous avez un teint superbe. Quelle est donc votre recette ? »

Je me sentis affreusement gênée, mais l'acteur parut au contraire enchanté de sa question. Il regarda sa jeune épouse qui lui retourna son sourire en rejetant ses cheveux en arrière.

« A dire la vérité, nous avons un petit secret, ma femme et moi, dit-il. Tous les matins, Jan nous presse deux oranges que nous buvons avec une cuillerée à café d'huile de foie de morue et une pincée d'argile.

— Vraiment ? » s'extasia ma mère.

Elle se mit à farfouiller dans son sac à main, d'où elle finit par extraire un minuscule bout de papier.

Mrs Keller engagea une discussion sur le tennis avec la jeune femme de l'acteur. Selon elle, il était totalement vain de compter briller dans ce sport si l'on ne commençait pas à s'entraîner dès l'âge de sept ans, « au plus tard » ; c'était d'ailleurs ce qu'elle répétait à Peter à longueur de journée : il ferait beaucoup mieux d'être dehors, tous les jours, à taper sur la balle, il le regretterait plus tard, il finirait bien en grandissant par se lasser des tracts politiques qu'il passait son temps à lire, enfermé dans sa chambre, et il s'en voudrait de ne pas avoir appris le tennis.

« Excusez-moi, dit ma mère, mais pourriez-vous me répéter ça, je voudrais noter votre recette... Vous avez bien dit *une* pincée d'argile et *une* cuillerée d'huile de foie de morue ? Et vous les mélangez *dans* le jus d'orange ? Je vois... »

« Comme l'affirmait Winston Churchill, un homme qui n'est pas socialiste avant trente ans prouve tout simplement qu'il n'a aucun cœur. Mais s'il l'est encore passé cet âge, c'est qu'il n'a vraiment rien dans la cervelle. »

Mr Keller, un grand maigre à la peau foncée et à la pomme d'Adam proéminente, faisait les cent pas dans le salon. Il tenait difficilement en place et ces dîners étaient pour lui un vrai calvaire. Aussi avait-il régulièrement tendance à s'éclipser de table pour errer à travers la maison, sa pipe à la bouche. Plusieurs lampes étaient allumées au salon et éclairaient la pièce selon des angles bizarres. Les contours des objets se profilaient comme dans une vitrine de magasin.

« Oh..., disait la jeune épouse de l'acteur. Mais Isabelle est encore si jeune... Elle ne sait même pas ce que c'est d'être femme. »

Mrs Keller haussa les épaules.

« Je trouve pourtant qu'elle fait plus vieille que son âge », répondit-elle.

Puis elle appuya sur la sonnette en cristal qui était posée à côté de son verre. Elle pria la servante de bien vouloir apporter le dessert, et d'en profiter pour ramener Mr Keller à table. Puis elle se tourna vers ma mère.

« Aimez-vous la tarte au potiron ? » lui demanda-t-elle.

C'était la première fois qu'elle lui adressait la parole depuis le début de la soirée.

« Oh, j'adore ça ! s'écria ma mère, qui avait toujours cru que le meilleur moyen de se tirer d'une situation délicate était encore de prendre un air enthousiaste.

— Vraiment... dit Mrs Keller, tandis que la domestique installait le chariot des desserts à côté d'elle. Merci, Marie. C'est étrange, poursuivit-elle à l'intention de ma mère, mais pour notre part, nous l'avons positivement en horreur. Tout comme le pudding, du reste. Aussi, j'ai fini par adopter cette recette de gâteau au gingembre, que nous servons avec une sauce un peu relevée, comme au Portugal. Vous indiquerez à Marie la quantité de sauce que vous désirez. »

Elle se tourna vers la domestique et s'adressa à elle en espagnol.

Ma mère attendait que son hôtesse ait entamé sa propre part avant de se mettre elle-même à manger, comme on le lui avait appris lorsqu'elle était petite. Malheureusement, Mrs Keller s'était penchée vers un second chariot pour servir le café. Ma mère jeta un coup d'œil autour d'elle : les autres invités raclaient déjà leurs assiettes. Par anticipation, elle se mit à sourire, déplia sa serviette et l'étala sur ses genoux, avant de reposer poliment les mains sur la table, de part et d'autre de son assiette.

Au moment de partir, ma mère me saisit par le bras. Nous nous dirigions vers notre voiture.

« As-tu remarqué que Tony Camden n'arrêtait pas de me regarder ? me dit-elle. Il ne m'a pas quittée des yeux de toute la soirée. J'ai été rudement bien inspirée, le jour où j'ai acheté cette robe. Elle n'était certes pas donnée, mais on peut dire qu'elle fait de l'effet.

— Maman… Tony Camden est marié. »

J'avais été obligée de crier, car ma mère était à plus de dix mètres de moi. Elle marchait dans l'allée pour ne pas esquinter ses talons dans l'herbe de la pelouse.

« Je le sais bien, qu'il est marié. Entre parenthèses, sa femme a bien quinze ans de moins que lui. Mais je t'assure, Ann : je lui ai vraiment tapé dans l'œil. Il est bien conservé, pour son âge. Demain, j'irai acheter de l'argile et de l'huile de foie de morue. Nous allons nous mettre au régime. Qu'a-t-il dit, déjà ? Je ne me souviens plus s'il faut mettre l'argile avant ou après l'huile de foie de morue dans le jus d'orange… Enfin, ça n'a aucune importance, puisque je l'ai noté tout à l'heure. »

Elle ouvrit la portière de son côté et s'immobilisa.

« Regarde-moi ce ciel, ma chérie ! Il y a des milliers d'étoiles... C'est vraiment une nuit splendide. Et sens un peu cet air...

— Maman... Pourrais-tu ouvrir ma portière, s'il te plaît. »

Elle me dévisagea d'un air perplexe.

« Tu n'es vraiment pas romantique, dit-elle.

— C'est possible. Mais en attendant, je meurs de froid. »

Elle se mit à frissonner à son tour et se glissa à l'intérieur de la voiture.

« Brrr... Tu as raison, je gèle moi aussi. »

Elle mit le chauffage en route.

« Tu sais, ma chérie, reprit-elle, je suis sûre que Peter est amoureux de toi. Ça se voit, à la manière dont il te regarde.

— Sommes-nous obligées de passer devant chez Josh Spritzer ce soir ? dis-je. De toute façon, tu sais bien qu'il est absent.

— Oh, le détour ne sera pas bien grand. Et la nuit est si belle, je ferais volontiers une petite balade... »

Lorsque je revis Peter au lycée, deux jours plus tard, il me dit :

« Tu as plu à tout le monde, l'autre soir. En revanche, les gens ont trouvé ta mère un peu bizarre, mais Tony Camden m'a dit que tu étais très mignonne. »

Il avait un drôle de sourire en m'annonçant ça. Il guettait ma réaction, comme s'il venait de me faire un cadeau. J'eus brusquement envie de l'envoyer promener.

Mais je me retins. Les garçons me faisaient toujours peur. Je lui retournai son sourire et poursuivis poliment la conversation.

J'avais probablement choisi le mauvais moment pour aborder la question. A peine rentrée du travail, ma mère m'avait traînée jusqu'au Baskin Robbins pour acheter des glaces. Elle avait l'air crevé. Nous passâmes un peu plus tard devant l'immeuble où habitait Josh Spritzer. Cela faisait quatre jours qu'il était rentré du Canada, mais ma mère n'avait pas encore eu de ses nouvelles.

« Au fait, dis-je soudain, quand allons-nous nous décider à contacter cet agent ? »

J'avais parlé sur le ton le plus détaché possible. Je me souvenais très bien du nom de ce jeune acteur que nous avions rencontré à Bay City : Timmy Kennedy.

« A dire la vérité, ma chérie, je crois qu'il serait préférable que tu commences par perdre quelques kilos. Je n'ai pas voulu te harceler avec cette histoire, en espérant que tu t'en rendrais compte par toi-même et que tu ferais un effort. Mais tu te bourres de glaces et de milk-shakes à longueur de journée. Ce n'est sûrement pas ainsi que tu maigriras. »

Ce soir-là, nous avions mangé au Vieux Continent. Leurs milk-shakes étaient soi-disant uniquement préparés à partir de produits naturels.

« Tu exagères ! lui dis-je. C'est toi qui m'obliges tous les soirs à aller bouffer ces saletés !

— Oh... Une petite glace de temps en temps, ça ne peut pas faire de mal... »

Ma mère s'arrêta devant le centre commercial de Linville, qui abritait entre autres un magasin de produits diététiques entièrement décoré dans les tons roses. Elle acheta un appareil électrique pour presser les oranges, ainsi qu'un sachet d'argile et deux énormes flacons d'huile de foie de morue et de germe de blé. Le slogan imprimé sur les sacs du magasin proclamait :

Voyez avec nous

LA VIE EN ROSE !

« Je ne sais plus quoi penser de ce type », dit ma mère en croisant les jambes et en se penchant vers Mrs Keller.

Elles étaient assises sur la terrasse qui surplombait le jardin. Peter essayait désespérément de m'apprendre à jouer au tennis. Mais son professeur venait d'arriver pour lui donner sa leçon quotidienne et j'avais rejoint les deux femmes. Mrs Keller me proposa un verre de limonade. Tandis qu'elle me servait, je m'assis à côté d'elle sans quitter le court des yeux.

« Bonjour, ma chérie, me lança ma mère ; elle se retourna aussitôt vers Mrs Keller : le problème, Nan, c'est qu'il est instable. Un beau jour, il prétend une chose, mais deux minutes plus tard il vous affirme le contraire. Je ne sais plus sur quel pied danser. Il y a des moments où je me demande si je ne devrais pas appeler son psy. Il saurait peut-être me dire ce qui ne tourne pas rond chez ce type ! »

Elle éclata de rire, en guettant la réaction de Nan Keller. Celle-ci lui adressa un sourire poli, qui était moins un signe d'encouragement qu'une marque de pitié. Se croyant conviée à poursuivre, ma mère ajouta :

« Je pourrais d'ailleurs lui révéler deux ou trois choses qui l'intéresseraient sûrement, en tant que psychanalyste. »

Je frissonnai et repliai les jambes, en serrant mes genoux contre ma poitrine. Je savais que ma mère n'aurait pas dû se livrer à ce genre de confidences devant Mrs Keller. Celle-ci reposa son verre sur la petite table de jardin installée sur la terrasse.

« Vous savez, Adele, il a plutôt la réputation d'un coureur de jupons. A votre place, je ne me ferais pas trop d'illusions. »

Ses yeux se posèrent un instant sur le court.

« Bien joué, Peter », murmura-t-elle.

Ma mère avait pris la remarque de Nan Keller comme une invite à poursuivre cette conversation. Elle pensait si souvent à Josh Spritzer qu'elle avait un terrible besoin de parler de lui. Elle en étouffait. Moins elle le voyait, et plus ce désir devenait envahissant. Le simple fait de prononcer son nom semblait déjà lui faire du bien.

« Oui, j'ai entendu dire ça, avant que nous commencions à sortir ensemble. Mais il a beaucoup évolué sur ce point, il me l'a avoué lui-même, tout au début. Je dois reconnaître une chose en faveur de Josh Spritzer, c'est qu'il a été honnête envers moi. Il m'a prévenue qu'il ne tenait pas à s'engager. Au début, cela n'a d'ailleurs pas posé le moindre problème. Mais à présent, je crois qu'il commence à avoir peur. Il redoute visiblement de se laisser entraîner au-delà de ce qu'il avait souhaité.

— Hmm... fit Mrs Keller. Fréquentez-vous quelqu'un d'autre ? »

Ma mère se rejeta en arrière sur sa chaise, en desserrant son étreinte sur les accoudoirs. Elle aurait pu parler de Josh Spritzer pendant dix heures d'affilée, en décortiquant les méandres de son caractère et en analysant les différentes stratégies qu'elle avait envisagées pour se l'attacher.

Je me demandais s'il lui arrivait de se souvenir des conversations qu'elle avait eues jadis avec Lolly, sous le porche de notre maison, face aux champs qui s'étendaient à perte de vue, jusqu'à l'autoroute dont on percevait constamment la sourde et lointaine rumeur. C'était peut-être cela le bonheur, pour elle : être assise en compagnie d'une amie, dresser des plans sur la comète, peser et supputer les conséquences d'éventuelles liaisons amoureuses — plutôt que de les affronter dans la réalité. Ma mère avait deux grandes passions dans la vie : les hommes qui ne voulaient pas d'elle et les vêtements hors de prix. La méthode qu'elle avait mise au point pour arriver à ses fins était basée sur un curieux mélange de hasard, d'intuition et de risque soigneusement calculé. Elle pouvait vous raconter pendant des heures comment elle avait fini par récupérer dans un pressing de Colvina une veste en cuir vert qui ne lui avait pratiquement rien coûté. Ou comment, vingt ans plus tôt, une vieille dame lui avait fait don d'un superbe tailleur de chez Chanel.

« Oh, bien sûr, dit-elle. Je vois d'autres gens, évidemment... »

Mais on la sentait frustrée. Elle aurait préféré que la conversation revienne sur Josh Spritzer. Elle n'avait que lui en tête, depuis des jours et des jours.

« Mais vous savez, Nan..., murmura-t-elle en se penchant en avant, ce ne sont que des aventures sans importance.

— On ne peut jamais rien prévoir, dans ce domaine », dit Mrs Keller.

Sur ce, elle se leva après avoir repris son verre et s'avança jusqu'au bord de la terrasse.

« Regardez-moi ces tilleuls, dit-elle. Nous entretenons un jardinier quasiment à plein temps, mais je me demande bien à quoi il passe ses journées. Vraiment, il est impossible d'avoir du personnel qualifié, de nos jours. Quand je pense à ce que nous coûtent ces domestiques... Et la maison qui est à leur disposition dans l'arrière-cour n'est quand même pas trop moche, vous ne trouvez pas ? Surtout par les temps qui courent...

— Oh, elle est absolument ravissante ! » s'exclama ma mère.

Nous restâmes un moment silencieuses toutes les trois, en regardant Peter qui s'entraînait toujours sur le court avec son professeur. Un peu plus loin, au pied des arbres, la surface de la piscine était parfaitement immobile.

« Bon... Eh bien, Ann, je crois qu'il est grand temps de nous éclipser », dit ma mère en se donnant une petite claque sur la cuisse.

Elle avait volontairement laissé sa phrase en suspens, en espérant que Mrs Keller nous retiendrait à dîner. Mais celle-ci s'en garda bien. Elle nous souhaita aimablement bonsoir et nous raccompagna à la porte avec un sourire poli.

Lorsque nous fûmes vraiment à court d'argent, ma mère estima que j'avais suffisamment maigri et que nous pouvions nous présenter chez l'agent de Timmy Kennedy.

« Sait-on jamais... Tu décrocheras peut-être un contrat pour une série télévisée et nous aurons enfin de quoi nous payer des meubles décents... »

Ce jour-là, j'enfilai une paire de jeans hypermoulants et un tee-shirt vert pâle qui m'arrivait à peine au nombril et me découvrait la moitié du ventre. Cela faisait longtemps que mes cheveux n'avaient pas été coupés et leurs pointes me chatouillaient désagréablement le dos, comme des doigts.

Nous partîmes en avance, car nous ignorions combien de temps il nous faudrait pour nous rendre chez Ellen Arcade. Son bureau était situé à Riverside. Nous n'ouvrîmes pas une seule fois la bouche de tout le trajet. Je n'avais pas mangé grand-chose depuis que ma mère avait obtenu ce rendez-vous. Durant la semaine précédente, j'étais allée me faire bronzer tous les après-midi sur les pelouses de Roxbury Park.

Une fois à Riverside, nous dûmes demander notre chemin à plusieurs reprises. Pourtant, lorsque nous nous garâmes sur le parking de l'immeuble, nous avions encore une demi-heure d'avance. Le bureau d'Ellen Arcade était situé dans un gigantesque ensemble de bâtiments grisâtres, sillonnés de passerelles aériennes et dressés au milieu d'immenses terrains vagues. Je me dévisageai dans le rétroviseur. Durant le trajet, j'avais gardé les yeux fermés en m'exposant au soleil derrière le pare-brise, dans l'espoir de reprendre un peu de couleur. Nous attendîmes encore un moment dans la voiture. Nous ne voulions pas arriver trop en avance.

Ma mère me maquilla légèrement. Elle me passa du mascara sur les cils et un peu de rouge sur les joues. C'était un vrai bonheur de se laisser ainsi faire, les yeux fermés. Puis je me dessinai quelques taches de rousseur sur le nez, à l'aide d'un crayon à yeux. La portière grande ouverte, ma mère se déboutonna pour enfiler les pans de sa chemise à l'intérieur de son pantalon. Je me pliai en deux pour me brosser les cheveux : c'est ainsi que les filles de ma classe se coiffaient cette année.

Le bureau était au troisième étage et la salle d'attente était pleine à craquer. Des centaines de portraits d'enfants couvraient les murs. Tous les clichés étaient en noir et blanc et ornés de signatures la plupart du temps maladroites. Les prénoms des filles se terminaient presque tous en « i » et plusieurs étaient ornés d'un cœur. Certains visages souriaient, d'autres faisaient la grimace, et quelques-uns pleuraient même. Autour de nous, les enfants se trémoussaient sur leurs chaises. Un bébé mexicain braillait dans les bras de sa grand-mère. Une femme qui était visiblement la mère de quatre blondinets couverts de taches de rousseur tricotait tranquillement dans un fauteuil.

La réceptionniste tendit un imprimé à ma mère en lui demandant de le remplir. Il s'agissait d'indiquer mon prénom, mon âge, ma taille, mon poids... Je mentis sur mon poids, et ma mère me rajeunit d'un an. On voulait également savoir quelles langues je parlais, mon niveau d'études, et mes mensurations. Dès que nous eûmes rendu l'imprimé à la réceptionniste, celle-ci nous pria d'entrer. Nous passâmes devant tous les autres, qui ne parurent d'ailleurs pas s'en formaliser. Ils avaient apparemment l'habitude d'attendre.

Ellen Arcade, une femme d'une cinquantaine d'années aux cheveux blonds, était assise derrière un immense bureau. Elle écrasa sa cigarette dans un gros cendrier en verre et parcourut rapidement l'imprimé que nous venions de remplir, en acquiesçant silencieusement. Ma mère me lança un regard complice.

« Alors, me dit-elle finalement, est-ce que tu te plais à Beverly High ?

— Oui, dis-je.

— C'est un bon lycée, dit-elle en fourrant l'imprimé dans un tiroir. Eh bien, Ann, je t'écoute. Lis-nous donc quelque chose. »

Tandis que je m'exécutais, elle se carra dans son fauteuil. Ma mère m'écoutait attentivement, la tête penchée en avant.

« J'aurai besoin de photos d'elle », dit Ellen Arcade lorsque j'eus terminé.

Ma mère acquiesça en la fixant d'un air inquiet. Ellen Arcade appela aussitôt un photographe et nous arrangea un rendez-vous. Ma mère parut un peu soulagée. Nous n'aurions jamais eu les moyens de nous payer un luxe pareil. S'il avait fallu sortir l'argent de notre poche, nous aurions été obligées de renoncer. Lorsque tout fut réglé, Ellen Arcade reposa les yeux sur nous, en attendant visiblement que nous prenions congé. Elle nous tendit la main, mais ma mère avait trop besoin de parler. Elle se cramponna désespérément à son fauteuil.

« Nous venons de Bay City, dans le Wisconsin, dit-elle. Il y a quelques années, une émission de télé au profit de l'enfance handicapée a été tournée là-bas, et c'est ainsi que nous avons fait la connaissance de Timmy Kennedy. Il y a des studios régionaux importants à Bay City et...

— Le hasard fait bien les choses, dit Ellen Arcade. Je me souviens parfaitement de Timmy. Il avait de la classe.

— Est-ce qu'il tourne toujours ? demanda ma mère.

— Non, il a laissé tomber le cinéma. Il fait partie de l'équipe de football de Santa Monica High à présent. »

Elle alluma une nouvelle cigarette et nous serra rapidement la main, après s'être levée. J'aurais bien voulu lui demander si j'étais engagée, oui ou non.

« Je vous tiendrai au courant », dit-elle en nous montrant la porte.

Une fois les photos faites, Ellen Arcade en sélectionna deux, qu'elle glissa dans mon dossier après m'avoir demandé de les signer. Puis rien d'autre ne se passa, sauf que nous reçûmes un beau matin la facture du photographe. Elle se montait à plus de cent dollars. Nous étions déjà au bord de la ruine, et cela nous acheva.

Les domestiques logeaient dans un petit bâtiment qui se dressait à côté de la piscine, juste derrière les courts de tennis. Le rez-de-chaussée se composait de deux grandes pièces ; à l'étage, de minuscules chambres de bonne ainsi qu'un étroit cagibi équipé d'une douche donnaient sur le couloir. A l'origine, l'endroit avait été construit pour servir d'atelier à Nan Keller. Mais depuis qu'elle louait un loft à Venice les pièces du rez-de-chaussée avaient été reconverties en salles de jeux. Il y avait une grande table de billard recouverte de feutrine, ainsi qu'un flipper en parfait état de marche. Ils nous avaient laissé les meubles : l'ancienne table à dessin de Nan, deux ou trois chaises et un canapé défraîchi. Un bar muni d'une fontaine à soda occupait le fond de la pièce, mais il n'y avait pas de cuisine. Nous avions néanmoins un petit réfrigérateur. Au début, nous avions envisagé d'acheter une plaque chauffante, mais nous ne le fîmes jamais.

Nous profitâmes d'une semaine où Josh Spritzer était allé faire du ski pour déménager ; seuls les Swan vinrent nous donner un coup de main. Au début, nous faisions le ménage ensemble chez les Keller, ma mère et moi. Nous avions longuement débattu pour savoir qui passerait l'aspirateur et qui ferait la poussière. Nous étions l'une et l'autre vaguement embarrassées, et nous nous efforcions de comprendre nos points faibles respectifs.

Je ne voulais pas que Peter me voie. Ma mère faisait sa chambre lorsqu'il était au lycée. Puis, au bout de quelques semaines, je cessai carrément d'aider ma mère et la laissai s'occuper seule du ménage. J'allais au lycée et j'essayais de ne plus penser à tout ça.

La carrière de ma mère comme femme de ménage tourna court. Il apparut très vite qu'elle était par exemple incapable de faire du repassage. Elle passait plus d'une heure sur chacune des chemises de Mr Keller, qui en changeait deux fois par jour.

« Mais comment repassez-vous vos vêtements ? lui demanda un jour Mrs Keller. Vous devez y passer vos nuits !

— Eh bien, pour être franche, j'ai toujours donné nos vêtements au pressing depuis que nous sommes en Californie. Comme je travaillais, je n'avais pas le temps de m'en occuper. »

Une autre fois, Mrs Keller surprit ma mère dans sa propre chambre. La porte de l'armoire était grande ouverte. Immobile, les mains sur les hanches et l'esprit perdu dans Dieu sait quelles réflexions, ma mère contemplait l'impressionnante garde-robe de la maîtresse de maison.

« Qu'est-ce que vous fabriquez ici ? lui demanda Mrs Keller.

— J'étais en train de faire le lit », répondit ma mère.

Le lit avait effectivement été fait, dans les règles de l'art. Une branche d'hortensia avait même été disposée dans un verre sur la table de nuit. Mrs Keller et ma mère avaient le même sens du raffinement. Le seul problème, c'était que la mère de Peter ne l'avait pas engagée pour qu'elle s'occupe de ce genre de détails — dont elle se serait volontiers chargée elle-même —, elle avait avant tout besoin de quelqu'un qui sache passer la serpillière. Je m'étonne que nous soyions restées aussi longtemps.

Un beau matin, Mrs Keller découvrit ma mère en larmes à l'office, en compagnie de la cuisinière. Elles étaient toutes les deux à genoux sur le carrelage. Ma mère venait de se casser un ongle et elles essayaient de le retrouver.

« On doit pouvoir le recoller, balbutiait ma mère, je sais qu'il existe des produits pour ça... »

La cuisinière — une énorme bonne femme qui pesait plus de cent vingt-cinq kilos — tentait de consoler ma mère, tout en rampant sur le sol à la recherche de ce précieux bout d'ongle. Le rôti qu'elle était censée mettre au four perdait peu à peu son sang dans l'évier. Le lendemain, Mr Keller traversa les courts de tennis et vint trouver ma mère pour lui dire que les choses ne pouvaient pas continuer ainsi.

Ma mère fondit en larmes. Elle lui parla de son diplôme universitaire, tout en jouant nerveusement avec la bague qu'elle portait depuis toujours à l'index. L'ongle avait finalement été ressoudé. Ils essayèrent d'envisager ensemble une activité correspondant davantage à ses qualifications : ne pouvait-elle pas s'installer à son compte, ou se renseigner auprès des cliniques et des hôpitaux ? Il fut finalement décidé que nous continuerions à loger ici, mais en payant notre loyer, et que ma mère allait se mettre immédiatement en quête d'un autre travail.

Pendant trois semaines, elle fut embauchée comme serveuse au Hamburger Hamlet, dans le bar qui occupait le sous-sol de l'établissement. Elle s'y rendait tous les soirs, terrorisée à l'idée de rencontrer là-bas une des nombreuses connaissances de Josh Spritzer. Mais Mr Keller ne tarda pas à lui obtenir un rendez-vous avec le directeur d'une clinique où deux des anciens maris de la grand-mère de Peter avaient séjourné, peu avant leur mort. Ma mère fut immédiatement engagée.

Je trouvai du travail de mon côté dans une boutique de fringues. Je m'y rendais tous les après-midi, à la sortie du lycée, ainsi que les week-ends. Je m'occupais des expéditions. Au moment des vacances, lors des périodes d'affluence, ma mère obtint du patron qu'il l'engageât le samedi. Nous faisions le compte de ce que nous rapportaient nos samedis, pas en argent, mais grâce aux marchandises que nous détournions. Notre manière de procéder était simple. J'emballais les vêtements que nous avions choisis et je les empilais dans la réserve avec les paquets des autres clients. De son côté, ma mère achetait une bricole quelconque, ce qui lui permettait d'obtenir un reçu, et nous récupérions le tout avant de partir. Nous n'avions pas réellement l'impression de commettre un vol. Mais au bout de quelques semaines, nous avions sorti pour plusieurs milliers de dollars de vêtements. Nous n'avions plus de problème d'habillement, à présent ! Un jour, en ouvrant un tiroir, j'avais découvert toute une collection de bagues qui n'avaient même pas été déballées ; je m'empressai de les joindre au colis que je venais de préparer. Nous n'éprouvâmes jamais le moindre sentiment de danger ; à peine un léger frisson, comme lorsqu'on doit aspirer une goulée d'air et que nos côtes se soulèvent. Sur le chemin du retour, la nuit tombait déjà, les lampadaires s'allumaient le long des rues. Notre tas de vêtements traînait sur le siège arrière de la voiture. Nous avions le sentiment de ne pas avoir perdu notre journée. Toutes ces affaires finiraient bien par nous servir, un jour ou l'autre.

Nous avions beau travailler toutes les deux, à présent, nous nous trouvions toujours à court d'argent. La première fois où il nous fut impossible de payer notre loyer, ma mère appela Mr Keller pour le supplier de nous accorder un délai. Elle m'envoya ensuite lui porter un bouquet de fleurs et un chèque qu'il ne devait pas encaisser avant deux bonnes semaines

Mr Keller était un brave homme. Il me regarda et posa sa main sur mon épaule. Sa pomme d'Adam montait et descendait.

« Entendu, Ann, dit-il. Tu remercieras ta mère de ma part. Et surtout, ne te fais pas de souci. »

Je m'apprêtais à faire demi-tour lorsque Mrs Keller lança à son mari :

« Bert… Demande donc à Ann si elle ne veut pas manger quelque chose. »

J'étais déjà à l'entrée de la cuisine, par laquelle il me fallait repasser pour rejoindre l'arrière-cour de la maison des Keller. Un gros gâteau aux deux tiers entamé trônait sur une assiette. Une odeur de rosbif embaumait encore le papier d'aluminium froissé en boule sur le comptoir.

Je n'avais rien mangé ce soir-là. Ma mère se faisait tellement de souci à propos de cette histoire de loyer que nous n'étions pas allées dîner.

« Je vous remercie, dis-je à Mrs Keller, mais je n'ai vraiment plus faim. »

Je n'avais pourtant rien d'une sainte. De retour à la maison, je m'écroulai sur le canapé en me tenant le ventre.

« Alors ? Qu'est-ce qu'il a dit ? s'enquit ma mère.

— Je meurs de faim, murmurai-je. J'en ai des crampes d'estomac.

— Ann... Dis-moi d'abord quelle a été la réaction de Mr Keller ! Nous irons manger aussitôt après.

— Il a dit " d'accord ". »

Ma mère battit des mains. On aurait dit un pigeon sur le point de s'envoler.

« Oh, mon Dieu ! Merci... Merci, mon Dieu... » balbutia-t-elle.

J'émis un grognement désapprobateur. Je ne supportais pas de la voir reconnaissante. Le fait d'avoir un toit n'était quand même pas un don du ciel. Tout le monde y avait droit.

« Bon, bon... On y va... Mais tu n'es vraiment pas sentimentale. Moi, la gentillesse des gens m'émeut toujours. Allez, va chercher ta veste. »

Nous avions bien un petit réfrigérateur, mais il était vide la plupart du temps. Nous mangions tous les soirs à l'extérieur.

« Allez, ouste ! » dit-elle en ouvrant la porte.

Nous garions notre voiture dans une allée qui donnait directement sur le bâtiment où nous habitions. Ma mère s'arrêta et leva les yeux au ciel, tandis que je me dirigeais vers la voiture, les mains enfoncées dans les poches de ma parka. Elle avait quarante-quatre ans, mais depuis son enfance elle avait gardé l'habitude de faire un vœu tous les soirs, en regardant les étoiles.

« Le ciel est dégagé ce soir. Regarde, Ann... On distingue très bien les constellations. C'est un bon présage. Il fera très beau demain. »

Ma mère avait l'art d'employer des expressions toutes faites. Une fois dans la voiture, elle brancha le chauffage. Je regardais à travers la vitre, en songeant à mon avenir. Cela m'arrivait souvent, depuis quelque temps. Tant de choses me semblaient hors d'atteinte. Nous nous mîmes en route. Ma mère ralentit lorsque nous passâmes devant la maison de l'ex-femme de Josh Spritzer, à Beverly Hills. Comme la Thunderbird du dentiste n'était pas garée le long du trottoir, ma mère prit la direction de son appartement de Century City.

« A quoi penses-tu donc, ourson ? me dit-elle au bout d'un moment.

— A rien.

— Allez... Tu peux bien me le dire.

— A rien, répétai-je.

— Tu sais, tu pourrais quand même me dire quelque chose, me parler de temps en temps. »

A une heure aussi avancée, la plupart des restaurants étaient déjà fermés. Nous n'avions généralement pas d'argent liquide et de nombreux établissements n'acceptaient pas les chèques. Mais ce n'était pas cela qui risquait d'arrêter ma mère. Nous poussions la porte d'un de ces restaurants où était affichée une pancarte précisant bien que la maison n'acceptait pas les chèques, et nous commandions un plantureux repas. Au Vieux Continent, sur Sunset, la direction exposait sur un grand panneau, au fond de la salle, les chèques sans provision qui leur avaient été retournés. Il y en avait deux à notre nom. On était obligé de passer devant pour se rendre aux toilettes. Lorsqu'une copine de lycée me proposait d'aller manger là-bas avec elle, je n'osais pas refuser mais j'avais des sueurs froides dès qu'elle quittait la table pour aller au petit coin et je comptais anxieusement les secondes en attendant son retour.

A la fin du repas, lorsque la note arrivait, ma mère se mettait à rédiger son chèque. La serveuse prenait généralement un air ennuyé.

« Je suis désolée, madame, mais nous n'acceptons pas les chèques.

— Ah bon ? En quel honneur ?

— Décision de la direction. Vous auriez dû le voir, c'est marqué sur la porte, à l'entrée.

— Mais ce chèque est tout à fait valable...

— Je m'excuse, mais il faut que j'aille demander l'accord de la direction.

— Eh bien, faites... Et ramenez-moi donc le patron, je voudrais lui dire deux mots. »

Ma mère croisait les bras et m'adressait un sourire, de l'autre côté de la table. Je me levais et enfilais ma veste.

« Je vais t'attendre dehors.

— D'accord, ma chérie. J'en ai pour une minute. »

Je rejoignais lentement la voiture. Elle était bien assez grande pour régler cette affaire toute seule.

Nous n'avions jamais abordé ouvertement la question, mais nous savions que nous devions éviter les établissements où nous avions laissé des chèques sans provision.

Ma mère n'avait que deux dollars en poche ce soir-là.

« Essayons du côté de Pico, dit-elle en haussant les épaules. Ce petit restaurant français est peut-être encore ouvert. »

Nous aimions beaucoup cet endroit. La salle était minuscule et l'on y servait une cuisine qui ressemblait beaucoup à celle de ma grand-mère.

« Un potage léger, une salade, et un petit dessert. Ça m'irait tout à fait ce soir », dit ma mère.

Mais les fenêtres étaient éteintes lorsque nous arrivâmes devant le restaurant. Ma mère poussa un soupir.

« Je crois que nous allons devoir nous rabattre sur les glaces », dit-elle.

Certains soirs, nous sautions carrément un repas et nous nous contentions de manger des glaces. Nous étions souvent au régime, et cela semblait naturel. Ma mère se gara sous les arbres en face du Baskin-Robbins et se mit à fouiller au fond de son sac.

« Tiens, dépêche-toi », dit-elle en me glissant trois billets tout fripés dans la main. Selon sa bonne habitude, elle comptait m'attendre dans la voiture, en laissant tourner le moteur.

Mais ce soir-là, j'en eus brusquement assez.

« Vas-y donc toi-même. Je ne vois pas pourquoi ce serait toujours à moi de me déplacer.

— Mais, Ann... Je ne peux pas ! dit-elle d'une voix où pointait un soupçon de panique. Imagine qu'on me voie dans une tenue pareille... »

Elle portait un costume de jogging et une paire de tennis et s'était fait une queue de cheval avant de sortir. « Imagine qu'on *me* voie. » J'étais en pantalon de survêtement et en tee-shirt. Mes cheveux étaient mouillés parce que je les lavais tous les soirs.

« A ton âge, c'est sans importance. Et d'ailleurs, tu es très mignonne ainsi. Mais à mon âge, une femme se doit d'être bien habillée. Et souviens-toi que c'est à moi qu'incombe le devoir de te trouver un père.

— J'en ai déjà un.

— Ah oui ? Et peux-tu me dire où il est, à l'heure actuelle ? »

L'argument était sans réplique.

« Pas la moindre idée, dis-je.

— Allons, Ann... Fais-moi plaisir, pour une fois... Va donc nous chercher ces glaces...

— Non.

— S'il te plaît, ma chérie... »

Je secouai obstinément la tête. Ma mère embraya d'un geste agacé et la voiture bondit sur la chaussée. Nous rentrâmes directement à la maison. Pendant un bon moment, ma mère évita de m'adresser la parole. Mais lorsque je redescendis un peu plus tard dans la soirée pour chercher un verre d'eau, je la trouvai devant la porte grande ouverte du réfrigérateur. Elle portait le tee-shirt qu'elle mettait pour dormir et mangeait des sardines accompagnées de gâteaux secs.

« Tu veux des sardines ? » me demanda-t-elle.

Je secouai la tête et repartis dans ma chambre.

« Ann... Tu devrais essayer. Elles sont délicieuses. »

Je l'entendis fouiller dans le frigo et en sortir une bouteille de lait, dont elle but une longue gorgée. J'avais horreur qu'elle boive ainsi directement au goulot. La seule idée de retrouver une goutte de sa salive dans mon lait me donnait le frisson.

« Je n'ai pas envie de manger, lui criai-je depuis ma chambre. Et j'aimerais bien arriver à dormir.

— Comme tu voudras, répondit-elle en mastiquant bruyamment. Mais je t'assure que tu as tort. Ces sardines sont vraiment succulentes. »

J'étais tellement affamée que mon estomac semblait avoir acquis une sorte d'autonomie. Je rêvais de steaks dégoulinants de beurre, de tartes à la rhubarbe cuites juste comme il fallait... La faim me faisait frissonner et j'avais la tête qui tournait. Je me souviens encore aujourd'hui de ces soirs où je me couchais en ayant faim, ainsi que de l'impression de légèreté que je ressentais le matin en me réveillant. Pourtant, cela n'arriva pas très souvent ; et dans la plupart des cas, nous aurions très bien pu nous nourrir, mais nous étions au régime. Nous étions toujours au régime et nous ne sommes jamais devenues minces. Au bout de toutes ces années, je n'ai gardé que le souvenir de la faim.

Je me réveillai en sursaut cette nuit-là et aperçus ma mère, assise au bord de mon lit. Elle était penchée au-dessus de moi et me fixait intensément.

« J'étais en train de me dire que j'avais vraiment beaucoup de chance d'avoir une fille aussi adorable que toi », me déclara-t-elle.

Les portes n'avaient pas de serrure, dans cette maison. Lorsque ma mère eut quitté ma chambre, je me relevai et tirai ma commode devant la porte, pour en bloquer l'entrée.

Nous avions des chambres mitoyennes et la paroi qui les séparait n'était pas bien épaisse. Même une fois la porte fermée, je l'entendais respirer à travers la cloison. Je l'imaginais en train de creuser un petit trou dans le plâtre, afin de m'épier à loisir.

Elle frappa légèrement à travers la paroi.

« Bonne nuit, ma chérie », lança-t-elle.

Je me tournai de l'autre côté en m'écartant le plus possible de la cloison.

De toute évidence, Josh Spritzer était en train de laisser tomber ma mère. Ils ne se voyaient plus qu'une fois tous les quinze jours, bien qu'elle eût maintenant toute une garde-robe à sa disposition. Josh s'absentait apparemment de plus en plus souvent.

« Je crois que je vais *vraiment* finir par appeler son psy », me dit-elle un matin, tandis que je repassais mon jean avant de partir au lycée.

Depuis quelque temps, il y avait un autre type qui lui tournait autour. Il s'appelait Jack Irwin. Il avait un visage grassouillet, surmonté d'un crâne lisse et brillant. Il vivait avec sa mère, qui était quasiment centenaire et avait perdu la raison. Nous étions allées chez eux une fois. Sa mère s'agitait dans un fauteuil en faisant des grimaces et en roulant des yeux effarés ; elle ouvrait et refermait les poings, comme si elle cherchait à saisir quelque chose d'invisible, elle ouvrait aussi légèrement la bouche et disait : « Eh ». Elle ne semblait pas poser une question mais prononcer vraiment un mot.

Ma mère avait rencontré Jack Irwin à la clinique où elle travaillait, et où la démente avait été admise après une fracture de la hanche. Depuis lors, Jack n'arrêtait pas de bassiner ma mère au sujet d'un bled du nom de Solvang, qui était d'après lui un véritable paradis, « perdu au milieu des collines, dans un décor de rêve », et où il avait apparemment séjourné avec sa mère en 1961.

« Il veut à tout prix m'emmener là-bas », me dit un soir ma mère. Elle avait dîné avec lui et elle était rentrée assez tard. Je l'entendis s'asseoir sur son lit et ôter ses collants. « Il m'a proposé d'y passer un week-end. Mon Dieu ! Moi qui suis déjà incapable de l'embrasser ! Peux-tu venir un instant, Ann, ajouta-t-elle, je n'arrive pas à dégrafer mon soutien-gorge.

— Je suis déjà couchée. »

La porte de l'armoire claqua. Ma mère poussa un soupir et se rassit. J'entendis grincer le sommier.

« D'un autre côté, reprit-elle, il pourrait évidemment nous être d'un grand secours, avec tout son argent. Il me demande toujours de tes nouvelles, tu sais. Il pense que l'essentiel, c'est que tu réussisses bien dans tes études. Il aimerait beaucoup discuter de ton avenir avec toi, savoir dans quelle université tu envisages de t'inscrire... »

Elle se glissa dans son lit.

« Enfin... soupira-t-elle, au moins il ne s'est pas moqué de moi. Ce repas était délicieux. Au fait, j'ai oublié de te dire : il nous a invitées dimanche prochain, pour le petit déjeuner. »

Ma mère avait l'air très adulte le matin où elle partit pour Solvang en compagnie de Jack Irwin. Celui-ci devait venir la prendre en voiture. Lorsqu'elle entendit le bruit du moteur, elle boucla nerveusement sa valise. Elle paraissait plus âgée. Elle s'était fait un chignon et portait un tailleur très strict.

« Tiens, dit-elle en me fourrant un billet de vingt dollars dans la main. Appelle donc Leslie et allez manger ensemble quelque part. »

Lorsque Jack apparut dans l'encadrement de la porte, nous eûmes toutes les deux un petit serrement de cœur. Il se tenait les bras ballants, il portait une veste de laine et un sous-pull à col roulé blanc. On oubliait toujours à quel point il pouvait être laid.

« Tout est prêt ! dit-il en claquant des talons.

— J'essayerai de te rapporter un petit cadeau », me murmura ma mère.

Quand elle se pencha pour m'embrasser, je me mis à pleurer, sans comprendre ce qui m'arrivait.

« Allons... me dit-elle en me déposant un baiser au coin de l'œil. Un peu de courage... Je serai de retour dimanche. »

Ils se dirigèrent lentement vers la voiture. Jack Irwin ouvrit le coffre arrière pour y déposer la valise de ma mère. Puis il la fit monter à côté de lui, à l'avant. Ma mère s'assit et croisa les mains. Je me jetai sur le canapé et enfouis mon visage dans les coussins, secouée de sanglots. Et moi qui avais la réputation de ne jamais pleurer...

Le lendemain matin — nous étions samedi —, Peter Keller me téléphona de chez lui.

« J'ai envie de t'embrasser », me dit-il.

Il avait un an de moins que moi et nous prenions le même bus tous les matins pour aller au lycée. Il n'était pas du tout du genre obsédé.

« En quel honneur ? lui demandai-je.

— Je ne sais pas.

— Eh bien, tâche au moins de trouver un motif valable », lui dis-je avant de raccrocher.

Il me rappela une heure plus tard.

« J'ai trouvé, dit-il. Je meurs d'envie d'embrasser tes lèvres brûlantes et d'étreindre ton corps exténué... »

Je l'entendis tourner la page d'un livre. Mais en même temps, il ne semblait pas avoir l'air de plaisanter.

« Ah bon ? » dis-je.

J'étais en train de m'empiffrer de glace au chocolat. Ma mère avait regarni le frigo avant son départ.

« Je veux introduire ma langue vibrante entre tes lèvres humides de désir...

— Ah bon ? répétai-je, en m'allongeant sur le canapé. Et ensuite ?

— Est-ce que je peux venir ?

— Bien sûr », dis-je.

Il ne me vint même pas à l'idée de changer de tee-shirt. Pourtant, celui que j'avais sur le dos était couvert de taches de chocolat. Lorsque je rentrais du lycée, en fin de journée, je me changeais aussitôt, afin d'économiser mes vêtements. Nous jouions très souvent ensemble, Peter et moi, et il avait l'habitude de me voir dans mes vieilles nippes. Si jamais un autre de mes copains appelait, je trouverais bien un prétexte pour me débarrasser de lui. Je prenais rarement des gants, avec Peter. Il avait un an de moins que moi.

Lorsqu'il apparut sur le seuil, il avait la même allure que d'habitude. Ses cheveux lui tombaient toujours sur les yeux. Mais il louchait un peu et paraissait légèrement tendu.

« Alors ? lui dis-je.

— Veux-tu sortir avec moi, un de ces soirs ? me demanda-t-il.

— Comment ça, un de ces soirs ? Tu as déjà oublié ce que tu me débitais tout à l'heure au téléphone ? D'ailleurs, où as-tu été chercher des âneries pareilles ?

— Dans un livre, reconnut-il.

— Non, nous ne sortirons pas ce soir, dis-je. Entre. Va t'allonger là-bas et déshabille-toi. »

Je n'avais rien programmé du tout. Tout cela était strictement improvisé. Mais il me semblait que j'avais la situation en main. Cette impression de puissance me grisa brusquement.

« D'accord », dit-il.

Il délaça l'une de ses tennis qu'il garda à la main, en fixant les portes vitrées.

« Tu ne veux pas discuter un peu, avant ? dit-il. Il ne fait pas encore nuit. »

Je secouai la tête. Nous étions au printemps, dehors le vent agitait mollement les branches des palmiers. Il n'y avait personne en vue. Peter acheva de se dévêtir, mais il garda ensuite ses habits à la main, comme s'il avait peur que je me précipite sur lui pour les lui voler. Ses bras pendaient, inertes, à ses côtés.

« Et toi ? Tu ne te déshabilles pas ? » dit-il.

Il n'avait pas encore ôté son slip, qui était aussi immaculé que celui d'un enfant. L'une des choses qui nous avait le plus étonnées, à l'époque où nous faisions le ménage chez les Keller, était l'invraisemblable quantité de sous-vêtements qu'ils pouvaient stocker dans leurs placards. Certains articles étaient même encore enveloppés dans leurs emballages. Il en allait de même pour le savon et le shampooing, dont les réserves occupaient plusieurs étagères dans l'armoire de la salle de bains.

« Vas-y d'abord », dis-je.

Peter s'assit sur la vieille couverture à rayures du canapé et ôta finalement son slip. Les garçons sont tellement timides, me dis-je intérieurement.

« Voilà », dit-il en relevant les yeux vers moi.

Il prit une profonde inspiration et se redressa. Il paraissait terrorisé, comme si j'allais me mettre à le frapper. Il était très mince et n'avait presque pas de poils. Gauche et intimidé comme il l'était, on aurait dit une femme.

Je me débarrassai rapidement de mes chaussures.

« Allonge-toi, lui dis-je avant de m'asseoir à ses côtés sur le canapé. Bon, maintenant tu peux m'embrasser, mais pas sur le visage. »

Il voulut m'ôter mon tee-shirt, mais comme il n'y parvenait pas je me levai et l'enlevai moi-même. Puis je baissai ma fermeture Éclair et m'extirpai de mon jean, avant de revenir vers le canapé. Je m'assis à califourchon sur Peter.

Il ferma les yeux. Les veines de son cou s'étaient mises à battre plus vite. Je jetai un coup d'œil vers les portes vitrées. Le soleil qui tombait illuminait les parois chromées du flipper.

« Tu l'as déjà fait ? » me demanda Peter.

Non, je ne l'avais jamais fait. Je n'y avais même pas songé une seule fois. Dieu sait pourtant que je rêvais souvent à Daniel Swan, dont j'étais éperdument amoureuse. Nous nous châtouillâmes mutuellement les bras et je m'imaginai en chandail blanc moelleux, avec Daniel en train de m'embrasser tendrement les paupières. Mais je me gardai évidemment bien de raconter tout ça à Peter Keller.

Avec lui, ce n'était pas la même chose. J'avais la même impression en le touchant que lorsque je me caressais. Je n'avais pas rêvé une seule fois de lui. Dehors, il faisait grand jour.

Peter se redressa et me saisit la main en me dévisageant d'un air concentré, comme s'il était en train de nous arriver quelque chose de très grave.

« Rallonge-toi », lui dis-je en le repoussant.

Il s'effondra sans dire un mot. J'étais stupéfaite : jamais je n'aurais imaginé que quelqu'un puisse être docile à ce point.

Autour de nous tout était immobile. Je pris son sexe dans ma main, entre le pouce et l'index. Je n'avais jamais touché quelque chose d'aussi doux. Je regardai Peter. Ses mains tremblaient le long de son corps. Il avait refermé les yeux et je ne distinguais plus qu'une étroite fente blanche à travers ses paupières. Il n'y avait pas la moindre violence en lui.

On ne m'avait jamais rien dit, mais je sus instinctivement comment m'y prendre.

Je l'introduisis en moi. Peter fronça les sourcils, comme s'il était en train de faire un effort considérable. Il émit un petit gémissement. Son visage était absolument lisse. Je le sentis aussitôt en moi. Il se mit à remuer et voulut me saisir par la taille.

« Ne bouge pas, lui dis-je. Laisse-moi faire. »

J'entendis le chien de Peter qui fouillait dans la poubelle, à l'extérieur de la maison. Je baissai les yeux : mes jambes remuaient sous moi. J'avais l'impression qu'elles étaient autonomes, séparées du reste de mon corps.

C'était donc ça, la grande affaire... J'étais un peu déçue. A un moment donné, en pliant les genoux, j'aperçus un filet de sang qui s'écoulait le long de ma cuisse. Je m'immobilisai aussitôt.

« Qu'est-ce qui se passe ? dit Peter. Tu as mal ? »

Il tendit la main en voulant me caresser le visage.

« Non, ce n'est rien », dis-je en écrasant ses doigts dans mes deux mains.

Sa tête ballottait comme une masse inerte à l'extrémité de son cou. Il ne doit pas être très difficile de tuer quelqu'un qui s'abandonne de la sorte, me dis-je. Il suffirait de se pencher. Il y a des gens qui le cherchent, vraiment.

Je me mis tout à coup à remuer. Mes hanches s'agitèrent, lentement au début, puis de plus en plus vite. J'avais fermé les yeux. Je m'arrêtai au bout d'un moment. Peter m'avait prise par la taille. J'avais peur brusquement, je ne voulais plus bouger. Je m'accrochai à ses épaules comme si j'étais en train de tomber dans le vide, en attendant que le calme revienne en moi. Tout s'immobilisa enfin. Je rouvris les yeux et aperçus mes pieds qui frémissaient, pris de contractions, comme des poissons agonisant sur une berge. On aurait dit que je venais de faire une chute. Mes coudes et mes genoux étaient endoloris. Je me sentais à la fois légère et épuisée, mais je ne voulais pas que Peter s'en aperçoive.

Je me relevai brusquement. Je quittai la pièce à la hâte et me précipitai vers la piscine.

« Hé... », s'écria Peter.

Puis il se mit à rire et me rejoignit au bord du bassin. J'étais déjà dans l'eau. Il plongea à son tour et me saisit par la taille.

« Je t'aime, Ann », dit-il.

Il me regarda en attendant ma réponse. Des feuilles mortes à moitié décomposées flottaient à la surface du bassin. Le contact de l'eau avait quelque chose de lourd et de gluant. Je levai un bras en l'air : ma peau me parut aussi molle et luisante qu'un gant de chirurgien.

« Je vais prendre une douche », dis-je.

Je sortis aussitôt de la piscine et repartis en courant vers la maison. Une fois à l'intérieur, je repoussai la porte vitrée et tirai le verrou. Lorsque Peter frappa, un instant plus tard, je ne répondis même pas. Je pensais à lui en train de me regarder courir toute nue, les cuisses et les seins flageolants, le sourire aux lèvres.

Mais il était tout nu, lui aussi. J'ignore comment il se débrouilla pour rejoindre la demeure de ses parents sans se faire remarquer.

Ma mère rentra le soir même. J'entendis claquer la porte d'entrée. Elle monta l'escalier quatre à quatre et se précipita dans ma chambre. Après avoir allumé, elle posa sa valise par terre et se pencha aussitôt pour la défaire. Elle avait l'air très agité.

« Je n'ai pas pu, dit-elle en secouant la tête et en fixant la valise ouverte. Je ne supportais même pas qu'il me touche. Lorsqu'il a voulu m'embrasser et que ses lèvres se sont approchées des miennes, j'ai vraiment eu un haut-le-cœur. »

Elle s'approcha de mon lit et me dévisagea.

« Je suis navrée, ma chérie, mais même pour toi j'étais incapable de faire ça. Nous avons dormi dans le même lit, la nuit dernière. Quand il s'est collé contre moi et qu'il s'est mis à me caresser, j'ai dû me retenir pour ne pas hurler. C'est plus fort que moi, ce type me dégoûte. »

Elle passa à la salle de bains pour se brosser les dents. Puis elle se mit à fouiller dans sa valise et en sortit finalement une robe d'été mauve qu'elle brandit d'un air triomphant.

« Tiens, voilà le cadeau que je t'avais promis. J'ai passé des heures à choisir cette robe et j'espère qu'elle te plaira. Eh bien, qu'est-ce que tu attends ? Essaie-la ! »

Je songeais à Jack Irwin — à la peau pâlichonne et fripée de son ventre bourrelé de graisse. Je l'imaginais en train de se pencher vers ma mère et de lui roucouler des mots doux à l'oreille.

« Elle est affreuse, dis-je. Je n'en veux pas. »

C'était la vérité. J'avais trouvé cette robe hideuse au premier coup d'œil, avec son décolleté dans le dos et ses volants.

Ma mère regarda la robe d'un air étonné. Elle semblait à la fois surprise et blessée par mes paroles.

« Mais... Je l'ai choisie exprès pour toi. Au moins, essaie-la. Tu verras, une fois que tu l'auras passée, tu seras du même avis que moi. »

Je lui arrachai le vêtement des mains et partis me changer à la salle de bains. Lorsque je revins, elle toucha mon dos nu dans l'encadrement en forme de U du décolleté.

« Magnifique, ma chérie ! Elle te va à ravir. Regarde-toi dans la glace. Eh bien, ajouta-t-elle en poussant un soupir, c'est déjà ça. Au moins je n'aurai pas fait tout ce chemin pour rien. »

Elle se détendit un peu, comme si le fait d'avoir acheté cette robe compensait plus ou moins l'échec de son voyage.

Je ne parvins pas à me rendormir ce soir-là. Vers deux ou trois heures du matin, je finis par me relever. Je pris la robe dans l'armoire, sortis de la maison et allai la jeter dans la poubelle, au bout de notre allée. L'obscurité avait quelque chose de reposant. Une légère brise agitait les palmiers, dont les fruits se détachaient parfois et tombaient avec un bruit sec sur le trottoir. Sur le matin, je crus entendre passer le camion de la voirie et me sentis soulagée. Mais nous étions dimanche, on ne ramassait jamais les ordures ce jour-là. J'avais dû entendre sonner au loin les cloches de l'église.

J'avais invité Leslie puisque ma mère devait être absente ; d'ailleurs, elle décida finalement de se rendre à la clinique et partit dans la matinée. Leslie n'était encore jamais venue chez nous. Je l'attendis dans la rue, au carrefour ; je la fis passer par l'entrée principale et la conduisis à travers les courts de tennis jusqu'au bâtiment que nous occupions. Toute la matinée, je m'étais demandé comment j'allais m'y prendre pour lui faire croire que l'ensemble de la propriété nous appartenait.

C'était toujours ce que je prétendais lorsque je me faisais raccompagner en voiture. Je demandais aux gens de me déposer devant les grilles de l'entrée principale. J'attendais ensuite qu'ils soient repartis, au pied de la fontaine, puis je faisais le tour des bâtiments pour rejoindre notre maison. Mrs Keller nous avait instamment demandé de ne pas utiliser *leur* entrée. Nous étions censées passer par-derrière.

J'avais pris soin de fermer toutes les portes avant l'arrivée de Leslie, et je l'avais fait asseoir dans la pièce principale. Nous sirotions des Coca, vautrées sur le canapé à rayures. Je jetais parfois un coup d'œil sur les portes fermées, en me disant qu'on pouvait parfaitement supposer qu'au-delà s'étendaient d'immenses couloirs donnant sur des chambres gigantesques prolongées par de vastes terrasses. J'espérais en tout cas que c'était ce que Leslie s'imaginait.

Au bout d'un moment, le regard de Leslie se posa sur le flipper.

« Il marche ? » demanda-t-elle.

J'acquiesçai en silence.

« Tu vis seule avec ta mère, c'est ça ?

— Non, j'ai deux frères, dis-je en désignant d'un geste vague les chambres qui étaient censées être les leurs. Mais ils sont en colonie de vacances pour l'instant.

— Oh... » fit Leslie.

Je réalisai un peu trop tard que nous étions en avril.

Nous fîmes quelques parties de flipper. J'avais hâte que Leslie s'en aille. Je ne lui avais pas dit que ma mère était rentrée plus tôt que prévu. Je ne savais pas comment lui présenter la chose. Et j'avais peur qu'elle n'ait brusquement l'idée d'ouvrir l'une de ces portes. Surtout maintenant que j'avais prétendu avoir deux frères. Finalement, Leslie me dit :

« Est-ce que ça te dirait de venir dîner à la maison, puisque ta mère n'est pas là ?

— Pourquoi pas ? » dis-je en haussant les épaules.

J'adorais la maison de Leslie. Les murs étaient en brique rose. A l'intérieur, quelle que soit l'heure de la journée, on avait toujours l'impression d'une atmosphère de silencieuse et paisible activité. Un après-midi, j'avais accompagné Leslie chez elle et l'avais attendue au salon tandis qu'elle montait se changer dans sa chambre. Je n'avais pas quitté des yeux la table de la salle à manger, autour de laquelle étaient disposées six chaises en bois absolument superbes. Il y avait quelque chose d'éternel et de rassurant dans la manière dont elles étaient installées : tous les jours, ces chaises attendaient dans cette pièce, captant lentement la lumière déclinante qui tombait par les fenêtres, tandis qu'à la cuisine on s'agitait autour des fourneaux pour préparer le repas du soir. Je m'étais mise à rêver, en fixant obstinément le dossier de l'une des chaises qui semblait me renvoyer l'écho d'une enfance sereine, paisible et protégée. Le bois usé luisait comme un marron que l'on tient dans la main.

J'avais sursauté lorsque Leslie avait refait son apparition, sa raquette de tennis à la main.

« J'aime beaucoup tes chaises, lui avais-je dit.

— Quoi ? »

Elle avait parcouru des yeux la salle à manger, comme si elle la voyait pour la première fois. Une coupe remplie de pêches trônait au milieu de la table.

« Je ne vois pas ce que tu leur trouves, avait-elle ajouté en haussant les épaules. Tu as vraiment de ces idées... »

En quittant la maison avec elle, cet après-midi-là, je ne me donnai même pas la peine de laisser un message à ma mère. Une fois arrivées chez Leslie, nous traversâmes la pelouse pour rejoindre la cuisine, qui donnait sur l'arrière de la maison. Leslie poussa la porte et s'écria :

« Rosario ! Je suis rentrée ! Et Ann restera pour le dîner. »

Plus tard, je me souvins que nous étions passées par-derrière pour sortir de chez moi : Leslie avait alors forcément vu notre maison de l'extérieur. Elle n'avait pu manquer de constater par elle-même combien elle était minuscule.

Les choses allaient de pire en pire entre Peter et moi. Nous baisions à tout bout de champ. J'étais infernale avec lui, mais il m'obéissait comme un caniche. Parfois, je lui demandais simplement de me caresser. Je me retournais sur le ventre, et il me caressait les jambes.

Ma mère et moi étions de plus en plus souvent invitées chez les Keller, lors des réceptions qu'ils donnaient à l'occasion de Noël, de Pâques ou de Thanksgiving. Ma mère s'était mise à appeler Mr Keller par son prénom. Elle déposait chaque mois le chèque de notre loyer sur la petite table de leur entrée.

Lorsque je retrouvais Peter à la cuisine, l'après-midi, je dévorais littéralement tout ce qui me tombait sous la main.

De surcroît, Bert Keller donnait maintenant de l'argent à son fils pour qu'il m'emmène au restaurant. Contrairement à Nan Keller, le père de Peter m'aimait bien. Nous prenions des taxis pour aller dans des établissements ultra-chic où je pouvais commander tout ce dont j'avais envie. Je choisissais toujours les plats les plus chers et prenais invariablement deux desserts à la fin du repas. Peter n'aimait pas les gâteaux. Je mangeais d'abord celui qu'on avait déposé devant moi, puis nous échangions nos assiettes, pour que ça ne paraisse pas trop bizarre. Je me moquais éperdument de ce que Peter pouvait penser, mais je ne tenais pas à me faire remarquer par le personnel.

J'avais récemment arrêté de travailler dans cette boutique de fringues. Maintenant, c'était Peter qui m'achetait des vêtements. Son père lui avait ouvert un compte dans un magasin où tous les élèves du lycée achetaient leurs jeans. Au début, Peter était un peu réticent. Mais je lui avais fait remarquer qu'on ne précisait pas sur les factures à qui les vêtements étaient destinés. La taille n'était même pas mentionnée.

Nous y allions une ou deux fois par mois. J'étais obligée de choisir des pantalons de plus en plus larges. Un jour, au moment de payer, Peter me pinça la cuisse. Je commençais à avoir des bourrelets.

« Nous devrions nous mettre au tennis », me dit-il.

J'étais furieuse. Je ne supportais pas qu'il me traite de la sorte, comme si je lui appartenais.

« On croirait entendre ma mère », lui répondis-je.

En sortant du magasin, les bras chargés de paquets, nous croisâmes une fille du lycée, qui s'appelait May. Elle était mince et élancée et avait de longs cheveux blonds ; elle portait ce jour-là un blue-jean et un tee-shirt bleu pâle, dont le motif représentait un gros nuage blanc. En la voyant, je me sentis à la fois furieuse et humiliée. J'avais tout de même un peu honte d'avoir autant grossi.

Je me tournai vers Peter.

« Viens, lui dis-je précipitamment. On va prendre le thé chez Konditorei. »

Il s'agissait d'un salon de thé qui proposait un choix de pâtisseries pratiquement infini : cela allait des gâteaux à la menthe aux tartes incrustées de kiwi dont la décoration rappelait un sol en mosaïque.

« Tu es sûre d'en avoir envie ? me dit Peter.

— Bien sûr. Pourquoi ? »

Il était quatre heures de l'après-midi.

May était presque au bout de la rue. Peter la suivit un instant des yeux avant de se retourner vers moi.

« D'accord, dit-il. Au fond, je te préfère comme tu es. Et tu as un beau cul. »

Cette année-là, les Keller finirent par envoyer Peter sur la côte Est, afin qu'il accomplisse une année préparatoire avant d'entrer à l'université. La vérité, c'est que sa mère cherchait à tout prix à l'éloigner de moi. Mais lorsqu'il revenait, au moment des congés scolaires, nous remettions ça aussitôt. Nous allions nous enfermer dans une petite chambre de bonne qui donnait sur la cuisine. La planche à repasser trônait dans un coin et le dessus-de-lit fané dégageait une couche de poussière qui s'envolait comme de la poudre de craie dans le soleil.

J'étais de plus en plus désagréable avec Peter. Il n'était rien pour moi et je le traitais comme un chien. Je desserrais à peine les dents lorsque nous nous voyions. Mais il ne semblait pas m'en tenir rigueur. Allongé sur le lit poussiéreux, les yeux à moitié clos, il m'étreignait toujours avec le même air de dévotion.

Durant les longues périodes où il était absent, je sortais régulièrement avec Daniel Swan. Je faisais un véritable trafic de fringues avec Leslie ; j'en avais plus qu'elle, depuis l'époque où j'avais travaillé dans cette boutique. Certains soirs, Daniel Swan m'appelait et nous parlions pendant des heures au téléphone. A la fin, nous ne pouvions pas nous résoudre à raccrocher : nous posions chacun notre écouteur sur l'oreiller et nous nous endormions au rythme de nos respirations réciproques. Avant d'aller se coucher, ma mère passait généralement dans ma chambre pour remettre l'écouteur à sa place, sur le combiné. Elle trouvait notre coutume absolument charmante, mais elle ne tenait pas à ce que la ligne soit bloquée pendant toute la nuit.

J'avais bien essayé de me mettre au régime durant toute cette période. Mais ce fut seulement lorsque Peter partit à Exeter que je commençai à maigrir. Et peu à peu, sans effort, je retrouvai enfin mon poids normal.

Un jour de juin, l'été de mon départ, j'étais allongée sur le petit lit à une place, dans la chambre de bonne. La fenêtre était entrouverte. De temps à autre, Groucho — le chien de Peter — se mettait à aboyer. On entendait au loin le choc régulier des balles de tennis. Ma mère était en train de prendre sa leçon quotidienne. Elle profitait du moment de la journée où personne n'utilisait le court. Tout cela n'a aucune importance, me disais-je, personne n'en saura jamais rien... Je devais bientôt partir à l'université, sur la côte Est. Je m'imaginais en imperméable, sous la pluie, ou dans une cafétéria, les bras chargés de livres. Non, je ne raconterais jamais cette histoire à quiconque et je demanderais à Peter de me jurer qu'il garderait lui aussi le secret. Ce serait comme s'il ne s'était rien passé.

« Aïe ! dis-je en m'écartant de lui.

— Qu'est-ce qui se passe ?

— Tu me fais mal, avec tes ongles. »

Peter se releva et déverrouilla la porte pour se rendre dans la salle de bains attenante. J'entendis une série de petits claquements secs : il était en train de se couper les ongles. Lorsqu'il revint, j'étais déjà entièrement rhabillée.

« J'en ai assez, dis-je. Je ne veux plus faire ça avec toi.

— Bon, dit-il en s'asseyant sur le lit et en caressant de la main l'empreinte que mon corps avait laissée sur les draps. Comme tu voudras.

— Plus *jamais* », ajoutai-je.

J'allai m'enfermer dans la salle de bains. La journée était fichue, bien qu'il fût à peine midi. Je me débarbouillai et me passai dans les cheveux la brosse en plastique de la bonne, tout en regardant par la fenêtre qui surplombait le lavabo. Ma mère, toute en blanc, se démenait sur le court, concentrée sur son jeu. Tout semblait s'être immobilisé, figé sous la chaleur. Les rognures d'ongles de Peter flottaient au fond de la cuvette des W.-C. Je ne me donnai même pas la peine de tirer la chasse et quittai la pièce sans me retourner.

CHAPITRE 13

LE CABINET D'UN PSYCHIATRE

« Laisse-moi écouter ça, maman. Au lycée, tout le monde connaît ces chansons par cœur. Je passe toujours pour une idiote. Déjà que je suis la seule à ne pas avoir de chaîne stéréo...

— Bon, bon. Mais pas trop fort, s'il te plaît. »

Elle poussa un soupir et rouvrit la radio. Ma mère comprenait parfaitement qu'on veuille être dans le coup, je dois reconnaître ça en sa faveur.

« Cette batterie me casse les oreilles », ajouta-t-elle.

Elle s'accrochait toujours à Josh Spritzer, bien que celui-ci soit de plus en plus distant avec elle. Elle ne l'avait pas revu depuis trois bonnes semaines, mais nous continuions à passer devant chez lui tous les soirs, avant d'aller au Baskin-Robbins. Nous commencions notre tournée par son appartement de Century City. La Thunderbird blanche du dentiste était forcément hors de vue, puisqu'elle était garée dans le parking souterrain de l'immeuble. Il fallait une carte magnétique spéciale pour y accéder, et Josh n'avait jamais voulu en donner une à ma mère. Même aux plus beaux temps de leur idylle, elle s'était toujours garée dans la rue lorsqu'elle montait le voir. Aussi nous tordions-nous le cou en comptant les étages, afin de repérer ses fenêtres sur la façade de l'immeuble. S'il y avait de la lumière, ma mère se rejetait dans son siège en poussant un soupir de soulagement. Elle était rassérénée, au moins pour quelques heures.

Mais ce soir-là, les fenêtres de l'appartement de Josh Spritzer étaient éteintes. Ma mère s'accouda au volant, en se rongeant les ongles. Je me sentis brusquement furieuse contre ce satané dentiste. Il aurait pu prendre la peine de laisser ses lumières allumées, même lorsqu'il s'absentait.

Ma mère fit demi-tour et nous repartîmes le long de la grande avenue déserte, en nous dirigeant vers la maison de l'ex-femme de Josh. Elle éteignit la radio. Nous traversâmes les quartiers résidentiels de Beverly Hills à quatre-vingt-dix à l'heure, parce qu'elle avait besoin de se rassurer en regardant la voiture de son insaisissable amant garée devant la maison de ses enfants.

« Même s'il est là-bas, je ne vois pas ce que ça change, lui dis-je. Sinon qu'il préfère aller voir ses enfants plutôt que de passer la soirée avec toi.

— Chut... Tais-toi. »

Nous descendions Little Santa Monica. Ma mère se connaissait. Tout ce qu'elle voulait, pour l'instant, c'était oublier le spectacle de ces fenêtres éteintes, se détendre, savourer une glace, dormir.

Assez curieusement, elle n'éprouvait pas la moindre jalousie envers Elaine, l'ex-femme de Josh Spritzer. Lorsque celui-ci retournait à son ancien domicile, sur Arden Street, il y restait souvent des heures, buvant un verre ou deux tout en discutant avec son ex-épouse. Comme nous passions régulièrement devant la maison, nous avions souvent aperçu leurs silhouettes qui se découpaient en ombres chinoises sur la fenêtre du salon.

Mais ma mère avait l'art de sélectionner ses angoisses. Elle avait décidé une fois pour toutes qu'Elaine était trop moche pour constituer une rivale sérieuse. A l'entendre, elle avait les genoux cagneux et de vraies épaules de déménageur. En plus — toujours selon elle —, ses cheveux étaient crépus.

Le fait que Josh eût jadis trouvé suffisamment de charme à Elaine pour l'épouser semblait lui échapper. Mais ce n'était sûrement pas moi qui allais le lui faire remarquer... Nous tournâmes au carrefour de Arden Street, en retenant toutes les deux notre souffle. Nous arrivâmes enfin à la hauteur de la maison d'Elaine Spritzer.

Nous avions de la chance, pour une fois. La Thunderbird était là.

Ma mère se gara devant le Baskin-Robbins et fouilla dans son sac à main avant de me tendre un billet de cinq dollars. Ce soir-là, je ne discutai pas. Il était tard, nous étions aussi crevées l'une que l'autre et nous avions hâte de rentrer nous coucher.

Nan Keller frappait à la porte vitrée. Elle avait l'air de s'ennuyer depuis le départ de Peter. Le bâtiment où nous logions avait jadis été construit pour lui servir d'atelier. Depuis déjà pas mal de temps, elle louait un immense loft sur Market Street, à Venice, mais elle avait visiblement gardé un certain attachement pour son ancien lieu de travail. Chaque fois qu'elle venait nous voir, elle regardait tout ce qui l'entourait d'un air rêveur, comme si ces pièces étaient encore chargées de souvenirs à ses yeux.

« Je vous ai apporté quelques croquis, dit-elle. Je viens juste de les terminer et j'ai pensé que vous aimeriez peut-être y jeter un coup d'œil. »

Ma mère regarda derrière elle en faisant la grimace. La maison était sens dessus dessous. Mais nous ne pouvions pas refuser de la laisser entrer. C'était notre propriétaire.

Nan Keller posa ses dessins sur une petite table basse.

« Je vous sers quelque chose ? demanda ma mère en ouvrant la porte du frigo. Je suis un peu démunie en ce moment, mais je peux vous faire une citronnade, et il me reste du jus de carotte. »

Nan Keller lui fit signe de ne pas se déranger.

« Nous avons dîné au restaurant, dit-elle. Je serais incapable d'avaler quoi que ce soit.

— Oh ! Mais c'est Ann ! s'exclama ma mère en apercevant les dessins.

— Pas tout à fait, dit Mrs Keller. J'ai conservé ses traits pour l'essentiel, mais en modifiant le nez : je voulais voir ce que ça donnerait, au cas où elle se ferait opérer. Eh bien, j'aime mieux vous dire que le résultat serait absolument fa-bu-leux. Viens voir, Ann... Tourne-toi un peu. Non, de ce côté, ajouta-t-elle en me saisissant le menton ; ses doigts étaient glacés. Voilà... Si elle se faisait redresser le nez de cette façon, ce serait absolument parfait. C'est dommage, parce que telle quelle, l'extrémité est un peu trop... comment dire... bossue.

— Elle tient ça de son père », grommela ma mère.

Elle avait enfoncé ses mains dans ses poches et son regard allait de mon visage aux croquis de Mrs Keller. Au bout d'un moment, elle reprit :

« Vous avez raison, Nan. Il suffirait d'un rien pour qu'elle ait vraiment de l'allure. » Elle était si impressionnée par mes possibilités qu'elle en écarquilla les yeux.

« Ce genre d'opération coûte évidemment un peu cher, mais c'est le moment ou jamais de vous décider. La plupart des gosses se font opérer avant de quitter le lycée. En général, il vaut mieux profiter des vacances d'été, mais même si vous faites ça en automne, ça ne posera pas le moindre problème. A Beverly Hills, on voit souvent des garçons et des filles qui se baladent avec un pansement sur le nez. Personne n'y prête attention, c'est comme les appareils pour redresser les dents. Et par la suite, lorsqu'elle entrera à l'université, il n'y paraîtra même plus.

— Avez-vous entendu parler d'un chirurgien que vous me recommanderiez particulièrement, Nan ? »

Ma mère avait pris un air concentré. J'imaginais très bien l'allure qu'elle devait avoir, à l'époque où elle était étudiante. Je la voyais, penchée sur son pupitre, recopiant scrupuleusement les instructions de ses professeurs, le nez chaussé de ces grosses lunettes à montures d'écaille qu'elle avait troquées depuis belle lurette contre des lentilles de contact qu'elle égarait régulièrement. C'était à la fac qu'elle avait connu mon père. Il était assistant à l'époque.

« Je ne sais pas, dit Nan Keller. Il y a bien le Dr Brey, sur Roxbury. Il a plutôt la cote — c'est lui qui a opéré la fille de

Lexie —, mais je trouve qu'il a tendance à faire le même nez à tout le monde. Il le réussit très bien, mais ça devient un peu banal, vous voyez ce que je veux dire ?

— Absolument, approuva ma mère. Nous préférerions quelque chose d'un peu plus original. »

J'étais toujours révoltée par l'humilité dont elle faisait preuve envers les gens de ce milieu.

Nan Keller et ma mère continuèrent un bon moment à discuter de chirurgie esthétique, comparant les mérites ou les défauts respectifs des médecins dont elles avaient entendu parler. Untel se prenait pour un artiste et n'écoutait même pas ce que vous lui disiez. Tel autre ne tenait aucun compte de la spécificité de votre visage. Un troisième prenait des photographies avant et après l'opération et les donnait ensuite au musée des Beaux-Arts de Los Angeles, où sa femme était membre du Conseil d'administration et s'activait à réunir des donations. Il y en avait encore un qui ressemblait comme deux gouttes d'eau à Ernest Hemingway ; mais il venait de divorcer et il était maintenant installé à Malibu.

Je me retirai en laissant les deux femmes à leur papotage.

« Et que pensez-vous d'Untel ? disait ma mère. J'ai entendu dire qu'il était très sérieux. »

Lorsque je redescendis un peu plus tard pour me verser un verre de Coca, Nan Keller était toujours là, assise en face de ma mère sur le vieux canapé à rayures rouge et bleu. Entre elles, posée à même le sol, trônait la bouteille de Courvoisier qui nous avait suivies dans tous nos déménagements depuis notre arrivée en Californie, mais que nous n'avions encore jamais entamée. Ma mère ne buvait pas. Lorsque nous avions quitté le Wisconsin, nous avions enfermé nos biens les plus précieux dans une vieille valise marquée aux initiales de mon père, et qui n'avait même plus de poignée. Nous la maintenions fermée grâce à une ceinture et à un collier de chien agrafé aux boucles. Il y avait là, pêle-mêle, de vieux carnets d'adresses, quelques bijoux, nos patins à glace et cette bouteille de cognac, que nous avions trimbalée d'appartement en appartement, quasi religieusement, depuis notre arrivée. Tout ça pour qu'au bout du compte, ce soit Nan Keller qui se l'enfile...

« Ce n'est évidemment qu'une rumeur, était-elle en train de dire, mais il semble bien qu'on l'ait vu voici peu à Hillcrest, en compagnie de cette bonne femme.

— Il est quand même dégueulasse, dit ma mère.

— De qui parlez-vous ? demandai-je.

— Ça ne te regarde pas, ma chérie. Remonte plutôt te coucher », dit ma mère en se tapotant nerveusement le menton.

Je regardai Nan Keller d'un air mauvais. Je l'aurais volontiers étranglée.

Le lendemain matin, ma mère me réveilla en me secouant comme un prunier.

« Allez, lève-toi ! Il est grand temps que nous fassions un peu de ménage. »

Lorsque je la rejoignis en bas, la maison était dans un désordre indescriptible. Ma mère était accroupie devant un placard ; elle en avait sorti toutes les casseroles, qui traînaient à ses pieds sur le sol. Elle portait son vieux sweat-shirt gris et s'était fait une queue de cheval. Une éponge flottait à la surface d'une cuvette. La valise contenant nos trésors gisait ouverte sur le canapé ; il s'en était échappé quelques vieux agendas et tout un lot de photographies jaunies. J'aperçus aussi la paire de patins à glace que l'on m'avait offerte pour mes cinq ans. Lorsque ma mère n'avait pas le moral, elle mettait toujours la maison sens dessus dessous.

Elle ne m'adressa même pas un regard et continua à farfouiller dans le placard.

« Va jeter ces saloperies à la poubelle », me lança-t-elle.

Quatre gros sacs étaient posés contre la porte. J'en soulevai deux. En arrivant devant la grille qui donnait sur l'allée, j'entendis ma mère balancer une casserole dans un coin. Elle commençait à s'énerver.

« Cette maison est un vrai boxon. J'en ai marre de trimer comme une esclave… Non mais, pour qui se prend-elle… »

Je saisis les deux derniers sacs et repartis en direction de l'allée, sans me presser. Les oiseaux pépiaient dans les arbres. Un camion blanc fila sur la chaussée déserte et propre, tout au bout de notre ruelle. Après avoir jeté les sacs dans la poubelle, j'allai m'adosser contre le mur, à l'arrière de la maison. Je fouillai dans mes poches, mais je n'avais pas un sou sur moi. A l'intérieur, ma mère râlait toujours.

« Mais Mademoiselle s'en contrefiche... J'ai déjà dû sortir plus de mille dollars pour son appareil dentaire, maintenant il va falloir en cracher le double pour qu'elle se fasse refaire le nez... Et pendant ce temps, nous crevons la dalle, je n'ai pas un sou de côté... RIEN. »

Je montai dans ma chambre, fouillai dans mon armoire et en sortis tout l'argent qui y était planqué. Je fourrai les billets dans ma poche.

Ma mère apparut dans l'encadrement de la porte.

« C'est ça, fous le camp ! hurla-t-elle. Va donc retrouver ton père, puisque tu me traites comme du poisson pourri ! Quand je pense à tout ce que j'ai fait pour toi... Et je suis sûre que si tu restes avec moi, c'est uniquement parce que tu as la trouille de te retrouver seule. Tu te cramponnes à mes basques, en essayant de me soutirer jusqu'à mon dernier centime. Oh, je sais bien ce que tu te dis... Ta conne de mère est bien assez poire pour t'entretenir... T'acheter ces maillots de bain dont tu avais soi-disant ABSOLUMENT besoin et que tu n'as jamais portés... Et te payer un photographe, pour que tu continues à rêver à ta future carrière... Actrice, non mais... Tu te prends pour qui ? Oh, tu peux ricaner... la vérité, ma fille, c'est que tu n'as absolument aucun respect pour moi. Tu ne m'aimes pas, malgré tout ce que j'ai fait pour toi, toutes ces années au cours desquelles je me suis éreintée afin que tu ne sois pas à la rue... »

Elle attendait ma réaction, mais je demeurais silencieuse, adossée à la porte de l'armoire. Une bonne minute s'écoula de la sorte.

« Espèce de petite... »

Ma mère se précipita sur moi et je reculai au fond de l'armoire, en levant les bras pour me protéger. Je savais ce qu'il aurait fallu faire pour qu'elle se calme : lui répondre, parler. Mais je me sentais aussi inerte qu'un bout de bois, mon corps me semblait vide, poreux. C'était cela qui la mettait hors d'elle.

Ma mère écarta les cintres pour m'atteindre. Un vêtement vola en l'air, puis un autre. Ils y passèrent tous — chemisiers, vestes, tee-shirts —, de plus en plus vite, tourbillonnant au plafond comme les pales d'un ventilateur. J'assistais indifférente à la scène. Il n'y avait aucun désir en moi, sinon celui de fuir — loin, très loin, à l'est —, d'oublier cette violence, de retrouver la paix. Tout était clair au fond de moi. Je n'aimais pas cette femme.

Elle me frappa violemment la joue, tellement fort que le bruit résonna comme un coup de marteau sur une plaque de tôle. Je m'écroulai au fond de l'armoire, après m'être cogné le crâne contre la tringle de la penderie. Ça y est, me disais-je, l'irrémédiable est en train d'arriver — et cela se grava en moi comme la cicatrice du couchant sur le ciel. Je ne vais plus pouvoir l'arrêter, elle va m'assommer, m'étriper, nous n'oserons plus jamais nous regarder...

Puis tout devint brusquement net, clair, adulte. Une folle me fonce dessus, sa bouche s'ouvre et se referme, ses dents luisent d'extase, et, brusquement, je comprends tout, sa main se lève et s'abat sur mon front, et l'image que j'ai vue se brise comme un cristal.

Elle me hait. Elle me hait plus encore qu'elle ne se hait elle-même. Et elle n'a qu'une idée en tête : me tuer, me réduire à néant afin de survivre, elle. Je n'ai plus le choix, moi non plus : il faut que je me relève. J'aimerais pouvoir fermer les yeux, m'abandonner au vertige, laisser ce brouillard se transformer en nuit, savourer le sang qui a un goût de steak dans ma bouche, jusqu'à ce qu'elle se penche vers moi, me touche avec douceur, me conduise dans mon lit, me borde, s'occupe de moi.

Mais je suis pliée au fond de l'armoire — loin, tellement loin de cette scène, à des millions de kilomètres, aussi seule qu'un faucon planant dans un ciel vide —, et je me mets à pleurer. Et j'écoute mes sanglots comme si ce n'était pas moi qui pleurais, mais une fillette inconnue, assise sur une chaise au beau milieu de la pièce.

Je me relève et me dirige vers la porte, en ignorant ma mère qui me suit à la trace, le souffle court.

« Réfléchis bien, ma belle ! hurle-t-elle. Tu n'as pas le choix : c'est moi, ou le néant. »

Sa voix résonne comme un cri où le rire se mêle aux sanglots.

Elle me regarde. Son visage s'affaisse. Il y a une nuance de pitié et de regret dans son regard.

Je claque la porte derrière moi. Je suis seule, dehors. Nous nous dévisageons un instant à travers la paroi de verre. Étonnées, incrédules. Comprenant l'une et l'autre que j'ai choisi le néant.

Je traînais dans l'allée, à côté des poubelles, furieuse de ma propre faiblesse. Mes oreilles bourdonnaient. Au-dessus de moi, les branches des saules dressaient leurs feuilles acérées comme si elles avaient voulu déchirer le ciel.

La voiture de ma mère s'arrêta à ma hauteur.

« Allez, monte », me dit-elle en ouvrant la portière de mon côté. Elle s'était habillée entre-temps et avait l'air pressé. Comme je ne faisais pas un geste, elle sortit de la voiture et me dévisagea, les mains sur les hanches.

« On vient de nous couper le téléphone, dit-elle. Il faut bien les payer, si tu veux que la ligne soit rétablie lorsque tes copines appelleront. Tu ferais mieux de me suivre. »

Je finis par monter dans la voiture. Nous n'échangeâmes pas un mot durant tout le trajet. Lorsque nous arrivâmes devant le siège de la Compagnie des téléphones, ma mère resta dans la voiture et m'envoya régler l'affaire, après m'avoir passé la facture qui était toute froissée à force d'avoir traîné si longtemps dans son sac. Elle ne me donna pas un dollar de plus qu'il n'était nécessaire, et elle me réclama la monnaie à mon retour. Elle n'avait pas tort, je l'aurais volontiers volée.

Je m'avançai vers le guichet et tendis sans un mot la facture et les billets au caissier. A ma place, ma mère se serait évidemment lancée dans de grandes explications ; elle se serait excusée auprès des employés et leur aurait raconté par le menu tous les détails de notre tragique existence, dans l'espoir de leur arracher quelques larmes de compassion. Mais ce n'était pas la première fois que nous étions en retard, et elle avait déjà eu l'occasion de leur faire tout son cinéma. C'était pour cela que depuis plusieurs mois elle m'envoyait négocier à sa place. L'employé encaissa la somme, tamponna la facture et me la rendit, sans faire le moindre commentaire.

Lorsque je revins à la voiture, ma mère était penchée vers le rétroviseur et étudiait son profil d'un air concentré, tout en se tripotant le nez.

« J'aurais bien besoin d'une petite retouche, moi aussi, dit-elle en poussant un soupir. Même infime. Personne ne s'en apercevrait. Finalement, je me demande si je ne vais pas prendre un rendez-vous en même temps que toi. »

Ma mère appela finalement le psychanalyste de Josh Spritzer, mais il refusa de la recevoir. Elle eut davantage de succès avec le psychanalyste du fils de Josh. Elle se rendait maintenant régulièrement à son cabinet, trois fois par semaine. Peu de temps après, Josh Spritzer cessa définitivement de l'appeler, mais cela ne parut pas beaucoup l'affecter. J'avais l'impression qu'elle passait maintenant le plus clair de son temps à la maison.

Un jour, elle se mit à nettoyer le réfrigérateur. Elle passa des heures à briquer les parois, puis à astiquer les clayettes et les compartiments intérieurs. Ensuite, elle disposa dans un ordre savant les boîtes, les flacons et les bouteilles qu'elle venait d'acheter à cet effet : du vinaigre, de la moutarde, diverses sortes de condiments, du jus de pomme, etc. Elle tria et éplucha des carottes, des céleris, des endives, des fèves, qu'elle disposa ensuite artistiquement sur une grande assiette et installa en bonne place dans le frigo. Elle avait mis le persil à part, dans un petit ravier en céramique. Sur la clayette du haut trônait une immense coupe remplie de pommes et d'oranges ; elle avait longuement astiqué les fruits pour que leur peau brille bien, et les avait décorés de marguerites et de feuilles de menthe. Je l'avais même surprise en train d'essuyer les œufs avec le revers de son pull-over, avant de les ranger dans leur réceptacle, sur le couvercle duquel elle déposa une minuscule figurine en plastique représentant une poule.

Un jour, en rentrant du lycée, j'avais été prendre une pomme dans la coupe et m'étais allongée sur le canapé afin de mieux la déguster. J'étais aux anges. La présence de toute cette nourriture avait quelque chose de rassurant.

J'entendis arriver la voiture de ma mère.

« Ma chérie ! cria-t-elle après s'être garée. Peux-tu venir me donner un coup de main, s'il te plaît ? »

La pelouse qui s'étendait entre notre maison et l'allée était si étroite que l'on s'entendait toujours, de quelque endroit qu'on appelât. Ma mère avait sorti plusieurs paquets de son coffre, mais ils étaient tellement légers que je les transportai tous à la fois. A peine arrivée au salon, elle fouilla dans l'un des sacs et en sortit un paquet aussi étroit que plat qu'elle contemplât en souriant. Après avoir dénoué le ruban de satin bleu qui entourait l'emballage, elle ouvrit une boîte oblongue et me la tendit, en guettant ma réaction. Elle contenait une cravate pour homme, rouge vif et piquetée de tout petits pois bleus.

« Et alors ? » dis-je en haussant les épaules.

Ma mère souriait toujours. Nous étions en milieu d'après-midi. Elle avait dû passer sa journée à courir les magasins.

« Tu ne la trouves pas superbe ? dit-elle sans quitter la cravate des yeux. Elle est en soie véritable.

— Pour qui diable as-tu donc acheté ça ? »

Elle retint sa respiration et leva le menton.

« C'est un cadeau, Ann », dit-elle gravement.

C'était donc ça... Je montai m'enfermer dans ma chambre. Quelques instants plus tard, ma mère me rappela. Je la trouvai devant la porte grande ouverte du réfrigérateur.

« S'il te plaît, ma chérie... La prochaine fois que tu auras envie d'une pomme, je te prie de la prendre ici. (Elle désignait le bac à légumes, en bas du frigo, où plusieurs filets de fruits étaient entassés en vrac.) Je n'ai absolument rien contre le fait que tu en manges, mais je ne veux pas que tu touches à cette coupe. Je l'ai mise là uniquement pour faire joli. »

Comme je ne répondais rien, elle poursuivit :

« Tu m'entends ? Je veux que tout reste bien en ordre. J'ai passé des heures l'autre jour à ranger ce frigo.

— Alors, tu as laissé tomber ton boulot ?

— Pas du tout. Je travaille toujours.

— Je me demande bien quand. »

Elle sourit, mais ne répondit pas. Je remontai dans ma chambre. J'avais envie de la gifler.

« Ne te fais aucun souci, cria-t-elle d'en bas. Fais-moi confiance, tout va très bien. Les choses sont enfin en train de s'arranger. »

Elle continua à marmonner toute seule. J'entendis des bruits de bouteilles entrechoquées. Elle devait être en train d'essayer une nouvelle disposition.

Jack Irwin appelait encore de temps en temps. Il nous emmenait parfois dîner dans des restaurants huppés dont je n'avais jamais entendu parler et qui se ressemblaient tous. Les tables étaient couvertes de nappes en coton et il y avait une quantité absolument ahurissante de couverts et d'assiettes. Les gens avaient tous l'air vieux dans ces endroits-là, les garçons en costume de coton noir comme les femmes en robes de soirée dont on voyait, dans l'échancrure en U du décolleté, la peau aussi fripée que du parchemin.

« La demoiselle désirera-t-elle de la crème fouettée avec son *gâteau*[1] ? demandait le vieux maître d'hôtel en jaquette.

— Et comment ! m'exclamais-je. Et surtout ne lésinez pas.

— La demoiselle prendra effectivement un peu de crème », disait Jack Irwin au maître d'hôtel.

Plus les jours passaient, plus la maison était bien rangée. Lorsque je rentrais du lycée, elle était généralement déserte ; sur ce point, les choses n'avaient guère changé. Ma mère débarquait une heure ou deux plus tard, tirée à quatre épingles. Elle sortait de chez le coiffeur, à moins qu'elle ne se soit acheté un nouveau chemisier ou qu'elle n'ait passé la journée chez sa manucure.

1. En français dans le texte. (*N.d.T.*)

Parfois encore, elle portait un mystérieux paquet ; il s'agissait sûrement d'un nouveau cadeau.

Cela faisait bien longtemps que je ne l'avais vue aussi heureuse. Mais en même temps, elle semblait dans la lune.

Ma mère était incapable de garder un secret bien longtemps.

« Ce sera merveilleux... » conclut-elle en se rejetant dans son siège après m'avoir révélé la vérité. Elle faillit laisser tomber son cornet de glace à la noisette et au chocolat. « La situation va enfin s'arranger. Nous vivrons dans une grande maison, et tu pourras t'acheter autant de vêtements que tu voudras. »

Elle venait de m'apprendre qu'elle était tombée amoureuse de son psychanalyste — un certain Leonard Hawthorne —, que cet amour était partagé et qu'ils étaient sur le point de se marier.

Elle se mit à lécher sa glace, les yeux mi-clos.

« Et je pourrais m'acheter une voiture ? demandai-je.

— Et tu pourras t'acheter une voiture. »

Je n'avais toujours pas rencontré le Dr Hawthorne. Il n'avait jamais appelé et n'était pas passé une seule fois la prendre à la maison. D'après ce que j'étais en mesure de constater, ils ne se voyaient apparemment pas en dehors de leurs séances. Mais ma mère semblait s'en contenter. Elle avait l'air aux anges et parlait sans arrêt. En nettoyant les étagères d'un placard, elle s'interrompait brusquement et se tournait vers moi.

« Tu ne trouves pas que nous avons de la chance, Annie chérie ? disait-elle. N'es-tu pas heureuse que ta mère connaisse enfin le bonheur, après toutes ces années de misère ? »

Tous les soirs, après le repas, elle débarrassait la table et disposait devant elle du papier à lettres et des enveloppes rouge sang, un porte-plume et un flacon d'encre blanche. Elle écrivait alors d'interminables lettres. Elle s'était également acheté une nouvelle robe de chambre en soie, couleur peau de pêche, qui lui tombait jusqu'aux pieds, avec des revers qui se retournaient et un col rond. Elle la mettait toujours avant de faire son courrier.

Lorsqu'elle avait fini d'écrire au Dr Hawthorne, elle glissait sa lettre dans l'enveloppe et la scellait avec de la cire d'abeille. Elle s'était fait fabriquer un cachet sur lequel était gravé : *Joie d'Adele* [1].

Je voulais une voiture pour mon anniversaire. A L.A., tous les gosses qui n'en possédaient pas encore une ne rêvaient que de ça. La date approchait, mais ma mère prenait toujours un air mystérieux lorsque j'abordais la question.

« Ne t'inquiète pas », disait-elle d'une voix chantante.

Le matin de mon anniversaire, elle me tendit une paire de clefs. Son visage irradiait le bonheur.

« Mais oui... Tu as bien deviné », dit-elle tandis que je lui sautais au cou. J'étais folle de joie.

Au bout de cinq minutes, je lui demandai où était la voiture.

« J'aurais bien voulu qu'on nous la livre aujourd'hui, me dit-elle, mais le modèle n'était pas disponible avant la semaine prochaine. Mais ne te fais pas de souci, mon amour, tu l'auras.

— De quelle couleur est-elle ? »

Elle eut un instant d'hésitation.

« Blanche, dit-elle finalement, d'un air un peu trop convaincu. Oui, c'est cela... Blanche. »

Un mardi soir, ma mère ôta sa robe de chambre peau de pêche et se rhabilla en silence. Je crus qu'elle avait l'intention de ressortir pour aller acheter une glace et montai me changer à mon tour. J'espérais bien que nous allions enfin reprendre nos bonnes vieilles habitudes. A dire la vérité, nos virées nocturnes aux divers domiciles de Josh Spritzer commençaient à me manquer.

Mais elle avait un air bizarre dans la voiture. Elle n'ouvrit pas la bouche et ne me dit même pas où nous allions. Il était onze heures

1. En français dans le texte. *(N.d.T.)*

du soir. Nous roulâmes en silence jusqu'à Santa Monica et nous nous arrêtâmes finalement au pied d'un grand immeuble. Le vent secouait les palmiers tout le long de la route.

Ma mère se tourna brusquement vers moi et m'adressa la parole pour la première fois depuis notre départ :

« As-tu de l'argent sur toi ? »

Je fouillai dans ma veste, mais je savais très bien ce que j'avais en poche.

« Il ne me reste plus qu'un dollar, dis-je.

— Donne-le-moi. »

Je serrais désespérément le billet entre mes doigts. Je transpirais tellement que le papier se mit à ramollir.

« J'en aurai besoin demain, au lycée », dis-je.

Je m'attendais à ce qu'elle me sorte son refrain habituel : après tout ce qu'elle avait fait, trimé comme une esclave, plus rien à se mettre, etc. Mais elle n'essaya même pas. Elle se contenta de tendre la main.

« Allez, donne-le-moi. »

Elle se précipita vers l'entrée de l'immeuble, de l'autre côté de la rue. Ses talons claquaient sur le sol. Je la vis discuter avec un type derrière la porte vitrée. Elle m'apprit par la suite qu'elle avait donné ce dollar au gardien, en guise de pourboire. Elle lui avait demandé de porter une lettre au Dr Hawthorne, qui habitait dans cet immeuble, et elle tenait à ce qu'il la lui remette en mains propres.

Elle semblait un peu plus détendue lorsqu'elle revint s'asseoir dans la voiture. Ses cheveux tout ébouriffés à cause du vent étaient magnifiques. Elle baissa la vitre de son côté.

« Sens moi un peu cet air », me dit-elle.

Elle prit une profonde inspiration. Durant un bref instant, j'eus l'impression de la retrouver enfin telle qu'auparavant.

« Si nous allions manger une glace ? dit-elle. Flûte, j'oubliais que nous n'avions plus d'argent. C'est bête, je me serais bien laissé tenter par un double cornet à la noisette et au chocolat. Tu crois qu'ils accepteraient un chèque ? Oh, ils ne vont quand même pas nous faire des histoires. Après tout, ils nous connaissent. Cela fait des années que nous sommes clients. »

Comme tous les jours en fin de matinée, nous traversâmes la plaza à ciel ouvert aménagée au quatrième étage du Nouveau Bâtiment, Leslie et moi, pour aller prendre un café et des beignets à la cafétéria. A force de nous entraîner, nous avions fini par aimer le café. Nous le buvions avec deux sachets de lait en poudre et quatre comprimés de sucre synthétique. Nous en redécouvrions les délices chaque jour.

Ce matin, pendant les cours, j'avais fouillé dans mon sac et raclé mes fonds de poche, mais en vain : je n'avais plus un sou. J'avais utilisé toute la monnaie qui me restait la semaine précédente. Il allait falloir que j'invente une histoire.

Les beignets étaient encore plus appétissants que d'habitude : ils sortaient tout juste du four ; le sucre dont on les avait saupoudrés fondait légèrement ; et comme ils étaient encore tout chauds, la serveuse devait utiliser une spatule pour les détacher de leur plaque.

« Je crois qu'aujourd'hui je vais m'en passer », dis-je.

Leslie saisit d'office deux beignets, qui commençaient déjà à se dégonfler sur leurs assiettes en carton.

« Allez..., dit-elle. Tu ne vas pas me laisser me goinfrer toute seule. »

Je baissai les yeux. Il fallait que je tienne bon. Ce n'était pas facile, mais je n'avais pas le choix. Nous faisions déjà la queue pour payer. Leslie avait été nous chercher deux tasses de café.

« Non, dis-je, je n'ai envie de rien aujourd'hui. »

Leslie ouvrit son porte-monnaie et en sortit un billet de cinq dollars. Elle paya pour nous deux.

« Voilà, dit-elle. Maintenant, tu ne peux plus reculer. »

Nous rejoignîmes la terrasse, nos plateaux à la main, en faisant attention de ne rien renverser. Nous nous assîmes juste sous l'auvent où nichaient les pigeons, en discutant paisiblement. Je ne quittais pas Leslie des yeux, en me disant que si les gens faisaient un peu plus souvent preuve de gentillesse, la vie serait autrement plus facile. Je ne sais pas pourquoi, mais cette réflexion sema la confusion dans les sentiments que j'éprouvais pour ma mère.

« Au fait… Je ne t'ai pas dit. Ma mère va se marier. »

Une goutte de café tomba sur ma chaussure.

Je racontais des bobards aux gens, dans le bus. Des trucs complètement idiots, et qui ne tiraient pas à conséquence. En réponse à une question qu'un type m'avait posée, je prétendis que j'étais l'aînée d'une famille de sept enfants et que mon père était pâtissier. Le type acquiesça gravement, il n'avait pas du tout l'air étonné.

Un jour, ma mère m'emmena faire du lèche-vitrine avec elle. Nous nous étions levées tôt pour l'occasion. Un magasin soldait toute une série de tailleurs en lin. Ma mère en trouva un à sa taille dans les tons rouille, et moi un autre, en bleu foncé.

« Même soldés, ils ne sont pas donnés, dis-je en retournant l'étiquette.

— Mais ils nous feront de l'usage, dit ma mère. La coupe est très classique, ils ne se démoderont pas. »

Le soleil qui tombait à travers les vitrines diffusait une lueur rassurante dans tout le magasin. Mais cela faisait des mois que ma mère ne travaillait plus. Le tiroir de notre commode ne fermait même plus, tellement il débordait de factures impayées.

« N'est-ce pas une folie ? murmurai-je.

— Mmhmm… Je ne crois pas, dit-elle. En tout cas, à ce prix-là, et pour des vêtements d'une telle qualité, c'est vraiment une affaire. »

Je la laissai aller seule à la caisse. Elle fit un chèque pour les deux tailleurs. Au moment de sortir du magasin, nous aperçûmes un lot de chapeaux en promotion. Des chapeaux violets à cent dollars pièce.

« Oh… Ce violet est absolument ravissant ! » s'exclama ma mère, en m'en faisant essayer un.

Nous achetâmes également deux chapeaux.

Au point où nous en sommes, me disais-je, deux cents dollars de plus ou de moins ne changeront rien à l'affaire. Et d'ailleurs, si j'avais été raisonnable, ma mère aurait de toute façon dilapidé cet argent sans moi. Alors, autant en profiter pendant qu'il était encore temps. Même si je risquais de n'avoir guère souvent l'occasion de porter un chapeau violet.

Lorsque ma mère était en rogne, elle perdait toute sa grâce. Elle se cognait partout, se heurtait aux angles des meubles et aux montants des portes.

« Meeerde ! » l'entendais-je râler.

Ses déambulations entrecoupées de chutes la ramenaient inéluctablement à ma chambre. Je n'y pouvais rien : nos portes n'avaient pas de serrure. Elle apparaissait à l'entrée de la pièce, son vieux tee-shirt sur le dos, et s'accroupissait sur la moquette, les jambes nues, en se balançant sur ses talons.

« Je ne sais pas, je n'y comprends plus rien, disait-elle. Tu m'as bassinée pendant des années pour qu'on vienne en Californie, soi-disant parce que tu voulais faire du cinéma... Devenir une vedette... J'ai bossé, toutes ces années, j'ai trimé comme une esclave... Mais je crois qu'il est grand temps que je songe un peu A MOI ! Je suis ridicule de me faire autant de souci pour toi... Tu ne m'aimes même pas. Je le vois à la façon dont tu me regardes. »

Elle se couvrit la main de sa manche avant de me frapper.

Nous luttâmes en silence. Je la griffais, la mordais, lui donnais des coups de pied, je ne savais même plus ce que je faisais. Au bout de quelques minutes, je parvins à la repousser. Elle tomba du lit et roula par terre. J'étais devenue plus forte qu'elle.

Elle se releva et marcha vers la porte. Là, elle se retourna, croisa les bras sur sa poitrine et cracha dans ma direction. Son jet de salive dessina un arc de cercle à travers la pièce et vint s'écraser à dix centimètres de mon lit.

Elle ne me pardonna pas tout de suite. Un jour, en rentrant du lycée, je la trouvai dans sa chambre en train de s'admirer dans la glace de l'armoire. Elle était en robe de mariée. Une couturière agenouillée devant elle plantait d'ultimes épingles dans les plis de la traîne. Je reconnus immédiatement le tissu, du satin dans les tons ivoire. C'était l'une des rares choses que nous avions emportées avec nous lorsque nous avions quitté le Wisconsin. Ma mère l'avait acheté des années plus tôt, à l'époque où elle vivait en Égypte.

« Qu'est-ce que tu fabriques ? », lui dis-je.

Elle ne quitta pas son reflet des yeux.

« Tu vois bien que nous sommes occupées », me répondit-elle sèchement.

Je restai un moment à contempler la scène. La couturière rampait aux pieds de ma mère, saisissant de temps en temps l'une des épingles qu'elle serrait entre ses lèvres pour la planter dans le tissu. Ma mère prenait des poses et faisait des mimiques en étudiant son reflet dans la glace.

« Regardez un peu ce qu'elle m'a fait », dit-elle tout à coup à la couturière en relevant sa manche. Son bras était couvert de bleus. Ma mère avait toujours eu une peau fragile. « Vous avez vu ? ajouta-t-elle. C'est une vraie petite peste. »

Je redescendis et allai m'asseoir dans l'allée, sur le trottoir. Un peu plus loin, trois gamins sortirent de chez eux à bicyclette. Leur batte et leurs gants de base-ball dépassaient de leurs sacoches. Je les regardai s'éloigner. Ils pédalaient à toute allure en s'apostrophant bruyamment. Leurs voix n'avaient pas encore mué. Je me sentis brusquement accablée par leur jeunesse, leur beauté, leur insouciance.

Une heure plus tard, alors que la nuit commençait à tomber, ma mère sortit de la maison et me demanda si je voulais enfiler un pull-over pour aller au restaurant. Le fait que je traîne ainsi dans l'allée ne l'étonnait même pas. Depuis quelque temps, je passais parfois des heures ainsi, prostrée sur le trottoir. La couturière était partie et ma mère avait l'air fatigué. J'avais mis un vieux pull rapiécé, mais elle ne me fit pas la moindre remarque. Nous montâmes dans la voiture et roulâmes en silence.

Une fois au restaurant, elle fit un effort et essaya de prendre un air enjoué.

« Alors... A quoi songes-tu donc ? me dit-elle.

— A rien.

— Comment ça, à rien ? »

Je haussai les épaules. Elle se pencha vers moi et me toucha le front.

« On dirait que tu as un peu de fièvre, dit-elle.

— Je me sens parfaitement bien.

— Ce doit être le surmenage, dit-elle en poussant un soupir. Enfin, patiente encore un petit peu. Il n'y en a plus pour longtemps. Nous ne tarderons pas à voir le bout du tunnel.

— Tu espères toujours épouser le Dr Hawthorne ?

— Mmhmm..., fit-elle en regardant ses ongles. Je ne l'espère pas, ma chérie. J'en suis certaine. »

Je croisai les bras sur la table.

« Dans ce cas, pourquoi ne téléphone-t-il jamais ? Et je ne t'ai jamais vue sortir avec lui.

— Tu ne peux pas comprendre, ma chérie, dit-elle en se penchant vers moi. C'est l'analyse qui veut ça. Tu te souviens de la première fois où je me suis mise en colère ? Eh bien, c'était parce qu'à ce moment-là nous étions en train de brasser des tas de souvenirs relatifs à mon père. Je t'assure que j'en ai bavé. Tu ne peux pas t'imaginer ce par quoi je suis passée, Ann. J'ai énormément souffert. Après ça, il a fallu ressusciter l'image de ton père, et ce n'était pas non plus une partie de plaisir. Et ensuite, ça a été le tour de Ted Diamond. Mais maintenant, c'est terminé. D'ailleurs, je ne le vois plus en tant que patiente. C'est comme s'il m'avait dit : “ Voilà, maintenant que l'analyse est finie, nous allons pouvoir avoir des rapports normaux. ”

— Alors, le mariage est pour quand ?

— Oh, d'ici un mois, je pense. Peut-être même plus tôt. Mais disons un mois, pour compter large.

— Et quand va-t-il t'appeler ? Il faut bien que vous sortiez un peu ensemble...

— D'un jour à l'autre, ma chérie. Probablement au cours du prochain week-end. »

Mais le Dr Hawthorne ne se manifesta pas une seule fois de tout le week-end. Et le lundi matin, en ramassant le courrier, j'aperçus l'enveloppe rouge sang de la dernière lettre que ma mère lui avait adressée. On avait écrit dessus, au crayon à bille, *Retour à l'envoyeur.*

« Donne-moi ça », me dit ma mère.

Je la suivis dans sa chambre et la vis fourrer l'enveloppe dans un tiroir.

« Pourquoi te renvoie-t-il cette lettre s'il a l'intention de t'épouser ? »

Ma mère me dévisagea d'un air très calme. Elle ressortit l'enveloppe. J'eus le temps d'en apercevoir des dizaines d'autres au fond du tiroir. Il lui avait retourné toutes les lettres qu'elle lui avait écrites.

« Regarde bien, ma chérie. Cette lettre est adressée au *docteur* Leonard Hawthorne. Il me l'a renvoyée parce qu'il ne veut pas que je lui écrive en tant que patiente. Le *docteur* ne veut plus entendre parler de moi. C'est à *l'individu,* à Len Hawthorne qu'il faut que je m'adresse maintenant, et non plus au médecin. Et c'est ce que je vais faire immédiatement ! »

Ce soir-là, ma mère écrivit une longue lettre à *l'individu* Len Hawthorne. Elle l'adressa à son domicile privé de Santa Monica et colla sur l'enveloppe deux fois plus de timbres qu'il n'était nécessaire.

« Adele August à l'appareil. Je voudrais... Oui, oui, je sais... Je vous en prie... C'est extrêmement urgent. »

Elle s'était enfermée dans sa chambre pour téléphoner, mais je l'entendais parfaitement à travers la cloison. Le matin même, la lettre adressée à *l'individu* Len Hawthorne nous avait été retournée.

Depuis qu'elle avait laissé tomber son boulot, ma mère faisait la grasse matinée. Elle n'était généralement jamais levée lorsque je partais au lycée. Le matin, avant de m'en aller, j'aimais bien ouvrir la porte du réfrigérateur et contempler nos provisions. Ma mère nettoyait et rangeait quotidiennement l'intérieur du frigo, comme si elle avait redouté qu'on vienne l'inspecter à l'improviste. Dans la coupe de fruits, les pommes et les oranges scintillaient, leur peau était striée de reflets multicolores. J'avais presque peur d'y toucher. J'aurais voulu que les choses restent éternellement ainsi.

Mais un beau matin, après m'être levée, je découvris ma mère en bas. Elle avait passé sa robe de chambre peau de pêche et était en train de nous préparer des flocons de céréales aux bananes. Lorsque je me mis à manger, elle se força à sourire et me demanda :

« Alors, ma chérie... Ça te plaît ?

— Ouais », marmonnai-je.

Lorsque j'eus terminé, j'allai rincer mon bol dans l'évier. Nous n'avions pas de torchon, aussi l'essuyai-je avec une serviette en papier. Puis j'allai chercher mes affaires.

« Au fait, Ann... me dit ma mère. Est-ce que tu pourrais rester à la maison ce matin ? Je te ferai un mot d'excuse. Je vais avoir besoin de tes services.

— Maman... Je ne peux pas manquer le lycée.

— Écoute, ma chérie, c'est vraiment important. Je voudrais que tu donnes un coup de fil pour moi.

— Je ne peux pas le faire maintenant ?

— Mais ils n'ouvrent qu'à neuf heures. »

Je me rassis. J'avais justement un cours de diététique ce matin. Et il était à peine huit heures.

« Tu peux bien faire ça pour moi, ajouta ma mère. Et d'ailleurs, ça te concerne aussi. »

A neuf heures pile, je me levai de ma chaise.

« Bon, dis-je. Qui faut-il appeler ?

— Eh... Laisse-les souffler cinq minutes. Je t'ai dit qu'ils *ouvraient* à neuf heures. Si ça se trouve, ils sont encore en train de boire leur café.

— Dans ce cas, tant pis, dis-je. Il faut que j'y aille. »

En prenant ma bicyclette, j'avais encore le temps d'arriver à l'heure pour le cours de diététique.

« Bon, bon... Attends que je retrouve le numéro... »

Elle cherchait à gagner du temps, car elle le connaissait par cœur. Elle composa les chiffres et me tendit l'écouteur.

« Dis que tu es Amy Spritzer et que tu veux parler au Dr Hawthorne. Allez, vas-y... »

Cette histoire ne me plaisait guère, mais ma mère ne me quittait pas des yeux. J'entendis une voix féminine à l'autre bout du fil.

« Bonjour, dis-je. Amy Spritzer à l'appareil. Est-ce que je pourrais parler au Dr Hawthorne, s'il vous plaît ?

— Ne quittez pas », répondit la voix.

Ça avait l'air de marcher.

« Que dois-je lui dire ? demandai-je à ma mère.

— Ça y est ? Il a pris la communication ? »

Je lui passai l'écouteur.

« Boo-onjour... », dit-elle d'une voix mielleuse.

J'allai farfouiller dans son sac à main et j'en tirai deux billets d'un dollar. Je les brandis sous son nez pour qu'elle voie bien que je les prenais. Mais elle me chassa d'un geste agacé. Ça n'avait pas l'air de très bien se passer.

« Vraiment, disait-elle, je crois que j'aurais bien besoin d'une séance supplémentaire... Eh bien, il y a encore un certain nombre de choses dont j'aimerais vous parler. Vous n'avez pas... Oui, oui, je sais bien... Bon, bon... Très bien. »

Elle raccrocha et me lança un regard furibond.

« Tu vois, c'est de ta faute ! Nous avons appelé trop tôt. Il aurait mieux valu attendre une heure de plus. Merde, merde, merde... »

Elle se mit à se ronger les ongles.

« Maman... S'il a l'intention de t'épouser, pourquoi refuse-t-il de te parler ?

— Tu ne peux pas comprendre, dit-elle. Tu ne connais rien à la vie. »

Je sortis et allai chercher ma bicyclette. Ma mère me suivit à l'extérieur. Elle s'arrêta au bord de la piscine, en serrant autour d'elle les pans de sa robe de chambre.

« Tu ferais mieux de me croire, dit-elle d'un air menaçant. Et d'espérer avec moi que Leonard Hawthorne m'aime pour de bon. Parce que si tel n'était pas le cas, je ne vois pas comment nous allons nous en sortir... Nous n'avons plus rien, tu m'entends ? Absolument PLUS RIEN ! »

Elle s'avança dans ma direction. Je me mis à pédaler et m'éloignai rapidement. Elle ne semblait décidément pas comprendre que ce n'était pas mon opinion qui risquait d'influer sur la réalité.

Quelques jours plus tard, ma mère m'annonça qu'elle allait entrer à l'hôpital afin de se faire opérer. J'étais à peu près certaine qu'elle me racontait des histoires. Mais elle avait une telle façon de vous présenter les choses qu'on ne savait jamais exactement à quoi s'en tenir à son sujet. Il n'était pas facile de se rendre compte si elle était dupe ou non de ses propres mensonges. La réalité n'avait absolument aucune prise sur elle. Mais à côté de ça, à l'époque où nous étions dans le Wisconsin, elle nous avait parfois sorti des trucs invraisemblables, qui s'étaient avérés par la suite. Par exemple, lorsqu'elle avait conseillé à Hal de se faire poser un appareil dentaire à l'époque où il cherchait à se faire réformer. Tout le monde s'était moqué d'elle, dans la famille. Mais c'était exactement ce qu'avait fait Dean, le frère de Leslie, pour éviter d'être envoyé au Viêt-nam. Et ça avait marché. Il était à Stanford, maintenant.

« Quel genre d'opération ? » lui demandai-je.

Elle fit d'abord mine de ne pas vouloir me le dire. Puis elle se pencha vers moi et murmura :

« J'ai un cancer.
— Où ça ? »
Elle se frappa le sein gauche.
« Mais surtout, ne t'inquiète pas. Ça va s'arranger. »
Elle se rendit effectivement à l'hôpital, où elle passa la nuit. Le lendemain, j'accompagnai Jack Irwin, qui devait aller la chercher en voiture. Une infirmière la conduisit jusqu'au parking dans un fauteuil roulant. Elle portait sa robe de chambre peau de pêche. Une couverture était étalée sur ses genoux. Nous l'installâmes sur le siège avant. Elle se montra très aimable à l'égard de Jack Irwin. J'allai m'asseoir à l'arrière. Pendant des années, je n'entendis plus reparler de cette histoire de cancer.

Je finis par appeler le Dr Hawthorne, depuis l'une des cabines publiques du lycée. Je donnai mon véritable nom à la réceptionniste. Le médecin prit aussitôt la communication.
« Oui, Ann. Puis-je t'être utile ? »
Hélas, oui. C'était bien ça le problème.
« Ma mère prétend que vous allez l'épouser, dis-je d'une toute petite voix. Je voulais savoir si c'était exact.
— Je serai libre vers trois heures, cet après-midi. Peux-tu passer me voir à ce moment-là ? »
Je répondis que oui, et ne retournai pas en classe lorsque la cloche sonna. Je fis le tour des bâtiments administratifs, derrière lesquels les élèves venaient fumer en cachette, et je m'assis par terre, adossée au mur. Je me relevais toutes les cinq minutes pour aller regarder l'heure à la grosse horloge du lycée. Je n'avais pas de montre.
Le cabinet du Dr Hawthorne était situé au neuvième étage d'un immeuble de Century City. J'étais en avance et feuilletai un moment un magazine dans la salle d'attente. Ça me faisait un drôle d'effet de penser que ma mère s'était si souvent trouvée ici. Je l'imaginais en train d'attendre son tour dans cette pièce, impatiente et distraite, jouant inconsciemment avec une de ses mèches de cheveux.

Le Dr Hawthorne n'était pas particulièrement séduisant. Il était plutôt maigre, portait des lunettes et une expression de dégoût flottait en permanence sur ses lèvres.

Il me fit asseoir dans un gros fauteuil capitonné. J'attendais qu'il entame la conversation, en regardant autour de moi. Je lui avais déjà exposé au téléphone le but de ma visite. Mais il ne desserrait pas les dents.

« Vous avez vraiment un divan ? » dis-je finalement, en essayant de prendre un air insouciant.

Il acquiesça en souriant, puis se replongea dans la contemplation de ses mains. Le silence retomba.

« Alors, allez-vous épouser ma mère, oui ou non ? »

Il secoua négativement la tête, et je sentis quelque chose s'écrouler lentement en moi. J'ignorais jusqu'alors à quel point je pouvais faire confiance à ma mère. Maintenant, rien ne serait plus jamais pareil entre nous.

« Elle ne voit que ce qu'elle a envie de voir, dit le Dr Hawthorne en croisant doucement les doigts. Mon intérêt pour elle n'a jamais dépassé le plan strictement professionnel. Je le lui ai dit des centaines de fois. »

Et ma mère qui ne travaille plus depuis des mois, me disais-je. Et toutes ces factures qui s'empilent dans notre tiroir...

« J'ai fait tout ce qui était en mon pouvoir. J'ai interrompu le traitement. Je n'ai pas répondu à ses lettres ni à ses coups de téléphone. J'ai toujours refusé de la revoir. C'était la seule solution. »

Je le dévisageais en silence.

« D'ailleurs, poursuivit-il en fixant l'extrémité de ses doigts, elle me doit encore cinq mois de traitement.

— Je suis désolée », dis-je.

Je ne sais pas pourquoi, mais ce détail me semblait encore pire que le reste.

« Il serait préférable que ta mère se mette en rapport avec un autre psychiatre.

— Vous ne pouvez vraiment rien faire pour elle ? »

J'arrivais à peine à parler.

« Il vaut beaucoup mieux qu'elle consulte quelqu'un d'autre, comme je viens de te le dire.

— Que dois-je faire ? dis-je en serrant les dents pour ne pas me mettre à pleurer.

— Vois-tu ton père de temps en temps ? »

J'étais un peu surprise qu'il ne sache pas la vérité, après tout ce que ma mère avait dû lui raconter. Je secouai la tête.

« Tu n'as plus aucun contact avec lui ? »

Je hochai vivement la tête.

« Évidemment, ça ne facilite pas les choses, dit-il en me regardant fixement. Quel âge as-tu ?

— Dix-sept ans. »

J'étais hypnotisée par ses mains. Les poignets de sa chemise étaient d'une blancheur éclatante.

« Essaie de ne pas trop compter sur ta mère, dit-il. Elle est déjà trop irresponsable pour se prendre en charge elle-même. Autant dire qu'elle est incapable de s'occuper de quelqu'un d'autre. »

Mon menton se mit à trembler.

« Que comptes-tu faire en sortant du lycée ? »

Il attendait sans doute que je me lève et prenne congé de lui.

« Je ne sais pas, dis-je. J'irai sans doute à l'université. Sur la côte Est, probablement. »

Si je continuais à sécher les cours comme aujourd'hui, mieux valait faire une croix là-dessus… Déjà que mes résultats n'étaient pas fameux…

« Eh bien, tu as au moins des projets. C'est une bonne chose. »

Je me raccrochai désespérément aux accoudoirs du fauteuil. Je ne voulais pas m'en aller.

« Je ne sais plus quoi faire, dis-je, et la phrase sortit comme un jappement. Je veux dire… Je mens à longueur de journée, moi aussi. Je raconte des histoires à des gens que je ne connais même pas. Et mes amis ne savent pas qui je suis. »

Le Dr Hawthorne jeta un coup d'œil à la grosse montre en or qui était fixée à son poignet délicat. Il devait se dire que j'étais décidément bien la fille de ma mère.

« Je suis désolé, dit-il, mais je ne peux pas te garder plus longtemps ; il se racla la gorge et ajouta : Tu ne me dois rien pour aujourd'hui. Considérons qu'il s'agissait d'une consultation gratuite. »

Je ne me levais toujours pas. Je me mis à fouiller dans mes poches, afin de rassembler tout l'argent dont je disposais. Depuis déjà quelque temps, je ne laissais plus traîner de fric à la maison. Je trimbalais toute ma fortune sur moi.

« Est-ce qu'elle va se tuer ? » demandai-je.

Le Dr Hawthorne sursauta légèrement. La question l'avait pris au dépourvu.

« Je ne le pense pas, dit-il en fronçant les sourcils. Je n'ai détecté aucune tendance suicidaire chez ta mère. »

Je me sentis profondément soulagée.

« Pourriez-vous accepter de la recevoir une dernière fois, au moins pour lui dire de vive voix que vous n'avez nullement l'intention de l'épouser ? »

Je rassemblai mes billets froissés, les lissai sur ma cuisse et lui proposai de payer de ma poche cette ultime séance. Je crois qu'il fut tout de même touché par mon geste. Il secoua la tête et me dit qu'il était hors de question pour lui d'accepter cet argent. Mais il me promit qu'il demanderait à sa secrétaire d'appeler ma mère afin qu'elle lui fixe un rendez-vous, dès qu'il y aurait un trou dans son emploi du temps.

Je ne rentrai pas directement à la maison. Une compétition était justement organisée au lycée cet après-midi-là. Toutes les classes s'étaient retrouvées sur le terrain de jeux pour participer aux différentes épreuves : courses en sac, relais, etc. Je rejoignis Leslie au sommet des gradins : elle buvait un café en compagnie de Mme Camille, notre prof de français, toujours alerte malgré ses soixante-deux ans. Devant la tente où s'était installé le jury, on avait dressé des tréteaux sur lesquels étaient exposés les nombreux gâteaux qui devaient être remis aux vainqueurs des diverses épreuves.

Ma mère avait été tellement ravie, à notre arrivée à Beverly Hills, lorsqu'elle avait découvert qu'il y avait en ville autant de pâtisseries ! A Bay City, c'était les débits de boisson qui proliféraient, à tous les coins de rues on trouvait une vieille maison avec une enseigne. Mais à Beverly Hills, on ne voit pas de taverne disait ma mère, les gens préfèrent les desserts. Le nom de toutes ces pâtisseries — La Reine des Tartes, Lady Kelly's, etc. — avait le don de l'émerveiller. Elle avait enfin l'impression de se retrouver dans son élément.

Nous en eûmes bientôt assez de rester sagement assises dans notre coin, Leslie, Mme Camille et moi. Nous redescendîmes et volâmes au passage une tarte sur les tréteaux, que nous allâmes manger avec les doigts derrière les gradins, en riant comme des folles et en regardant distraitement les couleurs se déplacer sur le terrain en contrebas.

Un peu plus tard, le haut-parleur diffusa le message suivant :

« J'ai le regret de vous annoncer que la classe de première vient d'être disqualifiée. Plusieurs de ses membres — qui se reconnaîtront aisément — ont en effet voulu faire les malins en volant l'un des prix. Il est vraiment navrant que quelques mauvais esprits viennent ainsi gâcher le plaisir général. »

Nous nous regardâmes, consternées. Mme Camille se dressa maladroitement sur ses hauts talons.

« Je vais acheter un autre gâteau, s'exclama-t-elle en brandissant son sac en cuir blanc et en se dirigeant à petits pas pressés vers la tente. Et cette fois, je le paierai. »

Je ne parlai pas à ma mère de ma visite au Dr Hawthorne. Nous allâmes dîner ce soir-là au même endroit que d'habitude, puis nous poussâmes jusqu'au Baskin-Robbins. Comme tous les soirs, la course furtive jusqu'au magasin, le billet humide serré dans le creux de ma main ; puis le retour vers la voiture garée dans le noir, sous les arbres, avec les deux cônes que je portais comme des torches et que nous mangeâmes sur le siège avant pendant que ma mère, après avoir branché le chauffage, évoquait avec force soupirs le brillant avenir qui l'attendait. Ce rituel immuable avait quelque chose de triste aujourd'hui. Les feuilles tombaient en cadence sur le toit de la voiture mais ma mère ne prêtait aucune attention à cette réalité-là parce qu'elle attendait de la voir en épouse, en femme de médecin : tout son être était tendu vers ce seul et unique but, et je savais qu'il en serait éternellement ainsi, même lorsque je l'aurais quittée pour de bon.

Lorsque nous téléphonions à Bay City pour réclamer de l'argent, ma mère exigeait toujours que je parle la première. Ma grand-mère me demandait où j'en étais de mes études. Puis je devais rester près de l'appareil, tandis que ma mère suppliait qu'on lui envoie de l'argent. Ma grand-mère demandait alors si nous en avions vraiment besoin, et je devais répondre oui. Il y avait belle lurette que nous avions dilapidé l'argent qu'elle avait autrefois mis de côté pour moi sur mon livret de caisse d'épargne.

Ellen Arcade nous rappela, finalement. Elle avait l'air surexcité.

« POURQUOI ne m'aviez-vous pas dit que vous connaissiez Cassie Swan ? Je discutais avec elle l'autre jour et elle m'a parlé d'Ann, à propos d'un spot publicitaire qu'elle compte bientôt réaliser. Mais j'ai beaucoup mieux à vous proposer. Il y a justement un projet de feuilleton ces temps-ci, à cause de toutes ces histoires d'Iraniens, enfin j'imagine que vous lisez les journaux. *Bref...* Ann irait à merveille pour le rôle, comme elle a la peau mate. Il faut qu'elle se présente mercredi prochain à l'audition. »

Ma mère me passa l'écouteur et je notai l'heure et le lieu du rendez-vous. Les candidats devaient se présenter au dix-septième étage d'un immeuble de Westwood. Une audition ! Après avoir raccroché, nous nous mîmes à danser comme des folles dans la pièce, ma mère et moi. Durant les cinq jours suivants, je fis une diète complète.

Le matin de l'audition, le téléphone sonna pendant que j'étais sous la douche. Je ne m'étais pas lavé les cheveux tous ces derniers jours : j'avais remarqué que plus ils étaient sales avant que je fasse un shampooing, plus ils avaient de l'allure une fois lavés. Ma mère répondait au téléphone, mais je n'étais pas certaine d'avoir très bien entendu ce qu'elle disait :

« A deux heures ? D'accord, mais laissez-moi vous dire que... Bon, bon, très bien. A tout à l'heure. »

Je me penchai pour me brosser les cheveux. Ma mère frappa à la porte de la salle de bains.

« Allez, dépêche-toi. J'ai besoin de la place. »

Une heure plus tard, elle était enfin prête.

« Je suis désolée, Ann, mais mon travail passe avant ton audition. Nous avons besoin d'argent et tu n'es même pas sûre de décrocher ce rôle. D'ailleurs, comme c'est ta première tentative, il est probable que tu ne l'obtiendras pas. Regardons les choses en face : tu n'as absolument rien d'une Iranienne. »

Elle avait pris son sac à main et s'apprêtait déjà à sortir. Je n'arrivais pas à y croire.

« Mais tu m'avais dit que tu m'emmènerais. Il y a des mois que tu ne travailles plus.

— Je suis navrée, ma chérie, mais une occasion vient justement de se présenter et je ne peux pas la laisser passer.

— Alors, tu ne vas pas m'emmener ?

— Écoute... Appelle-les et demande-leur s'il n'y a pas moyen de reporter cette audition d'une heure ou deux. Dans ce cas, je reviendrai te chercher après mon rendez-vous. Bon, il faut que j'y aille. Je suis désolée, mais il y a des priorités dans la vie. »

Elle ouvrit la porte et courut jusqu'à la Lincoln. Son sac bien ciré, ses talons, tout ce cuir astiqué luisait. Je l'entendis claquer la grille de l'allée. Je me précipitai derrière elle, à moitié nue, et tambourinai sur les vitres de la voiture. Ma mère rouvrit sa portière.

« Demande-leur donc de décaler l'horaire, dit-elle.

— Mais c'est impossible ! » hurlai-je.

Elle haussa les épaules et se dévisagea dans le rétroviseur, en arrangeant sa coiffure. La vérité m'apparut en un éclair.

« Tu me racontes encore des bobards ! criai-je. C'est Leonard Hawthorne que tu vas voir ! Eh bien, si tu crois qu'il va t'épouser, laisse-moi te dire que tu te fourres le doigt dans l'œil ! Tu ne vas pas travailler, ce n'est pas vrai ! Tu avais promis ! »

Elle haussa à nouveau les épaules et claqua sa portière.

« Puisque tu prends les choses ainsi, je ne discuterai pas plus longtemps avec toi », dit-elle.

La voiture s'éloigna et disparut au bout de l'allée.

Peter Keller était dans le Massachussetts. J'appelai Daniel Swan, mais seules Darcy et les jumelles étaient à la maison et personne ne savait où il était passé. Je téléphonai ensuite à Leslie, mais sa mère me dit qu'elle était en train de prendre sa leçon de tennis et jamais je n'aurais osé lui demander d'aller interrompre l'entraînement de sa fille, jamais de la vie. La famille de Leslie vivait dans une autre sphère que le reste du monde et l'on se sentait plus ou moins obligé de se mettre à leur diapason lorsqu'on avait affaire à eux. Il était déjà deux heures et demie. Je rassemblai à la hâte une robe propre, ma trousse de maquillage, une brosse à cheveux et quelques autres affaires, fourrai le tout dans deux ou trois sacs en plastique et partis en courant après avoir empoché le peu d'argent qui me restait. Dans l'allée, je m'arrêtais tous les cent mètres pour me brosser les cheveux ; je n'avais même pas eu le temps de les sécher. Arrivée sur Elevado, je me mis à faire du stop. Un camion de laitier s'arrêta presque aussitôt pour m'embarquer. Nous étions en 1975 et on ne livrait plus de lait à domicile nulle part sur le territoire américain — sauf à Beverly Hills, où une firme du nom de Jurgensons avait le monopole de la distribution. Le litre de lait coûtait trois fois plus cher qu'ailleurs et c'étaient ces petites camionnettes blanches, un peu démodées, qui en assuraient la livraison à travers la ville.

Le type me déposa sur Wilshire, à quelques centaines de mètres de l'endroit où j'avais rendez-vous. Je me mis à courir. Avant de pénétrer dans l'immeuble, je m'assis au bord du trottoir pour relacer mes chaussures, juste en face d'un magasin d'articles de sport. J'aperçus dans la vitrine une grosse casquette de base-ball orange et surmontée d'un pompon, pour laquelle j'eus le coup de foudre. Immédiatement, j'entrai dans la boutique et achetai la casquette, qui coûtait six dollars. Si j'étais venue en voiture avec ma mère, jamais les choses ne se seraient passées ainsi. Pendant le trajet, j'aurais mis la dernière touche à mon maquillage en me regardant dans le rétroviseur, angoissée à l'idée que quelque chose aille de travers. Mais à présent, je me sentais sûre de moi. Je m'enfonçai la casquette sur le crâne. Une fois dans l'immeuble, je me dirigeai directement vers l'ascenseur.

Je croyais qu'une fois là-bas, je n'aurais qu'à m'adresser à la personne qui s'occupait du casting et lui demander si je ne pouvais pas m'isoler quelque part, le temps de me changer et de me maquiller. Mais après avoir poussé une porte vitrée, je débarquai à ma grande surprise dans un bureau tout à fait ordinaire. Une secrétaire aux ongles soigneusement manucurés, assise derrière un bureau gigantesque, me demanda qui j'étais. Lorsque je lui eus donné mon nom, elle le répéta dans un interphone et on vint aussitôt me chercher pour me conduire dans une pièce immense aux parois entièrement vitrées, à travers lesquelles on apercevait l'ensemble de la ville. Deux hommes en chemise blanche et en cravate, assis au fond de la pièce, me dirent de m'approcher.

Lorsqu'ils m'eurent installée dans un coin dégagé de la salle, je me retrouvai avec tous mes sacs en plastique posés sur la moquette. Les deux types se mirent à rire. L'un d'eux alluma une cigarette et me demanda ce que je pouvais bien trimbaler dans tous ces sacs.

Je ne sais pas ce qui me prit, j'avais complètement perdu le nord. Je tournai mes pieds vers l'intérieur, je me penchai et me mis à déballer mes affaires.

« Voilà, dis-je. Ça, c'est ma robe. Mais pourriez-vous me dire où sont les toilettes, j'aimerais bien me laver les mains avant de me changer. N'allez surtout pas croire que... J'ai ma dignité, vous comprenez. Oui, parfaitement, ma Dignité, avec un D majuscule... Je n'ai peut-être pas d'argent, mais j'ai de la classe. »

Tout en débitant mon discours, je m'extirpai tant bien que mal de mon pantalon, enfilai ma robe et me maquillai à la hâte — tout cela sous leurs yeux, et sans même un miroir de poche. Mes affaires s'étalaient partout autour de moi et il y avait plusieurs taches de rimmel et de rouge à lèvres sur la moquette.

« Voilà..., dis-je finalement. On se sent tout de même un peu mieux lorsqu'on est propre. Nettement mieux, même. Bon, eh bien je suis à vous, dites-moi où je dois aller m'asseoir. »

J'aimais depuis toujours faire des imitations, mais c'était la première fois que je prenais ma mère comme modèle. Je relevai les yeux, les jambes un peu flageolantes. Les deux types n'avaient pas ouvert la bouche pendant que je faisais mon numéro, mais lorsque j'eus terminé ils éclatèrent de rire. L'un d'eux alla même jusqu'à applaudir. J'avais eu terriblement peur qu'ils me prennent pour une timbrée, et je poussai un soupir de soulagement. J'étais même légèrement flattée. Je compris que je leur avais fait bonne impression et que mon destin venait peut-être de se jouer.

« Très bien, dit celui qui fumait ; il sortit un étui doré de sa poche et alluma une autre cigarette. Maintenant, voyons voir si l'on vous apprend aussi à lire, à Beverly High... »

L'audition commença. Je m'aperçus après coup que pendant toute la séance, j'avais gardé ma casquette orange sur la tête.

En sortant de l'immeuble, je fus brusquement prise d'une fringale dévorante. J'allai dépenser les trois dollars qui me restaient en mangeant un banana-split dans un fast-food de Westwood. Je l'engloutis debout au comptoir, en moins d'une minute. Puis je repris le chemin de la maison. Je refis du stop sur Wilshire, mais ce coup-ci personne ne s'arrêta. Je fis halte au coin de Westwood Boulevard, j'avais toujours mes sacs en plastique. Une cinquantaine de personnes qui sortaient visiblement du bureau faisaient la queue à un arrêt de bus. Je leur demandai à tour de rôle s'ils ne pouvaient pas me dépanner de quarante cents, en leur expliquant que je revenais du lycée, que j'habitais Beverly Hills et que j'avais perdu mon porte-monnaie. Je leur proposai même de les rembourser, s'ils voulaient bien me donner leur adresse. A part deux individus qui s'excusèrent en faisant un vague geste de la main, tous les autres évitèrent mon regard, en fixant obstinément les collines qui disparaissaient pourtant sous un épais brouillard dans le lointain. Je dus me résoudre à rentrer à pied. J'arrivai à la maison à huit heures du soir. Je me précipitai aussitôt sur le réfrigérateur. Il était vide. Ma mère avait dû foutre en l'air toutes nos provisions.

Au bout d'un moment, je finis par monter et frappai doucement à la porte de sa chambre.

« Maman... Tu ne veux pas aller manger ?

— Fous-moi la paix, Ann. Je ne veux pas te voir. »

Je ne l'avais jamais entendue parler sur ce ton.

Je traversai la pelouse et me rendis chez les Keller. Je passai par l'office, où leur cuisinière me prépara un sandwich au jambon.

Mes craintes se révélèrent infondées. Simplement, ma mère prononça de moins en moins souvent le nom du Dr Hawthorne. A la maison, elle continuait à porter sa robe de chambre peau de pêche, mais elle passait la plupart de ses soirées vautrée sur le canapé, à feuilleter des magazines. Aucune autre enveloppe ne nous fut plus jamais retournée. Je m'attendais à la voir craquer d'un jour à l'autre, mais elle se contenta d'accuser le coup et se remit peu à peu, comme cela avait été le cas lorsqu'elle avait rompu avec Josh Spritzer.

Un jour, en fin d'après-midi, elle pénétra en trombe dans ma chambre, l'air passablement excité.

« Ann ! Devine un peu... La clinique de Palm Manor m'a réembauchée ! Et en plus tu ne sais pas quoi ? Ils organisent une soirée pour fêter mon retour ! Il paraît que les gens qu'ils avaient engagés après mon départ ne m'arrivaient pas à la cheville. Ce sont leurs propres termes. »

Une larme se mit à couler le long de sa joue.

« Maman... Contrôle-toi un peu... » Je ne savais que trop bien jouer les rabat-joie.

Elle s'essuya du revers de sa manche.

« C'est vrai que je m'entends bien avec les personnes âgées, dit-elle. Je les comprends. La plupart de ces vieillards sont originaires du Midwest ou de Dieu sait où, et ils sont complètement isolés, ici.

Ils se sentent un peu chez eux, à la clinique. C'est comme s'ils avaient retrouvé une famille.

— Je suis contente que tu retravailles », lui dis-je, glaciale.

Sur ces mots, je quittai la chambre. Tout ce que je lui demandais, c'était de subvenir à mes besoins, jusqu'à ce que je puisse enfin foutre le camp d'ici. Le reste m'était indifférent. Je ne voulais plus supporter ses jérémiades, ni l'entendre se répandre en explications de toutes sortes à longueur de journée. A elle de se débrouiller pour que tout cela ait l'air à peu près naturel.

« Bien sûr, il ne règne pas une aussi bonne ambiance dans toutes les cliniques... » poursuivit-elle sans se rendre compte qu'elle était seule dans la pièce.

On venait encore de nous couper le gaz et l'électricité. Quelqu'un devait passer dans la journée pour rétablir le courant et je restai à la maison pour régler la facture. C'était devenu une sorte de routine à présent. Les employés de la Compagnie me connaissaient bien et m'appelaient par mon prénom.

« Patiente encore un peu, Ann, dit ma mère en me tapotant le genou. Je finirai bien par te dénicher un père. »

Nous étions garées en face du Baskin-Robbins. Elle poussa un soupir.

« Ne te fais donc pas de souci pour moi, dis-je. Occupe-toi plutôt de te trouver un *mari.* Je n'ai plus besoin de père, maintenant. »

Nous savions l'une et l'autre que je devais partir l'année suivante. Ma mère se recula sur son siège.

« Mais bien sûr que si, dit-elle. Lorsque tu seras étudiante, tu donneras bien quelques réceptions de temps en temps. Et plus tard, quand tu viendras nous voir avec tes enfants, tu seras bien contente qu'il y ait un homme à la maison.

— Même si tu te remariais maintenant, ce ne serait pas la même chose. Et d'ailleurs, j'ai déjà un père.

— Ah oui ? Et où est-il donc ? »

Je haussai les épaules.

« Épouse donc qui tu voudras. Moi, je ne serai plus là. Ton mari sera forcément un étranger pour moi.

— Tu réfléchis trop, dit-elle. Attends donc de voir comment les choses se passeront. On ne peut pas savoir à l'avance. Tu seras peut-être bien heureuse que quelqu'un t'épaule et te donne des conseils quand tu en auras besoin. »

Ma mère se pencha en avant. L'une de ses mèches de cheveux était sur le point de toucher son cornet de glace. Je tendis la main pour la rabattre derrière son oreille.

« Je t'ai, toi.

— Oui, mais tu as besoin d'un homme, aussi. Tu verras. »

Ma mère remit le moteur en marche.

« Qui sait... Peut-être est-ce une bonne chose pour toi d'avoir grandi dans une maison sans homme. On est plus proche d'un père que de quiconque, et cette proximité force la comparaison. Peut-être seras-tu plus heureuse parce que tu n'as pas connu cela. Oui, je pense. Je suis sûre que tu t'en sortiras beaucoup mieux ainsi. »

Je fus finalement engagée. Seize semaines de tournage, au tarif syndiqué. J'interprétais le personnage de Marie Iroquois dans un nouveau feuilleton du nom de *Santa Fe.* Au bout du compte, ils avaient préféré me donner un rôle d'Indienne.

Notre existence était conditionnée par une série d'habitudes auxquelles nous n'avions jamais réellement pu nous faire. Le soir, par exemple, nous dînions toujours au restaurant, mais ma mère ne se décidait qu'au dernier moment, passé dix heures, comme si nous n'avions vraiment plus d'autre solution que de monter dans la voiture et d'aller au restaurant. Nous n'avions plus regarni le réfrigérateur. A part du jus de carotte et de l'huile de germe de blé, les placards étaient désespérément vides.

La vérité, c'est que ma mère n'acceptait pas la vie que nous menions. Elle s'en accommodait tant bien que mal, au jour le jour, mais elle refusait de la *planifier*. Les factures restaient impayées, les placards étaient vides, notre compte en banque désespérément à plat. Si nous avions vraiment affronté la situation, cela aurait signifié que nous l'acceptions pour de bon. Nous nous contentions de survivre, en nous débrouillant au coup par coup et en attendant que quelque chose vienne changer le cours de cette affligeante existence. Le problème, c'est que jamais rien ne se passa.

Ma mère devait venir me chercher aux studios, maintenant. La plupart du temps, elle arrivait très en retard. En l'attendant, je traînais avec un type du nom de Clark, qui bossait dans la même équipe que moi.

Les tournages ne correspondaient absolument pas à l'idée que je m'en étais faite. Je passais la plupart de mon temps à attendre mon tour dans un coin. Quand c'était à moi, je débitais deux ou trois phrases, en y mettant plus ou moins d'intonation selon que la réplique était ou non censée être drôle. Mais au fond, cela n'avait que bien peu d'importance. C'était un boulot comme un autre, et il n'avait rien de particulièrement exaltant. Les techniciens se préoccupaient surtout de mettre la couleur de mes cheveux en valeur. J'avais cru jusque-là que les studios de télévision étaient le centre du monde, que les gens vous bichonnaient et passaient leur temps à vous faire des compliments. J'étais bien loin du compte... Les hangars où nous tournions étaient bâtis en plein désert. Quelques caravanes tenant lieu de cabines de maquillage étaient plantées au bord des terrains vagues. La plupart du temps, on n'avait absolument rien à faire. Tout le monde trouvait le coin sinistre. Même un type comme Clark, qui rêvait depuis toujours d'être acteur et prenait son travail très au sérieux avait hâte de foutre le camp d'ici.

Mais vues de l'extérieur, les choses étaient évidemment différentes. Maintenant, je voyais souvent des gamines se retourner sur mon passage, dans les rues de Beverly Hills, et me dévisager d'un air à la fois timide et envieux.

J'attendais toujours le moment du départ. J'avais hâte de quitter ma mère, d'entrer à l'université, de mener une vie normale. J'en aurais les moyens. Autrefois, elle m'avait dit que l'argent nécessaire était déjà sur un compte, à la banque. Je lui posais tout le temps des questions là-dessus. J'avais quatorze ans quand elle me déclara :

« Ne t'inquiète pas, tu auras tout l'argent qu'il faut. J'ai tout arrangé autrefois avec la famille de ton père, quand tu n'étais encore qu'un bébé. Nous avons mis de l'argent de côté à cette époque, en Égypte, en prévision du moment où tu entrerais à l'université.

— Ce n'est quand même pas le gouvernement égyptien qui va me payer mes études...

— Je te dis de ne pas t'inquiéter. J'ai tout prévu. On nous enverra cet argent pour ton dix-septième anniversaire. »

Lorsque je lui en reparlai, quelques années plus tard, elle se montra plus évasive.

« Je me fais un peu de souci, je n'ai encore reçu aucune nouvelle d'Égypte, je me demande ce qui se passe... »

Mais n'avait-elle pas des papiers, des doubles des documents attestant cette opération ? Évidemment non. Je lui en avais encore reparlé peu de temps avant de commencer le tournage de *Santa Fe*.

« Écoute, Ann... Ne te tracasse pas avec cette histoire. Au pire, je pourrai toujours revendre mes bijoux. »

Je touchai peu après mon premier cachet pour le rôle de Marie Iroquois. Par la suite, je n'abordai plus jamais la question avec elle.

La discussion commençait toujours de la même façon.

« Je ne vois pas pourquoi tu ne veux pas aller à l'UCLA, comme tout le monde. Je connais des tas de femmes qui sont passées par là et qui sont maintenant infirmières, avocates et même médecins. J'en vois à longueur d'année à la clinique. »

Je n'avais rien à rétorquer à cet argument. Du reste, ces disputes ne duraient jamais bien longtemps.

Je me fis inscrire dans un établissement qui n'aurait normalement pas dû m'accepter, vu la médiocrité de mes résultats. Mais l'administration universitaire elle-même vous regarde autrement, lorsque vous passez à la télévision.

Nous savions l'une et l'autre que j'allais bientôt partir. Nous plaisantions souvent à ce sujet.

« Quand même, disait ma mère, tu pourrais rester avec moi. Quand je pense à tout ce que j'ai fait pour toi... Combien j'ai pu trimer, jour et nuit... Tu te rappelles, j'ai même été serveuse quelque temps, au Hamburger Hamlet... Et bonne à tout faire, chez les Keller... Vraiment, tu pourrais te montrer reconnaissante et m'épauler un peu à ton tour. Tu n'en mourrais pas. »

Non, je n'avais rien oublié.

En faisant mes bagages, avant le départ, je tombai un jour sur une petite annonce que j'avais découpée et conservée dans un vieux carton à chaussures. Elle était parue dans le *Beverly Hills Courier* du 2 mars 1972 :

ORPHELINE, 13 ANS, CHERCHE FAMILLE ADOPTIVE.
PROPRE, BIEN ÉLEVÉE, BONNE ÉLÈVE
ASSEZ MIGNONNE (MINCE, CHEVEUX NOIRS).
NE FUME PAS ET N'A JAMAIS TOUCHÉ
A LA DROGUE. COMPTE ENTRER A L'UNIVERSITÉ.
ACCEPTERAIT D'AIDER A DIVERS TRAVAUX
MÉNAGERS. PEUT-ÊTRE LA FILLE DONT VOUS
AVEZ TOUJOURS RÊVÉ. PO BOX 254.

Je me souvenais que j'avais la trouille que l'employé des petites annonces n'ouvre mon enveloppe avant mon départ. C'était un rouquin, plutôt mignon, avec une tête d'étudiant. Il m'avait même un peu draguée. Mais j'aurais eu bien trop honte de le revoir, une fois qu'il aurait lu mon annonce.

Je n'étais jamais retournée au journal pour voir s'il y avait eu des réponses.

Une autre fois, je m'étais mise à fouiller dans la vieille valise que nous avions rapportée du Wisconsin. Il y avait là toutes les archives et comme le musée de mon propre passé : mes bulletins d'école primaire (j'étais toujours dans la moyenne, rarement au-dessus), un carnet où j'avais noté le nom des gens que je connaissais (répartis en deux colonnes : ceux que je pouvais déjà considérer comme mes amis, et ceux qui risquaient de le devenir), un grand album de photos parsemé çà et là de fleurs séchées et un bracelet d'identité d'un orange passé comme on en utilise à l'hôpital pour les bébés. Une mèche de cheveux glissée dans une enveloppe. Une dent de lait au fond d'un petit flacon. Une série de photos où l'on me voyait toute nue, appuyée sur un gros ballon.

Je me souvenais vaguement de cette séance. Nous avions été chez Kelly, une petite boutique en brique située juste au bord de l'autoroute. Ils faisaient essentiellement du développement, mais ils avaient aussi un minuscule studio dans leur arrière-boutique. Il pleuvait le jour où nous y étions allées. Le patron était assez jeune mais il avait l'air un peu demeuré. C'était ma mère qui avait pris toutes les décisions, elle rayonnait d'autorité à côté de lui. Je portais un ciré orange à pois roses par-dessus mon maillot de bain et des claquettes. Je me revois allongée sur la moquette élimée avec ce gros ballon, en train d'arquer le dos pendant qu'on m'ôtait mon maillot. Je ne sais pas. Je devais avoir six ou sept ans. J'avais une coiffure affreuse sur ces photos et je souriais d'un air forcé. Ça me fait un drôle d'effet aujourd'hui de repenser à cette bicoque au bord de l'autoroute et à cette pièce obscure et minuscule. Je me demande quelle mouche avait piqué ma mère, pour qu'elle me fasse ainsi poser à poil, à l'âge que j'avais, avec un gros ballon de plage... Je me souviens encore qu'à un moment donné, elle avait sorti sa trousse à maquillage de son sac et m'avait mis un peu de poudre sur le nez.

Elle a conservé ce ciré orange à pois roses. Il est toujours dans son placard, emballé dans du cellophane.

Les courses préalables à mon départ pour l'université, nous les fîmes ensemble, Leslie et moi. Nous passions des heures dans les boutiques de fripes, sur La Cienega, essayant des centaines de Levi's élimés jusqu'à la corde, avant d'en trouver un qui soit parfaitement à notre taille et de le déchirer aux genoux. Nous achetions aussi des tee-shirts délavés, tellement moulants qu'ils nous comprimaient les épaules et nous arrivaient à peine au nombril. Ses parents me retenaient souvent à manger, mais la famille de Leslie me tapait sur le système. Aussi bien son père que sa mère et son petit frère étaient d'une lenteur et d'une maniaquerie épouvantables. Ils s'asseyaient immuablement à la même place autour de la table et se passaient les plats avec la régularité d'un métronome. Ils n'ouvraient pratiquement jamais la bouche. Il n'y avait que Leslie qui râlait.

« Mais alors, *pourquoi* continuons-nous à nous servir chez eux ? Et *pourquoi* ne boycottons-nous pas les raisins ? »

Les parents de Leslie n'élevaient jamais la voix. Ils étaient d'un calme olympien.

« Il faut choisir, dans la vie, murmurait la mère de Leslie. On ne peut pas embrasser toutes les causes qui se présentent. Ou bien, il faudrait boycotter le monde entier et nous n'aurions plus rien à manger. Ton père et moi avons décidé une fois pour toutes de nous battre pour la survie du peuple juif. Lorsque tu seras à l'université, tu comprendras toi aussi qu'il y a des priorités dans les combats qu'on doit mener. »

Leslie me regarda en levant les yeux au ciel. Plus tard, dans sa chambre, elle explosa.

« Je compte les jours moi aussi, me dit-elle. Je me dis parfois qu'en dehors de ses séances d'épilation et de ses rendez-vous chez la manucure, ma mère ne s'intéresse vraiment à rien de rien. Elle a à peu près autant de vitalité qu'une potiche, ou qu'un mannequin dans une vitrine. »

Je partageais *grosso modo* l'opinion de Leslie sur sa mère. Mais je me gardai bien de le lui dire : je savais depuis longtemps que malgré les défauts qu'ils leur trouvent, les enfants sont toujours attachés à leurs parents.

Lorsque nous redescendîmes, un peu plus tard, une nouvelle dispute éclata entre Leslie et son père, à propos des crèmes glacées Häagen-Dazs, qui venaient de faire leur apparition sur le marché. Les parents de Leslie estimaient qu'elles étaient beaucoup trop chères et que c'était de la folie de dépenser deux dollars pour un demi-litre de glace.

« Mais le père de Dana en achète bien pour ses enfants, *lui* », rétorquait Leslie.

J'avais hâte de rentrer chez moi. Nous achetions parfois cette marque, ma mère et moi. Nous en prenions un demi-litre chacune et nous mangions la glace directement dans la boîte, à la petite cuillère.

Un jour, comme tous les mois, je portai le chèque du loyer chez les Keller. Je passais par l'office, et tandis que j'étais en train d'échanger quelques mots avec la cuisinière, Mr Keller fit son apparition dans la pièce. Je réalisai brusquement que c'était la première fois que je le voyais à la cuisine. Sa présence dans un tel décor avait quelque chose d'un peu incongru.

« Ann... Puis-je te parler cinq minutes ? » me dit-il.

Je le suivis jusqu'à la terrasse. Nous restâmes un instant silencieux, au bord de la pelouse, à contempler les courts de tennis. Mr Keller se tourna enfin vers moi.

« Je sais que tu vas bientôt partir à l'université, dit-il. As-tu suffisamment d'argent ? »

Je hochai affirmativement la tête.

« Parce que si jamais tu avais besoin de quoi que ce soit... » poursuivit-il.

Je jetai un coup d'œil dans la maison déserte.

« Où est Mrs Keller ? demandai-je.
— Elle est à San Francisco pour la journée. »

Daniel Swan n'avait pour sa part aucun projet de départ. Les choses n'avaient guère changé dans la maison de San Ysidro : au Mexique, les affaires du Minable n'avaient pas progressé d'un pouce ; quant à la Sorcière, elle était toujours aussi débordée et ne voyait plus ses enfants qu'en coup de vent. Riley était le seul à gagner un peu d'argent. Il avait réussi à monter son groupe de rock ; l'été précédent, nous avions tous les deux tourné ensemble dans un spot publicitaire. Finalement, les Swan avaient pu éviter de déménager, mais ils n'avaient pas les moyens d'envoyer Daniel faire ses études dans un autre État. Il allait devoir se contenter de l'UCLA, ce qui ne semblait d'ailleurs pas le tracasser outre mesure.

Ce jour-là, nous étions assis tous les deux sur les marches du perron, à l'arrière de la maison, les yeux fixés sur la plaine et les canyons qui se profilaient au loin.

« Mon grand-père est dans la bijouterie, me dit-il. Il vend des diamants. Si je reprenais son affaire, je me ferais sûrement pas mal de blé. Je pourrais aussi entrer dans une banque, comme mon cousin. Ou me lancer dans l'immobilier. Mais mon rêve, c'est d'acheter un bateau et de faire le tour du monde. Être libre comme l'air, et n'avoir personne sur le dos...
— Je croyais que tu voulais faire des études d'astronomie ?
— Ce n'est pas incompatible. Je peux très bien travailler la journée et suivre les cours du soir à la fac. Pas pour avoir un diplôme, je m'en fiche complètement, mais simplement pour le plaisir. Et d'ailleurs, peu importe. Je suis prêt à faire n'importe quoi. »

Ma mère travailla beaucoup dans les mois qui précédèrent mon départ. Je ne la voyais pratiquement plus.

Un soir, nous étions allées rendre visite à une certaine Mrs Dover que ma mère avait connue à la clinique. Nous nous garâmes dans une rue déserte, au nord de Sunset. Les palmiers frémissaient le long des pelouses muettes.

« Quelle pitié qu'Idie ne soit plus de ce monde... » murmura ma mère avant que nous nous engagions dans l'allée.

Mrs Dover nous fit entrer dans sa cuisine. Nous la suivîmes en silence à travers la maison où régnait le plus complet désordre.

« On voit bien qu'elle est irlandaise... » me glissa ma mère.

Je m'assis à côté d'elle, tandis que Mrs Dover nous préparait du thé tout en nous parlant de l'état de Melly, son mari, qui avait des problèmes cardiaques, et patati et patata. Mrs Dover se déplaçait doucement, comme les grosses personnes. Elle nous expliqua qu'à présent elle devait faire attention lorsqu'elle cuisinait, à cause du régime de son mari ; qu'elle avait déjà dû renoncer à préparer certains plats ; et qu'ils pouvaient faire des promenades, mais qu'ils ne devaient pas marcher vite, qu'ils pouvaient voyager, mais sans jamais aller trop loin. A cause bien sûr, du cœur de Melly. Nous la laissâmes s'épancher sans l'interrompre. Ma mère souriait gentiment ; ce n'était apparemment pas la première fois que Mrs Dover lui racontait ses malheurs.

« C'est toujours la même chose, avec ces maladies cardiaques, murmurait celle-ci ; elle parlait à voix basse, comme si elle avait peur qu'on ne l'entende du dehors. Idie n'avait qu'un an de moins lorsqu'elle est... Enfin, vous le savez aussi bien que moi. Melly a plus de soixante-cinq ans, à présent.

— Trish... Ne vous rongez donc pas les sangs, dit ma mère. Votre mari est en pleine forme. »

Elle parlait d'un air convaincu, mais j'ignorais si elle disait ou non la vérité.

« Quant à Idie, reprit-elle, c'est différent. Elle était beaucoup trop grosse et elle ne faisait jamais d'exercice. Et savez-vous de quoi elle se nourrissait ? De beignets ! Elle se bourrait de beignets à longueur de journée et ne mangeait absolument rien d'autre. Les diététiciens avaient bien interdit aux infirmières de lui en procurer, mais comme elle ne touchait pas à ses repas... Si, si, je vous assure. Des beignets.

— J'ignorais ce détail.

— Ne vous inquiétez pas, Trish. Votre mari vivra encore au moins dix ans. Je dis bien : *au moins.* C'est plutôt vous qui devriez faire davantage d'exercice. Quand Melly aura soixante-quinze ans, il sera en pleine forme et il voudra que sa femme le soit aussi.

— Vous croyez ? » dit Mrs Dover en fixant ma mère avec un mélange de scepticisme et d'espoir.

Après l'avoir quittée, nous courûmes comme des folles jusqu'à la voiture. Puis nous prîmes le chemin du Baskin-Robbins, en traversant les quartiers résidentiels. Dès que nous passions devant la vitrine d'un magasin, ma mère ralentissait.

« Eh... Vise un peu cette veste en cuir... Voilà ce qu'il me faudrait. Ma garde-robe a grand besoin d'être un peu renouvelée.

— Cette veste doit coûter les yeux de la tête. »

Lorsque je travaillais dans cette boutique de fringues, nous avions tellement de vêtements que nous ne savions plus qu'en faire. Mais cette époque était déjà lointaine ; s'habiller était redevenu un problème.

« Bien sûr, dit ma mère, mais c'est la qualité qui prime. J'ai toujours raisonné ainsi. J'ai toujours acheté ce qu'il y avait de mieux. Un vêtement bien coupé, taillé dans un bon tissu, ça dure toute la vie.

— D'accord. Mais encore faut-il avoir les moyens de se l'offrir. »

Je craignais que ma mère ne se lance dans des dépenses inconsidérées une fois que je ne serais plus là.

Elle poussa un soupir.

« Tu es vraiment rabat-joie, dit-elle. On peut quand même bien rêver de temps en temps, non ? »

Il arrivait encore parfois à ma mère d'évoquer l'hypothèse de son suicide — mais comme ça, incidemment, sans la rattacher spécialement à mon départ.

« Un accident peut toujours arriver... »

« Enfin, tu toucheras l'assurance. »

« Ce sera déjà ça... »

« Mais surtout, ne va pas dilapider cet argent ! Arrange-toi pour faire un bon placement. »

« Oh, je ne me fais aucun souci pour toi. Je sais que tu t'en sortiras... »

Je n'y croyais pas, tout en y croyant. Je savais que mon départ pèserait, pouvait peser sur son choix.

Je partis quand même.

Le samedi qui suivit le dernier jour de tournage de *Santa Fe*, je pris rendez-vous chez un coiffeur afin de me faire couper les cheveux. Je prévins ma mère dans la matinée.

« Qu'as-tu choisi comme coupe ? s'enquit-elle.

— Très très court.

— Oh, non ! Je t'en prie, ma chérie, ne fais pas ça ! Ce serait une folie ! Crois-tu qu'on t'aurait engagée à la télévision si tu n'avais pas eu les cheveux longs ? Ce n'est pas parce que tu vas aller à l'université que ce genre de détail cessera d'avoir de l'importance. Je t'en prie, Ann, ne fais pas cette bêtise !

— Je ne te demandais pas ton avis. Je te disais ça à titre *d'information,* afin que tu ne t'inquiètes pas de mon absence et que tu aies éventuellement le loisir de modifier ton emploi du temps. »

Mais elle ne voulut pas en démordre et m'accompagna quasiment de force chez le coiffeur. Elle s'assit près de l'entrée, à côté de la fenêtre, et se mit à feuilleter des magazines. Je ne m'étais jamais fait couper les cheveux depuis que j'avais été agressée par ces voyous, le soir d'Halloween, lorsque j'avais huit ans. Ma mère se contentait de me les égaliser de temps en temps. Elle en faisait depuis toujours une affaire personnelle.

Je surveillais dans la glace la coiffeuse qui s'activait autour de moi. Des mèches humides tombaient l'une après l'autre, jonchant peu à peu le sol et formant de petits monticules sur mes épaules.

Au bout d'un moment, n'y tenant plus, ma mère se leva.

« Mais qu'est-ce que vous fabriquez ? lança-t-elle à la coiffeuse. Vous allez complètement la ratiboiser ! Oh, ma chérie... Regarde-moi ce désastre... Pourquoi ne l'as-tu pas arrêtée plus tôt ? »

L'employée s'interrompit, ses ciseaux à la main.

« Tout va très bien, maman. C'est exactement ce que je voulais.

— Mais, tu me disais ce matin que tu comptais simplement les faire égaliser. Regarde... Elle en a déjà coupé au moins quinze centimètres... Tu vas être affreuse...

— Maman, s'il te plaît... Veux-tu bien retourner t'asseoir », dis-je en gardant les yeux baissés.

Ma mère se tourna vers la coiffeuse qui s'était remise à l'ouvrage. Ses coups de ciseaux étaient nets, précis, réguliers.

« Vous pourriez au moins les couper correctement, dit ma mère. Vu la façon dont vous vous y prenez, ils vont rebiquer de tous les côtés quand vous les sécherez, et le résultat sera absolument horrible.

— Ne vous faites pas de souci, madame.

— Bon sang, Ann, tu aurais pu m'en parler plus tôt ! Je t'aurais emmenée chez mon coiffeur habituel, à Glendale. Lui au moins, il connaît son métier. »

Elle ramassa une poignée de cheveux sur mes épaules, l'examina un instant et la relâcha d'un air dégoûté.

« On dirait qu'ils ont été tailladés à la tronçonneuse... (Elle se tourna vers la coiffeuse.) Puis-je vous demander où vous avez appris votre métier ?

— Maman...

— Je lui pose simplement une question. Ce n'est tout de même pas interdit.

— J'ai suivi des cours à New York et à Londres », dit la coiffeuse d'un air vexé.

Je souris intérieurement. A en croire les habitants de Westwood, tous les employés de bureau de poste étaient docteurs en droit. Et bien sûr, ma coiffeuse avait fait ses études en Angleterre...

« Où donc, à New York ? demanda ma mère.

— J'ai été formée par Christiane, chez Michel Heron, et j'ai également travaillé chez André.

— Jamais entendu parler, dit ma mère. Hé... Un instant ! Vous n'avez quand même pas l'intention de continuer ce massacre !

— Il faut bien que je les égalise, dit la coiffeuse en brandissant son peigne d'un air excédé.

— Ann... Pourquoi me fais-tu un coup pareil ? Oh, et puis après tout je m'en fiche ! C'est toi qui en subiras les conséquences. Vas-y, enlaidis-toi ! Coupe-toi le nez et les oreilles si ça te chante, je ne lèverai pas le petit doigt.

— Les *cheveux*... Je suis en train de me faire couper les *cheveux*.

— Tu es jalouse de moi, c'est ça ? Eh bien, je t'assure que si c'est le cas, tu es vraiment stupide. Je suis ta mère après tout, il est normal que je te donne des conseils. Oh... Si seulement tu m'avais prévenue ! Ils font de si belles coupes, là-bas... »

Elle fit un pas de côté et son image disparut un instant hors du cadre de la glace. Mais elle refit aussitôt son apparition.

« Je ne supporte pas de voir ça ! Je suis incapable de rester assise, les bras croisés, alors qu'on est en train de te massacrer.

— Tu n'es pas assise », dis-je.

La coiffeuse avait poursuivi son travail pendant cette algarade. Mes cheveux m'arrivaient maintenant à deux bons centimètres au-dessus des épaules. Je me retournai pour voir où était passée ma mère. Elle s'était rassise près de la fenêtre et feuilletait nerveusement un magazine.

Sur le siège voisin, une employée était en train de sécher les cheveux d'une autre cliente, en faisant bien attention d'éviter son visage. Les deux coiffeuses se mirent à rire.

« Elle est toujours comme ça ? murmura celle qui s'occupait de moi.

— Non, dis-je. Mais elle n'a jamais voulu que je me fasse couper les cheveux. »

La coiffeuse brancha le séchoir. Au bout de cinq minutes, mes cheveux étaient secs. Ils étaient magnifiques. Et la coupe était superbe.

L'image de ma mère réapparut dans la glace. Elle se mit à me tourner autour, son magazine à la main, en m'inspectant sous toutes les coutures. Elle fixait mon reflet dans le miroir, mais j'évitai de la regarder.

« Tu te laisserais materner par n'importe qui, hein ? dit-elle. Par n'importe qui, sauf moi. »

Je n'ai jamais su ce qu'était devenu mon père. Je m'étais dit : il me verra peut-être à la télé et il m'écrira ou me téléphonera, me fera signe d'une façon ou d'une autre, mais rien ne se passa. Peut-être avait-il essayé, mais sans y parvenir. Ou peut-être n'avait-il pas de télé. Je ne connaîtrais sans doute jamais la réponse.

Je partis le cœur léger. J'avais laissé à ma mère tout ce qu'elle avait envie de garder — mes affaires de bébé, mes vieux patins à glace, ma dent de lait dans son flacon... Je lui fis cadeau d'un chemisier que j'avais récemment acheté et qu'elle adorait. Pendant que je faisais mes valises, elle allait et venait dans la pièce en s'attendrissant sur ceci ou sur cela, saisissant l'un après l'autre les objets qui lui rappelaient tel ou tel épisode du passé. Je cédai sur toute la ligne, tant j'avais hâte qu'on en finisse. Elle m'accompagna à l'aéroport et me suivit jusqu'à la barrière que seuls pouvaient franchir les voyageurs munis de billets. Là, elle m'embrassa et me regarda d'un drôle d'air. Je sortis alors de mon sac la paire de jeans que j'avais achetée spécialement pour l'occasion. Je me souviens encore que c'étaient des Jag : on venait juste de les lancer sur le marché à l'époque et ma mère n'ignorait pas que c'était ma marque préférée.

« Peut-être est-ce la dernière fois que nous nous voyons », me dit-elle à voix basse, sans doute parce qu'il y avait beaucoup de monde autour de nous et qu'elle avait peur qu'on l'entende.

Je lui fourrai la paire de jeans dans les bras. Elle me regarda d'un air ému ; elle paraissait sincèrement touchée. Mais le soir même, lorsque je l'appelai de Providence, elle décrocha tout de suite le téléphone et se plaignit aussitôt parce que le pantalon ne lui allait pas. Non, elle n'était pas dupe, elle avait bien compris que je ne l'avais pas acheté spécialement pour elle et que je lui avais refilé un vieux tromblon dont je ne voulais plus — d'ailleurs, je n'avais pas de cœur, je n'avais jamais compris la valeur d'un cadeau, elle était bien placée pour le savoir.

Ce soir-là, elle me reparla encore de cette histoire d'assurance et des falaises de Big Sur. Je la rappelai le lendemain, mais elle ne répondit pas. Je récidivai trois jours de suite, toujours en vain. Je finis par appeler chez les Keller qui me dirent qu'elle était en train de prendre sa leçon sur le court de tennis.

Pendant des années, je ne la revis plus.

SIXIÈME PARTIE

CAROL

CHAPITRE 14

LE CŒUR ET LA PIERRE

On aurait dit une pierre, un corps étranger, en moi. Ça faisait aussi mal qu'un hameçon planté dans un poisson. Quand j'essayais de m'en débarrasser, ça bougeait et la douleur n'en était que plus vive. L'amour s'était ainsi enfoncé en moi, une fois. Comme un hameçon : impossible de penser à autre chose.

Cela dura longtemps, très longtemps. Beaucoup trop. Je vivais seule, avec cette souffrance. Je me rendais tous les jours dans la chambre de Benny. La porte était fermée à clef ; à part moi, personne n'y pénétrait jamais. Je prétendais qu'il fallait bien que je fasse un peu de ménage — et d'ailleurs, c'était la vérité. J'époussetais si souvent les meubles que la poussière n'avait même pas le temps de s'y installer. Je cirais la vieille commode, j'essuyais le rebord des fenêtres. Nous avions construit cette maison nous-mêmes, après notre mariage ; ce bois parlait de toutes les années qui s'étaient écoulées. Une par une, je nettoyais les affaires de Benny : le poisson empaillé qu'il avait pêché jadis en Floride et qui trônait sur le mur ; le fusil accroché au-dessus de son lit ; et tous ces modèles réduits qu'il avait passé des heures à construire, lorsqu'il était petit. Il avait tellement de patience. Je commençais par les voitures de course, que j'astiquais avec une peau de chamois, puis je montais sur un escabeau pour nettoyer les avions. (Il avait des avions, et toi des étoiles. Il te les avait données et vous les aviez suspendues dans ta chambre. Elles brillaient dans le noir. Ta mère était folle de rage. Je m'en souviens parce qu'elle voulait que je fasse repeindre le plafond à mes frais. Un jour, bien après votre départ, ta grand-mère et moi nous sommes allées dans ta chambre, et nous nous sommes aperçues que vous aviez représenté les vraies constellations : La Grande Ourse, la Lyre, les Pléiades... Vous aviez dû les copier d'après nature, en observant le ciel par la fenêtre.)

Périodiquement, je sortais ses chemises et ses chaussettes du placard et je faisais une lessive spéciale. Puis je les remettais à leur place. Je me souvenais parfaitement du tee-shirt qui était sur le dessus de la pile la première fois que j'étais entrée, et dans quel ordre il fallait les ranger. Je passais bien quatre heures à nettoyer cette chambre de fond en comble, et lorsque j'avais terminé je ne pouvais jamais me résoudre à m'en aller. Alors, souvent, j'allais prendre ce caillou de Pikes Peak et je restais plantée au milieu de la pièce en le serrant contre moi. Ces fenêtres sont petites — on devait les faire sur ce modèle à l'époque où nous avions construit la maison — enfin, toujours est-il que le soleil ne dessinait sur le sol qu'un petit rectangle de lumière. C'était là que je m'installais, après avoir ôté mes chaussures, les yeux fixés sur cette pierre tandis que le soleil réchauffait mes pieds nus. C'était un caillou gris et terne, tout ce qu'il y a de banal, et qui aurait pu être ramassé n'importe où. Mais il venait de Pikes Peak — l'étiquette le précisait bien —, et Benny l'avait souvent serré contre lui, comme moi aujourd'hui. Je ne sais pas ce que j'attendais de ce caillou en le tenant ainsi, immobile au milieu de ce rectangle lumineux. J'ai passé des heures et des heures à contempler cette pierre terne et sans éclat, comme si j'en avais attendu une sorte de révélation. Mon attitude avait presque quelque chose de sacré : je me concentrais sur cet objet sans que rien n'interfère entre lui et moi et ne vienne briser le lien qui, mystérieusement, nous unissait. J'avais eu le même genre de rapport avec la religion, autrefois.

Je ne parle pas du fait d'aller à l'église ou de faire la charité. Je pense plutôt à l'acte intime, privé, qui vous purifie, qui vous transforme en une maison vide, un vaisseau immaculé.

J'ai perdu ça. Je ne l'ai plus.

Pendant toute la première année, j'ai passé la moitié de mes journées dans cette pièce. Personne ne me faisait de remarques ou n'essayait de m'en détourner. Jimmy suivait sa propre voie. Nous n'avions plus grand-chose en commun à cette époque. Nous dormions depuis toujours dans des lits jumeaux, qu'il était néanmoins possible de réunir par le milieu. Cette année-là, je n'avais même plus le courage de les pousser au milieu de la pièce le matin. Je dormais tournée face au mur. J'aimais bien sentir le vent froid qui passait par les interstices. Voilà comment j'étais, à cette époque. Ça avait le goût de l'hostie sur la langue, un goût de poussière.

Un beau jour, j'étais comme d'habitude en train de faire le ménage dans la chambre de Ben. Dehors, Mary Griling passait la tondeuse à gazon. Jimmy l'embauchait parfois pour qu'elle lui donne un coup de main dans le jardin. Je ne sais pas pourquoi, si c'était à cause du bruit ou quoi, mais je lâchai brusquement le caillou que je tenais serré contre moi. Il heurta le sol avec un bruit sourd et se brisa en mille morceaux.

Après cet incident, je ne remis plus les pieds dans la chambre. Les choses pouvaient désormais rester à leur place sans que je m'en occupe. Je bouclai la porte à double tour et personne ne la rouvrit plus. Je pris la voiture et me rendis à la carrière où je trouvai un caillou à peu près identique. Je le mis à la place de l'autre, sur la table de nuit de Benny, après avoir collé dessus la petite étiquette. Depuis, je ne l'ai plus jamais retouché.

Le temps suivait néanmoins son cours, moi seule m'étais arrêtée. Onze mois après l'enterrement de Benny, Jimmy dut entrer à l'hôpital. Il fut parmi les premiers dans le Wisconsin à subir une opération à cœur ouvert. Je ne me souviens même plus si j'ai eu peur. Je vivais dans un monde à part, environnée de ténèbres. Il n'y avait pas grand-chose à faire à l'hôpital, sinon attendre — ce qui m'était bien égal, du moment qu'on me laissait seule, sans venir m'importuner. Je m'écroulais dans un fauteuil et m'absorbais dans mes pensées. J'avais juste besoin de solitude, d'isolement, pour venir à bout du travail que j'avais à faire.

Je pensais à la jambe. Je revivais inlassablement cette fameuse nuit, et chaque fois, ça faisait mal. Comme quand on a une carie et qu'on ne peut s'empêcher de repasser sempiternellement sa langue sur la dent malade, de réactiver la douleur. Si elle était toujours là, il fallait que je la touche du doigt.

La nuit du drame, nous étions dans la caravane, Jimmy et moi. Nous dormions déjà. Le téléphone était fixé à la paroi, dans le coin qui tenait lieu de cuisine. Nous nous étions levés tous les deux lorsque la sonnerie avait retenti, comme si nous avions eu une prémonition. Il était si tard. Nous nous étions assis l'un en face de l'autre à la petite table de la cuisine.

C'était Jimmy qui avait répondu, mais j'avais entendu toute la conversation. Nous devions nous décider sur-le-champ. Fallait-il faire transférer Benny en hélicoptère jusqu'à l'hôpital de Milwaukee, ou donner le feu vert pour qu'on l'opère immédiatement au dispensaire de Bay City où il avait été transporté après l'accident ? Nous ne pouvions demander conseil à personne, il n'était plus temps. J'avais des bigoudis sur la tête ce soir-là. Je me souviens avoir machinalement vérifié qu'ils étaient bien en place, tout en regardant la main de Jimmy, étalée sur la table à côté de la mienne. Elles me parurent toutes les deux vieilles, familières, comme des gants déformés à force d'avoir été portés.

Nous n'avions ni l'un ni l'autre la moindre idée de ce qu'il fallait faire.

Je fus surprise lorsque Jimmy me demanda mon avis, lui qui était toujours si fier de son rôle de chef de famille. Mais il avait vraiment l'air dérouté. Et je compris qu'il s'en remettait à ma décision.

« Je ne sais pas, Jimmy », dis-je.

Je relevai la tête en le suppliant du regard de trancher la question lui-même. Nous nous regardâmes ainsi un bon moment dans les yeux, indécis et silencieux. Comme Jimmy attendait toujours ma réponse, je finis par dire :

« Peut-être vaut-il mieux qu'il reste ici... »

Jimmy reprit l'écouteur et communiqua notre réponse au dispensaire. Ensuite, je ne sais plus... Je nous revois dans la voiture, filant sur l'autoroute. Je ne me souviens même pas de m'être rhabillée. Dans ce genre de circonstances, même s'il se produit un miracle, on ne doit pas s'en apercevoir.

Jimmy conduisait très vite. La clinique était à plus de trente kilomètres et nous étions les seuls sur la route. Nous n'échangeâmes pas une parole de tout le trajet. Et pourtant ce fut la seule, l'unique fois de ma vie où j'ai compris ce que signifiait le mot : *mariés.* Jusque-là, je l'avais toujours associé à d'autres couples que nous et je n'avais jamais pensé qu'il puisse s'appliquer à nous.

Nous avions baissé nos vitres et l'air s'engouffrait à l'intérieur de la voiture. Dehors planait une odeur de pins, de résine et de terre mouillée. Jimmy avait branché la radio sur une station qui diffusait de la musique country. Une femme chantait : « I fall to pieces. » Sa voix chaude et mélodieuse ne semblait plus faire qu'un avec la nuit. A un moment elle dit « Toujours ». Et je me sentis presque heureuse.

J'avais si souvent été au dispensaire de Bay City avec Benny, généralement pour lui faire mettre des points de suture ; il s'était plusieurs fois foulé le poignet ou la cheville ; un jour, il avait même fallu le plâtrer. Il était encore très petit et il avait sauté depuis le toit du garage. Il voulait voler comme Peter Pan. Il t'avait également entraînée là-haut, mais nous n'en savions rien. Je l'avais retrouvé par terre, le bras cassé et les genoux en sang. Je l'avais aussitôt emmené au dispensaire.

Quant à toi, tu avais eu trop peur et tu n'avais pas voulu l'imiter. Tu étais restée sur le toit, sans dire un mot, ce qui fait que personne ne s'était aperçu de ta présence. Lorsque nous étions revenus du dispensaire, nous ne pensions absolument plus à toi. J'avais préparé des toasts à la cannelle pour Benny. Il avait pris son goûter sur la véranda en regardant des dessins animés à la télévision. Et brusquement, il se rappela qu'il t'avait laissée là-haut !

Personne d'autre n'en était jamais mort. Même pas ton arrière-grand-mère. On l'avait pourtant amputée de la jambe gauche, elle aussi, juste au-dessus du genou. Maman avait longtemps hésité avant de donner son accord, mais elle avait une tumeur et il n'y avait vraiment pas d'autre solution. Elle avait été opérée en hiver. Je me souviens encore du choc que j'ai ressenti, au printemps, lorsqu'elle a quitté l'hôpital et que je l'ai vue marcher pour la première fois avec ses béquilles. Elle avait enfilé une botte en caoutchouc par-dessus sa jambe valide. Mais l'autre s'arrêtait juste à la hauteur de sa jupe ; la jupe était bleue, un tissu de jeune fille, mais sa jambe était blanche, vieille, ridée, et recousue de telle façon qu'on aurait dit une saucisse. Elle sortait pourtant tous les jours pour aller nourrir ce poney. Maman m'a raconté par la suite que c'étaient ces béquilles qui avaient achevé ton arrière-grand-mère ; elle n'avait jamais pu s'y faire. Elle avait déjà plus de quatre-vingt-onze ans. Et lorsqu'elle avait compris qu'elle ne pourrait pratiquement plus sortir ni continuer de tout régenter, elle avait perdu toute envie de vivre.

Lorsque Hal a eu des problèmes à l'armée, ce fut encore à cause de la jambe gauche. Il nous a dit que les médecins militaires avaient cru qu'il leur racontait des histoires, la deuxième fois où ils l'avaient obligé à quitter l'hôpital. On l'avait forcé à reprendre l'entraînement et les marches de nuit. Son genou avait tellement enflé qu'il était aussi gros qu'un ballon de basket. Il était retourné à l'infirmerie le matin, mais sa jambe avait dégonflé, et les marches reprirent. Comme les médecins refusaient de le croire, il leur dit que la prochaine fois il emmènerait un appareil-photo avec lui et qu'il leur montrerait les clichés, afin de leur prouver qu'il disait bien la vérité. Puis ils avaient voulu l'opérer, mais il ne s'était pas laissé faire. Dieu sait dans quel état il en serait sorti, avec ces médecins militaires… Mais lorsqu'il rentra après avoir été réformé, la blessure guérit peu à peu. Sa jambe lui fait encore mal de temps en temps et j'ai remarqué qu'il a tendance à boiter, dès qu'il pleut plusieurs jours d'affilée.

Quant à Jimmy, il s'est montré très courageux à sa sortie de l'hôpital après son opération. Il devait suivre un régime draconien, on s'y est mis tous les deux. C'est là que j'ai appris l'importance des vitamines, avec toutes les pillules qu'il devait prendre chaque jour. J'en ai pris aussi, j'ai complètement modifié notre alimentation. Je suivais à la lettre les instructions des médecins, fruits, légumes, fibres, j'ai même jeté notre poêle à frire. Jimmy a été très raisonnable. Les médecins lui avaient recommandé de perdre au moins une quinzaine de kilos : il les a perdus. Il n'avait pas le droit de boire plus d'un verre par jour, et il n'a jamais dépassé cette dose. Tous les jours, il faisait sept ou huit kilomètres de footing le long de la voie ferrée et de la nouvelle route derrière le terrain des Brozek, vers les nouveaux lotissements. A force de passer par là, il a même fini par se faire de nouvelles connaissances ; il bavardait avec les gens qui arrosaient leur pelouse ou qui taillaient leurs rosiers, le long du chemin. Les jours de mauvais temps, il s'entraînait sur le vélo d'appartement, dans le garage. Il avait acheté des haltères et des extenseurs. Il me disait qu'il ne s'était jamais senti dans une telle forme depuis des années. Je crois qu'au bout du compte, cela lui a fait énormément de bien : cela a marqué une sorte de tournant dans sa vie.

Après son opération, j'ai appris qu'avec l'âge le cœur vieillit et prend des rides, comme les mains.

Dès sa sortie de l'hôpital, Jimmy avait commencé à s'intéresser à des tas de choses auxquelles il n'aurait jamais pensé jadis. Il lisait des livres sur l'énergie solaire. Il rêvait de construire une piscine dans le jardin. Il revenait de ses promenades derrière chez les Brozek, dans sa tenue de jogging, décidé à entamer une procédure judiciaire.

« Pas encore lui disais-je. Pas question. »

Les ténèbres m'entouraient encore et je n'apercevais toujours pas l'issue du tunnel. En faisant la vaisselle, ma bague posée sur le rebord, je regardais par la fenêtre qui donnait sur le jardin : j'essayais d'imaginer Benny, amputé de sa jambe, clopinant à travers la pelouse. Je croyais parfois le voir pour de bon : il flottait à quelques centimètres du sol, au-dessus des brins d'herbe agités par le vent. Il fallait que je me frotte les yeux pour que la vision se dissipe enfin. Je n'arrivais pas à me le représenter avec des béquilles. Lui qui avait toujours aimé la vitesse... Lorsqu'il était tout petit, il emportait souvent un bâton avec lui dans le jardin et le brandissait au-dessus de sa tête en le faisant tourner tellement vite qu'il n'entendait plus rien, même si je l'appelais en criant de toutes mes forces. Même chose lorsqu'il se mettait à courir. Plus tard, c'étaient les machines qui le fascinaient : il rêvait de bicyclettes, de mobylettes, de tracteurs, de tondeuses à gazon, de chasse-neige... Et de voitures, bien sûr. Je suis persuadée qu'il lui est arrivé d'aller rouler comme un fou, certains soirs, sur les routes désertes de la péninsule. Il aurait fort bien pu se tuer tout seul sans l'intervention de Jay. Il aimait tant la vitesse. Personne n'a jamais pu le raisonner à ce sujet.

Je passais des journées entières à brasser et à rebrasser des pensées de ce genre, mais cela ne me menait nulle part. Je sentais toujours le poids de cette pierre au fond de moi, la présence de cette douleur qui me traversait sans cesse. C'était les ténèbres que j'avais avalées.

Je me disais que même si nous avions décidé de le faire transférer à Milwaukee, il aurait très bien pu mourir au cours du trajet en hélicoptère. Au fond, seul importait ce qui avait eu lieu : cet abruti de vieux toubib avait cafouillé et le cœur avait finalement lâché.

C'est grâce à toi que ta grand-mère a pu le revoir une dernière fois. A force d'avoir l'esprit obnubilé par les mêmes pensées, celles-ci finissent par prendre une forme, une couleur et même une sorte de goût. Je ne cessais de me répéter : au moins, maman l'aura revu. Et cela me soulageait, c'était une bouffée d'air aseptisé, d'un blanc tirant sur le vert, comme ces chocolats à la menthe qu'on nous donne après dîner dans les bons restaurants et qui nous nettoient l'esprit. Ça me permettait de penser à autre chose.

Ce jour-là, à l'hôpital, nous avions tenu un véritable conseil de guerre. Ta grand-mère venait d'être hospitalisée, à la suite de sa deuxième crise cardiaque. Il avait fallu lui annoncer la mort de Benny. Malgré les sédatifs, elle nous traitait de tous les noms, en exigeant que nous la laissions sortir, afin qu'elle puisse revoir son Ben.

Elle criait sur tous les tons, en donnant des coups de poing sur la couverture. Adele était à ses côtés et essayait de la calmer. Ce spectacle me rappela une autre scène dont j'avais été témoin des années plus tôt : en entrant incidemment dans la salle de bains, je t'avais aperçue debout dans la baignoire, en train de te battre avec ta mère, qui réagissait exactement de la même façon qu'aujourd'hui, en essayant d'attraper tes poignets et de te repousser, pour éviter tes coups.

Ta grand-mère lança à Adele :

« Toi, va-t'en ! Fiche-moi la paix ! »

A cause des drogues, sa voix était moins assurée, plus fluette que d'habitude.

« Maman... lui dit Adele. Sois raisonnable. On ne peut pas te laisser sortir dans ces conditions.

— Vous ne m'empêcherez pas de le revoir ! »

Mais elle n'était quand même pas dans son état normal. Elle se mordit soudain la lèvre, tellement fort qu'elle se mit à saigner. J'étais également à son chevet, de l'autre côté du lit. Je vis un filet de sang ruisseler le long de son menton et l'essuyai aussitôt avec l'ourlet de ma robe.

Je crois qu'Adele était profondément vexée par le fait que ta grand-mère n'avait même pas l'air d'avoir remarqué votre présence. Cela faisait déjà plusieurs années que vous étiez parties, et c'était la première fois que vous reveniez. Mais je suis sûre que c'était dû aux médicaments : ils l'abrutissaient tellement qu'elle ne parvenait à se concentrer que sur une seule chose à la fois. Et pour l'instant, ce qu'elle voulait, c'était revoir Benny.

Tu étais assise à l'écart sur une chaise, dans un coin de la chambre. Le médecin était à côté de ta mère, vêtu de la traditionnelle blouse verte. Il était assez jeune et tripotait machinalement son stéthoscope.

A ma gauche, le curé égrenait son chapelet. Ni l'un ni l'autre n'ouvrit la bouche. Ils préféraient sans doute que nous réglions cette affaire entre nous.

J'étais pour qu'on laisse sortir ta grand-mère. C'était sans doute un peu égoïste de ma part, car j'ignorais si elle aurait ou non la force de supporter une telle épreuve, mais je tenais à ce qu'elle revoie Benny, quelles qu'en soient les conséquences. Et ta mère m'énervait. J'aurais largement préféré qu'elle se soit abstenue de faire le voyage. Elle n'avait qu'à rester en Californie, puisqu'elle avait décidé d'aller vivre là-bas. Nos affaires ne la regardaient plus, elle n'avait pas à s'en mêler.

« Carol, me dit-elle, on ne peut tout de même pas la laisser sortir. Elle risque d'avoir une nouvelle attaque. Et ce coup-ci, ELLE EN MOURRA ! »

Oui, elle a eu l'aplomb de sortir ça, devant sa propre mère.

Celle-ci se mit à pleurer, en tortillant ses draps.

« Mais je ne vais pas mourir », sanglota-t-elle.

Adele se tourna vers le docteur. C'était instinctif chez elle : elle avait toujours fait davantage confiance aux hommes qu'aux femmes, à plus forte raison s'ils étaient médecins.

Le docteur lâcha son stéthoscope. Il avait l'air un peu embarrassé.

« Nous pouvons lui administrer une nouvelle dose de sédatifs, dit-il. Mais je ne vous cache pas qu'il y a un risque.

— Tu veux vraiment y aller, maman ? dis-je en me penchant vers elle ; je criais presque, comme si je m'étais adressée à un enfant, alors qu'elle nous entendait tout à fait normalement. Tu n'es pas obligée de venir, tu sais. Surtout si tu ne te sens pas bien. Benny comprendrait parfaitement.

— ÉVIDEMMENT, qu'il comprendrait ! cria Adele en me coupant la parole. Je suis même certaine qu'il PRÉFÉRERAIT que tu ne bouges pas d'ici.

— Je veux y aller et j'irai, dit ta grand-mère en se dressant sur son lit. Je vous l'ai déjà dit. Je veux le voir. »

Je regardai le curé. Il avait la tête penchée et je n'aperçus que son crâne, couvert de taches de rousseur. Il s'était mis à prier.

« Carol, reprit Adele, je crois vraiment qu'il vaut mieux ne pas l'emmener. De toute façon, ça ne va pas ressusciter Benny. Et si jamais... Enfin, tu vois ce que je veux dire... »

Je ne savais plus quelle décision prendre.

« Je ne sais plus quoi faire, dis-je. Je ne sais plus. Je ne sais plus. »

Ta mère se tourna brusquement de ton côté.

« Et toi, Ann ? Qu'est-ce que tu en penses ? »

Tous les regards convergèrent dans ta direction. Tu étais assise dans ton coin, les jambes croisées. Tu portais des bottes de cow-boy éculées, comme tout le monde ici à l'époque. Pour la première fois, je m'aperçus alors que tu avais grandi. Tu avais des cuisses fermes, élancées, des gestes nets. Tu décroisas les jambes avant de répondre. L'un de tes talons était usé.

« Laissez-la faire, déclaras-tu. Elle a le droit de le revoir.

— Tu le penses vraiment, Annie ? » demanda ta mère.

Tu acquiesças en silence.

C'est ainsi que la question fut tranchée. On administra un nouveau sédatif à ta grand-mère et nous l'emmenâmes avec nous. Nous la soutenions chacune d'un côté, Adele et moi. Le peu de chemin qu'il y avait à faire entre la voiture et l'entreprise de pompes funèbres Umberhum nous parut interminable. Je me garai le plus près possible de la porte. Il y avait tellement de soleil que ta grand-mère était éblouie et n'y voyait plus rien. Nous avancions très lentement, en la soutenant fermement, mais la peur se lisait sur son visage : on aurait dit qu'elle s'attendait à ce que ses jambes ne la portent plus et cèdent brusquement sous elle.

J'étais passée des milliers de fois devant chez Umberhum, mais ce jour-là, j'eus vraiment l'impression d'en être la propriétaire. Adele et moi dûmes soulever ta grand-mère pour la porter à l'intérieur. Elle était tellement légère, elle ne pesait rien, comme si elle jouait aux Habits Neufs de l'Empereur et que les gens s'étaient reculés, en faisant silence, devant quelqu'un qui n'existait pas.

Mais lorsque nous arrivâmes devant le cercueil, ta grand-mère redevint brusquement très lourde. On aurait dit qu'un poids énorme venait de lui tomber du ciel sur les épaules. Elle s'agenouilla sur le prie-Dieu installé au pied du cercueil — et pour la première fois, j'eus l'impression qu'elle était très très vieille. Elle se pencha et toucha la main de Benny. Elle avait vraiment l'air fragile et vulnérable. Et il allait encore falloir la ramener à l'hôpital... Peut-être Adele avait-elle eu raison, finalement. Nous avions fait une folie. Je n'arrivais pas à déchiffrer l'expression de son visage. Elle resta très longtemps immobile, agenouillée sur ce prie-Dieu. Craignant qu'elle n'ait eu un malaise, nous finîmes par nous approcher. Elle s'était endormie. Ça n'avait pas été une folie, finalement. Elle n'en est pas morte.

Tout me dégoûtait. Je n'aimais plus rien ni personne. Et cet état durait depuis si longtemps que je pris finalement la décision de partir, de m'éloigner quelque temps. Je ne voyais que le mauvais côté des gens autour de moi. A peine rétablie et rentrée de l'hôpital, ma mère était redevenue un fardeau. On aurait dit un jouet mécanique. Elle faisait toujours les mêmes gestes, accomplissait les mêmes parcours à travers les mêmes pièces — de sa chambre à la cuisine, de la cuisine à la salle de bains — et cela jour après jour, mangeant les mêmes plats dans les mêmes assiettes, qu'elle allait ensuite laver dans le même évier... Et elle était incapable de parler d'autre chose : elle radotait pendant des heures à propos de ces mêmes plats qu'elle mangeait dans la même cuisine et de ce qu'ils lui avaient coûté.

Avec Hal, c'était encore pire. Merry l'avait quitté, en emmenant Tina. Elles vivaient maintenant avec le nouveau petit ami de Merry, dans une caravane à une vingtaine de kilomètres de la ville, le long de la baie. Hal avait une nouvelle copine, une dénommée Patty. Je la trouvais gentille, mais il la traitait comme un chien. Il l'a battue plusieurs fois sous mes yeux. Il la prenait par le menton et la giflait à tour de bras. Et elle se laissait faire, elle ne réagissait même pas. Elle restait plantée là, raide comme un piquet, avec sa frange qui dansait.

Je ne faisais plus grand-chose. Un jour, j'étais quand même allée au magasin pour faire un peu de comptabilité. J'étais passée prendre un café chez Big Boy et j'essayais de me concentrer sur les colonnes de chiffres lorsque Hal avait fait son apparition.

« Comment va Patty ? » lui avais-je demandé, en essayant de me montrer gentille.

Il avait haussé les épaules.

« Je la supporte uniquement parce qu'elle me fout la paix », avait-il répliqué.

J'ai rangé les registres dans leur tiroir, sorti les clefs de mon sac et repris le chemin de la maison. Personne ne s'occupa plus des comptes pendant un bon bout de temps.

Adele appelait sans arrêt pour nous réclamer de l'argent. Une fois, elle eut même le culot de prétendre qu'elle avait le cancer. Elle envoya à ta grand-mère un Polaroïd qui la montrait étendue sur une table d'opération, la poitrine ouverte. Je ne sais pas pourquoi, mais j'avais la conviction qu'elle mentait. J'étais absolument furieuse. Pour la première fois depuis bien longtemps, nous nous décidâmes à agir de concert, Jimmy et moi. Nous voulions avant tout tirer cette histoire au clair. Ta mère nous avait communiqué le nom de l'hôpital où elle s'était fait opérer. Nous réussîmes à joindre le médecin qui s'était occupé d'elle. Il nous confirma ce dont nous nous doutions depuis le début : ma sœur n'avait pas le moindre cancer. Elle était en parfaite santé. Elle n'avait subi qu'une banale intervention de chirurgie esthétique. A l'époque où elle était étudiante, ta mère s'était apparemment fait faire des implants de silicone. L'un des deux avait diminué. Donc, on lui avait retouché les seins pour qu'ils soient identiques.

Nous avons aussitôt révélé la vérité à ta grand-mère. Cette fois, elle n'envoya pas un centime à Adele.

Ce fut à peu près vers cette époque que je découvris la pierre au fond de moi, ce corps étranger que j'avais avalé. Toujours sous mon sein gauche. Je la sentais, dure et froide sous mes doigts, chaque fois que je portais la main à ma poitrine. L'hameçon était là. Je n'en parlai à personne ; dès que je l'eus localisé la douleur cessa. Je la tripotais souvent pour vérifier. Je ne tenais plus en place. Je m'excusais trois ou quatre fois par heure pour aller la toucher dans les toilettes. J'étais dans un état de transe permanente, je ne pensais pas. Je touchais la pierre, au fond de moi.

Je me mis à fréquenter les retraites que la paroisse organisait dans les forêts du Michigan ou du Minnesota. Une fois, nous allâmes même au Canada. Jamais l'idée ne me vint de consulter un médecin. Pendant très longtemps, je gardai ce secret pour moi seule. Je passais mon temps à lire la Bible, dont j'apprenais par cœur des passages entiers. *La terreur infinie que Dieu nous inspire est sacrée.*

Immense est Ta puissance, Toi devant qui nous sommes étrangers.

Je compris peu à peu la nature de mon mal et de ce que j'abritais en moi. Dans les pinèdes, autour des feux de camp dressés au centre des clairières et des cercles de rochers, je m'agenouillais pour prier, en me sentant désespérément seule. Les autres femmes — bonnes sœurs ou grenouilles de bénitier — étaient ravies de cette vie communautaire. Elles reprisaient les chaussettes des curés, préparaient des salades de pommes de terre ou faisaient la vaisselle en riant et en papotant. Mais je ne me joignais jamais à elles. Je priais seule dans mon coin. Je voulais être lavée de toutes mes souillures. J'attendais que se lèvent les bourrasques et les tempêtes qui balayeraient la poussière, incendieraient les plaines et chasseraient toute l'impureté qui était en moi. Et que monte le feu qui me consumerait, me laissant aussi pure qu'un éclat de cristal. Tout en priant, je touchais la pierre que je voulais sauvegarder. Elle était mon essence. Mon feu. Mon bien.

Mais les autres se plaignaient. Les curés me prenaient les mains et m'adjuraient d'oublier. L'un d'eux me lut même un jour les lignes de la main. La droite et la gauche, ce que vous êtes, et ce à quoi vous étiez prédestinée. *Il y a un temps pour les larmes, un temps pour l'oubli.* Mais je refusais de les écouter. Le père James me conseilla de me mêler davantage aux autres femmes, de participer à leurs activités. Il me parlait comme si j'avais été une pestiférée.

Je décidai alors brusquement de rentrer chez moi. Je regardai les femmes qui étaient attroupées devant une caravane et qui installaient les pots de moutarde et les bouteilles de ketchup pour le barbecue. Toutes ces bonnes sœurs accoutrées n'importe comment, avec leurs espadrilles élimées, leurs chaussettes en accordéon et leurs traces d'acné me parurent tout à coup grotesques et ridicules. De tout temps elles avaient été moches, nul ne les avait jamais aimées, jamais elles n'auraient de fils.

Qu'est-ce que je fichais avec ces bonnes femmes qui raclaient leurs gamelles autour d'un feu de camp ? Ce dont j'avais besoin, c'était de solitude, de silence, de froid. D'élévation. Qu'avais-je donc en commun avec ces religieuses qui jouaient au bridge sur leurs tables de pique-nique ?... Faire la cuisine, papoter avec les voisines, je pouvais très bien le faire chez moi. Je n'avais pas besoin d'elles pour ça.

Je rentrai donc à la maison. Et là, à peine arrivée, je sus que j'étais à bout, épuisée. Je sortis mes affaires de la voiture et les entreposai à la cave, sans me donner la peine de les déballer. Puis je décrochai le téléphone et pris rendez-vous chez le médecin.

La première chose que je vis en ouvrant le journal, à mon retour du Canada, ce fut la photo de Susie, l'ancienne petite amie de Ben : elle venait de se fiancer avec Jay Brozek. Les cinq fils Brozek qui étaient partis au Viêt-nam étaient tous revenus vivants. Personne ne devait plus mourir. Leurs sœurs étaient plutôt mignonnes dans l'ensemble ; trois ou quatre d'entre elles allèrent à l'université, après avoir obtenu des bourses. Sheila s'était mariée récemment, elle était revenue vivre ici, de l'autre côté de la rue. Chaque année, pour le Jour de l'An, ils nous faisaient porter une grosse boîte de sablés pour ta grand-mère. Phil et Jimmy discutaient souvent ensemble. Phil conseillait à Jimmy de lui faire un procès. Ça me rendait malade.

Je découpai la photo de Susie et la glissai dans un sous-verre que je posai sur mon bureau, à côté de l'endroit où je rangeais mes factures. Puis j'allai m'enfermer dans la salle de bains. Je restai des heures dans la baignoire, à regarder mon sein et à toucher la pierre.

Maintenant que j'étais rentrée et que je m'étais enfin fait une raison, je m'étais presque attendue à ce qu'elle ait disparu. Mais elle était bien là, aussi dure que la première fois où je m'étais aperçue de sa présence. Je savais maintenant que c'était quelque chose de nuisible qu'il fallait extirper de moi, que j'irais à l'hôpital pour qu'ils l'enlèvent.

Qu'avais-je donc cru ? Que la petite Susie ne se marierait jamais ? Elle n'avait que seize ans au moment de l'accident. Il était tout à fait naturel qu'elle veuille oublier le passé, qu'elle songe à l'avenir. Tous les mois, avant de trier mes factures, je contemplais sa photo. Elle est encore là aujourd'hui, dans son sous-verre. Mais j'ai cessé de me ronger les sangs à son sujet. Et puis, je me suis aperçue que Jay Brozek s'est mis à ressembler à Benny en vieillissant. Ils ont quelque chose de commun dans les traits — dans le regard surtout, et dans la forme des lèvres. Susie s'en est sûrement rendu compte elle aussi.

J'étais contente que les choses tournent bien pour toi, même si on ne se voyait jamais. L'année où tu es passée à la télé, nous avons acheté un magnétoscope pour enregistrer le feuilleton dans lequel tu jouais. Je me le suis souvent repassé, dans la journée. Je n'avais d'yeux que pour toi. Tu étais vraiment devenue superbe. J'étais très fière d'avoir une nièce comme toi. Je regrette souvent de ne t'avoir jamais écrit. J'aurais très bien pu le faire, j'avais tout le temps. Ne serait-ce qu'une carte de temps en temps. Mais je vivais encore complètement repliée sur moi-même. Et j'étais loin d'avoir réglé tous mes problèmes.

Je te revois encore débarquer de l'autocar Greyhound, l'année où tu es venue passer les fêtes de Noël avec nous, au moment des congés universitaires. Hal et Jimmy se sont engueulés ce jour-là, pour ne pas changer. Ta grand-mère n'était pas très en forme, elle n'aurait sûrement même pas quitté sa chambre si tu n'avais pas été là. Hal était arrivé tard dans la soirée et s'était aussitôt mis à houspiller Tina. Le pauvre Jimmy avait proposé que nous passions tous ensemble

Noël en Floride, l'année suivante ; Adele n'aurait qu'à nous retrouver là-bas.

Hal avait répondu en ricanant que l'année suivante il serait millionnaire et qu'il aurait un hélicoptère ; mais qu'il ferait peut-être un crochet en Floride pour passer un jour avec nous, avant de filer sur Haïti.

Il était déjà complètement saoul.

Cette Patty supportait tout de sa part, qu'il boive, qu'il la batte, et pendant ce temps elle travaillait ; elle était secrétaire chez l'un des pédiatres de la ville. Maintenant, il paraît qu'elle fait semblant de ne pas le reconnaître et qu'elle ne lui dit même pas bonjour lorsqu'ils se croisent dans la rue.

Ta mère nous appela ce soir-là. Je crois qu'elle n'appréciait pas beaucoup le fait que tu sois venue nous voir, alors qu'elle se retrouvait toute seule pour Noël, en Californie. Elle fit évidemment son numéro habituel à ta grand-mère : « As-tu bien reçu le pull que je t'ai envoyé l'autre jour ? Comment ? Mais c'est impossible !... » Etc. Comme elle nous faisait le coup tous les ans, nous n'y prêtions même plus attention. Ta grand-mère se contenta de lui répondre que le paquet avait sûrement du retard à cause des fêtes, que ce n'était pas grave, et qu'elle le recevrait probablement d'un jour à l'autre. Cela parut calmer un peu ta mère.

Elle voulut alors dire un mot à Hal. Je n'aurais pas dû lui passer l'écouteur, il était déjà ivre mort et il n'avait pas arrêté de nous chercher des histoires depuis qu'il était arrivé. Enfin... Toujours est-il qu'à peine après avoir saisi l'appareil, il se mit à engueuler ta mère, d'une voix tellement avinée que je ne comprenais pas la moitié de ce qu'il disait. Il était vraiment insupportable quand il s'y mettait.

« Cesse de nous casser les oreilles avec tes conneries ! criait-il. Tu n'as jamais envoyé le moindre paquet, tu le sais aussi bien que moi. Tu nous ressors la même histoire tous les ans depuis que tu as foutu le camp, et nous n'avons jamais rien vu arriver. Tu pourrais au moins changer de disque ! D'ailleurs, je n'en ai rien à glander de tes cadeaux ! Mais ce que je ne supporte pas, c'est que tu nous prennes pour des demeurés ! Et tu commences vraiment à me courir sur le haricot, avec tes conneries ! »

Jimmy réussit quand même à lui arracher l'écouteur. Je crois bien qu'ensuite, c'est toi qui lui as parlé, depuis le poste de la chambre à coucher.

Peu après, Hal s'éclipsa en compagnie de Patty. Il était toujours aussi saoul. Je ne l'avais pas vu sans une bouteille à la main depuis son arrivée.

Nous voulions qu'il laisse Tina dormir ici. Elle aurait pu coucher dans la chambre de Ben. J'avais proposé à Hal de la ramener le lendemain.

Mais il ne voulut pas en entendre parler. Il se mit à beugler que Tina était sa fille et qu'elle partirait avec lui, un point c'est tout. Sur quoi, il l'avait empoignée par les cheveux, en la traînant derrière lui. La pauvre gosse était au bord des larmes.

Je pris Patty à part, en lui demandant si elle ne pouvait pas prendre le volant à sa place, ou le convaincre de rester dormir ici, mais elle refusa. Elle me répondit qu'elle était bien d'accord avec moi, mais qu'elle ne voulait pas se risquer à discuter avec lui, parce que ce serait encore le meilleur moyen de le foutre en rogne. Selon elle, dans ces cas-là, il valait mieux filer doux.

Jimmy n'en pouvait plus. Il dit bonsoir à la cantonade et monta se coucher. Pour lui, la coupe était pleine. Nous restâmes toutes les trois — toi, ta grand-mère et moi — sur les marches du perron, à la lueur blafarde du lampadaire, tandis que Patty allait s'asseoir dans la voiture. Son visage était dénué de toute expression. Hal farfouillait avec ses clefs qu'il n'arrivait pas à introduire dans la serrure de sa portière. Il avait une Ford, à l'époque. Je me penchai vers Tina et lui demandai :

« Alors, qu'est-ce que tu préfères ? Rentrer avec ton papa qui ne tient même plus debout, ou aller te coucher dans le bon petit lit que je vais te préparer ? Je te ramènerai chez toi demain matin. »

La fillette évitait mon regard, en se balançant d'une jambe sur l'autre.

« Je ne sais pas », dit-elle.

Tout à coup elle se mit à faire pipi, là, debout, je suppose qu'elle n'avait pas pu se retenir tant elle était terrifiée. Hal me lança un regard mauvais.

« C'est malin, grogna-t-il. Tu ne vois pas que tu la perturbes, à force de vouloir la monter contre moi ? »

Avec un léger décalage, comme cela arrive souvent aux enfants, Tina baissa les yeux et se mit à pleurer.

« Je veux aller avec mon papa », sanglotait-elle.

Hal la prit par le bras et la traîna jusqu'à la voiture. Nous l'entendîmes accélérer dès qu'il eut rejoint la route. Lorsqu'il tourna au carrefour, la lueur de ses phares zigzagua un instant dans les ténèbres. Il roulait beaucoup trop vite. Je ne dormis pratiquement pas de la nuit. A tout instant, je m'attendais à entendre la sonnerie du téléphone. Mais tout se termina bien, finalement. Ils n'eurent pas d'accident. Non, personne d'autre ne mourait, décidément.

Est-ce que tu manges des carottes ? Le docteur m'a dit que lorsqu'on a eu des cas de cancer dans sa famille, on devrait en consommer tous les jours. Il paraît que c'est très efficace, à titre préventif. Moi, c'est ce que je fais et pour l'instant — touchons du bois ! — je n'ai pas eu de rechute. Je passe une radio tous les six mois. D'après le docteur, tout est redevenu normal. Mais ils m'ont fait une large ablation parce que j'avais beaucoup trop tardé à consulter. Si un jour tu as le moindre doute, va vite te faire examiner. Ils te sauveront le sein. Je dois porter un postiche à présent. J'ai même un maillot de bain adapté, avec un bonnet spécial ; je l'emporte lorsque nous allons en Floride. Mais les pierres, et le cœur, c'est au sein des familles qu'ils se trouvent.

Hal a eu pas mal d'ennuis avant de s'en sortir. Il a toujours eu des idées plus ou moins loufoques. Tout gosse, il essayait déjà de vendre des serpents et des lézards aux gamins du quartier ; plus tard, il avait acheté ce poney, sur lequel il espérait promener les enfants des voisins, moyennant finances. En ville, cela aurait peut-être pu marcher. Mais ici — à la campagne, ou presque —, aucun gamin n'aurait jamais déboursé un sou pour une simple balade à cheval.

Après la mort de Benny, il était allé plusieurs fois en vacances dans le Colorado. Il aimait bien ce coin. Il nous a toujours dit depuis qu'il comptait un jour s'installer là-bas. Ma foi, j'espère de tout cœur qu'il parviendra à réaliser son rêve. Il allait surtout à Breckenridge, bien avant que ce ne soit une station à la mode. A l'époque, les gens ne juraient que par Aspen, Vail ou Sugarloaf. Il avait décidé de monter une affaire d'immobilier là-bas, avec quelques copains. Il y avait investi toutes ses économies, en nous empruntant le reste, à ta grand-mère et nous. Le projet paraissait viable, mais ça n'a malheureusement pas très bien tourné. Je ne sais pas comment il s'était débrouillé, mais ses associés s'étaient partagé le terrain, en lui laissant les chasse-neige. Ils tombaient tout le temps en panne, coûtaient des fortunes à réparer, et ils ont fini par rouiller. Au bout de deux ans, il a dû payer quelqu'un pour s'en débarrasser.

Il a mis du temps à s'en relever. Mais il n'a pas baissé les bras. Il est revenu travailler au magasin, en mettant les bouchées doubles, et il est bientôt parvenu à se reconstituer un petit pécule. Il a alors acheté deux bicoques qu'il a entièrement retapées, dans l'espoir de les revendre en en tirant un bon prix. Patty l'a beaucoup aidé, à l'époque. Il avait même embauché Tina pour repeindre les façades. Mais ces bicoques étaient construites juste au bord de la voie ferrée et il n'a jamais pu leur trouver d'acquéreur. Elles lui sont restées sur les bras et il a encore perdu pas mal d'argent dans cette affaire.

Ensuite, il a voulu monter un restaurant chinois, puis une pâtisserie ; il a tenté d'obtenir une franchise pour importer en exclusivité dans le Wisconsin je ne sais plus quel nouveau gadget de chez Sony. Mais rien de tout cela n'a marché. On ne peut pas dire qu'il n'ait pas fait d'efforts, mais il ne doit pas avoir la bosse du commerce.

Heureusement que Jimmy lui a remis le pied à l'étrier. Il pourra toujours reprendre le magasin. Il nous annonce depuis des années qu'il est sur le point de toucher le gros lot et de devenir millionnaire. Mais ses projets se sont toujours cassé la figure.

Peu à peu, la situation est redevenue normale entre Jimmy et moi. Nous avions de nouveau beaucoup de choses en commun. La santé, en premier lieu. Tous les matins, nous prenions nos vitamines, avec notre bol de céréales et nos tartines de pain au levain. Tu es venue nous voir plusieurs fois pendant les vacances universitaires. Cela faisait toujours très plaisir à ta grand-mère. Tu repartais avec des bricoles que tu avais exhumées du sous-sol, des vieux manteaux ou des pulls que nous ne mettions plus depuis des années. Je me demande bien quel charme tu peux trouver à toutes ces vieilleries ! Enfin... J'espérais toujours te voir apparaître un jour à la télévision dans l'un de mes anciens tailleurs... Et ces boucles d'oreilles complètement dingues que tu portais une fois !

Un jour, je t'ai entendue discuter avec Jimmy sous la véranda. Je remontais du sous-sol après avoir fait ma lessive.

« Elle ne veut pas, disait Jimmy. Pas une seule fois depuis la mort de Ben. »

Je m'étais immobilisée en haut des marches. Je ne voulais pas en entendre davantage.

« Ça lui passera, tu verras », avais-tu répondu.

Je t'imaginais, accompagnant ta réponse d'un petit haussement d'épaules.

Le lendemain, nous t'avons mise au train, ta grand-mère et moi. Tu avais un vieux sac à dos et un grand panier rempli de pêches du jardin. Tu nous as dit plus tard que tu étais tombée amoureuse d'un type pendant le voyage, et que vous aviez passé la nuit à manger des pêches en regardant les étoiles.

J'étais encore chauve à cette époque et je portais une perruque. Les brûlures que je m'étais faites lors de l'incendie de la caravane étaient cicatrisées depuis longtemps, mais mes cheveux n'avaient toujours pas repoussé. J'avais à peine un petit duvet sur le sommet du crâne. J'ai remarqué que c'était assez fréquent, chez les femmes qui ont eu un cancer.

Ce soir-là, je m'étais couchée tard. Jimmy était allé jouer au poker avec des copains, comme cela lui arrivait de temps en temps. Il fréquentait encore pas mal de monde, contrairement à moi. Lorsqu'il était rentré, je l'avais entendu se déshabiller, puis suspendre ses vêtements dans l'armoire, à l'autre bout de la chambre.

« Jimmy, murmurai-je, tu n'as pas faim ?

— Tu es réveillée ? »

Il alluma la lumière. Je portais une vieille chemise de nuit, mais je n'avais pas ôté ma perruque.

« Je mangerais bien une glace », dis-je.

Nous descendîmes à la cuisine. Pendant que je servais la glace, Jimmy ouvrit la porte coulissante qui donnait sur le jardin. Tant pis pour les moustiques. La nuit était tiède et il montait des champs une odeur de foin et de luzerne.

« Si nous allions manger cette glace dehors ? » proposa Jimmy.

Nous étendîmes sur l'herbe la couverture que j'avais prise au passage sur le rocking-chair de la véranda. J'avais également sorti du garde-manger un flacon de sirop au chocolat qui datait de l'époque où nous n'étions pas encore au régime. C'était une nuit d'été bruyante. Les sauterelles crissaient, les étoiles semblaient si proches... L'obscurité nous environnait de toutes parts. Ta grand-mère était couchée depuis des heures. Toutes les lumières étaient également éteintes chez les Griling. Bub nous avait d'ailleurs quittés depuis déjà quelque temps.

Je réalisai brusquement qu'il n'y avait plus que des vieux qui habitaient Lime Kiln Road. Nous venions de finir nos deux coupes de glace. Jimmy me demanda si j'en revoulais. Il retourna à la cuisine et rapporta carrément la boîte. Nous piochâmes directement dedans, à la petite cuillère, et nous eûmes bientôt tout raclé.

Je frissonnai légèrement, et Jimmy me frictionna les bras pour me réchauffer. Je songeai tout à coup à l'allure que je devais avoir et me sentis vaguement mal à l'aise. Cette chemise de nuit était vieille comme Hérode ; et je n'avais même pas mon sein postiche, que j'ôtais toujours pour dormir.

Nous nous allongeâmes sur l'herbe, vaguement somnolents. Je ne pensais même pas que Jimmy puisse avoir envie de moi, avec la touche que j'avais. Et nous n'étions quand même plus dans notre première jeunesse. Ce fut pourtant ce qui arriva. Il glissa d'abord une main sous ma chemise de nuit et se mit à me caresser les jambes. Puis il me déshabilla entièrement, m'arrachant ma perruque au passage.

« Jimmy..., dis-je.

— Chut... Tu vas réveiller les voisins. »

Il me semblait que nos voix étaient couvertes par le crissement des sauterelles. Je me souviens que j'évitai obstinément d'embrasser Jimmy. J'avais enfoui mon visage dans le creux de son épaule. Je sentais nos jambes qui s'entrecroisaient et se mélangeaient dans l'herbe humide et fraîche. Nous avons tout fait, sauf que nous ne nous sommes pas embrassés. Ça devait nous paraître un peu idiot, à notre âge...

Nous nous sommes réveillés en pleine nuit, sans doute à cause de la fraîcheur. Sous nos corps, l'herbe était glacée. Mon épaule était tout ankylosée et Jimmy avait mal à la hanche. Nous avons ramassé nos affaires et nous sommes rentrés. Nous n'avons pas retrouvé ma perruque, mais nous n'avions pas très bien cherché. J'avais dit à Jimmy de laisser tomber. Elle n'allait pas s'envoler d'ici le lendemain.

Nous avons dormi dans la chambre de Ben, dans son petit lit. Je n'aurais jamais cru que nous puissions dormir à deux là-dedans. A mon réveil, l'aube pointait derrière la vitre. La pièce était plongée dans une lueur grisâtre. Je suis descendue pour préparer le petit déjeuner, en laissant la porte de la chambre ouverte. Jimmy dormait encore. J'étais en robe de chambre et je pressais une orange à la cuisine lorsque je me suis aperçue que je n'avais pas ma perruque. J'ai jeté un coup d'œil par la fenêtre. La rosée qui avait recouvert la pelouse donnait à l'ensemble du jardin un air de fraîcheur et de renouveau. Dans nos contrées, c'est vraiment en juillet que le paysage est le plus beau. Je le redécouvre chaque année avec émotion, comme si je n'avais pas passé toute ma vie ici. J'ai distingué soudain une vague empreinte au milieu de la pelouse : c'était là que nous avions dormi, et l'herbe couchée avait conservé la forme de nos corps. Mais j'eus beau regarder partout, je n'aperçus pas ma perruque. Et je n'avais pas l'intention de sortir en plein jour, avec mon crâne dégarni, pour me lancer à sa recherche.

Jimmy me parla longuement, ce matin-là. Il me rappela que nous payions toujours le divorce d'Adele, que nous trimions encore au magasin, sans arriver à nous sortir du trou. Il avait envie de se retirer. Il parlait de construire une piscine, un sauna, un solarium — d'avoir une maison en Floride. Il voulait laisser son affaire à Hal, pour que celui-ci puisse au moins payer les études de Tina.

Je sentais les barrières qui cédaient lentement en moi. Jimmy se retourna, me montra le décor qui nous entourait.

« Profitons encore un peu de la vie, Carol. Nous n'avons plus tellement de temps devant nous », dit-il.

Je finis par accepter. Nous avons fait ce procès.

Et c'est à l'endroit où nous avions dormi que Jimmy a construit la piscine.

Je vais au cimetière une fois par semaine pour arroser les fleurs. Je prie. Et je parle à Benny. Tout le temps. Oh, je ne sais pas, je lui dis par exemple : « Je suppose que je te déçois, que ma vie te déçoit. Tu ne dois pas être trop fier de ta mère. »

Jimmy veut être incinéré après sa mort. Il m'a demandé de disperser ses cendres au fond du jardin. Il ne met jamais les pieds au cimetière. Il ne s'arrête même pas lorsqu'il passe devant. Mais il ne croit pas réellement que Benny soit là, présent. Moi, si.

Au total, ta grand-mère a eu sept crises cardiaques. Il lui avait à peine fallu vingt-quatre heures pour récupérer de sa première attaque. Chaque fois, par la suite, cela a pris un peu plus de temps. A la fin, elle avait plus ou moins perdu la boule. Elle me prenait pour Benny.

« Benny... Mais je croyais que tu étais mort... » me disait-elle

Ta mère nous appelait sans arrêt, et elle avait des conversations téléphoniques interminables avec les médecins de l'hôpital. Elle avait soi-disant consulté des dizaines de toubibs à Los Angeles, qui lui avaient recommandé de faire comme ceci, ou comme cela. Bref, ça n'en finissait plus. Du coup, ta grand-mère s'est trouvée recouverte de tubes, de fils, d'électrodes, et on lui a fait passer je ne sais plus combien de tests, ce dont elle se serait aisément passée. Quand je pense que durant toutes ces années Adele n'est pas venue voir sa mère une seule fois — qu'elle ne lui a jamais écrit une ligne... Enfin, tu la connais. Elle m'appelait même à l'hôpital en me reprochant de laisser mourir ma mère. Je t'assure que c'était éprouvant. Mais je n'y pense même plus aujourd'hui, il y a longtemps que je lui ai pardonné.

Lorsque la fin approcha, ta grand-mère ne quitta plus l'hôpital. La dernière nuit, je suis restée à côté d'elle. Je parlais sans arrêt, en lui tenant la main, mais elle n'avait pas l'air content. Elle faisait une drôle de tête, et ne desserrait les dents que pour appeler ta mère. « Adele... Adele... » Ça a duré comme ça jusqu'à la fin.

Et elle remuait sans arrêt. Elle se tournait dans tous les sens et ne tenait pas en place. Je me souvenais de la mort de ton arrière-grand-mère, autrefois, du beau sourire qui avait illuminé son visage dans les derniers instants. Je m'étais plus ou moins attendu à ce que les choses se passent de la même façon pour ta grand-mère. Mais il en alla autrement. Par la suite, j'ai demandé au docteur pourquoi elle avait eu un tel comportement — elle qui était si douce, si gentille... C'était plutôt ton arrière-grand-mère qui avait mauvais caractère. Mais il m'a dit qu'il n'y avait pas de règle dans ces cas-là. Chacun réagit différemment. Qui sait quelle sera notre attitude quand notre tour sera venu...

Ma mère, mon père et Benny reposent tous les trois sous la même dalle de granit.

Quelqu'un d'autre a fini par mourir.

SEPTIÈME PARTIE

ANN

CHAPITRE 15

UNE VOITURE NEUVE

A Noël, je ne faisais jamais rien. Je passais mes vacances dans les cinémas d'art et d'essai, à regarder les grands films noir et argent, ces superbes histoires d'amour qui défilaient sur l'écran, en buvant du café très cher. J'étais amoureuse pourtant, mais j'avais toujours refusé de faire la connaissance des parents de Henry. La famille, j'en avais jusque-là... Je n'avais pas quitté la mienne pour m'en farcir une autre. Nous nous caressions et nos doigts effleuraient, sur le corps de l'autre, les mêmes vêtements, ces jeans, ces vestes en laine, ces étoffes douces et usées que nous portions tous. Nous adorions ces beaux films en noir et blanc : ils comblaient tous nos désirs. Nous restions assis dans l'obscurité — étudiants étrangers, juifs, homosexuels — bruyant public de personnes déplacées, loin de chez elles, et nous hurlions de rire en regardant *Sullivan's travels, The Navigator, Seven chances,* ou nous nous taisions, le souffle coupé, devant *Hiroshima, mon amour.*

Il n'était pas question que je remette les pieds à L.A.

« Tu aurais quand même pu te souvenir de la date de mon anniversaire », s'exclama sèchement ma mère avant de raccrocher.

Finalement, ma mère loua une voiture et nous décidâmes de nous retrouver dans le nord de la Californie. Une sorte de compromis… Elle avait toujours voulu connaître cette région. Assise dans la voiture, droite sur son siège, ma mère regardait ses mains. Je venais de lui dire que Leslie vivait à Berkeley maintenant et que nous pouvions lui proposer de venir avec nous, mais que c'était à elle de décider.

« Je croyais que nous serions juste toutes les deux, dit-elle.

— Comme tu voudras.

— Je préfère que nous restions en tête à tête. »

Nous étions au printemps. Cela faisait cinq ans que nous ne nous étions pas vues. Le simple fait d'avoir ma mère en face de moi était déjà intéressant.

Toute la journée, elle m'avait parlé de son intention de se retirer.

« Mon rêve, me dit-elle, c'est une petite maison que je décorerais à la française. Un mur en brique dans la cuisine. Quelque chose de chaud et d'intime à la fois… »

Au restaurant, elle avait dressé l'oreille. « Attends… N'est-ce pas du Bach ? J'adore Bach. Est-ce que tu connais Des Pres, ma chérie ? Enfin, je veux parler de ses disques, bien sûr. C'est Daniel Swan qui me l'a fait découvrir. Tu sais qu'il est agrégé de musique maintenant. Ah, tu ne t'imagines pas tout ce que j'ai appris, depuis ton départ. (Elle hocha la tête en rythme.) Oui, c'est du Bach. »

Elle n'arrêtait pas de grignoter du pain en parlant.

« J'ai déjà commencé à acheter des meubles. Pour la maison… murmura-t-elle. Tu vois ce tableau noir, là-bas ? J'en ai récemment récupéré deux du même genre. Nettement plus beaux, d'ailleurs. Je les ai entreposés dans la cave des Swan, en attendant. Comme ces coffres en bois dont je t'ai parlé tout à l'heure. Ils iront très bien dans la chambre. J'ai aussi une grande armoire, que j'ai remisée pour l'instant dans le garage de Nan Keller. Et j'aurai une grande cuisine. Et quand tu viendras avec tes enfants, plus tard, ou que tu inviteras tes amies, Leslie ou d'autres, tes amies sont toujours très gentilles, j'écrirai à l'avance le menu sur le tableau noir. Comme ça, vous saurez tout de suite ce qu'il y a à manger.

— Tu cherches dans quel coin, précisément ? »

Elle croisa les bras.

« Ce que je veux, c'est un endroit d'où je puisse voir à la fois les montagnes et l'océan. C'est surtout cela qui m'importe. Je n'ai pas besoin de vivre dans un château, loin de là. Je me contenterais aisément d'une petite maison toute simple, pourvu que je vois la mer. Et les montagnes.

— Parce que les villas doivent être hors de prix à LA, maintenant ? Elles doivent coûter des centaines de milliers de dollars ?

— Tu ne peux pas t'imaginer ! Tu te souviens de cette bicoque que je voulais acheter autrefois à Julie Edison ? Devine combien elle coûte aujourd'hui... Huit cent mille dollars ! Tu sais, nous passions souvent devant, à une époque. Qu'est-ce que je regrette de ne pas l'avoir achetée ! J'étais sûre que les prix allaient monter, dans ce quartier. J'aurais bien dû en croire mon flair...

— Sauf que nous n'avions pas l'argent. »

Elle avait l'air plus raisonnable à présent. Elle décroisa les bras et me lança un regard lugubre.

« Non, tu as raison. Nous n'avions pas l'argent. Mais les choses ont changé. J'en ai, aujourd'hui, et je continue d'économiser. Patiente encore quelque temps. D'ici peu, ta mère sera propriétaire d'une superbe maison, où tu pourras inviter tes amis. En tout cas, je compte bien l'avoir achetée lorsque tu passeras ton diplôme. Et c'est à partir de là que tu en profiteras vraiment. Les jeunes de ta génération ne prennent pas d'engagement sérieux avant un certain âge. C'est du moins ce que j'ai entendu dire à la radio. Vous attendez la trentaine pour vous marier, à présent. Comme mon dentiste...

— J'ignore si j'irai jusqu'au diplôme. En tout cas, je vis avec quelqu'un pour l'instant.

— Ah, ce Henry... dit-elle en haussant les épaules. Franchement, je me demande si tu as bien fait de t'emballer aussi vite. Tu aurais au moins pu attendre que j'aie une maison décente pour l'accueillir.

— Tu sais, je ne vais peut-être pas passer toute mon existence avec lui.

— Mais si tu vis ouvertement avec lui, que vont penser les autres garçons, à Providence, ceux qui sont vraiment bien ?

— Personne n'est vraiment au courant.

— Détrompe-toi, Ann. Tu te fais beaucoup trop d'illusions. On te méprisera. Méfie-toi... Comment veux-tu qu'un homme te respecte si tu couches comme ça avec lui, sans contrepartie ? Je me souviens, autrefois, quand j'étais étudiante et que je revenais à la maison pour les vacances, je me disais toujours : si j'avais proposé à un garçon de venir avec moi, qu'est-ce que j'aurais bien eu à lui montrer — à part Lime Kiln Road ? Et les Griling... »

Le serveur s'approcha et nous commandâmes les desserts.

« Au fond, je ne sais pas, reprit-elle. Après tout, rien ne me retient à LA. Et j'en ai jusque-là de passer mon temps au volant. Je pourrais peut-être me retirer dans ta région. J'ai entendu dire beaucoup de bien de Cape Cod, et de... comment s'appelle ce coin, déjà ? Vineyard ? Il paraît qu'il y a là-bas les plus belles plages du monde. Mais il faudrait que tu aies l'intention de t'y établir pour de bon.

— Je n'ai pas la moindre idée de ce que je vais faire. Je bosserai sans doute quelque temps, avant de voyager un peu. On trouve facilement des boulots de serveuse, dans les relais de routiers...

— Avec tes diplômes... (Ma mère se mit à rire.) Je t'imagine mal en serveuse de bistrot !

— Tout peut arriver.

— Tu en reviendras... Tu sais, j'ai travaillé dans une usine qui fabriquait des fromages quand j'étais étudiante, et je peux t'assurer que ça n'avait rien de bien folichon. A propos, j'ai reçu des nouvelles de Lolly... »

Elle sortit de son sac une feuille de papier à lettres rose et la déplia. Au bout de toutes ces années, Lolly écrivait encore à ma mère. Pourtant, elle n'avait plus remis les pieds à Bay City et j'étais absolument certaine qu'elle ne lui avait jamais répondu. A force de prétendre que ses paquets s'égaraient sans arrêt, ma mère avait réellement perdu confiance dans les Postes américaines. Elle était persuadée qu'aucun employé ne venait jamais relever les boîtes aux lettres. Elle prétendait même en avoir un jour ouvert une et qu'elle était tapissée de toiles d'araignée. Lorsqu'elle était vraiment obligée d'expédier quelque chose, elle se rendait dans un bureau de poste et faisait partir son courrier en urgent, ce qui lui coûtait neuf dollars à chaque fois. Mais le fait de payer plus cher avait toujours eu tendance à la rassurer.

J'avais souvent entendu ma grand-mère se plaindre de ne jamais recevoir de ses nouvelles. « Même lorsqu'elle me réclame de l'argent et que je lui en envoie, elle ne m'écrit pas un mot de remerciement... » Ce n'était pas exactement de l'oubli, ni de la paresse. J'avais souvent vu ma mère s'asseoir devant une table et se mettre à rédiger une lettre sur du papier fantaisie, ou une carte postale, mais elle se relisait, faisait des ratures et finissait par abandonner. Elle se disait qu'un jour, lorsqu'elle se serait remariée et qu'elle serait enfin riche, elle inviterait sa mère pour se faire pardonner. Elle lui enverrait le billet d'avion, lui ferait visiter toute la région et la couvrirait de cadeaux. Voilà comment elle raisonnait.

Ma mère me tendit la lettre de Lolly. Une coupure de journal l'accompagnait : elle provenait de la *Presse Gazette* de Bay City et montrait Lolly, debout devant un grand panneau de statistiques, désignant du doigt la courbe qui venait d'atteindre le chiffre d'un million de dollars. Lolly s'était lancée dans l'immobilier. Elle avait suivi des cours et obtenu sa licence peu après notre départ.

« J'aime mieux te dire qu'elle a dû s'en voir... Les gens ne roulent pas sur l'or, à Bay City. Dieu sait combien de bicoques il lui a fallu vendre pour atteindre un chiffre d'affaires pareil... (Ma mère reparcourut rapidement la lettre.) Elle a toujours cette liaison tumultueuse — ce sont ces propres termes — avec un ancien curé. Elle a attendu l'âge de quarante-cinq ans pour perdre sa virginité. Tu te rends compte ? ajouta-t-elle en plissant le nez.

— Tu crois qu'elle finira par se marier ?

— Non, je ne pense pas. Enfin, c'est toujours possible, mais ça m'étonnerait beaucoup. Mais apparemment, elle ne s'ennuie pas. Elle a des amants à la pelle.

— J'espère qu'ils ne sont pas tous dans les ordres. »

Ma mère se mit à rire.

« Je suis heureuse de voir que tu n'as tout de même pas perdu le sens de l'humour, dit-elle.

— Tu aurais peut-être pu t'acheter une maison, si nous étions restées à Bay City, dis-je.

— Oh, sans l'ombre d'un doute ! J'aurais déjà un palais, à l'heure actuelle. Mais je ne retournerai jamais là-bas. C'est un trou, tu sais. Et culturellement, n'en parlons pas : c'est le vide intégral. Le néant absolu. »

Elle sortit de son sac un petit flacon et cassa en deux un morceau d'algue : un pour elle, un pour moi.

« A mon âge, dit-elle, on a besoin de vitamine E. »

Au moment où nous allions sortir du restaurant, ma mère aperçut une girouette suspendue au mur, juste à l'entrée ; elle lui tapa aussitôt dans l'œil. Je lui dis qu'il s'agissait sûrement d'une décoration, mais elle revint néanmoins sur ses pas et alla trouver le propriétaire qui accepta de lui vendre l'objet. Elle lui rédigea un chèque. Nous transportâmes ensemble la girouette et l'installâmes dans le coffre de la voiture.

« Ce sera du plus bel effet, dans la buanderie », dit ma mère.

Elle avait un conseiller financier, à présent. Son chéquier relié en cuir noir était à peine moins épais qu'un dictionnaire.

Nous freinâmes brusquement devant une église. C'était ma mère qui était au volant.

« J'ignorais que tu t'étais convertie », dis-je.

Elle me répondit qu'elle voulait faire brûler un cierge pour ma grand-mère.

« Je vais à la messe tous les dimanches, maintenant, dans cette petite église rose de Beverly Hills. Tu sais, sur Little Santa Monica... »

Nous pénétrâmes dans la chapelle déserte. Il n'y avait qu'un petit autel en bois et quelques rangées de bancs vides. Mais tous les cierges étaient déjà allumés et se consumaient lentement sur leurs chandeliers de verre.

« Je vais en éteindre un, et tu le rallumeras », dis-je à ma mère. Mais elle refusa en secouant la tête.

« Contentons-nous de faire une prière », dit-elle.

Elle sortit ensuite son énorme chéquier et me demanda de me retourner. Elle s'appuya sur mon dos pour rédiger son chèque, qu'elle glissa ensuite dans le tronc.

Je n'eus même pas le temps de lui poser de question.

« Eh bien oui, dit-elle, les bonnes œuvres. Tu comprends, ces dons sont déductibles des impôts, ça rend tout de même bien service. Et ça n'empêchera pas le curé d'être ravi lorsqu'il trouvera mon chèque. »

Elle passa son bras sous le mien.

« Tu ne devineras jamais qui j'ai rencontré à l'église, le mois dernier... Tony Camden ! J'avais aperçu cette superbe tête, en entrant, mais il était de dos. Alors je me suis dit : Adele, voilà une nuque extraordinaire. Je me suis avancée, en faisant mes génuflexions — j'étais légèrement en retard, la messe avait déjà commencé —, et après m'être faufilée à côté de lui, je lui ai jeté un coup d'œil et je l'ai parfaitement reconnu. Il a fait très attention à ne pas froisser le pli de son pantalon avant de s'agenouiller. J'aimerais bien que nous ayons l'occasion de faire un peu mieux connaissance.

— Maman... Il est marié.

— Il a dû divorcer depuis. En tout cas, je n'ai pas aperçu sa femme. Lorsque nous nous sommes relevés, je lui ai adressé un petit sourire — discrètement, bien sûr ; il l'a remarqué et m'a souri en retour. A la sortie de la messe, il faisait très beau au-dehors, le ciel était parfaitement dégagé, on distinguait très bien les montagnes. Nous sommes restés un instant côte à côte sur les marches de l'église ; puis il m'a dit au revoir et je lui ai rendu son salut, en le regardant droit dans les yeux. J'aime mieux te dire que je ne loupe plus une messe. »

Nous nous déshabillâmes dans l'obscurité, sur le sol en ciment. La pièce n'avait pas de fenêtre. Une employée qui portait des plumes en guise de boucles d'oreilles nous tendit deux grosses serviettes, épaisses et rêches, qui sentaient le chlore. Elle nous conduisit ensuite devant une porte où une pancarte proclamait : « Dr Hickdimon. Bains de boue. » Ma mère avait élégamment drapé une serviette autour de sa poitrine. Elle était douée pour plein de petits détails de la vie quotidienne qui, hélas, ne servent pas à grand-chose en ce monde. Tout en discutant avec moi, d'un seul geste, elle rassembla ses cheveux en un chignon parfait.

« Tu verras, ça nous fera du bien », dit-elle.

L'employée nous introduisit dans une pièce au centre de laquelle trônaient deux longues baignoires remplies jusqu'à ras bord d'une boue épaisse. Elle était plus noire que nature, on y voyait apparaître des bouts de bois et des brindilles. Des bulles crevaient à la surface, où flottait une planche en bois.

Il nous fallut un certain temps pour nous immerger. Ma mère s'y glissa la première. Lorsqu'elle s'assit en équilibre sur la planche, je m'aperçus que son ventre commençait à s'affaisser. Ça m'avait fait un choc de la revoir entièrement nue. Son corps me parut à la fois plus maigre et plus flasque, plus fatigué qu'autrefois. Je remarquai qu'une trace noire, mince comme un cheveu, barrait l'une de ses dents. On aurait dit de la porcelaine fêlée.

« Hééééé... », fit-elle en pénétrant dans la boue. La sueur brillait sur son front, comme de la rosée sur une toile d'araignée. Elle ferma les yeux.

« C'est bon ? demanda l'employée.

— Mmmmhmm... », murmura ma mère.

C'était mon tour à présent. L'employée s'agenouilla sur le carrelage et se mit à pousser la planche, comme une balançoire. Mes jambes s'enfoncèrent lentement dans la boue. J'en fus bientôt entièrement recouverte. Je m'étais plus ou moins attendue à couler au fond de la baignoire, mais la boue était beaucoup trop lourde. J'aurais même eu de la peine à soulever une jambe ou un bras pour les retirer du liquide qui me collait à la peau et m'aspirait avec un bruit de succion. Je flottais mollement dans cette gadoue tiède ; la couche de boue dont j'étais recouverte était à peu près aussi pesante que si quelqu'un s'était allongé sur moi.

« Tout de même, Ann, quand on y pense... Nous avons fait un sacré chemin, toutes les deux », dit ma mère en se tournant vers moi. Son menton émergeait à peine du liquide et son cou était noir de boue. Elle referma les yeux et sourit.

Je me souvins brusquement d'un jour où ma mère avait parlé de sa mort. Elle ne désirait pas être enterrée avec le reste de sa famille, au cimetière qui domine Prebble Park. Elle voulait se faire embaumer, et être ensuite exposée dans une cage de verre au beau milieu de la maison de ses petits-enfants. Elle exigeait également que l'on change ses vêtements, accessoires compris, tous les trimestres, en fonction des saisons.

J'étais avec elle quand elle s'était mis dans la tête de trouver un épouvantail. Nous avions roulé des heures durant à travers la campagne, jusqu'à ce qu'elle en aperçoive enfin un qui lui convienne, au fin fond d'un champ de maïs. On ne pouvait pas le voir sans plisser les paupières. Le vent s'engouffrait sous ses haillons et semblait lui redonner vie. On distinguait au loin la ferme minuscule du paysan auquel appartenait le terrain.

Elle avait été le trouver et l'avait finalement convaincu de lui vendre cet épouvantail. Les lambeaux rapiécés de tissus qui formaient son costume étaient élimés jusqu'à la corde.

« Regarde-moi ce pantalon, disait ma mère. Il est entièrement fait à la main. C'est une véritable œuvre d'art. »

C'était cet épouvantail qui lui avait donné l'idée de se faire embaumer. A l'époque où nous habitions encore dans le Wisconsin, ça avait fini par devenir un gag entre nous ; nous en parlions chaque fois que nous nous rendions au cimetière, où les emplacements de nos tombes étaient déjà réservés. Elle ne retournerait plus jamais là-bas, maintenant. Elle ne pensait probablement plus à cette histoire d'embaumement ; elle souhaitait sûrement se faire incinérer, afin que ses cendres soient dispersées quelque part en Californie, au bord de la mer et au pied des montagnes. Elle ne plaisantait plus avec ce genre de choses, aujourd'hui.

Non sans peine, je dégageai mon bras et tendis la main pour

saisir la sienne. Mais avec cette couche de boue, je ne sentais plus rien. On aurait dit un objet dur, contre lequel on se serait cogné les doigts en creusant la terre.

Je suis retournée des dizaines de fois dans le Wisconsin à l'époque où j'étais étudiante. Je me souviendrai toute ma vie de ces autocars de la compagnie Greyhound qui roulaient comme des limaces. Il y avait toujours au fond du car une jeune femme aux cheveux retenus dans un foulard, qui giflait machinalement son bébé en lui disant : « La ferme », d'une voix purement résignée, et le bébé se cambrait, le visage écarlate, en hurlant de plus belle pendant tout le trajet jusqu'à Bay City où je sautais, légère, sur le trottoir poudré de neige, derrière la boutique de Dean, le marchand de glaces.

Je me souviens de la ville en hiver, de ma grand-mère qui montait tous les jours se coucher à neuf heures. Je prenais sa vieille Oldsmobile et j'allais me balader le long de la Fox River, du côté des vieux quartiers et des bâtiments décrépis du YMCA [1]. Il m'arrivait parfois d'y entrer et d'aller commander un chili et une tarte au bar. Assise sur un tabouret, je regardais par la fenêtre en fumant une cigarette. J'aimais tant tout cela : la lueur jaune des réverbères, les térils de soufre et de charbon et les cheminées d'usines alignés le long de la rivière. La gamine qui revient chez elle... Tout ici me semblait étrange et familier à la fois.

Le soir, j'allais dans les bars. Les tables de billard. Les garçons timides en treillis, rentrés sains et saufs du Viêt-nam — quelques-uns en tout cas. Je leur faisais un peu peur. Ils savaient que j'avais quitté Bay City, que j'étais même à l'université maintenant.

Moi, j'en avais connu certains tout gamins et je me sentais à l'aise avec eux, dans ces vieux bistrots enfumés aux murs couverts de moisissure et de crasse.

« Oh, ici, je me néglige, dis-je un soir à l'un d'eux. Si tu me voyais à la fac...

1. Chaîne d'auberges de jeunesse catholiques. (*N.d.T.*)

— Hé bé, dit-il, qu'est-ce que ça doit être ! Parce que déjà comme ça, je te trouve pas mal du tout. »

Je faillis me faire arrêter pour avoir piqué un petit pot de crème au chocolat chez Dean. Le patron d'un autre endroit m'obligea à le sortir de mon sac, en me tordant le bras pour m'empêcher de me dégager. Puis il fallut que je sorte du magasin, par le couloir où étaient entreposés des verres tièdes et des gâteaux étincelants, hors de prix.

Je prenais toujours l'Oldsmobile. Autrefois, même lorsque je passais mon permis, ma mère n'avait jamais voulu que je me serve de la Lincoln. Elle avait peur que j'aie un accident. Si j'avais bousillé sa voiture, comment aurait-elle fait pour aller travailler ? Je m'étais entraînée avec la vieille Triumph de Daniel Swan et la Mercedes de Peter Keller.

Mais ma grand-mère m'accompagnait au garage, après avoir enfilé ses bottes en plastique et s'être noué un foulard autour de la tête, et elle s'asseyait à l'avant, sur le siège du passager, en croisant les mains sur ses genoux. Elle et la voiture avaient la même odeur. Les vieilles boîtes de conserve dont elle se servait pour aller arroser les fleurs au cimetière bringuebalaient sur le siège arrière.

C'était une voiture agréable à conduire. Elle tenait bien la route.

A mon dernier passage à Bay City, Carol était venue m'attendre à l'aéroport. Elle portait une veste et un pantalon assortis, couleur jaune citron. Nous rejoignîmes le parking, où elle avait garé son nouveau break.

« Jimmy est en pleins travaux », me dit-elle lorsque nous nous engageâmes dans l'allée de gravier. A peine sortie de la voiture, ma valise à la main, j'aperçus Jimmy sur le toit. Il avait de grosses bottes d'égoutier et trimbalait d'énormes rouleaux de câbles.

Il s'était définitivement retiré des affaires pour se consacrer au réaménagement de leur propriété.

Le décor avait complètement changé et n'avait plus rien à voir avec ce qu'il était autrefois. Il y avait maintenant une piscine olympique au fond du jardin, des parterres de pétunias bordés de petits galets blancs, une cabane en bois de séquoia qui abritait un sauna... On se serait cru en Californie.

Jimmy était en train d'installer le système de chauffage à l'énergie solaire qui permettrait de maintenir l'eau de la piscine à la même température toute l'année. Il descendit du toit pour me souhaiter la bienvenue. Il m'expliqua qu'il avait construit tout cela lui-même, en prenant son temps.

Carol continuait pour sa part à travailler au magasin. Elle s'occupait surtout de comptabilité, mais elle diffusait également la marque de produits vitaminés que Jimmy et elle consommaient tous les matins. Ils prenaient leur petit déjeuner sur la terrasse, en contemplant leur nouveau jardin.

Hal était méconnaissable tant il avait maigri. Il était revenu s'installer chez ses parents. Il logeait dans la chambre qu'il partageait autrefois avec Benny, lorsqu'il était petit. Pendant mon séjour, je dormis dans cette pièce moi aussi. Hal se levait bien avant moi le matin. Je l'entendais vaguement fouiller dans l'armoire pour chercher ses affaires. Il était d'une propreté et d'une méticulosité exemplaires à présent. C'était lui qui avait repris le magasin de son père. Il quittait la maison vers sept heures, tous les matins. Sur sa table de nuit trônait un gros volume recouvert d'une jaquette en plastique rose ; on aurait dit une boîte de bonbons. Mais lorsque je l'ouvris, je constatai qu'il s'agissait d'un livre de prières, intitulé *Notre pain quotidien.* Un petit signet rose marquait la page qui correspondait à la prière du jour.

J'appris à Carol que les seins de ma mère étaient toujours intacts, la dernière fois que je l'avais vue.

« Ça ne m'étonne pas, dit-elle. Je m'en doutais. Tu sais, le plus drôle c'est que nous sommes de nouveau en bons termes, elle et moi. »

Je n'aurais su dire pourquoi, mais cette nouvelle me fit de la peine.

Ma tante m'emmena partout. Nous visitâmes les musées, les boutiques d'antiquaires, les foires à la brocante, les entrepôts de l'Armée du Salut le long de la rivière… J'adorais chiner.

Le vendredi soir, nous sortîmes pour aller manger de la friture. On nous servit des poissons congelés qui venaient du Canada : la Fox River et la baie elle-même étaient trop polluées pour qu'on puisse encore y pêcher. Carol me raconta que le Centre de protection de la nature avait récemment tourné un reportage qui était passé aux actualités régionales. On y voyait des canards dont le bec était complètement tordu : l'espèce était en train de muter, à force de vivre dans ces eaux polluées.

« Et je ne te parle même pas de l'East River, qui pue d'une façon incroyable, ajouta Carol. On prétend qu'il faudra plus de dix ans pour la nettoyer. »

Dans le terrain d'à côté, la maison de ma grand-mère avait été mise en location.

« C'est un jeune couple qui s'y est installé, me dit Carol. Ils travaillent tous les deux. Le mari est chef du personnel chez Shopko. »

Je passais des heures tous les jours à contempler cette maison aux murs sombres et aux fenêtres étroites. L'herbe avait poussé et montait le long des parois. Carol me dit qu'ils engageaient parfois Mary Griling pour tondre la pelouse.

Cela me rappela que j'avais envoyé un jour à ma grand-mère un gros carnet relié en toile beige, dont je pensais qu'elle pourrait se servir pour tenir son journal. En aidant Carol à faire le ménage, je le découvris au fond d'un tiroir, encore enveloppé dans son emballage. Je le feuilletai et m'aperçus que toutes les pages étaient restées blanches.

Je ne supportais plus la nourriture de Bay City. Au bout de deux jours, j'étais complètement écœurée. Aucun produit n'avait l'air frais, ici. Les laitues étaient flétries, les fruits tout ratatinés. Jimmy nous avait emmenés manger un soir au nouvel Holiday Inn de la ville. C'était un buffet : le vin était sucré, la nourriture trop abondante, on se battait pour les crevettes, et le reste était carbonisé. Je détestais ça, et je me détestais de le détester.

Je racontai ça à Lolly, le lendemain, tandis qu'elle me faisait visiter son nouveau bureau. Elle travaillait avec Dan Sklar, maintenant. Nous avions traversé le jardin japonais, dont la mousse nous arrivait aux chevilles. Je lui dis que j'avais vraiment trouvé la nourriture dégueulasse à l'Holiday Inn.

« Celui qui est à la sortie de la ville ? Ah bon. C'est drôle... Moi, c'est mon restaurant préféré. Ils ont d'ailleurs engagé un nouveau chef, récemment. (Elle eut le même petit rire nerveux qu'autrefois.) Eh bien, si tu n'aimes pas leur cuisine, c'est que tu ne pourras vraiment plus revenir vivre à Bay City. C'est quand même — de très loin — le meilleur restaurant de la ville ! »

Lolly avait un peu de diabète et elle devait manger des protéines toutes les quatre ou cinq heures. A peine arrivée dans son bureau, elle sortit de son sac un petit paquet enveloppé dans du papier d'aluminium. Elle le déplia. Il contenait du cœur de volaille froid, coupé en tranches fines.

Un jour, depuis Providence, j'avais appelé les renseignements pour connaître le numéro de téléphone de Ted Diamond. Il habitait toujours Bay City. Je découvris qu'il s'était remarié et qu'il avait cinq enfants, tous des garçons. Sa femme avait l'air gentille au téléphone. Lorsqu'elle me l'eut passé, il me dit qu'il allait bien, mais qu'il était un peu crevé. « C'est ta mère qui m'a épuisé », ajouta-t-il avec un rire forcé.

Plus tard, Carol me raconta que peu après avoir fini de construire leur piscine, Jimmy et elle avaient croisé par hasard dans la rue Ted et sa nouvelle femme. Une semaine plus tard — c'était en été —, la femme de Ted les avait appelés pour leur demander si elle pouvait amener les enfants se baigner. Elle ne les connaissait pourtant absolument pas. Elle savait juste que Ted avait épousé ma mère autrefois. Carol lui avait répondu qu'elle était navrée, mais que c'était impossible, parce qu'elle devait se rendre à son club de bridge et qu'elle ne pouvait pas les laisser se baigner en son absence, à cause de l'assurance. La femme de Ted l'avait encore rappelée quatre ou cinq fois par la suite.

Un jour, je trouvai dans ma boîte aux lettres une carte de Noël, accompagnée d'une photo représentant Ted aux côtés de sa nouvelle femme et de leurs cinq enfants. Les gamins étaient tous vêtus du même blazer rouge à boutons dorés et posaient devant une grande cheminée où étaient suspendus cinq petits chaussons rouges. Une simple phrase était écrite au dos de la photo : « Ted t'embrasse et t'écrira plus longuement pour le Nouvel An. »

Le problème, c'était que je savais maintenant où joindre Ted. Et comme souvent dans ces cas-là, depuis que je connaissais son numéro de téléphone, je n'avais plus très envie de l'appeler.

Ils me taquinaient tous, parce que je m'obstinais à porter leurs vieux vêtements démodés et ces boucles d'oreilles des années trente ou quarante. Ils trouvaient cela du plus haut comique.

« Je ne leur raconte pas des salades, dit Hal. Je réponds franchement à toutes leurs questions, en essayant de leur expliquer ce que la vie m'a enseigné. »

Hal donnait régulièrement des conférences dans les lycées catholiques de la région, devant les élèves de première et de terminale. Il leur parlait de l'existence dissolue qu'il avait menée autrefois et de tous les ennuis qui en avaient résulté, du temps où Merry et lui se camaient quotidiennement, dans leur caravane parquée sur la réserve des Oneidas, non loin de l'aéroport.

Je lui demandai si le problème de la drogue se posait toujours de manière aussi aiguë dans les lycées, ou si les choses avaient changé depuis la fin de la guerre du Viêt-nam.

Il me dit que la situation avait presque empiré.

« Tina, appela-t-il, viens donc raconter à ta cousine les histoires qu'il y a eu dans ton lycée à la suite de ce trafic de marijuana... »

Il releva les yeux vers le petit balcon qui prolongeait à présent la salle de bains. Jimmy avait parlé pendant des années de le faire installer.

« Une seconde, papa, lança Tina. Je n'ai pas fini de me maquiller.

— Elle n'ignore rien de mon passé, me dit Hal. Je lui ai tout raconté, et elle m'a pardonné. »

Hal m'expliqua qu'il ne prenait jamais de notes à l'avance pour ses conférences. Il improvisait. Avant de prendre la parole, il avait besoin de calme et de silence. Il allait s'isoler dans les vestiaires ; au milieu des piles de cartons remplis de crayons, des ceintures de sécurité entremêlées dans une caisse, devant le bras vert pâle et luisant du massicot, il se recueillait en attendant de voir quels souvenirs allaient jaillir du fond de sa mémoire pour lui permettre d'évoquer l'époque où, camé jusqu'aux yeux, il émergeait titubant et hagard de sa caravane en regardant le jour blafard se lever sur le terrain vague.

Tina apparut soudain au sommet de l'escalier, dont elle dévala rapidement les marches. Carol la suivit presque aussitôt.

« Regarde-moi ça, dit-elle. A peine treize ans et ça s'enferme déjà pendant des heures à la salle de bains ! Lorsqu'elle m'a annoncé qu'elle avait désormais décidé de se maquiller, je lui ai demandé de bien vouloir s'en abstenir en ma présence. Mais j'ai constaté par la suite qu'elle se contentait d'un maquillage très discret, et que ça lui allait vraiment très bien. Je n'en suis pas revenue : même à son âge, ça fait une sacrée différence. Je la trouve beaucoup plus mignonne ainsi. »

Tina s'écroula sur le canapé et saisit la télécommande.

« Cette année, poursuivit Hal, je dois faire une tournée à travers l'Ohio, l'Illinois, le Michigan, le Nebraska et le Minnesota. On parle même de me faire enregistrer un disque. »

Jimmy et Carol me montrèrent les plans de la maison qu'ils avaient fait construire à Hanger's Cove, en Floride. Ils avaient également une brochure en quadrichromie où figuraient les différents modèles de maisons. Mais la leur — le modèle B — n'était pas exactement comme sur la photo. Jimmy avait déjà fait un certain nombre de travaux ; il avait rajouté un patio et une deuxième véranda.

« Nous avons dû aller en justice et leur faire un procès, dit Carol en passant devant la maison des Griling. La municipalité voulait installer une décharge ici, au beau milieu de Lime Kiln Road, juste en face de Guns Field. Tu te rends compte ! »

Bub Griling était mort à présent, son jardin disparaissait sous les décombres, les immondices et la végétation qui proliféraient dans la plus complète anarchie.

Carol me parla aussi des Indiens et des Vietnamiens. Une partie de leur ancien magasin d'adoucisseurs d'eau, sur Three Corners, était restée inoccupée et ils venaient de la mettre en vente. Le soir, j'accompagnai Carol en voiture pour aller faire visiter les lieux aux éventuels acquéreurs qui avaient répondu à l'annonce récemment passée dans la *Press Gazette*.

La pièce au plafond bas était entièrement vide. La moquette avait été arrachée et l'on marchait à même le ciment, ce qui n'était pas le cas dans l'autre partie du magasin, où Carol travaillait encore. Nous faisions les cent pas, elle et moi, en attendant une femme qui voulait louer l'endroit pour y donner des cours de danse. Le loyer était de soixante-cinq dollars par mois.

« L'autre jour, me dit Carol, j'ai eu la visite d'un de ces petits Vietnamiens. Il voulait monter une épicerie. Parfaitement ! Et tu ne sais pas le plus fort ? Il avait l'intention de rédiger son enseigne *en vietnamien !* Tu te rends compte ! »

Je ne parvins pas, en une semaine de séjour, à convaincre Carol et Jimmy que les Vietnamiens qu'ils croisaient dans les rues de Bay City n'avaient strictement rien à voir avec ceux que nous avions combattus autrefois.

Carol secouait la tête en regardant ses pieds.

« Quand je pense à tous les gosses qui sont allés mourir là-bas... Et maintenant il en débarque tous les jours davantage et le gouvernement leur verse même des pensions. Oh, nous avons de tout par ici. Même des Hmongs.

« Ne parlons pas des Indiens... Tu sais qu'ils veulent construire un hôtel à présent, le long de l'autoroute, juste derrière l'aéroport. Ces fichus Oneidas... Ils ont eu le culot de prétendre que la terre leur appartenait, et la municipalité a fini par céder. Oui... Et maintenant, ils veulent y construire un hôtel. Ils ont déjà une salle de jeu qui ouvre tous les samedis soir. »

Au cours de mes balades nocturnes à travers la ville, j'ai revu les vieux immeubles construits au début du siècle, le long de la rivière. Ils ressemblent beaucoup à ceux de la Nouvelle Angleterre, avec leurs façades en pierre et leurs grandes fenêtres où brille la lueur blafarde des ampoules. Je me suis demandé si je ne devrais pas revenir vivre ici, louer un de ces appartements. Ils sont tellement bon marché... J'imagine déjà une vaste entrée carrelée, une cuisine où trône un vieux poêle à charbon, une alcôve, de grands placards, peut-être même une baignoire en zinc à pattes de griffon... Mais je sais parfaitement que je ne supporterais plus de vivre à Bay City. La tentation revient périodiquement, mais elle se dissipe bien vite.

Jimmy se levait tous les jours à huit heures, comme au temps où il travaillait. Il prenait son petit déjeuner et se mettait à l'ouvrage aux environs de neuf heures. Il prenait toujours une heure pour déjeuner ; la seule différence avec jadis, c'est qu'il devait à présent faire ses cinq kilomètres de jogging quotidien, sur ordre des médecins. Il avait un vélo d'appartement dans le garage, pour les jours de trop mauvais temps. A côté, il avait installé une machine d'aspect plutôt barbare, faite d'un enchevêtrement de tiges et de barres métalliques. Carol s'en servait pour se suspendre tête en bas. Il paraît que c'était très bon pour son dos.

J'étais assise sous la véranda, en compagnie de Mary Griling. Elle mesurait plus d'un mètre quatre-vingts à présent. Elle me racontait ce qu'il était advenu de tous nos anciens voisins.

Mary était restée vivre ici pour s'occuper de son père ; elle avait pris soin de lui jusqu'à sa mort. Elle habitait toujours leur ancienne maison, avec son frère et l'aînée de ses sœurs. Elle travaillait en ville, chez un marchand de micro-ordinateurs.

Elle avait l'intention d'aller s'installer en Floride.

« Plus rien ne me retient ici, maintenant que mon père est mort.

— Mais il y a encore Rosie, et le reste de ta famille. Tu ne t'entends pas avec eux ?

— Couci-couça... Ça dépend des jours. Mais j'étais beaucoup plus attachée à mon père. »

Après notre départ, elle avait eu la polio. Elle boitait un peu depuis lors, et un tic lui crispait la lèvre, du côté gauche. Elle était toujours aussi propre et bien habillée. C'était Theresa qui était partie, finalement.

« Tu seras des nôtres ce soir, Mary ? demanda Jimmy qui passait sur la véranda en transportant des brochettes de poulet pour le barbecue ; Hal avait organisé une petite soirée en mon honneur.

— Non, dit-elle, j'ai du travail. Mais Terry viendra, avec le bébé.

— Theresa est de passage ces jours-ci, m'expliqua Carol. Tu sais qu'elle vit au Japon. Figure-toi qu'elle a épousé un type qui parle le russe ! Et beau, avec ça. Alors, de temps en temps, il prend un avion pour aller écouter ce que racontent les gens de là-bas. »

Carol s'immobilisa sur le perron. « Handy ! Handy ! » appela-t-elle. Elle attendit, les mains sur les hanches, que le chien revienne du jardin. Lorsqu'il arriva et s'arrêta à ses pieds, elle se pencha pour le caresser.

« Tu te souviens de Ralph Brozek, le frère de Jay ? Il a vécu quelque temps chez moi, à une époque. Il était tout le temps sous pression et n'arrêtait pas de parler du passé. Une fois, il était allé se coucher dans la baignoire : plus moyen de l'en déloger. Il se croyait à bord du patrouilleur où la plupart de ses compagnons avaient trouvé la mort. Leur bateau avait été bombardé, il était l'un des rares survivants. J'essayais de le raisonner. Je lui expliquais que mon frère était mort, lui aussi, qu'il avait rejoint ses copains là-haut, quelque part dans le ciel. Rien à faire... Mais tous les types que je connais et qui sont revenus du Viêt-nam sont plus ou moins dans le même cas. Aucun n'en est sorti intact.

« Mon père et ma mère croient que j'ai été réformé à cause de ma jambe. Mais les choses ne se sont pas exactement passées ainsi. Ces quelques semaines d'instruction m'avaient rendu à moitié zinzin. Les toubibs voulaient à tout prix m'opérer. Je m'y étais absolument opposé, mais ils revenaient sans cesse à la charge. Ce calvaire a duré, je ne sais plus, sept ou huit semaines. Puis je me suis mis à délirer, ils ne comprenaient plus rien à ce que je leur racontais. Ils m'ont alors collé en psychiatrie. Je les ai sacrément menés en bateau, ces enculés de toubibs. Je leur ai juré que je me suiciderais, qu'ils retrouveraient mon cadavre pendu au coin d'un hangar s'ils ne me laissaient pas sortir. Je tremblais tellement que je ne parvenais même plus à me contrôler. C'est à la suite de ça qu'ils m'ont finalement relâché et renvoyé dans mes foyers. »

Nous étions assis au bord de la terrasse.

« Qu'est-ce qui t'a poussé vers la religion ? lui demandai-je.

— Le monde tel qu'il était ne me satisfaisait pas. J'attendais autre chose de la vie. »

J'étais assise dans la cuve du bain bouillonnant, à côté de Theresa. Nous étions adossées aux parois, entourées de vapeur, et l'eau nous arrivait à la poitrine. Theresa était très grande maintenant, c'était une véritable femme ; elle n'avait plus grand-chose en commun avec la gamine que j'avais connue autrefois. Elle avait demandé à sa belle-sœur de garder son bébé. A un moment donné, au cours de la soirée, elle m'avait soudain prise par le bras, en me disant qu'elle voulait me parler. Nous étions venues nous retirer ici, tandis que la réception continuait à l'extérieur. Nous entendions les rires des autres invités au bord de la piscine. Les amplis installés sur la terrasse diffusaient une musique tonitruante.

« Ce sont les arbres qui me manquent le plus, dit-elle. J'ai la nostalgie du grand air, de l'espace... »

Elle croisa les bras sur sa poitrine et hocha la tête. C'était une attitude qu'elle avait souvent autrefois.

Elle vivait dans la banlieue de Kyoto. Son mari était souvent absent deux, trois semaines d'affilée. Elle s'occupait seule de leur bébé. Elle logeait toujours à la base militaire, bien qu'elle ne fasse plus partie de l'armée.

« Voilà ce que je suis devenue : une mère au foyer... »

Elle me dit que les Japonais respectaient énormément les enfants et qu'ils les élevaient très bien. Depuis quelque temps, elle s'était mise à étudier l'Ikebana.

Je la dévisageai et m'aperçus qu'il y avait une certaine tristesse dans son sourire. Nous contemplâmes un moment la campagne environnante plongée dans les ténèbres. La vieille grange se dressait toujours là-bas, d'un noir absolu au fond du pré désert.

« J'ai appris qu'on avait loué la maison de ta grand-mère, dit-elle. C'est injuste. »

Je secouai la tête.

« On vient de mettre en vente la maison de mon père, ajouta-t-elle. Ce n'est pas juste non plus. »

L'eau de la piscine avait des reflets turquoise, à cause des éclairages installés au fond du bassin. Des plantes tropicales décoraient l'intérieur du sauna.

« Les choses ont tellement changé, dit-elle.

— Tu sais, ceux qui s'en vont aimeraient que tout reste comme dans leurs souvenirs ; mais ceux qui ne sont pas partis rêvent au contraire de changements. C'est normal. »

A la cuisine, avant de repartir, elle nota son adresse sur un petit bout de papier et me le donna : Theresa Lambert, Service Postal des Armées, Seattle, 98767, Japon.

« Tu ne vas pas me croire, mais je viens d'acheter une *au-thentique* horloge du siècle dernier. Une Seth Thomas. Et elle est *signée.* On n'en trouve plus de nos jours, ce sont de vraies pièces de musée. On me l'a livrée avant-hier, je l'ai immédiatement planquée dans l'armoire. Je n'ai pas envie que quelqu'un la remarque et que ça lui donne des idées. Avec les serrures que j'ai... Un enfant de six ans en viendrait à bout. Tu ne crois pas que ça fera de l'effet, plus tard, dans mon petit chez-moi ? Si tu voyais ce bijou... Elle est de toute beauté. »

Ma mère m'appelait assez souvent, dès qu'elle éprouvait le besoin de parler.

L'un des acteurs de *Santa Fe* avait intenté un procès aux producteurs, qui nous versèrent des arriérés.

J'endossai le chèque et l'envoyai à ma mère. Après quoi je me retrouvai simplement aussi pauvre que tout le monde, à Providence.

Cela me rappela un épisode que j'avais longtemps oublié : l'époque où j'avais travaillé dans cette boutique de fringues. Ç'avait été pour nous comme une sorte de jeu télévisé, où nous aurions gagné tous les gros lots. Ma mère était même venue un samedi, pour donner un coup de main. En trois semaines, nous avions dévalisé tout le magasin. Nous avions volé des dizaines de robes, de vestes, de pantalons... tout ce qui nous tombait sous la main.

Il m'arrive encore de mettre certains de ces vêtements. C'est drôle, mais on a tendance à porter plus longtemps les affaires que l'on a volées. A la longue, j'avais fini par oublier que je ne les avais même pas payées. Pas une fois, durant toutes ces années, je n'avais réalisé que nous étions absolument folles d'avoir fait ça. Nous avions pris des risques insensés. Nous aurions très bien pu nous faire pincer et nous retrouver dans un car de flics, les menottes aux poignets, inculpées de vol à la tire. Nous n'avions pas un sou à l'époque, et tant de choses nous faisaient envie. Ma mère n'arrivait pas à s'en sortir. Depuis que je vivais seule, je n'avais pas de problèmes financiers. On me faisait souvent des cadeaux. Je me sentais parfois un peu coupable en songeant aux efforts que devait encore déployer ma mère pour joindre les deux bouts.

Quand je pense à ma mère, c'est pour me rappeler à quel point elle était jeune.

Un jour, en lisant le journal, j'appris la mort de Buffy. C'était une gamine qui avait joué dans plusieurs feuilletons télévisés et qui était mon idole lorsque j'avais neuf ans. Elle avait d'ailleurs le même âge que moi, mais elle paraissait plus jeune, à cause de ses couettes. Elle avait entre autres tenu le rôle de l'une des sœurs jumelles de *Family Affair*. La marque de jeux Mattel avait sorti une poupée à son effigie à l'époque. Buffy avait eu son heure de gloire. Lorsque j'étais à Bay City, je lisais tous les articles qui lui étaient consacrés. Je me souviens encore d'une interview qu'elle avait accordée à *TV Guide*, où elle disait qu'elle habitait à Pacific Palisades. Elle parlait également de son travail. Elle racontait qu'un jour, après le tournage, elle s'était aperçue en rentrant chez elle que son frère avait profité de son absence pour manger un plein compotier de fraises. Je savais que son père et sa mère étaient séparés, comme les miens. Je me demandais ce qu'elle était devenue, en grandissant. Si elle avait ou non gardé ses couettes. Je me la représentais adulte, énorme, mais les jambes pâles et minces, en socquettes blanches : une fille de dix-neuf ans aux couettes blondes. J'imaginais ses longues jambes de femme, fantomatiques à la jonction des socquettes blanches, entreposées dans une boîte à chaussures. Elle avait succombé à une overdose dans un appartement de Pacific Palisades. Apparemment, elle n'avait jamais dû beaucoup bouger de chez elle.

Peu après, ma mère me téléphona pour me dire qu'elle avait enfin trouvé la maison de ses rêves, et qu'il fallait absolument que je vienne la voir.

Je retournai à L.A., finalement.

« Ne t'inquiète pas, j'ai fait des réserves, dit ma mère après m'avoir embrassée. J'ai un plateau de fromages et du salami au frigo. Et des fruits. Des pêches, des prunes, des fraises, des pastèques... »

Elle poursuit son énumération tandis que je pose ma valise et m'avance vers la baie vitrée qui donne directement sur l'océan. Nous sommes à Malibu. Les vagues s'écrasent en rouleaux sur le sable, musculeuses et vitreuses.

« Et je ne sais plus combien de kiwis... »

Ma mère se rabat toujours sur les kiwis lorsqu'elle est à court de fruits.

« Ah... J'ai également acheté du vin, du rouge et du blanc, et du gin, du Schweppes... Je me suis souvenue que tu adorais le gin-tonic... Et de la limonade... »

Elle s'est approchée derrière moi, pose la main sur mon épaule. Nous contemplons un instant l'océan. Ma mère a toujours eu une grande faculté d'émerveillement.

« C'est superbe, non ? », murmure-t-elle.

Toutes ses affaires sont là. Tous ces objets dont j'entends parler depuis des années. La vieille horloge se dresse dans un coin et disparaît à moitié derrière un pot de fougères et un grand catalpa.

« Je ne tiens pas à ce que quelqu'un la remarque et que ça lui donne des idées », commente-t-elle.

Le banc en bois de pin, décapé et ciré, est installé en face du canapé. Le vieux vaisselier est rempli d'assiettes en porcelaine de Limoges, entre lesquelles sont disposés des sarments de vigne, des pétales de rose et des écorces d'oranges séchées. Ma mère me montre tout. La lampe Tiffany, dont l'un des bulbes est d'origine (elle a fait réparer l'autre chez un maître verrier de Santa Barbara)... Toutes ces pièces de collection qu'elle a patiemment rassemblées, au fil des années...

« Il y en a pour une fortune, chuchote-t-elle. Mais je n'ai pas payé ces trucs-là plus du tiers de leur prix. »

On se sent légère, lorsqu'on erre ainsi dans une maison nettoyée de frais, où tout est à sa place. On grignote des gâteaux secs, allongée sur le canapé, en feuilletant un magazine. Mais on se sent également toute petite, un peu perdue au milieu d'un pareil décor. On a l'impression d'être dans un film.

La moquette est flambant neuve, les vitres sont impeccablement lavées. Je suis étonnée. Je crois même que je suis légèrement impressionnée.

Objets aperçus à la salle de bains : plusieurs serviettes festonnées de chez Porthault, une savonnette aux extraits de géranium, un flacon de shampooing à l'essence d'aloès, un tube de dentifrice au fenouil, solitaire sur sa tablette, deux ou trois éponges naturelles disposées dans un grand coquillage, sur le rebord de la baignoire...

Je suis assise sur le lit de ma mère, qui continue de me montrer ses affaires. La lampe Tiffany partiellement refaite à Santa Barbara, diffuse une lumière sereine sur les murs. L'armoire de ma mère est un véritable musée. Tout y est mis en valeur. Le parquet ciré brille comme un sou neuf. Les chaussures sont rangées sur leur support avec un évident souci d'harmonie. Les robes de chez Chanel ou les chemises Lacoste, sous leurs housses transparentes à fermeture

Éclair, pendent aux cintres selon leur taille et leur couleur. Tous les vêtements ont l'air neuf. Ils sont presque tous blancs.

Ma mère est penchée sous la lampe, ses lunettes sur le nez. Elle est en train de recoudre le bas de ma robe, dont l'ourlet s'est déchiré après s'être pris dans mon talon. De moi-même — vu mon style de vie —, je n'aurais même pas eu l'idée de le repriser. Désœuvrée, j'ouvre les tiroirs de la commode : il y a là toute une collection de collants de chez Dior, foncés, opaques, transparents, avec ou sans couture ; ils sont emballés dans leurs paquets d'origine et n'ont visiblement encore jamais servi. J'aperçois aussi des dessous en dentelle ou en soie. Dans un coin, une pochette de soirée en velours noir, avec un fermoir argenté, enveloppée dans du cellophane ; et un petit sachet en tissu, contenant des pétales de rose et des écorces d'orange.

« Je les fabrique moi-même », dit ma mère.

Je me dis que ma mère a changé. A l'époque où nous vivions ensemble, elle me ressemblait davantage. Elle pouvait très bien sortir de chez elle tirée à quatre épingles et impeccablement maquillée, mais en laissant la maison derrière elle dans le plus complet désordre. Je revoyais encore les placards qui débordaient de ces affreux tee-shirts aux teintes indéfinissables, qu'elle mettait lorsqu'elle était seule avec moi. Elle ne les avait apparemment plus. Elle avait dû les foutre en l'air, une bonne fois pour toutes, faire table rase du passé. Et ces vieux sacs à main, bourrés à craquer d'un fatras de brosses, de crayons à yeux, de vieilles photos et de factures impayées... Ils avaient disparu eux aussi.

Elle avait toujours dû rêver de vivre comme aujourd'hui, dans un décor irréprochable, où chaque chose serait à sa place, où plus rien ne lui ferait honte. Elle avait passé sa vie dans la hantise de ce que les gens pensaient d'elle.

L'océan paraît si proche et sa rumeur est telle que je n'ai guère envie d'aller me coucher. Nous buvons de grands verres de gin-tonic, ma mère et moi, tandis qu'elle me raconte comment elle a récupéré tous ces vêtements.

Le lendemain matin, il fait si beau que le salon baigné de soleil ressemble à une grande cage de verre. Ma mère est en train de préparer des beignets devant la cuisinière, toute vêtue de blanc. « A quoi les préfères-tu ? me demande-t-elle. J'ai du saumon fumé, de la morue, des oignons, des tomates, de la crème fraîche, du fromage et... Voyons voir...

— Tu as vraiment acheté cette maison ? »

En plein jour, tout cela me paraît trop beau. J'avais pensé que ma mère s'était servie du chèque que je lui avais envoyé pour s'acheter un petit bungalow du côté de Riverside, ou de Pasadena... Ou même à Tarzana, qui sait. Mais jamais je n'aurais imaginé un cadre pareil.

Elle se retourne, tressaille imperceptiblement sous son ample chemisier blanc, se raidit et s'immobilise un instant.

« Mmmmhmmm... », fait-elle.

Plus tard dans l'après-midi. Ma mère raccommode entièrement ma robe, non seulement l'endroit que j'avais déchiré, mais tout le pourtour, dont elle renforce l'ourlet. Son attitude a quelque chose d'étrangement humble, comme si le tissu délicat et la coupe de la robe — d'un style vaguement japonais — l'intimidaient un peu. Le calme règne dans la maison. L'obscurité tombe lentement. Ma mère s'est accroupie, les genoux serrés, les pieds écartés sur le sol. Elle tranche le fil d'un coup de dents. Je m'allonge à côté d'elle et me mets à faire des pompes. Elle est entièrement absorbée par son travail, étudie soigneusement l'invisible tracé des coutures. Il fait de plus en plus sombre dans la pièce. Ma mère met ses lunettes.

« Adele... Vous avez acheté de quoi nourrir un régiment ! s'exclame Daniel Swan en refermant la porte du frigo.

— Je m'occupe des pâtes, lance ma mère. Et les citrons sont déjà sur la table. »

Daniel déplie l'emballage d'un paquet contenant des médaillons de veau. Il y en a bien une trentaine.

« Ce ne sera pas perdu, dit-elle. Si nous ne mangeons pas tout, nous finirons le reste une autre fois. (Elle pousse un soupir, frappe brusquement dans ses mains.) Bon. Au travail ! »

Je coupe des lamelles de citron pour le gin-tonic. Il me semble que cela fait des heures que nous buvons. Ma mère lave les champignons dans l'évier, un par un. Elle les essuie ensuite soigneusement avec une serviette en papier. Elle s'interrompt, nous regarde, sourit.

« J'aime mieux vous dire que si un homme souhaite à nouveau partager ma vie, il faudra qu'il sache faire la cuisine. »

Elle s'agite derrière nous. Les pans de son caftan bruissent en effleurant le sol. Au centre de la table trône un énorme compotier rempli de fruits : pommes, oranges, fraises, cerises, couronnées par quelques grappes de raisins et un unique kiwi.

Je n'en reviens toujours pas de voir la cuisine aussi bien rangée. Plusieurs brosses sont suspendues au-dessus de l'évier, à côté d'un flacon de savon liquide. Au mur, l'affiche encadrée d'une exposition de Francis Bacon. Des herbes et des épices sèchent dans un petit panier. Il y a là des vases, des coupes, des coquillages.

Un samovar. Un bénitier. Deux ou trois pots d'orchidées. Une vieille lampe du Wisconsin. Une coupe pleine de citrons.

« Oh ! Venez voir, tous les deux ! »

Ma mère est sur le balcon. Elle pose son verre de vin en équilibre sur la rambarde. Un rayon de soleil qui tombe juste dessus donne un instant au liquide l'aspect d'un énorme rubis.

Nous regardons les vagues, blanches puis transparentes, qui viennent mourir sur le sable.

« Vous voyez, là-bas ? C'est un petit dauphin... Il vient me dire bonjour tous les matins, depuis plus d'une semaine. De loin, on dirait un rocher, mais si l'on regarde bien... »

Les mains de ma mère s'activent délicatement sous le filet d'eau tiède. Elle ne ménage pas sa peine pour préparer le repas, mais elle n'a pas la moindre notion du temps. Les médaillons de veau se recroquevillent, prennent une odeur de lait. Elle lave la poêle en poussant un soupir, avant d'aller chercher de nouvelles tranches dans le frigo.

Je soulève le couvercle pour voir ce que donnent les nouilles. Ma mère en a fait bien trop mais elle n'a pas mis assez d'eau. Je reconnais bien là sa logique : cette casserole en cuivre est effectivement superbe, mais elle est beaucoup trop petite. Quant aux nouilles, il n'en reste pas grand-chose.

« Cuites à point... », dit Daniel après en avoir goûté une. Il s'agenouille et se met à fouiller dans le placard, à la recherche d'une passoire. Je le vois brusquement s'immobiliser, un ticket de caisse de supermarché long d'au moins cinquante centimètres à la main.

Je hausse les épaules et passe un coup d'éponge sur une rangée de fourmis.

Après avoir mis la table, je pars à la recherche de ma mère. Je la trouve à la salle de bains, déroulant lentement ses bigoudis électriques devant le miroir. Elle passe ensuite autour de son cou un collier de perles à trois rangs et farfouille à la recherche du fermoir. Elle n'attache pas son collier comme moi qui vis seule, par-devant. Nous restons là un bon moment, à observer ses mains qui s'affairent sous ses cheveux.

« Tu sais, Ann, il faudra que tu me fasses une liste des livres que tu me conseilles de lire. Je vous écoute discuter avec plaisir tous les deux, mais je me rends bien compte que je suis un peu larguée. Je ne comprends pas la moitié des mots que vous utilisez. J'étais pourtant dans le coup, autrefois, mais il a fallu que je lise tellement de livres pour mon boulot — sans parler du temps que j'ai dû consacrer à la rédaction de ces fichus rapports... Il faut que je rattrape tout ce retard. Je ne sais même pas quels ont été les événements importants dans le domaine littéraire et artistique, ces derniers temps. »

Elle pose les yeux sur moi, depuis l'autre bout de la table.

« Elle est vraiment belle, tu ne trouves pas ? dit-elle à Daniel Swan.

— Non, dis-je.

— C'est ça qui est adorable chez elle : elle ne s'en rend même pas compte. Je suis tellement heureuse que tu sois là », ajoute-t-elle.

Le silence s'installe soudainement, comme lorsque quelqu'un vient de vous déclarer qu'il vous aime. Ma mère attend.

La bouffe est absolument infecte, malgré une présentation irréprochable. Les médaillons sont aussi durs que des semelles et les nouilles ressemblent à de la bouillie. Nous mangeons lentement.

Ma mère se lève et frappe dans ses mains.

« Eh bien... Si nous passions au dessert ? Qu'est-ce que tu préfères, Daniel ? J'ai du gâteau aux carottes, mais je peux aussi vous préparer de la glace à la vanille et au café, j'ai de la chantilly et des amandes pilées et... Voyons voir, est-ce qu'il me reste du sirop au chocolat ?...

Les restes se sont solidifiés dans nos assiettes. A la lueur des chandelles, tout a l'air vieux.

« Et toi, maman ? De quoi as-tu envie ?

— Ma foi, je goûterais bien ce gâteau », dit-elle.

Daniel allume le plafonnier de la cuisine. Ma mère s'est retournée et regarde par la fenêtre. Je vais déposer les assiettes dans l'évier.

« On prendra du gâteau, Daniel, dis-je.

— Trop tard, j'ai déjà préparé les glaces », lance-t-il en passant devant moi, ses trois coupes à la main, et après m'avoir fait un petit clin d'œil.

J'éteins la lumière. Ma mère ne fait aucune remarque à propos des glaces.

« Mmmmhmmm... » se contente-t-elle de dire après avoir avalé la première bouchée.

« Je vais te montrer », me dit Daniel.

Ma mère est montée se coucher en titubant. Elle ne tient pas l'alcool, boire n'a jamais été dans ses habitudes. Daniel et moi finissons la vaisselle et rangeons la cuisine. J'enveloppe les restes de nourriture dans de la cellophane.

Daniel ouvre la porte du garage et s'agenouille sur le ciment. Le gâteau aux carottes est posé à même le sol, juste devant l'entrée. Il n'a pas été entamé.

« Regarde », dit Daniel en me le montrant du doigt.

Mes yeux s'habituent peu à peu à la pénombre et j'aperçois soudain ce qu'il me désigne. Des colonnes de fourmis ont encerclé le gâteau et l'évident lentement, de toutes parts. Des dizaines d'insectes morts jonchent déjà la croûte.

Le lendemain, ma mère me montre sa nouvelle voiture. C'est une Mercedes break, de couleur blanche, avec des enjoliveurs argentés ; à l'intérieur, les sièges sont en cuir foncé. Le tableau de bord, entièrement électronique, est plus volumineux qu'une chaîne hi-fi. Ma mère rougit. Nous sommes au bord du sentier poussiéreux et envahi par les mauvaises herbes qui mène jusque chez elle. Elle vient de sortir la voiture du garage, avec d'infinies précautions. Deux enfants blonds et bronzés, le front ceint d'un foulard, courent derrière un chien qui, lui aussi, a un foulard qui lui tombe sur l'œil. Il fait un soleil éblouissant. Un peu plus loin sur le sentier, quelqu'un taille ses rosiers. L'eau clapote dans une piscine. On entend vrombir une tondeuse à gazon.

Je me tourne vers ma mère.

« Quand l'as-tu achetée ? »

Elle hausse les épaules.

« Je n'ai pas eu trop de mal à me décider. J'ai un peu hésité, il y avait une Jeep qui me plaisait beaucoup — tu sais, le modèle qui a des portières en bois —, mais elle était quand même un peu trop chère pour moi. Alors... Je l'ai depuis la semaine dernière.

— Mais pourquoi as-tu choisi un break ? »

Elle prend une profonde inspiration, hésite.

« Eh bien... J'espère quand même avoir l'occasion de promener mes petits-enfants, plus tard... »

Dans le quartier où nous habitions autrefois, à Beverly Hills, de nouvelles pancartes octogonales ont été plantées le long des pelouses : « Westec Security. Milices armées. Tir à vue. »

« Écoute... Tu peux quand même faire un petit effort... Après tout ce qu'ils ont fait pour nous... Et Peter a tellement envie de te revoir. Le pauvre, cela fait des jours qu'il appelle. Il a toujours beaucoup d'affection pour toi.

— Je n'ai aucune dette envers les Keller.

— Eh bien, moi si. Ils ont été très gentils avec moi. »

Nan Keller est morte accidentellement, il y a un peu plus d'un an. Elle a été écrasée par un chasse-neige, à Aspen, lors d'un séjour aux sports d'hiver. Elle s'était arrêtée un instant au pied d'une piste, juste sous un surplomb rocheux où un chasse-neige avait été abandonné, en équilibre instable. Des enfants avaient joué avec et desserré le frein. L'appareil avait brusquement basculé dans le vide et l'avait fauchée net, la tuant sur le coup.

Pour l'instant, Mr Keller est en procès avec la station. Il prépare une exposition rétrospective des tableaux de sa femme.

« Il m'a invitée un soir, dit ma mère. Il voulait qu'on couche ensemble, mais j'en étais incapable. Brrr... Je n'arrivais même pas à l'embrasser. »

Peter Keller appelle sans arrêt, mais je refuse de lui parler. C'est ma mère qui répond. Elle prétend à chaque fois que je suis à la salle de bains, en train de me doucher. Il doit se dire que je suis devenue une maniaque de la propreté.

Daniel descend les bretelles de mon maillot et nous nous embrassons.

« J'avais fini par croire que cela n'arriverait jamais », dit-il.

Je plonge sous l'eau et le déshabille à son tour. Son maillot glisse le long de ses jambes et se prend dans ses chevilles, mais je parviens à le lui arracher et le passe autour de mon poignet, tel un énorme bracelet. Nous nous étreignons avec fougue. Daniel achève de m'ôter le bas de mon maillot et me pénètre d'un seul coup. C'est bon, c'est tellement bon. Je remonte à la surface mais il m'appuie sur les épaules.

Puis il se dégage, déchire avec ses dents l'emballage du paquet de préservatifs qu'il tenait à la main en nageant, en enfile rapidement un avant de se réintroduire. Je sens son sexe dur, raide, énorme au fond de moi.

« Hou-hou, vous deux ! »

Ma mère vient d'apparaître sur la véranda. Elle porte un ensemble jaune et des lunettes de soleil.

« Tu crois qu'elle peut nous voir ?

— Mais non. Nous sommes sous l'eau. »

Mais je me dis que les contours de nos corps enlacés doivent être parfaitement visibles de là-bas, malgré l'écran flou et verdâtre de l'eau.

Je me détache de Daniel et me mets à nager. Il pousse un petit cri et me saisit par la cheville. Une vague vient rouler sur nous, nous recouvre, achève de nous séparer. Je touche le fond sablonneux, mes cheveux s'emmêlent dans ma bouche. Le maillot de Daniel m'a échappé. Nous essayons de le retrouver, mais en vain : il a bel et bien disparu.

J'émerge de l'eau la première, je suis plus près du rivage que Daniel. Ma mère est penchée sur son balcon. Elle est en train d'arroser ses géraniums.

« Elle a vraiment l'air heureux, dans sa nouvelle maison, dis-je.

— Tu veux dire : dans la maison des Keller », rétorque Daniel.

Je me mets à nager vers le rivage afin d'aller lui chercher un maillot de rechange.

« Au moins, quand on se baigne dans l'océan, on n'est pas obligé de se retenir si on a envie de pisser », dit-il.

J'aurais dû m'en douter. Elle a préféré s'acheter une voiture. Elle s'est contenté de se faire prêter cette maison, ou de la louer, peu importe.

Ma mère me secoue en pleine nuit, pour me réveiller.

« Lève-toi vite ! Tu as de la chance, c'est le jour de la ponte des grunions. J'ai toute une notice à leur sujet, avec les horaires précis. »

Je passe un jean et un sweat-shirt. Du temps où j'étais au lycée, nous nous étions plusieurs fois rendus sur la côte, la nuit, pour assister à ces pontes. Nous nous entassions dans des voitures minuscules, les filles s'asseyaient sur les genoux des garçons, nos boucles d'oreilles se prenaient dans nos cheveux longs, et une fois arrivés nous arpentions la plage pendant quelques minutes, en braquant nos lampes de poche pour repérer les poissons. Mais nous n'en avions jamais aperçu un seul. Des couples finissaient par se former et allaient s'isoler dans les dunes. J'avais toujours pensé que cette histoire de grunions n'était qu'un vague prétexte...

« Écoute-moi ça... (Ma mère me lit un passage de la brochure éditée par l'Institut océanographique de Californie.) " La femelle, portée par une vague, échoue sur le sable dans lequel elle s'enfonce à moitié grâce à un mouvement de spirale. Elle pond ses œufs. Le mâle la rejoint. Il tourne autour d'elle et dépose son sperme. S'ils ont de la chance, ils repartent tous les deux sur la prochaine vague. Mais il arrive que la femelle reste coincée dans le sable et, si elle n'attrape pas la vague suivante, elle meurt. " La pauvre... Elle ne peut pas respirer, je suppose. Ah ! la la !

— Pourquoi les gens les pêchent-ils ?

— Sans doute parce qu'ils sont bons à manger. J'imagine qu'on doit pouvoir les faire en friture. »

Nous sommes sur le balcon, mais nous n'apercevons rien. Le rivage a le même aspect qu'à l'ordinaire, lisse, noir et brillant. Ma mère se penche et retrousse le bas de son pantalon.

« Je vais aller voir », dit-elle.

Elle revient au bout de quelques minutes et grimpe l'escalier quatre à quatre, tout excitée.

« Il y en a des milliers ! s'exclame-t-elle. Mais il faut que tu descendes, on ne les voit pas d'ici. »

Elle court jusqu'au garage, enjambe le gâteau aux carottes qui trône toujours à l'entrée. Elle ressort les bras chargés de seaux qu'elle va ensuite remplir d'eau, jusqu'à ras bord. Elle m'en passe deux et nous descendons vers la plage. Les seaux sont lourds et l'eau froide m'éclabousse la jambe.

Au bout de quelques minutes, mes yeux finissent par s'habituer à la pénombre et je distingue soudain les poissons qui grouillent comme des vers de terre, à fleur d'eau, à moitié enfouis dans le sable. Leurs flancs sont traversés par une ligne d'écailles argentées. Il y en a tellement que le rivage paraît doué d'une vie propre et ondule comme un immense serpent.

« Regarde ! s'écrie ma mère. On peut facilement les attraper ! »

Elle s'agite le long du rivage, courbée en deux, les mains plongées dans l'eau.

Je saisis à mon tour un grunion, à pleines mains. On dirait un rayon de lune qui aurait des muscles. Ils se tortillent pour échapper à la prise. Certains retombent avec bruit dans la laque sombre de l'eau. Ceux que nous attrapons se collent à la paroi des seaux.

Il y en a des centaines. Quand on pose le pied dessus, ils s'éparpillent, s'enfuient en formant une étoile.

Je lève les yeux et regarde la voûte étoilée du ciel, où des milliers d'astres ont l'air de grouiller eux aussi dans les ténèbres, de brûler le dôme noir du ciel et d'y percer des trous. Par mégarde, ma mère heurte l'un des seaux qui se renverse dans l'eau claire : les poissons en profitent pour s'échapper et filent à toute allure vers la mer. Mais nous avons tôt fait de le remplir à nouveau. Les poissons continuent d'arriver, par centaines, il suffit de se baisser pour les ramasser. Mes mains deviennent plus agiles et plus audacieuses. Nos seaux battent comme des cœurs.

« Si je comprends bien, tu m'as encore raconté des histoires, dis-je au bout d'un moment. Tu n'as absolument pas acheté cette maison. »

Ma mère pousse un soupir.

« Tu comprends, me dit-elle, j'attends d'avoir trouvé l'endroit *idéal.* Je rêve d'un petit port d'où l'on verrait à la fois la mer et les montagnes, où vivrait toute une colonie d'artistes, et où je pourrais suivre des cours pour apprendre à faire de la céramique, ou des émaux... Je suis prête à patienter le temps qu'il faudra. D'ailleurs, je n'ai pas encore suffisamment d'argent de côté. Ce n'est pas que j'aie des goûts de luxe, je me contenterais volontiers de quelque chose de modeste, mais tout de même...

— Tu as pourtant bien acheté cette voiture.

— Oui, c'est vrai », admet-elle à contrecœur, comme si elle n'en était pas très sûre.

Nous entreposons les seaux palpitants sur le balcon, avant de nous défaire de nos vêtements que nous laissons tomber un à un sur le sol. Je n'ai aucune idée de l'heure qu'il peut être. Sur le rivage, l'eau et le sable sont toujours illuminés par les reflets argentés des grunions. Je les distingue très bien maintenant, ils ont vraiment envahi la plage. Avant de rentrer nous coucher, nous branchons le tuyau d'arrosage et prenons une douche froide en plein air.

Le lendemain, nos corps sont encore imprégnés d'une odeur de marée. Je rassemble mes affaires. Le gâteau aux carottes gît toujours à l'entrée du garage. Les poissons sont tous morts durant la nuit et pourrissent déjà dans les seaux. Je vais déposer ma valise sur le siège arrière de la Mercedes. Je laisse à ma mère le soin de se débarrasser de ces choses mortes et puantes après mon départ.

« Nous sommes le dimanche 3 mars 1979. »

C'est ce qu'annonce un tableau d'affichage électronique installé à l'entrée du service où travaille ma mère, au quatrième étage de la clinique de Santa Monica. Les lettres continuent de défiler :

« Aujourd'hui, le temps sera doux et ensoleillé... »

Parfait.

Je suis ma mère dans les couloirs. Dans la salle de garde, elle feuillette deux ou trois dossiers, coche quelques imprimés. Elle a l'air sûre d'elle, ses gestes sont précis, efficaces. Les pans de sa blouse blanche flottent derrière elle. Ici, tout le monde la connaît.

« Je t'ai parlé de Mrs Eldridge, me dit-elle. Tu sais, celle qui a de si beaux vêtements. Ce ne sera peut-être pas très drôle pour toi, mais ça lui fera tellement plaisir de te connaître. Enfin, nous verrons bien. »

Ma mère m'a effectivement raconté la vie de cette Mrs Eldridge, originaire de Medford, dans l'Oregon, et venue s'installer à Los Angeles au début de la Première Guerre mondiale, en compagnie de son fiancé. Celui-ci avait bientôt été appelé et avait trouvé la mort sur le champ de bataille. Depuis lors, elle avait mené une vie retirée, travaillant comme secrétaire dans un cabinet d'avocat. Elle ne s'était jamais mariée.

Le rideau qui sépare Mrs Eldridge de sa voisine de chambre est tiré. Je ne m'étais pas attendue à ce qu'elle soit aussi belle. Elle se redresse, se cale dans son lit. Ses gestes ne sont pas ceux d'une malade.

« Claire..., dit ma mère. Je vous avais promis de vous présenter ma fille. Eh bien, la voici. Voici ma petite Ann. »

Mrs Eldridge regarde d'abord ma mère avant de poser les yeux sur moi. Nous nous serrons la main. Puis elle se met à pleurer, sans un bruit. Ma mère ne tarde pas à l'imiter. Je regarde son dossier, accroché au pied de son lit. Deux cartes postales sont fichées dans le cadre. Je me souviens brusquement que Mrs Eldridge n'a jamais eu d'enfants.

« Je suis contente de faire sa connaissance, dit-elle.

— Je tiens toujours mes promesses, dit ma mère. Ann doit repartir aujourd'hui. »

Mrs Eldridge acquiesce silencieusement.

Nous sommes assises dans la voiture.

« Elle ne sortira plus jamais de cette clinique, dit ma mère. Je trouve cela très triste, elle est encore parfaitement lucide. »

Les yeux bleus et écarquillés de ma mère me font penser à ceux des poissons.

« Enfin, les malades ne sont quand même pas trop mal lotis, ici... (Elle regarde ses mains.) J'ai l'impression que tu passes ton temps à t'en aller, dit-elle.

— Je reviens toujours.

— Tu ne restes jamais bien longtemps. »

Je hausse les épaules.

« Les enfants ne sont pas faits pour passer leur vie avec leurs parents, tu le sais bien. »

Je ne suis partie qu'une fois de chez moi, et il y a des années de cela.

Nous roulons sur une autoroute, en direction de la vallée. Ma mère bifurque à une sortie que je ne reconnais pas et s'arrête peu après devant une station-service. De l'autre côté de la rue se dresse une école entourée d'une clôture métallique.

Ma mère fait le tour du garage et j'aperçois soudain notre vieille Lincoln, immobilisée au sommet d'un crassier.

« Tu la veux, Ann ? Je leur ai demandé de la garder, à ton intention. Ils m'ont assuré qu'elle pouvait encore rouler un bon moment. Il y en aurait à peine pour deux cents dollars de réparations. Tiens, voilà les clefs. »

Elle sort le trousseau de la boîte à gants, me le tend. Mais je secoue la tête.

« Tu es sûre ? C'est une bonne voiture, tu sais. Elle pourrait te rendre service. »

Mais nous abandonnons la Lincoln et rejoignons l'aéroport.

Ma mère s'arrête devant le terminal. Elle ne veut pas aller au parking, elle a peur qu'on abîme sa voiture.

« Quelqu'un risque de la bugner. Reste encore cinq minutes, dit-elle en me voyant attraper ma valise. Tu n'es pas aux pièces, nous avons largement le temps. »

Mon avion ne décollera que dans une heure. Nous restons assises dans la voiture, parfaitement immobiles.

Son visage se découpe de profil sur la vitre. Elle est très belle ainsi. Quelques mèches s'échappent du foulard qu'elle a noué autour de sa tête. Durant un instant, j'ai l'impression que c'est elle qui va partir, et non moi. Je baisse les yeux, regarde ses doigts.

« Ce sont mes mains qui ont le plus souffert, dit-elle. A cause des rides, et de ces taches de vieillesse. Pourtant, si tu savais comme j'en prends soin... »

Nous nous tournons l'une vers l'autre et nous dévisageons.

« La vie est trop courte, tu ne trouves pas ? dit-elle.

— Maman... »

Je l'embrasse et me précipite hors de la voiture.

HUITIÈME PARTIE

CAROL

CHAPITRE 16

UN SECRET PARMI TANT D'AUTRES

Personne ne l'a jamais su jusqu'ici, mais mon mari a bien failli tuer Hitler. Les trois années que j'ai passées à l'armée ont été les plus mouvementées de ma vie. En dehors de cela, mon existence n'a rien eu de bien extraordinaire. Je n'ai plus guère bougé d'ici. Ma sœur a voyagé partout, elle a été à l'université et a fait les quatre cents coups. Moi, c'est durant la guerre que j'ai connu l'aventure.

Avant cela, contrairement à Adele, j'étais d'une timidité quasiment maladive. Ma mère m'a raconté que j'étais une enfant très calme. Tout bébé déjà, je passais apparemment la plupart de mon temps à dormir. Je ne réveillais jamais mes parents la nuit, je ne faisais aucun caprice. Et je puis témoigner qu'en ce qui concerne Adele, les choses furent loin de se passer aussi bien !

J'avais onze ans lorsqu'elle est née, mais je n'avais même pas compris que ma mère était enceinte. Je n'étais au courant de rien, j'étais d'une telle naïveté. Je découvris du jour au lendemain que j'avais une petite sœur. Je n'en étais d'ailleurs guère ravie. Au contraire. Je passais tout mon temps à m'occuper d'elle. C'était moi qui devais me lever pour aller la changer, au beau milieu de la nuit. Et elle pleurait sans arrêt. Il y avait une telle différence d'âge entre nous... Nous n'avons jamais été très proches, l'une et l'autre.

Mes parents ne m'informaient de rien. Lorsque j'ai eu mes règles pour la première fois, je n'ai pas compris ce qui m'arrivait. J'étais à l'église quand j'ai senti que ça se mettait à couler. Et de retour à la maison, ça n'avait toujours pas cessé. J'étais plutôt paniquée, je ne savais vraiment pas ce qui se passait. J'ai fini par le dire à ma mère.

« Quoi ! s'est-elle exclamée. Personne ne t'avait donc prévenue ? »

Comment diable aurait-elle voulu que je sois au courant ? Par qui aurais-je bien pu l'apprendre, alors que ma propre mère ne m'avait jamais rien dit ?

A cet âge-là, Adele avait déjà des tas de copines, elles s'échangeaient leurs petits secrets. Elle a toujours été très entourée. Mais moi, j'étais bien trop timide. Pendant toutes mes années de lycée, je ne suis pas sortie une seule fois avec un garçon. C'était au point que si jamais je voyais quelqu'un marcher dans ma direction, lorsque je me promenais dans la rue, je changeais aussitôt de trottoir et faisais le tour du pâté de maisons, à seule fin de l'éviter. Terrible non ?

Je voulais devenir infirmière en sortant du lycée, mais ma mère n'était pas d'accord. Je n'ai d'ailleurs jamais compris pourquoi, mais cette perspective ne l'enchantait guère. Je reste convaincue, aujourd'hui encore, que ça m'aurait plu.

Mais ma mère connaissait quelqu'un — une certaine Mrs Beamer — qui était en cheville avec un institut de beauté et qui avait réussi à la convaincre que pour une fille, l'avenir était là. C'est ainsi que je suivis des cours en ville pour devenir esthéticienne, puis que j'entrai quelques mois plus tard au Harper Method Beauty Shop. Je m'y plus d'ailleurs aussitôt : l'ambiance était bonne et je m'entendais bien avec les autres employées. Le travail ne manquait certes pas, mais ça ne me dérangeait pas. Après tout, il en serait allé de même ailleurs.

C'est à cette époque que j'ai appris à prendre soin de mes cheveux moi-même. Aujourd'hui, je vais environ une fois par mois chez le coiffeur, lorsque j'ai besoin d'une permanente ou d'une couleur, mais pour le reste, je me tire très bien d'affaire toute seule. Et je n'étais pas du tout empruntée avec ma perruque, à l'époque où je n'avais plus un cheveu sur le crâne.

Au contact de mes collègues, mes yeux commencèrent tout de même à se dessiller quelque peu. Au-dessus de notre institut de beauté se tenait le cabinet d'un médecin que mon père connaissait ; son frère était d'ailleurs vétérinaire et mon père le faisait venir une ou deux fois par an afin qu'il examine ses visons. Bref... Ce médecin soignait entre autres les filles du Silver Slipper, un bistrot malfamé qui se tenait alors à l'angle de Lime Kiln Road. Je les croisais souvent dans l'escalier lorsqu'elles montaient voir le Dr Shea. Nous échangions toujours un salut : je les connaissais plus ou moins de vue, nous avions assez souvent l'occasion de nous rencontrer dans le quartier. J'avais dix-huit ans, et pourtant... Avant que mes copines de l'institut de beauté ne m'apprennent la vérité, je n'avais pas compris que ces filles étaient des prostituées. Ma mère ne me parlait jamais de ce genre de choses. Elle s'était contentée de me dire qu'il ne fallait pas que je mette les pieds au Silver Slipper. Je me souvenais que mon père était fou de rage lorsque l'établissement avait ouvert ses portes, mais j'avais pensé qu'il était simplement furieux à cause de l'alcool.

Je devais vraiment faire l'effet d'une gourde, à l'époque. Je crois que mon père en était partiellement responsable. A cause de tout ce qui lui était arrivé autrefois — il avait dû épouser ma mère en catastrophe lorsqu'elle était tombée enceinte —, il m'avait toujours tenue plus ou moins sous clef et ça avait fini par me rendre complètement timorée. Je me souviens qu'un jour — je devais être en quatrième ou en troisième —, des garçons de ma classe étaient passés me voir à la maison. C'était mon père qui leur avait ouvert et il avait aussitôt crié à ma mère : « Ces types tournent autour de Carol, ne la laisse surtout pas descendre ! »

J'imagine qu'ils étaient simplement passés pour que nous fassions nos devoirs ensemble, ou pour me proposer d'aller jouer. Quand j'y repense... « Ils tournent autour de Carol... » Oui, mon père porte une grosse responsabilité.

Mais après avoir quitté le lycée, je me suis mise à sortir, petit à petit. J'avais une vingtaine d'années, je partais avec mes copines de boulot. Nous allions souvent du côté de Bay Beach. Le coin était encore superbe à l'époque. Le grand pavillon vert et blanc venait juste d'être terminé. Sa construction avait duré des années — le projet avait été financé par l'État — mais les fresques de la grande salle étaient très impressionnantes. Le président Roosevelt était venu en personne pour l'inauguration. Maintenant, on n'y trouve plus que des flippers et des jeux électroniques, mais à l'époque c'était avant tout un dancing. Il y avait aussi un stand d'autotamponneuses (ces machines venaient juste de faire leur apparition) et un petit train miniature qui longeait la côte et faisait le tour de la baie. Les couchers de soleil sur la Fox River étaient absolument superbes, avec les silhouettes des cheminées d'usine et des poussiers qui se profilaient à l'horizon. Le bus qui menait là-bas suivait le cours de la rivière, au nord de la baie. On y allait en bandes le vendredi ou le samedi soir, les filles d'un côté, les garçons de l'autre. Je prenais le bus avec mes copines de l'institut de beauté. Nous n'avions jamais rendez-vous avec personne, nous allions simplement là-bas pour danser. Il y avait de bons orchestres qui venaient à Bay City dans le temps : Tommy Hill, Swing and Sway, Sammy Kaye... Je me souviens encore de leurs noms. Les filles s'installaient d'un côté de la piste et attendaient que les garçons viennent les inviter. Elles atteignaient alors au comble de l'excitation. « Ouah... Il m'a remarquée... » Mais ça n'allait jamais plus loin, on ne se faisait pas raccompagner en voiture, comme de nos jours. Et il n'était surtout pas question de sexe. Les mentalités étaient bien différentes à cette époque. On rentrait chez soi en bus, comme on était venu. De temps en temps, on terminait la soirée en allant manger une glace chez Dean, entre filles. Les garçons repartaient de leur côté.

Les prostituées du Silver Slipper étaient en fait beaucoup plus âgées que je ne l'avais cru au premier abord. Elles s'habillaient comme des jeunes filles et j'avais longtemps pensé qu'elles ne devaient guère être plus vieilles que moi ; je leur donnais dans les vingt-cinq, vingt-six ans. Mais depuis que j'avais l'occasion de les voir d'un peu plus près, lorsqu'elles montaient chez le docteur, je m'étais rendu compte qu'elles n'étaient plus de la première jeunesse. La plupart frisaient assurément la quarantaine, quand elles ne l'avaient pas dépassée. Elles avaient les traits tirés, le visage fatigué. Il y en avait quelques-unes qui ne se teignaient pas les cheveux et qui étaient sûrement des Indiennes. Quant aux autres, on voyait bien qu'elles n'étaient pas naturellement blondes : leurs cheveux avaient des racines indubitablement foncées. Elles devaient se les teindre elles-mêmes, car aucune d'entre elles n'avait jamais mis les pieds au Harper Method ou chez Billing ; et à l'époque, il n'y avait pas d'autre salon de coiffure en ville. On distinguait leurs varices à travers leurs bas en nylon. Elles passaient toujours en baissant la tête, les mains enfoncées dans leurs poches, comme si elles avaient honte.

Mes copines de chez Harper m'apprirent que le Dr Shea les fournissait en contraceptifs, ainsi qu'en flacons de savon liquide, spécialement destiné à lutter contre les morpions.

Lorsque l'une d'entre elles avait chopé une sale maladie, le Dr Shea se rendait au Silver Slipper pour en informer les patrons. On racontait qu'un jour, l'une des filles était morte et qu'on l'avait enterrée juste derrière l'établissement. Le terrain ne leur appartenait même pas... Il y avait même une rumeur qui courait, selon laquelle le Dr Shea avait pratiqué sur elles de nombreux avortements. C'était évidemment illégal, à l'époque. Pourtant, cela ne fut jamais confirmé ; et je puis témoigner d'avoir un jour aperçu l'une de ces femmes en compagnie d'un petit garçon, qui devait être son fils, et qui a d'ailleurs échoué par la suite à l'orphelinat.

Jimmy l'a bien connu, quelques années plus tard. Ils avaient été l'un et l'autre embauchés pour l'été dans une ferme des environs. Il m'a raconté que ce gosse — ainsi du reste que plusieurs autres de ses compagnons — avait l'habitude de s'accoupler avec des brebis. Tu ne trouves pas ça répugnant ? Il m'a expliqué comment les types s'y prenaient : ils parvenaient à immobiliser l'animal en enfilant ses pattes arrière dans leurs bottes — on portait de grandes bottes à l'époque, qui arrivaient au genou. De la sorte, la pauvre bête était paralysée et ne pouvait pas s'enfuir. Beurk... Jimmy ne s'est heureusement jamais livré à ce genre d'exercice, mais les types de la ferme lui en avaient parlé. Tu vois, voilà comment le sexe était considéré en ce temps-là : soit on s'y livrait, mais c'était alors une activité tellement honteuse qu'il ne fallait même pas en parler, soit on s'en abstenait, et tout allait pour le mieux. Je suis sûre que mon père et ma mère évitaient la plupart du temps de se toucher, le soir, lorsqu'ils se retrouvaient au lit.

Là-dessus la guerre arriva. J'avais vingt-trois ans. C'était au moment de Thanksgiving, je m'en souviens très bien. Quelque temps plus tôt, j'avais eu entre les mains une brochure vantant les mérites des services féminins de l'armée. A cette époque, ils cherchaient évidemment à recruter du monde. Je leur avais écrit pour leur demander des renseignements, sans en parler à personne. Et un beau jour, arriva cette lettre qui m'enjoignait de me rendre à Cedar Rapids, dans l'Iowa, avant le 18 décembre. Je ne pouvais plus reculer. C'était ma mère qui avait ouvert la lettre. Elle était absolument furieuse et m'avait aussitôt appelée au Harper Method, ce qui ne lui était jamais arrivé jusque-là ; elle avait beaucoup trop de respect pour le travail — comme pour les études, du reste. Je me souviens que je ne pouvais plus l'arrêter au téléphone. Sans doute parce qu'elle n'avait jamais travaillé. « Tu es donc devenue folle... Est-ce que tu te rends compte de la bêtise que tu as faite ?... » Elle était très très en colère contre moi.

Mais je ne regrettai pas de m'être engagée. Cela me fit beaucoup de bien. Pour la premère fois de ma vie, je pris enfin du bon temps. Et ce fut à l'armée que j'appris à connaître un peu mieux les garçons. Au camp d'entraînement, nous ne disposions que d'un casier chacune pour ranger nos affaires — c'est-à-dire nos vêtements civils, nos deux uniformes, notre trousse de toilette —, enfin, tout notre attirail... Et le matin, nous nous lavions dans une salle commune, sur les murs de laquelle courait une immense et unique glace, ce qui fait que nous étions toutes alignées en rang d'oignons pour nous coiffer ou nous maquiller. On finit par apprendre des choses, quand on se retrouve ainsi entre femmes : on se fait des confidences, et on s'échange des petits trucs, des recettes...

Les autres filles de mon groupe venaient des quatre coins du pays et la plupart étaient très gentilles. Je suis restée six semaines au camp d'entraînement de Cedar Rapids, après quoi on nous a expédiées à Evanston, dans l'Illinois. Il s'agissait cette fois-ci d'une véritable base militaire. Il y avait des hommes partout, nous étions un peu paniquées au début. Ils étaient à peu près cinq fois plus nombreux que nous, je ne sais pas si tu te rends compte... Nous allions souvent à Chicago ; comme nous avions droit à des places gratuites, j'ai vu beaucoup de films, de pièces de théâtre et de comédies musicales. J'ai beau n'avoir pas fréquenté l'université, grâce à ça je suis quand même un peu sortie de mon trou. Ce n'est pas comme si je n'avais jamais mis les pieds hors de Bay City, si j'y étais restée en m'y étiolant.

On m'avait affectée dans les communications, au service des téléscripteurs. Nous avions toutes appris le morse, évidemment. Si tu me mettais aujourd'hui devant un appareil, je serais encore capable de m'en servir, au moins pour taper mon nom. Evanston était une base aéronautique, la plupart des recrues y passaient leur brevet de pilote. On volait dans des petits avions jaunes, à l'époque. La grande épreuve, c'était d'aller jusqu'à Jacksonville, dans le Mississippi, et de revenir se poser sur les bords du lac Michigan, du côté des carrières. Beaucoup de garçons ont trouvé la mort au cours de leur période d'entraînement. Le plus terrible, c'était d'annoncer leur décès à leurs parents. Tu comprends, s'ils avaient perdu leur fils au combat, de l'autre côté de l'océan, ils auraient éprouvé de la peine, bien sûr, mais ce n'aurait pas été la même chose. Ils auraient au moins pu se dire qu'il était mort pour une juste cause. Mais apprendre qu'il s'était tué ici, sur le territoire national, avant même d'avoir été envoyé au front... Enfin, la plupart s'en tiraient quand même très bien. Ils paradaient ensuite dans leur bel uniforme blanc, où l'on venait de coudre leur insigne flambant neuf.

Le service où l'on m'avait affectée était l'un des plus intéressants, parmi ceux qui étaient réservés aux femmes. Pourtant, je n'avais pas demandé à être nommée dans les communications. Mon rêve, ç'aurait été de travailler au service des radars, dans la tour de contrôle. Je crois d'ailleurs que ça m'aurait très bien convenu. Mais il n'y avait plus de poste libre dans ce secteur au moment où j'étais arrivée. Enfin, je n'avais pas à me plaindre : dans de nombreux services, le travail était beaucoup moins agréable. Il y avait des femmes, par exemple, qui s'occupaient de l'entretien des moteurs, sur les avions. J'aime mieux te dire que c'était un sale boulot. Elles avaient toujours les mains pleines de graisse et de cambouis, elles n'arrivaient pas à s'en débarrasser. Elles avaient beau frotter, la crasse ne voulait pas partir, elles en avaient jusque sous les ongles. Et elles disaient que l'odeur leur restait collée à la peau. Les ouvrières de l'armurerie, de l'autre côté de la baie, racontent la même chose.

Je m'étais vite débarrassée de ma timidité, dans ce contexte, et j'étais très souvent invitée. A un moment donné, je suis sortie quelque temps avec un officier italien, originaire de Chicago ; mais il n'avait pas tardé à être envoyé dans le Pacifique Sud. Il m'avait écrit de là-bas pour me demander d'attendre son retour, mais je fréquentais déjà quelqu'un d'autre. On m'a demandé plusieurs fois en mariage. Je ne sais même plus pourquoi je refusais. Je ne devais sûrement pas en avoir très envie.

Puis notre unité fut envoyée en France. J'avais des amies qui avaient été nommées à Hawaii, d'autres sur la côte Ouest — à San Diego, San Francisco ou Monterey. Mais pour nous, ce fut l'Europe. Nous séjournâmes quelque temps en Angleterre avant de traverser la Manche et d'être définitivement basés en Normandie. Ce fut là que je tombai vraiment amoureuse.

Personne ne l'a jamais su mais je me suis mariée, en France. Réellement mariée, je veux dire, devant monsieur le curé, dans une petite église normande. Mon mari n'était pas catholique, mais il s'était converti : il a fait sa première communion le matin même de notre mariage. Je ne l'ai jamais avoué à personne, pas même à Jimmy. Je crois qu'il n'aurait pas aimé avoir connaissance de cette histoire. Et avant cela, j'avais déjà couché avec deux autres hommes, dans l'Illinois : l'officier italien dont je t'ai parlé, et un apprenti pilote.

Avant d'entrer à l'armée, il m'avait fallu subir un examen médical. J'avais été voir le Dr Shea, au-dessus du Harper Method. Après m'avoir examinée, il s'était exclamé :

« Ce n'est pas vrai ! Vous êtes encore vierge, à votre âge !

— Je ne vois pas ce que ça a de surprenant, lui avais-je répondu. Pour qui me preniez-vous donc ? »

Mais cela me laisse à penser que même à cette époque, les mœurs étaient moins strictes qu'on ne le prétend. Pourtant les risques étaient beaucoup plus grands qu'aujourd'hui : la contraception n'existait pas, de ce temps. Je n'ai jamais été enceinte, Dieu merci, mais j'imagine que j'ai eu de la chance. Je me suis souvent demandé ce qui se serait passé si j'avais attendu un enfant, à mon retour d'Europe. J'aurais bien été obligée d'avouer que je m'étais mariée. Enfin, je n'en sais rien... Et il est inutile de vouloir récrire l'histoire.

Mon mari était un juif français, né à Paris, mais il parlait couramment l'anglais. Il s'appelait Morgenstern. Paul Morgenstern. Son père travaillait dans le milieu du cinéma, mais à l'époque où je l'ai rencontré il n'avait plus aucune nouvelle de ses parents, il ignorait même où ils se trouvaient et s'ils étaient encore en vie. Il vivait sous un faux nom dans une famille de paysans qui l'hébergeaient dans leur ferme, en Normandie, pour le protéger des Allemands. On voyait bien qu'il n'avait jamais travaillé à la campagne. Il avait des mains fines, délicates. Et il n'était pas très costaud. Mais il avait appris à traire les chèvres et à faire des fromages. Il plaisantait souvent à ce sujet. Cela faisait à peu près un an et demi qu'il s'était réfugié là.

Après notre mariage, nous partîmes à Paris. J'avais terminé mon service et nous comptions revenir ensemble aux États-Unis. Les Américains contrôlaient alors le nord de la France et nous devions prendre un bateau qui partait pour le Texas. Nous avions déjà nos billets.

Un jour, à Paris, il me planta au beau milieu d'une confiserie, en m'expliquant qu'il avait rendez-vous avec quelqu'un, un membre de la Résistance qui devait lui remettre une arme. Il devait ensuite se rendre en Allemagne. On l'avait chargé d'abattre le Führer, à l'occasion de je ne sais plus quel défilé.

Il y alla effectivement. Il se trouvait au premier rang le jour du défilé, son revolver dans la poche. Mais il me raconta à son retour qu'il avait soudain remarqué une fillette dans la foule, juste à côté de lui. Il ne la connaissait absolument pas, mais elle était si blonde qu'elle l'avait complètement hypnotisé. Sans comprendre ce qu'il faisait, il avait tendu la main pour lui caresser les cheveux, juste au moment où Hitler passait dans sa voiture, à deux mètres de lui. Il était si près du véhicule qu'il aurait pu toucher le capot. Mais au lieu de sortir son arme et de tirer, il avait caressé les cheveux d'une fillette inconnue, l'autre main posée sur son arme dans sa poche.

Lorsqu'il s'était rendu compte de ce qui se passait, la voiture d'Hitler s'éloignait déjà. Il s'était éclipsé tandis que le défilé se poursuivait. Avant de rentrer en France, il s'était débarrassé de son revolver dans des toilettes publiques. Nous partîmes pour l'Amérique, pour le Texas, le jour même de nos retrouvailles.

Paul fut malade durant toute la traversée. Je crois t'avoir dit qu'il était d'une constitution plutôt fragile. Et cela faisait déjà quelque temps qu'il n'était pas en bonne santé. La nuit, il n'arrivait pas à dormir, il fallait que je reste à son chevet. Même enveloppé dans nos deux manteaux, il grelottait de froid. Il se plaignait sans arrêt des conditions de cette traversée. Un jour, il m'entraîna dans les soutes du bateau et me montra la salle où était stockée la nourriture : des dizaines de rats grouillaient autour des sacs de farine. Je m'en souviendrai toujours. Et c'est pour cette raison que je n'ai jamais voulu forcer mes enfants à manger quelque chose qui ne leur faisait pas envie. Jimmy n'était pas de mon avis, Dieu sait que nous nous sommes disputés à ce sujet. Mais pour une fois, j'ai su faire preuve de fermeté nécessaire pour imposer mon point de vue.

Le bateau accosta au Texas un beau matin. Le paysage qui s'étendait à l'horizon paraissait pratiquement infini. Je n'avais jamais vu un spectacle aussi grandiose. Des Noirs hissaient des ballots le long des docks. Pour Paul aussi, c'était une découverte. Quelques minutes après le débarquement, je me souviens lui avoir acheté un paquet de chewing-gums. Son premier contact avec le Nouveau Monde.

Le soir même, nous quittâmes le Texas à bord d'un train qui allait jusqu'au Wisconsin et qui était absolument bondé : il y avait des soldats dans tous les coins, et des femmes qui portaient leurs bébés dans leurs bras, les allaitant ou les changeant tant bien que mal. Et mon mari qui était toujours malade... Je fis le tour des compartiments en demandant aux passagers s'ils voulaient bien lui céder une place. Je n'eus d'ailleurs pas de difficulté, plusieurs personnes se proposèrent. Et ce fut là, dans ce compartiment surpeuplé, que Paul trouva la mort, au beau milieu du trajet. Oui, il mourut là, juste sous mes yeux. Ce fut la pire épreuve de ma vie.

Plus tard, après l'autopsie, les autorités déclarèrent qu'il avait succombé à une crise cardiaque. Mais sur le moment, j'étais tellement affolée que je ne parvenais même pas à réfléchir correctement. Mon mari gisait, écroulé sur son siège, il avait à peine vingt-sept ans et il venait de rendre l'âme. Il y avait de nombreuses femmes à bord de ce train, plusieurs d'entre elles se portèrent à mon secours. Je n'arrêtais pas de pleurer, je ne savais absolument plus quoi faire. J'avais vingt-six ans, je venais de me marier et mon époux me quittait déjà... Je n'étais plus en état de penser tant soit peu lucidement. Mon seul espoir, c'était qu'il rouvre les yeux, qu'il me parle à nouveau. J'étais incapable de voir les choses en face. Et le plus terrible, c'était qu'on ne pouvait rien faire avant le prochain arrêt du train. Je n'ai même jamais su combien de temps s'écoula de la sorte. Figure-toi que la femme qui était assise à côté de Paul m'avait cédé sa place et que je me suis endormie ! J'ai de la peine à croire que j'aie pu m'assoupir dans des circonstances aussi tragiques, mais c'est pourtant bien ainsi que les choses se sont passées.

Le train finit par faire halte dans une petite ville du nom de Gant, au beau milieu de l'Oklahoma. Trois des femmes du compartiment me réveillèrent et descendirent avec moi. Elles me tapotaient la main et essayaient de me réconforter, en me disant que les choses allaient s'arranger. Mais je les entendais murmurer entre elles : « Pauvre petite... » On me conduisit dans un hôtel, je ne vis même pas le corps de mon mari. On avait descendu son corps en premier, il avait été directement transporté dans les bureaux du juge militaire.

Paul fut incinéré. Les autorités estimèrent que c'était encore la meilleure solution. J'y ai longuement repensé par la suite, en regrettant de ne pas avoir eu la présence d'esprit nécessaire pour exiger qu'il soit enterré. Au moins, je saurais où il repose, aujourd'hui.

Ces trois femmes furent très gentilles avec moi. Elles avaient interrompu leur voyage exprès pour moi et passèrent ces trois jours à l'hôtel en ma compagnie. Le matin de notre départ, on nous fit parvenir ses cendres, dans une petite boîte, à peine plus grande que ça. Nous allâmes les disperser dans un champ, le long de la voie ferrée. Mes compagnes n'arrêtaient pas de me demander si elles pouvaient faire quelque chose pour moi, mais je secouais la tête en leur répondant que non, que plus rien n'avait d'importance, que tout m'était devenu égal. Je n'avais qu'une hâte : que ces tristes obligations prennent fin pour que je puisse reprendre le train. Tu comprends, la compagnie de ces femmes, cette petite bourgade de l'Oklahoma, cette urne de cendres — rien de tout cela n'avait de rapport avec Paul, ni avec la vie si brève que nous avions menée. J'avais hâte qu'on en finisse.

Le voyage me parut très long. Tandis que le train filait vers le nord, je me demandais sans arrêt ce que j'allais bien pouvoir raconter, une fois arrivée. Devais-je avouer la vérité à mes parents ? Leur apprendre que je m'étais mariée ? Je n'y voyais aucun intérêt. Au départ, mon idée avait été de débarquer à l'improviste à la maison, en compagnie de Paul, et de leur dire : Voilà, je vous présente mon mari. Je savais qu'ils n'auraient pas été spécialement enchantés par cette nouvelle, mais je me disais qu'à la longue, ils finiraient par s'y habituer. Mais maintenant, la situation était bien différente.

Je pensais aussi que j'oublierais peut-être plus vite la mort de Paul si je ne parlais de lui à personne. C'était un raisonnement qu'on se tenait volontiers, dans le temps. Lorsqu'une fille avait un gros chagrin, à la suite d'une déception amoureuse, sa mère lui disait toujours : ne te mets donc pas martel en tête à propos de ce type ; moins tu parleras de lui, et plus vite tu l'auras oublié. Je crois aujourd'hui que c'était un mauvais raisonnement. Mais à l'époque, je décidai finalement de me taire. Je me revois encore en train de rassembler mes affaires, avant de débarquer sur le quai, lorsque le train pénétra dans la gare de South Bay.

J'allais donc rentrer chez moi, dans ma famille, seule. Je pensais déjà à ces trois années que je venais de passer à l'armée, comme si mon existence s'était alors déroulée dans un autre univers. Ça allait être dur de reprendre le cours de mon ancienne vie, comme si de rien n'était, sans parler à personne de tout ce qui m'était arrivé. Pas seulement de mon mariage, mais de la guerre, et de tout le reste. Pourtant, je savais déjà que personne ne serait en mesure de partager mes souvenirs.

Aujourd'hui, je regrette de m'être murée dans un tel mutisme. Il aurait beaucoup mieux valu que je m'épanche sur le moment, lorsque la plaie était encore à vif. Trop d'années se sont écoulées. Je n'ai hélas rien oublié, mais j'aurais bien trop honte de raconter tout cela à quelqu'un, à présent. Et puis, quand on a gardé un secret trop longtemps, on n'a plus envie de le divulguer. Je suis sûre que beaucoup de gens ont vécu des expériences similaires à la mienne, au moment de la guerre.

Paul était si beau, et il paraissait si jeune... J'avais l'air bien plus âgée que lui. Mais tant d'eau a coulé sous les ponts... Aucun être sur terre n'est assurément aussi bon que Paul a fini par le devenir, dans mon souvenir. Tu sais, ce n'est pas très sain de trimbaler ainsi un tel secret au fond de soi, à propos d'un être que l'on idéalise d'autant plus facilement qu'il est mort. Ça finit par vous éloigner de la vie réelle. On se livre malgré soi à des comparaisons absurdes, qui ne mènent à rien, puisque de toute façon la personne à laquelle on pense n'existe plus. Il vaut mieux tenter d'oublier, et trouver son bonheur avec ceux qui vous entourent.

A force d'évoquer son souvenir, je le revois en ce moment tel qu'il était autrefois, mais il aurait sûrement bien changé en vieillissant ; et vu ce que je suis devenue de mon côté... je me demande si je lui plairais encore aujourd'hui. Mais à l'époque, j'avais tellement songé à lui, et pendant si longtemps, que je ne pouvais plus le chasser de mes pensées, alors même que je l'aurais désiré. Dès que j'avais une minute de libre, mon esprit partait à la dérive et son image revenait me hanter. Je me voyais en train de...

de faire des choses avec lui. Je me disais qu'il y avait sûrement eu une erreur, que ce n'était pas ses cendres que nous avions dispersées dans l'Oklahoma, qu'il avait fini par reprendre connaissance et qu'il avait été soigné là-bas, dans un petit dispensaire. Je me représentais parfaitement l'ensemble du décor : le petit bâtiment en brique, tenu par des religieuses, la chambre aux murs nus, le lit aux couvertures bleu marine au-dessus duquel était accroché un modeste crucifix... Mon Dieu ! Comment pouvais-je donc me montrer aussi stupide ! Des tournesols poussaient dans le champ qu'il apercevait depuis sa fenêtre, tout en se rétablissant lentement. Tous les jours, les religieuses lui apportaient son repas et restaient à son chevet en le regardant manger en silence. Elles croisaient les mains sur leur chasuble et jetaient un coup d'œil par la fenêtre, elles aussi. Parfois, il y avait des vaches dans le pré.

Et puis, je finissais toujours par m'imaginer qu'il retrouvait ma trace. Il m'écrivait une longue lettre, ou me téléphonait pour me demander d'abandonner Jimmy, afin que nous puissions reprendre notre ancienne existence. Cela ne me posait pas trop de problèmes. Dans mon rêve éveillé, cette partie n'occupait pas une très grande place et je ne m'y attardais guère. Parfois, j'allais me confesser et c'était le curé qui informait ensuite Jimmy — et mes parents — de la non-validité de ce second mariage, puisque mon ancien époux avait refait surface. D'autres fois, je ne disais rien à personne : un soir, avant l'heure du dîner, je prenais simplement ma voiture et je disparaissais dans la nuit. Mais le passage qui nourrissait l'essentiel de mes rêveries, c'était le moment de nos retrouvailles. Paul avait des lèvres assez épaisses ; celle du dessus avait tendance à se retrousser légèrement, en découvrant ses dents. Si j'avais le moindre don pour la sculpture, je serais encore tout à fait capable de reproduire son visage. Il avait le front un peu fuyant, sans une seule ride, des pommettes assez hautes et un nez parfaitement droit. En fait, ses traits n'avaient rien d'extraordinaire. Mais ce fut grâce à lui que je compris qu'un visage n'a nullement besoin de se singulariser pour être beau. Je pense qu'on aurait pu qualifier son menton de pointu. L'ensemble de son visage, en se rétrécissant vers le bas, avait une forme vaguement ovoïde.

Je fermais les yeux et nous imaginais dans les bras l'un de l'autre. Adossés au mur de la chambre, nous nous embrassions longuement. Le petit lit avec ses couvertures bleues se profilait derrière nous. J'essayais de me représenter le plus exactement possible l'instant de ces retrouvailles, le désir qui nous envahissait peu à peu, la tempête qui se soulevait en nous avec ce sentiment d'urgence... mais je ne pouvais pas aller au-delà. J'en étais franchement incapable. Je rouvrais les yeux et retrouvais la réalité du décor qui m'entourait — dans la cuisine de notre maison ou sur la pelouse du jardin, le long de Lime Kiln Road. L'air et la lumière qui nimbaient l'atmosphère avaient brusquement quelque chose de lourd, de pesant. Et je me souvenais alors que Paul était mort pour de bon. Mais ces songes absurdes continuèrent de me hanter pendant des années. Ils ne prirent réellement fin qu'après la naissance de Benny. A partir de là, je ne sais pas exactement pourquoi, la violence de ces souvenirs s'atténua peu à peu. Je crois qu'il m'était un peu difficile de me dire que j'allais abandonner mes enfants. Jimmy était leur père, après tout. Et puis, avec le temps qui passait, il était inévitable que l'oubli finisse par triompher.

Ne va tout de même pas croire que je passais mes journées à broyer du noir. J'ai vécu de très bons moments aussi, à cette époque. A la fin de la guerre, après la victoire, les jeunes gens de Bay City qui avaient été mobilisés rentrèrent au pays. Cet hiver-là, il y avait sans cesse des bals, des soirées, des réceptions. L'allégresse régnait. Et je crois que la guerre avait au fond été plutôt bénéfique pour la plupart de ceux qui l'avaient faite, sur ce plan-là du moins : ils avaient eu l'occasion de connaître des tas de gens qu'ils n'auraient jamais rencontrés autrement. Évidemment, la situation n'était pas aussi drôle pour ceux qui avaient été blessés, mais ils ne se montraient guère. Et puis, il y avait ceux qui n'en subirent les conséquences que beaucoup plus tard, comme Phil Brozek. Il avait été envoyé sur l'île de Bikini. A son retour, il avait repris ses occupations habituelles ; c'était lui qui distribuait le lait chaque matin, dans le quartier. On s'est aperçu seulement des années plus tard, lorsque ses jambes l'ont lâché, qu'il avait un cancer, à cause des radiations atomiques.

J'ai fait la connaissance de Jimmy au club de golf de Bay City. Il avait servi sous les drapeaux lui aussi, d'abord en Nouvelle-Guinée, puis en Australie. Il plaisantait souvent par la suite, en disant qu'il aurait préféré me rencontrer avant la guerre, du temps où j'étais encore vierge. Il savait bien comment les choses se passaient à l'armée ; il lui était arrivé le même genre d'aventures. Il avait passé toute son enfance à Bay City et il avait terminé ses études la même année que moi, mais nos chemins ne s'étaient jamais croisés jusque-là : il avait fréquenté le lycée municipal, tandis que j'étais inscrite pour ma part à l'institut catholique. Il a souvent prétendu qu'il aimerait bien retourner un jour en Australie, ne serait-ce que pour voir s'il y avait dans les rues beaucoup de gamins qui lui ressemblaient. Il paraît qu'en Nouvelle-Guinée, ils n'avaient pas eu grand-chose à se mettre sous la dent, en dehors des femmes indigènes, mais qu'en Australie, ils s'en étaient vraiment payé une tranche.

Je ne sais pas ce que tu en penses, mais je me suis souvent demandé si j'avais eu raison de l'épouser. A l'époque, je m'étais dit : Ma foi, pourquoi pas ?... J'avais bien besoin de changer de décor. Tu comprends, je m'étais retrouvée chez mes parents, partageant une modeste chambre avec ma petite sœur, qui était devenue une véritable peste. Elle ouvrait mon courrier, fouillait dans mes tiroirs... Un jour, elle a même eu le culot de me dire qu'elle avait bien essayé de lire mon journal intime, mais que c'était tellement ennuyeux qu'elle avait fini par laisser tomber au bout de quelques pages. Elle était vraiment infecte, quand elle s'y mettait.

Et ma mère était plus distante avec moi, depuis mon retour. Je ne lui avais pas dit que je m'étais mariée, mais elle avait bien senti qu'il s'était passé quelque chose, durant mes trois années d'absence. Les derniers temps, je ne leur écrivais plus beaucoup. Au début, dès que je débarquais dans un nouvel endroit, je leur envoyais des tas de cadeaux ; mais vers la fin, je ne pensais plus guère à eux. Je me souviens qu'à mon retour, une heure avant que le train arrive à Bay City, j'avais brusquement réalisé que je n'avais pas rapporté un seul souvenir à mes parents. J'étais descendue à l'arrêt suivant, sur le quai d'une petite gare ; je n'avais pas le temps de choisir, le train allait repartir d'une minute à l'autre, et j'avais acheté le premier truc qui m'était tombé sous les yeux : une boîte de moules à sablés. Ils étaient d'ailleurs de bonne qualité, mais ma mère a bien dû se rendre compte que je ne les avais pas rapportés d'Europe ! Enfin, au moins n'étais-je pas arrivée les mains vides.

Je me souviens de ce que j'avais éprouvé ce soir-là. Les réverbères étaient allumés dans les rues, la ville avait toujours l'air aussi coquet, mais j'avais l'impression que beaucoup de choses avaient changé. Je me sentais à la fois heureuse et un peu abrutie. Mes parents m'avaient emmenée chez Dean : les glaces étaient toujours servies dans les mêmes petites coupelles en argent. Le ciel virait au violet au-dessus de la rivière, les monceaux de soufre renvoyaient des reflets jaunes sous le feu aveuglant des lampadaires. Je t'avouerai que j'étais presque soulagée de me retrouver seule. J'étais si fatiguée que j'avais envie de redevenir une toute petite fille.

Mais cela ne dura pas. Très vite, j'en eus plus qu'assez de ce décor. Après l'excitation de la guerre, les voyages, le séjour à l'armée, je ne supportais plus l'atmosphère étriquée de Bay City. Pendant trois ans, j'avais été prise dans une sorte de tourbillon, sans cesse sur le qui-vive, environnée d'une foule de gens. Le premier soir, à mon retour, j'étais à bout de forces, la ville avait presque quelque chose d'idyllique. Mais lorsque j'eus un peu récupéré, je me rendis compte à quel point tout ici était minuscule. J'étais de nouveau cloîtrée dans la maison de mes parents, au fond de cette vieille allée, je retravaillais au Harper Method Beauty Shop.

Et puis ma foi, il faut bien reconnaître que Jimmy savait s'y prendre avec les femmes. Quand nous sortions ensemble, il m'emmenait dîner dans les meilleurs restaurants ; puis nous allions dans un club quelconque, pour écouter de la musique ou pour danser. Une fois sur deux, il m'offrait un petit bouquet pour épingler à mon corsage ; je les ai tous conservés, serrés entre les pages d'un dictionnaire. Et il connaissait des tas de gens, nous étions souvent invités aux soirées qu'organisaient ses amis. On se retrouvait à vingt-cinq ou trente personnes, autour d'un feu de bois, pour faire des brochettes ou du poisson grillé. Mes parents ne lançaient jamais des invitations de ce genre. Leur cercle de relations était plutôt réduit.

Bref, les choses suivirent leur cours et nous finîmes par nous marier. La cérémonie eut lieu à l'église Saint Phillip. Jimmy était catholique lui aussi, il n'y eut donc aucun problème. Je crois que mes parents l'aimaient bien ; en tout cas, ils ne me firent jamais la moindre remarque à son sujet. Je venais d'avoir vingt-huit ans. Ils se disaient peut-être que je risquais de ne pas trouver mieux.

Évidemment, ma chère sœur cadette s'est arrangée pour gâcher notre mariage. Elle était demoiselle d'honneur, avec mes deux meilleures copines du Harper Method. Je portais la robe de mariée de ton arrière-grand-mère. Tu comprends, ma mère ne s'était pas mariée en blanc, vu les circonstances. C'était une robe absolument splendide, toute en satin blanc, avec des reflets gris perle et une immense traîne. C'était Adele qui la tenait derrière moi. Elle était en blanc, elle aussi. J'aurais préféré que mes demoiselles d'honneur soient en rose, ou en vert pâle, mais Adele n'avait rien voulu entendre. Si je n'avais pas cédé, elle aurait carrément refusé de venir. Mes copines furent obligées de l'imiter, afin que leurs robes soient assorties. Quand je pense que quelques années plus tard, ta mère s'est mariée en tailleur...

C'était un mariage modeste, il n'y avait guère plus d'une centaine d'invités. La réception avait été organisée chez mes parents. Nous avions installé de grandes tables dans le jardin, couvertes de nappes blanches, et accroché des ballons verts et blancs dans les branches du vieux chêne. C'étaient les employés de mon père qui s'occupaient du service, ils avaient loué des smokings pour la circonstance. Le champagne coulait à flots et il y avait des montagnes de nourriture. Ma mère avait passé plus de quinze jours à faire la cuisine.

Elle avait préparé elle-même le gâteau de mariage, une énorme pièce montée, fourrée au citron et recouverte d'un superbe glaçage, qu'Adele avait décorée le matin même. Je dois reconnaître que le résultat était absolument magnifique. Elle y avait disposé une véritable marqueterie de violettes confites — qu'elle avait préparées elle-même, après avoir été les cueillir au fond du jardin —, alternant avec des sablés de formes diverses, pour lesquels elle s'était servie de ces petits moules que j'avais jadis rapportés à ma mère. Elle a toujours eu un don pour ce genre de choses et le résultat était vraiment de toute beauté. Seulement, elle était tellement contente de son travail qu'elle ne voulait plus qu'on découpe le gâteau ! Il fallut le prendre en photo sous toutes les coutures avant qu'elle nous autorise enfin à l'entamer. J'ai plus de photographies de cette pièce montée que de tout le reste de mon mariage.

Sur l'un des clichés que j'ai conservés, toutes les femmes présentes ce jour-là se trouvent rassemblées, en attendant que je leur lance mon bouquet. Je ne m'étais pas encore fait refaire le nez à cette époque, aussi évitons-nous maintenant d'exposer ces photos dans la maison, mais j'ai toujours l'album en bas ; il m'arrive même certains jours de le feuilleter. Jimmy m'a toujours dit que mon nez ne lui déplaisait pas, tel qu'il était avant, et qu'il n'avait jamais compris pourquoi j'avais voulu me faire opérer.

Toutes les tantes de ma mère étaient venues de Malgoma. Ton arrière-grand-mère était là elle aussi, évidemment, ainsi que la plupart des voisines du quartier. Ma mère portait une robe dans les tons pêche, avec un petit bouquet assorti. Mon père nous avait acheté à chacune des bouquets différents, qu'il avait rangés la veille dans le réfrigérateur afin qu'ils ne se fânent pas.

Comme la maison n'avait pas de balcon, j'avais lancé mon bouquet depuis le perron, bien qu'il ne fût pas très haut (il n'avait que deux marches). Sur la photo, toutes les femmes sont alignées le long de la pelouse. En premier viennent celles qui étaient déjà mariées ; tu vois, elles ont les bras ballants, elles ne vont même pas tenter d'attraper le bouquet. C'est ma mère qui est la plus belle, sur cette photo ; pourtant on la distingue à peine, elle est presque entièrement cachée derrière deux de ses tantes. Mais elle a un profil absolument parfait, on dirait un visage gravé sur une médaille. Et ses cheveux sont superbes, bien qu'ils aient déjà commencé à grisonner. Je crois qu'elle était vraiment heureuse que je me marie. Toute la journée — aussi bien le matin, à l'église, que plus tard dans l'après-midi —, je l'avais souvent observée à la dérobée, et son visage irradiait de bonheur. Oui, elle était contente pour moi. Elle n'avait pas ménagé sa peine pour préparer cette réception et décorer toute la maison. Et sa pièce montée était absolument céleste.

Sur la photo, elle a les mains derrière le dos et son visage est totalement métamorphosé par cette lueur de bonheur. Dans la vie courante, elle ne souriait presque jamais, elle était très timide. Mais tu comprends, de toute la famille, je suis la seule à m'être mariée dans les règles. Ni elle ni ma sœur n'ont eu droit à une véritable cérémonie. La photo a été prise à l'instant même où je lançais mon bouquet. On a l'impression qu'il va tomber aux pieds de ma mère.

Deux de mes demoiselles d'honneur sont au premier rang, prêtes à bondir ; regarde, on dirait des footballeurs, les jambes repliées, les bras tendus en avant, les yeux fixés sur le bouquet. Elles avaient toutes les deux le même âge que moi et elles étaient encore célibataires. J'imagine donc qu'elles devaient mourir d'envie de récupérer ce bouquet. Tu ne vas pas me croire, mais j'ai même oublié comment elles s'appelaient. Mes propres demoiselles d'honneur... Il faut dire que je les ai perdues de vue par la suite. On distingue également Adele, debout à l'écart dans son coin, les mains croisées devant elle. Elle a les yeux baissés, on dirait qu'elle regarde ses pieds.

Évidemment, c'est sur elle qu'est tombé le bouquet ! Elle n'a même pas eu d'effort à faire, il a pratiquement atterri entre ses mains. Mon père était fou de rage. Adele n'avait que dix-sept ans, il affirmait qu'elle n'avait pas le droit de prendre place parmi les prétendantes et il voulait qu'on recommence l'épreuve. Mais elle ne voulut rien entendre. Maintenant qu'elle avait hérité du bouquet, il n'était plus question qu'elle nous le rende.

Mais c'est un peu plus tard dans l'après-midi qu'elle nous a vraiment joué un tour pendable. Figure-toi qu'elle est allée s'enfermer dans la salle de bains, sous prétexte de prendre une douche. Les invités buvaient beaucoup, et il n'y avait pas d'autres toilettes dans la maison. Les gens n'ont pas tardé à faire la queue dans la cuisine, en attendant qu'elle libère la place. Et mon Adele ne s'en faisait pas une miette… elle se lavait les cheveux, les mettait en plis. On l'entendait fredonner sous la douche. Elle a bien dû rester enfermée une heure, une heure et demie là-dedans ! Oh, mon Dieu… Je l'aurais étranglée !

Les hommes pouvaient encore aller au fond du jardin et se soulager derrière la vieille grange. Mais de guerre lasse, la plupart des gens ont fini par rentrer chez eux, et la réception a carrément tourné en eau de boudin. Tous les voisins étaient repartis : chez eux, au moins, on pouvait accéder aux toilettes. Mon père avait essayé de forcer la poignée en criant à Adele d'ouvrir ; nous avons même eu peur qu'il n'enfonce la porte pour de bon. Je ne l'ai jamais vu à ce point en colère contre ma sœur. Comme elle ne lui obéissait pas, il est sorti et a fait le tour de la maison pour la houspiller du dehors, à travers la fenêtre. Il était tellement énervé qu'à force de taper du pied et de faire les cent pas, il avait complètement saccagé le parterre de muguet de ma mère, au bord de la pelouse.

Il faisait très chaud ce jour-là, et j'imagine qu'Adele avait éprouvé le besoin de se rafraîchir. Mais tout de même… Est-ce qu'il te serait venu à l'idée de t'enfermer pendant plus d'une heure dans les toilettes, en sachant qu'il y avait une bonne centaine d'invités à la maison ? Et qu'en plus la boisson coulait à flots ?… Lorsqu'elle a fini par sortir, la plupart des gens étaient partis. Il ne restait quasiment plus que la famille de Jimmy et nos tantes de Malgoma. Ainsi que mes demoiselles d'honneur. Ma sœur a toujours eu l'art de se rendre insupportable. Jimmy ne lui a jamais pardonné d'avoir ainsi gâché notre mariage. Normalement, la réception devait durer toute la nuit ! Mon père avait aménagé le sous-sol ; il avait installé un électrophone et transformé son bar polynésien en piste de danse. Mais les invités étaient tous rentrés chez eux ! Finalement, ma mère prépara à manger pour les membres de la famille. Jimmy et moi allâmes dîner et danser chez Jantzen, en compagnie des demoiselles et des garçons d'honneur. Je me souviens même que nous avions commandé des panachés.

Vraiment, en dehors de la guerre, ma vie n'a rien eu de bien extraordinaire. Et je préfère au fond qu'il en ait été ainsi. Je ne crois pas que ça m'aurait plu de devoir déménager à tout bout de champ, ou de fréquenter des milieux où il faut surveiller son langage et soigner son allure, comme ça a été le cas pour ta mère. En revanche, je regrette beaucoup de ne pas être allée à l'Université. Quand je vous écoute parler, Adele ou toi, j'envie toujours votre élégance et votre facilité d'élocution. Non, ne proteste pas... Je t'assure que tu t'exprimes vraiment très bien.

Nous avons passé notre lune de miel aux chutes du Niagara. Ça n'avait rien de très original, mais nous nous sommes bien amusés. Je me souviens que j'ai justement eu mes règles le soir de notre arrivée, sans doute à cause de l'excitation du mariage, puis de ce voyage. Normalement, elles n'auraient dû arriver qu'une semaine plus tard. J'ai bien été obligée de l'avouer à Jimmy. Il m'a dit que ce n'était pas grave, que je n'avais qu'à faire comme d'habitude. Tu comprends, il avait des sœurs, il était au courant de ce genre de choses. Nous nous sommes sagement couchés, chacun dans notre lit, en nous souhaitant bonne nuit. Tous les soirs, lorsque nous regagnions la chambre, Jimmy me lançait un regard interrogatif, et je lui répondais d'un air navré que ce n'était pas encore terminé. Mais le dernier soir, la veille même de notre départ, je lui fis un clin d'œil et dis : « Ce soir. »

Je n'avais absolument pas décidé à l'avance de vivre à côté de chez mes parents. Nous avons pourtant rapidement compris que nous allions bien y être obligés : le terrain était à notre disposition. Mon père nous a donné un coup de main pour les fondations, mais pour l'essentiel Jimmy a entièrement construit la maison de ses mains, avec un type engagé pour la circonstance. Il était déjà dans les adoucisseurs d'eau à cette époque, il travaillait chez Sullivan. Ils étaient à couteaux tirés avec les types de chez Kinsley, la marque concurrente. Peu après la construction de la maison, je me souviens, lorsque je faisais la vaisselle, j'apercevais toujours par la fenêtre de la cuisine les rangées d'adoucisseurs d'eau qui brillaient au soleil, appuyés contre un mur au fond du jardin. On aurait dit des voitures de course. Nous en avions évidemment installé un chez nous. Jimmy en avait également offert un à mes parents, pour Noël. Adele y aurait eu droit elle aussi, si elle avait réussi à se fixer suffisamment longtemps quelque part.

Si les choses étaient à refaire, je pense que j'aurais préféré m'installer plus loin de chez mes parents. Nous étions vraiment trop près les uns des autres. Enfin, il est inutile de vouloir récrire l'histoire... Si tout était à recommencer, je ne suis même pas certaine que j'aurais épousé Jimmy.

Et puis, dans les premiers temps, lorsque Hal était encore petit, j'étais quand même bien contente d'avoir ma mère sous la main. Et quand papa est tombé malade... Ta mère était en Californie à l'époque, elle terminait ses études. Nous l'appelions au moins une fois par semaine, elle nous répondait toujours qu'elle allait arriver d'un jour à l'autre, mais Dieu sait que nous l'avons attendue... Elle a eu de la chance, finalement, elle est quand même revenue à temps.

Ton père l'accompagnait lorsqu'elle a débarqué. Je me suis toujours bien entendue avec Hisham, il était très gentil. Enfin, il était plutôt irresponsable, tu es mieux placée que moi pour le savoir, mais il avait bon caractère. Et il était vraiment bel homme. Grand, élancé, le teint mat, des dents superbes... Je le revois encore aux funérailles de papa. Le cercueil ouvert le mettait mal à l'aise, il trouvait cette coutume barbare. D'ailleurs, si j'ai bonne mémoire, il s'est même franchement trouvé mal. Il était aux côtés d'Adele lorsque celle-ci s'est penchée sur le cercueil pour embrasser une dernière fois son père. En voyant ça, Hisham a failli tomber dans les pommes. Tu comprends, les musulmans n'ont pas l'habitude de procéder ainsi. Je crois qu'ils incinèrent leurs morts, là-bas. Ils ne doivent pas avoir assez de place pour les enterrer.

Mon père avait inauguré une coutume que nous avons toujours respectée par la suite, et qui s'est d'ailleurs répandue dans l'ensemble du quartier. Dès qu'un enfant naissait dans la famille, nous plantions un petit arbuste. Pour Hal, ça a été un framboisier et pour Benny, un groseillier. Ils sont toujours dans le jardin, ils ont bien prospéré depuis. Le principe, c'était de donner aux enfants une certaine indépendance, dès leur plus jeune âge : ils avaient le droit de cueillir à leur guise les fleurs ou les fruits de ces arbustes. Mon père avait souvent de drôles d'idées, et il avait tendance à envisager le pire. Il se disait que plus tard, si les choses tournaient vraiment mal, ses enfants ne seraient pas complètement démunis, qu'ils auraient au moins de quoi se nourrir, en attendant mieux... La même cérémonie avait lieu à la mort des gens, mais j'ignore pour quelle raison. Pour papa, ma mère planta même deux arbres : un bouleau et un noyer.

Dans son testament, mon père m'avait légué une somme d'argent afin que je me fasse refaire le nez. Il m'avait écrit une longue lettre dans laquelle il m'expliquait qu'ayant lui-même un gros nez, il l'avait certes gardé toute sa vie sans que cela l'empêche de dormir ; mais que m'ayant bien malgré lui transmis ce douteux héritage, il tenait à me donner les moyens de m'en débarrasser.

Étrangement, je suivis son conseil. J'étais pourtant déjà mariée et mère d'un garçon de cinq ans. Je pris néanmoins le train pour me rendre à Chicago. Aucun chirurgien ne pratiquait ce genre d'opération à Bay City. Ce n'était pas encore entré dans les mœurs. J'avais emporté une photo avec moi, afin de montrer au docteur le genre de modèle dont j'avais envie. Nous procédions souvent ainsi, au Harper Method : nous disions aux clientes de regarder dans les magazines, jusqu'à ce qu'elles trouvent un style de coupe qui leur convienne ; comme ça, nous étions sûres de ne pas faire d'erreur et de les coiffer comme elles le désiraient. J'avais donc découpé dans une revue une photo de Katharine Hepburn, que j'avais soigneusement pliée et rangée dans mon sac. Tant qu'à me faire refaire le nez, me disais-je, autant que le résultat en vaille la peine...

Je garde un souvenir épouvantable de ce séjour. Chicago n'avait plus du tout le même aspect que lorsque j'y étais venue, durant la guerre. Et comme je me retrouvais toute seule, cette fois-ci, je ne pouvais plus me balader à travers la ville, comme autrefois. Il faut bien dire aussi que je n'avais plus vingt ans.

La veille de l'opération, je me fis servir mon repas dans ma chambre, à l'hôtel. Je ne savais pas où aller. Lorsque j'eus fini de manger, je me demandai ce que j'allais bien pouvoir faire. J'avais toute la nuit devant moi, mais je n'avais pas envie de sortir. En désespoir de cause, je m'assis à ma table et écrivis une longue lettre à ma mère. J'étais tout de même un peu ridicule, tu ne trouves pas ?

Le lendemain matin, en me réveillant, je fus prise d'une angoisse folle. Subitement, mon nez me plaisait. Et si jamais le résultat était encore pire ? Mais le rendez-vous était pris et j'avais peur de devoir payer le chirurgien, même si je renonçais à cette intervention. Je finis par quitter l'hôtel et me dirigeai vers l'hôpital. En cours de route, comme je passais devant une galerie commerçante, j'aperçus un photomaton. Je me fis tirer le portrait, afin d'avoir quand même un souvenir de mon ancien visage. J'ai toujours ces photos. Et en fait, mon nez n'était pas terrible.

On ne me fit qu'une anesthésie partielle avant l'opération. Comme je n'avais pas entièrement perdu connaissance, je percevais tout ce que faisait le chirurgien. Je ne sentais absolument rien, mais j'entendais des bruits de craquements épouvantables. Ça me rappela mon père : lorsqu'il mangeait du poulet, il croquait toujours les os pour en sucer la moelle. A un moment donné, il y eut un claquement sec, comme celui d'une paire de cisailles.

Avant de passer sur le billard, j'avais donné au docteur la photo de Katharine Hepburn. Il m'avait dit qu'il ne pouvait pas faire de miracle, qu'il allait être obligé de tenir compte de la structure de mon nez, mais qu'il ferait néanmoins de son mieux. Et je crois qu'il ne s'en est pas mal sorti, finalement. Je n'ai pas regretté une seule fois par la suite d'être passée entre ses mains.

Oh, je n'ai jamais été une beauté, je le sais bien... Contrairement à Adele. Il faut dire qu'elle a hérité des longues jambes de ton arrière-grand-mère. Mais je reconnais volontiers qu'elle a toujours manifesté beaucoup de goût dans le choix de son maquillage ou de ses toilettes. Elle a un don inné pour ce genre de choses, elle sait marier les couleurs, composer des harmonies, des dégradés... Ma mère et ma grand-mère étaient comme elle. Moi, je n'ai jamais été très douée dans ce domaine. Par exemple, j'ai toujours dû acheter des ensembles, je suis absolument incapable de les composer moi-même.

Adele a mené une existence tumultueuse. Elle a été partout, elle a fréquenté tous les milieux, y compris les plus aisés. Elle n'aurait pas pu se contenter d'une vie ordinaire. Je crois qu'au fond, elle ne s'est jamais vraiment plu à Bay City.

Un jour, elle nous a appelés de Californie pour nous dire qu'elle était invitée le soir même à une réception où devaient également venir George Cukor et Katharine Hepburn. C'était Jimmy qui avait pris la communication. Nous ignorions qui était George Cukor avant qu'elle nous l'apprenne, mais le nom de Katharine Hepburn nous était évidemment familier.

« Katharine Hepburn ! Katharine Hepburn ! s'écria Jimmy. (Je crois qu'il s'était servi une vodka orange juste avant qu'elle n'appelle.) Mais tu sais que ta sœur a le même nez qu'elle ! »

Adele était au courant de l'histoire, elle aussi. Elle nous rappela le lendemain pour nous dire qu'elle avait bel et bien rencontré l'actrice, que c'était une femme d'allure plutôt froide et qu'elle s'était tenue à l'écart des autres invités durant toute la soirée. Mais Adele avait quand même fini par aller la trouver, en lui disant : « Excusez-moi, madame Hepburn, mais il faut absolument que je vous avoue quelque chose. C'est à propos de ma sœur... » Et elle lui avait raconté toute l'histoire, dans ses moindres détails, en lui expliquant que je travaillais au Harper Method à l'époque et que j'avais découpé sa photo dans un magazine... Bref, elle n'en avait pas omis une ligne. Et selon elle, pour la première fois de la soirée, l'actrice s'était enfin déridée et avait même souri. Ainsi, grâce à ma sœur, Katharine Hepburn a fini par apprendre que quelque part au fin fond du Wisconsin, une certaine Carol Measey avait le même nez qu'elle.

NEUVIÈME PARTIE

ADELE

CHAPITRE 17

LE COURS DES MIRACLES

Je ne fais plus de projets. Je passais mon temps à en faire, autrefois. Je voulais tout contrôler. Maintenant, je laisse les choses suivre leur cours. Je vis dans le présent. J'ai fini par comprendre que les événements obéissent à une logique qui leur est propre.

J'ai compris que donner, c'est recevoir. Quand cela m'est possible, dès que j'ai un peu d'argent de côté, je lui achète des bricoles. J'avoue que je me laisse souvent tenter, même si ce n'est pas très raisonnable. L'autre jour, dans la vitrine de Robinson, j'ai aperçu une robe du soir de chez Calvin Klein, noir et blanc, absolument a-do-rable. Elle n'était pas donnée, mais je suis sûre qu'elle lui ira parfaitement. D'ailleurs, ça ne lui fera pas de mal d'avoir deux ou trois tenues décentes à se mettre. C'est bien gentil de jouer à l'intellectuelle, mais il y a quand même des circonstances où l'on est obligé de faire un effort et de s'habiller correctement.

Je me suis même demandé si je ne pourrais pas l'acheter pour moi... Je suis passée le lendemain au magasin pour l'essayer, mais elle était vraiment trop décolletée. Après tout, je n'ai plus vingt ans, même si je ne suis pas trop mal conservée. Mais il faut être jeune pour porter ce genre de tenue. Alors, je la lui ai fait envoyer ! Je lui ai aussi envoyé des petites culottes blanches, en soie, du même genre que les miennes, à deux dollars vingt-cinq pièce, deux dollars cinquante. Non... à deux soixante-quinze.

Non seulement je ne regrette pas d'être mère, mais ça a été la plus belle chose, l'événement le plus important de ma vie. Et quand je la regarde, aujourd'hui, je me dis que je ne m'en suis finalement pas si mal sortie que ça. Bien sûr, elle n'a pas encore appris à surmonter ses angoisses, elle ne fait pas suffisamment confiance aux forces positives, à l'amour qu'elle porte en elle, mais ça viendra avec le temps. Comme pour moi. Je n'éprouve aucune culpabilité à son égard, contrairement à autrefois. Je vis dans le présent. J'ai vraiment trouvé une forme de paix intérieure, que plus rien ne peut ébranler. Elle ne sait pas encore pardonner. Mais lorsque je la regarde, je me dis que si j'avais été une mère aussi indigne qu'elle le prétend parfois, en parlant de moi à ses amis, eh bien... elle ne serait sûrement pas devenue ce qu'elle est aujourd'hui. Mais elle *aime* se faire passer pour une victime et jouer au martyr. *Pauvre, pauvre Ann...*

Je vois bien comment les choses se passent, à Beverly Hills. Les mères sont tellement débordées, entre leurs séances de thérapie, de yoga, de sauna, de ceci, de cela, qu'elles ne se soucient même pas de leurs enfants et ne leur prodiguent nullement l'amour dont ils auraient avant tout besoin, au contraire de moi avec ma fille. Je m'en aperçois dans mon travail. Récemment, à la clinique, nous avons recueilli deux jeunes filles, mon Dieu, dans un état... L'une avait dix-neuf ans, l'autre vingt-six, mais elles ne mèneront plus jamais une vie normale. La drogue les a complètement détruites.

Et encore, je suis partie de zéro. Elle le sait parfaitement, elle a bien vu de quel trou je sortais. Et j'ai toujours été seule pour m'occuper d'elle, pendant toutes ces années. Quelqu'un a-t-il jamais levé le petit doigt pour me venir en aide ? Quand je songe au milieu dans lequel j'ai été élevée, à cette bicoque perdue au fin fond d'une impasse, à l'élevage de visons de mon père... Tandis qu'elle, le lycée de Beverly Hills, les cours privés, l'université. Et une superbe garde-robe.

Je me demande parfois comment j'ai réussi à m'en sortir. La plupart des gens restent dans l'ornière où ils sont nés, sans rêver d'autre chose. Il doit y avoir quelque chose dans nos gènes, qui nous pousse en avant. Ma sœur n'est pas du tout comme moi ; pourtant, il y a sûrement un facteur biologique là-dedans. D'ailleurs, c'est un fait universel. C'est ce qui me fait penser que rien de tout cela n'est vraiment dû au hasard — qu'il y a derrière ce phénomène une volonté qui nous dépasse, une puissance supérieure qui régit à notre insu le cours de l'univers. Comme si l'on retrouvait, inscrit dans nos gènes, l'écho d'événements qui se sont passés voici peut-être des siècles, et qui nous ont lentement façonnés, au moins pour certains d'entre nous. Que sommes-nous, au fond, sinon un ensemble de chromosomes, de particules électro-magnétiques ? Et les pierres, les oiseaux, les poissons, les papillons obéissent aux mêmes lois. C'est comme ça que nous le savons. Je sais, moi, que ma réalité dépasse les strictes limites de mon existence terrestre.

D'une certaine façon, j'ai pris part à ce qui a eu lieu avant ma naissance, tout comme je participerai à ce qui adviendra après ma mort. Voilà ce que je crois. Et c'est une conviction très profonde, très fortement enracinée en moi. Je me suis toujours sentie différente des autres, dès ma plus tendre enfance. Je n'étais pas comme les autres gosses, même si je leur ressemblais sur certains plans. Mais tout le monde ressent ça.

Tout était écrit, et s'il faut qu'elle se rebelle afin de trouver sa vraie personnalité, je la laisse faire. Je sais, au plus profond de moi, qu'elle s'en apercevra un jour et qu'elle me saura gré de tout ce que j'ai fait pour elle.

Elle aurait pu n'être qu'une gamine comme tant d'autres, dans une petite ville ouvrière du Midwest. Tandis qu'ici, elle a connu toutes sortes de gens, fréquenté les meilleurs établissements. Elle peut aller où bon lui semble à présent, être à l'aise dans tous les milieux. Et je pèse mes mots. Elle fait partie de l'intelligentsia, du dessus du panier, de la crème de la société. Aurait-ce été le cas si je ne l'avais pas emmenée ici, quand il était encore temps ? J'avais déjà trente-neuf ans lorsque nous nous sommes installées en Californie. J'étais jeune et plutôt jolie. Bien sûr qu'elle est mignonne, et intelligente, et qu'elle a du talent... Mais j'aime mieux vous dire que le Midwest est rempli de gamines tout aussi douées qu'elle, dont vous n'entendrez jamais parler. Elles ne s'épanouiront jamais et finiront par sombrer. Comme Lolly, tenez...

Les gens ont toujours voulu que je me plie — et plus grave, que je plie ma fille — pour rentrer dans leur moule... Que j'obéisse à leurs règles. J'ai préféré voler de mes propres ailes, et laisser ma fille faire l'expérience de la liberté, en cherchant mes règles *à moi.* Je voyais bien que la vie ne m'apporterait jamais le bonheur que j'attendais. Si seulement il avait suffi de contempler un coucher de soleil, ou les chutes du Yosemite, ou l'envol d'un hibou à l'aube au-dessus d'un champ, pour que tous les problèmes soient résolus... Je crois qu'au fond, l'essentiel serait d'être en accord avec soi-même. Mais de nos jours les gens n'aiment pas la simplicité, ils sont beaucoup trop compliqués. Ils se laissent dominer par des valeurs négatives, au lieu de faire confiance à l'amour, à la joie.

Ma mère aurait tout de même pu venir me voir, pendant toutes ces années, ne serait-ce qu'une fois. Elle n'a sûrement même pas pensé que cela m'aurait fait plaisir, que je pouvais avoir besoin de son soutien. Cela m'a fait énormément de peine. Mais je savais que c'était encore une manœuvre de Carol. Les gens sont vraiment égoïstes ! Ils ne lèveraient pas le petit doigt pour vous venir en aide.

Ce n'est pas facile de changer de milieu social, passé un certain âge. J'ai des amis, bien sûr... Les Swan et Bert Keller sont adorables avec moi, ils m'ont vraiment rendu service. Et ils m'invitent toujours à leurs soirées, aux réceptions qu'ils organisent... Non, je n'ai pas à me plaindre, mais je sais que je ne m'en sortirai jamais aussi bien que ma fille. Il faut se marier, avoir une grande maison... Et, à mon âge, les hommes ne vous regardent plus, sauf si vous roulez sur l'or... Comme disait Nan Keller, on ne sera jamais champion de tennis si l'on n'a pas appris à tenir une raquette avant un certain âge. Enfin, en ce qui concerne le tennis, je ne suis pas tout à fait d'accord avec elle. Je m'entraîne et je fais des progrès.

Elle aura une grande maison un jour, et un mari, et un beau jardin, tout. Et des petits enfants, j'espère. Je me sens tout à fait prête à être grand-mère. Je suis sûre que cela m'apportera beaucoup de joie, et d'émotion. Ça m'est égal de prendre de l'âge.

On ne vieillit que dans sa tête. Moi, je me sens encore très jeune. Oui, j'attends avec impatience la naissance de mes petits-enfants.

Je suis heureuse ici, dans mon petit chez-moi. Je l'ai très bien arrangé. J'aimerais bien pouvoir acheter un jour une villa d'où je puisse voir la mer et les montagnes. Mais ce n'est pas facile de trouver l'endroit idéal. Dieu sait que je cherche, pourtant... Je passe la plupart de mon temps à prospecter. Et je mets de l'argent de côté. Je pense que je ne tarderai plus à déménager. La vie est devenue infernale, à LA. Tout y est hors de prix. Et j'en ai marre de passer mon temps au volant.

Je ne comprends pas pourquoi elle s'obstine à retourner dans le Wisconsin, en essayant de se persuader qu'elle sort de la classe ouvrière... Je lui ai répété cent fois que sa mère n'avait vraiment RIEN d'une prolétaire, j'ai eu ma licence après tout... Je me demande bien quel plaisir elle peut trouver à fréquenter tous ces ouvriers... Ça me faisait beaucoup de peine à une époque de voir qu'elle s'habillait n'importe comment, et qu'elle ne portait jamais les vêtements que je lui offrais. Elle aurait au moins pu les mettre une fois de temps en temps, ne serait-ce que pour me faire plaisir... Mais j'ai compris maintenant qu'elle agissait ainsi uniquement par rébellion. J'ai appris à être patiente, il est inutile de vouloir changer les gens malgré eux. Mieux vaut faire le gros dos, ils ne tarderont pas à se ranger d'eux-mêmes à vos vues, plus rapidement en tout cas que si l'on s'obstinait à vouloir les convaincre. Et elle ne retournera jamais vivre dans le Wisconsin. J'en mettrais ma main au feu. Elle en serait incapable, après Brown. Moi non plus, je ne le pourrais pas. Notre place n'est plus là-bas.

Je revois cette cabane puante où mon père élevait ses visons... J'allais souvent le retrouver là-bas, en rentrant de l'école. Nous restions enfermés là-dedans pendant des heures, en essayant de ne pas faire trop de bruit, afin de ne pas effrayer les bestioles. Moi, oui, j'ai passé mon enfance à Bay City. Et je n'y retournerais pas pour tout l'or du monde. J'aimerais bien savoir où sont passées mes fourrures, et mes robes. J'avais en particulier un ensemble un peu cintré, avec un col en velours vert... C'est redevenu à la mode ces temps-ci, je donnerais cher pour savoir ce qu'il est devenu.

Carol a dû le foutre en l'air, à moins qu'elle ne l'ait gardé pour elle. Enfin, ce sont des choses qui arrivent, lorsqu'on s'en va de chez soi.

Mais enfin, ce n'est pas très grave. Même si je regrette d'avoir perdu des affaires qui me revenaient de droit, je n'en fais tout de même pas une maladie. Je me console en me disant qu'au moins, je ne vis plus dans ce trou à rats.

Un homme ? Ah... J'aimerais bien rencontrer un jour quelqu'un de vraiment différent, avec qui je puisse de nouveau partager ma vie, mais pour l'instant, je me concentre sur mon boulot. Mon travail à la clinique me prend beaucoup de temps, surtout depuis qu'on m'a collé tous ces nouveaux malades sur le dos, mais j'ai aussi d'autres projets... Je voudrais lancer une marque de vêtements pour les handicapés, j'ai même déjà un associé, nous avons engagé un styliste pour dessiner notre collection, ce jeune Japonais qui sort avec Betsy Swan... Et puis, j'écris un livre. Je ne sors pas beaucoup, je mène une vie très simple, très tranquille. En fait, je suis d'une nature plutôt timide. Et avant de songer sérieusement à me remarier, il faut que je parvienne à mieux m'organiser. J'ai toujours ces fichus rapports à taper. Ça me fait penser que la fin du mois approche, il va falloir que je songe à m'y remettre.

Je lis beaucoup le soir, avant de m'endormir. Je m'intéresse surtout à tout ce qui touche de près ou de loin à la spiritualité. Je crois à une certaine forme d'unité, je me sens en harmonie avec le monde. Je lis régulièrement cette rubrique, dans les journaux... « Le cours des miracles »... J'ai découpé tous ceux que j'avais et je les ai envoyés à Ann pour Noël, avec d'autres petits cadeaux bien sûr, deux ou trois vêtements, une paire de boucles d'oreilles... Elle s'est un peu moquée de moi. Bien sûr, le type qui écrit ça n'aura jamais le prix Pulitzer, mais enfin il arrive parfaitement à vous faire sentir la plénitude, la diversité de la vie. Voyons voir, qu'est-ce que je lis d'autre ?... Ah, je m'intéresse au zen... Enfin, à toutes ces formes de philosophie.

Évidemment, elle cherche encore à me contredire. Elle est toujours dans sa phase de rébellion.

Ce que j'essaie de lui faire comprendre, c'est qu'on peut A LA

FOIS être une intellectuelle, avoir un QI au-dessus de la moyenne, faire des études, etc., ET conserver sa féminité, s'habiller un peu comme il faut de temps en temps.

Il m'a fallu l'élever toute seule, durant toutes ces années. Il n'y a pas beaucoup de femmes qui aient dû jouer en même temps le rôle du père et de la mère auprès de leur fille. Et elle ne sait pas tout ce par quoi j'ai dû passer... Il y a beaucoup de choses que je ne lui ai jamais racontées, pour qu'elle n'ait pas trop de souci à se faire, qu'elle profite un peu de l'innocence de l'enfance. J'ai même été en prison un jour, à cause de ces fichues contraventions... Je les paie maintenant, mais à l'époque, peu après notre arrivée, lorsque j'en trouvais une sur mon pare-brise je la fourrais dans la boîte à gants et je n'y pensais plus. J'ai été arrêtée deux fois à cause de ça. La première fois, Frank Swan est venu me chercher au commissariat et il a payé ma caution. Mais la fois suivante, je suis restée là-bas jusqu'à quatre heures du matin. Les Swan étaient au Mexique et je n'arrivais pas à joindre les Keller, ils étaient invités à une réception et ils ne sont rentrés chez eux qu'à quatre heures du matin. J'ai même été violée par une bonne femme, dans cette taule. Oui, il y a beaucoup de choses dont Ann n'a jamais entendu parler. Pour moi non plus, ça n'a pas été drôle tous les jours.

Mais j'ai appris entre-temps à me fondre dans l'unité du monde. Ainsi qu'à pardonner. Et depuis que je me suis libérée de mes angoisses, tout se passe comme si c'étaient les événements qui venaient à ma rencontre, sans que j'aie à faire d'efforts particuliers. Comme toutes ces antiquités que j'ai récupérées, la lampe Tiffany, la pendule Seth Thomas... Il y a un sens à tout cela.

Enfin, elle vient quand même me voir de temps en temps. L'an dernier, elle a passé quelques jours ici avec des amis. J'avais loué une maison au bord de la mer, pour qu'ils puissent un peu s'amuser. Je l'observais au milieu de ses copains. Elle était horriblement mal coiffée, elle n'arrêtait pas de se ronger les ongles et il ne lui venait apparemment pas à l'idée qu'une femme puisse parfois s'épiler... Mais je me disais : qu'elle fasse donc à sa guise... D'ailleurs, ça n'empêchait pas les garçons de la regarder, les critères ne sont plus les mêmes qu'autrefois. Personnellement, je ne trouve pas que cela avantage spécialement une fille de se négliger, et celles qui ont le plus de classe n'ont pas ces affreuses coupes à la punk, qui seront démodées dans six mois. Mais je ne lui ai pas fait la moindre remarque. Je prie simplement le ciel en espérant qu'elle finira par trouver son style, comme cela m'est arrivé il y a des années. D'ailleurs, elle est dans la bonne voie. Un soir, ils ont dansé pendant des heures sur la plage, avec leur musique assourdissante... Qu'est-ce qu'elle pouvait se démener ! Elle a toujours aimé les fêtes, sûrement à cause de tous ces déguisements que je lui offrais lorsqu'elle était petite. Mais j'avais du mal à la reconnaître. Je la regardais depuis le balcon et je me disais : mais qui est donc cette étrange créature ? Je n'arrivais pas à croire que c'était moi qui avais mis au monde une jeune fille aussi belle.

Mais elle réfléchit trop. Elle est si nerveuse, si anxieuse par moments... Il faut qu'elle apprenne tout simplement à *être*. Pendant si longtemps, je ne pouvais rien tirer d'elle, elle passait son temps à gémir, tout allait toujours de travers. Et aujourd'hui, son bonheur ne cesse de me surprendre.

Je regrette que nous ne soyons pas venues plus tôt vivre ici. Au moins, elle n'aurait pas tous ces regrets et cette bizarre nostalgie pour le Midwest, et ces soi-disant racines prolétariennes. Mais c'est à cause de son père, si les choses se sont passées ainsi. Moi, je ne voulais pas rester là-bas. Mais quand il m'a laissée tomber, du jour au lendemain, qu'est-ce que je pouvais bien faire ? Enfin, j'ai acheté ce break maintenant, je pourrai me promener avec mes petits-enfants. Et eux, au moins, ils n'auront aucun regret à avoir. Ils naîtront et grandiront à Beverly Hills, ce sera leur milieu naturel. Tout cela grâce à moi.

Lorsque j'étais enceinte d'elle, nous habitions en Égypte. Je ne savais rien de la vie, j'étais encore si jeune. Mais son père voulait un enfant et je m'étais dit : après tout pourquoi pas, ça lui sera peut-être bénéfique, ça l'aidera à se fixer quelque part. Toute sa famille était là-bas, je pensais que nous allions nous y installer. Par la suite, évidemment, les choses ont tourné autrement. Mais j'ai cessé de lui en vouloir. Je crois même que si je le revoyais, à présent, cela ne me ferait plus ni chaud ni froid.

J'avais tellement maigri, à l'époque... Au septième mois, je pesais moins de quarante kilos. C'est cela qui m'a décidée à rentrer. Je voulais retourner au pays, auprès de ma mère. Qu'au moins ma fille naisse en Amérique, où il y a les équipements les plus modernes et les meilleurs hôpitaux du monde.

On porte un enfant neuf mois dans son ventre. Et plus tard, lorsqu'il a grandi, il vous appelle en PCV, quand il y pense... Elle mène sa vie de son côté, aujourd'hui. Et c'est très bien ainsi. J'ai appris à être patiente. Les hauts et les bas de l'existence, je m'en accommode. J'ai encore le temps, et je ne regrette rien. Je suis née pour la mettre au monde. Elle est ma vraie raison d'être.

TABLE

I. ANN

1. N'importe où 13
2. L'hôtel Bel Air 42
3. La maison de Carriage Court 58

II. LILLIAN

4. Au fil du siècle 183

III. ANN

5. Au sud de Wilshire 235
6. Las Vegas, Disneyland, l'Égypte 274
7. Un centre commercial quelque part dans la plaine . . . 314
8. L'appartement d'un dentiste. 343

IV. CAROL

9. Heurs et malheurs 377

V. ANN

10. En famille 417
11. Lime Kiln Road 474
12. Une chambre de bonne sur North Palm Drive. 511
13. Le cabinet d'un psychiatre 548

VI. CAROL

14. Le cœur et la pierre 601

VII. ANN

15. Une voiture neuve 629

VIII. CAROL

16. Un secret parmi tant d'autres 671

IX. ADELE

17. Le cours des miracles 699

Achevé d'imprimer en février 1989
sur presse CAMERON
dans les ateliers de la S.E.P.C.
à Saint-Amand-Montrond (Cher)

— N° d'édit. 12003. — N° d'imp. 6670-2333. —
Dépôt légal : mars 1989
Imprimé en France